MASKIERTE MÖRDER*INNEN

Maskierte Mörder*innen

SKULL

THOMAS KODNAR

glashaus

Umschlaggestaltung & Illustration: Paul Troppmair
weitere Mitwirkende: glashaus Kollektiv (Elena Schwarz & Clara Scheicher)

Druck und Vertrieb im Auftrag des Autors:
Buchschmiede von Dataform Media GmbH, Wien
www.buchschmiede.at - Folge deinem Buchgefühl!

ISBN:
978-3-99129-677-5 (Hardcover)
978-3-99129-142-8 (Paperback)
978-3-99129-140-4 (E-Book)

PRINTED IN
AUSTRIA

Inhaltsverzeichnis

Inhaltshinweis

Dieses Buch ist ein *Slasher* – eine Art Horrorkrimi mit ausgeprägtem Fokus auf mehrfache Morde und Mordversuche. Verschiedene Formen von Gewalt und andere sensible Inhalte sind entweder in expliziter Darstellung oder in Erwähnung und thematischer Verflechtung Teil des Texts.

für Ilse,
die am längsten auf dieses Buch gewartet hat

SKULL

Kapitel 1

School Rules

1

Hannah war krank, und sie weinte. Sie war nicht so krank, dass sie von der Schule zuhause bleiben konnte – was schade war, aber nicht der Grund für ihre Tränen. Sie saß auf der Couch im Wohnzimmer und weinte leise, weil sie gerade traurig war. Im stummgeschalteten Fernseher lief irgendein alter Film; auf ihrem Laptop am Couchtisch ein YouTube-Video: *Mental-Health-Selbsthilfe-Tutorial Wie man Depressionen loswird FUNKTIONIERT WIRKLICH #DIY*. Als ihr Handy vibrierte, wollte sie erst gar nicht rangehen. Aber es war Kris, und vielleicht konnte die sie ja aufheitern.

Hannah wischte die Tränen weg und hob ab. »Was gibt's, Bitch?«

»Bussi, Schlampe«, grüßte Kris fröhlich zurück, »wie fühlst dich?«

»Wie immer. Scheiße.« Hannah pausierte das YouTube-Video.

»Du klingst komisch«, sagte Kris.

Hannah überlegte schnell. »Bin beim Fernschauen eingepennt.«

»Hast dann die Mail noch gar nicht g'les'n?«

»Welche Mail?«

»Von der Schule. Die erst'n zwei Stund'n fall'n morg'n aus.«

»Ehrlich?« Hannah grinste hämisch. »Was hat die gute Bibi jetzt schon wieder? Akuten Herzschmerz?«

»Chronischen Liebeskummer«, sagte Kris mit pathetischer

Stimme, und grunzte wie immer beim Lachen.

Hannah gähnte. Sie war wirklich müde, jetzt, wo sie nicht mehr weinte. »Dann kann ich ja ganz auf die Hausübung scheißen und weiterschlafen. Brauch's eh.«

»Ich hab' eine bessere Idee. Kann ich später vorbeikommen? Deine Eltern sind weg, oder?«

Hannah schielte auf ihren Laptop. Es war gerade mal kurz nach neun.

»Hm, ja«, sagte sie. »Die kommen frühestens morgen Abend wieder, die Säcke. Sagen mir, ich muss lernen, und leben selbst wie Studenten.«

»Bald sind *wir* Student'n, dann kömma mach'n, was'ma woll'n.«

Hannah schnaufte, sagte sonst nichts dazu; nachdenklich umkreiste sie mit dem Zeigefinger ein Loch in ihrer Hose.

»Brauchst gar ned solche Geräusche mach'n«, sagte Kris. »Ein Jahr noch. Das schaff'ma.«

»Du vielleicht«, sagte Hannah mit einem düsteren Seufzer. »Du, warum willst eigentlich kommen? Ich bin eigentlich ur –«

»Ich hab' neues Zeug, und es is' *richtig* fein.«

Hannah stemmte sich grinsend von der Couch hoch. »Hm. Ja, glaub', da hätt' ich mal wieder Bock drauf.«

»Lang her bei dir, gell?«

»Okay, komm rüber.« Hannah tänzelte auf Zehenspitzen hin und her, um ihren Körper ein bisschen in Schwung zu bringen.

»Kann noch bissl dauern«, sagte Kris, »ich muss vorher noch heim und eine Kleinigkeit erledig'n. Du kannst ja daweil noch ein Schlaferl mach'n.«

»Mach' ich vielleicht.«

»Und wunder dich nicht –« Kris kicherte. »Ich komm' verkleidet.«

Hannah runzelte die Stirn. »Verkleidet?«

»Oh ja! Vielleicht erkennst mich gar nicht.«

»Aha. Nix Grusliges, hoff' ich?«

»Naja, wie man's –« Kris wurde von einer Stimme aus dem Abseits unterbrochen, und rief, »*Ja doch, ich bin ja gleich so weit*! Sorry, Süße«, kehrte Kris zum Telefonat zurück, »die Bursch'n war'n mit einkauf'n, und stress'n deppert rum.«

»Liebe Grüße an Richie, den Oarsch«, sagte Hannah.

»*Liebe Grüße, du Oarsch*! – Er sagt, du kannst ihn mal, und fragt, ob er nachher mitkommen darf.«

»Na, bitte keine Dudes heut. Aber sag ihm, er soll nicht bös sein, nächstes Mal.«

»Okidoki! Bis bald!«

»Bye, Bitch.« Hannah legte auf, warf das Handy auf die Couch und streckte die Arme von sich. Sie war eigentlich viel zu erschöpft für ihre neuen Pläne mit Kris. So erschöpft, als hätte sie nicht nur gerade eben nicht geschlafen, sondern schon eine Weile nicht mehr, stattdessen die ganze letzte Nacht durchgevögelt. Aber das war noch etwas, das sie schon lang nicht mehr getan hatte.

Sie sollte wohl etwas zu essen vorbereiten: Wenn das Gras wirklich so gut war, würde Kris sicher die Munchies bekommen. Wenn es schlecht war, würde Kris auch die Munchies bekommen. Kris bekam meistens sogar dann jede zweite Stunde die Munchies, wenn sie nichts geraucht hatte.

Hannah entdeckte Tortilla-Chips im Krimskramsschrank in der Küche. Den Dip musste sie aber wegwerfen – der sollte rot sein, nicht grünlichweiß. Dafür fand sie Wodka im Tiefkühler, und im Kühlschrank diverse Sorten Mineralwasser mit Geschmack. Eigentlich gehörte auch noch das Wohnzimmer schnell gesaugt, aber Hannah wollte nicht. Sie musste ja auch nicht übertreiben. Kris kam, um high zu werden, nicht, um was vom Boden aufzulecken.

Hannah frischte sich im Bad ein bisschen auf und ging dann auf die Terrasse, um eine zu rauchen, aber es schmeckte nicht. Sie stupste die Terrassentür hinter sich zu und machte es sich wieder auf der Couch bequem. Sie ließ den Fernseher stumm und drückte in der YouTube-Playlist weiter zum nächsten Video. *Mental-Health-Selbsthilfe-Tutorial Wie man schlechte Freunde erkennt und loswird 100% ERFOLGSGARANTIE.*

»*Jeezus*«, hauchte Hannah, und probierte einen halben Tortilla-Chip. Trocken und widerlich. Als sie das nächste Video einschalten wollte – *Top Ten Verhütungsmethoden Vorteile und Nach-*

teile, was funktioniert wirklich? #KeineKinderKriegen #NoSTDs #GuteGütePleaseVerhüte –, klingelte es an der Tür.

Hannah hielt verblüfft inne. Es war erst zehn geworden. Wenn Kris sagte, es *kann noch bissl dauern*, wartete man für gewöhnlich noch vier, fünf Stunden auf sie. Aber vielleicht hatte sie ausnahmsweise nicht so auf gemütlich getan, wegen der Aussicht auf sturmfreies Rauchen; wenn es irgendetwas gab, für das Kris sich beeilen würde, dann war es Gras.

Es klingelte nochmal.

»Komm' schon!«, rief Hannah auf dem Weg zur Haustür; es klingelte ein drittes Mal. »*Chill* halt! Einmal drücken reicht! Das ist eine Klingel, keine Klitoris.«

Sie öffnete die Tür – und wich so überstürzt zurück, dass sie beinahe über ihre eigenen Füße stolperte.

Die Hand immer noch auf der Klinke, wollte sie die Tür schon wieder zuwerfen – als ihr einfiel, was Kris ihr angekündigt hatte. Hannah rollte mit den Augen.

»Ganz tolles Kostüm, du beschissene Hure«, sagte sie und trat zur Seite, um Kris hereinzulassen. »Mir wär' fast das Herz stehengeblieben, ich hoff', das ist dir klar.«

Der spätabendliche Besuch schloss die Tür hinter sich und baute sich vor Hannah auf, ein großer, dunkler, schlechter Scherz. Der schwarze Kapuzenmantel ragte bis über die Knie; Hose und Schuhe waren auch schwarz, genauso wie die Handschuhe. Das einzige Teil, das nicht schwarz war, war die Maske, die aus der Kapuze hervorlugte. Die war einem menschlichen Totenschädel nachempfunden, und schmutzig weiß wie schlecht gepflegte Zähne.

Hannah gluckste.

»Soll ich meins auch holen?«, fragte sie. »Wieso hast du das Ding wieder ausgegraben?«

Die Gestalt gab keine Antwort.

»Genug jetzt«, sagte Hannah ungeduldig. »Zieh das aus und komm mit.« Sie kehrte dem Totenschädel den Rücken zu und ging voraus ins Wohnzimmer. »Hast du zufällig Chips mitgebracht? Die einzigen, die ich hab', sind grauslich.« Hannah nahm noch einen Tortilla-Chip, roch daran und warf ihn mit gerümpfter

Nase zurück in die Schüssel. »Sollen wir vielleicht was bestellen?«, fragte sie, und drehte sich um.

Die Totenkopfmaske starrte Hannah aus dem Durchgang zum Vorzimmer entgegen. Antwort gab sie wieder keine.

»Was soll das?«

Der Totenschädel schwieg weiter.

»Lustig bist.« Hannah warf sich auf die Couch und durchforstete die YouTube-Vorschläge nach etwas Ansprechendem, aber die Suche schien vergebens. »Ich hab' keine Nerven für so einen Scheiß. Zieh das aus und setz dich her.«

Sie nahm einen Schluck Zitronenmineralwasser, aber sogar das schmeckte jetzt ranzig. Kris' blödes Kostüm hatte ihr jeden letzten Rest Appetit verdorben.

»Hast du das von Luke gehört?«, fragte Hannah, während sie Mixe und Playlists rauf und runter scrollte. Ihr Gast blieb still, aber sie ließ sich nicht beirren – vielleicht wusste Kris ja noch nicht Bescheid, und in dem Fall wollte Hannah ohnehin nicht unterbrochen werden.

»Er hat sich Freitagnacht geprügelt – *Luke* hat sich geprügelt! Und mit *Jo, of all people*. In der Home Bar. Aber weißt du, wieso? Kommst eh nicht drauf – weil Jo schlecht über Tristan gesprochen hat.« Hannah stieß ein knappes, heiseres Lachen aus. »Leider hat unser süßer Schwuleo keine Chance gehabt, *obviously*. Jo hat sich bestimmt eh zurückgehalten, sonst wär' Luke wohl im Koma.«

Sie ließ ihren Bericht in Gelächter ausklingen, das sich in ihren eigenen Ohren falsch anhörte. Aber ob falsch oder echt, jedenfalls ermattete Hannahs gute Laune, als immer noch keine Reaktion kam.

»Kannst du jetzt bitte endlich –«

Sie drehte sich beim Sprechen um, und erstarrte vor Schreck. Die schwarze Gestalt hatte sich an die Couch herangeschlichen, leiser, als Hannah es Kris zugetraut hätte. Hannah suchte Kris' Blick, fand nur tiefe, knochige Plastikhöhlen, die Augen hinter engmaschigem, schwarzem Stoff verborgen. Hannah erinnerte sich: Besonders gut sah man nicht durch, aber gut genug. Die Maske hatte keinen Unterkiefer, aber sie war ein bisschen überdimensioniert, sodass der Plastikoberkiefer fast bis zum echten

Kinn reichte; darunter lugte auch nur Schwärze hervor: Die Gestalt schien eine Sturmhaube zu tragen, *und* sie hatte einen Rollkragen ganz ausgerollt, sodass kein Fleckchen Haut zu sehen war. Vielleicht hatte Kris schlimme Hautunreinheiten, die sie verstecken wollte – aber dass sie so weit gehen würde, einen Rollkragen zu tragen, schockierte Hannah: Sie und Kris hatten sich mal drauf geeinigt, dass Rollkragen aus der Mode gewesen waren, bevor man sie überhaupt erfunden hatte.

Das ist nicht Kris, schoss es Hannah durch den Kopf.

Sie verdrängte den Gedanken sofort. Er durfte nicht stimmen. Es kam gar nicht infrage, dass er stimmte.

»Ernsthaft jetzt.« Hannah stand auf. »Wenn du Scheißkind nicht endlich das Kackkostüm ausziehst und den Ofen rollst, kannst dich wieder schleichen.«

Sie stemmte die Arme in die Hüften und richtete sich zu ihrer vollen Größe auf, um zu zeigen, wie ernst sie es meinte. Ihre Entschlossenheit schwand, als ihr dämmerte, wie eigenartig es war, dass die Person in ihrem Wohnzimmer sie um gut einen halben Kopf überragte. Kris war doch kleiner als sie.

Das musste an der Verkleidung liegen. Es fiel Hannahs müdem, traurigem Gehirn leicht, sich mit dieser Erklärung abzufinden. Ganz ruhig spazierte sie an der verkleideten Person (*Kris Kris Kris, das ist Kris*) vorbei auf den Gang und weiter in die Küche.

»Hat dir das leicht schon wer erzählt?«, fragte sie mit lauter Stimme, während sie unnützerweise die Schränke nach mehr Knabberzeug durchkramte. »Oder warst sogar dabei? Würd' mich nicht wundern, wenn du doch länger geblieben wärst. Gut, dass ich nicht auf dich gewartet hab', verlogene Drecksau.«

Sie waren am Freitag gemeinsam unterwegs gewesen, aber Hannah war recht früh heimgegangen, weil ihr schlecht geworden war. Kris hatte sie ein kleines Stück begleiten wollen, war aber von – *Surprise* – einem Joint zum Verweilen überredet worden. Sie hatte gemeint, sie würde wahrscheinlich eh danach gehen, Hannah sollte warten. Allerdings änderte Kris sehr oft sehr schnell ihre Meinung. Und Kris' Wohnung war viel näher an der Innenstadt, Hannah hätte den Großteil des Weges sowieso allein bestreiten müssen. Also hatte sie Kris mit Richie und dem Gras zurückgelassen.

Hannah fand doch noch etwas zu essen: eine halbvolle Packung Popcorn-Mais. »Sollen wir uns Popcorn machen?«, rief sie. »Glaub', die sind noch gut.«

Sie wandte sich um – und stieß beinahe mit der schwarzen Gestalt zusammen. Der Totenschädel starrte stumm auf sie hinab.

Hannah knallte das Popcorn mit wütender Wucht auf die Küchenplatte. Die Körner explodierten aus der Packung, hagelten über ihre Hand, aufs Cerankochfeld, in die Spüle, auf den Boden.

»Es *reicht* jetzt! Nimm die Maske ab und bau uns was oder geh heim!«

Ein paar Sekunden lang standen sie reglos da, dicht beieinander, fast Nase an Plastiknasenbein. Als der Besuch den Arm bewegte, wich Hannah einen Schritt zurück, aber er griff nur in seine Mantelinnentasche.

Das Messer, das er herauszog, war schön und scheußlich, zweischneidig und lang; es sah scharf aus, und schwer, und absurd.

Ein greller Schleier schien sich über Hannahs Verstand zu legen. Eine verwirrte Frage blitzte darin auf: *Was denkt sich Kris bei dem Scheiß?*

Dann stach der Totenschädel zu.

Und Hannah gestand sich endlich ein, dass das vielleicht tatsächlich doch nicht diese blöde Bitch Kris war.

2

Bis Kris endlich ankam, konnte sie nur hoffen, dass Hannah nicht eingeschlafen war. Alles hatte viel länger gedauert als erwartet. Dabei hatte sie extra nur einen klitzekleinen Mini-Spliff geraucht unterwegs, damit genau das nicht passieren würde. Aber es *war* starker Shit. Feines Zeug halt, wie sie Hannah versprochen hatte.

Sie zupfte an der Krempe ihres süßen neuen Hexenhuts, klingelte, klopfte, und kicherte. Während sie wartete, kicherte sie weiter. Sie konnte gar nicht mehr aufhören.

Nach einer Weile erkannte sie, dass sie schon erstaunlich lange wartete. Oder war das wieder ihre verkorkste innere Uhr? Sie kramte ihr Handy aus ihrer Tasche. Es war kurz nach Mitternacht;

gar nicht *so* spät. Sie rief Hannah an. Hannah hob nicht ab.

Kris zog eine Schnute und versuchte, nachzudenken. Das Letzte, was sie tun wollte, war, wieder umzudrehen und unverrichteter Dinge heimzuspazieren. Zumindest Geld für ein Taxi wollte sie sich von Hannah leihen.

Sie ging außen ums Haus herum, bemüht, über nichts zu stolpern. Sie stolperte trotzdem, und das brachte sie wieder zum Kichern. Sie blieb stehen, räusperte sich, und schlich weiter. Und sie *schlich* tatsächlich. Warum, wusste sie nicht, aber es erschien ihr angebracht. Vielleicht beruhigte es sie ein wenig? Nein, im Gegenteil: Wie langsam sie sich bewegte, war plötzlich das Lustigste auf der Welt, und sie lachte, zu laut für die Uhrzeit vielleicht. Andererseits konnte sie eh kaum jemand hören. Hannahs Haus war früher Hausparty-Haus erster Wahl gewesen, weil es so schön abgeschieden dastand, für Stadtverhältnisse.

Kris huschte auf die Terrasse und entdeckte, dass die Tür zu war, und das Wohnzimmer dunkel. Sie klopfte sanft ans Glas.

»Hannah«, flüster-rief sie, und wieder lachte sie, als wäre der Name ihrer Freundin mindestens genauso witzig wie ihr Geschleiche. »Hannah, aufmachen!« Keine Antwort. »*Hannah*!«

Und als sich in der Dunkelheit drinnen immer noch kein Schatten regte, wich Kris' Heiterkeit einer nagenden Ungeduld. Sie hatten schließlich fix ausgemacht, dass sie vorbeikommen sollte. Wenn Hannah schon schlief, würde sie sie aufwecken, so einfach war das.

Sie hämmerte gegen das Glas – und japste vor Schreck, als die Tür nach innen aufschwang. Als sie begriff, lachte sie vergnügt und trat ein; kurz hatte sie geglaubt, sie hätte was kaputt gemacht.

»Du hast für mich off'n g'lass'n!«, rief sie entzückt. »Saulieb von dir!«

Es blieb still im Haus. Kris zog die Augenbrauen hoch, rückte erneut ihren Hexenhut zurecht und betätigte den Lichtschalter. Chips, Wodka und Mineralwasser standen auf dem Couchtisch bereit, und Hannahs Laptop auch. Ihr Handy lag auf der Couch. Nur Hannah fehlte.

»Hal-LO-oh! Oh, *Hannilein*! Wach auf und komm *her* zu mir!«

Kris lauschte nach einer Antwort, einem Lebenszeichen. Nichts zu hören. Sie ließ den Blick nochmal durchs Wohnzimmer schweifen, begriff aber schnell, dass das Quatsch war: Worauf hoffte sie, dass sie Hannah bisher einfach übersehen hatte? Dass Hannah sich verstecke?

Kris schmatzte mit den Lippen. »*Hannah*?« Sie durchquerte das Wohnzimmer, spähte in den Gang und wollte die Treppe hoch rufen, sah aber vorher das Licht in der Küche. Sie seufzte erleichtert und tänzelte hinüber. Die Küche, das war typisch. Hannah tat gern so, als wäre sie magersüchtig, aber gerade nachts fraß sie oft wie ein scheinschwangerer Scheunendrescher.

Bloß, die Küche war auch menschenverlassen. Kris sah eine Packung Popcorn-Mais neben der Herdplatte stehen und bekam sofort Gusta. Dann erst fiel ihr das Chaos am Boden auf, und ihr Gusta legte sich, noch bevor sie ganz verstand, *was* sie da sah.

Eine Pfütze grindig roten Zeugs hatte sich auf den Fliesen ausgebreitet; Spritzer davon klebten an Schranktüren; eine Spur führte ans andere Ende der Küche und durch die Tür dort, eine Spur, als wäre etwas Schweres durch die rote Flüssigkeit geschleift worden. Und kleine Käfer tummelten sich in der Pfütze – aber nein, das waren nur Maiskörner …

Kris' erster Gedanke galt rostigem Wasser, denn was sollte es sonst sein? Ihr zweiter war, dass Hannah die Periode-*to-end-all*-Perioden gehabt haben musste, oder aber eine höllisch wilde Fehlgeburt.

Und damit endlich akzeptierte sie, was sie zuerst nicht hatte akzeptieren wollen: dass das rote Zeug sicher *kein* rostiges Wasser war.

Kris schrie, als wäre all das viele Blut ihr eigenes.

3

Wenn Tristan die Straße entlangging, blickten ihm die Leute hinterher. Mädchen drehten die Köpfe nach ihm um; Burschen schielten und schnauften und versuchten, sich nichts anmerken zu lassen. Erwachsene Frauen erröteten, oder fanden durchschaubare Ausreden, um ihn anzusprechen – plumpe Versuche, denen er sich meist widersetzte, indem er einfach weiterging. Gefallen fand er trotzdem daran. An der Aufmerksamkeit; den Blicken; dem Verlangen, das er auslöste. Tristan war schön – er wusste, dass er schön war – und er mochte es, schön zu sein.

Es war Montagmorgen, und Tristan war auf dem Weg zur Schule. Er hatte es nicht weit, ging jeden Tag zu Fuß – nicht zuletzt eben, um Blicke auf sich zu ziehen und so zu tun, als würde er sie nicht bemerken. Ein junges Paar kam ihm entgegen und verstummte, die Augen des Manns genauso auf ihn gerichtet wie die seiner Freundin. Ein Postler schaute von seiner Fracht auf, senkte den Blick zurück auf seine Arbeit und hob ihn sofort wieder, wie um sicherzugehen, dass er richtig gesehen hatte. Sogar Jos Großmutter, sich aus dem Friseursalon hievend, hielt inne und starrte ihn unverhohlen an, Augen weit aufgerissen, als wäre sein Erscheinungsbild ein regelrechter Skandal … oder als hätte ihr Enkelsohn ihr erzählt, dass er Sex mit ihm gehabt hatte – aber das konnte er wohl getrost ausschließen.

Das Gymnasium sah aus wie ein Gefängnis: ein schmutzigweißer Betonkoloss, alt, glatt, quadratisch, böse. Obwohl der Unterricht in fünf Minuten beginnen sollte, standen noch einige bekannte Gesichter rauchend vor dem Haupteingang. Tristan hätte sich unter anderen Umständen vielleicht dazugesellt, aber diesmal wollte er schnell in die Klasse und tat daher so, als würde er sie gar nicht sehen. In Wirklichkeit sah er sie sehr genau; eines seiner Talente.

Jo wirkte müde und restfett, aber beides war nichts Neues. Umso neuer war dafür das fette Veilchen um sein linkes Auge. Tristan hatte keine Ahnung, was da passiert war, aber das würde er schon noch herausfinden.

Neben Jo stand Marie, die selbst nicht rauchte, aber offenbar nicht neugierig genug auf den Unterricht war, um es eilig zu haben. Sie schmunzelte wegen etwas, das Richie gerade erzählte. Ihr Blick war schlaftrunken und doch eifrig auf sein Gesicht geheftet, wofür sie den Kopf recht weit in den Nacken legen musste: Richie war ein ziemlicher Riese.

Richie selbst lachte sehr viel herzhafter über seine eigene Geschichte, und deutete mit einem knochigen Zeigefinger auf das Loch in seinem orangen Strickpullover. Die Farbe des Pullis war an sich schon recht scheußlich, und noch dazu biss sie sich heftig mit den fuchsroten Locken, die unter seiner Mütze hervorquollen.

Etwas abseits stand Luke, seine Zigarette schon fast bis zu seinen Fingern hinuntergebrannt. Unter seinen Stirnfransen, die dringend nach einer Schere verlangten, und einem ulkigen Fedora, von dem ihm besser jemand abgeraten hätte, lugten große Augen hervor, die völlig indiskret auf Tristan geheftet waren.

Schnell, aber ohne zu hetzen, aufrecht, aber lässig ging Tristan an der kleinen Gruppe vorbei, und kommentierte ihre Morgengrüße mit einem vagen Lächeln. Er brauchte selten überschwänglicher zu reagieren, um sich des Wohlwollens anderer sicher zu sein. Die meisten würden ihn immer wieder begrüßen, zu Partys einladen, seine Ansicht kennen und seine Zustimmung ernten wollen. Er hatte etwas an sich, das den Leuten gefiel; und seiner Einschätzung nach konnte das nur eine Sache sein, so dumm und infantil das auch – sogar ihm selbst – erschien: Sie mochten ihn, *weil* er schön war.

Tristan vernachlässigte den Weg zu seinem Spind im Keller. Fleck, die alte Vogelscheuche, stand im Eingangsbereich; er schien Tristans schmutzige Sneaker zu bemerken, sagte aber kein Wort, nickte ihm nur zum Gruß. Anton Baumgartner hieß der Hausmeister eigentlich; *Fleck* war der Spitzname, den sich die Schülerinnen und Schüler für ihn ausgedacht hatten, und er hörte sogar darauf. Tristan mochte Fleck. Ein Schulwart, der sich selbst kaum um Regeln wie die Hausschuhpflicht scherte, war viel wert.

Während Tristan sich dem Musiksaal näherte, wuchs die Dringlichkeit in seiner Brust. Der Unterricht würde jeden Augenblick beginnen, aber der war nicht der Grund dafür, dass er pünktlich sein wollte. (Auch wenn er Musik mochte: In den Stunden bei Professor Rotschert hatte er nichts zu tun, außer die anderen zu beobachten, ihrem falschen Gesang zu lauschen und sich an ihrer Talentlosigkeit zu ergötzen. Nicht, dass er talentierter war; er war nur schlau genug, nicht mitzusingen.) Was ihn stattdessen zur ersten Stunde lockte – oder heute zur dritten, nachdem Bibi wieder mal ausgefallen war –, saß im Musiksaal auf einem Fensterbrett und starrte hinunter auf die Straße. Tristans Herz setzte einen Sprung aus, und kletterte dann in seinen Hals hinauf.

Lily Fenrir hatte die ganze vorherige Woche krankheitsbedingt gefehlt, und Tristan hatte gehofft – *verzweifelt* gehofft –, dass sie heute zurückkehren würde. Ihr blondes Haar war auf der einen Seite frisch getrimmt, noch kürzer als bisher; auf der anderen Seite, dem Fenster zugewandt, fiel es ihr bis knapp unters Kinn, wo Tristan es eine kleine Welle schlagen sah. Ihr Outfit – dunkle Vintage-Bluse mit blumigem Paisleymuster, buntgestreifte Strumpfhose unter schwarzem Rock – hätte bei anderen leicht dämlich oder affektiert aussehen können. Ein Bein baumelte vom Fensterbrett, schaukelte aber nicht geistlos, sondern wie zu einer Melodie in ihrem Kopf; das andere hatte sie abgewinkelt aufgestellt und mit den Armen umschlungen. Sie trug keinen Nagellack, kaum Make-up; ihr Profil war ganz still und ganz lebendig, ihre Nase niedlich und perfekt, ihre Wangen nobel blass. Ihre Lippen waren fest aufeinandergepresst – vielleicht dachte sie angestrengt über etwas nach … vielleicht auch nicht. Er hatte keine Ahnung. Das war nämlich die Sache an Lily: Er konnte sie kaum lesen; wusste nie, was in ihr vorging; wusste nicht, was sie dachte, oder wollte, oder nicht dachte und wollte.

Er wusste nur, dass sie schön war. So … schön.

Zum ersten Mal war das Tristan vor einigen Monaten aufgefallen. Er hatte anfangs gehofft – war eigentlich fix davon ausgegangen –, dass sich das über die Sommerferien legen würde; er und Lily hatten privat nicht viel miteinander zu tun, und wenn sich ihre Wege gelegentlich beim Fortgehen kreuzten, sprachen sie kaum, eigentlich gar nicht, miteinander. Sie war, wenn überhaupt, normalerweise mit ihrem besten Freund Jo unterwegs, und der zumindest schien Tristan nicht mehr besonders gut leiden zu können, seit sie gevögelt hatten. (Nicht dass Tristan es ihm verübelte.) Aber *wenn* Tristan Lily im Sommer gesehen hatte, hatte er jedes Mal den Blick kaum von ihr nehmen können; hatte er bei ihr sein wollen … aber sich *nicht getraut*, zu ihr zu gehen – wovon er ungelogen behaupten konnte, dass es ihm noch nie, mit egal welchem Menschen, passiert war. Als die Schule wieder begonnen hatte, hatte er nicht an die Matura gedacht, sondern an Lily – und als sie in der zweiten Schulwoche plötzlich nicht aufgetaucht war, hatte es ihm das Herz zerrissen. Spätestens da war ihm klar geworden, was los war. Wie traurig ihr Fehlen ihn gemacht hatte, wie *besorgt* sogar, war völlig absurd … total übertrieben … machte nicht den geringsten Sinn …

Tristan hatte sich verliebt.

Die Glocke kündigte den Beginn der Stunde an, und Frau Professor Rotschert schwang sich in den Raum und rief, »So, Hintern auf die Sessel und Münder zu, bitte!« Es dauerte noch eine Weile, bis alle saßen. Tristan selbst verharrte vorne im Saal, sah zu, wie Lily sich graziös vom Fensterbrett herabließ und auf ihren Platz setzte. Als hinter ihm aber die Tür nochmal aufflog und sogar die Raucher mitsamt Marie hereintrampelten, schlenderte er hinter ihnen her zu seinem Tisch in der letzten Reihe. Er begegnete keinem einzigen Blick, auch wenn er so manchen auf sich spürte. So manchen, aber nicht Lilys.

*

Mittagspause. Die meisten Schülerinnen und Schüler durften nach Hause, nur die höheren Schulstufen blieben für ihren Nachmittagsunterricht zurück. Als Tristan mit einem Becher verwässerten Automatenkaffees die Kantine betrat, übersättigten sich andere bereits mit mitgebrachten Sandwiches oder am heutigen Menü: Fenchelsalat, gebackener Käse und Bratkartoffeln. Es war die monatliche Veggie-Woche.

»Widerliche Kombi«, sagte Filippe, als Tristan sich ihm gegenübersetzte. »Warum nicht einfach Kartoffelgratin? Warum umständlich und grauslich?«

Tristan würdigte diese berechtigte Frage keiner Antwort. Stattdessen lächelte er Filippe kurz zu; ein nichtssagendes Lächeln, das ihm aber trotzdem eines retour einbrachte. Filippe war Tristans verhaltenes Verhalten gewohnt, und nahm ihm selten etwas übel.

Warum ausgerechnet zwischen Filippe Rashid und ihm die Freundschaft besonders gut funktionierte, konnte Tristan sich kaum erklären. Er versuchte es aber auch gar nicht. Er freute sich einfach, so etwas wie einen wahren Freund gefunden zu haben; noch dazu einen, der ganz sicher nicht mit ihm schlafen würde und mit dem Tristan auch nicht schlafen wollte, auch wenn er attraktiv war, auf seine Weise. Seine Nase war schief und er sah jünger aus, als er – der Älteste im Jahrgang – war, aber seine Züge waren dementsprechend bubenhaft hübsch, seine Augen richtig schön, und Tristan würde es niemals zugeben – Eifersucht stand ihm nicht –, aber für Filippes ausgeprägt maskulinen Brustkorb hätte er wohl gemordet.

»Du hast mir in Turnen gefehlt«, sagte Filippe. »Bist du krank?«

»Nicht krank genug, um zwei Stunden lang einem Ball hinterherzulaufen, damit ich ihn treten kann.«

»Ah, *I see*. Ja, ich hoff', dass Sport im finalen Stundenplan nicht am Montag vorm Mittagessen bleibt. Mir war vorm Laufen eh schon schlecht vom Wochenende, und der Grind da jetzt hilft auch nicht.« Filippe steckte sich mit räuberischem Genuss eine Gabel der Mahlzeit, die ihm so zuwider war, in den Mund. »Wie war Musik?«

»Lyrisch«, sagte Tristan. »Wie waren Bildnerische Erziehung und Religion?«

»Zeichnen war zach, Religion war zacher. Der Gutleb hat wieder mal die halbe Bibel vorgelesen. Bis der checkt, dass ihm keiner zuhört, ist die Apokalypse dreimal vorbei.«

Filippe widmete sich wieder ganz seinen Kartoffeln. Tristan ließ den Blick durch den Raum wandern. An einem Tisch stocherte Lily mit hochgezogenen Augenbrauen in ihrem Essen herum. Bei ihr saßen Jo und Ingo, was Tristan gleichzeitig stilles Vergnügen und vages Unbehagen bereitete: Wie Jo war Ingo einer der Burschen, die Tristans facettenreiche Neigungen ausgenutzt hatten, um ein bisschen über ihre vermeintlichen Grenzen hinaus zu experimentieren. Lily wusste das vielleicht gar nicht; genauso wenig, wie sie wusste, dass sie diejenige war, mit der Tristan selbst am liebsten in allen erdenklichen Arten und Weisen experimentiert hätte.

Lily hob den Kopf, also wandte Tristan seinen schnell ab. Ihre Blicke waren einander dennoch kurz begegnet, glaubte er. Er hoffte, dass er sich das eingebildet hatte. Dass er Lily kaum verstand, war schlimm genug; sie sollte jetzt bloß nicht umgekehrt Einblick in *seine* Gedankenwelt gewinnen, bevor er sich entschieden hatte, wie er mit seinen unvorhergesehenen, unpraktischen

Gefühlen umgehen wollte.

Er entdeckte Nikki und Doc an einem anderen Tisch, und fragte Filippe, »Wieso sitzt du nicht bei ihnen?« Nikki und Doc waren noch zwei, mit denen ihn sowas wie echte Freundschaft verband, und Filippe war wohl der Leim, der alles zusammenhielt. Speziell Nikki mochte Tristan aber selbst sehr, sogar fast mehr, als ihm recht war; beides, weil er oft das Gefühl hatte, dass sie ihn besser durchschaute als sonst jemand.

»Bei wenen? Ach so – schau genau.«

Der Grund für Filippes Entscheidung zum einsamen Lunch offenbarte sich Tristan, als Nikki sich zur Seite lehnte und Theresa sichtbar wurde, die zwischen ihr und Doc kauerte und mit missmutiger Miene ein Gespräch im Alleingang zu führen schien. Es war aber wahrscheinlich nicht das Schweigen der anderen beiden, das sie grämte – sofern sie überhaupt etwas grämte: Theresa sah prinzipiell immer so aus, als wäre sie schlecht gelaunt.

»Ah«, machte Tristan.

»Nichts gegen die gute Theresa«, sagte Filippe, »aber ich verzicht' lieber auf Nahrung, bevor ich mir beim Essen die ganze Zeit ihr grantiges Gfries anschauen muss. Worüber haben wir gesprochen? Ah, ja – Religion – das wollt ich noch erzählen: Der Gutleb hat die Kondome in Yvonne ihrem Federpenal gefunden, *haha*. Weiß nicht, wem von beiden das peinlicher war …«

Filippe laberte weiter, und Tristan ließ ihn. Nikki bemerkte indessen seinen Blick, winkte ihm zu und verdrehte die Augen in Richtung Theresa und Doc. Tristan lächelte knapp, nickte, ließ den Blick weiter schweifen und sah seine Cousine Caro in der Schlange zur Essenstheke. Er zog in Erwägung, zu ihr zu gehen und mit ihr zu plaudern, als Filippe etwas sagte, das Tristans Aufmerksamkeit zurückgewann.

»… Hannah schon wieder nicht da, und sie hat sich diesmal nicht mal krankgemeldet.«

»Was?«, fragte Tristan.

Filippe runzelte die Stirn. »Was was?«

»Was ist mit Hannah?«

»Sie ist schon wieder nicht in die Schule gekommen. Und sie hat anscheinend keinem geschrieben, dass sie nicht kommt. Und

Professor Buntstift hat auch nach ihr gefragt, also hat die Schule wohl auch nicht Bescheid gewusst.«

»Kris war in Musik auch nicht da«, fiel Tristan ein. Das war ihm bisher nicht weiter beachtenswert erschienen: Kris vergaß gelegentlich schon mal, in die Schule zu kommen.

»Vielleicht waren sie gestern gemeinsam saufen«, sagte Filippe. »Nein – *wahrscheinlich* waren sie das.«

»Ja«, hörte Tristan sich zustimmen, »ja, vielleicht … Hast du Hannah am Wochenende –?«

»Hey«, fiel jemand Tristan ins Wort.

Luke war an ihren Tisch herangetreten. Er türmte über ihnen, und nicht nur, weil sie saßen: Luke war noch größer als Richie. Er hatte beide Hände am Schultergürtel seiner Umhängetasche, fummelte mit seinen langen Fingern nervös daran herum. Seine Fingernägel waren abgekaut, stellte Tristan fest. Und noch etwas fiel ihm auf, jetzt, wo er Luke aus der Nähe sah: Manche Stellen in seinem Gesicht waren mit Concealer überschminkt – die linke Schläfe, hoch oben auf beiden Wangen, am Kinn … Tristan dachte an Jos blaues Auge – und verwarf den Gedanken gleich wieder. Jo würde sich doch sicher nicht mit *Luke* prügeln, und Luke würde sich mit *überhaupt* niemandem prügeln. Es waren wahrscheinlich nur Pickel, die Luke zu tarnen versuchte.

»Hallo«, erwiderte Tristan gelangweilt.

Luke schien verdattert, mit einem Mal noch verunsicherter, als er ohnehin die meiste Zeit war. Tristan schenkte ihm das gleiche Lächeln, mit dem er Filippe begrüßt hatte. Bei Luke erzielte es eine andere Wirkung: Er schluckte und wich einen Halbschritt zurück.

»Was gibt's, großer Mann?«, fragte Filippe heiter.

Als Luke zur Antwort ansetzte, wurde es plötzlich ungewöhnlich still in der Kantine. Alle in ihrer Nähe wandten sich nach dem Eingang um. Tristan folgte den Blicken.

Frau Direktor Doktor Irmgard Hartplatz war eingetreten, und schaute wie immer reichlich streng und misstrauisch drein. Zu ihrer Rechten standen Professor Rudolf Killa, mit ungewohnt ernster Miene, und Bibi, deren Anblick Tristan überraschte; die entfallenen ersten zwei Stunden hätten schließlich ihr Mathematikunterricht sein sollen.

Der Grund für das Massenschweigen war aber wohl nicht Bibis unerwartetes Auftauchen. Die Direktorin hatte vier weitere Gestalten mitgebracht; Fremde, und nicht nur das: Zwei davon waren Männer in Uniform.

»Okay, hört mir bitte alle mal zu«, rief die Hartplatz, als würden nicht schon längst alle gebannt in ihre Richtung starren. »Letzte Nacht hat sich etwas … Fragwürdiges ereignet. Um Klarheit in die Sache zu bringen, sind Chefinspektor Schrammer –« Sie deutete auf den Mann neben ihr, der neugierig lächelnd die Menge musterte; er war recht dick und hatte einen Schnauzbart und sah insgesamt sehr wie der Polizist aus, der er war, obwohl er keine Uniform trug, sondern einen faden, knittrigen Alltagsanzug. Seine Wangen und seine klumpige Nase leuchteten rot, und Tristan hegte den Verdacht, dass das wenig mit der Herbstluft zu tun hatte und mehr mit dem, was sich der Herr Inspektor gerne in den Morgenkaffee mischte. »– und Inspektorin Fletscher vom Landeskriminalamt heute unsere Gäste.«

Sie unterließ es, auch auf die Frau zu zeigen. Inspektorin Fletscher schien sich darüber nicht zu ärgern. Sie war deutlich jünger als ihr Kollege, aber um einiges formidabler, ihre Ausstrahlung rigide und ungemütlich. Ihr starrer Blick wanderte über die Gesichter der versammelten Teenager – und blieb an Tristan hängen. Tristan hatte das Gefühl, dass das ausnahmsweise nichts mit seinem Erscheinungsbild zu tun hatte.

»Einige von euch werden im Laufe des Nachmittags für ein kurzes Gespräch in mein Büro gerufen«, fuhr die Hartplatz fort; die Anwesenheit der beiden uniformierten Polizisten zu erklären, hielt sie wohl nicht für notwendig. »Bitte kommt, kooperiert, und nehmt sonst ganz normal am Unterricht teil. Noch besteht kein ernstzunehmender Grund, sich aufzuregen – die Wahrscheinlichkeit, dass einfach ein Missverständnis vorliegt, ist alles andere als gering.«

Der Herr Inspektor warf der Direktorin einen flüchtigen Blick zu. Auch Bibi und Killa schielten in ihre Richtung, bevor sie einander ansahen und die Gesichter dann schnell wieder nach vorne richteten. Anscheinend war die Hartplatz als Einzige der Meinung, dass es sich um ein Missverständnis handeln könnte.

»Jede und jeder von euch darf nach dem Unterricht nach Hause gehen. Wer bis dahin nicht aufgerufen wird, darf sich aber frei fühlen, zu mir zu kommen, falls sie oder er glaubt, etwas Relevantes beitragen zu können. Außerdem haben sich Frau Professor Blocksberg und Herr Professor Killa bereiterklärt, nach dem Unterricht in der Schule zu bleiben, falls ihr lieber mit ihnen sprechen wollt als mit mir oder mit Herrn Schrammer und Frau Fletscher. Die Schulärztin steht euch ebenfalls zur Verfügung. Ich wünsche euch allen einen schönen Tag.«

»Und wie soll ich wissen, ob ich was Relevantes weiß?«, fragte Filippe, als der merkwürdige Trupp die Kantine verließ und hektisches Getuschel sich breitmachte. »Wenn die uns nicht mal ansatzweise verraten, worum's geht?«

»Ein erstes Interview«, antwortete Tristan, »und schon weiß die gesamte Schule Bescheid, was los ist.«

»Oh. *Right.*«

Zufrieden vertiefte Filippe sich wieder in seine Mahlzeit. Tristan wandte sich nach Luke um – aber der war weg. Er hatte sich bei der Essensausgabe angestellt und versuchte vergebens, sich klein zu machen.

*

Der Tag brachte noch mehr Unregelmäßigkeit: Zu Beginn der nächsten Stunde betrat Bibi das Klassenzimmer. Sie lächelte nervös in die Runde und forderte mit leiser Stimme zum Setzen auf.

»Professor Himberi ist krank«, erklärte sie, als ein Anflug von Ruhe eingekehrt war. »Frau Direktor Hartplatz hat mir daher angeboten, eine meiner Stunden vom Morgen jetzt nachzuholen.«

Nikki zeigte auf. »Was ist letzte Nacht passiert?«

»Bist du deshalb heut Früh nicht gekommen, Bibi?«, fragte Filippe.

Bibi kniff die Augen zusammen; sie hörte zwar auf ihren Spitznamen, aber anders als Fleck, der seinen mit Stolz zu tragen schien, hatte Frau Professor Barbara Blocksberg ihren nach langem Kampf in erschöpfter Resignation akzeptiert.

»Nein«, antwortete sie, und dann lauter, um die neue Welle aufgeregten Gemurmels zu übertönen: »Ich sag' euch, was ich euch sagen darf, wenn ihr *ruhig* seid!«

Die Klasse verstummte. Bibi schrumpfte sogleich wieder in ihre dauergeduckte Körperhaltung zurück, und ihre Stimme senkte sich zu ihrem üblichen kraftlosen, holprigen Fiepen.

»Ich darf euch sagen, dass es jetzt wichtig ist, dass alle sich normal verhalten und auf die Polizei hören. Diejenigen von euch, die zur Direktorin gerufen werden, werden in dem notwendigen Ausmaß informiert. Alle anderen bitten wir um Verständnis und Geduld, und darum, Ruhe zu bewahren, damit wir die Angelegenheit klären können. Wenn wir Genaueres wissen, erfahren es alle.«

Es war offensichtlich, dass sie diese kleine Rede vorgekaut bekommen hatte. Tristan sah, dass Feuchtigkeit in ihren Augen schimmerte. Das war nichts Ungewöhnliches: Bibi war oft dem Heulen nahe, früher wegen ihres Ehemanns und seit geraumer Zeit wegen ihrer langwierigen Scheidung. Trotzdem fand Tristan den Anblick bedenklich – denn Bibi schien heute nicht einmal zu versuchen, ihre Tränen zu verbergen.

Tristan warf einen Blick auf die zwei leeren Plätze im Klassenzimmer; Hannah war nicht da, und Kris war nicht da … dafür die Polizei. Er bemerkte, dass ihm das Atmen schwerfiel. *Ruhe bewahren*, lautete der Auftrag vonseiten Schulleitung und Kriminalamt, und Tristan hätte sich auch ohne diese Vorgabe darum bemüht – er hasste es, die Kontrolle zu verlieren, hasste es, wenn andere erkennen konnten, was in ihm vorging … Aber die Sache beunruhigte ihn dermaßen, dass er nichts mehr zu bewahren hatte außer vorgespielte Gelassenheit.

Die anderen hingegen beunruhigte vielmehr Bibis Ankündigung, dass Statistik Bestandteil der ersten Schularbeit sein würde. Dass die Polizei im Haus war, war damit für die meisten vorübergehend Schnee von gestern.

Während sich der Rest der Klasse in Beschwerden und Überredungsversuchen erging, lehnte Filippe sich zu Tristan hinüber und flüsterte, »Vielleicht hat wer den Himberi gekillt, und deshalb ist er heut nicht da. Würd' mich nicht wundern.«

»Niemand macht sich die Mühe und bringt den alten Mann um«, sagte Tristan. »Das erledigt seine Leber ohnehin bald. Außerdem hätte sie nicht so entspannt über seine Abwesenheit gesprochen, wenn's um ihn gehen würde …« Tristan schielte nochmal nach den Plätzen von Hannah und Kris; sein Blick begegnete Lilys, diesmal zweifelsfrei, und er wandte sich schnell wieder ab. »Sie hätte einfach gesagt, dass die Stunden verschoben und getauscht worden sind.«

»*Right, right* …«, sagte Filippe, und klang dabei nicht unbedingt so, als könnte er das Argument wirklich nachvollziehen. »Aber was kann sonst passiert sein?«

Tristan antwortete nicht.

*

In der Pause liefen zahlreiche Schülerinnen und Schüler aufgeregt durch die Gänge des Gymnasiums, huschten von Klassenzimmer zu Klassenzimmer auf der Jagd nach durchgedrungenen Details. Tristan erkannte schnell, dass das sinnlos war: Wenn alle nach Infos suchten, konnte es noch keine Infos geben. Niemand wusste zu berichten, dass bereits jemand in das Büro der Direktorin gerufen worden war, und dafür gab es nur eine Erklärung, und eine sehr simple noch dazu: Es *war* schlicht und ergreifend noch niemand ins Büro der Direktorin gerufen worden.

»Vielleicht geht's nach Jahrgang«, meinte Filippe. »Wer von uns kennt schon Erstklässler?«

»Es ist Nachmittag«, sagte Tristan. »Nur noch Oberstufen da.«

»Oh. Dann … werden vielleicht die Lehrer zuerst befragt?«

Tristan zuckte nur mit den Schultern, aber er war recht überzeugt davon, es besser zu wissen: Während der ersten Stunde nach der Ankündigung hatte man absichtlich niemanden zur Befragung geholt, damit das allgemeine Interesse Zeit hatte, abzuflauen (wobei man in dieser Absicht grandios gescheitert wäre) – und vielleicht, damit die Polizei beobachten konnte, ob sich jemand nach der Ankündigung verdächtig verhalten, vielleicht sogar versuchen würde, das Gebäude zu verlassen …

Erst nach dem Läuten zur neuen Stunde machte Tristan sich auf den Weg zum Chemiesaal. Erstaunlicherweise traf er trotzdem vor Professor Killa ein, was Tristan noch nervöser machte. Und als Rudi schließlich im weißen Kittel den Raum betrat, merkte Tristan eines sofort: Genau wie Bibi fühlte er sich wahnsinnig unwohl. Er war noch blasser als sonst, hielt den Kopf gesenkt, schwitzte ohne ersichtlichen Grund und sah aus, als hätte er in wenig Zeit viel Gewicht verloren. Er war nie dick gewesen, aber heute wirkte er so schlank und drahtig, dass zum ersten Mal seit langem unschickliche Gedanken über ihn in Tristans Kopf auftauchten.

Vielleicht lag das auch nur daran, dass er sich in seiner Beklommenheit in witzige Erinnerungen flüchtete. Was auch immer sein Techtelmechtel mit Rudi sonst noch gewesen war, als unterhaltsame Ablenkung hatte es jedenfalls gedient, und unterhaltsame Ablenkungen hätte Tristan jetzt gut gebrauchen können.

Die halbe Schule nannte Rudi – mehr oder weniger liebevoll – den Pädoprof. Dass er mit der einen oder dem anderen seiner Schülerinnen und Schüler sexuell verkehrte, war ein offenes Geheimnis seit einer Party im vorherigen Schuljahr, bei der Kris während Pflicht, Wahl oder Wahrheit die Regeln des Spiels zu ernst genommen und statt einer banalen Geschichte aus ihrem eigenen Sexleben sehr viel gewichtigere, *wirklich* geheime Informationen ausgeplaudert hatte. Wenigstens hatte sie nicht verraten, mit wem der Herr Lehrer sich vergnügte; die meisten nahmen an, dass sie es selbst war, es aber nicht zugeben wollte. Tristan bezweifelte das stark, hatte aber im Grunde keine Ahnung: Rudi hatte nie darüber gesprochen, wer und ob überhaupt sonst noch jemand private Unterrichtsstunden der etwas anderen Art bei ihm nahm. Tristan wusste selbst nur dank Kristinas großer Klappe, dass er nicht der einzige Schüler war, der mit dem Pädoprof geschlafen hatte. *Ihn* hatte sie nämlich jedenfalls nicht gemeint: Über ihn und Rudi wusste niemand Bescheid, schon gar nicht Kris.

Rudi stellte sich hinter seinen Lehrertisch, wischte sich die langen Stirnfransen aus den Augen und warf einen viel zu auffälligen, beunruhigten und beunruhigenden Blick zu Tristan hinüber. Bei genauerer Betrachtung fragte Tristan sich wieder, was er sich schon oft gefragt hatte: nämlich, was er an diesem Mann mit dem gewöhnlichen Gesicht und den kleinen Stecknadelaugen anziehend gefunden hatte. Aber er hatte wohl einfach die Aussicht auf heimlichen, verbotenen Sex mit einem Lehrer spannend gefunden. Oder eben zumindest unterhaltsam.

Bevor Rudi den Unterricht eröffnen konnte, klopfte es an der Tür. Frau Doktor Hartplatz' Sekretärin streckte ihren langen Hals herein und blinzelte wie eine Eule hinter ihrer riesigen Brille hervor.

»Verzeihung, Herr Professor Killa – Tristan Os, kommst du bitte mit?«

Kurz herrschte Stille im Chemiesaal. Tristans Augen wollten sich weiten, sein Atem stocken, aber er brachte beides schnell unter Kontrolle. Niemand brauchte zu wissen, dass ihn diese Entwicklung der Dinge erschreckte.

Wortlos erhob er sich, ging an Frau Wamboldt vorbei aus dem Saal und dann prompt voraus den Gang entlang, während sie noch mit Türschließen beschäftigt war. Er glaubte, ihre alten Knochen knarzen zu hören, als sie ihm hinterhereilte.

»Ich soll dir mitteilen«, sagte sie, keuchend vor Mühe, mit ihm Schritt zu halten, »dass du dir keine Sorgen machen musst und ganz gelassen sein sollst. Die Polizei hat nur ein paar Fragen, die sie einigen von euch heute stellen wird –«

»Hat es etwas mit einem Professor zu tun?«, fragte Tristan, als sie das Stiegenhaus im Altbau betraten. *COGITO ERGO SUM* prangte in gigantischen roten Lettern an der Wand über der Glastür; bei der letzten Renovierung hatte irgendjemand die Idee gehabt, berühmte, schlau wirkende Zitate an möglichst vielen Stellen im Gebäude zu platzieren, um dem Dekor das gewisse akademische Etwas zu verleihen. Meistens fand Tristan das dumm genug, um sich darüber zu amüsieren. Jetzt gerade hasste er die hässlichen, bröckelnden Buchstaben, hasste auch das atemlose Klappergerüst, das ihn begleitete.

»Die Polizei wird alles erklären.«

»Professor Killa wirkt nervös«, versuchte Tristan es anders.

»Seine Befragung hat bereits stattgefunden, und –« Sie unterbrach sich selbst, ertappt und pikiert, und wiederholte streng, »Die Polizei wird alles erklären.«

Wenn Rudi trotz der Befragung immer noch seinen Unterricht geben durfte, ging es wenigstens schon einmal nicht um seine Affären. Und Fleck hatte er heute auch schon bei der Arbeit gesehen, also ging es um diese nicht minder geheime Sache ganz anderer Art auch nicht. Das reichte Tristan vorerst, um die Nerven zu behalten.

Bloß … *Hannah und Kris …*

HANDLE NUR NACH DERJENIGEN MAXIME, DURCH DIE DU ZUGLEICH WOLLEN KANNST, DASS SIE EIN ALLGEMEINES GESETZ WERDE, hieß es über der Tür zum Büro der Direktorin. Frau Wamboldt klopfte, ließ Tristan hinein und schloss die Tür hinter ihm.

Tristan war noch nie in diesem Raum gewesen. Er hätte ihn sich größer vorgestellt. Die Hartplatz wahrscheinlich auch; nach allem, was Rudi ihm über sie erzählt hatte, glaubte er kaum, dass sie mit diesem Kämmerlein zufrieden sein konnte. Mit der kleinen Couchecke, dem Bücherregal und dem Schreibtisch war das Büro so gut wie voll, und mit der Stehlampe dazu wurde es schon richtig eng. Frau Doktor Hartplatz' Neigung zu selbstgerechter Grandeur fand dennoch Ausdruck in den Details: Die Couch sah nach teurem Leder aus, das Bücherregal nach hochwertigem Holz, und die Lampe hatte was von moderner Kunst, kitschig in ihrer bemühten Kitschlosigkeit. Im Regal befanden sich außerdem kaum Bücher, sondern hauptsächlich Pokale und Urkunden, die die Schülerinnen und Schüler, Lehrerinnen und Lehrer und das Gymnasium als Institut im Laufe der Jahre und Jahrzehnte ergattert hatten; Tristan fragte sich, was diejenigen, denen die Pokale eigentlich gebührten, davon hielten, dass die Hartplatz sie hier hortete. An der Wand über der Couch hing eine Malerei, die Tristan weder bekannt noch besonders gut vorkam, aber der prunkvolle Rahmen machte den Eindruck, er hätte nochmal mehr gekostet als der Rest der Inneneinrichtung zusammen. Das Einzige, das Tristan an dem Büro gefiel, war der Ausblick durch das Fenster hinter dem Schreibtisch, auf die Krone der alten Eiche im Schulhof.

»Setzt du dich jetzt bitte hin?«, keifte die Hartplatz, ganz so, als würde sie ihn nicht zum ersten Mal dazu auffordern.

Die Direktorin stierte ihn über ihren Schreibtisch hinweg an, als wüsste sie bereits, dass er schuldig war, woran auch immer. Inspektor Schrammer saß zu ihrer Rechten auf einem gewöhnlichen Plastikstuhl, auf dem er klein und ziemlich lächerlich aussah, was die Hartplatz vermutlich absichtlich so eingerichtet hatte: Auf ihrem hochgestellten Schreibtischsessel thronte sie über ihm und ließ so keine Zweifel daran, wer hier das wirkliche Sagen hatte – zumindest, wenn es nach ihr ging. Die Inspektorin Fletscher hingegen hatte auf ihrem Stuhl nur ihren Blazer abgelegt und stand zur Linken der Direktorin an die Wand gelehnt, die Arme verschränkt, die Miene ausdruckslos, aber gerade darin seltsam erhaben, als wäre sie diejenige, die alles unter Kontrolle behielt, während ihr älterer Kollege und die Schulleiterin die Drecksarbeit erledigten. Tristan fragte sich, ob das Gesicht der Direktorin deshalb so verkrampft war (eine ihrer Augenbrauen zuckte wie ein kleines Tier im Todeskampf) oder ob sie gerade einen ihrer Migräneanfälle erlitt. Vielleicht machte auch einfach sein Anblick ihr so zu schaffen.

Gegenüber den dreien, auf der anderen Seite des Schreibtisches, stand ein weiterer Stuhl bereit. Tristan, der das Ganze so schnell wie möglich hinter sich bringen wollte, setzte sich.

»Herr Os?«, eröffnete Chefinspektor Schrammer das Gespräch.

»Sie können Frau Wamboldt zutrauen, den Schüler zu holen, den Sie bestellt haben«, sagte Tristan.

Frau Inspektor Fletscher schnaufte. »Ah. So einer bist du.«

»*So einer*?«, wiederholte Tristan mit höflichem Lächeln.

»Würden bitte alle sich Mühe geben«, fuhr die Hartplatz schroff dazwischen, »das Gespräch nicht *gleich* aus dem Ruder laufen zu lassen? Wir wollen offene, klärende Kommunikation, um diese Situation so schnell wie möglich in den Griff zu bekommen.«

»Ganz genau«, pflichtete Schrammer bei. »Offen und klärend. Also – Tristan Os. Ist das richtig?«

Tristan atmete durch, und nickte.

»Gut. Gut, gut, *gut*.« Der Inspektor zog eine Mappe aus einem Stapel am Tisch und blätterte darin herum. Er summte dabei vor sich hin, wie um Tristan das Gefühl zu vermitteln, das alles hier wäre belanglos. Tristan hatte jetzt schon genug von dem Scheiß.

»Also«, sagte Schrammer dann endlich, und schleuderte die Mappe auf den Tisch zurück; sie rutschte zu Tristan hinüber, und er erkannte, dass es sich um seine Schulakte handelte. »Herr Os. Was ist denn Ihr Lieblingsfach?«

Tristan blinzelte. Er suchte Frau Doktor Hartplatz' Blick, um sich zu vergewissern, ob die Frage ernst gemeint war. Deutlicher als das verbissene Gesicht der Direktorin fiel ihm aber das der Inspektorin auf, hart, argwöhnisch, unnachgiebig – und Tristan glaubte, zu verstehen, was ihm bevorstand: guter Bulle, böser Bulle. Anscheinend gab es diese Routine nicht nur in Filmen.

Neugierig, wann Fletscher mit ihrer Rolle über das Gespräch hereinbrechen würde, beschloss Tristan, sich an dem Schauspiel zu beteiligen.

»Chemie, glaube ich«, sagte er.

»Was mögen Sie an Chemie?«, fragte Schrammer heiter.

»Hm … Die Interaktivität, schätze ich. Die … Handarbeit. Professor Killa macht mit uns möglichst oft praktische Experimente, wissen Sie? Und – auch die gewisse Gefahr beim Umgang mit den Substanzen. Aber Professor Killa zeigt uns selbstverständlich immer, wie man sich richtig schützt.«

Schrammer nickte eifrig mit, und sagte dann, »Ich hab' Chemie nie wirklich verstanden. Du musst ein schlauer Bursche sein, was?«

Tristan beantwortete dieses Scheinfrage nicht. Es ging gerade offenbar nicht nur darum, ihn in falscher Sicherheit zu wiegen, sondern darum, Zugang zur Gedankenwelt des Befragten zu erlangen.

Besser gesagt – zur Gedankenwelt des *Verdächtigen*.

Denn Tristan war überzeugt: Wenn sich die Polizei derartige Mühe machte, dann hieß das erstens, dass nicht bloß irgendjemand der Schule hundert Euro gestohlen oder im Turnsaal ein Sportgerät mutwillig zerstört hatte. Und zweitens hieß es, dass er nicht nur auf gut Glück gewählt worden war, weil spekulativ gehofft wurde, dass er hilfreiche Informationen preiszugeben imstande sein mochte. Etwas *Heftiges* war passiert, etwas *Wirkliches*, etwas Schlimmes – und es hatte mit ihm zu tun.

Kurz dachte er an seine Schwester, aber die hatte er am Morgen noch zuhause gesehen, also machte er sich um sie nicht allzu große Sorgen. Aber – Hannah … Hannah war heute nicht in die

Schule gekommen …

Er schluckte, und bereute diesen kleinen unwillkürlichen Reflex sofort: Aus den Augenwinkeln sah er, wie Fletscher in einer leichten Vorwärtsbewegung das Gewicht von einem Fuß auf den anderen verlagerte, als hätte sie etwas Interessantes bemerkt.

»Haben Sie viele Freunde?«, fragte Schrammer als Nächstes. »Ein gutes Verhältnis zu Ihren Klassenkameraden?«

»*Viele* ist vielleicht ein bisschen übertrieben«, sagte Tristan.

»Und ob jemand dich als *Freund* bezeichnen würde«, mischte sich die Hartplatz ein, »weiß ich auch nicht so genau.«

Schrammer und Fletscher warfen ihr verdutzte Blicke zu, aber Tristan war weder überrascht noch beeindruckt von den direkten Worten der Direktorin. Er zog die Augenbrauen hoch und weitete sein Lächeln.

»Frau Doktor Hartplatz, wenn ich Sie bitten darf«, sagte Schrammer in gleichbleibend ruhigem, freundlichem Ton, »überlassen Sie uns dieses Gespräch, ja?«

Kein *Wie-reden-Sie-denn-mit-Ihrem-Schüler* oder dergleichen. Die Hartplatz hatte den Gästen vom Landeskriminalamt wohl bereits ein bisschen davon berichtet, was sie über Tristan zu wissen glaubte und was sie von ihm hielt. Wahrscheinlich hatte es ihr immenses Vergnügen bereitet, der Polizei zu erzählen, welche Schandtaten und Vergehen ihm nachgesagt wurden. Die freudlose, faltige Vettel war auf Kriegsfuß mit ihm, seit eine Putzfrau ihn vor knapp drei Jahren beim Sex auf einer Schultoilette erwischt hatte. Tristan wusste bis heute nicht genau, was damals ihr Hauptproblem gewesen war: Sex im Gymnasium; Burschen am Mädchenklo; dass Tristan und das Mädchen minderjährig gewesen waren; oder dass der dritte – *nicht* minderjährig – in Tristan gesteckt hatte, als sie entdeckt worden waren? Prüde genug, um zu allem Überfluss auch noch homophob zu sein, kam sie ihm ja durchaus vor.

»Verzeihung«, sagte die Hartplatz zum Inspektor, ungewöhnlich fügsam. Tristan glaubte, den Grund für ihre Unterwürfigkeit zu kennen: In der Arbeit der Polizei sah sie wohl ihre heiß ersehnte Chance, ihn der Schule zu verweisen.

»Also«, nahm Schrammer seinen Faden wieder auf, »Sie sind

nicht unbeliebt, würden Sie das so sagen?«

Tristan zuckte mit den Schultern. Er merkte, dass sein Bein zu zittern begonnen hatte, und setzte dem ein Ende, ehe es der aufmerksamen Inspektorin auffallen konnte.

»Sie sind auch befreundet …« Schrammer nahm eine zweite Mappe vom Schreibtisch und blätterte wieder mit demonstrativer Nebensächlichkeit darin herum, als würde er nach irgendeinem beliebigen Namen suchen. »… mit Frau Vogel? Hannah Vogel?«

Tristan wurde schlecht.

»Sie ist in Ihrer Klasse, ja?«, drängte Schrammer.

»Ja«, sagte Tristan. »Ja, sie ist in meiner Klasse. Und wir – verstehen uns gut miteinander. Wir haben nicht wirklich viel miteinander zu tun.«

»Mhm«, war Schrammers nichtssagende Antwort, gefolgt von mehr ausgiebigem Nicken und einem langen, schweigsamen Blick in die Mappe.

»Hannah war heute nicht da«, sagte Tristan, als ihm die Stille zu drückend wurde. Er bereute es augenblicklich. Es musste Schrammers Absicht gewesen sein, zu warten, bis er von sich aus etwas sagte: Offenbar hatte er damit dem Bad Cop das Stichwort gegeben, denn Inspektorin Fletscher trat nun näher an den Schreibtisch heran.

»Das ist dir aufgefallen, ja?«, fragte sie. »Obwohl ihr wenig miteinander zu tun habt?«

Tristan begegnete ihrer strengen Miene mit skeptischem Blick. Wenn das das Ausmaß ihres strategischen Geschicks war, hatte er doch nicht viel zu befürchten. Am liebsten hätte Tristan genau das auch gesagt, die Inspektorin ein bisschen aus ihrer Fassung gebracht, die sicher harterrungen war: Eine Frau mit dunkler Haut in einer männerdominierten Behörde, dauernd umgeben nicht nur von weißen österreichischen Männchen, sondern *Polizisten* noch dazu – er konnte sich vorstellen, dass sie einiges durchgemacht hatte. Würde nicht *er* ihre aufgestaute Frustration jetzt zu spüren bekommen, hätte er vielleicht sogar Mitleid mit ihr gehabt.

Er antwortete, »Wir sind keine dreißig Leute und sehen einander fast täglich. Wenn da mal wer fehlt, kriegt man das schon mit.«

»Bestimmt«, ergriff Schrammer wieder das Wort. »Vor allem, wenn die fehlende Person jemand ist, mit dem man geschlafen hat.«

Tristan erstarrte. »Wie bitte?«

»Normalerweise schläft man ja nicht mit jemandem, mit dem man *nicht wirklich viel* zu tun hat. Oder? Zumindest war das bei uns früher nicht so. Sie waren intim mit Hannah, vor wenigen Monaten erst, nicht wahr? Das muss doch etwas bedeuten, oder?«

Tristan zitterte; sein Herz krachte gegen seinen Brustkorb, als suchte es verzweifelt nach einem Weg hinaus. Er spannte seinen ganzen Körper an, bis es wehtat, um die Kontrolle zu behalten. »Was geht es Sie an, mit wem ich schlafe? Haben Sie mich herbestellt, um über mein Sexleben zu sprechen?«

»Wir stellen die Fragen, Herr Os.« Schrammer räusperte sich. »Wussten Sie, dass –«

»Was ist mit Hannah?«, fiel Tristan ihm wütend ins Wort. »Ist was passiert? Ist sie im Krankenhaus?«

»Es ist etwas passiert«, übernahm Fletscher. »Aber wir wissen nicht genau, was. Und wir wissen nicht, wo Hannah ist.«

»Ist sie weggelaufen?«, fragte Tristan; Erleichterung durchströmte ihn wie heißer Kaffee, gleichsam besänftigend und ermunternd. Wenn es nur das war – wenn sie abgehauen war und die Polizei vermutete, er würde ihr helfen, sich zu verstecken …

»Vielleicht«, sagte Schrammer; an seinem Ton erkannte Tristan, dass er sich zu früh gefreut hatte. »Es ist so: Eine Freundin von Hannah war letzte Nacht mit ihr verabredet, bei Hannah daheim. Nur, Hannah war nicht da. Wir können nicht zur Gänze ausschließen, dass sie sich spontan entschieden hat, das Haus zu verlassen, aber –«

»Aber es scheint uns nicht sehr wahrscheinlich«, ergriff Fletscher wieder das Wort. Sie beugte sich nach vorne und stützte sich mit den Händen auf dem Schreibtisch ab (die Direktorin wich reichlich entrüstet zur Seite). »Wo warst *du* letzte Nacht?«

»Zuhause«, antwortete Tristan.

»Die ganze Nacht?«

»Ja.« Tristan gab sich Mühe, Fletschers starrem Blick genauso starr standzuhalten. »Wollen Sie vielleicht nach einer genauen

Uhrzeit fragen?«

»Zwischen neun und zwölf?«

Tristan schmunzelte. Sein Herzschlag beruhigte sich.

»Bis kurz nach eins«, sagte er gelassen, »haben wir den Geburtstag meiner Mutter gefeiert. Meine Mutter müssen Sie deshalb nicht befragen, die hat die Veranstaltung zu ihren Ehren um elf verlassen und wird sich an wenig erinnern. Aber mein Stiefvater, mein Onkel und meine Tante können Ihnen berichten, dass ich noch aufgeräumt habe, bevor ich ins Bett gegangen bin. Wenn Sie also nicht glauben, dass ich um ein Uhr morgens noch aus dem Haus geschlichen bin, um zu Hannah zu gehen, der in den Stunden *davor* etwas zugestoßen ist, von dem Sie mir nicht sagen können, was, und dass ich jetzt trotzdem lernwillig in der Schule sitze, dann muss ich Sie bitten, mich in den Unterricht zurückkehren zu lassen.«

Fletscher öffnete den Mund zu einem winzigen Spalt, aber der nähte sich sofort wieder zu. Tristan glaubte, Verunsicherung in ihren Augen aufkeimen zu sehen, aber auch dieser Anflug von Emotion verlor sich sofort in ihrem kameraartigen Starren.

Sie richtete sich wieder auf. »Du hast recht. Wir wollen dich natürlich nicht länger aufhalten.« Sie sah hinüber zu Schrammer, der ihr zunickte. »Immerhin hast du gerade eigentlich dein Lieblingsfach, oder? Zumindest laut dem Stundenplan, den man uns gegeben hat. Und du willst sicher nicht ein Experiment nachholen müssen und verspätet nach Hause aufbrechen. Auch wenn du nicht weit weg wohnst.«

»Danke für Ihre Mitarbeit!«, sagte Schrammer fröhlich, als Tristan sich erhob und ihnen den Rücken zukehrte.

»Eine Sache noch, Tristan«, sagte Frau Doktor Hartplatz.

Er blieb stehen, drehte sich aber nicht um.

»Deine Matura steht kurz bevor. Hannahs ebenso. Ich möchte ehrlich sein und gestehen, dass ich nicht traurig sein werde, wenn euer Jahrgang diese Schule verlässt. Aber ich wünsche euch trotzdem nur das Beste. Und ich möchte, dass ihr eure Zeit an diesem Gymnasium erfolgreich und … so gesund wie möglich abschließt, wie alle Jahrgänge vor euch. Ich plädiere daher an deine Intelligenz, von der ich trotz allem weiß, dass sie vorhanden ist, und an … an dein Mitgefühl.« Es war hörbar, dass sie von *dessen* Vorhandensein nicht ganz so überzeugt war. »Wenn du irgendetwas – *irgendetwas* – über Hannahs Verbleib weißt – oder, von mir aus, herausfindest –, lass es uns wissen. Ach, und ein Allerletztes noch: Wenn ich dich das nächste Mal mit Straßenschuhen im Schulgebäude sehe, gibt's eine Betragensnote.«

Tristan schritt langsam aus dem Büro – er wollte nicht aussehen, als würde er flüchten. Seine Hände hatten Schwierigkeiten, die Tür geräuschlos zu schließen. Nicht wegen der Abschiedsworte der Direktorin; ihre Betragensnote konnte sie sich sonst wohin schmieren.

Vielmehr hatte er Frau Inspektor Fletschers letzte Worte noch im Kopf. Er hatte verstanden, was sie bedeuteten.

Wir haben deinen Stundenplan und wir wissen, wo du wohnst. Kurz: *Wir beobachten dich.*

*

Tristan saß auf der Treppe vor dem Haupteingang. Er zog an seiner Zigarette, schmeckte den Rauch kaum. Er war nicht in den Unterricht zurückgekehrt. Er hatte vorgehabt, einfach nach Hause zu gehen, aber beim Anblick der beiden uniformierten Polizisten, die jetzt am Fuß der Treppe Wache standen, hatte er es sich anders überlegt. Die schiefen Blicke, die sie ihm zuwarfen, teilten ihm zwei wichtige Dinge mit: dass sie wussten, wer er war; und dass sie ihn wahrscheinlich daran hindern würden, das Schulgelände verfrüht zu verlassen.

Aber dafür, ihn in den Unterricht zu schicken, reichte ihr Einsatzeifer dann offenbar auch wieder nicht. Er begegnete ihrem Argwohn mit Desinteresse und zündete sich noch eine Zigarette an. Sollten sie ruhig berichten, dass er schwänzte. Aber dass er sich von ihnen hätte einschüchtern lassen, das würden sie der Inspektorin nicht erzählen können.

Endlich bimmelte die Glocke zum Ende der letzten Stunde aus dem ehrwürdigen alten Steinhaufen in seinem Rücken. Er dämpfte seine vierte Zigarette aus, sammelte die Stummel ein und wollte sich erheben, als die Tür hinter ihm aufgestoßen wurde.

»Hey.«

Tristan drehte sich nicht um, setzte nur sein trägstes Lächeln auf und blieb sitzen. Luke ging um ihn herum die Treppe hinab und stellte sich zwei Stufen unter ihm hin. Er öffnete zögerlich den Mund – erstarrte, als er erkannte, dass Tristans Kopf sich recht nahe an seinem Schritt befand, und wich hastig noch zwei Stufen weiter hinunter. Sein olivfarbener Teint verlor ein wenig an Intensität vor lauter Schreck; die überschminkten Stellen traten dadurch nur noch deutlicher zutage. So viele Pickel? Ein Teil von Tristan fragte sich, ob Luke doch etwas anderes zu verbergen hatte.

»Hey«, antwortete Tristan.

Luke leckte sich mit der Zungenspitze über die Lippen, bevor er sagte, »Weswegen ich vorher zu dir gekommen bin – in der Kantine, mein' ich …«

»Ich erinnere mich«, sagte Tristan, als Luke nicht weitersprach. Der große Junge zupfte an dem Reißverschluss seiner Weste wie ein nervöses Kind. Süß, irgendwie.

Luke hob den Blick, ganz verstohlen, zu aufgeregt sogar, um zu lächeln – und da merkte Tristan, dass sich sein eigenes Lächeln veränderte. Es nahm Qualitäten an, die er normalerweise nicht darin verpackte; aufmunternd, ermutigend, ein freundliches Nicken in Lippen gepresst. Er wusste nicht, was ihn dazu bewegte. Aber es schien zu helfen: Luke lächelte zurück.

»Meine Eltern sind weg«, fuhr Luke endlich fort, »im Ausland. Und ich hab' das Haus für mich allein, und ich dachte – ich dachte, ich schmeiß' eine Party.« Jetzt, wo er seinen Mut zusammengenommen hatte, sprudelten die Worte nur so aus ihm heraus. »Und ich wollte dich fragen, ob du Lust hast – ob du Zeit hast … ob du auch kommen möchtest. Heute. Um acht.«

Tristan sah Luke schweigend in die Augen, gespannt, wie lange Luke dem standhalten konnte. Nicht lange: Als Luke sein Gesicht abwandte, um ins Gebüsch neben der Treppe zu starren, spitzten sich Tristans Lippen wieder zu ihrem ursprünglichen, üblichen Lächeln.

»Gerne«, sagte er.

Luke riss den Kopf herum. Tristan gab sich einen Moment, um das totale Erstaunen zu genießen, das er verursacht hatte. Dann stand er auf und ging an Luke vorbei, die Stufen hinunter, und weg, ohne die Polizisten noch eines Blickes zu würdigen.

4

»… und dann fliegen sie im Helikopter davon, und neben ihnen fliegt ein Pelikan oder sowas. *The End.*«

»Wow.« Marie grinste. »Klingt toll!«

»Ja, *right*?« Richie schüttelte den Kopf. »Ich pack's nicht, dass du *Jurassic Park* noch nie gesehen hast. Ich mein', Dinos, oida.«

»Ich find' Dinos gruslig. Also, den Gedanken. Die waren einfach … so verflucht groß. Stell dir vor, die gäb's noch. Wir hätten keine Chance.«

»*Jurassic Park* beweist doch das Gegenteil!«

»Hast du nicht grad mindestens dreimal gesagt, *und dann wird er vor einem Dino gefressen*?«

»Jaah, ein paar Nebenfiguren. Aber die Helden nicht.«

»Ah. Und die Helden besiegen die Dinos? Oder lernen sie, in Eintracht mit ihnen zu leben?«

Richie überlegte kurz. »So 'ne Mischung.«

»Ach so. Gab's nicht letztes Jahr eine neue Fortsetzung? Die hätten sie wahrscheinlich nicht drehen können, wenn die Leute schon im ersten Film gelernt hätten, wirklich in Eintracht mit den Dinos zu leben. Wer will zu sowas ein Sequel sehen?«

»Ich«, sagte Richie.

»Oh?«

»Ein Film, wo man einfach zwei Stunden lang Dinos laufen und grasen und spielen und jagen sieht? Das klingt wie das Beste auf der Welt. Im Grunde ist das alles, was ich will.«

Sie verfielen in Schweigen. Marie dachte über Richies Worte nach und starrte ins Leere.

»Ich hab' Hunger«, sagte Richie dann.

Marie lachte. »Hast du zu Mittag nichts gegessen?«

»Doch, aber das ist ja schon wieder ewig her.«

»Gar nicht wahr.«

»Ich muss viel essen, ich bin noch im Wachstum.«

Das ließ Marie noch lauter lachen. »Na hoffentlich nicht!« Jedes Mal, wenn sie Richie ins Gesicht schauen wollte, fühlte es sich ein bisschen an, als würde sie sich den Hals verrenken.

»Wo bleiben die denn?«, raunte Richie.

»Auf wen warten wir nochmal?«, fragte Marie. Der Innenhof war menschenverlassen, von ihnen beiden abgesehen. Seit einer geschlagenen Viertelstunde standen sie beim Tor, schaukelten auf ihren Fußballen vor und zurück und schauten abwechselnd zu der schönen, alten Eiche im Hof und zu der Hintertür zur Schule, und Marie konnte sich beim besten Willen nicht mehr erinnern, warum.

»Irgendwen«, sagte Richie. »Wen, der was weiß. Vor allem aber auf Jo.« Er runzelte die Stirn. »Wenn du nicht mal weißt, auf wen wir warten, warum wartest du dann mit?«

Marie zuckte mit den Schultern. »So.«

Diesmal lachte Richie. »Okay, na dann – was ist *dein* Lieblingsfilm?«

»Schwer zu sagen. Kopf-an-Kopf-Rennen zwischen *Chihiros Reise* und *Terminator*.«

»Haha, *nice*! Weit auseinander.«

»Ich steh' eben auf Zeichentrick *und* auf Arnie.«

»Und ganz sicher auf Pixar. Gib's zu!«

»Entschuldigung, wer behauptet, nicht auf Pixar zu stehen, lügt. Brauchst mich gar nicht so anschauen, ich weiß, dass du bei *Monster AG* im Kino warst.«

»Ja, mit meinem kleinen Bruder! Okay, okay, es hat mir auch sehr 'taugt.«

»Du hast sicher am lautesten von allen geheult.«

»Wer zur Hölle heult bei *Monster AG*?«

»*Jeder* heult bei Pixar-Filmen –«

»Warte, da kommt wer!«

Die Hintertür schwang auf, und Lily und Ingo traten heraus. Sie waren in ein Gespräch vertieft, von dem Marie am anderen Ende des Hofs nur inhaltsleere Geräusche aufschnappte, das aber stressig wirkte und nichts Gutes verhieß. Ingo machte beschwichtigende Gesten, ließ Lily bei der Tür stehen und lief zu den Fahrradständern. Sekunden später schoss er auf seinem limettengrünen Ungetüm an Marie und Richie vorbei. Da er es nicht für notwendig befand, die Hände auf die Lenker zu legen, hatte er beide frei, um ihnen gleichzeitig zu winken und Richie den Mittelfinger zu zeigen. Richie lachte und rief ihm hinterher, »Bis später, du Wappler!«

Lily hatte in der Zwischenzeit auch den Hof überquert. Sie sah unglücklich aus.

»Wohin will der so eilig?«, fragte Richie.

Lily betrachtete ihn für einen Moment, als überlegte sie, ob sie ihm antworten wollte oder nicht. »Zu Luke«, sagte sie dann, »bei den Vorbereitungen für die Party helfen.«

»Geht ihr hin?«, fragte Marie.

Lily zuckte mit den Schultern. »Vielleicht.«

»*Vielleicht*? Klar gehen wir hin«, beschloss Richie für alle.

»Okay«, sagte Marie grinsend.

»Was macht ihr hier?«, fragte Lily.

»Na, warten, dass Jo aus dem Interview kommt und uns sagt, *what the fuck* passiert ist«, sagte Richie. »Du nicht?«

»Wir wollten«, sagte Lily, dem verschwundenen Ingo hinterhernickend. »Aber da Ingo Wichtigeres zu tun hat, weiß ich nicht, ob ich bleib'. Wer weiß, wie lang das dauert.«

»Du kannst mit uns warten«, schlug Richie vor.

»Oder nicht«, sagte Marie, und deutete. »Da kommt er.«

Jo schlurfte über den Hof heran. Im Vergleich zu ihm wirkte Lily regelrecht vergnügt: Seine Nase war gerümpft, als würde er etwas Ekliges riechen, und seine Zähne waren so fest aufeinandergepresst, dass seine Kieferknochen sich noch deutlicher abzeichneten als sonst, was sein kantiges Gesicht steinhart aussehen ließ. Zusammen mit dem grausigen Veilchen machte das alles einen recht groben Eindruck; da half auch das Kreuz nicht, das bei jedem Schritt von Schlüsselbein zu Schlüsselbein hüpfte, als wollte es mit einem wütenden kleinen Tanz Jos Dämonen austreiben. Jo starrte stur auf den Boden und lief fast an ihnen vorbei.

»Und, wie war's?«, fragte Richie.

Jo fuhr erschrocken hoch. Als er sie erkannte, entspannte er sich sichtlich. Er trat zu ihnen hin, nickte zum Gruß, und sagte, »Scheiße war's. Anscheinend haben sie irgendwie Wind von der Schlägerei bekommen. *Und* anscheinend hat ihnen irgendwer gesagt, dass *ich* das Ding angezettelt hab'. Deshalb wollten sie mit mir sprechen, und nicht mit Lucky *Fucking* Luke.«

»Und ich dachte, es ist, weil du Schwarz bist«, sagte Richie.

»Geholfen hat's mir sicher nicht.«

»Andererseits ist die Polizistin dunkler als du …«

»Das ist rassistisch«, sagte Marie.

Richie blinzelte überrascht. »Ist es? Wurscht jetzt – ich will endlich wissen, worum's denen eigentlich ging. Die Nacht jetzt soll doch irgendwas passiert sein, haben's g'sagt, oder? Nicht Freitag auf Samstag.«

»Sie haben mir nichts verraten«, sagte Jo. »Sie haben mich versprechen lassen, dass ich mich in Zukunft besser unter Kontrolle hab', und mich dann weggeschickt.«

»Also passt es jetzt, oder?«, fragte Lily. »Sie haben dich gehen lassen, und es passiert nichts weiter?«

Jo funkelte sie zornig an. »Ich hab' dir doch gesagt, dass Luke *mich* an'gangen is', nicht umgekehrt! Frag die zwei, wenn du mir nicht glaubst!« Er warf den Arm mehr nach Marie und Richie aus, als dass er auf sie zeigte.

»Das beantwortet meine Frage nicht –«

»Wie kann das sein, dass die Schwuchtel *mich* attackiert und *ich* von der Polizei verhört werd'?«

»Soweit ich weiß, war er nüchtern und du sturzbesoffen«, sagte Lily.

»Nüchtern? Ich hab' uns allen eine Stunde vorher Lines gelegt, inklusive ihm!«

Marie warf grinsend ein, »Na, hättest das mal besser der Polizei gesagt. Dass er *dein* Zeug gezogen hat und davon aggro wurde. Schwul *und* undankbar.«

Sie war anscheinend die Einzige, die das lustig fand. Dabei fand sie selbst es auch nicht *wirklich* lustig. Aber das betretene Schweigen, das ihren Worten folgte, war doch ein bisschen übertrieben. Marie erkannte plötzlich, dass sie nicht mehr hier sein wollte.

»Okay«, sagte sie, mehr zu Richie als den anderen beiden, »ich geh' dann mal. Wir sehen uns später?«

»Lass uns auch abhau'n, ich will da nicht länger sein«, sagte Jo, mit angewidertem Blick über seine Schulter.

Also gingen sie alle. Richie musste zur Bushaltestelle, Marie in die entgegengesetzte Richtung. Das fand sie ein bisschen schade, aber nur recht war ihr, dass Jo und Lily einen anderen Weg einschlugen als sie. Spazieren tat sie grundsätzlich lieber allein, aber es war mehr als das. Marie glaubte, dass Lily sich für was Besseres hielt, und Jo war über den Sommer endgültig zum Arschloch mutiert; eine Entwicklung, die sich schon lange abgezeichnet hatte, wenn man Marie fragte. Aber man fragte Marie nicht oft, und das fand sie auch gut so. Luke hatte sie zum Beispiel auch nicht gefragt, ob sie zu seiner Party kommen wollte. Normalerweise hätte sie auch keine Lust drauf.

Aber irgendwie hatte sie das Gefühl, dass sie hingehen würde.

Ja, dachte sie, durch ihre hässliche kleine Stadt schlendernd, *heute ist mir nach Party zumute.*

Erst als sie an der Auslage einer Buchhandlung vorbeilief und ihr Blick auf ihr Spiegelbild fiel, erkannte sie, dass sie bis über beide Ohren grinste.

5

Der Kühlschrank war voll.

»Der Kühlschrank ist voll!«, rief Ingo durch das offene Fenster.

»Kann nicht sein!«, kam Lukes genervte, geradezu angewiderte Antwort aus dem Garten.

»Ist aber so.« Ingo drehte eine Wodkaflasche hin und her, als würde das etwas ändern. Natürlich wusste er, dass es nichts ändern würde, und natürlich änderte es nichts. Aber Ingo fand das Drehen lustig.

Luke kam in die Gartenhütte gehechtet, stellte sich neben Ingo und bückte sich, um mit offenem Mund in den überfüllten Kühlschrank zu starren. »Wo kommt der ganze Alk her?«

»Von deiner letzten Party?«

»Ah. Ja.« Luke schluckte und richtete sich auf. Ein riesengroßes Bubi, dieser Luke. Sein Blick war leer und vernebelt, wie immer, wenn er stoned war und versuchte, nachzudenken. »Dann müssen wir das Bier halt doch im Haus einkühlen.«

»Oder wir stellen den Scheiß hier einfach raus, bis auf die

Mischgetränke«, erwiderte Ingo. »Wieso sollten wir Rum kaltstellen? Das hat überhaupt keinen Sinn.«

»Ich hab' aber keine Eiswürfel.«

»Ich mach' welche. Sackerl hast?«

Luke nickte geistesabwesend, offenbar immer noch mit Nachdenken beschäftigt. Ingo stieß ein lautes Lachen aus.

»Was ist so lustig?«, fragte Luke verdattert.

»Du schaust so deppert«, erklärte Ingo.

»Ach so.« Dann lachte Luke auch. Er klang immer furchtbar nervös, wenn er lachte.

»Das wird geil heut«, verkündete Ingo, während er Rum- und Ginflaschen aus dem Kühlschrank räumte. Er warf einen Blick aus dem Fenster. Zwischen der Hütte und dem unverschämt gigantischen Anwesen von Lukes Eltern erstreckte sich der unverschämt lange Pool, in dem sie heute Abend unverschämterweise nicht würden schwimmen dürfen, weil Luke um den Zustand des Wassers und des Beckens in seiner Gesamtheit fürchtete. Aber so war das Teil halt nur ein äußerst dekoratives Setpiece, und als solches machte es auch einiges her: Wenn die Beleuchtung erst mal an war, sah der Pool mitten im Wald neben der Villa, in der die dreiköpfige Familie Ceus wohnte, wie der genialste Drehort der Welt aus. Zumindest in Ingos aktueller, Marihuana-beflügelter Vorstellung. Er hatte den Pool schon oft beleuchtet gesehen und konnte sich nicht erinnern, jemals wirklich einen so poetischen Eindruck davon gehabt zu haben.

»Hoffentlich.« Luke schob die Bierpaletten mit dem Fuß näher heran, träge und schlapp, und rührte sonst keinen Finger. Ingo machte ihm keine Vorwürfe: Luke stand eindeutig ein bisschen neben der Spur, und Ingo wusste genau, warum.

Er räusperte sich, unsicher, ob er wirklich sagen sollte, was er zu sagen vorhatte; dann sagte er es: »Ich pack's immer noch nicht ganz, dass du das alles quasi für einen Kerl machst.«

Luke errötete, sagte aber nichts.

»Ich mein', es stört mich nicht.« *Und ich hab's auch mal mit Tristan getrieben*, hätte er jetzt zugeben können; er entschied sich, zumindest eine abgeschwächte Version auszusprechen, weil für homophob sollte Luke ihn auf keinen Fall halten: »Ich hab' auch schon mal was mit 'nem Kerl gehabt, weißt du das eigentlich?«

Lukes Gesichtsfarbe nahm einen noch tieferen, fast purpurnen Ton an.

»Das soll keine Anmache sein«, fügte Ingo hastig hinzu. »Ich bin nicht schwul oder so. Ich mein' – nicht, dass das schlimm wär', schwul sein und so. Aber jedenfalls«, fand Ingo endlich den Faden wieder, von dem er erst da bemerkte, dass er ihn ziemlich verloren hatte, »find ich's immer noch arg, dass du in Tristan so verliebt bist, dass du schon wieder extra eine Party für den ganzen Jahrgang schmeißt, nur, damit er diesmal *vielleicht* auch kommt. Und ausgerechnet *Tristan.*«

Ingo zuckte abschließend mit den Schultern. Luke schwieg weiter, fing aber endlich an, Bierdosen in den Kühlschrank zu schlichten. Ingo ließ ihn tun und überlegte, wo er die entfernten Flaschen am besten verstauen sollte.

»Wieso?«, fragte Luke plötzlich.

»Wieso was?«, fragte Ingo.

Luke drehte sich um und betrachtete Ingo unglücklich. »Wieso ist es arg, dass ich in Tristan verliebt bin?«

»Keine Ahnung.« Ingo stellte eine der Captain Morgan-Flaschen auf der Werkbank ab. »So halt. Tristan ist nicht gerade – also, ich glaub' nicht, dass – dass er sich mit einer Person zufriedengeben wird. Weißt du?«

Lukes Gesicht wurde regelrecht violett. Ingo konnte sich nicht helfen: Er fühlte sich schlecht für den armen Lucky Luke.

»Aber deine Party wird genial«, beteuerte Ingo, als würde das Lukes leidvolles Liebesleben irgendwie ausgleichen – tatsächlich fand Ingo, dass es das zur Genüge tat. »Dein Haus ist gestört, du hast sauviel Alkohol, der leiwandste Typ der Welt ist dein Co-Host –« (er richtete die Hälse zweier Flaschen auf sich selbst und zwinkerte Luke zu) »– und deine Eltern sind nicht zuhause. Insgesamt ergibt das pure Feinheit.« *Und große Verkaufschancen für meine Wenigkeit*, fügte er in Gedanken hinzu, aber von diesen Plänen brauchte Luke nichts zu wissen. »Vielleicht bringt das Tristan sogar dazu, heut wenigstens mit dir zu pudern.«

Luke wandte den Blick ab, murmelte etwas Unverständliches

und beugte sich wieder zu seinen Bierdosen hinab. Grinsend, und nicht mehr ganz so erfüllt von Mitleid, trug Ingo weiter seine Flaschen durch die Gegend.

6

Tristan wusste, dass sein Stiefvater bestimmt und seine Mutter wahrscheinlich nicht daheim war; um ganz sicherzugehen, warf er die Tür zum Hause Os mit großer Wucht hinter sich zu. Er wartete einige Sekunden, hörte keine erbosten Rufe oder herannahenden Schritte, und war zufrieden. Etwas hörte er aber doch im Haus: Musik von oben. Als er sich die Schuhe auszog, fand er einen grünen Converse, achtlos abgetreten. Er wandte den Kopf Richtung Treppe und sah, wie erwartet, einen zweiten, pinken Converse auf einer Stufe liegen. Er sammelte beide Schuhe ein und stellte sie säuberlich nebeneinander zu seinen auf die Abtropfmatte, bevor er die Treppe hochging.

Die Tür seiner Schwester stand offen, und die Musik aus ihrem Zimmer erfüllte den Gang glasklar und ungedämpft trotz der Akustikpaneele an den Wänden und der strategisch platzierten Lärmschutzvorhänge (der Hausherr mochte es still). Tristan klopfte nicht an, sondern schob die Tür einfach weiter auf. Sarah saß auf ihrem überdimensionalen Bett, Rücken an der Wand und Beine zur Buchstütze abgewinkelt. Sie hörte nicht auf zu lesen, blickte nicht einmal kurz hoch, aber Tristan wusste trotzdem, dass sie ihn bemerkt hatte. Er verschränkte die Arme und lehnte sich gegen den Türrahmen.

»Du solltest deine Schuhe nicht so liegen lassen«, sagte er, laut, um über die Musik gehört zu werden. »Samuel mag das nicht.«

»Samuel kann mich mal«, sagte Sarah mit tonloser Stimme.

Tristan seufzte angesichts dieser unglücklichen Wortwahl, und fragte, »Alles in Ordnung?«

»Wann war jemals alles in Ordnung?«, erwiderte Sarah, die immer noch nur Augen für ihr Buch hatte. Ihr strohiges Haar, so anders als seines, hatte sie hinter ihre großen Ohren geklemmt. Sarah, armes Mädchen, kam ganz nach ihrem verstorbenen Vater.

Tristan war die Quasiantworten seiner Schwester gewohnt,

aber heute war ihm nicht nach ihrem Zynismus zumute. Heute hoffte er auf eine Gegenleistung für all die vielen Male, die er sie getröstet, sich um sie gekümmert hatte, für sie da gewesen war – heute hoffte er, ausnahmsweise davon zu profitieren, dass er eigentlich eine *ältere* Schwester hatte.

Sarah war vier Jahre vor ihm geboren worden, aber was sie ihm an verstrichener Zeit voraushatte, mangelte ihr dafür an Erfahrungen. Nach ihrer Matura hatte sie den wenigen Mitschülerinnen, mit denen sie überhaupt jemals ein Wort gesprochen hatte, endgültig den Rücken gekehrt, und seitdem den größten Teil ihrer Zeit in diesem Zimmer verbracht. Ihre unerschöpfliche Zuneigung zu ihren Lieblingsromanen und ihr unüberwindbarer Drang zum Alleinsein hatten es ihr bisher unmöglich gemacht, einen Job zu finden und zu behalten – oder auch nur aktiv, selbständig, danach zu suchen. Von einem eigenständigen Leben in einer eigenen Wohnung träumte sie nicht einmal: Sarah ließ gerne für sich kochen, auch wenn sie selten (und dann aber viel zu viel) aß; und als die Putzfrau, die zweimal im Monat kam und Nicola Os im Haushalt half, sich neulich wochenlang geweigert hatte, um Sarahs dauergegenwärtigen Hintern herum zu arbeiten, hatte Sarah ihre Räumlichkeiten nicht selbst aufgeräumt, sondern beteuert, dass sie kein Problem damit hätte, »im Staub zu ersticken und auf durchfallbespritzten Toiletten zu kacken«. Tristan mochte seine große Schwester, weil sie der einzige Mensch war, der ihn oft zum Lachen bringen konnte – zu einem ehrlichen, richtigen, ungezwungenen und unfreiwilligen Lachen. Aber manchmal wünschte er sich, sie wäre mehr … ja, eben mehr wie eine große Schwester.

»Eine Klassenkameradin von mir ist verschwunden«, sagte Tristan.

Sarah hob tatsächlich den Blick aus ihrem Buch. Allerdings nicht, um Tristan anzusehen: Mit gerunzelter Stirn betrachtete sie eine Ecke ihres Zimmers, als wären die Spinnweben dort an der Decke kopfzerbrechend spannend.

»Und du gibst nämlich einen Scheiß auf deine Klassenkameradinnen seit … wann genau?«, sagte Sarah, hörbar interesselos.

»Es ist Hannah.«

Sarah wandte sich endlich doch ihm zu.
»Hannah Vogel?«, fragte sie.
Tristan nickte.
»Oh. Tja. *Girl had it coming.*« Damit widmete sie sich wieder ihrem Buch.
Tristan betrat das Zimmer. Bücherregale umzingelten ihn, dicke Mauern aus Holz, Papier und Krimskrams. Sogar die wenige Kleidung, die Sarah besaß, war in die Regale gestopft; ein paar ihrer Hosen benutzte sie als Buchstützen, BHs als überdimensionale Lesezeichen. Die Fenster waren geschlossen, die Jalousien herabgelassen; Sarah mochte Sonnenlicht nicht besonders. Tristan bahnte sich seinen Weg zum Bett um zahlreiches Zeug herum, das Sarah im Internet bestellt hatte, um damit am Ende bloß ihren Boden zu überschütten: eine riesige, leergelassene Piratenschatztruhe; einen winzigen Tisch für Teezeremonien oder sowas; eine absurd hässliche, dickwanstige Stehlampe, die nie an war, weil Sarahs Nachttischlampe eh blendend hell leuchtete. Scheiß, den niemand brauchte, und Sarah am allerwenigsten.
Tristan zögerte neben dem Bett, setzte sich dann aber doch behutsam zu Sarahs Füßen hin. Sie blätterte die Seite in ihrem Buch um. Wie sie so konzentriert lesen konnte, obwohl die Musik aus dem Lautsprecher direkt neben ihr dröhnte, war Tristan ein Rätsel. Er griff über Sarahs Beine hinweg zu ihrem Laptop und drehte leiser.
»Kannst du mir sagen, dass ich mir keine Sorgen machen muss?«, bat Tristan. »Dass alles gut wird?«
»Du musst dir keine Sorgen machen«, sagte Sarah. »Alles wird gut.«
»Danke«, sagte Tristan. Mehr würde er von ihr wohl nicht erwarten dürfen. Er schob jeden Gedanken an die Polizei und an die Hartplatz und an Hannah zur Seite und betrachtete seine Schwester eindringlich.
»Hast du überhaupt geschlafen?«, fragte er.
»Mindestens so viel wie du«, entgegnete sie.
»*Gut* geschlafen?«
»So gut es eben ging.«
Tristan rang um Geduld. Er versuchte es anders: »Du warst

heute draußen?«

»Wie kommst drauf?«

»Deine Schuhe.«

»Ach so, ja. Ja, war ich. Kurz die Beine vertreten.«

»Du? Die Beine vertreten?«

»Warum nicht? Weil ich fett bin?«

»Du bist nicht –«

Ihr strafender Blick schnitt ihm das Wort ab. Er erwiderte ihn mit exakt dem gleichen Blick; ein Erbe ihrer Mutter.

»Du bist nicht fett«, sagte er, klipp und klar und keine Widerrede duldend.

Sarah zuckte mit den Schultern, als wäre es ihr einerlei, und kehrte zu ihrer Lektüre zurück.

Tristan biss die Zähne zusammen und haderte mit sich, bevor er fragte, »Ist bei dir … alles *so weit* okay? Er … Er lässt dich doch in Ruh?«

Sarahs Kopf schnellte hoch. Sie fixierte ihn vorwurfsvoll mit ihren schlammbraunen Augen, eine tiefe Falte auf der Stirn.

»Tut er«, sagte sie. »Und ich habe dir die letzten Jahre oft genug gesagt, dass ich nicht mehr darüber reden will.«

»Wir *müssen* darüber reden«, sagte Tristan. »Miteinander. Mehr haben wir nicht. Nur einander.«

Sarah seufzte. Dann nickte sie und ließ den Blick betont ins Buch sinken.

Tristan akzeptierte die Entlassung. Er verließ ihr Zimmer, zog die Tür hinter sich zu –

»Bitte lass offen«, ertönte Sarahs Stimme hinter ihm.

Er hatte da bereits innegehalten. Er lächelte, und stieß die Tür sanft wieder ein Stück weiter auf. Er hatte gewusst, dass sie darum bitten würde; er hatte nur eine Reaktion – eine authentische Reaktion – von ihr haben wollen.

Seine eigene Tür aber schloss er hinter sich. Um nichts kleiner als das von Sarah, war Tristans Zimmer trotzdem das exakte Gegenteil: Kalt und leer, machte der Raum auf den ersten Blick deutlich, dass sein Bewohner sich selten in ihm aufhielt. Gigantische Möbel und nutzlosen Schnickschnack gab es hier genauso wenig wie Bücher: Tristan bevorzugte das Leihen aus der Bibliothek, und Stauraum brauchte er kaum, weil er einen beträchtlichen Teil seines Besitzes in der Schule ließ oder bei sich trug. Ein kleiner Glastisch, ein schlichter Stuhl und eine Matratze am Boden genügten ihm. Die einzige Extravaganz, die Tristan aus der anfänglichen, lang verpufften Großzügigkeit seines Stiefvaters für sich hatte rausspringen lassen, war der altmodische, schwarze Kleiderschrank auf Füßen, der zusammen mit dem ovalen Stehspiegel daneben dem Raum zumindest einen Hauch von Charakter verlieh. Ob es *sein* Charakter war, konnte Tristan nicht mit Sicherheit sagen. Aber er hatte auch nie das Bedürfnis gehabt, sich in diesem Haus so etwas wie ein Zuhause einzurichten.

Genauso wenig hatte Tristan das Bedürfnis, noch hier zu sein, wenn seine Mutter und ihr Mann zurückkehrten. Er öffnete den Schrank und überlegte, was er zu Lukes Party anziehen sollte.

Als sein Blick in den Stehspiegel wanderte, stellte er überrascht fest, dass er immer noch lächelte.

*

Luke wohnte mitten in der Zierau, dem besten Gebiet der Stadt. Manchmal hatte Tristan mit dem Gedanken gespielt, Lukes holprigen Flirts nachzugeben, um freien Zugang zu Lukes Familienhaus zu erlangen, einem alles andere als bescheidenen Anwesen in einem Meer aus Grün. Allerdings war das die Sache kaum wert: Wann immer Tristan im Wald sein wollte, würde er eben in den Wald gehen; und wenn er Lukes Haus einen Besuch abstatten wollte – nun, er war schließlich gerade auf dem Weg dorthin, ganz ohne mit Luke geschlafen zu haben, schlafen zu wollen oder jemals schlafen zu werden.

Es war kurz nach zehn, als Tristan aus dem finsteren Wald, durch ein weit offen stehendes Tor, in Lukes Garten trat, wo elektronische Musik ratschte und knarzte und die Party in vollem Gange war. Fast unmittelbar nach dem Tor fiel der Boden recht steil ab, und Tristan blickte auf das Grundstück hinab wie in eine Grube. Es war ein hübscher Anblick: das riesige Haus wie ein geheimes Schloss; der Pool, fast so lang wie der Garten selbst und von Unterwasserlampen schummrig beleuchtet, wie ein Fluss zu anderen Welten; die beduselten Gäste, die sich lachend und tanzend ums Wasser herum tummelten, wie Schatten verspielter

Waldwesen, zahlreich eigentlich, aber dünn verteilt, weil sie so viel Platz hatten – vom Pool abgesehen war der Garten schlicht und schnörkellos, eine große Ebene, was Tristan gefiel. Er fand Stufen, die das Gefälle hinabführten, und spazierte erst mal zum dunkleren Ende des Gartens, um sich zu akklimatisieren und unbemerkt umzusehen.

Allerdings wurde er sofort bemerkt.

»Du bist gekommen!«

Aus einer hölzernen Gartenhütte, die mehr wie eine kleine Ferienwohnung als wie ein Geräteschuppen aussah, kam Luke gestürzt. Er stolperte über seine eigenen Füße in seiner Eile, zu Tristan zu gelangen. Sein Gesicht strahlte vor Freude, oder glühte vor Scham – in der spärlichen Partybeleuchtung war es schwer zu sagen. Er richtete sich vor Tristan zu seiner vollen Größe auf und starrte erwartungsvoll, mundtot, auf ihn hinab. Er trug grün und grau, und sah ein bisschen aus wie ein Baum.

»Du hast mich eingeladen«, sagte Tristan.

Luke nickte. Dann fragte er hastig, »Waswillsutrinkn? Äh –« Er entknotete seine Zunge mit einem Räuspern. »Was möchtest du trinken?«

»Ich schau' mich erst mal um.« Tristan gab ihm ein kleines Winken, und ging davon.

Luke hatte deutlich mehr Leute eingeladen, als er Tristans Wissen nach Freundinnen und Freunde hatte. Aber Tristan musste gestehen, dass er nicht allzu viel über Luke wusste. Unter den Gästen erkannte er die üblichen Verdächtigen: Richie und Ingo, die keine Party ausließen; Filippe, den jeder genauso mochte wie er jeden mochte, und der Tristan über den Pool hinweg mit gehobenen Händen signalisierte, dass er ihn gesehen hatte und willkommen hieß; Valerie Flick und ihre treue Schar versnobter Mädels, die sich allesamt mit sauren und doch forschenden Mienen umsahen, als hielten sie die überschminkten Augen offen nach potenziellen Begleitern für den unter Umständen stattfindenden Abschlussball, und wären mit der Auswahl nicht besonders zufrieden. Tristan bezweifelte, dass dieser Jahrgang einen Ball kriegen würde; abgesehen davon, dass Valerie und ihre Freundinnen wahrscheinlich die Einzigen waren, die sich einen wünschten, war Frau Doktor Hartplatz' oberste Priorität bekanntermaßen das Sparen. Für diese speziellen achten Klassen würde sie wohl keinen Cent mehr ausgeben als absolut notwendig.

Im Schatten des Hauses sah Tristan jemanden, mit dem er nicht gerechnet hatte: Lily. Wann hatte er sie zuletzt auf einer Hausparty angetroffen? *War* sie überhaupt schon einmal bei sowas dabei gewesen? Er konnte sich nicht erinnern.

Seine Eingeweide schienen sich zu verknoten. Er befahl sich, sich zusammenzureißen. Was war denn dabei, wenn er zu ihr ging und Hallo sagte? Gar nichts war dabei. Gar nichts …

Jemand tippte ihm auf die Schulter. »Hast du eine Zigarette?«

Tristan drehte sich um. Marie lächelte ihn an.

»Eine Zigarette?«, wiederholte sie; ihr Atem roch nach Alkohol. »Richie will mir keine mehr geben. Meint, ich schnorr' zu viel, weil ich ja eigentlich gar nicht rauch'.« Sie hickste.

Tristan gab ihr, was sie wollte, wandte sich wieder um – und sah Ingo zu Lily treten. Ingo reichte ihr ein Glas, stieß mit ihr an, und sie sagte etwas, über das sie beide schallend lachten. Tristan seufzte innerlich und zündete sich eine eigene Zigarette an.

»Bist du allein?«, fragte Marie.

»Ich bin mit Dutzenden Leuten hier«, sagte Tristan.

»Hm. Kommt wohl aufs Gleiche. Geh mit mir spazieren, ich brauch' Gesellschaft.«

Da er nichts Besseres zu tun hatte, und da er Marie mochte, tat er das. Mit Marie war er nie intim gewesen, in keiner Weise. Sie war niedlich, aber er war kein Fan von niedlich. Sie war außerdem liebenswürdig, konnte aber auch keck und schlagfertig sein – wenn sie denn mal wollte. Meistens war sie alles andere als lebhaft; sie ging selten fort, blieb lieber daheim, kleidete und gab sich sehr gewöhnlich. Tristan wurde schon bei dem Gedanken an Sex mit ihr langweilig. Und ihr wurde beim Gedanken an Sex mit *ihm* wahrscheinlich schlecht.

An einer Stelle unterhalb des Tors, durch das Tristan gekommen war, setzte Marie sich an den Poolrand; vielleicht wollte sie dem Ausgang nahe sein, um schnell und unbemerkt abhauen zu können. Tristan setzte sich neben sie. Mit dem steilen Gefälle im Rücken und dem Wasser vor den Füßen fühlte sich der Platz ein wenig abseits und bedrängt an, aber dafür auch recht behaglich.

»Danke übrigens«, sagte Marie. »Für'n Tschick. Wahrscheinlich hat Richie aber eh recht. Ich rauch' immer nur betrunken. Und ich hab' selbst nie welche. Weil ich – halt nicht rauch'.« Sie schnaufte belustigt. »Spannend bin ich heute, oder?«

Er nahm das mit einem Halblächeln zur Kenntnis.

»Tatsächlich rauch' ich grad zum allerersten Mal mehr als eine am selben Abend. Kann nicht behaupten, dass es mir was gibt.« Sie saugte an der Zigarette, verzog das Gesicht, und räusperte den Rauch raus. »Schade, dass wir nicht schwimmen dürfen.«

»Dürfen wir nicht?«

Marie schüttelte den Kopf. »Seine Eltern haben gesagt, wenn irgendwas mit dem Pool ist, lassen sie ihn nie wieder allein zuhause. Aber ich muss sagen – ich find's sowieso allgemein erstaunlich, dass Luke die Party nicht abgesagt hat. Nach der Sache mit Hannah und so.«

»Ich wollte eh fragen.« Tristan blies Rauch auf die Wasseroberfläche. »Wie haben alle drauf reagiert, als die Info durchgesickert ist?«

»Naja, nachdem du uns *gar* nichts verraten hast –« (Marie warf ihm einen spielerisch vorwurfsvollen Seitenblick zu) »– und sie Jo anscheinend gar nicht gesagt haben, dass es um Hannahs Verschwinden geht –«

»Jo?«

»Ja, aber bei dem ging's mehr um sein Verhalten am Wochenende. Aber wahrscheinlich im Endeffekt eh auch um Hannah, oder?« Marie zuckte mit den Schultern. »Sind ja gut befreundet, soweit ich weiß. Wie du und Hannah, nicht? Jedenfalls, Jo konnte auch nichts Konkretes sagen. Erfahren haben wir's, oder ich zumindest, dann erst später am Nachmittag über die Klassen-WhatsApp-Gruppe – die verweigerst du, oder? Da ist es jedenfalls bekannt geworden, weil ein *freundliches* Mitglied unseres Jahrgangs befragt worden ist. Oder zumindest ein gesprächiges.«

Sie nickte hinüber zu Valerie, die ihre glitzernden Hofdamen ausgetauscht hatte gegen eine Gruppe von Burschen, die sich um sie drängten wie durstige Welpen um ihre Mutter.

»Vali hat alles erzählt, in typischer Vali-Manier. Das Lustigste ist, sie wurde gar nicht zur Hartplatz bestellt. Sie hat sich wohl der Polizei aufgedrängt und behauptet, sie wüsste alles über jeden und könnte ihnen daher sicher helfen.«

»*Of course*«, murmelte Tristan.

»Mhm. Und dann hat sie allen ausführlich berichtet. Und alles auf sich bezogen. Weil Hannah ihre beste Freundin ist, blah. Das letzte Mal, dass ich sie über Hannah hab' sprechen hören, fielen die Wörter *blöde Hure* und *dauerwaache Koksnutte* – ich verarsch' dich nicht«, versicherte sie ihm nachdrücklich, als Tristan hohl und heiser lachte. »Naja. Jedenfalls wissen es dank ihr jetzt alle, und jetzt sind alle …«

»Bestürzt?«, schlug Tristan vor.

»Ja, klar.« Marie rollte mit den Augen. »Weil wir nämlich nicht alle wissen, wo Hannah ist.«

»Dauerwaach im Koksnutten-Puff?«

»Sowas in der Art.« Marie gab ein ausgiebiges, trauriges Stöhnen von sich, das sich prompt in ein gewaltiges Gähnen verwandelte. »Obwohl es schon komisch ist«, presste sie im Gähnen hervor, »dass Kris ihr Verschwinden der Polizei gemeldet hat. Also, irgendwas Mysteriöseres muss wohl passiert sein, als dass Hannah einfach nur nicht daheim war, oder? Weißt *du* wirklich auch nicht, wo Hannah ist?«

Tristan drehte überrascht den Kopf nach Marie um.

»Na, weil ihr ja …« Marie biss sich auf die Lippe. »… befreundet seid, eben. *Eng* befreundet.«

Tristan zog die Augenbrauen hoch.

Marie zierte sich noch einen Moment, dann sagte sie, »Ich glaub', der Begriff dafür ist *friends with benefits*.«

Tristan lachte gestelzt. »Weiß nicht, ob der Begriff so gut passt.«

»Aber ihr habt … du weißt schon.«

Tristan kratzte sich an der Nase. »Wir *haben*. Ja. *Sex gehabt*.« Er grinste. »Du kannst es ruhig aussprechen, das Wort tut dir nichts.«

Marie schnaubte und wandte den Blick ab; Tristan hatte wohl einen Nerv getroffen. Einige Momente lang war es still zwischen den beiden.

Bis Marie sich räusperte, und fragte, »Du hast … *viel* Sex, oder? Mit vielen Leuten.«

Tristan zuckte mit den Schultern.

Marie schien das als Bestätigung aufzufassen, und fügte hinzu, »Warum?«

Das brachte Tristan wieder zum Lachen, diesmal weniger gekünstelt. »*Warum*?«

Marie lachte mit, aber es war deutlich, dass sie die Sache nicht lustig fand; Tristan konnte hören, dass ihr etwas fast die Kehle zuschnürte. Scham, wahrscheinlich; Angst, vielleicht sogar.

»Ich mein'«, sagte sie, »was findest du so toll an Sex?«

Tristan runzelte die Stirn. Die Frage kam ihm komisch vor, zu komisch, um sie ernst zu nehmen; vielleicht sogar, um im Scherz auf sie einzugehen. Aber … *war* sie so komisch? Er starrte in den Pool, auf die stille Wasseroberfläche, fischte nach einer Antwort. War ein wenig überrascht, dass er sie nicht zu kennen schien …

»Sex … ist wie Schwimmen in einem riesigen öffentlichen Pool.«

Marie prustete. »Wie bitte?«

Tristan grinste schief. »Schwimmen – Nachtbaden – im größten, beliebtesten, schönsten Schwimmbad, das es gibt. Du willst anfangs vielleicht nicht rein, weil du nicht wissen kannst, wer oder was noch alles drin schwimmt … aber wenn du dich traust, kannst du ganz unterschiedlichen, spannenden Leuten und – lustigen Spielzeugen begegnen, und deinen Körper ganz neu kennenlernen, und den Spaß deines Lebens haben. Aber du kannst dich natürlich auch schlimm verletzen, wenn du dich beim Reinspringen mit der Tiefe verschätzt, oder wenn du zu lang untertauchst – oder du kannst dir einen Pilz einfangen oder mit unliebsamen Körperflüssigkeiten in Berührung kommen …« (Marie lachte laut, und Tristan lachte mit ihr.) »Aber dieses Risiko gehst du ein, weil das Schwimmen … *so* großen Spaß macht. Manche *springen* gern in den Pool – manche einfach kerzengerade, manche mit dem Arsch voraus, manche mit komplizierten, kunstvollen Figuren und Techniken –, andere steigen lieber ganz vorsichtig und langsam rein. Manche wollen immer und immer wieder rein, andere haben nach ein paar Minuten genug. Manche wollen den ganzen Tag am Pool verbringen, andere wollen schnell wieder heim. Manche kommen hin und wollen sich dann nicht mal ausziehen, weil ihnen peinlich ist, wie sie nackt aussehen – *aber*: sie *kommen hin*. Alle wollen hin, früher oder später. Alle wollen schwimmen. Manchmal pissen Leute rein. Manchmal sterben Leute drin. Und trotzdem kommen alle immer wieder zurück.«

Tristan verstummte. Marie ließ das eine Weile auf sich wirken.

Dann sagte sie, »Das … ist die dümmste Metapher, die ich je gehört hab'.«

Tristan lachte wieder; leise diesmal, ohne Überzeugung. »Das sagst du nur, weil du noch nie in den Pool gesprungen bist.«

»Woher willst du das wissen?«

Tristan lächelte; sagte, »Ich weiß alles.«

Marie strafte ihn mit einem genervten Blick. Bevor sie antworten konnte, geschah, was früher oder später hatte geschehen müssen: Jemand landete mit einem lauten Platschen im Wasser, direkt neben ihnen. Tristan schloss instinktiv die Augen, wandte das Gesicht ab; ein feiner Schauer bespritzte sein Haar, seine Wange, benetzte seine Hose, dämpfte seine halbgerauchte Zigarette aus. Marie neben ihm schüttelte bereits lachend ihr feuchtes Haar aus, als Tristan – mit der nonchalantesten Miene, zu der unter den Umständen fähig war – die Augen wieder öffnete.

»*Hey*!« Lukes Stimme eilte ihm aus der Gartenhütte voraus, dröhnte durch das allgemeine Gelächter und die Beats aus den Boxen. Sekunden später erschien er auf der hölzernen Veranda, einen Bierkrug in der einen, ein Geschirrtuch in der anderen Hand. »*Kein Schwimmen*, hab' ich gesagt!«

Tristan hatte Luke noch nie so impulsiv erlebt. Er ließ den Eindruck noch einen Augenblick auf sich wirken, bevor er nachschaute, wer gesprungen war. Die Person im Pool hörte nicht auf Luke. Tatsächlich, bemerkte Tristan, konnte sie ihn vermutlich gar nicht hören: Sie schwebte auf der Wasseroberfläche, das Gesicht nach unten, die Ohren meist unter, nur hin und wieder kurz mal über Wasser, während die Wellen, die ihr Aufklatschen verursacht hatte, um sie waberten.

Sie selbst bewegte sich gar nicht.

Tristan erhob sich langsam; trat so nah wie möglich an den Pool heran; beugte sich über das Wasser. Das alles war eigentlich gar nicht notwendig: Er wusste bereits, warum die Person sich nicht rührte; wusste sogar, *wer* in das Wasser gefallen war. Er erkannte sie an den grellen Haaren, und er glaubte auch, sich an die Kleidung zu erinnern.

Tristan warf einen Blick hoch zum Tor – sein Kopf bewegte sich wie in einem Traum, wie unter Wasser; dort oben war nichts, niemand, nur Dunkelheit.

Die Musik schien lauter zu werden, aber in Wirklichkeit wurde der Rest der Party leiser. Die Gäste standen schweigend im Garten, am Waldrand, bei Luke auf der Veranda der Holzhütte, an der Hausmauer – standen überall, und starrten gebannt in den Pool, in dem sich das Wasser um den Körper langsam, in winzigen, nebelhaften Schwaden, rot färbte.

Als endlich auch Marie begriff, dass der Körper im Wasser Hannahs war und dass Hannah nicht mehr selbständig herauskommen würde, stieß sie den Schrei aus, der tief in Tristans Kehle steckte.

Kapitel 2

Halloweek

1

Das Jammern der Sirene wurde lauter, klang anders, als es sich wieder entfernte, und wurde dann gemeinsam mit dem Blaulicht von der Dunkelheit verschluckt, die Kris schon seit der Dämmerung viel bedrohlicher erschien als sonst.

»Wie heißt das?«, fragte Kris, ohne den Kopf aus dem offenen Fenster zu nehmen.

»Was?«, fragte Theresa hinter ihr.

»Dass die Sirene beim Wegfahr'n anders klingt als beim Herkommen.«

»Doppler-Effekt. Hatten wir grad erst in Physik.«

»Ja. Ich versteh' aber nie, was der Himberi redet.«

»Wahrscheinlich hörst du ihm einfach nicht zu.«

»Wahrscheinlich«, seufzte Kris. »Er is' aber auch ein Arsch.«

In weiter Ferne konnte Kris das blaue Licht nochmal aufblitzen sehen. Sie schloss das Fenster und wandte sich davon ab. Es war eh viel zu kalt, und die Nacht viel zu schwarz.

»Danke fürs Dasein«, sagte sie zu Theresa. »Du wärst sicher gern auf Lukes Party.«

»Wäre ich nicht«, sagte Theresa und schaffte es dabei in der ihr so eigenen Art und Weise, gleichzeitig gleichgültig, verwirrt, beleidigt und vorwurfsvoll zu klingen. Sie saß auf Kris' Bett genauso steif wie auf ihrem Platz in der Klasse. »Was hab' ich dort zu suchen?«

Kris antwortete nur mit einem bedeutungslosen Schmatzgeräusch. Sie selbst hätte genug bei der Party zu suchen gehabt, aber sie hatte schon vermutet, dass Theresa dafür kein Verständnis haben würde. Theresa war Jungfrau, mochte Alkohol nicht und wusste vermutlich gar nicht so genau, dass es andere Drogen auch gab. Deswegen konnte Kris sie auch nicht wirklich leiden, aber ihre anderen Freunde und Freundinnen zu fragen, ob sie ihr Gesellschaft leisten wollten, hatte sie sich nicht getraut – die hätten bestimmt nicht ihretwegen auf die Party verzichtet. Das wollte sie aber nur vermuten – und verdrängen –, nicht mit Sicherheit wissen.

Selbst war Kris beim besten Willen nicht imstande, irgendwo irgendwas zu feiern. Alleinsein kam für sie aber heute genauso wenig infrage. Und so schlimm war Theresa auch wieder nicht. Besser, in Kris' Augen, als mit ihren Eltern oder ihrem Bruder den Abend zu verbringen. Kris lächelte Theresa verhalten zu, bekam ein Stirnrunzeln retour. Sie seufzte, durchquerte ihr Zimmer und ließ sich neben Theresa aufs Bett plumpsen.

»Was glaubst du, was passiert ist?«, fragte Theresa.

Kris kratzte sich an der Nase. »Was meinst?«

»Die Sirene eben.«

Kris' Augen weiteten sich. Sie hatte gar nicht darüber nachgedacht. »Glaubst – glaubst du, sie ha'm die Hannah g'fund'n?«

Theresa zuckte mit den Schultern.

»*Bwah*. Ich hoff' … Ich hoff' …« Aber Kris konnte nicht weitersprechen: Die Erinnerung an Hannahs blutgeflutete Küche ploppte in ihren Kopf, und Tränen schossen in ihre Augen. Sie vergrub das Gesicht in den Händen.

»Du solltest nicht die ganze Zeit darüber nachdenken. Das bringt nicht wirklich was.«

»Ich kann nicht *aufhör'n*, drüber nachzudenk-k-*ken*!« Kris' Stimme brach; gleich würde sie wieder zu flennen beginnen. »Es war so g-*grauslich*! Das ganze B-Blut, und …«

Sie ließ sich nach hinten fallen und presste sich einen ihrer flauschigsten Polster aufs Gesicht.

»Was tust du da?«, fragte Theresa.

»In den Polster atmen, damit ich nicht plärr'.«

»Das geht nur mit einem Sack. Und das hilft gegen Hyperventilieren, nicht gegen Weinen.«

Kris stöhnte. »Und Luft krieg' ich auch keine«, sagte sie, schleuderte den Polster weg – und gab sich ihren Tränen hin.

Theresa schwieg, während sie vor sich hin schluchzte. Heulen half gar nicht, aber irgendwie doch. Sobald sie das Gefühl bekam, dass es ihr ein bisschen besser ging, setzte sie sich wieder auf und stellte die Frage, die sie sich bisher nicht laut zu formulieren getraut hatte.

»Theresa … Glaubst du … Glaubst, die Hannah könnt' – tot sein?«

Theresa blinzelte, offenbar überrascht. »Naja … Ja. Wenn das wirklich so viel Blut war, wie du sagst, dann ist sie das wahrscheinlich.«

Diesmal versuchte Kris gar nicht erst, sich zusammenzureißen: Sie brach in lautes, nasses Geheul aus. In ihren eigenen Ohren klang sie fast wie die Sirene vorhin.

Theresa tätschelte ihr den Oberarm. Kris weinte weiter und beschloss, nur noch mit Theresa zu sprechen, wenn es unbedingt notwendig war.

2

Die wenigen, die nicht überstürzt in den Wald gerannt waren, warteten in der Polizeistation darauf, befragt zu werden. Tristan war froh, dass er nichts Illegales genommen oder gar dabei hatte; in den Augen der Autoritäten waren die sechs Jugendlichen hier am Gang sicher erst mal Verdächtige, und wem Drogen nachgewiesen werden konnten, war wahrscheinlich *haupt*verdächtig.

Tristan betrachtete die Leute neben sich auf den anderen Plastikstühlen. Luke war wohl geblieben, weil er keine andere Wahl hatte – es war immerhin *sein* Pool –, und Marie war vermutlich zu schockiert gewesen, um sich großartig weit weg zu bewegen. Filippe – in ein Handtuch gewickelt, weil er sofort in den Pool gesprungen war und Hannah rausgezogen hatte – war bestimmt einfach hier, um zu helfen. Richie sah noch verstörter und erstarrter aus als Marie; trotzdem war Tristan überrascht, dass er nicht geflohen war.

Noch mehr als Richie wunderte ihn aber, dass Lily sich entschieden hatte, auf die Polizei zu warten. Was tat sie hier? Wollte sie Richie trösten? Nein, sie schaute ihn nicht einmal an. Wollte sie dabei helfen, den Mord an Hannah aufzuklären? Tristan wusste, dass sie und Hannah einander schon ewig kannten, aber er wusste auch, dass Lily sich im Laufe der letzten Monate ein bisschen von ihrer alten Gruppe distanziert hatte – im Laufe jener Zeit eben, in der sein Interesse an Lily stetig gewachsen war. Andererseits war Jo in der Schule befragt worden, und Lily und Jo waren nach wie vor nahezu unzertrennlich. Vielleicht war sie für Jo hier; um Informationen von der Polizei zu erlangen, nicht, um welche mit ihr zu teilen.

Oder war Lily einfach neugierig? Oder zu pflichtbewusst, um vor der Polizei zu flüchten?

Lily drehte plötzlich ihren Kopf herum. Tristan ließ seinen Blick langsam sinken, geradeso, als hätte er sie nicht damit fixiert, sondern ihn nur schweifen lassen.

Luke war als Erster befragt worden, hatte sich danach aber wieder zu ihnen gesetzt und starrte seitdem Löcher in die Luft. Tristan war sicher nicht der Einzige, der Luke am liebsten gefragt hätte, was die Polizei wissen wollte, aber niemand sagte ein Wort. Die anderen schwiegen vermutlich, weil sie zu eingeschüchtert waren. Tristan blieb vor allem deshalb still, weil es sowieso nicht viel Vorstellungskraft brauchte, um sich auszumalen, welche Fragen die Polizei an sie alle hatte. Was nicht bedeutete, dass Tristan sich keine Sorgen machte. Er war schon verdächtigt worden, in Hannahs Verschwinden involviert gewesen zu sein; jetzt, wo klar war, dass jemand sie ermordet hatte, könnte er in ernsthafte Schwierigkeiten geraten, wenn er sich nicht geschickt anstellte.

Allerdings stellte Tristan sich selten ungeschickt an. Das hier war eine neue Situation für ihn, aber solange er sie als genau das und nicht mehr betrachtete, würde er sie in den Griff bekommen. Eine neue Situation, weiter nichts. Jemand hatte seine Klassenkameradin und Ex-Liebhaberin aufgeschlitzt und ihre Leiche neben ihm in einen Pool geworfen … Eine neue Situation. Sonst nichts.

Sonst nichts, sonst nichts, sonstnichts-sonstnichts-sonstnichts-oh-scheiße-HANNAH –

»Os.«

Tristan folgte dem jungen Polizisten in ein Zimmer, das nicht viel größer war als die Besenkammern in der Schule; mit Schrammer und Fletscher war es schon so gut wie voll, und als sich die Tür hinter Tristan schloss, bekam er gleich das Gefühl, dass die Luft bald knapp werden würde. Tristan nahm auf dem Stuhl Platz, auf den Schrammer zeigte, und wartete. Der Tisch war aus Plastik, Fletscher saß neben Schrammer, statt hinter ihm zu stehen, und selbstverständlich war die Direktorin nicht anwesend, aber Tristan konnte das Gefühl von Déjà-vu dennoch nicht abschütteln.

Schrammer eröffnete das Gespräch: »Wie geht es Ihnen?«

Tristan zog die Augenbrauen hoch. »Schlecht.«

»Es muss furchtbar gewesen sein.« Schrammer nickte ausgiebig, mit geweiteten Augen. Sein ergrautes, fedriges Haar wippte auf und ab. »Sie sind am Pool gesessen, wie Hannah hineingefallen ist, ja?«

»Sie ist nicht gefallen, sie wurde geworfen. Gerollt, nehme ich an.«

»Du hast jemanden gesehen, der sie hineingeworfen hat?«, fragte Fletscher.

Tristan schüttelte den Kopf.

»Gehört?«

Tristan schüttelte den Kopf.

»*Gefühlt*, dass jemand über dir gestanden ist?«

Jetzt machte sie sich nur noch über ihn lustig.

»Ich habe mich mit Marie unterhalten und gar nichts sonst mitbekommen. Nur, dass plötzlich etwas aufs Wasser geklatscht ist. Ich habe mich abgewendet – instinktiv, wie man das eben macht, wenn Wasser spritzt. Bis ich wieder hingesehen habe, Hannah erkannt und verstanden habe, was da gerade passiert ist, hätte jeder Mensch genug Zeit gehabt, in den Wald abzuhauen.«

Schrammer machte eine Notiz auf dem Klemmbrett, das er am Tischrand und auf seinen dicken Oberschenkeln abgestützt hatte. Tristan glaubte zu wissen, was er schrieb. Vermutlich einfach nur *Marie*, oder auch *Marie – Alibi*?

»Bestimmt ein grauenvoller Anblick.« Schrammer schüttelte

sich, als wollte er das Bild in seinem Kopf wie eine Fliege verscheuchen. »Sowas haben Sie sicher nicht kommen sehen, bevor Sie zur Party aufgebrochen sind. Lukas hat uns erzählt, dass er Sie erst heute eingeladen hat? Und Sie hatten trotzdem Zeit? Das hat sich gut ergeben. Oder schlecht.« Er schwenkte ein trauriges Lächeln zwischen Tristan und seiner Kollegin hin und her. »Wie man's nimmt. Wären Sie nicht dort gewesen, hätten Sie nur morgen in der Schule aus zweiter Hand erfahren, was passiert ist.«

Die Fragen, die Schrammer explizit gestellt hatte, waren keine, die zu beantworten Tristan sich verpflichtet fühlte. Dazu, auf die *implizierten* Fragen einzugehen, würde er sich nicht so leicht provozieren lassen. Er starrte die beiden an, wartete ab.

»Ihre Eltern sind kontaktiert«, sagte Schrammer nach einigen Sekunden. »Bitte warten Sie draußen, bis sie Sie abholen.«

Damit hatte Tristan nicht gerechnet. Er blieb noch kurz sitzen, überzeugt davon, dass Fletscher noch irgendetwas sagen, fragen, ihm etwas vorwerfen würde, bevor er tatsächlich gehen durfte. Aber sie begegnete seinem Blick nur mit ausdrucksloser Kälte, ihr hartes Kinn nach vorne geschoben, was sie ein bisschen wie ein schmollendes Kind aussehen ließ.

Tristan stand auf.

»Ach ja«, sagte Schrammer, weiterhin in gar freundlichem Ton, »bleiben Sie bitte die nächsten Wochen in der Stadt, wenn Ihnen das keine Umstände macht. Bestenfalls zu Hause oder in der Schule, wo man Sie schnell finden kann. Falls wir noch Fragen an Sie haben. Danke.«

Tristan verharrte einen Moment, überlegte, ob er etwas antworten sollte. Stattdessen verließ er den Raum und ging zurück zu den anderen. Niemand sah hoch, als er sich zu ihnen setzte. Niemand fragte ihn, was passiert war. Das lag vielleicht auch daran, dass der junge Polizist, der ihn in das Befragungszimmer geführt hatte, jetzt im Gang stand. Er wirkte noch größer als Luke. Und so jung sah er gar nicht mehr aus, fand Tristan auf einmal.

Marie wurde als Nächste zu Schrammer und Fletscher gerufen. Kurz darauf steckte eine Polizistin ihren Kopf durch die Tür am Ende des Ganges. »Tristan Os? Sie werden abgeholt.« Tristan erhob sich wortlos und folgte ihr in den Eingangsbereich der Station.

Seine Mutter wirkte aufgewühlt. Ihr blondes Haar, das seine ursprüngliche dunklere Farbe durchschimmern ließ, lugte zerrupft unter dem gigantischen Schal hervor, den sie dramatisch über ihre Schultern und ihren Kopf geworfen hatte, wie um nicht erkannt zu werden. Ihre lederne Handtasche war ausgebeult, als hätte sie in ihrer Eile und Unkenntnis der Umstände alles hineingestopft, was griffbereit in der Nähe gelegen hatte. Ihre Finger schlugen in rascher Abfolge gegen den Verschluss der Tasche; ihre Ringe stießen gegeneinander, übertönten mit ihrem Klappern das Rascheln von Papier und das Klingeln von Telefonen. Sie stand seitlich zu ihm, den verlorenen Blick auf ein Fenster geheftet. Tristan räusperte sich.

Sie wirbele herum. Ihr Schal wirbelte theatralisch mit und vollendete das Klischee, das sie war.

»Tristan.« Sie packte ihn am Arm, als wollte sie ihn mit sich ziehen, entschied sich aber um und tätschelte ihm den Rücken, bevor sie hurtig Richtung Ausgang schritt. Tristan seufzte, und folgte ihr.

»Das ist alles so furchtbar«, stellte Nicola Os fest, als Tristan sich endlich zu ihr ins Auto gesetzt und angegurtet hatte. »*So* furchtbar.« Sie startete den Motor. »Ist es nicht furchtbar?«

»Ja, Mutter«, stimmte Tristan zu.

»Das arme Mädchen.« Nicola bemerkte zu spät, dass sie vergessen hatte, ihre Scheinwerfer einzuschalten, und winkte beim Nachholen dieser Kleinigkeit lächelnd der Polizistin zu, die nur herausgelaufen zu sein schien, um sie darauf aufmerksam zu machen.

»Ja, sehr arm«, sagte Tristan.

»Und die *Eltern.*« Nicola schüttelte den Kopf. »Die armen Eltern. Ich kann mir nicht vorstellen, was sie durchmachen.«

»Sicher kannst du das nicht«, sagte Tristan in der Hoffnung, sie würde die Doppeldeutigkeit verstehen, eingeschnappt und damit still sein. Aber Nicola war entweder zu aufgebracht, um Tristans abschätzigen Ton richtig zu interpretieren – unwahrscheinlich, da sie sonst grundsätzlich hinter jeder von Tristans Aussagen eine beleidigende Absicht vermutete –, oder sie war an diesem Abend nicht gewillt, sich davon irritieren zu lassen.

»Die Polizei hat am Telefon gesagt, die Leiche ist *neben dir* gefunden worden? Sie verdächtigen dich doch nicht, oder?«

»Doch«, sagte Tristan. »Und *gefunden* ist nicht ganz das richtige Wort, glaub' ich.«

»Aber du hast doch nichts damit zu tun?«

Tristan biss die Zähne zusammen. Der Ton seiner Mutter legte nahe, dass sie Tristans Mitwirkung an der brutalen Ermordung einer Mitschülerin nicht für ausgeschlossen hielt. Er zögerte, bevor er antwortete; nicht nur, weil er überlegte, was er sagen sollte, sondern auch, weil er es ein bisschen genoss, die Angst seiner Mutter zu spüren.

»Ich sitze hier und nicht in einer Zelle, oder?«

»Das stimmt.« Nicola war sichtlich erleichtert. »Ja, das stimmt. Ach. *Ach.*« Sie hielt an einer roten Ampel. »Ich bin froh, dass es dir gut geht.«

Tristan schaute seine Mutter von der Seite an. »Ja?«

Sie drehte den Kopf so schnell herum, dass ihr Schal runterrutschte. Die vielen Falten auf ihrer Stirn ließen sie ausnahmsweise einmal beinahe so alt aussehen, wie sie war. »*Natürlich* bin ich froh. Du bist mein Sohn, Tristan.« Sobald der Querverkehr stehenblieb, legte sie den ersten Gang ein, trat aufs Gas und fuhr in die Kreuzung ein, obwohl ihre eigene Ampel auch noch rot war. »Auch wenn niemand es erkennen würde, so, wie du mich meistens behandelst.«

3

Ingo warf die Tür mit solcher Wucht hinter sich zu, dass sein gerahmtes Autogramm von Leonard Cohen vom Nagel rutschte. Das Glas zerschellte am Boden, Ingo fuhr erschrocken zusammen und stieß beinahe einen Schrei aus. Aber nur beinahe. Oder zumindest nur einen ganz leisen.

»*Fuck*«, zischte er, verharrte mit dem Rücken zur Tür und lauschte. Er atmete beruhigt aus, als er das Schnarchen seines Vaters hörte. Seine Eltern konnten wirklich durch jeden Scheiß schlafen. Das hatte ihm schon oft zum Vorteil gereicht.

»Fuck«, wiederholte er, diesmal gelassener. Dann tauchte das Bild der Leiche wieder vor seinen Augen auf, und jede Gelassenheit verpuffte. Er lief zu seinem Schreibtisch und warf in seiner Hast fast seinen Sessel um.

Das war Hannah, schoss es ihm zum wiederholten Male durch den Kopf. Er versuchte, den Gedanken weiterhin zu ignorieren. Er hatte die Leiche nicht genau gesehen. Nur die hellen Haare. Und die Regungslosigkeit. Das waren die beiden Dinge, die er wirklich wahrgenommen hatte. Alles Weitere – die Kleidung, die ihm bekannt vorgekommen war, die Körperform, der … Hannahartige Gesamteindruck – konnte genauso gut nur eine Fabrikation seines Gehirns, das immer noch Hannahs Verschwinden zu verdauen versuchte, gewesen sein.

Das war Hannah.

Nein.

Er loggte sich auf Facebook ein und klickte sich zu Hannahs Profil durch. Bei Hannah VogelFrei war alles beim Alten: kein neuer Beitrag. Das war auch das Erste gewesen, was er überprüft hatte, als der Grund für das Polizeiaufgebot in der Schule bis zu ihm durchgesickert war. Hannah VogelFreis Inaktivität hatte ihm anfangs nicht besonders große Sorgen bereitet – ihre Social Media-Sucht war schon lange abgeflaut. Aber jetzt gerade hätte er nichts lieber gesehen als irgendeinen Beitrag von wegen, *haha guyz, sorry dass ich euch sorgen gmacht hab, war spontan auf urlaub mit meinem secret lover, bussi und thx für eure 1000 calls, hab gar nicht gwusst dass ich euch so viel bedeute <3.*

Stattdessen stand da immer noch, was Hannah vor vielen Wochen gepostet hatte: *freu mich auf das chilln heut abend. schad dass ich kein netflix hab aber ich hab ghört das meiste ist eh scheiße?*

Ingo schluckte. Er merkte jetzt, dass er immer noch high war. *Waach wie ein Knödel* – so hatte Hannah ihn lachend beschrieben, als sie sich das letzte Mal miteinander dicht gemacht hatten. *Oder* zum *letzten Mal*, dachte er unwillkürlich; *zum allerletzten Mal …*

»*Fuck!*«, sagte Ingo erneut, diesmal rücksichtslos laut.

Wie in Trance klickte er auf den Message-Button auf Hannahs

Titelbild (ein Screenshot von Flappy Bird aus *Flappy Bird on Drugs*), und schrieb: *hey meld dich, wo bist du denn, ist was passiert?*

Er sandte die Nachricht.

Und dann begriff sein weicher Knödelschädel, was er da gerade getan hatte.

Wenn das wirklich Hannahs Leiche gewesen war, würde die Polizei mit Sicherheit ihr Facebook überprüfen. Und selbst wenn das im Pool weder eine Leiche noch Hannah gewesen sein sollte, sie wurde *vermisst*, also tat die Polizei das wahrscheinlich sowieso. Und bestimmt waren alle, die zu ihr Kontakt aufnahmen, interessant für die Polizei. Und dass er ihr jetzt – gerade jetzt – zum ersten Mal seit der obligatorischen *hey willkommen auf FB*-Nachricht vor tausend Jahren per Messenger geschrieben hatte, würde die Polizei sicher ganz besonders interessieren.

Ihn ganz besonders verdächtig machen.

Sein viertes »Fuck« war klanglos und fahl, ein billiger Ersatz für Sprachlosigkeit. Er klappte seinen Laptop zu, als könnte er damit seinen Fehler ungeschehen machen, und warf sich aufs Bett. Im Grunde, dachte sein erschöpftes Hirn, hatte er eh nichts getan, was seine Lage verschlimmern konnte. Bestimmt würde Luke der Polizei ohnehin verraten, wer auf seiner Party gewesen war. Und alle, die nicht geblieben waren, um auszusagen, würden automatisch weit oben auf der Liste der Verdächtigen stehen.

Aber es war trotzdem gut, dass sein benebelter Kopf ihn zur Flucht getrieben hatte. Besser, er war kurz ein bisschen verdächtig und konnte morgen, nüchtern, die Vermutungen der Polizei zerschlagen, als er wurde heute für Drogenkonsum verhaftet … oder für Besitz … oder fürs Dealen.

Aber was, wenn die Polizei schon ausgerückt war, um alle Partygäste zu jagen und wegen Behinderung von Polizeiarbeit oder Verweigerung der Aussage oder sonst sowas hopszunehmen? Griff da dieses Recht zu schweigen? Ingo bereute es zum ersten Mal, kein *CSI* oder *Criminal Minds* zu schauen, oder wie diese ganzen Serien hießen, die seine Mutter so mochte.

Und wenn die Polizei wirklich gleich vor der Tür stand? Wie sollte er beweisen, dass er nichts mit der Leiche und nichts mit

Hannahs Verschwinden zu tun hatte? Vielleicht waren sie schon draufgekommen, dass er und Hannah ihr Zeug meistens von der gleichen Quelle bezogen hatten … dass sie es bis vor gar nicht langer Zeit gemeinsam *weiterverkauft* hatten, zur Hölle. Vielleicht glaubten sie, er hätte mit ihr gestritten oder so … und er hätte ihr auf Facebook geschrieben, um herauszufinden, ob –

»Oh«, hörte er sich flüstern.

Er hatte ihr auf Facebook geschrieben.

Konnte man daraus nicht genauso gut schließen – *musste* man nicht eigentlich, im Zweifel für den Angeklagten –, dass er keine Ahnung hatte, was auf Lukes Party passiert war?

Vielleicht würde er glaubhaft machen können, dass er heimgegangen war, bevor die Leiche das Poolverbot gesprengt und die Stimmung ruiniert hatte. Er hatte sich zu dem Zeitpunkt in der Nähe der Gartenhütte aufgehalten, allein unterwegs, und die sturzbetrunkenen Randos in seiner Nähe hatten ihn wohl kaum bemerkt, geschweige denn erkannt …

Ja … Er hatte sich Sorgen gemacht, wegen Hannah, und hatte deswegen die Lust aufs Feiern verloren. War nach Hause gegangen, hatte spontan beschlossen, Hannah auf Facebook zu schreiben. Sich dann ins Bett gelegt, geschlafen …

Er *war* auch wirklich müde. Er machte die Augen zu.

Dann musste er es nur noch schaffen, die Sache mit den Drogen weiterhin zu verbergen. Den Verkauf vorübergehend auf Eis legen, bis Hannahs Verschwinden und das mit der Leiche im Pool geklärt war … nichts konsumieren, eine Zeit lang …

Fuck, hätte er sich jetzt gern einen Ofen gedreht.

Kleine blaue Punkte blitzten und tanzten hinter seinen geschlossenen Lidern, fast wie funkelnde Sterne am Nachthimmel. Schön.

Er beobachtete das, bis er einschlief.

4

Kris lag auf ihrem Bett und konnte sich nicht bewegen. Sie weinte ein bisschen – das tat sie noch hin und wieder, aber sonst tat sie den dritten Tag in Folge nicht viel. Sie schlief schlecht, sie hatte keinen Hunger – sie aß trotzdem, schaufelte alles, was ihre Mama ihr brachte, in sich hinein, weil sie nichts Besseres zu tun hatte, und dann war ihr schlecht, und sie fühlte sich fett, und dann weinte sie noch mehr. Von der Schule durfte sie zuhause bleiben, und das war gut, denn hätte man sie zwingen wollen, wäre sie trotzdem nicht hingegangen. In der Schule waren Leute, die auch trauerten, und wenn Kris andere heulen sehen würde, gäbe es bei ihr überhaupt kein Halten mehr, glaubte sie, dann war Sturzflut in ihrem Gesicht. In der Schule wurde bestimmt *nur* über Hannah geredet, immer und überall, und das wäre zu viel für Kris gewesen. Zumal bestimmt nicht nur nette Dinge gesagt wurden; Kris wusste, was für Arschlöcher es in der Schule gab, und sie wusste, dass man sich schon zu Hannahs Lebzeiten das Maul über sie zerrissen hatte, und sie wollte nicht hören, wie jemand in der Kantine sowas Schreckliches sagte wie, *Das hat sie nun davon*, oder, *Ist ja selbst schuld, die Hure*, oder was auch immer.

Zu Hannahs Lebzeiten … »Scheiße«, wimmerte Kris, und begann, zu weinen.

Es klopfte, und Kris wischte ihre Tränen weg. Ihre Eltern traten beide ein. Das konnte nichts Gutes bedeuten.

»Kristina, Schatz«, säuselte ihre Mama, setzte sich behutsam ans Fußende ihres Betts und legte eine Hand auf ihr Bein. »Wie geht es dir?«

Das war die dümmste Frage aller Zeiten. »Schlecht«, beantwortete Kris sie trotzdem.

Ihre Eltern tauschten einen Blick aus. Ihr Papa stand ein wenig abseits und sah aus, als wäre er am liebsten ganz woanders.

»Hör mal, Schatz«, wandte ihre Mama sich wieder ihr zu, ein schmerzhaftes, falsches Lächeln quer über ihr Gesicht gespannt, »wir haben geredet, und wir finden … Wir glauben, es würde dir helfen, mit jemandem darüber zu reden. Jemandem, der qualifiziert ist, in solchen Situationen Beistand zu leisten.«

Kris runzelte die Stirn. »Wer soll das sein?«

»Jemand – jemand, der sich mit solchen Dingen auskennt. Der Menschen hilft, denen es – schlecht geht. Menschen, die jemanden verloren haben.«

Kris schniefte. »Ein Medium?«, fragte sie verwirrt.

»Nein, Schatz. Ein Therapeut.«

Kris fuhr aus ihren Polstern hoch. »Fix nicht.«

»Es ist natürlich deine Entscheidung. Niemand zwingt dich. Aber wir sind überzeugt, es würde dir helfen. Du musst wieder anfangen, normal zu leben – zur Schule gehen, besser schlafen – ein Leben führen halt. Und ein Therapeut kann dafür sorgen, dass du das schneller schaffst. Aber es ist wie gesagt deine Entscheidung, nur deine.«

»Ich entscheid' mich dagegen«, sagte Kris, und ließ sich wieder in die Polster fallen. »Thema erledigt.«

*

Am nächsten Nachmittag stieg Kris beim *Ärzt:innenzentrum im Zentrum* aus dem Auto.

»Wir warten hier«, sagte ihre Mama vom Beifahrersitz aus. »Wenn du fertig bist, sind wir da, okay, Schatz?«

Kris rollte mit den Augen und betrat das Gebäude, das hässlich gelb war und genauso unglücklich aussah, wie Kris sich fühlte.

Am Empfang saß eine kantige alte Dame, die ihren Computerbildschirm anstarrte, als wollte sie ihn zu einem Kampf auf Leben und Tod herausfordern.

»Ich komm' zur Therapie«, sagte Kris.

Die Dame antwortete, ohne vom Bildschirm aufzublicken: »Mädchen, das ist eine Gemeinschaftspraxis. Du musst sagen, wie du heißt und wann und bei wem du die Therapie machst.«

»Kristina Müller. Frau Doktor Fischer, sechzehn Uhr.«

»Okay. Setz dich in den Wartebereich, du wirst aufgerufen. Willkommen im Therapiezentrum.«

Kris schlurfte zum Wartebereich, setzte sich und sah sich um. Sie war überrascht, wie viele Menschen hier waren, und wie viele Türen. Die Menschen waren unterschiedlichst alt, und auf den Türen prangten verschiedene Begriffe, von denen Kris die meisten nicht verstand.

Eine der Türen ging auf, und Kris machte sich bereit, hoffend, dass das ihre war und dass sie den Scheiß hinter sich bringen konnte – und sie plumpste gleich wieder zurück auf ihren Sessel, als sie sah, wer aus dem Zimmer trat und mit zu Boden gerichtetem Blick am Empfang vorbei zum Ausgang huschte.

Es war Tristan.

*

»Vier Wochen, und die Polizei weiß *nichts*?« Nikki klang empört.

Kris sagte nichts, zu fertig mit der Welt für Empörung, gerechtfertigt oder nicht. Sie saß am Boden der Schulbibliothek und wartete auf das Ende ihres Bib-Diensts. Das war eine der Sparmaßnahmen-getarnt-als-Bildungsprogramm, die sich die Hartplatz ausgedacht hatte: Wer sich bereiterklärte, einmal die Woche nach dem Unterricht eine Stunde lang Bücher zu schlichten und Daten in den uralten Computer zu klopfen, durfte am nächsten Tag gratis in der Kantine essen. Die Hartplatz behauptete, sie wollte damit das Pflichtbewusstsein der Jugendlichen fördern, sie mit sinnvoller Arbeit beschäftigen und auf die Zukunft vorbereiten. In Wirklichkeit hatte sie nur möglichst billigen Ersatz für den Lehrer gesucht, der die Bibliothek zuvor betreut hatte und dem wegen irgendeiner unangenehmen Geschichte der Lehrauftrag entzogen worden war. Kris durchschaute gerade nicht ganz, wie ausgerechnet sie denn nun dazu kam, wöchentlich hier rumsitzen und sich langweilen zu müssen. Sie hatte sich zusammen mit Hannah dafür angemeldet, aber warum? Sie wusste es nicht mehr. Das Essen in der Kantine war scheiße, das konnte nicht der Grund sein.

Und jetzt war Hannah tot, also warum musste Kris weiter Bibliothekarin spielen?

Hannah war tot. Seit vier Wochen war Hannah tot.

Und der Mörder war immer noch frei.

»Das ist doch … lächerlich«, fuhr Nikki traurig fort, mit starrem Blick und vor Sorge zerknautschtem Gesicht.

»Vier Wochen kommt mir jetzt nicht lang vor«, sagte Jo, der die Bücherregale durchstöberte; er zog ein Taschenbuch raus, blätterte darin, als wäre er auf der Suche nach einer bestimmten Stelle, und ließ es dann zu Boden fallen. »Ich mein', für einen Mord? Kann man schon eine Weile brauchen.«

»Vielleicht, um tatsächlich den Mörder zu schnappen«, entgegnete Nikki. »Aber wie kann's sein, dass noch *gar* nichts passiert zu sein scheint? Du hast gesagt, die Küche war voller Blut, oder, Kris? Da muss es doch auch irgendwelche Spuren vom Killer geben, vom Kampf oder was halt passiert ist. Oder?«

Niemand antwortete. Kris hatte absolut keine Lust, schon wieder über das Thema zu diskutieren. Das war in den vier Wochen oft genug passiert. Mit der Polizei. Mit ihren Freundinnen und Freunden. Mit ihren Eltern. Mit Hannahs Eltern. Und natürlich mit ihrer Therapeutin.

Kris schaute hinüber zu Tristan, der auch am Boden saß, gegen den Fernsehkasten gelehnt, und mit ausdruckslosem Gesicht ein altertümlich wirkendes Buch las. Für Kris sahen zugegeben alle Bücher irgendwie alt aus: Sie las viel – *Twilight* hatte sie dreimal gelesen –, aber sie hatte einen eReader. Das war viel besser, soweit sie wusste, für den Rücken oder so, oder für die Augen, oder was auch immer.

Nikki ließ sich von dem Schweigen nicht unterkriegen. Vielleicht verstand sie es auch als Einladung, selbst den staubigen Raum mit ihrer Stimme zu füllen, die in ihrer Aufregung höher und höher wurde.

»Wer würde Hannah denn *töten* wollen?«, fragte sie, mit einer Fassungslosigkeit, als wäre Hannah eben erst gestorben. »Ich mein' – viele konnten sie nicht wirklich leiden, das weiß ich – sorry, Kris«, fügte sie hinzu. »Aber – wer will, dass sie nicht mehr *lebt*?«

»Ein Ex-Freund vielleicht«, sagte Jo, der jetzt nachdenklich einen Rollwagen voller Bücher hin und her schob.

Kris, plötzlich wütend, öffnete den Mund – sah, dass es sich bei den Büchern im Wagen um Krimis handelte, mit Messern und Blutflecken auf den Covers – und wandte den Blick ab, bevor sie Jo schimpfte, »Du *weißt*, dass sie nie einen richtig'n fest'n Freund g'habt hat. Kannst du bitte ned so tun, als wär' sie ned ewig eine von deinen best'n Freundinnen g'wes'n?«

Jo ließ den Kopf hängen, und Kris bekam sofort ein schlechtes Gewissen. *Jeder trauert anders,* hatte Frau Doktor Fischer ihr eingebläut; nur einer von vielen schlauen Sprüchen, die kein bisschen halfen.

»Sorry«, sagte sie.

»Passt schon«, sagte Jo heiser, und nahm sein Studium der Buchrücken in den Regalen wieder auf.

»Aber ein Ex ist gar nicht so unwahrscheinlich, oder?«, fragte

Nikki. »Also, wenn kein Ex-Freund, dann irgendein Ex-Liebhaber? Sie hatte schon viele … Gspusis.«

Kris fand, dass Nikki sich ganz schön unsensibel benahm – schließlich saß eines dieser *vielen Gspusis* hier mit ihnen in der Bibliothek. Sie schielte verstohlen zu Tristan, aber der ließ sich nicht mal anmerken, ob er Nikkis Kommentar überhaupt gehört hatte.

»Macht ihr grad auf Detective Boys?«, mischte sich Caro ein. »Dafür braucht ihr aber noch Microremitter und Narkosechronometer.«

Caro, Tristans Cousine, sagte manchmal so komische Dinge, von denen Kris die Hälfte nicht verstand. Aber Caro war eben so. Komisch. Wie Tristan, nur ganz anders. Sie sah auch ganz anders aus. Kris wäre von selbst nie auf die Idee gekommen, dass die beiden verwandt waren. Caro war schon hübsch, irgendwie – aber sie war auch viel zu groß für ein Mädchen, wenn man Kris fragte, und sie sah älter aus, als sie war. Kris hatte immer geglaubt, man würde als junger Mensch nur vom Rauchen Falten bekommen, aber Caro hasste Zigaretten und ihr Gesicht war trotzdem von feinen Linien durchzogen. Caro hasste nicht nur Rauchen, sondern sie ging auch fast nie auf Partys oder tat sonst was, das Spaß machte. Das war vielleicht der größte Unterschied zwischen ihr und ihrem Cousin.

Wieder warf Kris einen Blick auf Tristan. Seit sie ihn im Therapiezentrum gesehen hatte, tat sie das oft – sie konnte sich nicht davon abhalten. Nicht, weil sie sich in ihn verliebt hatte oder so – sie war eine der wenigen (und sie fand es seltsam, dass es wenige zu sein schienen), die Tristan in der Hinsicht nie interessant gefunden hatten. Was sie an ihm jetzt so faszinierte, war nur, dass er offenbar Therapie brauchte. Oder dass sie ihm aufgezwungen wurde, wie ihr. Sie hätte das gerne mit ihren Freundinnen besprochen, aber dann hätte sie zugeben müssen, dass sie jetzt in Therapie war.

Und außerdem war die einzige Freundin, mit der sie wirklich gerne gesprochen hätte, nicht mehr da. Als ihr das wieder einfiel, kamen die Tränen zurück.

»Oh – Kris – entschuldige!« Nikki stürzte zu ihr hin und legte ihr eine Hand auf die Schulter. »Aber – ich glaub', es könnte dir helfen, darüber zu reden.«

Das hätte Kris beinahe zum Lachen gebracht. Nicht nur, weil sie im Grunde eigentlich doch darüber reden *wollte*, irgendwie; und nicht nur, weil ihre Mama genau das Gleiche zu ihr gesagt hatte; sondern weil Kris einmal die Woche darüber redete – und redete, und redete, und redete – und es überhaupt nicht half.

»Ich versteh's einfach nicht«, hörte Kris sich sagen, ohne entschieden zu haben, den Mund aufzumachen.

»Dass Hannah fort ist?«, fragte Nikki in sorgenvollem Ton.

»Nein – also, ja. Das auch.« Kris wischte sich die Tränen aus dem Gesicht. »Aber auch, wie das Ganze überhaupt passiert ist. Ich war ja dort. Ihr Blut war in der Küche und im Vorzimmer, *nur* dort – is' sie ned wegg'laufen, oder was? Und – die Terrassentür war offen – aber wer hat das wissen können?«

»Vielleicht ist er über die Terrasse geflohen«, sagte Caro. »Vorne eingebrochen, und dann über die Terrasse raus?«

»Vielleicht.« Kris zuckte kraftlos mit den Schultern. »Aber – nein. Die Schleifspur is' durch die Tür von der Küche ins Vorzimmer 'gangen – wisst's noch, in dem Haus kann man ja so lustig im Kreis lauf'n, Wohnzimmer, Gang, Küche, Vorzimmer, Wohnzimmer ... Und – und ich bin der Spur nach zur Vordertür, ur deppat eigentlich, aber ich wollt' einfach raus, und die Vordertür war halt näher, und – und unbeschädigt, glaub' ich. Ganz normal g'schloss'n. Ned *ver*schloss'n, aber das is' so eine Tür, die man von auß'n nur mi'm Schlüssel aufmach'n kann ...«

»Dann halt doch durch die Terrassentür *rein*«, sagte Caro, »oder durch ein Fenster, und vorne raus.«

Kris seufzte. Sie bekam Kopfschmerzen. »Alles möglich. Was weiß'n ich. Aber trotzdem ...«

»Trotzdem?«, hakte Nikki nach.

»Trotzdem. Das ganze Blut war in der Küche. Mir is' im Wohnzimmer gar nix aufg'fall'n und im Vorzimmer halt nur die Schleifspur – keine Kampfspur'n oder so. Hat sie nix *g'hört*? Is' sie einfach in der Küche g'stand'n, bis der Mörder sie g'fund'n und um'bracht hat?«

»Wenn er über die Terrasse eingestiegen ist, während sie in der

Küche war, hat sie ihn vielleicht erst nicht bemerkt«, meinte Nikki niedergeschlagen.

»Aber hätt' er die Terrassentür nicht hinter sich zug'sperrt?«, fragte Kris. »Wenn er da rein wär', hätt' er ja g'merkt, dass sie offen is', und die hätt' er ja easy abrieg'ln können. Er is' ja bei der Vordertür raus, und die *hat* er zug'macht. Ich weiß nicht …«

»Ach so«, sagte Caro, »du meinst, weil er nicht gewollt hätte, dass der Tatort so schnell entdeckt wird? Macht Sinn. Das heißt, er hat wahrscheinlich nicht gewusst, dass die Terrasse offen ist. Und das heißt …«

»Was?«, fragte Nikki entsetzt. »Was heißt das? Dass er bei der Vordertür rein ist? Dass Hannah ihm *aufgemacht* hat?«

Kris schniefte. »Das hab' ich mich eben auch g'fragt. Aber ich mein', dann wär' ja … Das würd' ja heißen …«

»Dass sie ihn vielleicht gekannt hat«, beendete Nikki den Satz ehrfürchtig.

Kris nickte. »Das, oder er war verkleidet.«

»Wieso verkleidet?«, fragte Caro verdutzt. »Wieso sollte Hannah jemandem öffnen, der verkleidet ist?«

»Oh«, sagte Kris, etwas überrascht – nicht nur über die Frage, sondern auch über sich selbst: Sie hatte diesen Gedanken bisher noch nicht bewusst formuliert gehabt. »Na, weil ich ihr g'sagt hab, dass ich ein Kostüm anha'm werd'.«

»Was denn für ein Kostüm?«

Kris zückte ihr Handy und durchsuchte ihre Fotogalerie. »Ich hab' mir einen Hex'nhut 'kauft. Hab' ihn voll süß und lustig g'fund'n.« Sie entdeckte das Bild, auf dem sie unter der Hutkrempe hervorgrinste, und reichte das Handy an Nikki weiter. »Hab' ihr aber nicht g'sagt, dass ich ihn aufha'm werd'. Nur, dass ich verkleidet bin.« Sie runzelte die Stirn. »Vielleicht …«

»Vielleicht ist jemand in einem Ganzkörperkostüm zu Hannah gekommen«, schloss diesmal Caro für sie, das Foto über Nikkis Schulter betrachtend, »und Hannah hat geglaubt, das bist du.«

Nikki blickte vom Handy auf und starrte Kris mit großen Augen an. »Hat die Polizei in diese Richtung ermittelt?«

»Ich – ich weiß nicht. Glaub' ich kaum …«

»Aber das ist doch klar!«, sagte Nikki aufgeregt. »Es war wer, der gewusst hat, dass du zu Hannah gehen wolltest – verkleidet. Und das können nicht so viele gewusst haben, oder?«

»Naja …« Kris kratzte sich an der Stirn. »Die Theresa und die Marie war'n dabei, wie ich den Hut 'kauft hab'. Der Jo, der Ingo und der Richie war'n mit mir unterwegs, bevor ich zur Hannah bin, und ich hab' mit ihr telefoniert, *bevor* wir uns verabschiedet ha'm – aber ich glaub' ned, dass ihr mir so genau zug'hört habts, oder, Jo?« Jo bestätigte ihre Annahme mehr oder weniger, indem er mit einem planlosen »Was is'?« von dem überdimensionalen Kartenhaus aufblickte, das er gerade aus Büchern baute. »Und«, fuhr Kris fort, nachdenkend, »dann is' da noch der Kerl, der hinter uns her'gangen is' –«

»Was? Welcher Kerl? Wann?« Nikki klang richtig aufgeregt, als glaubte sie, tatsächlich kurz vor der Lösung des Falls zu stehen. Aber Kris winkte ab.

»Der hat uns ned verfolgt oder so, war nur unterwegs in die gleiche Richtung. Glaub' ich zumindest. Aber der hätt' das Gespräch sicher mithör'n können, also … Ah, ja, ich hab' das Foto da vo' mir mi'm Hut auf Facebook gepostet, habts ihr das ned g'seh'n? Wieso likeds ihr nie meine Posts? Ich versteh' ned –«

»Hast du der Polizei von dem Kerl erzählt?«, unterbrach sie Caro.

»Nein, wozu, das war irgendwer – *ah*!«

»Was?«, drängte Nikki. »Kennst ihn doch?«

»Nein, aber mir fallt ein – der Luke und die Lily.«

Kris bemerkte, dass Tristan endlich von seinem Buch aufschaute – aber nur für eine Sekunde. Er schien so tun zu wollen, als hätte das nichts mit ihren Worten zu tun gehabt.

»Was ist mit Luke und Lily?«, fragte Nikki.

»Die beid'n hamma in der Mall 'troff'n, also die Marie, die Theresa und ich. Ich hab' den Hut aufg'habt, und ich hab' ihnen auch g'sagt, dass ich am nächsten Tag zur Hannah will –«

»*Luke* und *Lily*?« Nikki wirkte skeptisch. »Die beiden waren zusammen im Einkaufszentrum?«

Kris nickte genervt; als würde sie sich an sowas falsch erinnern, oder sich das nur ausdenken. »Ich fand's auch komisch, aber naja.«

Stille trat ein, und dehnte sich. Das ärgerte Kris ein bisschen: Sie wusste nicht, was daran, dass Luke und Lily Zeit miteinander verbrachten, zu längerem, betretenerem Schweigen anregen sollte als der Tod von Hannah. Zumal sie gerade begonnen hatte, das Gespräch halbwegs lustig zu finden. Ihre Kopfschmerzen waren allerdings noch nicht ganz verschwunden. Auf der Suche nach Ablenkung ließ sie den Blick durch den Raum schweifen. Er blieb an Tristan hängen, der stur in sein Buch stierte. Aber irgendwas war anders an ihm.

Es dauerte einige Momente, bis Kris draufkam, dass Tristan seit einer Weile nicht mehr umgeblättert hatte.

5

Fünf Wochen lang war Hannah Thema Nummer eins am Gymnasium. In den Gängen wurde getuschelt und geweint; Kinder aus den Unterstufen liefen in den Pausen an Tristans Klasse vorbei, um ehrfurchtsvolle Blicke auf den leeren Platz zu werfen, den Tisch, auf dem Kerzen schmolzen und Blumen verwelkten; eine schreckliche, drückende Angst verdichtete die Luft, verdunkelte die Gemüter …

Dann begann die Halloweek, und die Schülerinnen und Schüler in Tristans Jahrgang widmeten sich dringlicheren Angelegenheiten.

Als kleines Kind war Tristan kein großer Fan von Süßes-oder-Saures gewesen, aber andere Aspekte von Hallowe'en hatten es ihm schon damals umso mehr angetan. Das Verkleiden; die alles durchdringende düstere Stimmung; das neblige, feuchte und doch erdig-raue Wetter, das spezifisch zu dem Fest zu gehören schien, auch wenn es den ganzen Herbst andauerte. Er hatte Hallowe'en so sehr gemocht, dass er mit dreizehn Jahren beschlossen hatte, seine erste eigene Party am einunddreißigsten Oktober anzusetzen. Später hatte er erkannt, dass es für das Image, das er mehr oder weniger freiwillig kultivierte, viel besser war, keine eigenen Partys zu geben, sondern nur auf ausgewählten Veranstaltungen aufzutauchen, auf anderen nicht, und nie zu lange an einem Ort zu sein.

Aber das war eben später. Mit dreizehn hatte er noch geglaubt, als Gastgeber würde er das größte Ansehen einheimsen. Er hatte damals nicht unbedingt falsch gelegen – alle hatten jene Hallowe'en-Party genossen, und die meisten Gäste hatten dort ihren ersten Rausch erlebt. Aber noch in derselben Nacht hatte er beschlossen, dass es seine letzte eigene Hallowe'en-Party bleiben würde, weil er eines sofort erkannt hatte: Für die anderen war Hallowe'en nicht einmal ansatzweise das, was es ihm bedeutete. Die Möglichkeit, für eine Nacht jemand anderes zu sein; die Erlaubnis, die eigenen Ängste zu zelebrieren, statt gegen sie anzukämpfen …

Mit vierzehn hatte er daher eine andere Idee gehabt. Eine Idee, die es ihm gestattete, sowohl Hallowe'en – die Magie und die Monster, die arkane Atmosphäre, die ganze spezifische Hallowe'en-*Welt*, *seine* Welt – zu genießen als auch am einunddreißigsten Oktober einer oder zwei Partys seiner Wahl einen kurzen Besuch abzustatten und sinnlos zu feiern wie in jeder beliebigen anderen Nacht: Halloweek – sieben Tage bis Hallowe'en, während welcher er tat, was auch immer er wollte. Das tat er zwar normalerweise auch, aber nicht im selben Ausmaß, nicht mit derselben rücksichtslosen Unbedingtheit. Normalerweise versuchte er zumindest in Ansätzen, die Regeln zu befolgen – zumindest die wichtigsten, zumindest so weit, dass sein Verhalten keine längerfristigen schädlichen Konsequenzen nach sich ziehen würde: Er ging in die Schule, wissend, dass ihm das später das Leben erleichtern würde; er gab sich anderen Menschen gegenüber halbwegs umgänglich, und pflegte ein Mindestmaß an Kontakt zu seinen sogenannten Freundinnen und Freunden …

Aber nicht während Halloweek. In der Halloweek bekam ihn niemand zu Gesicht, wenn er niemanden zu Gesicht bekommen wollte. Wenn er etwas besitzen wollte, holte er es sich einfach – ob er nun Geld aus der Tasche seiner Mutter entwenden oder gleich das Objekt seiner Begierde stehlen musste. Während Halloweek aß er sogar noch weniger als sonst, wenn er gerade keine dringende Notwendigkeit sah, seinen Stoffwechsel in Gang zu halten – oder aber er aß weit mehr als üblicherweise, wenn der Appetit groß war, und das ganz ohne Sorge um sein Erscheinungsbild. In der Halloweek durfte er alles.

Er hatte in der Fünften den Fehler gemacht, Filippe davon zu erzählen. Seitdem feierte fast der gesamte Jahrgang nicht mehr nur Hallowe'en, sondern Halloweek. Und für die allermeisten bedeutete das eine Woche des hemmungslosen Besaufens. Darauf hatte Tristan dieses Jahr wenig Lust.

Für ihn bedeutete Halloweek dieses Jahr vor allem eines: Rückzug. Mit Essen beschäftigte Tristan sich kaum noch – er tat es eben dann, wenn er hungrig war. Besitzen wollte er nicht viel. Verkleiden erzielte nicht mehr ganz den gewünschten Effekt. Bloß das Bedürfnis, allein zu sein, war in ihm stärker und lauter als jemals zuvor.

Es war schon Freitag – am Montag war Hallowe'en, die Halloweek fast um –, und Frau Professor Schiller erwartete in der ersten Stunde sein Referat über die Idealisierung des Mittelalters in der Romantik. Die erste Stunde fand seit zwölf Minuten statt, als Tristan an einem Tümpel in der Zierau eine der letzten Gelsen des Jahres dabei beobachtete, wie sie ihm Blut aus dem Arm saugte. Ihr kleiner Körper füllte sich mit bemerkenswerter Geschwindigkeit. Das Rot, das durch ihre dünne Haut schimmerte, hatte etwas Schönes an sich, auch wenn es sein eigenes Blut war – oder vielleicht, *weil* es sein Blut war –, und stimmte Tristan nachdenklich.

Im Pool hatte sich auch Rot ausgebreitet – aber nicht besonders weit … als wäre die Quelle längst versiegt gewesen; als hätte sich nur von der Kleidung und der Haut Blut gelöst. Hannah musste schon eine Weile tot gewesen sein. Tristan hatte ein Alibi für die Nacht, war an dem Tag nur wenige Stunden allein gewesen, hatte am Pool gesessen, als Hannah hineingeworfen worden war. Wieso war es *ihm* verboten, die Stadt zu verlassen? Wie konnte die Polizei glauben, dass *er* etwas mit der Sache zu tun hatte?

Er war jetzt nicht weit entfernt von dem Schauplatz des Grauens. Ein Spaziergang von fünfzehn, zwanzig Minuten, und er würde vor Lukes Gartentor stehen. Lukes Eltern waren nur für einen Tag nach Hause gekommen, um sinnlose Aussagen bei der Polizei abzugeben, bevor sie wieder aufgebrochen waren – diesmal mit ihrem, aufgrund der Umstände von der Schule befreiten, Sohn im Gepäck. Tristan war sich nicht sicher, ob ein wochenlanger Sonderurlaub für einen Schüler überhaupt legal war; aber die Familie Ceus war nun mal reich, die Hartplatz gierig, und wenn sie der Reise irgendeinen hanebüchenen Bildungszweck unterstellt hatten, waren vielleicht sogar die Behörden zufrieden.

Und Luke *durfte* die Stadt verlassen. *Sein* Garten, *sein* Pool, aber *er* durfte …

Die Gelse, gesättigt, zog sich aus Tristan zurück und machte sich auf, Richtung irgendwohin zu fliegen. Vielleicht plante sie auch, am Tümpel zu verweilen. Vielleicht würde ein Wasserläufer sie fressen, oder ein kleiner Fisch …

Tristan war schneller. Er erschlug die Gelse, bevor sie sich den ersten Zentimeter von seiner Haut entfernt hatte. Seine Hand machte kaum ein Geräusch auf seinem Arm. Ein sanftes, ödes Klatschen – Leben vorbei …

Tristan sah sich um und seufzte. Irgendwie war es hier nicht, wie er erwartet hatte. Es war die ganze *Woche* schon nicht gewesen, wie er es sich gewünscht hätte, wie es normalerweise war. Vielleicht war er nicht weit genug weg von alledem, wovon er Ruhe haben wollte.

Tristan bemerkte, dass die Lichtung, auf der er, der Tümpel und die tote Gelse sich befanden, noch größer war als Lukes Garten.

Und mit einem Mal begriff er, wieso ihm seine üblichen Orte des Rückzugs nicht genügten, wieso seine ganz private einwöchige Tradition ihn dieses Jahr nicht befriedigen konnte: Eigentlich wollte er gar nicht allein sein. Die Halloweek hatte ihn glauben gemacht, er sollte allein sein *wollen* – aber wohl nur, weil er befürchtete, dass das, was er *wirklich* wollte, unerreichbar war.

Was Tristan wirklich wollte – nach Hannahs Tod noch mehr als zuvor –, war Lily.

Und vielleicht war es an der Zeit für ihn, ausnahmsweise wieder einmal selbst eine Party zu schmeißen.

6

Kris masturbierte, als Tristans SMS sie erreichte. Noch bevor sie ihre Hose wieder ganz zugeknöpft hatte, schickte sie schon Messages an Luke und Nikki. Luke, weil sie glaubte, dass ihn die Info am meisten interessieren würde, auch wenn er nicht im Land war. Nikki, weil die sich ihr in letzter Zeit ziemlich aufdrängte, aus Mitleid wahrscheinlich, was Kris anfangs nervig gefunden hatte, aber mittlerweile, wenn sie ehrlich war, genoss – wenigstens *eine* Freundin, die ihr helfen wollte. Von Luke kam keine Antwort. Von Nikki schon, aber erst so spät, dass sie in ihrem Mitteilungsbedürfnis zwischenzeitlich auf Theresas letzte Nachricht reagiert und sie zu sich eingeladen hatte; Theresa hatte den einen Abend mit Kris vor über einem Monat anscheinend als Einladung verstanden, ihre Bekanntschaft zu vertiefen, und spammte Kris seitdem regelmäßig zu.

Nun saßen Theresa und Nikki beide bei ihr am Küchentisch, und Kris bereute ein bisschen, mit Nikki nicht geduldiger gewesen zu sein. Kris schenkte ihnen allen Cola ein, wandte sich dann erwartungsvoll an Nikki und fragte, »Was geht mi'm Tristan?«

»Keine Ahnung«, sagte Nikki, nahm einen Schluck und verzog das Gesicht. »Ist da *Alkohol* drin?«

»Nur ein Schuss Captain«, sagte Kris, und zu Theresa, die schon den Mund weit aufmachte, »bei dir nicht.«

»Kann ich auch –«, begann Nikki, aber Kris fiel ihr ins Wort.

»Was heißt, *keine Ahnung*? Seids ihr ned beste Freunde oder so?« Soweit Kris wusste, war Nikki eine der wenigen, die auch außerhalb von Schule, Party und Sex was mit Tristan zu tun hatte.

Nikki zuckte verdrossen mit den Schultern. »Wie man's nimmt. Jedenfalls hebt er nicht ab.«

Theresa – die noch verdrossener aussah als Nikki, aber das war ja nichts Ungewöhnliches – runzelte die Stirn und sagte, »Was ist denn so bemerkenswert an der Sache? Soweit ich sein SMS verstanden habe, lädt Tristan zu einer Halloween-Party ein, sonst nichts.«

Kris beäugte sie mitleidig. »Der Tristan ladet ned ein. Nie.«

»Ist nicht sein Stil«, fügte Nikki hilfreich hinzu.

»Und grad jetzt ist's irgendwie …« Kris fand kein passendes Wort dafür.

»Komisch«, ergänzte Nikki. »Geschmacklos, eigentlich. Bei der letzten Party fiel Hannahs Leiche in den Pool. Quasi direkt zu seinen Füßen auch noch. Und jetzt will er plötzlich noch eine

Party feiern? Nicht nur feiern, sondern selbst *schmeißen*? Noch dazu –«

Sie brach mit einer Plötzlichkeit ab, die keinen Zweifel daran ließ, dass sie noch was Wichtiges zu sagen hatte. Kris verengte die Augen.

»Noch dazu *was*?«, fragte sie.

Nikki atmete tief aus. Ihre angespannte Miene verriet, wie angestrengt sie darüber nachdachte, ob sie erzählen sollte, was sie erzählen wollte.

»*Was*?«, drängte Kris.

»Ich hab' mit Filippe und Doc viel darüber gesprochen, aber noch nicht mit Tristan«, begann Nikki. »Deswegen ist es mir ein bisschen unangenehm … Aber …«

»Aber?«

»Naja, schauts – es wirkt ein bisschen so, als wäre Tristan … als würde die Polizei ihn verdächtigen. *Sehr* verdächtigen.«

Kris starrte Nikki an. Nikki starrte nervös zurück.

»Weg'n was?«, brach Kris die Stille.

Nikki blinzelte. »Ähm – wie meinst du …?«

»Weg'n was verdächtig'n sie ihn? Ich check's nicht.«

Nikki errötete. Das verwirrte Kris nur noch mehr.

»Die Polizei glaubt«, sagte Theresa, die offenbar keine Schwierigkeiten hatte, Nikki zu folgen, »dass Tristan vielleicht Hannah umgebracht hat.«

Kris grunzte. Fassungslos amüsiert wandte sie sich an Nikki, um sich stumm darüber auszutauschen, wie crazy Theresa wieder mal war. Aber Nikki selbst wirkte weder fassungslos noch amüsiert. Sie begegnete Kris' Blick mit gesenktem Haupt, wie ein kleines Kind, das bei etwas Schlimmem ertappt worden war.

Und Kris begriff. »Was, das *stimmt*?«

»Ich will's ja auch nicht glauben …«, sagte Nikki kleinlaut.

»Gestritten haben sie ja, oder?«, fragte Theresa, und Kris und Nikki drehten beide überrascht die Köpfe nach ihr um. »In der Schule sogar, oder? Kurz vor den Sommerferien? Da war doch irgendwas.«

»Ja, stimmt …«, sagte Nikki, nachdenklich und verblüfft. »Sie haben sich voll gefetzt.«

»Aber das is' *ewig* her«, erwiderte Kris.

»Ein paar Monate«, sagte Nikki; sie war jetzt ganz blass. »Das ist nicht ewig.«

»Nikki, ihr seids *Freunde*«, sagte Kris. »Du und der Tristan – und er und die Hannah auch. *Freunde.* Freunde bringen sich ned gegenseitig um. Und verdächtig'n sich ned gegenseitig, dass sie Mörder sind.«

»Es ist wahrscheinlicher, von einem Freund oder einer Freundin umgebracht zu werden als von jemandem Fremden«, sagte Theresa in einem sachlichen Ton, der Kris mehr Gänsehaut bereitete als die Worte selbst.

»Woher hast du das, *CSI: Miami*?« Kris verschränkte die Arme. »Der Tristan und ich sind vielleicht keine Besties, aber ich kenn' ihn gut g'nug, dass ich weiß, dass er kein *Mörder* is'.«

»Ich kenn' ihn ein bisschen besser«, entgegnete Nikki. »Und ich weiß, dass er … komisch geworden ist. *Noch* komischer. Er hat sich verändert seit – seit …« Sie versteinerte. »Ja, eigentlich seit dem Streit mit Hannah.«

»Tristan ist ganz einfach ein nymphomanischer Narzisst«, erklärte Theresa.

Kris hatte nur eine ungefähre Ahnung, was diese beiden Begriffe bedeuteten, aber aus Theresas Mund klangen sie reichlich unfreundlich. Aus Theresas Mund klang *alles* irgendwie unfreundlich, aber diesmal konnte Kris das nicht ohne Weiteres hinnehmen.

»Er is' eh lieb, auf seine eigene Weise«, sagte sie wütend.

»Lieb zu allen, mit denen er ins Bett will«, sagte Theresa.

»Aber genau das ist es ja«, ergriff Nikki wieder das Wort. »Also, eine von den Hinsichten, in denen er sich verändert hat. Er ist anscheinend den ganzen Sommer mit niemandem ins Bett gestiegen, soweit ich weiß. Filippe zumindest hat das gesagt.«

Theresa zog eine Augenbraue hoch. »Ach so? Hm. Naja – er hat eben mit siebzehn schon mit allem geschlafen gehabt, was in seinen Augen den Aufwand wert ist.«

»Trotzdem ist es … atypisch«, sagte Nikki, offenbar bemüht darum, etwas ähnlich Kluges zu sagen wie Theresa vorhin mit ihren Fremdwörtern. »Ich mag Tristan ja auch – ich hab' ihn auch schon gemocht, wie er noch wahllos herumgevögelt hat wie ein bisexueller Barney Stinson. Aber … er war schon immer ein *bisschen* asozial. Und dann der fette Streit mit Hannah. Und dass es auf einmal vorbei war mit seiner … seiner sexuellen Umtriebigkeit. Vielleicht ist er ja in Hannah verliebt gewesen … und …«

Unverhofft traten Tränen in Kris' Augen. Schon wieder. Sie schüttelte energisch den Kopf. »Nein. Nein! Glaubst leicht – glaubst, er wollt' die Hannah nochmal ha'm und die hat nein g'sagt, und desweg'n schlaft er mit niemandem sonst und bringt sie stattdess'n *um*, oder was?«

»*Glauben* tu' ich's nicht.« Nikki seufzte schwer. »Aber so oder so ähnlich denkt die Polizei vielleicht, oder?«

*

Als Nikki und Theresa weg waren (und Kris fertig damit, sich über die beiden zu ärgern), fasste Kris einen Entschluss.

Tristan hatte Hannah nicht umgebracht. Das war nicht ihr Entschluss, das war eine Tatsache, Ende, aus. Ihr Entschluss war, dass sie nicht hinnehmen würde, dass Leute hinter Tristans Rücken *behaupteten*, dass er der Mörder *war*. Das ging nicht, dass sie sich gegenseitig verdächtigten. Irgendwo da draußen lief derjenige rum, der Hannah wirklich umgebracht hatte; wenn sie aufhörten, sich vor *dem* zu fürchten, darauf zu warten, dass *der* geschnappt wurde, *ihn* zu hassen – und stattdessen damit anfingen, *einander* zu misstrauen, dann … dann war das einfach nicht gut. Dann war das *scheiße*. Dann hatte der echte Mörder gewonnen, selbst wenn er irgendwann geschnappt wurde.

Kris lag auf ihrem Bett und wartete mit dem Handy am Ohr. Es *tüt*ete zum dritten, zum vierten, zum fünften Mal. Es durfte sie eigentlich nicht wundern, dass er nicht gleich abhob. Sie hatten noch nie miteinander telefoniert, und selbst Nikki hatte vorhin gemeint, dass sie ihn nicht erreicht hatte. Und *trotzdem* fand sie es komisch, dass er den Anruf nicht sofort annahm – fand sie es irgendwie … verdächtig. Und das war auch scheiße, und daran waren nur Nikki und Theresa und ihre blöden haltlosen Theorien schuld. Dumme Nikki mit ihrem Detektivspielen, und dumme Theresa mit ihren dummen Fremdwörtern, die niemand verstand, und –

»Hallo?«

Kris schoss von ihren Polstern hoch. »Ha– Hallo! Hallo, Tristan.«

»Was gibt's?«

»Ahm – wie lauf'n die Vorbereitungen? Für die Party morg'n?«

»Gut.«

»Gut! Das freut mich ...«

»Okay ... Bis morgen?«

»Ja, bis morg'n – ich mein', *nein*! Nein, wart kurz. Ich muss dich was frag'n. Oder, dir was sag'n. Oder – beides ...«

»Dann schlag' ich vor, dass du das tust. Ich hab' nämlich was vorzubereiten.«

»Was denn?«

»Die Party.«

»Haha, ah ja. Ja, stimmt. Okay. Tristan ...«

Sie konnte es nicht sagen. Sie wusste nicht, wie. *Eine deiner besten Freundinnen verdächtigt dich, der Mörder von der Hannah zu sein.* Konnte man das sagen? Durfte man das überhaupt?

Kris hörte jemanden zu Tristan sprechen. »Ja, eine Sekunde«, murmelte Tristan zur Seite, und dann sagte er ins Telefon, »Kris, vielleicht reden wir einfach morgen bei der Party –?«

»Für wen machst du das?«, platzte es aus Kris hervor.

Kurz war Stille. Dann: »Was meinst du?«

»Die Party. Du hast seit Jahr'n keine Party mehr g'macht, und jetzt auf einmal, nachdem – nach ... nach du weißt schon was ... Das is' komisch. *Du* bist komisch!« Dieser Ausruf entkam ihr völlig unbeabsichtigt, fühlte sich aber an wie etwas, das sie ihm schon längst mal hatte sagen wollen. »Wie kommst jetz', in der Situation, auf die Idee, dasst eine Party schmeißt? Das hat doch einen Grund. Also, warum? Für wen? Für einen Kerl?«

»Nein.«

»Ein Mädchen?«

Wieder schwieg Tristan.

Und schwieg.

Und schwieg.

»Moment«, sagte Kris; ihr wurde mulmig zumute. »Wirklich?

Ein Mädchen? Bist du – warst du – Tristan … Warst du in die Hannah verliebt?«

»Was? *Nein.*«

»Wen dann? In mich?«

»Kris. Bitte.«

Kris hatte zu viele andere Sorgen, um wegen seines Tonfalls beleidigt zu sein. »Die Nikki?«

»Kris, ernsthaft jetzt, ich muss –«

»Die Lily?«

Wieder Stille. Sogar über das Telefon glaubte Kris zu spüren, welche Spannung diesmal darin lag.

»Tristan?«

»Ich muss jetzt auflegen, ich hab' zu tun. Bis morgen Abend.«

Kris ließ das Handy sinken. Sie starrte in ihr Zimmer, ohne etwas zu sehen. Zu verblüfft war sie, zu skandalös schien ihr, was sie soeben in Erfahrung gebracht hatte. Sie lachte. Zum ersten Mal seit Wochen fühlte sie sich wieder wie eine ganz normale Teenagerin. Ein Mädchen, das keine größeren Sorgen kannte als den neuesten Gossip aus der Klasse.

Dann fiel ihr ein, dass sie den Gossip nicht sofort an Hannah weiterleiten konnte. Das Lachen blieb ihr im Hals stecken.

»Scheißblöder Mörder«, sagte sie. Und begann, zu weinen.

7

Ingo warf immer noch furchtsame Blicke über seine Schulter, rechnete jeden Moment damit, von der Polizei aufgegriffen und abgeführt zu werden. Dass das paranoid war, wusste er – oder wollte er zumindest glauben. Vernommen hatte man ihn bereits, aber nur, weil Luke eine vollständige Gästeliste überreicht hatte; alle, die bei der Party gewesen waren, hatten eine Aussage machen müssen. Und die Polizei hatte ihn gehen lassen und sich nicht mehr bei ihm gemeldet. Und Drogen waren in dem Gespräch mit keinem Wort erwähnt worden. Also schien alles erst mal gut zu sein.

Und doch: bei jedem zehnten Schritt ein rascher Schwenk des Kopfs; bei jeder unerwarteten Berührung das Klicken von Handschellen im Ohr.

Er hatte sich trotzdem entschieden, Tristans Halloween-Party einen Besuch abzustatten. Wenn nicht, um tatsächlich Spaß zu haben, dann zumindest, um sich nicht verdächtig zu machen, indem er sich als Einziger völlig zurückzog. Verkaufen würde er heute nichts, selbstverständlich; er hatte seinem Supplier auch extra mitgeteilt, dass er notgedrungen eine Pause einlegen musste, und der hatte nicht nur Verständnis gezeigt, sondern ihm klargemacht, dass jetzt überhaupt erst mal eine Weile lang Sense war – die Polizei hätte nämlich auf ihn genauso ein Auge wie auf Ingo und seine Freunde. Ingos Meinung, dass es trotzdem schlau war, auf die Party zu gehen, hatte er aber auch geteilt: Nicht obwohl, sondern *weil* die Polizei die Gruppe rund um Hannah wahrscheinlich beobachtete, konnte es nicht schaden, ganz unschuldig bei einem Gathering aufzutauchen, zu dem man eingeladen war, und dort nichts Schlimmeres zu tun als ein paar Biere zu trinken.

Sofern Tristan so etwas wie Bier überhaupt bereitstellen würde. *Hallowe'en @Zierau, 9 pm* war alles, was in Tristans SMS stand. Bis Ingo an diesem Morgen sein Patrick Star-Kostüm aus dem Schrank gekramt hatte, hatte er nicht darüber nachgedacht, wie viel Info in diesem Text eigentlich fehlte. Er hatte angenommen, am quasi-offiziellen Haupteingang zur Zierau – zumindest war es der, den Ingo und seine Leute immer nahmen, und den Ingo Tristan hatte betreten sehen – Hinweise auf den konkreten Ort der Party zu finden, Schilder oder Pfeile oder sonst was. Er hatte sich getäuscht. Jetzt wanderte er seit fast zehn Minuten als pinker Seestern den dunklen, verlassenen Pfad entlang, die Taschenlampen-App seines Handys das einzige Licht, das ihm leuchtete. Ingo war bemüht, nur geradeaus zu schauen – vom gelegentlichen Blick über die Schulter abgesehen –, denn links und rechts war dichtester, schwärzester Wald. Das wäre in jeder Nacht unheimlich gewesen; aber heute, an Halloween … und nach dem, was mit Hannah passiert war …

Stimmen drangen an sein Ohr. Kurz glaubte er, endlich in die Nähe der Party-Location gelangt zu sein; dann wurde ihm klar, dass die stetig lauter werdenden Stimmen *hinter* ihm stetig lauter wurden. Er überlegte, ob er auf die Leute warten sollte – bis er realisierte, dass es sich möglicherweise gar nicht um andere Gäste handelte. Ingo dachte an Trick-or-Treat-ende Kinder – aber die Stimmen waren zu tief, und hier sollten Kinder wohl kaum mit jemandem rechnen, den sie um Süßigkeiten erpressen konnten. Er dachte an Leute, die manchmal zu Halloween auszogen, um Teile der Stadt zu verwüsten – das allerdings bevorzugt in der Innenstadt, noch bevorzugter in Friedhofsnähe … Und schließlich dachte Ingo wieder an Hannahs Leiche im Pool, und daran, dass jemand Hannah zur Leiche gemacht und dorthin befördert hatte – ganz in der Nähe von hier …

Erst jetzt bemerkte Ingo, wie kalt es eigentlich war. Der pinke Schaumstoff und die grünen Shorts waren alles andere als geeignet für eine Herbstnacht wie diese. Hätte er sich nicht als Sandy Cheeks verkleiden können?

»*Gott*, ich hätt' gern einen Ofen«, sagte er, hoffend, dass seine eigene Stimme ihm Mut machen würde. Stattdessen blieb ihm das Herz stehen, als hinter ihm jemand wie zur Antwort rief, »*Hey*!«

Ingo drehte sich um. Zwei Gestalten näherten sich ihm, dunkle Schatten hinter den Lichtkegeln ihrer Taschenlampen – Ingo überlegte, ob er wegrennen sollte –

»Wart auf uns, du Arsch!«

Vor Erleichterung schien sein Brustkorb sich auszudehnen, seinem Herzen und seinen Lungen mehr Platz zu bieten. Ingo grinste, und wartete.

Jo streckte ihm die Faust entgegen. Ingo bumpte sie, klatschte bei Doc ein, und fragte, »Wie habt ihr mich erkannt?«

»Zu Fasching warst du auch schon Patrick«, sagte Doc.

»Ah. Stimmt. Was zur Hölle seid *ihr*?«

Doc trug so etwas wie eine weiße Karateuniform, darüber einen braunen Umhang. Jo war jetzt schon der Gewinner des Abends: Sein kunstvoll zerschlissenes, blutrotes Kleid lag so eng an seinem sehnigen Körper an, dass es wehtun musste, und die grellweiße Perücke reichte bis zu seinem Hintern. Jo streckte die Arme von sich und präsentierte sich mit Pirouette, Augenbrauenwackeln und sichtlichem Stolz.

»*Nah*?«, machte er, als würde er Ingo fragen, ob er mit ihm ins Bett steigen würde.

»Ein Karatemeister und eine Dragqueen?«, riet Jo.

»Ich bin ein Jedi«, sagte Doc beleidigt. »Ich hab' mein Lichtschwert nicht gefunden …«

»Und ich bin Lilith«, verkündete Jo mit zum Himmel gereckter Nase. »Schönste Frau aller Zeiten, erstes Weib Adams, verstoßen aus dem Paradies, weil sie sich zu geil für den Hausfrau-Gig fand, Liebhaberin Satans und Mutter aller Dämonen.« Er sah Ingos skeptische Miene und lachte. »Ich hab' Lily versprechen müssen, dass ich mich als Lilith verkleid'. Das war ihre Bedingung, damit sie überhaupt zur Party kommt. Sie geht als Lucifer, ich als die ihr treu ergebene Königin ihres Höllenreichs.«

»Crazy«, sagte Ingo. »Bist du nicht ein Ministrant oder so? Darfst du dich als Liebhaberin Satans verkleiden?«

»Ich bin kein *Ministrant*, ich geh' nur in die Kirche.«

»Und das Kostüm ist nicht gegen die Regeln?«

»Nicht mehr als Koks und Sex.«

»So ein Scheißverein«, sagte Ingo, und sie setzten sich wieder in Bewegung. »Wo ist Lily?«

Jo zuckte mit den Schultern. »Ich nehm' an, schon dort.«

»Hoff' ich für dich. Sonst siehst du dort nicht aus wie *die schönste Frau aller Zeiten*, sondern wie der größte Trottel der Welt. Wo zur Hölle ist *dort* eigentlich?«

»Weißt du auch nicht, wo genau wir hinmüssen?«, fragte Doc.

Ingo schüttelte den Kopf. »Ich hoff' immer noch, dass es einfach irgendwo da auf'm Weg liegt. Wo hast du *deine* Liebste gelassen?«

Tom (so hieß Doc eigentlich, Tom Demirkan) schnaufte. Er wurde oft wegen seiner engen Freundschaft mit Nikki gehänselt, und hasste das. Dabei wollte Ingo ihn eigentlich gar nicht aufziehen – er war ehrlich der Meinung, dass die beiden locker ein gutes Paar abgeben würden, auch wenn sie eigentlich ganz hübsch war und er gute zwei Köpfe kleiner als sie. Aber Ingo musste zugeben, dass seine eigenen Worte sogar für seine eigenen Ohren irgendwie sarkastisch geklungen hatten. Man konnte mit Doc Tom wohl nicht anders über ihn und Nikki sprechen als mit einer gewissen Prise Sarkasmus; wenn sich sowas mal eingebürgert hatte, bekam man es schwer wieder raus.

»Falls du Nikki meinst«, antwortete Jo für Doc, schelmisch lächelnd, »*die* ist schon dort.«

»Wen soll ich sonst meinen?«, fragte Ingo, ebenfalls grinsend; er spürte, dass Jo auf etwas Bestimmtes hinauswollte.

»Jo, ich erzähl' dir nie wieder irgendwas«, warf Doc kleinlaut dazwischen.

Jo legte einen Arm um seinen kurzgeratenen Klassenkameraden. »Der Tommi hier überlegt, ob er sich an Theresa Kokowei ranmachen soll«, offenbarte er mit unverhohlener Häme in der Stimme.

»Bist du *wahnsinnig*, Doc?«, lachte Ingo. »Die Frau ist unerträglich. Was kann die außer böse schauen, ang'fressen sein und alles und jeden hassen?«

»Ich überleg' *nicht*, ob ich mich an sie *ranmachen* soll.« Doc warf Jos Arm von sich. »Und sie heißt *Kowitz*, nicht Kokowei.«

»Als wär' das besser«, sagte Jo.

»Ich hab' nur gesagt, dass wir in letzter Zeit häufiger miteinander reden, und … und dass sie Zeit für mich hat, wenn mir fad ist.«

»Und du suchst dringend jemanden, der deine Cherry poppt«, fügte Ingo hinzu.

»Und daran ist auch nichts auszusetzen«, sagte Jo verständnisvoll. »Aber wir wollen nicht sehen, dass du dich an irgendwen verschwendest. Oder zumindest nicht an eine Fotze, die sich beim Sex wahrscheinlich drüber *beschwert*, dass es sich gut anfühlt.«

»Besser als gar kein Sex«, entgegnete Doc, und das Argument schien Jo genauso zu überzeugen wie Ingo: keiner von beiden sagte etwas dazu. »Vor allem«, fügte Doc nach einer Weile hinzu, »weil ich nicht als Jungfrau sterben will.«

»Wie meinst das?«, fragte Jo.

»Hannah hat sicher auch nicht damit gerechnet, dass sie ermordet wird«, sagte Doc. »Das könnte jedem von uns jederzeit genauso passieren.«

Ingo begegnete Jos entsetztem Blick und wandte seinen schnell wieder ab. In Jos glasigen Augen hatte er gerade gesehen, was er erwartet hatte: Hinter all der Scherzerei ging es Jo verdammt scheiße. Ingo hatte Hannah gemocht – und sie als Freundin und

Verkaufsgehilfin sehr zu schätzen gewusst –, aber Jo war lange Zeit richtig eng mit ihr befreundet gewesen. Mehr als das sogar, vermutete Ingo manchmal, aber Genaueres wusste er nicht über die Vergangenheit der kleinen Clique, zu der er seit einer Weile gehörte: Jo, Hannah, Lily und Kris waren schon im Kindergarten in der gleichen Gruppe gewesen, und seitdem immer in der gleichen Klasse.

Doc schien zu bemerken, dass die anderen beiden absolut nicht über Hannah sprechen wollten. Wenig subtil, aber immerhin, wechselte er das Thema: »Wie geht's euch beim Lernen für die Mathe-Schularbeit?«

Da Ingo und Jo darüber aber auch nicht reden wollten, gingen die drei in angespannter Stille weiter.

Nur einen *Ofen bitte, verdammt*, dachte Ingo, und sonst nicht viel.

8

Wie schwierig es gewesen war, die Party zu finden, fand Kris ein bisschen bescheuert. Aber es hatte sich gelohnt, nach ihr zu suchen.

Kris wurde nicht fertig mit Gaffen. Tristan hatte die Lichtung in ein so düsteres wie glänzendes Halloween-Wunderland verwandelt. Unter jedem Busch schien ein Kürbis feurig hervorzugrinsen; silbrige Ketten, die aussahen wie echtes, schweres Eisen, hingen von den umgebenden Bäumen, und an den Ketten befestigte, unzählbar viele kleine Spiegel und Glasscherben reflektierten die verlockende Dunkelheit und die Funken, die in ihr tanzten wie winzige Feen. Das gewaltige Lagerfeuer in der Mitte der Lichtung tauchte den Ort in einen rötlichen Schimmer, der es trotzdem nicht ganz schaffte, die Finsternis zu verdrängen. Kleine Tische standen herum, auf denen Kristallkugeln, Ouija-Bretter, noch mehr Spiegel, merkwürdige hölzerne Symbole und alte, komisch geformte Steine zum Anfassen einluden, gleichsam aber davor abschreckten: Auf dieser Party fiel es Kris nicht schwer, an magische Kräfte und göttliche Mächte zu glauben.

Die Ränder der Lichtung waren mit Wurfzelten und Kühlboxen

gesprenkelt. Aus einer unbestimmbaren Richtung drang leise, mystisch klingende Musik an Kris' Ohren; bei jeder anderen Party hätte sie angenommen, dass die Boxen einfach kacke waren, aber bei einer Tristan-Party – und besonders bei dieser – war sie sich relativ sicher, dass die annähernde Unhörbarkeit der Melodien beabsichtigt war. So oder so zeigte sie Wirkung: Für Kris zumindest verstärkte sie den mysteriösen, reizvollen Gesamteindruck.

Es half wahrscheinlich, dass sie zum ersten Mal seit Wochen bekifft war wie eine ganze Studenten-WG.

»Hallo, die Damen.«

Filippe drückte Nikki fest an sich, bevor er Kris auf beide Wangen küsste. Sein Kostüm – ein blutender Geist oder, anders gesagt, ein löchriges weißes Laken um die Schultern und rote Farbe im Gesicht – passte zu ihm. Es war so schlicht, wie ein Kostüm nur sein konnte, hatte aber jenen Touch von leichtfertiger, harmloser Albernheit, den Kris an Filippe so mochte: Was für ein Geist sollte schließlich noch *bluten*?

»Das ist unglaublich«, sagte Nikki, kopfschüttelnd und mit wedelnder Hand lose auf die Lichtung in ihrer Gesamtheit verweisend. Ihre Ketten und Armreifen klimperten dabei; sie war als Piratin verkleidet. »Hast du geholfen?«

»Ein bisschen.« Filippe sah sich selbst um und nahm einen Schluck aus seinem Krug, den er wohl aus Tristans Sammlung geklaut hatte: Er sah alt aus und magisch, mit Schlangenhenkel und Pentagramm und allem. »Naja, eigentlich eh viel. Ich war die Räder, hauptsächlich. Bin siebenmal hin und her gefahren, bis alles hier war.«

»Wo hat Tristan das ganze Zeug her?«, fragte Nikki.

»Das meiste stand bei ihm zuhause im Keller rum, Zeug von seiner Schwester. Leidenschaftliche Sammlerin von Tand. Außerdem unfähig, was wegzuwerfen. Vielleicht auch deshalb, weil sie nie ihr Zimmer verlässt. Sarah würd's wahrscheinlich nie auffallen, wenn Tristan es nicht mehr zurückbringt.«

»Hat er – ich mein', das offene Feuer und so – hat er der Polizei gemeldet, dass das hier stattfindet? Und die Menge an Leuten – das ist doch quasi eine öffentliche Veranstaltung. Die muss er doch im Rathaus gewähren lassen, oder?«

Zur Antwort starrte Filippe Nikki nur mit hochgezogenen Augenbrauen an, und lachte dann verstohlen.

Der Großteil der Gäste schien bereits hergefunden zu haben – zumindest sah Kris schon fast alle, mit denen sie gerechnet hatte, und mindestens ein Dutzend anderer Leute, die sie nicht oder kaum kannte.

»Wo is'n der Tristan?«, fragte sie, und kicherte.

»*Around*«, antwortete Filippe. Kris verstand, was das hieß: *Weiß ich nicht und er will nicht, dass wir es wissen.*

»Er wird ja wohl auf seiner eigenen Party geblieben sein?«, fragte Nikki, die offenbar nicht durchschaut hatte, was Filippe meinte; sie klang besorgt und gestresst, und Kris begriff mit bekiffter Intuition, dass Nikki Tristan vermisste und wirklich Angst hatte, sie könnte ihn verpasst haben. »Ich seh' ihn nirgends.«

»Er ist bestimmt irgendwo«, sagte Filippe.

»Dann kann er aber nur in einem der Zelte hocken«, sagte Nikki und wollte es wohl sarkastisch meinen, klang aber nur ein bisschen genervt, ein bisschen beleidigt. »Oder hinter der riesigen Eiche da.«

Sie zeigte auf den fetten Baum, der an der Spitze der Lichtung einsame Wache hielt. Er erhob sich schwerfällig aus der Erde, mit tief herabhängenden, dicken Ästen und wenigen, braunen Blättern, und der Rest des Walds schien einen Bogen um ihn zu machen wie um einen Ausgestoßenen. Fast hätte Kris glauben können, dass es sich bei dem Baum um ein weiteres Requisit von Tristan handelte.

Kris wollte sich wieder abwenden, als ihr auffiel, dass unter dem Baum jemand stand, allein und recht regungslos.

»Wart mal«, sagte sie, die Augen verengend. »Is' das – die Lily?«

»Ja, voll«, sagte Nikki, nicht minder überrascht. »Seit wann mischt die sich denn so gern unters Volk? Zwei Partys hintereinander.«

»Wirklich mischen tut sie ja nichts unbedingt«, entgegnete Filippe. »Die steht schon allein rum, seit sie angekommen ist. Wartet wahrscheinlich auf ihre Freunde. Jo, Ingo.«

»Ähm – und *mich*?«, sagte Kris.

»Oh«, sagte Filippe. »Ja, dich bestimmt auch.«

»Aber wenn sie da is' – also, *dort* is'«, sagte Kris, »dann kann er ned weit sein.«

Dem folgte eine Stille, an der Kris erst nach ein paar Sekunden bemerkte, dass sie etwas bedeutete. Sie nahm den Blick von Lily und begegnete den gerunzelten Stirnen von Filippe und Nikki.

»Wer er?«, fragte Filippe. »Der Tristan? Wie meinst du das?«

Kris grinste. Sie zog den Hexenhut tiefer in ihr Gesicht. Sie hatte beschlossen, ihn trotz der schrecklichen Dinge, die sie nun mit ihm assoziierte, in ihr Halloween-Kostüm einzubinden – sie empfand das schon fast als Tribut an Hannah.

»Eine Zauberin verrät ihre Geheimnisse nicht«, sagte sie.

Obwohl sie wahrscheinlich im Laufe des Abends, wenn sich erst ein paar Tropfen Alkohol zu den paar Milligramm Gras gemischt hatten, offenbaren würde, was sie wusste.

Was die anderen wohl dazu sagen würden, dass Tristan Os *wirklich* auf bedeutungsloses Herumvögeln verzichtete, weil er *verliebt* war, genau wie Nikki spekuliert hatte – nur halt nicht in Hannah, sondern ausgerechnet in Lily Fenrir?

9

Tristan stand hinter der Eiche, die die noch ältere Schwester von der im Schulhof sein mochte. Er lehnte gegen den dicken Stamm und genoss das Gefühl von Jahrzehnten harter Beständigkeit im Rücken, das Gefühl von unzähligen Sommern und Wintern, von Leben und Überleben. Die letzten beiden Tage waren anstrengend und ereignisreich gewesen, aber die Mühe hatte sich gelohnt. Hallowe'en hemmungslos zu genießen war ihm wichtig, aber dieses Jahr war ihm etwas anderes wichtiger. Oder, genauer gesagt: Dieses Jahr hätte er keinen besseren Weg gefunden, den Tag richtig zu genießen, als diese Party vorzubereiten. Die Party gab ihm die Chance, Lily nahe zu kommen.

Und er war ihr nah. Und doch auch nicht.

Lily stand keine drei Meter entfernt, zwischen ihnen nur der Baum. Tristan warf zum wiederholten Mal einen Blick um den

Stamm herum auf sie. Sie war in einen knallroten Lackumhang gehüllt, ihre Füße steckten in roten Converse. Ihr helles Haar hing nicht wie sonst einseitig herab, sondern war mit Gel nach hinten gekämmt, glänzte rötlich im Licht des Lagerfeuers und überdeckte nahezu vollständig den schwarzen Reif, aus dem zwei lange, rote Hörner sprossen. Sie hatte den Blick auf die Lichtung gerichtet, schien auf etwas zu warten. Oder auf jemanden: Tristan hatte Ingo und Jo auch persönlich per SMS eingeladen, in der Hoffnung, einer der beiden würde sie zum Mitkommen bewegen können. Vielleicht hatte es funktioniert. Vielleicht wäre sie aber ohnehin gekommen. Wenn auch nur, um zu fragen, wieso *sie* auch eine persönliche Einladung erhalten hatte. Sie musste sich darüber wundern: Das war das erste SMS, das Tristan ihr jemals geschickt hatte.

Tristan wollte sich wieder abwenden, aufhören, sie heimlich anzustarren wie irgendein Perverser – aber diesmal gelang es ihm nicht. Die bisherigen schnell erhaschten Blicke waren schlimm genug gewesen – überhaupt, dass er so nah bei ihr stand, im Dunkeln, und sich nicht bemerkbar machte. Jetzt *beobachtete* er sie regelrecht aus den Schatten heraus; jetzt war er im Begriff, die Schwelle zum Stalking endgültig zu überschreiten.

Wobei – Kris hätte ihm wahrscheinlich widersprochen. Kris hätte das romantisch gefunden. Er schmunzelte grimmig. Mit Kris verband ihn nicht viel, aber seit ihrem Anruf gestern ließ der Gedanke an sie ihm keine Ruhe mehr – sie kannte sein Geheimnis jetzt, und das gefiel ihm gar nicht. Er hatte an sich nichts gegen Kris; sie war nicht besonders interessant, aber liebenswert in ihrer Einfältigkeit. Bloß, wenn sie herumzuerzählen begann, dass er Lily mochte – wenn sie gar mitbekam, dass er Lily hier im Finstern auflauerte …

Was sollte dann sein? Im Grunde konnte es ihm egal sein. Sicher hätten nicht wenige Kris darin zugestimmt, dass sein Verhalten romantisch war: Tristan war schön und beliebt; schöne, beliebte Leute waren nie Stalker. Sie waren Anwärter, deren Aufmerksamkeit zu erregen eine Ehre war.

Nachdem er sich das ein paar Sekunden lang eingeredet hatte, stellte Tristan sich aufrecht hin, ließ die Luft aus seinen Lungen und blickte an sich hinab, um sein Kostüm zu begutachten. Durch die enge schwarze Kleidung zeichnete sich sein schlanker Körper ab, wie er es sich vorgestellt hatte; die vier dicken, schwarzen Drähte, die sich von seinem Rücken nach vorne bogen, wirkten zu grotesk-natürlich, um kitschig zu sein, wie ein nicht-ganz-gewöhnlicher, schräg-und-doch-passender Bestandteil seines Gewands; darauf vertrauend, dass seine Kopfbedeckung gut saß und sein dezentes Make-up noch instand war, trat er hinter dem Baum hervor.

»Hallo.«

Lily drehte nur ihren Kopf; wenn er sie erschreckt hatte, ließ sie es sich nicht anmerken. Tristan wartete geduldig auf eine Begrüßung, gespannt, wie diese ausfallen würde. Dann erstarrte er, als Lily ein belustigtes Grunzen von sich gab.

»Als was bist du denn verkleidet?«, fragte sie, offenbar bemüht, ein Lachen zu unterdrücken.

Tristan schluckte, rang um Fassung und setzte ein möglichst nichtssagendes Lächeln auf. »Fliege.«

»Oh.« Lily gluckste, kurz und vergnügt. »Ich dachte, du bist sowas wie eine Dark Ballerina. *Black Swan Gone Wrong.*«

Tristan lachte – er konnte nicht anders. Wie ein dämlicher Hund, der freudig bellte, weil er den Tadel seines Frauchens missverstand. Seine Fingernägel gruben sich in seine Handflächen.

Aber sie lachte auch. Sie lachten gemeinsam.

Tristan beruhigte sich.

»Nein«, sagte er, »nein. Fliege. Wir passen zusammen.«

Mutig. Tristan mochte den neugierigen Blick auf Lilys Gesicht.

»Ach ja?«, sagte sie.

»Du bist Lucifer, nicht?«

Lily nickte und neigte den Kopf zur Seite. Strähnen ihres zurückgegelten Haares fielen dabei in ihr Gesicht. Sie wischte sie mit einer geistesabwesenden Geste zurück nach hinten.

»Lucifer«, sagte Tristan. »Satan.« Dankbar hörte er, dass seine Stimme ihre übliche raue, gelangweilte Gelassenheit zurückgewonnen hatte. »Teufel, Mephisto, Überzähliger … Beelzebub. Im Grunde alles das Gleiche. Und Beelzebub ist …«

Lily verstand. »Der Herr der Fliegen.«

Sie lächelten einander an. Tristan hatte ein Gefühl im Magen, das ihm völlig neu war.

»Du solltest dich nicht hier verstecken, oder?«, fragte Lily. »Das ist deine Party. Willst du nicht deine Gäste empfangen?«

»Tu' ich doch gerade.« Tristan trat näher an sie heran – einen Schritt, mehr wagte er nicht. »Ich bevorzuge persönliche Gespräche.«

»Und den anderen hast du auch bereits im dunklen Wald aufgelauert?« Lily zwinkerte ihm zu; ein Blitz fuhr durch seinen Körper.

»Ist es das, was ich mache?«, fragte er.

Sie zuckte mit den Schultern. »Scheint so.«

Noch ein Schritt. Tristan war jetzt nah genug, um sie zu berühren.

Er wandte den Kopf Richtung Lichtung und bemerkte, dass sie neben ihm das Gleiche tat. Fast synchron bewegten sie sich. Das war gut. Es lief gut.

Tristan zählte etwa sechzig schwitzende, tanzende, berauschte, lachende Leute. Am anderen Ende der Lichtung sah Tristan Ingo, Jo und Doc zu Kris, Nikki und Filippe stoßen. Die fröhlichen Ausrufe und Kris' überschwänglicher, quietschender Empfang hallten bis zu ihnen herüber. Alle waren bester Stimmung.

»Es war nett von dir, Jo einzuladen«, sagte Lily.

Tristan spürte, dass hinter der simplen Aussage mehr steckte, als ihm lieb war. Vorsichtig sagte er, »So bin ich eben.«

Aus den Augenwinkeln erkannte er, dass Lily schmunzelte. Die Wärme in seinem Bauch verwandelte sich in fast unerträgliche Hitze.

»Er hat es nicht so gemeint«, versicherte sie ihm, und Tristan hoffte, sie würde ihm möglichst bald erläutern, was *es* genau war. »Er war betrunken. Und Luke ist eben ein bisschen reizbar, wenn es um dich geht.«

Sie lächelte ihm zu. Tristans Arme verkrampften sich so sehr, dass er das Gefühl in den Händen zu verlieren begann. Er sagte gar nichts. Diese Strategie hatte ihm in der Vergangenheit oft gut gedient, wenn er nicht gewusst hatte, worum es ging.

»Luke ist nicht hier?«, wechselte Lily das Thema, und Tristan machte eine mentale Notiz, sich bei Nikki oder Kris bezüglich Jo und Luke zu erkundigen. Er erinnerte sich an die Zustände ihrer Gesichter vor ein paar Wochen. Ob er doch richtig gelegen hatte mit der absurden Vermutung, dass die beiden sich geprügelt hatten?

»Immer noch mit seinen Eltern unterwegs, soweit ich weiß«, antwortete Tristan möglichst beiläufig. »Bald nach – der Party«, wechselte er Kurs, ein wenig zu hastig; er wollte nicht auf Hannah zu sprechen kommen, »haben sie ihn wohl ins Auto gezerrt und sind davongefahren. Warum auch immer die Polizei damit einverstanden war.«

Lily neigte fragend den Kopf zur Seite; wieder fielen Strähnen ihres Haars vor ihr Gesicht, und diesmal ließ sie sie dort. »Warum sollte die Polizei nicht damit einverstanden sein?«

Tristan biss sich auf die Zunge. Auf die Ermittlungen der Polizei hätte er vielleicht besser auch nicht zu sprechen kommen sollen – jetzt musste er erklären, dass es ihm untersagt war, die Stadt zu verlassen … Es war wohl keine gute Idee, Lily bei ihrem ersten Gespräch unter vier Augen zu verraten, dass die Polizei ihn des Mordes an einer Freundin zu verdächtigen schien. Andererseits – vielleicht fand Lily das aufregend. Er hatte keine Ahnung, wie sie dazu stehen würde. Er hatte keine Ahnung, wie Lily zu *irgendetwas* stand.

»Lukes Haus«, antwortete Tristan tonlos. »Lukes Garten. Lukes Party. Lukes Pool. Würdest du, wärst du eine unserer mutigen Kämpferinnen für Gerechtigkeit, nicht denken, dass Luke vielleicht relevante Informationen zu dem Fall bereitstellen könnte?«

»Nicht unbedingt.« Lily klang, als würde sie frieren; oder aber die Kälte in ihrer Stimme war eine Reaktion auf Tristans Worte. »Ich geh' mal die anderen begrüßen.«

Ohne ihn ein weiteres Mal anzusehen, ging sie Ingo entgegen, der den anderen voraus über die Lichtung spazierte.

Tristan verweilte neben dem Baum, bewegungslos, als hätte er selbst Wurzeln geschlagen. *Geh ihr einfach nach*, dachte er – aber als Lily Jo umarmte, wandte er den Blick ab.

»*Shit*«, zischte er.

Bittere Wut stieg ihm die Kehle hoch. Statt Lily hinterher,

schritt er zu dem Laptop zwischen der Eiche und seinem Zelt, wechselte von Sigur Rós zu Pendulum und drehte die Boxen auf volle Lautstärke. Die Feiernden verliehen ihrer Begeisterung mit dümmlichem Gejohle Ausdruck, als befänden sie sich auf einem Live-Konzert. Die Party ging in die nächste Phase.

10

Erst jetzt bemerkte Kris, wie kalt es eigentlich war. Vielleicht, weil sie sich zu weit vom Feuer entfernt hatte. Vielleicht, weil es Zeit für eine neue Zauberzigarette war. Vielleicht, weil sie Angst hatte.

Sie hatte die Idee, im Wald Verstecken zu spielen, gleich dumm gefunden. Nein, wenn sie ehrlich war, hatte sie die Idee lustig gefunden. Wahrscheinlich nur wegen der vier Becher Wodka Orange. Alkohol machte immer sowas mit ihr. Brachte sie dazu, bescheuerte Ideen für gut und witzig zu halten.

Jetzt fror sie, und damit erkannte sie das Bescheuerte als bescheuert.

»Nikki?«, rief sie. Ihre Zähne klapperten. »Reiß dich zusammen«, sagte sie zu sich selbst, »so kalt ist es gar nicht.« Eine Brise ließ sie frösteln. »Doch, ist es. Von wegen globale Erwärmung.« Das kitzelte ein nervöses Lachen aus ihr heraus. Es klang wie das Kichern eines kleinen Mädchens. Das machte ihr noch mehr Angst. Kleine Mädchen in dunklen Wäldern kannte sie nur aus Horrorfilmen. Beziehungsweise, kannte sie *nicht*, weil sie keine Horrorfilme schaute. Aber sie stellte sich vor, dass es sowas in Horrorfilmen gab, und hoffentlich nur dort.

Die stressige elektronische Musik, die seit einer halben Stunde den Ton der Party angab, konnte sie noch hören. Das beruhigte sie ein wenig. Sie zweifelte daran, dass Tristan für die Wahl der letzten paar Nummern verantwortlich war; zum einen konnte sie sich nicht vorstellen, dass sie seinen Geschmack trafen, zum anderen hatten sie, Ingo und Jo kurz vor den ersten ohrenzerschmetternden Tönen dieser Art das Versteck des Laptops entdeckt. Nach den beiden Idioten klang das schon eher als nach Tristan.

Sie stierte zwischen Baumstämmen hindurch, fand nur noch

mehr Bäume. In der Nachtschwärze sahen sie alle gleich aus, und gleichermaßen bedrohlich. Sie ging ein paar Schritte in die Richtung, aus der die Musik am ehesten zu kommen schien – und ihr Herz machte einen kleinen Sprung, als sie das orange Flackern des Lagerfeuers erspähte, wenngleich in einiger Entfernung. Sie atmete auf, lachte erneut, erleichtert, und diesmal stimmte der Klang sie fröhlich. Zumal noch niemand sie gefunden hatte, also würde sie vielleicht sogar gewinnen; die Aussicht bereitete ihr ein Vergnügen, von dem ihr völlig klar und völlig egal war, wie kindisch es war. Zugegeben, sie entdeckte von den anderen genauso wenig eine Spur wie die anderen anscheinend von ihr. Wie sie Ingo kannte, war der längst auf einen Baum geklettert, wenn er nicht wirklich das Spiel ganz aufgegeben hatte und jetzt stattdessen auf DJ machte; Doc hatte sich wahrscheinlich einfach in irgendwelchem Gebüsch niedergekniet; Nikki war möglicherweise zur Party zurückgekehrt, weil ihr langweilig geworden war – und Jo auch, aber eher, weil er mittlerweile wohl zu blunzen war, um sich überhaupt zu erinnern, dass er eigentlich gerade Verstecken spielte. Unter Umständen war das alles aber unfair von Kris, sowohl den anderen als auch sich selbst gegenüber. Unter Umständen war sie einfach zu ausgefuchst, um gefunden zu werden. Sie setzte ihren Becher an, um noch einen Schluck zu nehmen, merkte, dass er leer war, ließ ihn fallen und drehte sich um, um noch ein bisschen tiefer in den Wald vorzudringen.

Sie hielt inne und wandte sich nochmal um. Sie glaubte nämlich, aus dem Augenwinkel gesehen zu haben, dass einer der Baumstämme sich bewegte. Und bei genauerer Betrachtung sah das gar nicht mehr aus wie ein Baumstamm unter Bäumen, sondern wie ein menschlicher Schemen.

Ein Kribbeln wanderte ihren Rücken hinauf. Sie wusste, dass das Gefühl nicht von einem Käfer stammte, aber allein die Tatsache, dass es sie an Krabbelviecher denken ließ, verstärkte ihr Unbehagen. Sie beschloss, sofort ein besseres Versteck zu suchen – jetzt nicht mehr nur wegen des Spiels, sondern weil sie sich vor der Gestalt dort drüben fürchtete. Aber das war lächerlich, das wusste sie. Hatte sie halt wen gefunden …

War die Gestalt nähergekommen?

»Nikki?«, sagte sie, aber leise diesmal. »Time-out, okay?«

Jetzt war sie sich sicher: Der Baum, der kein Baum war, bewegte sich auf sie zu.

»Oder – geh'n wir in ein Team? Such'ma die andern gemeinsam?«

Der Schemen antwortete nicht. Stattdessen bewegte er sich noch schneller.

Kris schnürte es die Kehle zu. Sie wollte weglaufen, aber ihre Beine waren wie festgefroren.

Scheiße scheiße scheiße scheiße scheiße scheiße scheiße, ging es ihr durch den Kopf, und der Schemen war fast bei ihr, und sie konnte nicht davonlaufen, und gleich –

»BUUH!«

»*AAAAAAAAARGH*!«

Kris' Kreischen hallte von den Baumwipfeln wider. Lauter war nur Ingos zügelloses Gelächter.

»DU ARSCHLOCH!«, brüllte Kris. Sie versetzte Ingos Schulter einen wuchtigen Hieb, aber er lachte trotzdem weiter. Kris fasste sich möglichst unauffällig in den Schritt, um zu prüfen, ob sie sich eh nicht angepieselt hatte. Gottseidank nicht.

Von der Lichtung schallte noch mehr Lachen an ihr Ohr. Sie vermutete und hoffte, dass es Geräusche der Erleichterung waren: Die anderen Gäste mussten ihren Schrei gehört haben und jetzt Ingos heiteren Ausbruch richtig interpretieren. Ansonsten war Kris nämlich gar nicht begeistert davon, dass niemand herbeistürmte, um zu prüfen, ob alles in Ordnung war.

»Sorry«, keuchte Ingo, »sorry, aber das war zu verlockend. Außerdem spielen wir ja Fangen. Hab' dich.« Er stupste sie mit dem Zeigefinger an.

»Wir spielen Verstecken!«

»Nein, Räuber und Gendarm.«

»Was? Und was davon bist du?«

»Keine Ahnung.«

Kris stöhnte. »Ich hass' das Ganze grad ein bissi.«

»Ich hass' das Ganze grad ganz viel!«, erwiderte Ingo, und lachte dumm.

»Wo sind die anderen?«, fragte Kris genervt.

»Jo ist zu Lily zurück, vermut' ich.« Ingo hob einen langen Ast vom Boden auf und fuchtelte damit wie mit einem Schwert herum. »Wir haben sie vorhin einsam über die Lichtung spazieren sehen, und da hat er schon zu grummeln begonnen wie ein Schoßhund, der die miese Laune vom Herrchen spürt. Und Doc und Nikki hab' ich vorhin da hinten gesehen.« Er deutete mit seinem Astschwert in die Untiefen des Waldes. »Aber die würd' ich jetzt nicht stören, wennst verstehst.«

Kris' Augen weiteten sich. »*You're joking*!«

»*Maybe I am.*« Er zwinkerte.

»Das is' alles so … irgendwas.« Mehr fiel Kris dazu nicht ein.

»Richie ist endlich da«, sagte Ingo, »hätt' Es dabei, falls du noch welche brauchst.«

»Was, teilst du leicht heut nicht?«

»*I'm clean, baby.*«

»Als ob.«

»Nein, ernsthaft, ich hab' nix und nehm' nix.«

»Ja, ja.«

»Glaub, was du willst. Also, was ist? Willst zurück zur Party, Richie begrüßen?«

»Mit dir sicher nicht«, erwiderte Kris, und schlug ihn erneut; mit Unschuldsmiene rieb er sich die Schulter. »Ich geh' Nikki und Doc Bescheid sag'n, dass wir aufhör'n.«

»Seltsamster Dreier aller Zeiten wird das«, sagte Ingo, bevor er den Ast fallen ließ und sich grinsend entfernte, die Hand zum Abschied gehoben.

Kris beobachtete Ingo, bis sie ihn nicht mehr sehen konnte. »Arschloch«, sagte sie nochmal. Dann drehte sie sich um, um Nikki und Doc suchen zu gehen – und lief direkt in jemanden hinein.

»Sorry –«, begann sie – bevor ein plötzlicher, scharfer Schmerz in ihrer Bauchgegend sie aufstöhnen ließ; ein warmes, grelles, abscheuliches Stechen, wie Regelschmerzen, nur noch schlimmer.

Sie schaute an sich hinab – und sah, dass ein Messer in ihrem Bauch steckte.

Sie schaute hoch – direkt in die leeren Augen eines Totenschädels.

Kris' Zähne begannen wieder zu klappern, als sie einen Schritt zurückmachte. Ihr Gegenüber blieb ruhig stehen, und das Messer flutschte mit einem feuchten Geräusch aus ihrem Bauch. Sie ächzte, als Blut aus dem Loch zu strömen begann. Die Hitze, die dort entstanden war, breitete sich in den Rest ihres Bauches aus, und es war – es war –

»*Autsch*«, keuchte sie, und war entsetzt, wie schwach ihre Stimme klang – sie hatte schreien wollen. Der Schmerz war nicht mehr wie Regelkrämpfe. Es war, als versuchte etwas Fremdes in ihrem Bauch mit Gewalt, gegen jeden Widerstand, größer zu werden – es war …

Sie drückte ihre Hände auf das Loch. Blut rann durch ihre Finger. Sie hob den Blick wieder zu dem höllischen Totenschädel, blinzelte verständnislos.

War das gerade wirklich passiert?

»H–«, begann sie zu stottern, »H-H-Hilfe …«

Er – *es* – machte einen Schritt auf sie zu.

»*HILFE*!«

Sie hatte endlich ihre Stimme wiedergefunden. Sie wirbelte herum, die Hände auf ihren Bauch gepresst, und lief davon – oder versuchte es zumindest. Der Schmerz war überwältigend, betäubte ihre Beine, verlangte danach, dass sie sich in einem Bett zusammenrollte und die Arme um sich schlang – und krampfhaft, wie sie sich bewegte, schaffte sie keine drei Schritte, bevor sie über etwas stolperte und prustend in verstreutem Laub landete, das fröhlich raschelte. Der Ast, den Ingo hatte fallen lassen, lag zwischen ihren Füßen verkeilt.

Von der Lichtung schmetterten Beats und toste Gebrüll, und ein paar Leute stimmten Gesang an, der rhythmisch gar nicht zu der Musik passte, die aus den Boxen donnerte. Kris glaubte, Ingos Stimme herauszuhören. Der Dreck, den es ihr beim Sturz in den Mund befördert hatte, schmeckte nach Regen und Holz und ungewaschenem Gemüse.

Und der Schmerz, so unglaublich es war, nahm zu.

Schluchzend versuchte sie, sich aufzurichten. Sie war auf allen Vieren, als sie ein heftiger Schlag am Kopf traf; neuer, dumpfer Schmerz pochte in ihren Ohren, und vertrieb für ein paar glorreiche Sekunden die Qualen ihres Bauchs aus ihrem Bewusstsein. Sie sackte wieder zusammen; merkte, dass sie im Begriff war, in Ohnmacht zu fallen. Als sie an den Schultern gepackt und umgedreht wurde, dachte sie, dass es ihr lieber wäre, schon ohnmächtig zu sein.

Der Totenschädel beugte sich über sie.

»*Hil–*«, begann sie erneut, aber der Schädel presste eine Hand auf ihren Mund. Mit der anderen rammte er das Messer nochmal in ihren Bauch – und nochmal – und nochmal – und nochmal, und mit jedem Stich schrie sie sich die Kehle in seinen Handschuh wund, stieß sie mit der Zunge gegen raues, warmes Leder. Der Totenschädel führte das Messer an ihren Hals, hielt es dort ganz still, und sah sie an, als hätte er ihr eine Frage gestellt.

Wieso?, dachte sie sinnloserweise, als erwartete sie, das Ungeheuer könnte ihre Gedanken lesen. Dabei hatte es das nicht mal in dem Stück damals gekonnt …

Sie merkte, dass sie aufgegeben hatte. Gelähmt lag sie da, starrte in die Augenhöhlen des Totenkopfs, und dachte nicht mehr *wieso*, sondern: *wer?* Der Schmerz rumorte in ihr – und nahm gleichzeitig ab, während ihr Körper den Kampf beendete. Das Unerträgliche war nicht der Schmerz, und nicht einmal die Tatsache, dass sie gleich sterben würde – eine Tatsache, die so unverhofft und final dahergekommen war, dass sie gar nicht anders konnte, als sie halbbegriffen hinzunehmen.

Das Unerträgliche war, dass sie diese Skelettfratze kannte – was hieß, dass sich *hinter* der Fratze wahrscheinlich auch *jemand* befand, den sie kannte.

Die Klinge drückte sich fester gegen ihren Hals. Sie kniff die Augen zusammen – und dann verschwand das Messer plötzlich, und die Hand von ihrem Mund. Für einen Augenblick wagte sie zu hoffen, dass der Mörder – Hannahs Mörder – weglaufen würde, ohne erneut zuzustechen; dass er sie zum Sterben zurücklassen würde; dass die Wunden nicht so schlimm waren, wie sie sich anfühlten; dass sie zur Lichtung zurückkriechen könnte …

Im nächsten Moment wurde sie an den Beinen über den Waldboden geschleift. Und einen Moment später gab es keinen Moment mehr für sie.

11

Wie *konnte* er es wagen, sie nicht persönlich einzuladen?

Die Frage machte Valerie fertig. Tat Tristan also immer noch so, als wäre die Nacht mit ihr nicht die beste seines Lebens gewesen? Wollte er immer noch vortäuschen, dass er nichts weiter von ihr wollte? Von *ihr*?

Sie hatte lang überlegt, ob sie sich überhaupt dazu herablassen sollte, bei der Party aufzukreuzen. Hätte sie Richie, Jo und Filippe nicht gefragt, ob sie Halloween mit ihr und ihren Mädels verbringen wollten, hätte sie wahrscheinlich nicht einmal von der Veranstaltung erfahren. Und die hatten es ihr auch nicht explizit gesagt: *Marie* hatte sie im Endeffekt über die Details aufgeklärt, als diese ebenfalls ihre Einladung mit Verweis auf Tristans Party abgelehnt hatte. *Marie*, verdammt, der Valerie etwas *Gutes* hatte tun wollen, indem sie ihr erlaubte, Halloween mit ihr zu feiern. Zu welcher Party wurde *die*, aber Valerie *nicht* persönlich eingeladen? Überhaupt seit Marie zum Dauertrauerkloß geworden war wegen der Sache mit Hannah. Aber andererseits, wahrscheinlich stand Marie genau deshalb jetzt auf exklusiven Gästelisten: Trauerkloß hin oder her, sie schien gleichzeitig auch das gefragteste Mädchen des Jahrgangs geworden zu sein seit dem Zwischenfall an Lukes Pool, was Valerie unbegreiflich fand, und unerhört. *Eine* Leiche von nahem sehen, und schon war man wichtiger als die Queen der Schule?

»Nicht mit mir, Tristan Os«, knurrte Valerie, während sie sich durch das Unterholz kämpfte. Ihre Olympia Pumps waren echt nicht die richtigen Schuhe für den Scheiß. Aber richtige Schuhe dafür gab es nicht, weil der Scheiß *an sich* nicht richtig war, weil was war das bitte für eine Location? Mitten im Wald? Und nicht bei Luke, sondern *irgendwo* mitten im Wald? Sie war dem Hauptpfad ewig gefolgt, ohne Spur von einer Party, und als dann endlich Musik an ihre Ohren gedrungen war, hatte sie fassungslos festgestellt, dass sie aus einer undefinierbaren Richtung zu dröhnen schien, nur eindeutig nicht von vor oder hinter ihr, sondern von irgendwo jenseits der Bäume.

Aber davon wollte sich Valerie nicht ihren großen Auftritt versauen lassen. Mit ihrer Handytaschenlampe leuchtete sie sich den Weg quer durchs Gestrüpp, kümmerte sich nicht mal einen Scheiß drum, dass ihr Kleid ständig hängenblieb. War nämlich eh nicht ihres, sondern ein altes, recht scheußliches Teil ihrer Mutter, das sie mit ein paar wenigen Handgriffen in ein geniales Königinnenleichendress verwandelt hatte; die zusätzlichen Risse würden dem bestimmt den letzten authentischen Schliff verpassen. Die weißen Kontaktlinsen in ihren Augen waren auch der Hammer, und mit ihrem gestörten Make-up hatte sie sich selbst übertroffen. Sie sah aus wie ein gottverdammter Dämon, und weil das verflucht clever klang, würde sie ihr Kostüm den anderen genauso erklären: Sie war ein *gottverdammter Dämon.*

Die Musik wurde lauter, und Stimmen hörte sie auch, und rotes Licht flackerte zwischen den Bäumen hindurch. Sie hatte es offenbar endlich geschafft. Wenn sie ihren Freundinnen morgen erzählte, wie die Party war – mitkommen hatten sie alle nicht wollen, zu beleidigt, weil sie keine Einladung erhalten hatten –, würde sie das mit dem Kraxelkampf durch die Wildnis auslassen.

Als Valerie die Lichtung erreichte, machten das betrunkene Gelächter, Gejaule und Gekreische und das ausgelassene Getanze eines sofort offensichtlich: Die Party war ein Riesenerfolg. Das ärgerte sie ungemein. Sie war absichtlich mit enormer Verspätung gekommen, mit Visionen im Kopf, dass sie mit ihrem Auftauchen ein verlorenes Zusammensitzen im Dunkeln in Schwung bringen, eine fade Nacht durch ihre Anwesenheit in ein Spektakel verwandeln würde. Sie hätte es besser wissen können: Diese Affen *mussten* ja Spaß haben, wenn man sie im dreckigen Wald aussetzte. Sie verstand endlich, wieso so viele ihrer Feiern nicht so funktionierten, wie sie es sich vorstellte: Kinder machen sich eben lieber schmutzig, als auf Ledercouches teuren Alkohol zu trinken, gerösteten Mais zu knabbern und zu den größten Hits der Gegenwart zu shaken.

Valerie zog ihr Kleid zurecht, ließ ihren Schleier vor ihr Gesicht fallen, zupfte vor ihrem Mund daran, bis er richtig saß, und trat dann an einem fetten Baum vorbei auf die Lichtung. Drei nahestehende Fremde drehten sich zu ihr um – sonst niemand. Die meisten Gäste hielten sich inmitten der Lichtung bei einem überdimensionalen Lagerfeuer auf. Manche tanzten drum herum wie Kobolde; andere starrten hinein und könnten Valerie wohl nicht einmal dann sehen, wenn sie aufschauen würden, weil ihnen die Flammen sicher längst die Augen rausgebrannt hatten.

»Bekiffte Idioten«, schimpfte Valerie, und es war ihr egal, dass die drei komischen Randos in ihren random Kostümen sie hören konnten. Ein Frankenstein, eine Fee, ein Vampir – noch abgedroschener wäre es wohl nicht gegangen. Und etwas weiter weg sah sie sogar jemanden am Waldrand stehen, der einfach nur das Kostüm von der bescheuerten Schulaufführung letztes Jahr übergeworfen hatte. Sowas Billiges.

Valerie schickte sich an, zum Feuer zu schreiten und die Aufmerksamkeit der feuergeblendeten Trottel an sich zu reißen – als die Fee plötzlich einen ohrenbetäubenden Schrei ausstieß. Valerie schreckte zurück, fasste sich an die Brust, starrte die Fee an, und brüllte, »*Scheiße*, bist du *komplett wahnsinnig*? Mir wär' fast das *Herz* stehengeblieben!«

Die Fee antwortete nicht, sondern *glotzte* nur, glotzte mit aufgerissenen Augen und offen stehendem Mund. Valerie war so verdutzt, dass ihr Zorn verpuffte. Sie wusste, dass ihre Verkleidung gelungen war – aber *so* gelungen?

Als der fette Frankenstein und der schwule Vampir ebenfalls mit Mienen blanken Entsetzens in ihre Richtung starrten, verwarf Valerie die halb-Angst-halb-Hoffnung, ihr Kostüm könnte der hässlichen Fee einen derartigen Schreck eingejagt haben. Da ging irgendwas anderes vor sich.

Valerie drehte sich um. Das Erste, worauf ihr Blick fiel, war eine mördergroße Raupe, die den Stamm des fetten Baums hochkletterte, fast direkt vor ihrer Nase, und das hätte *ihr* beinahe einen Schrei entlockt. Sie wich zurück – und hörte ihren Olympia-Stöckel schmatzen. Sie blickte hinab und sah, dass sie in einer üppigen Pfütze dunkler, öliger Flüssigkeit stand. »*Wäh*!«, rief sie, stapfte rückwärts weg, hob den Blick – und sah endlich, was die Fee gesehen hatte.

Vom Baum baumelten viele fette Ketten, und in den Ketten hing ein blutüberströmter Körper. Valerie fand, dass das für Halloween-Deko echt entsetzlich echt aussah. Und entsetzlich sehr wie Kris Müller.

Und wenn Valerie es sich genau überlegte, war es eigentlich ziemlich offensichtlich, dass das *echt* echt *war*, und *echt* Kris Müller.

Ihr Schrei war nochmal um einiges lauter als der der Fee, und in ihrer Strumpfhose wurde es eklig warm.

Kapitel 3

First Date

1

»*Ich* bin *allein* durch den *Wald* gegangen! Ich hätte *dem Mörder begegnen können*!«

Valerie verlieh diesem Umstand zum wiederholten Mal Ausdruck, wohl für den Fall, dass irgendjemand in der Station sie die fünf Male davor nicht gehört hatte. Polizistinnen und Polizisten trugen mit starren Blicken Papiere durch die Gegend, Valerie betont ignorierend.

»Versteht niemand, wie *schlimm* das ist?«, verlangte Valerie von Inspektor Schrammer, der soeben mit Nikki von ihrer Befragung zurückgekehrt war. »Darf ich *bitte* nach Hause gehen und mich *hinlegen*?«

Schrammer räusperte sich. »Nun, gerade *weil* Sie allein durch den Wald gegangen sind, müssen wir mit Ihnen sprechen – als einer potenziellen Zeugin«, fügte er hastig hinzu, aber zu spät.

»Soll das etwa heißen, *ich* bin eine *Verdächtige*?«, kreischte Valerie. »*Ich hab' mir vor Angst in die Hose gepisst, verfickt nochmal, sieht das etwa verdächtig aus*?«

Schrammer rang sichtlich um eine adäquate Antwort auf diese Frage.

Theresa kam ihm zuvor: »Eigentlich ist es sogar ein typisches Merkmal von Soziopathen, dass sie ihre Körperfunktionen nicht unter Kontrolle haben. Gerade zum Zeitpunkt der erfolgreichen Durchführung eines schweren Verbrechens wäre es nicht ungewöhnlich, wenn ihr euphorischer Organismus sich entleert.«

Schrammer und Valerie starrten beide Theresa an, die ihren Blicken unbekümmert begegnete.

»Sowas *Bescheuertes* hab' ich noch nie gehört!«, fand Valerie ihre Stimme wieder. »Verbrecher nässen sich doch nicht ein nach ihrem Verbrechen, das würde ja Spuren hinterlassen! Und außerdem, was *machst* du überhaupt hier? *Du warst nicht mal auf der Party*!«

»Nikki hat mir geschrieben, was passiert ist«, sagte Theresa, so unbeeindruckt wie eh und je, und fügte schlicht hinzu: »Ich mochte Kris.«

Tristan rückte rastlos auf seinem Stuhl hin und her. Er hatte genug von dem Scheiß. Er hatte schon eine Aussage gemacht, über die Party gesprochen und darüber, dass er nichts mitbekommen hatte, und der Polizist, dem er das erzählt hatte, hatte alles ordentlich am Computer mitgeschrieben, also sollte er doch wohl gehen dürfen? Aber man hatte ihn gebeten, noch einmal Platz zu nehmen. Tristan wusste nicht, wieso. Es stimmte: Er *hatte nichts* mitbekommen. Als die Polizei die Lichtung gestürmt hatte, war er gerade von einem Spaziergang durch den Wald zurückgekehrt. Er hatte keine Ahnung gehabt, was passierte und was passiert *war*. Er hatte nur die plötzlichen Schreie gehört, das wilde Getrampel der Massen, die ihm entgegengeströmt waren, weg vom Blaulicht, weg von der Lichtung, weg von –

Kris. *Hannah und Kris*, dachte Tristan wieder und wieder, und gleich darauf – *Hannah und Kris*. So sehr er auch versuchte, weiterzudenken, es gelang nicht; er begann bei *Hannah und Kris* und blieb bei *Hannah und Kris* stehen. Er hatte einen kurzen Blick auf Kris' Körper erhascht, bevor ein Polizist ihn am Arm gepackt und ins Auto gezerrt hatte. Er hatte nicht einmal versucht, sich zu wehren. In dem Moment hatte er noch nicht verstanden, was geschehen war. Er verstand es immer noch nicht. Nicht wirklich.

Hannah und Kris.

Ein Kollege flüsterte etwas in Schrammers Ohr. Schrammer nickte, warf einen letzten Blick auf die Jugendlichen und trat ab. Ein paar Minuten vergingen, während derer nicht einmal Valerie noch etwas zu sagen einfiel.

»Tristan Os. Bitte kommen Sie noch einmal mit.«

So, wie der Polizist seinen Namen aussprach, klang er ein bisschen wie eine biblische Unheilsverkündung. Tristans Beine fühlten sich wie Gummi an, als er aufstand und dem Mann folgte. Er starrte auf die Schuhe des Polizisten, sah sie kaum. Er wurde in einen anderen, größeren Raum gebracht als beim letzten Mal, aber wieder warteten Schrammer und Fletscher dort bereits. Fletscher fixierte ihn mit stählerner Miene. Schrammers Stirn lag in Falten. Beide schwiegen. Nach einer Weile hielt Tristan die Stille nicht mehr aus.

»Haben Sie noch mehr Fragen an mich?«, sagte er, überrascht, dass er überhaupt sprechen konnte. Erleichtert merkte er, dass sein Autopilot ihn wieder gelassen klingen ließ.

»Die eine oder andere vielleicht«, antwortete Schrammer mit traurigem Lächeln. »Aber wir wollen uns Zeit lassen. Wir werden Sie leider ein bisschen hier bei uns behalten müssen.«

Beinahe glaubte Tristan ihm, dass ihm das leidtat. Aber nur beinahe. Er wandte sich an Fletscher. Schrammers Good Cop-Pantomimen interessierten ihn gerade nicht; er wollte hören, was der Bad Cop zu sagen hatte.

»Eine Veranstaltung von der Größe deiner Feier muss angemeldet werden«, erklärte Fletscher.

Tristan lachte und schnaufte gleichzeitig. Ein knapper, krächzender, schrecklicher Laut, als würde er ersticken und verzweifelt nach Luft schnappen.

»Für offenes Feuer brauchst du die Bewilligung des Waldeigentümers«, fuhr Fletscher fort, »und Vorkehrungen für die Verhinderung eines möglichen Brandes müssen getroffen werden.«

Tristan starrte sie an, ungeduldig, herausfordernd.

»Außerdem –«

»Außerdem hing da eine Leiche im Baum«, fiel Tristan ihr ins Wort. »Was wahrscheinlich ein etwas größeres Problem ist als ein ungemeldetes Trinkgelage und ein, wie Sie bestimmt festgestellt haben, ordnungsgemäß abgesichertes Lagerfeuer.«

Für einen Moment schien es so, als hätte er aus der Inspektorin endlich so etwas wie Emotion rausgekitzelt: Ihre Lippen krümmten sich, ihr Auge zuckte. Sie öffnete den Mund – und schloss ihn wieder. Nickte kurz angebunden.

Tristan verschränkte die Arme und frage, »Ist das in Österreich wie in Film und Fernsehen? Lesen Sie mir meine Rechte vor und kommt dann mein Anwalt?«

»Sie sind nicht verhaftet«, stellte Schrammer klar. »Aber Ihr Anwalt ist bereits kontaktiert, und ich würde Ihnen tatsächlich raten –«

»Ich habe keinen Anwalt«, sagte Tristan.

»Ihre Eltern haben einen beauftragt –«

»Ah. Und die Aufgabe dieses Anwalts ist – was? Mich vor einer Geldstrafe zu bewahren? Oder tun wir nicht mehr so, als hielten Sie mich wegen einer Party und eines Feuers fest?«

Tristan geriet in Fahrt. Das war nicht gut. Er musste sich bremsen, sollte vielleicht wirklich auf den Anwalt warten, auch wenn der ein Scherge von Samuel Os war …

»Ich bin kein Mörder«, hörte er sich deklarieren, und ein Teil von ihm raunte augenrollend in sich hinein: *Dinge, die Mörder sagen …* Aber ein größerer Teil von ihm war erschöpft, und wütend, und wollte sich am liebsten wie Valerie in die Hose pissen. »Und Sie haben keinen guten Grund, etwas anderes anzunehmen.«

»Ein bisschen«, sagte Schrammer mit einem Seufzen, »behalten wir Sie trotzdem bei uns. Nur um offene Fragen zu klären, versteht sich.« Er hielt die Hand auf. »Ihr Handy bitte.«

»Das ist in der Zierau.«

Schrammer zog die Augenbrauen hoch.

»Fragen Sie den Kollegen, der mich gefilzt hat, wenn Sie mir nicht glauben!«

»Schon gut«, sagte Schrammer, »ich glaube Ihnen … Also – möchten Sie unsere Fragen ohne Ihren Anwalt beantworten? Das wäre auch in Ordnung.«

Hitze stieg in Tristans Gesicht. Er wusste nicht, was er tun sollte. War das eine Falle? *Konnte* es überhaupt eine Falle sein? Er hatte schließlich *wirklich* niemanden umgebracht. Wenn er einfach die Wahrheit sagte …

Aber welche Wahrheit war das? Die Wahrheit seines Streits mit Hannah vor den Schulferien; die Wahrheit seiner geschwänzten Schulwoche; die Wahrheit seiner Party ohne Genehmigung und der Drogen, die dort im Umlauf gewesen sein mussten …?

»Ich will gar nichts beantworten«, sagte Tristan, schluckte, und fügte hinzu, »weder Ihnen noch einem Anwalt. Ich will nach Hause. Sie können mich nicht festhalten.«

Schrammers Miene wurde trüber, immer trüber. »Wir haben nur ein paar Fragen an Sie, sonst nichts. Ich würde Ihnen empfehlen, uns bei der Klärung dieser Fragen zu helfen. Wenn Sie nicht mit Ihrem Anwalt sprechen wollen, ist das in Ordnung – *wir* werden uns jedenfalls ein wenig mit ihm unterhalten.« Er und seine Kollegin standen gleichzeitig auf; an der Tür hielt Schrammer inne. »Ein letzter Tipp, Herr Os: Bleiben Sie ruhig. Bleiben Sie genau da sitzen, und bleiben Sie ruhig.«

*

Tristan blieb sitzen, und er blieb ruhig. Er saß seit fast einer Stunde in seiner Pseudo-Zelle, wenn er seinem Zeitgefühl vertrauen konnte. Er hatte sich nicht gerührt, mit einer kleinen Ausnahme: Als er erkannt hatte, dass er immer noch das Kopfteil seines Kostüms trug, hatte er es abgenommen. Es lag auf seinem Schoß. Er starrte in die Spiegel, die Facettenaugen darstellen sollten, und fragte sich, wie er das für ein gutes Kostüm hatte halten können. Es sah lächerlich aus.

Tristan *selbst* fühlte sich lächerlich.

Seit die Einladungen rausgegangen waren, hatte ihm nichts größere Sorgen bereitet als die Frage, wie sein erster waschechter Versuch, sich Lily anzunähern, verlaufen würde. An alles andere hatte er keinen Gedanken verschwendet. Die Party hatte er roboterhaft organisiert, einem Algorithmus gehorchend, der sich während jahrelanger, tagträumender Planung selbst programmiert hatte: Dieses Hallowe'en-Paradies, das er geschaffen hatte, spukte schon Ewigkeiten in seinem Kopf herum. Jetzt hatte er es endlich veräußerlicht … und in keiner Weise genossen.

Dass Hannah ermordet worden war, hatte er an den Rand seines Bewusstseins geschoben, aus Selbstschutz vielleicht, oder vielleicht auch nur aus bloßer Selbstsucht. Dass etwas Ähnliches erneut passieren könnte – damit hatte er überhaupt nicht gerechnet; welch einmalige Gelegenheit eine so gut wie öffentliche Hallowe'en-Party einem potenziellen Wiederholungstäter bieten würde – mehrere Dutzend Gäste, viele nicht vom Gastgeber persönlich eingeladen, sondern von irgendwem mitgebracht, sodass ein einzelner Fremder nicht weiter auffallen würde (zumal alle *verkleidet* waren) –, das hatte er in seinem Wahn überhaupt nicht berücksichtigt.

Und das war er tatsächlich: in einem Wahn. *Wahnsinnig.*

»Sie ist nur ein Mädchen«, teilte Tristan seinem Hut mit dem Fliegengesicht mit. »Nur irgendein Mädchen. Hör auf mit dem Scheiß.«

Lily war nur ein Mensch wie all die anderen, und nicht einmal so hübsch wie viele andere. Wozu die Mühe? Für ein Mädchen, das in Wirklichkeit nur ein weiteres Mädchen war, wie Valerie oder Hannah oder –

Hannah. Und Kris.

»*Hannah und Kris*«, flüsterte er. Und dann begann er, zu weinen.

Im nächsten Moment entstand auf der anderen Seite der Tür ein Tumult, und die Tränen verschwanden so schnell aus seinen Augen, wie sie gekommen waren. Die Tür flog auf und Filippe polterte herein, mit einer Polizistin im Schlepptau.

»Junger Mann, Sie können nicht –«

»*Watch me*«, sagte Filippe schroff zu der Polizistin, und trat an Tristan heran.

Tristan, immer noch sitzend, schmunzelte humorlos und sagte, »Bist du jetzt ein Anwalt?«

»*Shut up*, Arschloch«, antwortete Filippe. Dann beugte er sich zu Tristan hinunter, warf die Arme um ihn und drückte so fest zu, dass es wehtat.

Über Filippes Schulter hinweg sah Tristan, wie Schrammer in der Tür auftauchte und der Polizistin bedeutete, sie könnte das ihm überlassen. »Herr Os«, sagte Schrammer, »Sie können jetzt gehen, wenn Sie wollen.«

Filippe ließ Tristan los. Tristan stand auf und sagte, »Sie haben mir keine Fragen gestellt.«

»Ein andermal vielleicht«, sagte Schrammer. »Wenn Sie sich gesprächiger fühlen als heute Abend. Außer Sie wollen doch –?«

»Er will nicht«, sagte Filippe, und zerrte Tristan an Schrammer vorbei aus dem Raum. »Tschausen, Herr Inspektor.«

2

Janine Fletscher stellte sich an ein Fenster, das die Straße vor dem Haupteingang gut überblickte. Sie ließ die Jalousie unten, schob nur mit den Fingern zwei Lamellen auseinander, um die beiden Burschen beobachten zu können, die soeben das Gebäude verlassen hatten.

»Das Motiv, das du ihm unterstellen wolltest«, sagte sie mit gesenkter Stimme, »geht wohl flöten.«

»Find' ich nicht unbedingt«, antwortete Gernot Schrammer vergnügt; er stand hinter ihr gegen eine Schreibtischkante gelehnt (der Kollege, der an dem Schreibtisch arbeitete, wirkte alles andere als begeistert davon) und aß eine Wurstsemmel.

Als Tristan Os und Filippe Rashid aus ihrem Blickfeld verschwanden, drehte Janine sich um. »Es ist, wie er gesagt hat: Wir haben ihm im Endeffekt keine einzige Frage gestellt.«

»Macht nichts. Die Antworten wären eh nicht hilfreich gewesen.«

»Macht schon was«, konterte Janine. »Wenn wir nicht tun, was wir sagen, nimmt er uns nicht mehr ernst.«

Gernot zuckte mit den Schultern. »Das muss kein Nachteil sein. Im Gegenteil.«

Janine zögerte, bevor sie aussprach, was ihr eigentlich zu schaffen machte. »Gernot – *glaubst* du, dass er es war?«

»Dass er Kristina Müller ermordet hat?«, fragte Gernot. »Oder Hannah Vogel?«

»Gleiches Messer, ähnlicher Tathergang. Gleicher Mörder. Meinst du nicht?«

»Hm. Ja, doch, wahrscheinlich schon …« Gernot kaute nachdenklich. »Janine – was glaubst du denn? Glaubst *du*, dass er es war?«

Janine seufzte. »Ich mag ihn nicht … aber Mord hat er nicht in sich, glaube ich.«

»Hmm«, machte Gernot nochmal, langgezogener, und seufzte noch viel schwerer als sie. »Tja. *Ich* mag ihn, irgendwie. Aber er ist … voller Hass, und Angst, und … mehr. Ich mag ihn – aber in ihm steckt sehr wohl das Zeug zum Mörder.«

3

Eine Weile lang gingen sie schweigend nebeneinander her. Tristan fragte sich, ob Filippe etwas zu sagen hatte, das er sich nicht zu sagen traute. Vielleicht ging es ihm aber auch nur wie Tristan selbst: Vielleicht genoss er einfach die Ruhe.

Am Ende gewann Tristans Neugier doch die Überhand.

»Wie bist du zu dem zweifelhaften Vergnügen gekommen, mich abholen zu müssen?«

Filippe trat einen kleinen Stein ins Gebüsch am Straßenrand, bevor er antwortete.

»Ich bin erst viel später als ihr zur Polizei. Hab' von dem ganzen Scheiß erst nichts mitgekriegt, weil ich mit Nadja im Wald war –«

»*Nice.*«

»Ja, *whatever*. Jedenfalls, wie ich gehört hab', was passiert ist und dass sie dich immer noch festhalten, bin ich gelaufen. Ich wollt' rausfinden, was los ist, und warten, bis sie dich gehen lassen oder irgendwer irgendwie entscheidet, was jetzt passiert.«

Tristan verschlug es für einen Augenblick die Sprache. »Danke«, sagte er dann. Es klang lahm und unzureichend, und hastig fügte er hinzu, »Irgendwer, irgendwie?«

»Naja – die beiden, die in der Schule waren, in erster Linie. Diese bös schauende Inspektorin hat mich in einen separaten Raum gesteckt, und sie und der dicke Dude haben mir ein paar Fragen gestellt, und dann haben sie gesagt, ich kann gehen. Ich hab' gesagt, ich wart' auf dich, und sie haben gemeint, das könnt' noch ein bisschen dauern, und du wärst *freiwillig* dort –«

»Ah, ja.«

»Ja, voll. Und nach einer Weile war's mir dann zu blöd und ich hab' g'sagt, wenn du freiwillig da bist, dann kann ich ja wohl mit dir reden, sie sollen mir sagen, wo du bist. Dann bin ich zu dir, und du bist sehr freiwillig mit mir mitgegangen.«

»War ein Anwalt da? Hat der dafür gesorgt, dass ich gehen

darf?«

»Hätt' niemanden gesehen, der wie ein Anwalt aussieht.«

»Wie sieht ein Anwalt denn aus?«, fragte Tristan belustigt.

Filippe zuckte mit den Schultern. »Anwalthaft.«

»Anwalthaft?«

»Anwalthaft.«

Die beiden lachten; Filippe ausgiebig (ein bisschen *zu* ausgiebig, um glaubhaft zu klingen), Tristan mit geschlossenem Mund.

4

Ingo hatte sich verlaufen, und geisterte planlos durch die Zierau. Das war schlecht. Sogar in seinem panikgebeutelten Zustand begriff er, dass es alles andere als gut aussehen würde, sollte die Polizei ihn irgendwann im Morgengrauen in dem Wald finden, in dem Kris umgebracht worden war, dreckig und verwirrt vor Müdigkeit – und vielleicht immer noch blunzenfett. Er fühlte sich zwar stocknüchtern, aber das war wahrscheinlich nur das Adrenalin: Da er beschlossen hatte, auf seine bevorzugten Mittel zu verzichten, hatte er die legalen Möglichkeiten weit über ihre vernünftigen Grenzen hinaus ausgeschöpft, um für kurze Zeit trotzdem seinen Verstand stilllegen zu können. Und still war der wohl gewesen – ergo die Flucht vor den Kiberern, obwohl er gar nichts verbrochen hatte.

Und wenn die Polizei ihn *nicht* finden und sofort für den Mörder halten sollte, dann vielleicht nur deshalb, weil der echte Mörder sich auch nach wie vor hier herumtrieb – und ihn, betrunken und ausgepowert und konfus, zu seinem nächsten Opfer auserwählte …

»Mist-verdammter-Hurenscheißdreck-blödverfickter-*FUCK*!«

Wieso er es nicht schaffte, zumindest jetzt in seiner misslichen Lage endlich einmal *leise* zu sein, wusste er selbst nicht. Aber das Fluchen beruhigte ihn ein wenig, mehr, als sein Geschrei in ihm die Angst schürte, entdeckt zu werden. Und er *musste* sich jetzt beruhigen. So groß war die Zierau nicht. Wenn er nur nach irgendwelchen Trampelpfaden oder Wegmarkern Ausschau hielt, würde er sicher schnell hinausfinden.

Aber er hielt nicht Ausschau. Er rannte blind, gehetzt, wirr zwischen den Bäumen, hielt nicht an, nicht einmal für eine Sekunde, egal, wie viele Äste ihm ins Gesicht peitschten.

Weil ich dumm bin, schoss es ihm durch den Kopf. Er hoffte, später noch am Leben zu sein, um sich zu dieser Selbsterkenntnis gratulieren zu können.

Er stolperte über eine dicke Wurzel, ruderte mit den Armen, schaffte es, auf den Beinen zu bleiben – und hielt zum ersten Mal inne: Im Gebüsch hinter ihm hatte es geraschelt.

Das ist kein Grund, stehen zu bleiben, warnte ihn das bisschen Vernunft, das er noch übrig hatte. Er hörte nicht darauf.

Er drehte sich langsam um –

Und sah einen Hasen aus einem Strauch schießen. Das Tierchen, sicher mindestens genauso erschrocken wie Ingo, zog sich mit gewaltigen Sprüngen tiefer in den Wald zurück.

Ingo ließ erleichtert die Luft aus den Lungen. Dann sackte er am Boden zusammen. Über den Baumwipfeln ging die Sonne auf. Das fahle Licht, das es durchs Geäst schaffte, kitzelte seine Nase. Ein nettes Gefühl, von dem er sich dazu überreden ließ, sich für einen Moment hinzulegen und die Augen zu schließen.

Als er sie wieder öffnete, war es deutlich heller, taten ihm alle Knochen weh – und stand ein großer, hundsgesichtiger Mann über ihn gebeugt.

»An schönen guten Morgen wünsch' i'«, sagte der Polizist.

5

Für die Schülerinnen und Schüler des Gymnasiums wurde aufgrund der schrecklichen Ereignisse außerordentliche schulfreie Zeit angeordnet. Als Bibi, stets besorgt um ihre Schützlinge, am Feiertag extra Frau Os anrief, um sich nach Tristans Befinden zu erkundigen, sagte sie etwas von zwei Wochen, erwähnte aber, dass Frau Doktor Hartplatz noch mit der Polizei und beratenden Expertinnen und Experten verhandelte. Als die offizielle Benachrichtigung eintraf, von Frau Wamboldt per Mail ausgeschickt, war nur noch die Rede von einem zusätzlichen freien Tag nach Allerheiligen und Allerseelen. Freitag ging der Unterricht weiter, als wäre nichts geschehen.

Tristan blieb dennoch die gesamte restliche Woche der Schule fern, und darüber hinaus. Dieses Mal schrie seine Mutter ihn nicht wegen seiner Eigenermächtigung an, nicht einmal wegen des vorherigen selbstgewählten Urlaubs in der Halloweek (tobsüchtiges Geschrei war bisher stets die Strategie ihrer Wahl gewesen beim Versuch, ihren Sohn in bessere Bahnen zu lenken). Stattdessen unterschrieb sie ihm das Entschuldigungsformular gleich und schlug Tristan vor, er solle den zu entschuldigenden Zeitraum nachtragen, sobald er in die Schule zurückzukehren bereit war.

Als Tristan nach zwei Wochen, die er fast ausschließlich allein in seinem abgedunkelten Zimmer verbracht hatte, aus einem unruhigen Schlummer erwachte, wusste er, dass es Zeit war.

*

An diesem Mittwoch schwänzte Tristan spontan die letzte Stunde vor der Mittagspause, saß auf einer Bank im Schulhof und rauchte eine Zigarette nach der anderen. Durch ein Fenster im ersten Stock konnte er Bibi den Unterricht geben sehen, an dem er gerade teilnehmen sollte. Mit einem komischen Gemisch an Gefühlen im Magen wartete er darauf, dass sie die Stunde beendete. Er war übers Wochenende zu einer Entscheidung gelangt, ohne zu merken, dass er sich zu ihr durchzuringen versuchte. Jetzt wollte er diese Entscheidung in die Tat umsetzen.

Das schrille Läuten der Schulglocke machte die Stille des Schulhofs, die Tristan sehr genossen hatte, zunichte. Hinter den Fenstern des Klassenzimmers sprangen seine Kolleginnen und Kollegen von ihren Plätzen auf. Auf eine von ihnen wartete er hier, und er wurde nicht enttäuscht: Es dauerte keine zwei Minuten, bis sie aus der Hoftür trat, als erste von allen Raucherinnen und Rauchern. Tristan erkannte sein einmaliges Glück: Er hatte gehofft, die Sache ohne Publikum erledigen zu können. Er stand auf und ging zu ihr, auf Beinen aus Blei.

»Lily.«

Es war schwer zu sagen, ob sie ihn vorher bemerkt hatte oder nicht. Sie hob nur den Blick, Feuerzeug in der einen Hand, die andere schützend um die Flamme gelegt, und zündete sich ungerührt die Zigarette an.

»Was gibt's?«, fragte sie, und pustete Rauch aus dem Mundwinkel. Die Tür neben ihnen öffnete sich und mehr Schülerinnen und Schüler strömten auf den Hof, Kinder aus unteren Schulstufen, die sich auf den Heimweg begaben; sie rissen die Augen weit auf und machten einen Bogen um die beiden Rauchenden.

»Ich wollte dich fragen …«, begann Tristan, seine Stimme höher als sonst; er *hasste* es, dass er nervös war – aber vermutlich gehörte das dazu. Sogar für ihn. »… ob du mit mir ausgehen willst.«

Für einen Moment schien die Zeit stillzustehen. Lily zeigte keine Regung, und ihm schien sogar, als ob ihr Zigarettenrauch in der Luft erstarrt wäre. Tristan fühlte den kalten Klammergriff einer Eisenfaust um sein Herz, als er begriff, dass Lily wahrscheinlich das Wort aussprechen würde, das er sonst so gut wie nie zu hören bekam …

»Du verarschst mich, oder?«

Tristan blinzelte überrascht.

»Nein«, musste er jenes Wort nun selbst aussprechen; ein schlechtes Omen vielleicht.

Lily betrachtete ihn mit dem seltsamsten Ausdruck auf ihrem Gesicht. Sie schien ihn zu prüfen, wie er so oft andere prüfte. Sie runzelte die Stirn und legte den Kopf schief; die Bewegung ließ ihr Haar schaukeln, und Tristan gefiel das wahnsinnig gut. Durch Tristans Bauch schoss ein plötzlicher Schmerz, der nicht wirklich schmerzhaft war. Er glaubte, jetzt diese Metapher mit Amor und den Pfeilen zu verstehen.

»Warum würdest du mit *mir* ausgehen wollen?«, fragte Lily. Sie klang aufrichtig verwirrt.

Tristan wusste nicht, wie er darauf antworten sollte.

Lily zog die Augenbrauen hoch – und wandte den Blick ab. Sie schnaufte amüsiert, nahm einen Zug von ihrer Zigarette.

»Okay«, sagte sie dann, fast fragend, mit einem kleinen, vielleicht ein bisschen nervösen Lachen in der zweiten Silbe.

Tristan erstarrte.

»Okay«, wiederholte Lily, entschiedener, und sah ihm wieder ins Gesicht.

Tristan schluckte. »Okay?«

»Okay.« Lily schüttelte sanft den Kopf; das lange Haar auf der einen Seite schwang wieder mit, fiel ihr vor die Augen, als sie die halbgerauchte Zigarette zu Boden warf und mit dem Fuß ausdrückte. »Ich gehe mit dir aus.«

Tristan gab sich einen Ruck, um nicht länger versteinert dazustehen wie der beschissenste Trottel der Welt, und sagte, »Das ist die erste gute Nachricht seit langem.«

Lily gluckste – und errötete.

»Ich schick' dir die Details per SMS?«, schlug Tristan vor, und seine Stimme überschlug sich beinahe. Lily bemerkte das vielleicht, denn sie lachte erneut.

»Gut.« Sie grinste ihm verwegen zu, bevor sie gesenkten Hauptes ins Gebäude zurückkehrte.

Tristan versuchte, sein Zittern zu unterdrücken, als er ihr einige Sekunden später folgte.

6

Bei Hannahs Begräbnis hatte Nikki geweint wie seit ihrer Kindheit nicht mehr; bei dem von Kris waren keine Tränen mehr übrig gewesen. Nikki konnte sich kaum noch an die Zeremonie erinnern. Sie fühlte sich seit Halloween ein bisschen wie eine Schlafwandlerin; war oft in einer Starre, die kam und ging und die sie von der Welt abzusondern schien; einer Starre, die ihr eigenes Spiegelbild wie das einer Toten aussehen ließ.

»Du musst was essen.«

Nikki schüttelte den Kopf, um ihrer Mutter zu signalisieren, dass sie keine Lust auf Gesellschaft hatte. Dann erinnerte sie sich, dass sie gar nicht zu Hause war und diese Worte diesmal nicht von ihrer Mutter stammen konnten. Sie fuhr aus ihrer Semitrance hoch und fand sich in der Schulkantine wieder.

Caro starrte sie hartnäckig einfühlsam über den Tisch hinweg an; wann sie Platz genommen hatte, wusste Nikki nicht. Neben Caro saß Marie, die dreinschaute, wie Nikki sich fühlte – zu traurig, um traurig zu sein –, und geistesabwesend in ihrem trockenen Salat herumstocherte.

»Und du auch«, fügte Caro an Marie gewandt hinzu. Marie reagierte überhaupt nicht.

Nikki besah sich der Karfiollaibchen auf ihrem Teller. Sie sahen matschig aus, giftig, wie etwas Verstorbenes, das jemand von der Straße abgekratzt hatte.

»Ich hab' keinen Hunger«, sagte sie.

»Das ist Blödsinn und das weißt du«, sagte Caro.

»Alles ist Blödsinn, das weiß ich.«

Caro schnalzte mit der Zunge. »Wo ist Doc?«

Nikki runzelte die Stirn. »Wieso fragst du mich das?«

Die Gegenfrage schien Caro zu erschrecken. »Nur – nur so.«

»Nein, wieso?«, verlangte Nikki.

»Ich – ich weiß nicht. Ich dachte, ihr zwei seid …«

»Wir zwei sind *was*? Hat dein Cousin dir irgendeinen Scheiß erzählt?«

»Was? Nein! Tristan erzählt mir gar nichts. *Befreundet*. Ich dachte, ihr zwei seid *befreundet*.«

»Sind wir auch, aber das heißt nicht, dass ich dauernd weiß, wo er ist …« Nikki ließ den Blick sinken – und fügte kleinlaut hinzu, »Er ist Bibi irgendwas wegen der Hausübung fragen.«

»Aha. Und jetzt iss was, Nikki. Es nützt niemandem was, wenn wir den Kopf hängen lassen –«

»Den *Kopf hängen lassen*?« Nikki ließ ihren Blick wieder hochschnellen. »Hannah und Kris wurden ermordet! Und sie haben *Ingo verhaftet*!«

»Und sofort wieder freigelassen«, sagte Caro streng. »Du glaubst doch nicht ernsthaft, dass er es war? Dass einer von *uns* es war?«

»Kommt drauf an«, mischte Marie sich plötzlich ein, mit einer Stimme, die klang, als hätte sie seit Tagen nicht gesprochen, »wen du mit *uns* meinst. Ich kann mich nicht erinnern, dass du vor der ganzen Sache mit mir auch nur ein Wort gewechselt hast.«

»Das ist nicht – das ist doch gar nicht …«

Caro schien ihr Gedächtnis nach Gegenbeweisen zu durchsuchen, sich aber an keine zu erinnern. Nikki war nicht überrascht: Es stimmte, dass manche Schülerinnen und Schüler aus ihrem Jahrgang vorher nicht einmal ansatzweise so viel miteinander zu tun gehabt hatten wie seit Hannahs Tod; einstmals kleine Gruppen enger Freundschaften wurden neu durchgewürfelt, und Leute hatten plötzlich Grund – grauenvollen Grund –, mit Leuten zu sprechen, die sie bis dahin kaum wahrgenommen hatten.

»Ich mach' dir keinen Vorwurf«, sagte Marie, immer noch in dieser schwerfälligen, monotonen, rauen Stimme. »Ich hab' bisher auch nicht wirklich Lust gehabt, mit dir zu reden. Hab' ich jetzt eigentlich immer noch nicht, um ehrlich zu sein.«

Caro machte ein verletztes Gesicht. »Du musst kein Arsch sein, mir geht's auch scheiße. Nur weil ich nicht in eurer Klasse bin, heißt das nicht –«

»Ich will kein Arsch sein, ich mein' ja nur – es gibt kein *Uns*. Und es bringt gar nichts, jetzt so zu tun, als wären wir alle ganz dicke miteinander. Nur weil zwei von – *uns* –« (sie machte keine Anführungszeichen mit den Fingern, aber bei dem Ton war das auch nicht notwendig) »– umgebracht worden sind. Vor allem, wenn es ziemlich eindeutig danach aussieht, dass einer von *uns* die beiden ermordet hat.«

»Also glaubst du ohne Scheiß, dass Ingo der Mörder ist?«, forderte Caro zornig.

»Nein«, antwortete Marie schlicht. »Aber es ist mir auch egal.«

»*Egal*?«

Caro wandte sich entsetzt an Nikki. Nikki reagierte nur mit einem müden Schulterzucken.

Marie stand auf; die Stuhlbeine scharrten gequält über den Boden. Ohne Abschied ging Marie zu dem Tisch, an dem Richie und Jo saßen. Richie empfing sie mit einem breiten Grinsen und einem selbst über das laute Geschnatter hinweg deutlich hörbaren »*Heyyy*!«

»Sie ist komisch«, sagte Caro beleidigt, aber entschieden.

Wieder zuckte Nikki bloß mit den Schultern. Sie verstand nur zu gut, wie es Marie ging.

7

Tristan ging nach seinem Erfolg mit Lily zum Spind, um ein paar Sachen zu holen – Dinge, die dort nicht sein sollten, falls die Polizei beschloss, die Schule zu durchsuchen, und ein beliebiges

Buch, dem er sich widmen wollte, falls die Lateinstunde ihn allzu sehr langweilte –, und schlenderte kurz nach Beginn des Nachmittagsunterrichts den Gang zum Klassenzimmer entlang. Er konnte Frau Professor Sternpfads so entnervte wie nervtötende Stimme hören; sie erklärte Richie gerade, dass zwar schlimm war, was geschehen war, sie aber trotzdem das Ausbleiben seiner mittlerweile achten Hausübung in Folge nicht ohne Konsequenzen hinnehmen konnte. Tristan überlegte, zum wievielten Mal er selbst heute keine Hausübung erbrachte, als er plötzlich Druck auf seiner Schulter spürte.

Tristan wirbelte herum, hob die Arme abwehrend vor sich und wich mit dem Rücken bis an die Wand – und entspannte sich gleich wieder, als er sah, wer sich angeschlichen hatte.

Rudi Killa hielt die Hand, die er auf Tristans Schulter gelegt hatte, immer noch von sich gestreckt; seiner entsetzten Miene nach zu urteilen, hatte Tristan ihn genauso erschreckt wie umgekehrt.

»Sorry!«, zischte Rudi. »Shit – sorry, Tristan.«

Tristans Nasenflügel weiteten sich unwillkürlich; unverhoffte Wut verknotete ihm die Eingeweide. »Sie meinen sicher, *Ich bitte um Verzeihung*, nicht wahr, Herr Professor?«

Rudi grinste verlegen – dann schien er zu begreifen, dass Tristan nicht freundlich scherzte (oder gar flirtete), und wurde sehr schnell sehr ernst.

»Tristan, hör zu – ich wollte – ich wollte dir nur sagen …«

Rudi warf nervöse Blicke nach beiden Seiten des Ganges. Niemand war zu sehen, und abgesehen von Richies verzweifelter Diskussion mit der Sternpfad nichts zu hören.

»Ich wollte dir nur sagen, dass ich für dich da bin, falls du etwas brauchst.«

Tristan starrte Rudi misstrauisch an. »Machst du mich grad ernsthaft an?«

Rudis kleine Augen wurden rund wie Münzen.

»*Was*? *Nein*, Tristan – wo denkst du hin?« Er machte Anstalten, näher an Tristan heranzutreten – schien aber rechtzeitig zu erkennen, dass das den falschen Eindruck nur verstärken würde. Er blickte Tristan eindringlich an und senkte seine Stimme, die bisher schon kaum mehr als ein Flüstern gewesen war: »Wegen Hannah und Kris, mein' ich. Wenn du reden möchtest – mit einem Erwachsenen – über das, was in dir vorgeht …«

Tristan kniff die Augen zusammen. Er bekam Kopfschmerzen. Vor gar nicht allzu langer Zeit hätte er ein Gespräch wie dieses – mit Rudi im Schulkorridor unter irgendeinem Vorwand die Köpfe zusammengesteckt, heimlich über alles andere als den Unterrichtsstoff tuschelnd – unendlich unterhaltsam gefunden. Er versuchte, der Situation auch jetzt etwas halbwegs Amüsantes abzugewinnen, aber so zynisch war nicht einmal er; jeder Versuch eines Halblächelns schmolz gleich wieder von seinem Gesicht.

»Okay …«, sagte er. »Okay – das ist definitiv eine Anmache, Herr Professor Killa.«

Rudi zuckte zusammen, als hätte Tristan mit der Faust zum Schlag ausgeholt. »Nein, ich –«

»Ich will gar nicht hören, was *Sie* sonst noch zu sagen haben.« Tristan schüttelte den Kopf; er hatte einen ekelhaften Geschmack auf der Zunge. »Ich will überhaupt nichts mehr von *Ihnen* hören.«

Er kehrte Rudi den Rücken zu, ging in sein Klassenzimmer, schloss die Tür (»Tristan, du bist zu spät – *Tristan*! Tris– ach, mach doch, was du willst …«) und setzte sich auf seinen Platz, das alles so schnell, dass es sich wie eine einzige Bewegung anfühlte.

Er gab sich gar nicht erst Mühe, dem Unterricht zu folgen. Das Buch, das er mit einem ungezielten Griff in seinen Spind herausgefischt hatte, war *Emma*. Die belanglose Erzählung beruhigte seine Nerven, sodass er beim Lesen darüber nachdenken konnte, was als Nächstes zu geschehen hatte. Er vermied es, den Blick aus dem Buch zu heben, weil er Lily nicht zu oft ansehen wollte.

Bis das Läuten ihm mitteilte, dass er die letzte Unterrichtsstunde erfolgreich (oder zumindest im Klassenzimmer) ausgeharrt hatte, stand der Plan für sein Date im Großen und Ganzen fest. Dann gab es vorerst nur noch eines zu erledigen – denn während er Emma Woodhouse beim Austauschen von Gerüchten und Halbwahrheiten begleitet hatte, war ihm klargeworden, dass er wenig darüber wusste, was sich seit seiner Hallowe'en-Party in seinem sozialen Umfeld getan hatte.

Tristan wandte sich an Filippe, der sich schon seine Umhängetasche umschnallte, und fragte, »Hast du noch ein paar Minuten?«

»Sonst immer gern, Amigo«, sagte Filippe, »aber ich muss zum Tennis.«

»Kann ich mitgehen?«

Filippe stutzte. »Zum *Tennis*? *Du*?«

Tristan verdrehte die Augen. »Ein *Stück mit*gehen.«

»Ach so – ja, klar! Ich muss noch zum Spind, treffen wir uns im Hof?«

Filippe eilte voraus. Tristan verließ als Letzter das Klassenzimmer – und stieß in der Tür beinahe mit Luke zusammen.

»Sorry!«, rief Luke, und packte ihn an den Schultern, wie aus Angst, er könnte umfallen. Sofort ließ er Tristan wieder los und wich mit dunkelrotem Gesicht einen Schritt zurück. »Ich wollt' dich nicht – ich hab' mein Biobuch vergessen –«

»Ist okay«, sagte Tristan, und trat um Luke herum.

»Jetzt haben wir was gemeinsam.«

Tristan blieb stehen und legte die Stirn in Falten. Dann begriff er, was Luke meinte. Er erwiderte Lukes freudlosen Blick mit einem vagen, genauso freudlosen Lächeln, und antwortete, »Wir sollten vielleicht einfach akzeptieren, dass wir nicht zum Gastgeben taugen. Zwei Leichen auf zwei Partys ist ein schlechter Schnitt.«

Luke lachte – erstickte das Geräusch, schaute entsetzt und räusperte sich verlegen. Er versuchte sich auch an einem Lächeln; scheiterte nicht zuletzt daran, dass er Tristan anscheinend unbedingt in die Augen schauen wollte, es aber gleichzeitig beim besten Willen nicht schaffte. Tristan merkte, dass ihm das hier guttat: Zwischen Lily, von der er sich alles erhoffte, aber nichts wusste, und Rudi, von dem er nichts erhoffte und zu viel wusste, brauchte er jemanden wie Luke. Jemanden, der ihm gehörte, aber keine allzu aufdringlichen Anstalten machte, umgekehrt Anspruch auf ihn zu erheben; jemanden, mit dem er tun konnte, was er wollte – den er abwies und der trotzdem zurückkehrte. Einen Spielball. Vielleicht verstand er doch ein bisschen, was Filippe an Tennis gefiel.

»Wann bist du zurückgekommen?«, fragte Tristan.

»Noch vor Hallowe'en«, sagte Luke kleinlaut, in gebückter Haltung. Das tat er oft in Tristans Nähe: den Kopf einziehen, die Schultern krümmen. Vielleicht hielt er es für eine unwillkürliche Beleidigung seinem Schwarm gegenüber, größer zu sein als er. »Aber ich war bis Anfang November … Ich war freigestellt. Du hast die letzten Wochen gefehlt, gell? Vielleicht können wir –«

»Bei meinem Fest warst du nicht, oder?« Tristan kannte die Antwort natürlich – er hatte nicht alle Gäste persönlich eingeladen, aber er hatte genau beobachtet, wer seinen Alkohol trank und die Früchte seiner Mühen erntete. Luke war definitiv nicht dort gewesen. Wahrscheinlich hätte so manche Verkleidung selbst seine zwei Meter tarnen können, aber Luke hätte sich die Chance, in Tristans Nähe zu sein, nicht entgehen lassen, wäre früher oder später vor ihm gestanden und hätte das Gespräch gesucht.

Luke schüttelte niedergeschlagen den Kopf, und ließ ihn sinken. »Leider. Ich wollte – ich mein', war ja gleich bei mir ums Eck, quasi. Aber ich hab' meinen Eltern versprochen, dass es für mich vorerst mal keine Partys mehr gibt. Und …«

»Und wenn du ehrlich bist«, beendete Tristan den Satz, »ist dir zurzeit auch nicht wirklich nach Feiern zumute.«

Luke riss überrascht den Kopf hoch, und lief wieder rot an. Tristan verstand: Luke glaubte, einen heiß ersehnten Moment des gegenseitigen Verständnisses mit ihm erlebt zu haben, bildete sich etwas darauf ein, dass Tristan seinen Gedanken nicht nur nachvollziehen, sondern vervollständigen konnte. Tristan beschloss, ihn auf keine dummen Ideen kommen zu lassen.

»So geht's uns allen«, sagte er. »Tschüss.« Dann wandte er sich ab, und ging.

Filippe und seine Sporttasche waren schon im Hof. »Hab' ich nicht gesagt, dass ich's eilig hab'?«

»Dann geh mich nicht an, sondern geh«, sagte Tristan, voranschreitend.

Filippe fiel neben ihm ein. »Wo warst du in Mathe? Wir haben dich vermisst.«

»Wer sind *wir*?«, fragte Tristan, eine Zigarette anzündend und an Lily denkend.

»Hm, naja. Die Bibi wollte wissen, wo du bist. Und Valerie hat mich dasselbe gefragt.«

Tristan schnaufte. »Wollt' sie eine Story mit mir machen?«

»Kann sein. Weißt, was oarg ist? Sie war gleich nach dem freien Extratag wieder da, im Gegensatz zu dir –«

»Überrascht mich nicht.«

»– obwohl *sie* Kris' Leiche entdeckt hat!«

»Ja, genau deswegen wollte sie so schnell wie möglich wieder her«, sagte Tristan. »Wenn man die Follower im Halbstundentakt über die eigene emotionale Beschaffenheit am Laufenden halten will, braucht man zwischendurch auch irgendwas Spannendes zum Anschauen.«

Filippe lachte trocken. »Die Fotos vom Platz von der Kris, und von ihrem Spind –«

»Immer mit Valeries Gesicht im Vordergrund«, warf Tristan ein.

»– und von diesen Zetteln mit Botschaften von Kris«, schloss Filippe, und schüttelte den Kopf. »Ja, hab' ich auch gesehen. Diese Botschaften gingen gar nicht alle an die Vali, hast du das gewusst? Sie hat Zettel aus Bankfächern geklaut.«

»Fuck«, sagte Tristan, milde beeindruckt.

»Ja, die Frau ist bissi irre«, sagte Filippe. »Sie wollte sicher mit dir auch ein Foto.«

»Wahrscheinlich. Aber wollte sie mich als Mitleidenden oder als polizeilich verdächtigten, wahrscheinlichen Mörder von Hannah und Kris?«

»Tristan«, schimpfte Filippe.

Tristan verlangsamte seine Schritte, um das Gespräch noch ein bisschen länger hinziehen zu können, bevor sie die Bushaltestelle erreichten; zufrieden bemerkte er, dass Filippe es ihm sofort gleichtat. »Hat man mich denn die letzten Wochen auch – ich glaub', du hast es *vermisst* genannt?«

»Naja, eigentlich haben alle damit gerechnet, dass du ein bisschen daheim bleibst …«

Natürlich hatten sie das. Tristan fragte sich allerdings, welchen Grund die anderen hinter seinem Fernbleiben vermutet hatten. Trauer? Schuldgefühle? Beides? Er konnte sie sich vorstellen, Nikki und Doc und Marie und Valerie und Jo (und Lily?) und all die anderen, wie sie die Köpfe zusammensteckten und aufgeregt zischelnd die Frage auseinandernahmen, ob es denkbar war, dass Tristan der Mörder von Hannah und Kris war …

»Ich nehme an, ich war nicht der Einzige, der eine Weile zuhause geblieben ist?«

Filippe wandte seinen Blick ab. »Mehr oder weniger schon.«

»Mehr oder weniger?«, hakte Tristan nach.

»Naja – wenn man von Ingo absieht, halt.«

»Und warum sollte man von Ingo absehen?«, fragte Tristan, bemüht, seine Ungeduld im Zaum zu halten.

»Weil er verhaftet worden ist.«

Tristan blieb stehen. Filippe auch.

»Wie das?«, fragte Tristan.

»Ich weiß nicht genau … Anscheinend hat die Polizei ihn im Wald gefunden. Nach der Party.«

Tristans Augen weiteten sich. »Hat er – hat er was Verdächtiges getan?«

Filippe zuckte mit den Schultern. »Weiß ich nicht so genau.«

In Tristans Kopf plärrte ein Alarm los. Die Luft schien den Weg zu seinen Lungen hinab nicht mehr zu finden, und ihm wurde schwindelig. Das geschah ihm in letzter Zeit viel zu oft. Er rieb sich die Augen, plötzlich todesmüde. An die Stelle der tuschelnden Grüppchen in seinem Kopf trat ein neues Bild: Jo und Richie, die durch die Schule rasten, Tristans Namen brüllten und verlangten, dass er Rede und Antwort stand, weil ihr Freund Ingo für Tristans Verbrechen im Gefängnis saß; die Schule ein Dschungel, mehr als je zuvor, und alle auf der Suche nach der geklauten Kokosnuss.

Tristan schüttelte die Bilder – *alle* Bilder – aus seinem Kopf, hin und her gerissen zwischen einem unerklärlichen Drang, zu lachen, und dem, sich zu verstecken. »Na«, sagte er, »hoffentlich sitzt er nicht unschuldig drin. Das wär' eine Zumutung.«

»Das ist nicht lustig, Tristan«, sagte Filippe in einem Ton, den er Tristan gegenüber noch nie angeschlagen hatte. Tristan rechnete mit dem vorwurfsvollen Blick, den er auf Filippes Gesicht fand, aber das machte ihn nicht erträglicher. »Sie haben ihn eh gleich wieder gehen lassen, aber es ist trotzdem scheiße. Einfach scheiße. Scheiße, dass Hannah und Kris tot sind, und scheiße, dass sie Ingo verhaftet haben.«

Tristan überlegte kurz; dann sagte er: »Hm. Ja. Außer er hat's getan.«

8

»Marie, wart!«

Marie, die sich krank fühlte und eigentlich nur nach Hause wollte, blieb stehen. Richie hechtete ihr über den Schulhof hinterher, und trotz allem – trotz Kris, trotz Hannah, trotz ihrer elendigen Müdigkeit – freute Marie sich über den Anblick. Sie brachte sogar ein Lächeln zustande.

Ihm schien sein Grinsen keine Mühe abzuverlangen. »Hey«, keuchte er.

»Hey«, sagte Marie.

»Gehst du heim?«, fragte er.

Marie gluckste. »Äh, ja? Die Schule ist aus.«

»Was, echt? Hurra!«, rief Richie, und lachte atemlos.

Marie machte ein mitleidiges Gesicht. Richie legte selbst die Stirn in Falten, schüttelte den Kopf, und sagte, »Nein?«

»Nh-nh«, machte Marie.

»Nein«, stimmte Richie zu, »hast recht. Über eigene Witze lacht man nicht.«

»Überhaupt, wenn sie so schlecht sind«, sagte Marie.

»Ja«, lachte Richie. »Ähm – darf ich dich ein Stück begleiten?«

Sie verließen den Hof Seite an Seite, schweigend. Marie merkte, dass ihr schweres Herz versuchte, schneller zu schlagen.

»Wo … wohnst du eigentlich?«, fragte Richie.

»In der Nähe vom Krankenhaus«, sagte Marie.

»Oh. Ich wohn' am anderen Ende der Stadt.«

»Du musst mich ja auch nicht bis zu meinem Haus bringen.«

»Vielleicht will ich das aber.«

Marie grunzte. »Warum solltest du das wollen?«

Richies Lippen begannen eine Antwort zu formen, aber statt sie auszusprechen, grinste er nur wieder. Marie lachte; ein kurzlebiges Lachen, aber es fühlte sich gut an.

»Warum begleitest du mich, Richie?«, fragte sie dann.

Richie steckte die Hände in die Hosentaschen. »Du … Du hast heut irgendwie gewirkt, als wärst du … schlecht drauf. Das ist mir aufgefallen. Ich würd' dich gerne aufheitern, irgendwie.«

Marie wandte den Blick ab. Ihr Herz bremste wieder, sank wie ein Stein – und lachen würde sie so schnell nicht noch einmal können. Eher hatte sie das Gefühl, dass sie jeden Moment zu weinen beginnen würde.

»Marie? Hab' ich was Falsches –?«

»Kris und Hannah sind tot.« Maries Stimme überschlug sich. Sie blieb stehen, schluckte, und sagte es nochmal: »Tot, Richie. Ermordet. Ich *sollte* schlecht drauf sein. Wir alle sollten schlecht drauf sein.«

Richie machte ein so unglückliches Gesicht, dass es Risse in Maries versteinertes Herz schlug: *Sie* hatte dieses Gesicht verursacht. Das war überhaupt nicht ihre Absicht gewesen.

»Richie, ich –«

»Kris«, fiel Richie ihr ins Wort, »und Hannah … Kris und Hannah waren … Ich weiß nicht, wie man – wie ich damit umgeh'n soll.« Richie zuckte hilflos mit den Schultern; er sah plötzlich sehr viel jünger aus. »Verstehst du? Ich weiß es nicht. Ich *kann* es nicht.«

Diesmal fiel Marie keine Antwort ein. Nicht weil sie nicht verstand.

Weil es ihr genauso ging.

Sie nickte. Richie lächelte, erst zurückhaltend und nervös, dann so, dass sich sein ganzes Gesicht wieder aufhellte.

»Weißt du was?«, sagte er. »Ich find', wir sollten zusammen ins Kino geh'n.«

Das brachte Marie wieder zum Lachen. »Ach ja?«

»Ja!«

Marie schüttelte den Kopf. »Meine Mutter würd' mich jetzt nie abends aus dem Haus lassen.«

»Na – dann müssen wir eben in eine Nachmittagsvorstellung! Wie wär's mit jetzt?«

»*Jetzt*?«

»Ja, jetzt! Geh'n wir ins Kino!«

Marie öffnete den Mund, um Richie zu erklären, wieso das nicht ging – und überraschte sich selbst.

»Okay!«

9

Im Bus schienen dreimal so viele Passagiere wie Sitzplätze zu sein. Normalerweise ging es Nikki furchtbar auf die Nerven, wenn der Bus so überfüllt war. Heute war es ihr egal. Es war ihr egal, dass Doc von Schultaschen, Handtaschen und dicken Hintern an sie gedrückt wurde, sodass er zur Hälfte auf ihrem Sitz saß. Es war ihr egal, dass die Drittklässler vor ihnen ihr Gespräch schreiend führten, als stünden sie an entgegengesetzten Enden eines Sportplatzes. Das plärrende Baby war ihr egal, und es war ihr egal, dass seine Mutter es ignorierte. Es war ihr egal, dass Jo und Goran aus der A-Klasse weiter vorne im Bus miteinander lachten, als wäre die Welt in Ordnung. Es war ihr das alles egal, weil *nichts* in Ordnung war, und alles andere angesichts dieser unweigerlichen Tatsache bis zur Nichtigkeit verblasste. Hannah und Kris tot, Tristan und dann Ingo verdächtigt – was spielte da außerdem noch eine Rolle? Und selbst dieses absolute Grauen war ihr mittlerweile, irgendwie, egal – *musste* ihr egal sein, weil sie es sonst nicht hätte ertragen können. Sie wusste nicht, was sie fühlen würde, wenn sie sich erlaubte, wirklich zu fühlen; hatte Angst vor dem, was sich in ihr abspielen würde, wenn sie es zuließe. Das machte die Sache aber auch nicht besser: So war Angst ihre einzige Empfindung.

Sie lehnte ihre Stirn gegen das kalte Busfenster und sah ihrem Atem dabei zu, wie er Wolken auf die Glasscheibe malte.

»Ist alles okay?«, fragte Doc neben ihr in besorgtem Ton.

Die Frage war so absurd, dass Nikki beinahe gelacht hätte. Aber dafür fehlte ihr die Kraft. Und es war süß von Doc, dass er sich um sie kümmerte. Dass er nicht nur seine eigene Trauer im Sinn hatte, sich nicht seiner eigenen Verständnislosigkeit, seiner Erschütterung überließ.

Anders als Nikki.

Wann war sie so egoistisch geworden?

»Nein, nichts ist okay«, presste Nikki die Antwort hervor. Sprechen war ihr noch nie so schwergefallen. Ein Teil von ihr fand, dass sie sich lächerlich benahm. Sie war nicht einmal *so* gut mit Kris befreundet gewesen, und mit Hannah schon gar nicht. Dass sie sich von dem Tod der beiden so beeinflussen, derart *verändern* ließ, passte nicht zu ihr. Sie fühlte sich fast, als stünde sie wieder ganz am Anfang der Pubertät; ein bisschen so, als hätte sie gerade zum ersten Mal ihre Tage gehabt. Blut, mit dem sie nicht gerechnet hatte – ihre Mutter sprach nicht gern über solche Dinge, nicht einmal jetzt, wo Nikki schon eng mit ihnen vertraut war, und davor schon gar nicht –, so viel Blut, *überall* Blut, so hatten die paar Flecken gewirkt auf ihre unvorbereiteten Kinderaugen. Blut überall, so war es auch jetzt: Kris' Blut, und Hannahs.

Doc tätschelte ihre Schulter. »Willst du … Willst du bowlen gehen?«

Diesmal fand Nikki seine groteske Unbeschwertheit nicht einmal ansatzweise belustigend, sondern einfach nur abstoßend. Trotz allem bemüht, seine Gefühle nicht zu verletzen, schüttelte sie seine Hand behutsam ab und zwang sich, zu lächeln.

»Nein, Tom, ich will nirgends hin«, sagte sie. Sie nannte ihn immer Tom, auch wenn sie in Gedanken den Spitznamen benutzte, den die anderen für ihn erfunden hatten. Am Anfang hatte sie auch Doc zu ihm gesagt, weil sie das niedlich gefunden hatte: Er wollte Arzt werden, hatte er in der ersten Klasse, während der Kennenlernwoche in einem Camp im Burgenland, offenbart, und alle hatten sich auf dieses winzige Informationsschnipsel gestürzt, als machte es die Gesamtheit seiner Persönlichkeit aus. Es waren Jahre vergangen, bis Nikki begriffen hatte, dass die anderen ihm mit dem Spitznamen vielleicht gar nicht schmeicheln, ihn damit nicht in seinem Traum bestärken, sondern ihn einfach in eine Schublade stecken wollten, um sich nicht weiter mit ihm beschäftigen zu müssen; es hatte eine der ersten Partys gebraucht, eine Flasche Tequila, einen entsetzlichen ersten Vollrausch und ein tränenreiches Gespräch auf einer Veranda, um Nikki verstehen zu lassen, dass Doc mehr war als ein zukünftiger Doktor – um aus Doc Tom zu machen, und aus Tom ihren besten Freund.

Sie hörte Goran vorne im Bus prusten vor Lachen, über sein

Handy gebeugt, und Jo ihn freundschaftlich schimpfen. In ihr regte sich plötzlich das Bedürfnis, Doc hier sitzen zu lassen und sich zu den beiden zu begeben. Zwei junge Männer, die sich am liebsten jeden Tag betrinken oder einrauchen oder weiß der Teufel was mit sich anstellen würden, die im Nachspiel der Ermordung zweier Freundinnen und der Verhaftung eines Freundes nichts Besseres mit sich anzufangen wussten, als lustige Videos auf ihren Smartphones anzuschauen. Sie wollte auch lachen, nicht mehr nachdenken. Sinnlosen Spaß haben und vergessen.

»Sie fahren zu Ingo, um sich gemeinsam zu überlegen, wie sie den echten Mörder stellen können«, sagte Doc, Nikkis Blick folgend.

»Also ist er nicht krank?«, fragte Nikki.

»Nope, tut nur so. Ich hab' Jo heut drüber sprechen gehört. Sie wollen Pillen schlucken, die er zu Halloween aus Tristans Tasche geklaut hat, und sich Fallen einfallen lassen.«

»Wenigstens tun sie irgendwas.« Nikki presste alle Finger gegen ihre Schläfen; Doc redete zu viel, tat ihrem Kopf viel mehr weh als der Umgebungslärm im Bus. »Ich will einfach nur, dass das alles endlich vorbei ist.«

»Vielleicht ist es das«, sagte Doc. »Vielleicht war's doch Ingo, und sie haben ihn nur gehen lassen, um ihn heimlich zu beobachten oder so, und bald verhaften sie ihn wieder und alles ist gut.«

Nikki schüttelte den Kopf. Nicht um Doc zu widersprechen. Sie wollte nur diese Gedanken loswerden. Docs Worte genauso wie all die anderen, die in ihrem Gehirn herumschwirrten.

Und vor allem diese eine Erinnerung …

»Ich hab' was gesehen«, hörte sie sich sagen.

Sie spürte Docs ganze Aufmerksamkeit auf sich, wie eine Decke, die jemand zu eng um sie festzog. »Was?«

»Auf Tristans Party.« Nikki wischte sich über das Gesicht. Sie schwitzte ein wenig. So kalt die Fensterscheibe war, so heiß fühlte es sich plötzlich im Bus an. »Ich glaub', ich hab' den Mörder gesehen.«

Docs Oberschenkel, an ihren gepresst, wurde ganz steif. »*Was*? Echt?«

»Ich – ich weiß es nicht. Also, nicht sicher. Es kann auch – *gar* nichts damit zu tun haben.«

»Was hast du gesehen?«, drängte Doc.

Nikki hielt den Atem an. »Den Totenkopf.«

»Welchen Totenkopf?«

Fast ein bisschen enttäuscht von Docs wenig dramatischer Reaktion, wandte sie sich endlich ihm zu. Er betrachtete sie so verwirrt wie neugierig.

»Den *Totenkopf. Unseren* Totenkopf. Das Kostüm von unserem Theaterstück.«

»Von *Dantes Inferno*?«, fragte Doc; als Nikki nickte, legte er die Stirn in Falten. »Und?«

»*Und*?« Nikki senkte ihre Stimme zu einem Flüstern. »Wer zieht denn bitte ein Kostüm von einem Schultheater ein Jahr später auf einer Halloween-Party an?«

»Jemand, dem nichts Besseres eingefallen ist und der die Verkleidung zuhause rumliegen hat?«, schlug Doc unbeeindruckt vor.

»Aber es war so komisch!« Nikki wollte unbedingt, dass Doc begriff. Gleichzeitig wünschte sie sich, er hätte recht; sehnte sich danach, hinzunehmen, was Doc sagte und was sie selbst schon in Erwägung gezogen hatte. Andernfalls … wenn sie doch richtig lag … müsste sie damit zur Polizei. Der sie in dem Fall wichtige Informationen vorenthalten hatte. Unabsichtlich, aber trotzdem.

»Inwiefern?«, hakte Doc nach.

»Er – er ist einfach nur dort rumgestanden …« Nikki sah es vor sich wie einen halbvergessenen Albtraum. »Am Waldrand. Hat sich überhaupt nicht an der Feier beteiligt. Minutenlang. Rumgestanden und in die Gegend geglotzt – glaub' ich zumindest, er hat ja die Maske getragen.«

»Vielleicht war er zu sehr auf Droge, um noch großartig was zu machen.«

In Nikki stieg Wut auf. Sie wusste, dass das ungerecht war, fehl am Platz … und gab sich ihr trotzdem hin.

»Es war gruslig, okay?«, keifte sie Doc an. »Gruslig und seltsam, und ich bin mir zu hundert Prozent sicher, dass das der Mörder war, und ich weiß, dass nicht Ingo hinter der Maske gesteckt hat!«

»Weil er ein anderes Kostüm anhatte?«, fragte Doc, und Nikki hörte bereits das Gegenargument auf seinen Lippen.

»Nein«, beugte sie einer sinnlosen Diskussion vor. »Weil er *neben mir gestanden hat.*«

»Oh.« Doc zog den Mund lang, nickte langsam – immer noch nicht überzeugt, aber bereit, sich auf ihre Gedanken einzulassen. Auch wenn er sie für Spinnereien hielt. Nikki sah das, wusste das; sie kannte ihn zu gut. »Okay. Hat er den Totenkopf auch gesehen?«

»Nein, glaub' ich nicht. Ich hab' mich nicht getraut, darüber zu sprechen. Ich fand es dumm, dass mir die Verkleidung Angst macht.«

»Es könnte immer noch nichts weiter als ein unkreativer Gast gewesen sein, weißt du?«

»Ja, ist klar.« Nikki verschränkte die Arme und lehnte die Stirn wieder gegen das Fenster, etwas zu heftig – ihr Kopf schmerzte von dem Aufprall noch mehr.

Sollte Doc glauben, was er wollte. Sie würde jetzt weiter aus dem Fenster starren und überlegen, ob sie zur Polizei gehen sollte. Aber – was würde sie denen erzählen?

Dass sie sich fürchtete, der Totenkopf könnte bemerkt haben, dass sie ihn gesehen hatte, und sie zu seinem nächsten Opfer auserkoren haben?

Dass sie nicht die geringste Ahnung hatte, wo Tristan gewesen war, als sie den Totenkopf gesehen hatte? Oder Richie? Oder Jo, oder Filippe …

Oder Doc?

10

Der schwarze Porsche von Samuel Os parkte in der Einfahrt. Tristan stand zwei Porter Robinson-Nummern lang vor dem Tor und starrte das Fahrzeug an, das im Novemberlicht geisterhaft funkelte wie eine dunkle, aber schrille Warnung vor Dingen, die da kommen mochten. Nach einer Weile wurde ihm zu kalt, und er ging widerwillig ins Haus. Er hoffte, unbemerkt in sein Zimmer zu gelangen, und schloss die Tür entsprechend vorsichtig.

»Tristan«, kam die verhasste Stimme aus dem Wohnzimmer – eine Stimme, die immer falsch klang, als hätte der Sprecher einen Akzent unbekannter Nationalität, täuschte aber einen Akzent anderer unbekannter Nationalität vor. Ein Schauspieler, der einen Schauspieler spielte.

Tristan ergab sich und ging ins Wohnzimmer. Samuel Os saß breitbeinig auf der Couch, schwarzer Anzug auf schwarzem Leder, Zigarette in der einen, *Standard* in der anderen Hand. Im ganzen Raum roch es nach ihm; nach Rauch und nach Alkohol, immer nach Alkohol, aber nicht nach Sauferei – nach purem, chemischem, reinigendem Alkohol. Tristan wartete, während Herr Os die Zeitung umblätterte.

»Ja?«, fragte Tristan in die Grabesstille hinein.

»Ja«, antwortete Samuel, als hätte Tristan eine ernstzunehmende Frage gestellt. Er legte die glühende Zigarette im Aschenbecher ab und warf die Zeitung auf den Glastisch. Er erhob sich, ächzend, als bereitete die Bewegung ihm große Mühsal, die Hände auf den Oberschenkeln abgestützt – nicht auf der Couch, nicht auf dem Tisch: Samuel Os stützte sich nur auf sich selbst ab. Er wandte sich an seinen Stiefsohn, kühler Blick von oben herab, Kopf ein wenig in den langen Nacken gelegt. In seinem Anzug ähnelte er seinem Porsche auf unheimliche Weise.

»Ich habe dich lange nicht gesehen«, sagte Samuel, »und noch länger nicht gesprochen. Wie können zwei im selben Haus wohnen und einander so selten begegnen, frage ich mich.«

»Ich hatte zu tun.« Tristan lehnte sich schlapp gegen die Wand, die Arme verschränkt; so anders als sein Gegenüber wie möglich. »Matura.«

»*Ah.*« Samuels Lächeln war nicht mehr als ein kantiges Hakenschlagen seiner Mundwinkel. »Ja, du wirst auf deine Reife geprüft. Wann ist es so weit?«

»April?« Vage; nicht gewillt, diesem Mann mehr Informationen zur Verfügung zu stellen als notwendig. »Mai?«

»Und schon jetzt bereitest du dich vor?« Die dicken Augenbrauen krümmten sich in der Parodie einer beeindruckten Miene, schrumpften dabei wie mit Salz übergossene Nacktschnecken. »Erstaunlich. Vielleicht bist du wirklich reifer, als ich geglaubt hätte. Andererseits – dann wärst du wohl kaum drei Wochen lang der Schule ferngeblieben, oder? Dort hättest du dich am effizientesten auf die Matura vorbereiten können, nehme ich an.«

Tristan würdigte das keiner Antwort. Samuel nickte, als wäre das Antwort genug.

»Aber sag, Tristan«, fuhr er fort, »geht nicht anderes vor in deinem Leben? Deine Mutter berichtet mir schlimme Dinge.«

»Schlimme Dinge?«, wiederholte Tristan farblos.

»Freunde zu verlieren.« Samuel schüttelte langsam den Kopf. »Schlimm. Schlimmer noch, so jung, in deinem Alter. Du magst vor der Matura stehen, aber das Leben rüstet dich für Härteres, so scheint es mir.«

»Freundinnen«, korrigierte Tristan.

»Hmm?«

»Zwei Freund*innen*«, betonte Tristan. »Aber du kanntest sie nicht.«

»Ich brauche sie nicht gekannt zu haben, um mit dir zu leiden.« Der Mann trat näher; für einen Augenblick fürchtete Tristan, er wollte väterlich eine Hand auf seine Schulter legen, aber er streckte sie nur von sich, symbolisch, stellvertretend für die Umarmung, die sie beide nicht wollten. »Gute Freundinnen? Feste Freundinnen? Warst du verliebt, Kind? Tragisch und tragischer, und viel zu früh im Leben.«

»Wenn du das sagst.«

Wieder ein Lächeln, einseitig diesmal – ein Komma nach einem unvollendeten Satz. »Du willst nicht darüber reden. Verständlich. Aber über eine Sache müssen wir früher oder später sprechen. Eine Sache, die genauso schlimm ist – wenn nicht schlimmer. Du bist zu jung, um liebe Menschen zu verlieren – aber du bist im besten Alter, um es dir mit der Polizei zu verscherzen. Für den Tod deiner … Freund*innen* … kannst du nichts. Aber für deine Begegnungen mit der Exekutive bist du selbst verantwortlich. Und *die* scheint sich ja gar nicht so sicher zu sein, ob du in der anderen Sache so schuldlos bist, wie ich selbstverständlich annehme … Nicht wahr?«

Wieder ließ Tristan sich zu keiner Antwort herab. Er konzentrierte sich darauf, Samuels Blick standzuhalten, ohne einen

Anflug irgendeines Gefühls preiszugeben. Diese Augen – schwärzer als sein Anzug, schwärzer als die Couch, schwärzer als der Porsche – hätten jede Regung entdeckt.

»Ich will nicht, dass du dich gut stellst mit der Polizei oder dergleichen«, sagte Samuel, sein Ton plötzlich geschäftsmäßig. »Was ich will, ist, dass du ihr keinen weiteren Anlass gibst, Interesse an dir zu hegen. Ich will, dass du *nichts mehr mit ihr zu tun hast*. Haben wir uns verstanden?«

Tristan schwieg.

»Ich hoffe, dass das *ja* bedeutet.« Samuel wandte sich mit einer steifen Bewegung ab, nahm wieder auf der Couch Platz, rauchte die Zigarette weiter, die schon fast zum Filter abgebrannt war; der lange Aschefaden baumelte prekär in der Luft, blieb aber hängen, bis Samuel ihn abklopfte. »Jetzt geh und lerne. Deine Mutter soll stolz auf dich sein können.«

11

»Was spielt's eigentlich grad?«, fragte Richie.

»Keine Ahnung«, sagte Marie. »Wahrscheinlich nur Mist. Fallt uns reichlich spät ein, die Frage.«

Bis zum Kino hatten sie nur noch etwa zehn Minuten. Sie waren den ganzen Weg zu Fuß gegangen; ein weiter Weg, aber Marie war froh über die Entscheidung. Mit Richie zu spazieren und zu plaudern – und zu lachen, denn das war ihr doch noch ein paar Mal gelungen –, war schön, und mehr als bloße Ablenkung. Am liebsten wäre sie einfach weitergegangen; hätte sie einfach aufs Kino gepfiffen und wäre mit Richie durch die ganze Stadt gewandert – durch die Stadt, und darüber hinaus …

Das Klicken eines Feuerzeugs riss Marie aus ihren Gedanken. Richie zog genüsslich an dem Ofen, den er angezündet hatte, und hielt ihn dann Marie hin.

Marie winkte ab.

»Sicher?«, fragte Richie. »Ist gutes Zeug. Smooth, keine Paranoia und nix.«

Marie weitete die Augen. »Kriegt man von Gras denn normalerweise Paranoia?«

»Naja – manchmal. Hast du noch nie Gras geraucht?«

»Du weißt, dass ich nicht rauche.«

»Außer wenn du betrunken bist«, sagte Richie, und grinste verschmitzt.

»Ja, außer dann. Aber dann auch nur Zigaretten.« Sie schielte auf den Ofen; im Vergleich zu Zigaretten sah er gigantisch aus. »Willst du den *ganzen* rauchen?«

»Hm? Naja, nein, nicht auf einmal. Also, außer, der Film beginnt erst in einer Stunde oder so. Hey, vielleicht spielt's *Arrival* schon! Den will ich unbedingt seh'n.«

»Ich glaub', der kommt erst«, sagte Marie, aber sie war nicht mehr bei der Sache. Sie konnte nicht aufhören, den Ofen anzustarren, die glühende Spitze, den Qualm; er roch wie Wald und Waldbrand, wie Myrrhe und Weihrauch, wie wilde Wiese und nur ein ganz, ganz kleines bisschen wie Tod und Verderben – roch besser, jedenfalls, als Zigaretten. Vielleicht sollte sie doch einen Zug …?

»Kris hat viel gekifft«, hörte Marie sich plötzlich sagen, und erschrak. Sie hatte nicht vorgehabt, das auszusprechen, oder sonst etwas.

Richie langte unter seine Haube und kratzte sich am Kopf. »Das – das hat sie wohl, ja. Hey, willst du wirklich keinen Zug? Der Film is' eing'raucht sicher viel lustiger.«

»Wir wissen noch nicht mal, was wir schauen.«

»Jeder Film is' eing'raucht lustiger.«

Marie blieb abrupt stehen. »Richie – ich muss doch nach Hause.«

»Was? Nein! Bitte, geh mit mir ins Kino – ich tu' auch den Ofen weg, *see*?« Er kramte ein längliches Gefäß aus seiner Westentasche, versenkte den Ofen darin und schraubte es zu.

»Das ist es nicht«, sagte Marie. »Ich muss einfach heim, wirklich. Sorry. Ehrlich, sorry.«

Richie ließ die Schultern und die Mundwinkel hängen. »Na gut«, seufzte er. »Okay. Ich begleit' dich heim –«

»Nein«, sagte Marie (und fragte sich, warum – hatte sie nicht vorhin erst gedacht, dass sie nichts lieber gewollt hätte, als mit Richie weiter zu spazieren?). »Das ist nicht nötig. Fahr du auch heim, du hast es ja viel weiter von hier. Wir sehen uns morgen in der Schule.«

Richie betrachtete sie – traurig? misstrauisch? ein bisschen von beidem? – und rieb sich die Nase. Dann rang er sich ein Lächeln ab, was ihm diesmal genauso schwer zu fallen schien wie ihr. »Okay. Aber bald mal, ja? Bald mal Kino. Du und ich und ein Film. Kein Ofen, wenn du nicht willst.«

Marie atmete tief durch. »Okay. Bald. Versprochen. Tschüss, Richie.«

»Ciao, Marie.«

12

Sa 4:30 pm? Hol dich ab. Adresse?

Das war das SMS, das Tristan an Lily geschickt hatte, und er war stolz darauf, wie wenig man dem Text anmerkte, dass es eine Stunde gedauert hatte, ihn so zu verfassen, dass er nicht nach einer Stunde Arbeit und Überwindung aussah. Lilys Antwort war genauso wortkarg und simpel; *so* simpel sogar, dass er sich fast zu hoffen traute, dass sie auch eine Stunde lang getüftelt und überlegt hatte – aber da hoffte er wahrscheinlich zu viel. *Ja*, hatte sie geschrieben, gefolgt von der Adresse. Diese ganz überspitzte Simplizität, die Gelassenheit, mit der sie ihm ihre Adresse verriet, fesselte ihn wie ein guter Roman – er las ihre Antwort wieder, und wieder, und wieder. Er hatte nicht gewusst, wie Lily auf seinen Vorschlag, die Verabredung quasi bei ihr zuhause zu starten, reagieren würde. Er hielt es für ein gutes Zeichen, dass sie das anscheinend nicht problematisch fand – im Gegenteil: *Ja*. Bloße, absolute Zustimmung.

Er hatte mit dem SMS ursprünglich bis Freitag warten wollen, um Lily nicht nach der Konkretisierung der Pläne in der Schule begegnen zu müssen, aber das war ihm nicht gelungen. Er hatte Angst gehabt, sie würde ihre Meinung ändern, wenn er sich zu viel Zeit ließ, also hatte er sich schon am Abend nach ihrem Gespräch im Hof gemeldet. Im Endeffekt war das eine gute Entscheidung gewesen (bloß dass es keine Entscheidung *war*, sondern ein unwiderstehlicher Trieb, ein unumgängliches Naturgesetz): Im Wissen, dass sie *tatsächlich* ein Date haben, einen Nachmittag, vielleicht einen ganzen Abend oder sogar die ganze *Nacht* miteinander verbringen würden, fiel es ihm erstaunlich viel leichter, sich in ihrer Umgebung wie er selbst zu verhalten. Er grüßte sie ganz normal (oder nicht, was sich im jeweiligen Moment eben normaler anfühlte), wechselte beim Rauchen oberflächliche Worte mit ihr, als wäre ihre Freundschaft schon Jahre alt (statt quasi nicht vorhanden). Am Freitag erhielt er von ihr nach der Schule sogar ein unbeschwertes »Bis morgen«; der knapp bemessene Blick, mit dem sie ihn dabei streifte, hielt ihn die halbe Nacht lang wach.

Die zweite Hälfte der Nacht träumte er von Leichen, die vom Himmel fielen wie Regentropfen. In diesem Traum roch es nach Schwefel; die rottenden, bläulichen Körper sahen aufgebläht aus, schlugen mit feuchtem, saugendem Klatschen auf dem Schulhof auf. Er versuchte, zum Tor zu gelangen, und streifte mit nackter Haut die sich stetig türmenden Verstorbenen: sie fühlten sich wie Geschlechtsteile an, schwitzende Hoden, feuchte Schamlippen, halberegierte Penisse, straffe Brüste. Er konnte ihren Tod schmecken: Blut und Rotz und Urin und Ethanol und Erde; seine Zunge schwoll mit dem Geschmack an, größer und immer größer, bis sie seine gesamte Mundhöhle ausfüllte, und er erreichte das Tor nicht rechtzeitig, ehe der dicke Wurm in seinem Mund begann, ihn zu ersticken – und er wusste, er würde gleich einer von ihnen sein, einer der Körper, blau und schwarz und matschig –

Er wachte weinend auf.

Dann erinnerte er sich, was ihm am Nachmittag bevorstand, und die Gedanken an den Traum verblassten.

Zwanzig Minuten vor dem vereinbarten Zeitpunkt saß Tristan in der Garage hinter dem Lenkrad seines alten roten Audis. Tristan machte sich nicht viel aus Besitztümern, schon gar nicht aus teuren, aber dieses kaum noch fahrtüchtige Ding hatte einen ganz eigenen, eigentümlichen Platz in seinem Herzen eingenommen, obwohl er es kaum jemals aus der Garage holte. Er glaubte zu wissen, warum er das Auto so mochte: Seine Mutter, seine Schwester und er hatten darin gesessen, bevor Samuel Os mit seinem abscheulichen Porsche in ihr Leben getreten war. Nicola hatte den Audi für ihre Tochter aufgehoben, nicht für ihn, aber Sarah hatte nie ein Auto gebraucht. Das Angebot seiner Mutter, ihm mit dem Führerschein auch ein neues Auto zu bezahlen (oder eigentlich bezahlen zu *lassen*, von Samuel), hatte Tristan ohne Angabe eines Grundes abgelehnt. Er wusste, dass sie nicht verstehen würde, warum er diese rote Klapperkiste bevorzugte; Nicola Os, Ehefrau von Samuel Os und seinem Porsche, war eine gänzlich andere Frau als jene, die einst den Audi gelenkt hatte.

Der Motor startete beim dritten Versuch mit den üblichen Beschwerden, gequält brummend wie ein müder Hund. Tristan war fröhlich, als er aus der Garage fuhr, schlicht und unweigerlich fröhlich, und ein bisschen nervös. Er konnte sich nicht erinnern, wann er zuletzt in einer solchen Stimmung gewesen war. Vielleicht nie. Dieses Kitzeln in seinem Hals, dieses übertrieben mächtige Pumpen seines Herzens. Dieses Flattern in seinen Fingerspitzen. Wegen einer *Verabredung*! Beinahe hätte er gelacht.

Überpünktlich erreichte er sein Ziel. Lilys schmales, dreistöckiges Haus stand in einer Reihe mit zahlreichen anderen seiner Art. Normalerweise mochte Tristan solche Siedlungen nicht, aber diese schien ihm einen besonderen Charme zu haben. Die Gärten, die auf hohe Hecken verzichteten und ihm Einsicht erlaubten, waren groß, verfügten über Terrassen und Pools, schienen lebendig mit Erinnerungen an entspannte Sommer und Brunchs mit befreundeten Nachbarinnen und Nachbarn, mit Plänen, Bäume zu pflanzen und Rutschen, Planschbecken und Luftburgen für Kinder aufzustellen. Die Autos parkten unter hölzernen, efeubewachsenen Überdachungen. Alles wirkte so sauber, so freundlich. Möglicherweise war es nur die übliche Mittelstandmaskierung, hinter der sich kleinbürgerliche Wut, hinterfotziger Hass, lieblose Konformität verbarg. Aber Tristan beschloss, nicht davon auszugehen. Er wollte, dass Lily an einem schönen Ort lebte.

Um exakt vier Uhr dreißig stieg Tristan aus dem Auto. Die Tür zu Lilys Haus war zu, und sie wartete nicht davor. Ein Teil von ihm empfand das als schlechte Neuigkeiten: Er hatte vermeiden wollen, Kontakt zu Lilys Eltern zu riskieren.

Ein anderer Teil von ihm jubelte. Wenn sie ihn bat, einzutreten, würde er vielleicht ihr Zimmer sehen. Und vielleicht *wollte* sie ja, dass er ihre Eltern kennenlernte.

Er schlenderte den Vorgarten der Familie Fenrir entlang: große weiße Steine; trotzig blühender Rhododendron; eine Parkbank, die etwas Ironisches an sich hatte und die Frage offenließ, ob sich tatsächlich jemand auf sie setzen sollte oder sie nur zur Dekoration diente. Tristan klingelte. Nach einer Weile hörte er Schritte; die Tür öffnete sich mit neckender Langsamkeit.

Lily war blass, aber auf eine Weise, die Absicht vermuten ließ; als hätte sie sich hell und sehr dezent geschminkt, weil sie genau wusste, wie stark das ihre Augen zur Geltung brachte. Tristan fühlte sich durchleuchtet von ihrem Blick. Sie trug ausgewählte Gegensätze: schwarz und weiß, Cardigan über Trägershirt, Leggings und Combat Boots. Er liebte das Outfit – aber schon in dem Moment wünschte er sich nichts sehnlicher, als es ihr ausziehen zu dürfen …

Tristan schluckte, als ihm ein völlig anderer, befremdlicher Gedanke kam: Er glaubte, dass Lily sich kleidete und schminkte, wie *er* sich kleiden und schminken würde, wenn er eine Frau wäre. Das verschlug ihm für einen Moment die Sprache. Aber was sollte er auch sagen? Was sagt man zu Beginn eines Dates?

»Hallo«, fand er endlich das Wort, nach dem er wohl gesucht hatte. Er fühlte sich wie ein Kind, das zum ersten Mal in einer Sprechrolle auf der Schulbühne stand.

Als Lily grinste, hörte er das Publikum klatschen.

»Du bist pünktlich«, sagte sie – und trat zur Seite. Sie wollte, dass er reinkam.

Er zögerte kurz. Dann trat er über die Schwelle. Seine Jacke streifte ihren Cardigan, und ihm schauderte angenehm. Er musste sich beruhigen. Wenn es schon reichte, wenn die Kleidungsstücke einander berührten …

Die Schuhe im kleinen Vorzimmer waren ordentlich im Schuhschrank verstaut. Die Jacken an den Kleiderhaken hingen leicht schief, um nicht allzu weit in den Raum hineinzuragen, der trotzdem wenig Platz bot. Über einem Spiegel baumelten zahlreiche Schlüssel von zahlreichen Haken. Tristan sah sein Gesicht im Spiegel. Er arrangierte es hastig in seine gewöhnliche, weniger angespannte Miene.

»Du klingst«, sagte Tristan, um einen lockeren und plauderhaften Ton bemüht, »als würd's dich überraschen, dass ich pünktlich bin.«

Lily schloss die Tür und drehte sich zu ihm um. Sein Atem beschleunigte sich. Das Zimmer war wirklich klein. Sie waren einander so *nah*.

Sie zuckte mit den Schultern. »Ich hab' nicht unbedingt damit gerechnet. Wenn ich ehrlich bin, hab' ich nicht gewusst, *womit* ich rechnen soll.«

Tristan antwortete nicht. Er warf einen Blick in den Gang, der dem Vorzimmer folgte; geschlossene Tür zur Rechten, der Fuß einer Treppe zur Linken.

»Keine Sorge, meine Eltern sind nicht zuhause«, sagte Lily.

Tristan schmunzelte. »Warum sollt's mir Sorge bereiten, dass sie hier sein könnten?«

Mit einem Schnaufen und einer hochgezogenen Augenbraue trat Lily an ihm vorbei in den Gang. »Wer lernt schon gern beim ersten Date die Eltern kennen?«

Beim ersten *Date*, wiederholte Tristan in Gedanken, und sein Herz machte einen Sprung. Lily deutete ihm mit dem Kopf, ihr zu folgen. Er tat es gerne.

Neben der Tür im Gang hing eine Malerei, die Tristan vermuten ließ, dass Lilys Eltern mehr Geld besaßen, als er erst angenommen hatte: Er verstand nicht allzu viel von Kunst, aber dieses Bild eines Waldrands, wenngleich schlicht, wirkte zu vielschichtig, zu kitschlos, zu realistisch, um nicht professionell und teuer zu sein. Im Halbstock, neben einem überfüllten Bücherregal, hing ein zweites Gemälde, von einem mit Felsen verschmelzenden Chamäleon in einem Meer aus Farben. So anders es war, wies es doch Ähnlichkeiten mit dem ersten auf, die Tristan nur spüren, nicht definieren konnte. Im ersten Obergeschoß trat Lily durch eine Tür, neben der eine dritte Malerei hing, aber auf die konnte Tristan sich nicht so einlassen wie auf die ersten beiden: Er verlor die Konzentration, als er begriff, dass Lily ihn gerade in ihr Zimmer führte.

Es war das hellere Spiegelbild seines Rückzugsorts im Hause Os. Schlicht und geräumig, nur mit den notwendigsten Möbeln ausgestattet; aber wo Tristan Schwarz und Grau und ein Weiß, das bloß Abwesenheit, bloß Freilassung war, gewählt hatte, war das Weiß hier intensiver, wie frischer Schnee, und so viele Grüntöne wechselten sich mit dem hellen Braun der Möbel ab, dass Tristan das Gefühl hatte, auf einer kleinen Waldlichtung gelandet zu sein: Bettwäsche wie die Blätter des Kirschlorbeers seiner Mutter, Vorhänge wie Moos, die Schranktüren mit kunstvollen Holzverzierungen versehen, die dunkel waren wie die Schuppen einer Ringelnatter. Es roch sogar ein wenig nach wildem Gras, auf eine unaufdringliche, angenehme Weise, die in Tristan das Bedürfnis weckte, sich auf den Boden zu legen und die Arme von sich zu strecken.

Lilys Besitztümer waren hinter den Schranktüren und in den Schubladen des kleinen Schreibtischs verborgen – bis auf eine Sache: ein Gemälde an der Wand. Eine Lichtung mit Tümpel, fast wie die, auf der er Hallowe'en veranstaltet hatte, verlassen und doch so lebendig, dass es fast erschreckend war. Es war, als hätte Tristan im Erdgeschoß den Wald betreten, im Halbstock einen seiner Bewohner bei der Entfaltung seiner ganz speziellen Waldtiermagie beobachtet, und wäre jetzt endlich dort angekommen, wohin er die ganze Zeit gestrebt hatte.

An diesem Bild bemerkte er ein besonderes Detail, und sofort wurde ihm klar, dass er es auf den anderen auch finden würde: in der rechten unteren Ecke, in feiner Strichführung, zwei silberne Buchstaben. *LF*.

Er wandte sich an Lily, hin und her gerissen zwischen der Absicht, sein kühles Gesicht zu wahren, und dem Drang, ihr seine Begeisterung mitzuteilen. Sein Ton sprang irgendwo in der Mitte herum: »Ist das von dir?«

Lily, die in ihrem Schrank nach etwas suchte, sah ihn über ihre Schulter hinweg fragend an. Er nickte Richtung Bild. Sie lächelte, stöberte noch kurz, zog endlich einen Beutel aus dem Schrank und kam zu ihm. »Ja«, sagte sie schlicht.

Sie betrachteten das Bild Seite an Seite.

»Du malst?«, fragte Tristan – und war sofort wütend auf sich selbst, weil er sich nach Offensichtlichem erkundigte; und noch wütender, weil er nicht imstande schien, einfach zum Ausdruck zu bringen, wie beeindruckt er war.

Lily gluckste. »Hast du überhaupt irgendwas über mich gewusst, bevor du mich um ein Date gebeten hast?«

Tristan zögerte. Er hatte das unbestimmte Gefühl, dass von seiner Antwort vieles abhängig war. Schließlich fand er, was in seinem Kopf nach der einzig richtigen Antwort klang.

»Nein«, sagte er.

In genau dem Moment, in dem Tristan sich vom Bild ab- und Lily zuwandte, tat sie umgekehrt das Gleiche; sein Lächeln – so aufrichtig, dass es ein bisschen brannte – spiegelte sich auf ihrem Gesicht. Sie waren jetzt schon aufeinander abgestimmt, harmonisch in Bewegung, Haltung, Mimik.

»Ich bin's«, sagte sie. »Sollen wir?«

Draußen hatte sich ein feuriges, spätherbstliches Dämmerlicht auf die Häuserreihen gesenkt. Tristan freute sich: Das war genau die Stimmung, die er sich für den Beginn des Dates gewünscht hatte. Er hielt die Beifahrertür für Lily auf; sie verengte die Augen. Er verstand, dass er sich zu kitschig gab, versuchte sich an einem frechen Grinsen, verschränkte die Arme und trat zur Seite. Sie blieb trotzdem stehen.

»*Du* hast ein Auto?«, fragte sie.

Tristan grinste nur weiter erwartungsvoll. So ungern er Offensichtliches erfragte, so wenig mochte er es auch, Offensichtliches zu bestätigen. Und wenn sie lieber glauben wollte, er hätte das alte Ding gestohlen, war ihm das auch recht.

»Heißt das … Heißt das, dass du heute nüchtern bleibst?«

Darum ging es also. Tristan lachte, und antwortete, »Ich hatte gehofft, dass wir *beide* nüchtern bleiben würden.«

»*Hm.*« Lily neigte den Kopf zur Seite. »Mir war nicht klar, dass du weißt, wie man nüchtern Spaß hat.«

»Hast du überhaupt etwas über mich gewusst, bevor du mir ein Date zugesagt hast?«

Lily lachte; zurückhaltend, aber an der Schwelle zu etwas, das wie nervöses Kichern klang. Und sie trat endlich ans Auto heran; den Blickkontakt zu ihm brach sie dabei nicht ab. Nachdem sie die Tür zugeschlagen hatte, erlaubte Tristan sich einen Moment, um tief durchzuatmen. Es gelang ihm nicht.

Dann musste es eben atemlos weitergehen.

Während der ersten Minuten der Fahrt schwiegen sie beide. So lange Tristan überlegt hatte, welche Musik er spielen sollte, so unschlüssig lauschte er jetzt den fröhlichen Tönen seines Lieblingsalbums von Passion Pit. Er versuchte gar nicht, ein Gesprächsthema zu finden, wollte lieber an unausgesprochenen und unaussprechbaren Hinweisen Lilys ablesen, wie ihr die Musik gefiel, wie sie sich fühlte, was sie erwartete. Genauso gut hätte er den detailreich gezeichneten Heißluftballon mit Eulengesicht auf ihrem Beutel befragen können, was er während seiner Zeit in Lilys Schrank erlebt hatte. Tristan war sich ziemlich sicher, dass das Motiv Lilys eigener Feder entstammte, und staunte.

Lily selbst kam ihm ein bisschen vor wie eine Schaufensterpuppe, die zum Leben erwacht war, aber noch nicht wusste, wie sie sich als lebendiges Wesen verhalten sollte. Nein, der Vergleich erschien Tristan ungerecht, unwürdig: Er wurde das Gefühl nicht los, dass sie *genau* wusste, was sie tat.

»Geht dir was Bestimmtes durch den Kopf?«, fragte Lily.

Zu spät erkannte Tristan, wie intensiv und lange er gerade ihren Beutel angestarrt hatte. Als er den Blick hob, lächelte sie ihm ungerührt zu.

»Hab' nur deine Tasche bewundert«, sagte er gelassen.

»Freut mich. Aber die Ampel ist seit fünf Sekunden grün.«

Erschrocken stellte er fest, dass sie recht hatte: Eine Kolonne zog an ihnen vorbei in die entgegengesetzte Richtung. Hastig, zu hastig, trat er aufs Gas, obwohl kein Grund zur Eile bestand; ihres war das einzige Auto, das Richtung Stadtrand unterwegs war.

»Du fährst uns nicht ins Nirgendwo, um mich zu ermorden, oder?«, fragte sie, so trocken, dass der Sarkasmus nicht deutlicher hätte sein können. Und gleich darauf: »Sorry. Das war dumm.«

Er wusste natürlich sofort, worauf sie anspielte. Beschloss, nicht darauf einzugehen. Jetzt bereute er es, sich kein Gesprächsthema überlegt zu haben. Wenn er über eines sicher *nicht* reden wollte, war es – *das*. Er schwieg, bis er erkannte, dass sein Schweigen erst recht den Eindruck vermitteln musste, ihr kleiner Scherz hätte ihm die Stimmung verdorben.

»Ich bring' dich an einen meiner Lieblingsorte«, sagte er, befürchtete, dass das übertrieben romantisch klang, und sprach schnell weiter: »Vielleicht warst du schon dort. Viele kennen den Platz, aber wenige entscheiden sich, ihn zu besuchen.«

»Der Weg kommt mir nicht bekannt vor«, sagte sie. Erleichtert bemerkte er den neugierigen, interessierten Ton – und keine Spur von Unbehagen.

Ein kurzes, aber aufdringliches Summen kündigte eine Nachricht auf einem Handy an. Tristan wusste, dass es Lilys Handy war, weil er sein eigenes für die kommenden Stunden stummgestellt hatte. Lily prüfe nur kurz das Display und wollte das Handy in die Hosentasche zurückstecken. In dem Moment streckte Tristan die offene Hand danach aus.

Lily starrte auf seine Hand. »Willst du sehen, wer mir geschrieben hat?«

Er schüttelte den Kopf.

»Willst du es aus dem Fenster werfen? Damit ich mich ganz auf dich konzentrieren kann?«

»Sowas Ähnliches«, gab Tristan zu. »Ich würd' dich heute ungern mit dem Rest der Welt teilen. Erlaubst du mir, dein Handy statt dir einzustecken?«

Für ein paar Sekunden tat sie nichts. Verwirrung und Skepsis legten einen Schatten auf ihr Gesicht, und Tristan fürchtete, dass er zu weit gegangen war. Dann schnaufte sie, und klatschte das Handy auf seine ausgestreckten Finger.

»Damit du zumindest endlich wieder beim Fahren auf die Straße schaust.«

Tristan folgte diesem Wunsch, aber nicht ohne vorher beim Einstecken des Handys auf das Display zu schielen. Lily hatte es noch nicht verdunkelt, sodass er die Notification mit der ungeöffneten Nachricht lesen konnte. Sie war von Jo: *Willst du was machen?*

Also hatte Lily nicht einmal einem ihrer besten Freunde verraten, was sie an diesem Samstag vorhatte. Tristan war sich nicht sicher, ob das Gutes oder Schlechtes für ihn verhieß. Andererseits hatte er selbst ebenfalls niemandem von der Verabredung erzählt.

»Also gut«, sagte Lily, in einem Ton, als hätte sie irgendeinen inneren Kampf aufgegeben. »Wohin genau führst du mich aus?«

Sie stellte diese Frage erstaunlich spät: Tristan bog bereits auf die Schotterpiste ab, die einen Hügel hinaufführte, in die entlegeneren Winkel der Zierau.

»In meiner Kindheit war ich oft da«, erklärte er, als sie zwischen den hohen, dürren Kiefern bergauf fuhren, lautstark Zapfen und Äste unter den Rädern zermalmend. »Wie die meisten anderen. Vielleicht du auch? Vielleicht sind wir einander dort begegnet und wissen es nicht mehr.«

»Glaub' kaum. Ich hab' als Kind anderswo gewohnt. Bin da zur Schule gegangen seit dem Kindergarten, aber gelebt haben wir bis vor sechs Jahren im Nachbardorf.«

»In welchem denn?«

»Ist doch wurscht, sind alle gleich.«

Tristan lachte. »Es wird dir gefallen, wo ich dich hinbringe«, versicherte er ihr. »Vertrau mir.«

Lily kommentierte das mit einem amüsierten Blick.

Kurz darauf erreichten sie ihr Ziel. Der Gipfel des Zierau-Hügels war auf der einen Seite eingerahmt vom Wald, auf der anderen bot er die Aussicht, wegen der Tristan es nach wie vor manchmal bevorzugte, Nächte allein hier statt mit anderen in den Clubs der Stadt zu verbringen. Er schielte zu Lily hinüber, während er parkte. Ihr Mund stand leicht offen; ihre geweiteten Augen waren auf den endlosen Himmel geheftet, der noch rötlich schimmerte, aber schon erste Sterne ausspuckte.

Sie stiegen aus und gingen Seite an Seite bis zum Hügelrand. Wie jedes Mal, wenn Tristan den plötzlichen, recht steilen Abhang hinunterschaute, wunderte er sich darüber, wie sorglos seine Mutter und all die anderen Eltern die Welt erlebt haben mussten, um ihre kleinen Söhne und Töchter hier spielen zu lassen. Aber lang dachte Tristan nicht darüber nach – der Ausblick war zu schön, verdrängte alle Fragen und Sorgen. Wahrscheinlich war es seiner Mutter früher ähnlich gegangen.

Die Stadt schien zum Greifen nah und doch ewig fern, winzig. Das Gymnasium eine weiße Schachtel, klein und unbedeutend; Lilys Viertel ein Spielbrett, *Mensch ärgere Dich nicht*, die Rauchfänge Figuren auf dem Weg zum Ziel; die Züge im Bahnhof Modelleisenbahnen, das Netz aus Gleisen Schlangen, die im Tod die

Nähe ihrer Artgenossinnen gesucht hatten.

Wie lange sie dort standen, ohne ein Wort zu sagen, wusste Tristan nicht. Dämmrig rot und abendgolden war es noch, als die Ungeduld an ihm zu nagen begann.

»Inspirierend genug, um auch für mich ein Bild zu malen?«, fragte er.

Sie spitzte die Lippen. »Es hat Stil, das muss ich dir lassen.« Aus ihrem Heißluftballoneulenbeutel zog sie ein Zigarettenpäckchen; was sie diesem entnahm, war keine Zigarette. »Fällt das unter die Kategorie nüchtern bleiben?«

»Ich gestehe, dass ich mich mit dem Begriff absurderweise meistens nicht auf Weed bezieh'.«

Lily zündete den Ofen an. Ihr Blick schweifte ziellos über den Horizont, während sie den ersten, tiefen Zug nahm. Sie reichte ihm den Ofen, ohne ihn anzusehen. Ihre Finger berührten einander, und die Härchen auf Tristans Arm stellten sich auf. Eine Weile lang standen sie dort und rauchten, schauten dem Himmel beim Dunkelwerden zu.

»Ich hatte keine Ahnung, dass diese Möchtegernstadt sowas zu bieten hat«, sagte Lily.

»Bist du nie in der Zierau spazieren gegangen?«

»Nie ohne Ziel. Nie tief genug, um hier zu landen.«

Tristan zeigte mit der glühenden Spitze des Ofens in die Tiefe. »Dort wohnt Luke. Und dort –« Er drehte sich, berührte dabei mit seinem Arm den von Lily; er verharrte in dieser Position, erpicht, herauszufinden, wie lange sie den Körperkontakt aufrechterhalten würde. »– haben wir Hallowe'en gefeiert.«

Sie unternahm keinen Versuch, die Berührung zu lösen. »Warum nicht hier?«

Tristan zuckte mit den Schultern. »Zu klein.«

Lily neigte den Kopf zur Seite; taxierte ihn … *wissend.* »Blödsinn. Zu persönlich?«

Tristan gab sich Mühe, sein Erstaunen zu verbergen. So wenig sie ihm zugänglich war, so leicht schien es ihr jetzt schon zu fallen, ihn zu lesen. Aus irgendeinem Grund ärgerte ihn das nicht.

»Zu unschuldig«, gestand er.

Sie nickte, als begriffe sie, was er meinte.

Die pulsierende Wärme an der Stelle, an der ihre Arme einander berührten, war intensiver, als sie sein sollte – so intensiv wie alles, was Tristan bisher nur von viel intimerer Nähe gekannt hatte. Er merkte – zu spät – wie stark Lilys Gras war, stärker, als er es mittlerweile gewohnt war; er kiffte fast gar nicht mehr. Es stieg ihm zu Kopf, machte seine Sicht unscharf, tauchte die Dämmerung in einen grünlichen Schimmer.

Vielleicht lag das alles aber auch bloß an der Berührung.

»Lily«, hörte er sich sagen, ohne es zu beabsichtigen. Als er begriff, was er aussprechen wollte, schrie ein Teil von ihm: *zu früh!* Und es *war* viel zu früh dafür – aber der Schrei war nicht laut genug. »Lily, ich will dir was sagen. Ich …«

Lilys Augen waren verengt. Für einen Moment glaubte Tristan, sie könnte ahnen, was zu sagen er im Begriff war, aber das war absurd: *So* sehr konnte sicher nicht einmal sie ihn durchschauen.

Als Lilys Augen sich plötzlich weiteten und über Tristans Schulter hinweg starrten, glaubte er erst, sich das einzubilden, high wie schon lange nicht mehr. Das pure Entsetzen, das ihr Gesicht älter zu machen schien, war jedoch zu plastisch, um einer drogeninduzierten Fantasie zu entspringen, überhaupt nach weniger als einem halben Ofen.

»Scheiße, was – *pass auf*!«, schrie Lily, und packte ihn an den Schultern.

Tristan hatte nicht die geringste Ahnung, was vor sich ging. Er ließ sich von ihr zur Seite zerren, wunderte sich für einen Moment über die Richtung, die das Date einzuschlagen schien – war aber doch genug bei Sinnen, um zu kapieren, dass Lilys merkwürdiges Verhalten nicht unzähmbarem Verlangen geschuldet war. Lily und er stürzten beinahe miteinander zu Boden, fingen sich und einander aber rechtzeitig. Und aus den Augenwinkeln sah Tristan eine dunkle Gestalt an der Stelle vorbeischießen, an der sie eben noch gestanden hatten. Die Gestalt bremste ab, wandte sich nach ihnen um – und Tristan sah, aus wessen Bahn Lily ihn gerissen hatte; vor wem Lily ihn *gerettet* hatte. Der Angreifer hatte die schwarze Kapuze tief über die weiße Totenkopfmaske gezogen – und hielt sein Messer einsatzbereit von sich gestreckt. Tristan hätte gerne an einen schlechten Scherz geglaubt, aber das Messer sah echt genug aus, und die Gestalt ließ ihm keine Zeit für Spekulationen: Sie stürzte sich erneut auf ihr verfehltes Ziel.

Tristans Drogenhoch verschwand so plötzlich und endgültig, als hätte man ihm den Rauch mitsamt Wirkung einfach wieder aus den Lungen gesaugt. Gerade noch rechtzeitig erwachte er aus seiner Schockstarre, und revanchierte sich bei Lily, indem er sie intuitiv hinter sich schob und vortrat, um sich dem Maskierten entgegenzustellen. Der Totenschädel *stach zu* – und Tristan wich aus, mit einer geschickten Bewegung, die er sich in dem Moment selbst nicht zugetraut hätte. Er ballte die Hand zur Faust und zielte direkt auf den Totenkopf – aber sein Gegner war noch schneller, noch geschickter: Tristans Knöchel streiften nur den Plastikkiefer. Der Schwung, den Tristan in den Schlag gelegt hatte, brachte ihn aus dem Gleichgewicht; im Versuch, nicht nach vorne zu fallen, kippte er stattdessen zurück und rutschte im feuchten Gras aus – in seiner Panik, seiner grellen Verwirrung, machte er eine Bewegung, als wollte er sich an dem Mantel seines Angreifers festhalten – aber er verlor den Boden unter den Füßen, stürzte auf seinen Hintern. Er hörte Lily schreien. Er sah den Totenschädel über sich – sah ihn das Messer über seinen Kopf heben – für einen Moment war er gelähmt …

Dann trat er zu.

Sein Fuß traf ins Schwarze. Mit einem Grunzen wich der Angreifer zurück, die Hände auf seine Lendengegend gepresst.

Tristan rappelte sich auf. Seine Sinne kehrten zurück, seine Kraft – seine *Angst*. Lily war plötzlich da, half ihm vom Boden hoch. Gemeinsam sprinteten sie zum Auto zurück.

Tristan – keuchend, frierend von dem Sturz ins feuchte Gras und von seinem kalten Schweiß – schleuderte sich auf den Fahrersitz und drückte impulsiv den Türverriegeler nach unten, bevor er den Schlüssel ins Zündschloss steckte –

»Er ist weg!«, zischte Lily atemlos.

Tristan stierte durch die Windschutzscheibe. Ihr Angreifer (*der Mörder*, schoss es ihm durch den Kopf) war verschwunden.

»Vielleicht –«

BUFF! – wie eine Kanonenkugel gegen das alte kleine Auto, das von dem Aufprall gnadenlos durchgerüttelt wurde. Lily schrie auf; Tristan war selbst dafür zu erschrocken. Durch das Fenster neben Lily starrte die Totenschädelfratze ins Innere des Wagens, das Messer gegen die Scheibe gedrückt.

»FAHR!«, brüllte Lily.

Tristan drehte den Schlüssel. Ein Räuspern, ein Klappern – der Motor sprang nicht an.

Der Totenschädel warf sich nochmal gegen das Auto – *BUFF!*

»FUCK, TRISTAN, *FAHR*!«

Er probierte es erneut – der Motor brummte, aber startete nicht.

BUFF! Das Auto schaukelte wie ein Boot.

Tristans schwitzige, zittrige Finger klammerten sich beim dritten Versuch so verzweifelt an den Schlüssel, dass es sich anfühlte, als würde er gleich brechen – kurzer Motorenlärm wie heiseres Husten …

Dann nichts.

BUFF! – ein Geräusch, als ob die Fensterscheibe *verrutscht* wäre. Der Totenschädel fing an, mit den Fäusten gegen das Glas zu hämmern.

»*TRISTAN*!«

»*Fuck*!«, schrie Tristan in Todesangst, ein zorniges Stoßgebet, und drehte den Schlüssel.

Der Motor jaulte – und summte dann gehorsam.

Tristan trat das Gaspedal durch, machte eine leichtsinnige Kehrtwende über die Wiese, schoss zurück auf den Schotterweg, und raste hinunter in den Wald.

Ihr schwerer, unkontrollierter Atem war bis zur Straße das lauteste Geräusch im Audi. Dann, nach einer Weile, schaltete Tristan das Passion Pit-Album wieder ein.

13

Angespannt beobachtete Janine Fletscher die Übertragung von der Kamera im Vernehmungszimmer. Fast mochte man meinen, es handelte sich um ein Standbild: Tristan Os und Elisabeth Fenrir rührten sich keinen Millimeter. Sie waren *Kinder*, alle beide. Jugendliche, junge Erwachsene, kurz vor der Matura – aber trotzdem Kinder. Wie sie dasaßen, zusammengekauert, erschüttert, auf ihre Füße starrend, die Finger steif um die Tassen ihres ungetrunkenen, kaltgewordenen Kaffees geklammert. Sie sahen so klein aus. Als hätte man ihnen keinen Kaffee, sondern Kakao bringen sollen; als müsste man damit rechnen, dass jeden Moment ihre Eltern auftauchen würden, um sie hochzuheben, zu ihren Betten zu tragen und ihre Nachtlichter einzuschalten.

Kinder. Ahnungslos, verängstigt, Opfer irgendeines Wahnsinnigen.

»Siehst du's jetzt endlich ein?«, fragte sie ihren Kollegen.

»Hm«, machte Chefinspektor Gernot Schrammer. »Ich wollte dich gerade das Gleiche fragen.«

»Wie meinst du das?«

»Du hast gehört, was die beiden gesagt haben. Separat voneinander, noch dazu.« Gernot kratzte sich an der Nase. »Er attackierte sie an einer Stelle, die vor allem ihre Altersgenossen aus ihrer Kindheit gut kennen. Er trug ein Kostüm, das jeder in ihrem Jahrgang zuhause hat. Oh, und: reagierte mit offenbar lähmenden Schmerzen auf einen Tritt in den Schritt. Vielleicht hätten wir diesen Weiß doch nicht so schnell gehen lassen sollen.«

»Ingo Weiß' Eltern lassen den Jungen nach unserem Gespräch garantiert keine Sekunde aus den Augen«, entgegnete Janine; sie hörte, wie wütend sie klang.

Gernot zuckte mit den Schultern. »Dann eben ein anderer junger Mann aus ihrer Schule.«

»Glaubst du *ernsthaft*, einer Frau tut ein Tritt in den Schritt nicht weh? Meine Güte, Gernot.«

»Dann eben irgendein junger *Mensch* aus ihrem Jahrgang –«

»Das sind *Kinder*!«

»Jeffrey Dahmer hat seinen ersten Mord mit achtzehn begangen.«

Janine schnaufte spöttisch. »Sieht einer von denen für dich wie Jeffrey Dahmer aus?«

»Unscheinbar, nett und normal, meinst? Ja, doch, einige.«

Janine stöhnte in sich hinein, beschloss aber, diese Diskussion erst einmal auf sich beruhen zu lassen; sich auf Unmittelbareres, Dringlicheres, Konkreteres zu konzentrieren.

»Was, wenn die beiden lügen?«, fragte sie.

»Um sich gegenseitig zu schützen? Auch nicht auszuschließen. Aber eine recht komplizierte Geschichte für ein Alibi.«

»*Ach* – ich meinte, um Aufmerksamkeit zu erregen oder so.«

»Ach so. Ja, kann auch sein«, sagte Gernot vage.

»Macht irgendwie mehr Sinn als alle anderen Erklärungen«, sagte Janine. »Os besteht ja drauf, dass er niemandem erzählt hat, wohin er mit dem Mädchen fahren will.«

»Nicht einmal dem Mädchen selbst«, fügte Gernot nachdenklich hinzu.

Janine zögerte – kam aber doch zu einem recht eindeutigen Schluss: »Ich glaub' nicht, dass sie lügen.«

»Ich auch nicht«, sagte Gernot.

Janine seufzte. Sie war müde. Wütend und traurig, aber vor allem müde. »Wie gehen wir vor?«, fragte sie.

»Zuallererst werden wir jeder Person, die mit diesem Theaterstück zu tun gehabt hat, einen Besuch abstatten. Ich möchte alle diese Kostüme haben, jedes einzelne. Untersuchen lassen, auf Blut, auf Dreck, auf kleine Löcher, die von Messern stammen könnten. Wer seins nicht rausrückt oder behauptet, es nicht mehr zu haben, kommt zur Einvernahme.«

Janine nickte, und ergänzte, »Wir müssen auch die verantwortlichen Lehrerinnen und Lehrer fragen, wo sie die Kostüme herhatten. Vergiss nicht, wenn's die irgendwo ganz normal zu kaufen gibt, könnte jeder sich eins besorgt haben. Das alles könnte genauso gut *gar nichts* mit dem Theaterstück zu tun haben, in Wirklichkeit. Die beiden Mädchen haben auch außerhalb der Schule viel miteinander gemacht –«

»Zwei Schülerinnen aus dem Jahrgang, Janine«, fiel Gernot ihr ins Wort, in einem abscheulich geduldigen Ton; wie ein Lehrer, der einer langsamen Schülerin eine Sache zum fünften Mal erklären musste. »Die erste Tote bei der Party eines Klassenkameraden in den Pool geworfen, der zweite Mord auf der Party eines anderen Klassenkameraden. Und dieser Klassenkamerad und seine Freundin, auch aus derselben Klasse, wurden jetzt auch angegriffen.«

»Was, wenn der Angriff nichts mit den Morden zu tun hat?«, konterte Janine, streitlustig trotz ihrer Erschöpfung. »Ein Nachahmungstäter zum Beispiel? Ein Opportunist, der was gegen Os oder Fenrir hat?«

Gernot lächelte gutmütig; *du weißt selbst, dass das Schwachsinn ist*, sagte das Lächeln. »Kann alles sein«, sagte Gernot stattdessen, und damit fühlte sich Janine verarscht auch noch.

Sie wandte sich wieder dem Bildschirm zu. Die Kinder sprachen immer noch nicht miteinander, saßen stocksteif auf ihren Stühlen und hielten sich an ihren Tassen fest.

»Ich will nicht, dass diese jungen Menschen sich selbst beschützen müssen«, sprach Janine endlich aus, was ihr wirklich am Herzen lag. »Es darf niemand von ihnen mehr sterben. Das muss unsere Priorität sein.«

»Nicht, den Mörder zu schnappen?«, fragte Gernot.

»Auch, natürlich. Aber vor allem müssen wir diese Kinder beschützen.«

Gernot klopfte ihr väterlich auf die Schulter. »Gut, dass wir das eine nicht ohne das andere bewerkstelligen können.«

Kapitel 4

Giftkindlmarkt

1

Im Frühling des Vorjahres hatte Frau Doktor Hartplatz beschlossen, die Projektwochen der sechsten und siebenten Klassen zu verknüpfen und in einziges Projekt zu bündeln: ein Theaterstück, mit dem das Gymnasium beim nächsten Tag der offenen Tür beweisen konnte, welch vielseitige, praxisnahe und anspruchsvolle Ausbildung es zu bieten hatte. »Die klassenübergreifende Aktion fördert das Miteinander und die Talente unserer durch die Bank überdurchschnittlich begabten Schülerinnen und Schüler, und erweitert dabei ihren Horizont«, hatte die Direktorin in einer Pressemitteilung verlautbart. Dass sie durch eine Low Budget-Produktion, die allfällige Ausflüge zu Seen oder Camps oder gar ins Ausland ersetzte, Geld sparen konnte, und im Falle einer gelungenen, weiterverwertbaren Inszenierung (so unwahrscheinlich ein solches Ergebnis auch sein mochte) vielleicht sogar Geld *einnehmen* würde, hatte sie der Öffentlichkeit gegenüber nicht erwähnt.

Vor den betroffenen Schülerinnen und Schülern hingegen hatte sie kein Blatt vor den Mund genommen.

»Wir brauchen Geld. Ich weiß, dass ihr lieber auf eine Skihütte fahren wollt, um euch dort zu betrinken und einander mit ungeplanten Schwangerschaften und illegalen Experimenten die Zukunft zu versauen. Aber eure Bildung geht vor. Für eure Bildung braucht ihr eure Schule. Eure Schule braucht Zahlungsmittel für Instrumente und Geräte und Equipment. Also legt euch gefälligst ins Zeug und bietet euren Eltern, euren Geschwistern, euren Tanten und Onkeln, euren Omas und Opas, den Damen und Herren vom Rathaus, von der Bezirksverwaltung und vom Landesschulrat die großartigste Show, derer ein Haufen dauerbekiffter, hormongesteuerter, ungewaschener, gewissenloser, gelangweilter Halbstarker fähig ist. Ihr wisst genauso gut wie ich, dass ihr intelligenter und begabter seid, als ihr der Welt weismachen wollt. Nutzt diese Chance und *ändert* euch. Brecht aus aus eurem beschränkten, egomanischen Dasein und *leistet* etwas. Wenn nicht euretwegen, dann zumindest für die Schule, die dafür sorgt, dass ihr später nicht professionell Pommes Frittes übersalzen oder deren Verpackungen von der Straße aufklauben müsst. Das kann sie nämlich nur machen, wenn sie *Geld* hat.«

Die Hartplatz wählte einen nichtgeschützten Text aus; diejenigen aus Tristans Jahrgang, die am ehesten mit talentierten Menschen verwechselt werden konnten, schrieben eine Neufassung, die ein Haufen mit-allerlei-wenig-schmeichelhaften-Adjektiven-beschreibbarer Halbstarker locker, ohne große Mühe vor oder während der Aufführung, einem Publikum präsentieren können sollte. Frau Professor Schiller leitete die Gruppe, die den Text verfasste, und Frau Professor Blocksberg wurde der Deutschlehrerin zur Seite gestellt, weil sie schon mal eine Kurzgeschichte und zwei Gedichte veröffentlicht hatte. Ihre Einwände stießen bei der Hartplatz auf taube Ohren: Was interessierte es die Direktorin, dass Bibi keine Ahnung von Weltliteratur, geschweige denn von Theater hatte, oder dass Bibi seit jenen Veröffentlichungen vor einem Jahrzehnt keine einzige Zeile geschrieben hatte? Dass sie ausschließlich englische Texte geschrieben hatte, war für die Hartplatz nur ein Grund mehr, Bibi zu involvieren: »Schreibt eine englische Version auch, ist ja noch besser, dann können wir international Aufsehen erregen!« Ähnlich große Hoffnungen wurden in Frau Professor Rotschert gesetzt, die nur deshalb Musiklehrerin war, weil es ihr etliche Jahre zuvor nicht gelungen war, ihre Komponistinnenkarriere aus der Taufe zu heben. »Das ist *deine* Chance, Gerlinde!«, beschwor die Hartplatz verbissen. Leider sollte auch diese Chance im Taufbecken ertrinken.

Aus Tristans Klasse waren nur Ingo und Valerie in kreativer

Weise an der Produktion beteiligt. Ingo wurde für das Bühnenbild zuständig gemacht; sein Vater war Tischler, und die Hartplatz war anscheinend der Überzeugung, dass Ingo selbstverständlich das Handwerk seines Vaters beherrschte und dass jeder Tischler auch mir nichts, dir nichts ein Bühnenbild designen und zusammennageln können müsste. Valerie konnte eigentlich gar nichts Besonderes, soweit Tristan wusste, aber wo sie die Möglichkeit roch, ein wenig Ruhm für sich einzuheimsen, schlug sie schnell mal zu. Ihre Leistung bestand im Endeffekt wohl hauptsächlich darin, der Schiller und Bibi das Leben zu erschweren. Sie wollte auch die Hauptrolle übernehmen, aber es wurde schnell klar, dass sie auf der Bühne noch weniger Talent mitbrachte als hinter den Kulissen; die Hartplatz sprach ein Machtwort und zwang Valerie letztlich in die Rolle, die der Großteil der Laiendarstellerinnen und Laiendarsteller – so auch Tristan – spielte: die eines Dämons im Dämonenchor. Eines Dämons mit Totenschädelmaske.

Und Anfang des vergangenen Schuljahres – zirka ein Jahr vor Hannah Vogels Ermordung – öffnete sich der Vorhang für *Dantes Inferno im Einundzwanzigsten Jahrhundert*, nachdem die Mitwirkenden den ganzen Sommer Zeit gehabt hatten, zu vergessen, dass das Projekt überhaupt existierte. Frau Professor Schillers und Bibis Interpretation des Epos schlug ein wie eine Bombe – aber nicht in dem Sinn, wie die Hartplatz gehofft hatte: Die erste und einzige Aufführung musste nach zwanzig Minuten abgebrochen werden und hinterließ Zerstörung, Verletzte, Tränen und finanzielle Verluste. Die Hartplatz setzte danach alles daran, das Projekt aus der Geschichte des Gymnasiums zu streichen. Da die ganze Sache von Anfang an sonst niemanden interessiert hatte, leistete man ihrer Aufforderung, einfach nicht mehr darüber zu sprechen, gerne Folge.

Bis jetzt.

Denn dass jemand in exakt dem Totenschädelkostüm, das Schülerinnen und Schüler aus Tristans Jahrgang im Stück getragen hatten, jetzt Leute mit einem Messer attackierte – und nicht irgendwelche Leute, sondern eben *Schülerinnen und Schüler aus Tristans Jahrgang* –, machte es zum Leidwesen der Direktorin notwendig, das Skelett aus dem Schrank zu kramen und abzustauben.

»Da besteht doch *sicher* kein Zusammenhang«, beteuerte die Direktorin trotzdem im Gespräch mit Tristan, Lily, Schrammer und Fletscher, aber es war recht offensichtlich, dass sie sich das selbst auch nicht abkaufte. Um zu erkennen, dass da irgendein Zusammenhang bestand, brauchte man keine Matura.

Also befragte die Polizei alle am Stück Beteiligten, und besonderes Interesse galt denen, die im Dämonenchor aufgetreten waren: Ihnen war damals gestattet worden, Skull – so hieß das Kostüm laut Verpackung – mit nach Hause zu nehmen. Die zweiundvierzig Exemplare hatte Herr Professor Himberi im Spielwarengeschäft seiner Frau zu einem so niedrigen Sonderpreis erstanden, dass nicht einmal die Hartplatz einen Grund gesehen hatte, die Anschaffung im Schuleigentum zu behalten: »Besser ein paar Euro verlieren, als diese hässlichen Dinger hängen für immer am Dachboden und erinnern mich an dieses verfluchte Fiasko.«

Viele suchten lange nach ihrem Kapuzenmantel, von der Maske ganz zu schweigen; wer beides nicht ohnehin verkauft, verloren oder verschrottet hatte, hatte keine Ahnung, wo das wertlose Zeug verstaubte. Die wenigen Ausnahmen – darunter Nikki, die das Kostüm als Andenken sorgsam in einer Kiste aufbewahrte; Doc, der es cool fand und im Schrank hängen hatte; und Richie, der es wie alles, was er nicht mehr brauchte, in die Garage seiner Eltern gestopft hatte, die mehr Rumpelkammer als Autostellplatz war – hatten bei den Ermittlungen nicht sonderlich weitergeholfen, weil ihre Mäntel und Masken keinerlei Spuren aufwiesen, die nahelegten, dass sie in letzter Zeit getragen oder gar mit Blut und Eingeweiden bespritzt worden waren.

Interessanter schienen für die Polizei jene zu sein, die ihr Kostüm *nicht* präsentieren konnten. Jo wusste zu berichten, dass Ingo *schon wieder* festgenommen worden war, weil er seines (angeblich) online versteigert hatte und es offenbar Schwierigkeiten dabei gab, den Käufer ausfindig zu machen. Filippe hatte seines feierlich verbrannt, und Tristan konnte das sogar bezeugen – aber weil Filippe keinen besseren Grund für diesen Schabernack angeben konnte als den, dass er die Idee damals lustig gefunden hatte, und die Polizei nicht imstande war, diesen jugendlichen Leichtsinn nachzuvollziehen, gehörte Filippe zu denjenigen, die besonders intensiv vernommen wurden. Einige andere hatten nicht nur kein Kostüm vorzuweisen, sie konnten sich auch nicht erinnern, was sie damit angestellt hatten: Lily gehörte zu dieser unglücklichen Gruppe, und Luke auch.

Tristan hingegen war sich sicher, wo sich sein sauberes, blutfreies, fast wie frisch aus der Packung genommenes Kostüm befand. Er war einer der Letzten, die überprüft wurden; da er und Lily vom Totenschädel angegriffen worden waren, bestand in ihrem Fall wohl nicht die gleiche Dringlichkeit wie bei den anderen.

Tristan führte Fletscher und Schrammer zu seinem Spind. Der Winter war über Nacht eingebrochen, und von ihren Mänteln tropfte geschmolzener Schnee auf den matschgefluteten Boden des Schulkellers. Schrammers Schnurrbart sah aus wie ein überdimensionales, frischbezuckertes Vanillekipferl. Der Inspektor *roch* auch wie ein Vanillekipferl. Wahrscheinlich hatte es auf der Station schon die ersten Weihnachtskekse gegeben.

Während Tristan den Spind durchkramte und zwischen übereinandergestapelten Büchern und ineinander verknäulten Kleidungsstücken nach dem schwarzen Mantel suchte, den er damals, Maske hineingewickelt, hier verstaut hatte, fiel es ihm zunehmend schwerer, sich gelassen zu geben.

»Vielleicht haben Sie es doch zuhause?«, fragte Schrammer, munter hinter seinem Vanillekipferlbart hervorlächelnd.

»Nein, ich …« Tristan ließ sich Zeit, räumte mit übertriebener Behutsamkeit den Inhalt seines Spinds auf, wie er es seit Jahren nicht getan hatte. Dann richtete er sich auf. »Ich hab's hiergelassen. Am selben Tag noch da rein geworfen, und …« Aber nichts *und.* Er wusste nicht, was er sagen sollte.

»Hat sonst noch jemand Zugang zu deinem Spind?«, fragte Fletscher.

»Hm … Ja. Ich verzichte relativ häufig darauf, ihn abzuschließen.«

»Eine eigenartige Angewohnheit«, sagte Schrammer, die Hände hinter dem Rücken verschränkend und auf den Fußballen wippend.

»Ich mache mir nicht viel aus Besitz«, sagte Tristan, ahnend, dass diese Erklärung auf genauso wenig Verständnis stoßen würde wie Filippes Rechtfertigung seiner pyromanischen Anwandlungen.

»Nun, dann sollten wir schleunigst herausfinden, wer im Laufe des letzten Jahres sonst noch in Ihren Spind gegriffen hat«, sagte Schrammer in einem Ton, als könnte er sich keine einfachere oder erfreulichere Aufgabe vorstellen. »Ohne Sie wüssten wir gar nicht, wie sich der Mörder kleidet, also glaub' ich nicht, dass wir bei Ihnen daheim nachschauen müssen, ob Sie irgendetwas vor uns verbergen.«

Der Blick, den Fletscher ihrem Kollegen seitwärts zuwarf, war so flink und kurzlebig, dass Tristan sich eigentlich nicht sicher sein konnte, ob es ihn wirklich gegeben hatte.

Aber er war sich sicher.

*

Sehr viel mehr als die Dauerpräsenz der Polizei in seinem Leben stresste Tristan der Umstand, dass Lily seit ihrem Date kein privates Wort mehr mit ihm gewechselt hatte, weder von Angesicht zu Angesicht noch telefonisch. Den ersten Schritt zu machen, traute er sich nicht, was er sich nach dem unvorhersehbar katastrophalen Ende ihres gemeinsamen Abends nicht übelnehmen konnte.

Er hoffte inständig, dass Lily aus ähnlichen Gründen auf Distanz blieb. Aber er fürchtete, dass sie nicht von Angst vor Abweisung motiviert (oder *de*motiviert) wurde. Sie schien ihn absichtlich zu ignorieren, wenn er in ihrer Nähe war, und er glaubte zu wissen, warum: Sie hatte Angst vor *ihm*. Davor, noch einmal attackiert zu werden, wenn sie sich mit ihm abgab.

Was mehr als ungerecht war, Tristans Meinung nach. Schließlich konnte es genauso gut sein, dass der Totenschädel hinter Lily her gewesen war, und Tristan nur das zufällige zweite Opfer gewesen wäre. Inspektor Schrammer hatte sogar angedeutet, dass er das für wahrscheinlicher hielt: Die ersten beiden Opfer waren schließlich ebenfalls weiblich gewesen.

Tristan war fest entschlossen, sein Ziel nicht wegen eines messerschwingenden Psychopathen aus den Augen zu verlieren. Tatsächlich glaubte er, das Blatt relativ leicht wieder zu seinen Gunsten wenden zu können, sobald sich eine gute Gelegenheit ergab. Was, fragte er sich, verband zwei Menschen mehr, als gemeinsam ein Attentat überlebt zu haben?

Und weil das Leben manchmal doch gut war, präsentierte sich ihm eine einmalige Gelegenheit schneller, als er erwartet hatte.

Tristan begleitete Filippe nur zum Weihnachtsgeschenkeshoppen ins Einkaufszentrum, weil er Zigaretten brauchte, der Automat bei der Schule entfernt worden war und der in der Nähe des Hauses Os zurzeit nicht funktionierte. Der einzige andere, der seine Marke führte, befand sich in dem scheußlichen grauen Riesenschrank, den manche von Tristans Klassenkameradinnen in köstlicher Entbehrung jeglicher Ironie die *Mall* nannten. Tristan hätte auch in eine beliebige Trafik gehen können, aber er mochte Trafiken nicht: Was er auch von Maschinen haben konnte, holte er sich ungern bei Menschen.

Er folgte Filippe durch die Massen an Shoppenden und Einkaufstaschen, seine Entscheidung mit jedem Schritt mehr bereuend – menschlicher als an diesem entsetzlichen Ort konnte es in keiner Trafik der Welt zugehen –, und hielt abrupt an, als er Lily allein an einem Schaufenster stehen sah.

»Tristan? Kommst?«

Filippe wartete mit einem Bein in der Schwebe über der Rolltreppe, die unter seinem Fuß ihre Runden drehte.

»Geh vor«, sagte Tristan.

»Ich brauch' aber wirklich deine Hilfe. Wenn ich meiner Mama noch eine Tasse schenk', haben wir keinen Platz mehr in der Küche für irgendwas, was sie in die Tassen füllen kann.«

»Ich komm' gleich nach, versprochen.« Und mit klammem Herzen bahnte sich Tristan seinen Weg zu Lily.

Hinter dem Schaufensterglas befand sich eine weiße Wand, an der ein paar Malereien hingen. Lilys Blick war starr auf ein einziges Gemälde geheftet. Ein nächtlicher Himmel über einer Stadt; ähnlich wie van Goghs *Sternennacht*, aber weniger surreal. Es war ein friedvolles Bild. Unten am Rahmen war ein kleines Papierkärtchen befestigt, auf dem der Titel von Hand geschrieben stand: *Stadtluft*. Der Preis stand dort auch, und er ließ Tristan bezweifeln, dass sich so bald ein Käufer finden würde; um das Geld konnte man wahrscheinlich auch gleich ein sehr überzeugendes van Gogh-Imitat kaufen.

Lily spiegelte sich im Schaufenster. Er auch. Nach einer Weile fand sie ihn dort.

»Du könntest mich auch einfach ansprechen, weißt du?«, sagte sie, und drehte sich langsam um.

Tristans unwillkürliches Grinsen ließ sein Spiegelbild trottelig aussehen. Er verwandelte es in sein übliches Halblächeln.

»Ich weiß nicht genau, was ich sagen soll.«

Lily nickte. »Tut mir leid, dass ich dich gemieden hab'.«

»Es tut mir leid, dass du wegen mir fast gestorben wärst.«

Lily zuckte mit den Schultern, winkte ab. Die beiden lachten. Tristan fürchtete, er würde es nicht schaffen, mit dem Lachen aufzuhören. Er räusperte sich vehement, schluckte, und deutete auf das Gemälde. »Das ist schön.«

Lily drehte sich wieder um. »Das ist es.«

Ihr Ton verriet Tristan, dass sie eigentlich mehr zu sagen hatte. Tristan trat an ihre Seite. Über dem Schaufenster prangte der Name des Ladens in ernsten, schwarzen Kapitallettern: *INTENT KUNST*.

»Ist das Bild von dir?«

Lily schmunzelte und schüttelte den Kopf, sagte nichts. Aber sie lief auch nicht davon. Tristan verbuchte das als gutes Zeichen.

»Ich hab' gar nicht gewusst, dass es hier so etwas wie einen Kunstladen gibt«, sagte er – und erkannte, dass das so klang, als würde er unaufmerksam durch die Welt spazieren, oder kein Interesse an Lilys größter Leidenschaft hegen. Hastig fügte er hinzu, »Ich bin so gut wie nie in der Mall.«

Lilys Augenbrauen zuckten. »*Mall*?«

Verdammt. Er ahmte ihren Gesichtsausdruck nach, um zu zeigen, dass er den Begriff auch lächerlich fand. »Manche unserer Freundinnen nennen diesen Ort so.«

»Manche *unserer* Freundinnen?«

Tristan überlegte, wie er darauf am besten antworten sollte. Schließlich nickte er nur.

Lily wirkte verdutzt; schnell wandte sie den Blick wieder der Auslage zu. Für eine Weile herrschte Stille zwischen ihnen; Lily betrachtete das Gemälde, Tristan betrachtete Lily, und die Stille streckte und dehnte sich, bis Tristan sich fragte, ob sie wollte, dass er sie allein ließ …

»Als Baby …«, begann Lily dann, und Tristan wurde hellhörig: Ihre Stimme war plötzlich viel weicher. »… hab' ich dauernd geweint. Wirklich dauernd. Durchgehend. Hab' meine Mutter in den Wahnsinn getrieben.« Sie lachte, beinahe entschuldigend. »Nichts hat mich beruhigt. Meine Mutter war mit mir bei Ärzten deswegen. Sie war wirklich – kurz vorm Aufgeben.« Sie erklärte nicht, was sie damit meinte. »Dann … sind wir eines Tages – ich war noch nicht mal ein Jahr alt – aber …« Sie seufzte. »Eines Tages sind wir einkaufen gewesen. Irgendwo, in irgendeiner Straße, ich weiß es nicht mehr. Und ich hab' wieder geweint, klarerweise. Aber dann … hab' ich plötzlich aufgehört. Meine Mutter hat's kaum glauben können. Ich bin einfach still gewesen. Einfach so. Sie hat kurz echt geglaubt, ich bin gestorben.« Wieder dieses peinlich berührte Lachen. »Aber sie hat in den Kinderwagen geschaut und gesehen, dass ich atme. Und dass meine Augen weit geöffnet sind, und dass mein Mund offen steht. Ich bin fast regungslos dagelegen, hab' nur ein bisschen mit den Füßen gestrampelt und die Lippen bewegt, als ob ich – etwas sagen wollte. Wahrscheinlich nicht, wahrscheinlich hab' ich nur herumgekaut, wie es Babys halt tun. Jedenfalls hat sich meine Mutter unendlich gefreut. Und hat weitergehen wollen – und ich hab' wieder zu weinen begonnen.«

Sie erzählte das alles, als würde sie sich daran erinnern. Tristan hielt das nicht für ausgeschlossen. Wenn er von irgendeinem Menschen glauben konnte, dass sein Gedächtnis so weit zurückreichte, dann von Lily.

»Meine Mutter hat fast selbst geweint. Sie ist mit mir hin und her gefahren, hat mich wieder beruhigen wollen – und tatsächlich hab' ich wieder aufgehört. An der gleichen Stelle wie vorher, bei einem Geschäft. Also ist sie meinem Blick gefolgt – und hat dieses Bild im Schaufenster gesehen. *Dieses* Bild.«

Sie zeigte auf *Stadtluft*. Schüttelte den Kopf, als könnte sie die Geschichte selbst kaum glauben.

»Ich hab' wegen des Bilds nicht geweint. Meiner Mutter war

es viel zu teuer, um es zu kaufen. Aber sie hat mich hochgenommen und mir versprochen, dass wir jeden Tag zu diesem Laden zurückkehren, damit ich es anschauen kann. Vielleicht hab' ich sie verstanden – ich hab' nämlich aufgehört mit dem ständigen Weinen. Sagt sie zumindest. Und wir sind oft zu dem Laden, und ich hab' das Bild angeguckt, und andere Bilder kennengelernt, und manchmal hab' ich gestrahlt und gelacht, manchmal leise vor mich hin gestarrt. Aber dann sind wir zum ersten Mal umgezogen.« Ihre Stimme brach. »Da war ich zwei. Ich hab' das Ganze natürlich vergessen – ich bin so klein gewesen …«

Nein, hast du nicht, dachte Tristan. Aber er unterbrach sie nicht.

»Aber ein Teil von mir hat sich erinnert, immer erinnert. Weil …« Sie schüttelte wieder den Kopf. »Im Sommer hat dieser Laden hier geöffnet, und ich hab' ich das Bild wiederentdeckt. *Hier*. Es war einfach wieder da! Als wäre es … mir gefolgt. Und plötzlich hab' ich erkannt, dass mir was – gefehlt hat. Etwas Großes. Etwas Wichtiges.«

Sie stand ganz still da, bewegte nichts außer den Mund; wenn sie nicht sprach, kaute sie auf ihren Lippen. Tristan sah, dass ihre weiten, nie blinzelnden Augen feucht schimmerten. Sein Herz wollte ihm aus der Brust springen. Er wollte Lily in den Arm nehmen, aber er wusste nicht, ob ihr das recht war. Sie *weinte* fast, in seiner Gegenwart!

»Ein Teil von mir hat tatsächlich geglaubt, es ist irgendein – Zeichen. Ein Omen. Dass dieses Bild in der gleichen Stadt landet, in der ich auch gelandet bin, in einer Auslage, und dass niemand es kauft. Sowas passiert nicht. Sowas ist gar nicht möglich.«

Sie verfiel in ein Schweigen, das so … *laut* war, dass Tristan sich noch nicht zu sprechen traute. Er wusste, dass sie noch so viel mehr sagen wollte.

Sie atmete tief ein, blinzelte endlich, und sah sich um, als würde sie jetzt erst begreifen, wo sie war. Sie errötete, wich Tristans Blick aus.

»Sorry.«

»Du musst dich nicht –«

»Nein«, fiel sie ihm ins Wort. Sie wischte sich die Feuchtigkeit aus den Augen. »Sorry, ich – ich kann nicht mit dir ausgehen.«

Die bunte Welt, in die Lily ihn gerade eingeladen hatte, färbte sich von einer Sekunde auf die andere grau wie die Wände des Einkaufszentrums. Ihre Worte sanken in Tristans Gehirn wie Steine in Schlamm. Die Suche nach einer passenden Reaktion blieb so lange erfolglos, dass es an Lily war, die neue, auf ganz andere Weise bedeutungsschwangere Stille zu füllen.

»Dieser Abend letzte Woche – und Hannah und Kris – es ist zu viel. Es ist alles … zu viel. Es tut mir leid.«

Wir haben überlebt, wollte Tristan sagen. *Wir haben* gemeinsam *überlebt. Wir* sollen *zusammen sein.*

Er konnte nichts sagen.

Und Lily hatte ihm bereits den Rücken zugekehrt. Sie ging. Als sie schon längst durch die Drehtür am Ende der Halle nach draußen verschwunden war, stand Tristan immer noch neben dem Bild einer nächtlichen Stadt, in der alle schliefen.

2

»*Joy to the world*«, beschwor der Chor in aller Herrgottsfrüh in der Aula, »*the Lord is come*«, und dabei war das erst die Generalprobe. Nikki schauderte bei jedem schiefen Ton, während sie durch die vorweihnachtliche Schneekugelwelt wandelte, in die sich das Gymnasium verwandelt hatte.

Der gigantische Tannenbaum, vor dem der Chor sich die Seele aus dem Leib sang, funkelte silbern und rot, und das Ornament auf seiner Spitze kitzelte die Decke der Aula. Die Fenster waren mit Kunstschneebildern besprüht: winterliche kleine Holzhäuser, Rentiere, Sterne in verschiedenen Größen, verpackte Geschenke, Zuckerstangen. Jedes dieser sonnenbeschienenen, geisterhaften Kunstwerke fand bunte, plastische Entsprechungen im Rest der Aula und im Gang davor: Da kuschelten zwei Rentiere aus Styropor, eines mit grün-rot-gestreiftem Schal um den Hals, das andere mit einer Weihnachtsmannmütze auf dem Geweih; dort türmten sich Packerl, mit Maschen und allem, und überall hingen Pappmaché-Sterne von der Decke. Auf einem Tisch, der für gewöhnlich Magazine und Flyer der Schulsponsoren darbot, reihten sich winzige Häuschen zu einer verschneiten Spielzeugstadt aneinander, und dickbäuchige rote Vasen voller Weihnachtsrosen und Fichtenäste, drapiert mit Zuckerstangen, säumten alle Türen.

Die Mühe, die sich die Schule alle Jahre wieder gab, hatte Nikki jedes Mal aufs Neue beeindruckt und gefreut; wer *genau* sich diese Mühe gab, war ihr lange Zeit ein Rätsel gewesen. Nikki hatte sich nie vorstellen können, dass die Hartplatz ein besonders großer Fan von Weihnachten war, geschweige denn der Hauswart: Fleck machte jeden Winter den Eindruck, als hielte er den Schneematsch für eine persönliche Vendetta des Wetters gegen ihn und seinen Wischmopp, mit den Schülerinnen und Schülern als teuflischen kleinen Komplizen.

Die Antwort auf die Frage, wer die Schule jährlich aufputzte, hatte Nikkis Klasse zu Beginn dieses Semesters erhalten, als ihr Klassenvorstand ihnen – gleich nach der gefühlt dreißigsten Erklärung des Ablaufs einer Matura – neben der Wahl der Abschlussprüfungsfächer eine weitere bevorstehende Entscheidung angekündigt hatte.

»Als achte Klasse wird es eure Aufgabe sein, der Schule, die so vieles für euch getan hat, etwas zurückzugeben«, hatte Herr Professor Scherz ihnen (mit mehr als einer Prise Sarkasmus) erklärt. »Ihr tragt euch bitte bis Donnerstag in eine der beiden Listen an der Pinnwand ein – festliche Dekoration des Hauses zu entsprechenden Anlässen oder Bewirtung und Gästebetreuung bei allen Schulveranstaltungen.«

Nikki hatte sich für den Kellnerinnendienst entschieden. Die Festtagsdekorationen liebte sie, seit sie die Schule besuchte, und länger: Fotos davon waren vor acht Jahren das ausschlaggebende Argument für Nikki gewesen, sich für dieses Gymnasium zu entscheiden. Sich diesen saisonalen Lichtblick zu verderben, indem sie ihn selbst erst in Stunden an Zusatzarbeit kreieren musste, kam für sie nicht infrage.

Dass sie stattdessen am bevorstehenden Abend bei der Adventfeier die Gäste mit Sekt, Orangensaft und Sekt-mit-Orangensaft würde beglücken müssen, erschien ihr jetzt aber auch nicht gerade prickelnd. Gerne hätte sie behauptet, das hätte mit dem Tod zweier Mitschülerinnen zu tun, und mit dem versuchten Mord an einem ihrer besten Freunde und dessen neuer Spielgefährtin vor nicht mal einer Woche. Aber mittlerweile waren Nikkis seltener gewordene Gedanken an jene Vorfälle mit einer Art stumpfem Desinteresse behaftet, das sie sonst zum Beispiel für Autorennen oder die Inhalte des Geografieunterrichts empfand.

Wenn sie sich mal die Zeit nahm, über genau dieses Desinteresse näher nachzudenken, machte sich ein Gefühl in ihr breit, das beinahe schlimmer war als die ursprüngliche Trauer.

Und da war es auch schon, dieses schlimme Gefühl. *Oh nein*, dachte sie, und flüchtete aus dem Weihnachtswunderland hinunter in die Mädchentoilette im Erdgeschoss. Sogar hier waren die Wände mit goldenen Sternstickern versehen, die Spiegel mit noch mehr klebrigem Kunstschnee umrandet, die Innentüren der Kabinen mit festlichen Motiven beklebt. Das war dann sogar für Nikki zu viel; sich beim Pinkeln Auge in Auge mit einem goldgelockten Engel zu befinden, schien ihr weder besonders weihnachtlich noch hygienisch.

Nikki trat an einen Spiegel heran und betrachtete sich in dem bisschen Glas, das eine übereifrige Kunstschnee-Sprayerin übrig gelassen hatte. Feine Fältchen umrundeten ihre Augen und klammerten ihre Lippen ein. Die waren neu. Sie merkte plötzlich, dass sie gleich weinen würde – aber als völlig unverhofft die Tür einer Klokabine aufgestoßen wurde, drehte Nikki überstürzt den Wasserhahn auf und stieß alibihalber ihre Hände in den Strahl, sodass das Wasser auf ihren Pullover und ihre Hose spritzte. Sie schielte hoch in den Spiegel – und war so überrascht, Bibi zu sehen, dass sie ganz darauf vergaß, so zu tun, als würde sie sich die Hände waschen.

Die Lehrerin wirkte genauso ertappt und aufgewühlt, wie Nikki sich fühlte. Mehr noch: Ihre geschwollenen, roten Tränensäcke und schimmernden Augen verrieten, dass Bibi am Klo genau das getan hatte, was Nikki gerade zu tun im Begriff gewesen war.

»Oh«, machte Bibi bestürzt. »Ich – ich hab' gedacht, wer da reingekommen ist, sei schon weg.« Sie war heiser vom Weinen. »Du bist so leise.« Sie lachte, als wären leise Menschen eine sehr lustige Sache, und hörte abrupt auf, als sie zu erkennen schien, wie nervös sie klang.

Nikki war starr wie ein Reh im Scheinwerferlicht. Sie überwand sich und fragte, »Ist alles in Ordnung, Bi– Frau Professor Blocksberg?«

Bibi nickte. Dann schüttelte sie den Kopf. Und warf die Hände vor ihr Gesicht.

Nikki hatte nicht die geringste Ahnung, was sie tun sollte. Sie drehte den Wasserhahn zu, klopfte lethargisch ihre nassen Hände an ihrem nassen Pullover trocken und überlegte, ob sie Bibis Schulter tätscheln sollte. Aber Bibi war eine *Lehrerin.* Sie war Bibi, aber trotzdem. Ihre Lehrerin.

»Verzeihung.« Bibi stöhnte, lachte erneut, und stöhnte nochmal. »Verzeihung. Ich hab's nicht bis zur Lehrerinnentoilette geschafft.«

Darauf fiel Nikki keine gute Antwort ein. Einfach gehen konnte sie aber auch nicht.

»Es ist …«, rang Nikki um Worte. »Kris und Hannah … Es ist schlimm.« Was lahm klang, aber mehr brachte sie nicht zustande. Wahr war es immerhin.

Bibi wischte sich die Augen und runzelte die Stirn. Verspätet schien sie zu begreifen, wovon Nikki sprach.

»Oh – ja. Ja, sicher, das – das ist natürlich – das ist furchtbar.«

Das Gestammel machte ersichtlich, dass Bibi nicht deswegen geweint hatte. Nikki hatte eine Ahnung, was Bibi stattdessen in die Klokabine getrieben haben musste. Eigentlich wollte sie nicht darüber sprechen, aber gleichzeitig fühlte sie sich genötigt, etwas zu sagen. Sie räusperte sich, und fragte, »Ihre Scheidung läuft?«

Die Worte waren draußen, bevor Nikki sie nochmal überdenken konnte.

Bibi machte ein Gesicht, als wollte sie auf die absurde Frage absurderweise tatsächlich antworten – kniff stattdessen die Augen zusammen, und brach wieder in Tränen aus.

»Ui«, machte Nikki dümmlich, »ahm – sorry –«

»Nein! Nein, mir tut's leid«, beteurte Bibi schniefend. »Tschuldigung. Das ist lächerlich. Ich bin erwachsen.« Ihre Augen weiteten sich: Ihr war wohl endlich eingeschossen, dass dasselbe nicht unbedingt von Nikki gesagt werden konnte. »Oh. Ich – ich muss zum Unterricht.«

»Der beginnt erst in zehn Minuten«, sagte Nikki, und wünschte sich, sie würde einfach den Mund halten. Es wäre ihr nur recht, würde Bibi endlich die Toilette verlassen; ihr war nie zuvor aufgefallen, wie eng es hier war. »Wir haben Sie in der ersten Stunde.«

Großartig; jetzt brauchte sie nur noch vorzuschlagen, dass sie gemeinsam zum Klassenzimmer spazieren und dabei über Jungs quatschen sollten.

»Ich muss noch was vorbereiten«, schaltete Bibi glücklicherweise schnell. Mit einem Lächeln, das schmerzhaft aussah, duckte sie sich an ihrer Schülerin vorbei und hinaus aus dem Mädchenklo.

Nikki wandte sich wieder dem Spiegel zu. So baff sie war, so unbeeindruckt starrte ihr ihre Miene aus dem Kunstschneerahmen entgegen.

»In dieser Schule sind alle verrückt«, sagte sie zu sich selbst. »Oder tot.«

Dann war endlich sie mit Weinen an der Reihe.

3

Ingo war zweimal verhaftet worden – auch wenn dieser eine fette Polizist beim zweiten Mal darauf bestanden hatte, dass er »weder jetzt noch vorher *verhaftet*« worden wäre. Am Tag nach Halloween hatte man behauptet, ihn nur zu seiner eigenen Sicherheit festzuhalten, bis die Drogentests ergaben, was es eben zu ergeben geben mochte, aber das war fix eine Lüge gewesen: Solche Tests benötigten sicher keine zwei Tage zur Auswertung, und Ingo hatte in den Wochen davor überhaupt nichts Wildes zu sich genommen. Bei seinem zweiten unfreiwilligen Übernachtaufenthalt in einer Zelle hatte man sich nicht mal mehr die Mühe gemacht, als Vorwand einen Drogentest durchzuführen. Ingo wusste ganz genau, warum er plötzlich Staatsfeind Nummer Eins war: Sie glaubten, er war der Mörder. Oder, *wollten* es glauben, die Schweine, weil sie dann nicht länger suchen mussten. Da reichte es ihnen schon als Indiz, dass er dieses dämliche Kostüm nicht herzeigen konnte, dass *GummiPuppe70* ihren willhaben-Account gelöscht hatte, nachdem Ingo es ihr verkauft hatte, und dass er sich nicht mehr an die Adresse erinnerte, an die er das Paket verschickt hatte. Beinahe hätte Ingo glauben können, dass *GummiPuppe70* ihm eine Falle hatte stellen wollen. Aber solche Long Cons kannte er nur aus dem Fernsehen. Weirdos, die sich über sein wertloses Totenschädeldämonenkostüm gefreut hätten, gab es im echten Leben sicher zuhauf, und ganz ohne mörderische Komplotte dahinter.

Es fühlte sich komisch an, zurück im Gymnasium zu sein, und das lag nicht nur an dem ganzen Scheiß, der ihm seit seinem letzten Schulbesuch widerfahren war. Die Weihnachtsdekoration wirkte so fehl am Platz, dass sie dieses Jahr nicht nur wegen des Kitsches Brechreiz in Ingo auslöste; es war erstaunlich leise im Gebäude, alle schienen geduckt herumzulaufen und nur im Flüsterton miteinander zu sprechen, wenn überhaupt; die Profs mieden direkten Augenkontakt mit den Schülern, als vermuteten sie, in jedem einzelnen Kind würde ein Psychokiller schlummern, den sie mit dem falschen Blick wecken könnten. Ingo gingen sie überhaupt völlig aus dem Weg – mit unfreiwilliger Ausnahme von Bibi, die ihn am Morgen fast niedergerannt hatte, als sie weinend aus einer Mädchentoilette gestürmt war.

Diese Schule war schon immer ein wenig verrückt gewesen. Seit der ersten Klasse witzelte Ingo darüber, dass das hier eigentlich eine Irrenanstalt war, den Insassen nur vorgegaukelt wurde, sie wären Lehrer und Schüler, um sie ruhig und beschäftigt zu halten. Aber jetzt endlich war der Punkt erreicht, an dem diese Verschwörungstheorie Ingo nicht mehr ganz so verschwörerisch erschien. Besonders da das Gebäude mit ihm und Tristan nun zwei Hauptverdächtige in einer Mordserie beherbergte.

Ingo fragte sich, ob Tristan wusste, wie sehr sich die Polizei für ihn interessierte. Ingo wusste es, weil man ihm gegen Ende der ganzen erbärmlichen Episode – vermutlich, nachdem klar geworden war, dass gegen ihn kein haltbarer Fall aufgebaut werden konnte – plötzlich ganz andere Fragen gestellt hatte: »Was weißt du über das Liebesleben von der Hannah und der Kris?« – »Was weißt du über der Hannah ihren Ex-Freund Tristan Os?« – »Wie meinst du das, er war nicht ihr *Freund*?« – »Der Tristan hat viele Affären, ja?« – »Kennst du seine Familie?« – »Hast du mit ihm außerhalb der Schule zu tun?«

Nichts; *haha, »Ex-Freund«*; *Tristan hat keine Beziehungen*; *Tristan fickt alles*; *nein, aber ich hab' gehört, die sind alle gestört*; *nein, aber ich kann mir gut vorstellen, dass er in seiner Freizeit junge Mädchen abschlachtet.*

Ein bisschen schämte Ingo sich dafür, dass er sich von der Polizei so leicht zu solchen Aussagen hatte verleiten lassen. Sicher hatten sie ihn irgendwie, durch suggestive Befragungstechniken, dazu gebracht, ihre Theorien zu stützen. Und dass er mit Tristan außerhalb der Schule nichts zu tun hatte, war natürlich gelogen. Aber Ingo fand, er hatte das Recht, sich selbst zu schützen. Und so unwahrscheinlich fand er es gar nicht, dass Tristan der Mörder war.

Je öfter und intensiver Ingo ihn an diesem Tag beobachtete, desto glaubwürdiger erschien ihm, was die Polizei offenbar vermutete. Tristan hatte von Anfang an nicht den Eindruck gemacht, als fühlte er sich durch die Situation sonderlich betroffen. Während zum Beispiel Maries blassem Gesicht zwischen betretenem Schweigen und abgehackten Antworten nur hin und wieder ein wenig überzeugendes, manisches Grinsen zu entlocken war, hatte es bei Tristan keine ersichtlichen Spuren hinterlassen, dass er an Lukes Pool von Hannahs Leiche überrascht worden war. Ingo hätte erwartet, dass wenigstens der Mord auf Tristans eigener Party dem arroganten Arschloch ein wenig die selbstgefällige Laune verderben würde, und erst recht der Angriff (der *angebliche* Angriff) auf ihn persönlich; aber soweit Ingo das beurteilen konnte, war das Gegenteil der Fall: Tristan wirkte zufriedener mit sich selbst als jemals zuvor. Offenbar hielt er es nicht einmal für notwendig, so zu *tun*, als würde er trauern, oder wäre schockiert, oder hätte Angst. Das war doch nicht normal.

Ingo folgte Tristan während der Pausen in den Raucherhof, setzte sich in der Kantine an den Nebentisch, widmete sogar im Klassenzimmer seine Aufmerksamkeit hauptsächlich der Ecke, in der Tristan saß und gelangweilt in Büchern blätterte. Er hoffte, Gespräche mitanzuhören, irgendwelche Worte aufzuschnappen, mit denen er der Polizei auf die Sprünge helfen könnte. Wenn es wirklich Tristan war, und wenn Ingo dazu beitrug, es zu beweisen, wäre Ingo die Kiberer nicht nur los, er wäre sogar sowas wie ein Held.

Leider ging dieser halbgegorene Plan, von dem Ingo bis zum Betreten der Schule gar nicht gewusst hatte, dass er ihn hegte, nicht wirklich auf. Das wenige, das Tristan von sich gab, bestand aus kryptischen Antworten auf Filippes sinnloses Geplapper, die Filippe aus unerfindlichen Gründen teilweise zum Brüllen komisch fand, teilweise zum Anlass für nachdenkliches Schweigen nahm. Ingo hatte gewusst, dass Tristan und die paar Leute, die er zu seinem engen Freundeskreis zählte, merkwürdige Umgangsformen miteinander pflegten; jetzt wusste er, dass das völlig untertrieben war. Egal, mit wem Tristan plauderte (normalerweise Filippe, Nikki oder Doc, mit anderen sprach er sowieso kaum), und egal, wie viel Unsinn dabei kommuniziert wurde (und es war ausschließlich Unsinn, den Ingo da erlauschen konnte): Tristan vermittelte jederzeit den Eindruck, er würde sich selbst und das, was so schwülstig aus seinen Lippen plumpste, für unerreichbar großartig und einmalig clever halten.

Ingo war bisher nicht klar gewesen, wie sehr er Tristan eigentlich verabscheute.

Während sie am frühen Abend in der Aula auf den Beginn der Adventfeier warteten, laberte Filippe in ein paar Metern Entfernung irgendetwas über Rosen (oder vielleicht *Hosen*), das Tristan nicht im Geringsten zu interessieren schien, was wiederum Filippe nicht im Geringsten zu interessieren schien. Ingo beobachtete die beiden aus dem Augenwinkel. Tristan ließ den Blick überallhin schweifen, nur nicht zu Filippe, der direkt neben ihm wild gestikulierte, während er erzählte, was auch immer er erzählte. Ingo hörte wenige Details bei dem Lärm in der Aula (vielleicht waren es auch *Mösen*, über die Filippe so begeisterte Reden schwang) – es war so voll, als wäre die halbe Schule hier versammelt, und Ingo fragte sich, wie die Gäste noch Platz finden sollten.

Ein unerwarteter Schlag auf den Hinterkopf störte Ingos Konzentration.

»Au, verdammt!«

»Schau an, er kann doch noch sprechen«, sagte Richie mit seinem dämlichsten Grinsen auf den spröden Lippen.

»Hast du uns überhaupt zugehört?«, fragte Luke.

»Der kann jetzt nicht mehr mit uns Normalos umgehen«, sagte Jo mit ernster Miene. »Die Zeit im Gefängnis hat ihn in seinem Innersten erschüttert.«

»Zum hundertsten Mal –« Ingo boxte Richies Schulter. (»Fick dich, ich war's doch gar nicht!«) »– ich *war nicht wirklich im Gefängnis*. Es gab keinen Haftbefehl. Ich bin nur verhört worden, und festg'halten wegen Verdacht auf Drogen und zu meinem Schutz oder sonst irgendsoein Scheiß. Die paar Stunden zählen nicht.«

»Von Mama und Papa Ausgangsverbot bekommen kann genauso traumatisch sein wie von der Polizei festgehalten zu werden«, sagte Jo.

»Überhaupt, wenn man nicht mal in die Schule geschickt wird«, pflichtete Luke bei.

»Was aber wiederum beweist, dass alles seine Vorteile hat«, sagte Richie.

Ingo schnaufte. »Haben die Leute wirklich geglaubt, dass ich den halben November hinter Gittern war?«

»Die Leute haben geglaubt, dass du der gottverdammte Killer bist«, erwiderte Jo.

Es fühlte sich an, als hätten sie Ingo erneut auf den Kopf geschlagen. »Ohne Scheiß?«

»Woah, chill!«, sagte Richie. »Natürlich war'n wir immer von deiner Unschuld überzeugt.«

Ingo war alles andere als gechillt. »Dann redets nicht so einen Scheiß.«

Richie rollte mit den Augen. »Die Zeit im Häf'n hat dich *wirklich* verändert, wenn du nicht mal mehr einen Joke auf deine Kosten dazahst.«

»Hat er doch nie«, sagte Jo, und Richie grölte vor Lachen. Sogar Luke gluckste; er errötete dabei, als schämte er sich für seine gute Laune. Ingo hätte ihnen allen gerne das Gesicht zu Brei geschlagen; heute ging ihm *alles* doppelt und dreifach auf die Nerven, aber die drei trugen gerade echt den Preis davon.

Allerdings brachte Lukes Schamesröte ihn plötzlich auf eine

Idee, die seinen Ärger für einen Moment verpuffen ließ.

»Luke – warum bist du in Tristan verliebt?«

Mit einem Schlag war Lukes Gesicht nicht mehr rot, sondern ganz bleich.

Richie pfiff durch seine Zähne. »Hamma nicht ausg'macht, dass'ma über das nicht reden?«

»Ich will wissen, was du an diesem Schwachmaten so toll findest«, flüsterte Ingo eindringlich, Richies Einwurf genauso ignorierend wie Jos entgeistertes Starren. Warum er flüsterte, wusste er selbst nicht wirklich … aber irgendwie hatte ihn im Laufe des Tages das Gefühl beschlichen, dass Tristan ihn genauso beobachtete wie er Tristan.

Richie versetzte Ingos Schulter einen kraftvollen Stupser und sagte, »Oida, du hast doch selbst mit dem *Schwachmaten* gevögelt, Mister Bicurious, also tu nicht so deppert. Und was soll das für ein Schimpfwort sein, *Schwachmat*? In welchem Gefängnis warst du, im Kindergartenknast?«

»Ich war fett und zu«, murrte Ingo.

»Du warst fett und zu im Kindergartenknast?«

»Wie ich den Tristan gefickt hab'.«

Richie zuckte mit den Schultern und sagte weise, »In vino veribus.«

»Veri*tas*«, fauchte Ingo, »und jetzt halt die Gosch'n.«

»Kömma über was anderes reden?«, fragte Luke. Sein Blick huschte zu Tristan hinüber.

»Nein«, sagte Ingo.

»Jetzt sorg hier nicht für miese Stimmung, du holdes Ingolein«, sagte Richie. Er legte einen Arm um Luke, zog ihn an sich und klopfte ihm freundschaftlich auf die Brust. »Es ist fast Weihnachtszeit! Fest der Liebe und so weiter! Nicht Fest der *unerwiderten* Liebe.«

Luke ließ das schweigend über sich ergehen.

»Du kannst Tristan nicht leiden«, wandte Ingo sich stattdessen an Jo. »Kannst du *das* begründen?«

Jo folgte Lukes Beispiel und wandte das Gesicht ab. Ingo war dabei gewesen, als Jo und Luke sich vor ein paar Wochen genau wegen dieses Themas heftig in die Haare gekriegt hatten. Wenn er jetzt alte Wunden aufriss, konnte das seiner Sache nur dienlich sein. Sollten sich die beiden ruhig wieder prügeln. Wenn die Polizei Wind von der Aggression bekam, die in den zweien brodelte, wären sie zwar vielleicht nicht mehr auf Tristan fixiert, aber immerhin auch nicht mehr auf *ihn*.

»Jeder mag jeden«, sagte Richie, den zweiten Arm um Ingo werfend, »und jeder ist in jeden verliebt, weil Liebe rettet die Welt und Jesus mag alle gleich, die Schwulen und die Lesben und die Großen und die Kleinen und die Schlauen und die Idioten. Und eben auch Arschlöcher, wie Tristan eins ist. Und du.«

»*Ich*?« Wenn das Gespräch bisher nur an den Fransen von Ingos Geduld gezupft hatte, war der Faden damit endgültig gerissen. Er wusste nicht, wie viel von der Wut, die plötzlich in ihm aufflammte, tatsächlich Richie galt, und wie viel davon Überreste seiner Frustration der letzten Wochen war, aber es war ihm egal: In diesem Moment hasste er seine drei Freunde genauso sehr wie Tristan.

»Du bist grad wirklich ein bissl ein Arschloch, Weiß«, sagte Jo.

»Ich will nur dafür sorgen, dass der verfickte Dreckskerl büßt«, zischte Ingo.

»Wer? Tristan?« Jo verengte die Augen. »Wofür büßt?«

»Wart mal.« Richie ließ Luke und Ingo los. »Du glaubst, dass *er* die zwei gekillt hat?«

Jo stieß einen einsilbigen, humorlosen Lacher aus. »Du weißt schon, dass der Killer ihn und Lily Cock-geblockt hat?«

»Behaupt'n's«, entgegnete Ingo.

»Ich scheiß mich an!«, lachte Richie, und diesmal zog er Ingo mit solcher Wucht zu sich, dass Ingo glaubte, er wollte ihm echte Gewalt antun. War auch annähernd so: Richie drückte ihn so fest an sich, dass es wehtat. »Unser kleiner Sherlock ist dem Täter auf der Spur, haha! Fuck, Ingo, du hast echt ein Problem.«

»Sherlock ist ein schlechter Vergleich«, feixte Jo. »Tristan hat nicht das Zeug zum Moriarty.«

Ingo hatte endgültig die Schnauze voll von den beiden, und von Luke auch, auch wenn der nur betreten danebenstand. Er stieß Richie von sich, mit deutlich mehr Kraft als notwendig, und stampfte aus der Aula.

4

Tristan hörte seinen Namen. Er hatte den ganzen Tag über bemerkt, dass Ingo ihm hinterherschlich, aber bisher hatte Ingo zumindest *versucht*, sich dabei unauffällig zu verhalten. Das Gespräch, das er in wenigen Metern Entfernung führte, hatte hingegen ziemlich offensichtlich Tristan zum Gegenstand. Tristan konnte keine Details verstehen und hatte es deshalb bisher ignoriert; jetzt drehte er sich um, bereit, sich einzumischen, sollte es ihm angebracht erscheinen – aber Ingo hielt bereits direkt auf ihn zu. Für einen Moment glaubte Tristan, Ingo wollte sich mit ihm anlegen – dann rauschte er vorbei, raus aus der Aula. Er stieß beinahe mit der Hartplatz zusammen.

»Wohin gehst du, die Gäste kommen jetzt!«, brüllte sie Ingo hinterher. Als dieser sich weder umdrehte noch sonst wie reagierte, sondern einfach die Stufen hinunterlief, warf die Direktorin resignierend die Arme in die Luft. Tristan sah die riesigen kreisrunden Schweißflecken unter ihren Achseln. Die machten das bluescreenblaue Kleid auch nicht hässlicher.

»Also«, rief die Hartplatz in die Aula hinein. Die aufgeregten Stimmen der Jugendlichen, die über ihre Kapriolen und Flausen des vergangenen Wochenendes tuschelten, wurden nicht leiser.

»*RUHE*!«

Das funktionierte.

»*Also*«, wiederholte Frau Doktor Hartplatz; sie klang erschöpft, als hätte der Schrei sie schon all die Kraft gekostet, die sie für den heutigen Abend aufgestaut hatte. »In wenigen Minuten werden unsere Gäste eintreffen. Ich weiß, ich habe euch gebeten, Familienmitglieder zum Kommen zu überreden. Und ich bin mir sicher, dass zumindest ein paar von euch fähig sind, zu tun, worum sie gebeten werden. Und wir werden eure netten Mütter und Väter und Großeltern und Onkeln und Tanten natürlich genauso aufmerksam und freundlich bewirten wie alle anderen Gäste. Aber wenn ihr glaubt, ihr könnt den ganzen Abend mit euren Verwandten plaudern, dann seid jetzt informiert, dass das *nicht* der Sinn der Veranstaltung ist.« Sie warf einen strengen Blick in die Runde; Tristan fragte sich, mit welchen Teenagern sie sonst zu tun hatte, wenn sie erwartete, die anwesenden Exemplare der Spezies würden einen ganzen Abend lang mit Verwandten plaudern wollen. »Eure Aufmerksamkeit und eure Gastfreundschaft widmet ihr heute hauptsächlich den Damen und Herren von der Schulverwaltung, vom Rathaus – und vom *Kabinett der Bildungsministerin.* Ganz recht!« Sie strahlte, als hätte ihre große Ankündigung den gewünschten Effekt erzielt; Tristan schaute sich um und entdeckte kein einziges Gesicht, das nicht gelangweilt aussah oder völlig ohne Ausdruck war. »Frau Magister Sparswitz aus dem Büro der Bildungsministerin wird uns heute beehren ...« Ihr wonnevolles Lächeln verwandelte sich abrupt in eine zornige Fratze. »*Also benehmt euch gefälligst.*« Und, wieder selig lächelnd: »Und vergesst nicht – der Abend gehört natürlich auch *euch.* Den Schülerinnen und Schülern. Genießt eure Adventfeier!« Bevor sie sich abwandte, deutete sie mit dem Finger noch wahllos auf einige der Versammelten und dann auf den gewaltigen, unter dem Gewicht der Kugeln und Girlanden sackenden Tannenbaum, und sagte, »Der Chor nimmt seinen Platz ein.«

Und der Chor nahm seinen Platz ein.

Tristan und Filippe drehten sich währenddessen wieder zueinander um.

»Das wird lustig«, sagte Filippe heiter.

»Das hat man damals vom *Futurama*-Comeback auch behauptet«, sagte Doc, der neben ihnen auftauchte und Nikki mitbrachte. Nikki machte ein Gesicht, als wäre jemand gestorben. Also, als wäre *noch* jemand gestorben.

»Du schaust zu viel fern«, sagte Filippe zu Doc. »Lies mal ein Buch. Oder geh ein bisschen aus. Hab Sex.«

»Kümmer dich um deine eigenen Angelegenheiten«, erwiderte Doc.

»Du *bist* meine Angelegenheit, kleiner Mann.« Filippe wuschelte mit der Hand durch Docs kurzes Haar, Docs Proteste ignorierend.

Tristan ließ den Blick schweifen. Alle hatten das gleiche granitgraue Shirt an und die gleiche schwarze Schürze um die Hüfte gebunden – ein schwindelerregender Anblick, in den Tristan sich an diesem Abend schon zahlreiche Male vertieft hatte, aber umsonst: Sein einziges Ziel war es, Lily zu entdecken, und das wäre ihm schon längst gelungen, wenn sie gekommen wäre. Er wusste, dass sie sich für den Kellnerinnendienst angemeldet hatte; er wäre selbst ferngeblieben, wenn er nicht geglaubt hätte, ihr hier zu begegnen.

Tristans Aufmerksamkeit blieb an Luke, Jo und Richie hängen. Die drei ließen sich von der überstürzten Flucht ihres Freundes nicht irritieren; Jo beschäftigte sich unbekümmert mit seinem Handy, Luke zupfte, anscheinend in eine gelangweilte Trance versunken, am Saum seines Shirts, und Richie hatte Gesellschaft von Marie bekommen, die rotbackig lächelnd zur Seite schielte, während er ihr etwas in die Haare flüsterte. Das war neu. Tristan beobachtete das Paar interessiert, bis er merkte, dass Luke aus seinem Schlummer erwacht war und ihn anstarrte. *Wie ich Lily anstarren würde, wenn sie hier wäre*, dachte er, und schauderte. War *das*, was aus ihm geworden war?

Tristan setzte sich gemächlich in Bewegung.

»Wohin gehst du?«, fragte Filippe, ihm hinterhersetzend.

»Weg.«

»Die Hartplatz killt dich.«

»Sie wird mir schon nicht die Matura aberkennen, weil ich keine Kekse serviert hab'.«

Auf der Treppe wehte Tristan kalte Luft entgegen: Die Eingangstüren auf beiden Seiten des Hauses standen offen, in freudiger Erwartung des hohen Besuchs. Tristan ging an der Tür zum Hof vorbei und stieg die Stufen zum Keller hinab, als jemand seinen Namen rief. Er hielt inne, stöhnte in sich hinein und drehte sich um.

»Guten Abend, Professor Killa«, grüßte Tristan höflich.

Rudi lächelte verlegen. »Heute so förmlich.«

»Verzeihung, ich knie mich gleich hin. Soll ich Ihre Hose öffnen oder können Sie das selbst?«

Rudis Gesicht fiel in sich zusammen wie ein Kartenhaus. Er warf gehetzte Blicke nach allen erdenklichen Richtungen, bevor er Tristan an der Schulter packte und ihn mit sich den Rest der Treppe hinunter in den Keller zog. Tristan ließ es geschehen.

Rudi nahm die Hand von Tristans Schulter, blieb aber viel zu nah an ihm stehen.

»Du musst damit aufhören«, sagte Rudi.

»Dann hör du auf, mich zu verfolgen.«

»Ich verfolge dich nicht! Ich mache mir nur Sorgen um dich. Die Morde, und dann dieser Angriff auf dich … Du bist immer noch einer meiner Schüler, Tristan.«

Tristan lachte, und hörte schlagartig wieder auf damit. »Oh – Moment. Du meinst das ernst?«

Rudi wirkte verletzt. »Natürlich.«

»Hm. Mir wäre nicht aufgefallen, dass du andere Schüler auch in dunkle Ecken zerrst und mit aufgeregtem Getuschel bedrängst.«

Rudis Lippen pressten sich zu einer weißen Linie zusammen. Seine Hände zuckten, als wollte er Tristan erneut packen … oder die Fäuste ballen. Tristan fiel auf, wie angespannt Rudi war, wie steif er dastand, leicht nach vorne geneigt wie in dem Augenblick vor einem Sprung …

»Gut«, sagte Rudi, und Tristan ordnete sein Gesicht; hatte er sich gerade vor Rudi *gefürchtet*? »Gut, ich gebe zu, dass ich dich ein bisschen mehr mag als den Rest. Jeder Lehrer hat seine Lieblinge.«

»*Schläft* auch jeder Lehrer mit seinen Lieblingen?«

»*Dreimal.*« Rudi flehte beinahe. »Es war *dreimal*, und wir waren jedes Mal betrunken. Du bist erwachsen. Mach keinen derartigen Wirbel um sowas.«

Tristan wusste nicht, ob er wieder lachen oder einfach weggehen sollte, und entschied sich gegen beides. »*Ich* mach' keinen Wirbel darum. *Mir* könnte das Ganze nicht egaler sein. *Ich* lauf' dir nicht hinterher, versuch' nicht, dich in Gespräche unter vier Augen zu verwickeln, schlepp' dich nicht in den Keller, um unbeobachtet zu sein. Für *mich* gibt es nichts mehr zu sagen. *Mir* bedeutest du nichts. Ich will weder dein Mitleid noch deinen Trost noch deinen Rat. *Du* hast dich unsittlich verhalten. *Du* bist ein Risiko eingegangen. Ich wollte nur vögeln, und ich hab' gekriegt, was ich wollte, und für mich ist die Sache damit erledigt. Also wenn du willst, dass es keinen Wirbel gibt, dann *halte dich gefälligst von mir fern*, Pädoprof –«

»*Nenn mich nicht so*!«

Rudis Kopf war nach vorne geschnellt, als wollte er Tristan küssen – aber es war wohl eher das Gegenteil der Fall: Rudis Zähne waren gefletscht, seine Haut scharlachrot angelaufen. Tristan hielt den Atem an. Diesmal war er sich sicher: Er *hatte* Angst vor Rudi.

Rudi machte einen Schritt zurück. »Tut mir leid! Tut mir leid. Es ist nur … Wir hatten ein paar Mal großen Spaß miteinander, und deswegen darf ich nicht mehr mit dir sprechen?«

»Wir *haben* nie miteinander gesprochen, bevor wir *Spaß miteinander hatten*. Wenn du geglaubt hast, dass wir jetzt beste Freunde werden, oder dass du jetzt mein Mentor wirst, oder was für Tagträumen du sonst unter deinen fettigen Haaren nachhängst, dann muss *ich* zu *dir* sagen: *Du bist erwachsen*, also *mach keinen derartigen Wirbel.*«

Rudis Hand schnellte hoch zu seinem Kopf, als wäre Tristans herablassende Bemerkung zu seinen Haaren das, was ihn am stärksten getroffen hatte. Aber die Hand senkte sich gleich wieder, und fiel auf Tristans Schulter.

»Kannst du mir wenigstens sagen …«, flüsterte Rudi; sein Ton verriet Tristan, dass jetzt kam, worum es Rudi eigentlich die ganze Zeit gegangen war. »Hast du – hast du vor, irgendjemandem von uns zu erzählen?«

Tristan schnaufte. »Aber, aber, Herr Professor Killa. Sie klingen ja fast so, als hätten Sie etwas zu verbergen. Etwas, das für *Wirbel* sorgen könnte.«

»Kannst du bitte einfach –«

»Ich verspreche, dass ich niemandem erzählen werde, dass du mit deinen Schülerinnen und Schülern fickst. Und ich verspreche, dass ich es auch bisher niemandem erzählt habe. Und falls du dich das gefragt hast: Ich weiß *nicht*, mit wem du es sonst noch getan hast. Es gibt keine Selbsthilfegruppe für die Opfer von Professor Killas sexuellen Übergriffen. Ich wünsche Ihnen eine schöne Adventfeier, Herr Lehrer.«

Tristan schüttelte Rudis Hand ab, ließ ihn im dunklen Kellergang stehen und drang entspannt in den noch dunkleren Spindkeller vor. Das einzige Licht hier stammte von den Laternen im

Hof, fiel durch schmutzige Fenster und brachte nicht viel. Tristan beschleunigte seine Schritte erst, als er Rudi die Treppe hochlaufen hörte. Es war ihm relativ egal, ob Rudi und er von dem, den er hier unten suchte, belauscht worden waren, aber die umgekehrte Situation wollte er vermeiden.

Fleck stand in einer entlegenen Ecke, als hätten sie sich hier verabredet. Der graue Overall kaschierte jeden Dreck, der an ihm klebte, aber in Flecks schütterem Haar hing Kreidestaub; die weiß getünchten Härchen, die wirr um den kahlen Fleck in der Mitte sprossen wie wildes Gras, erinnerten Tristan an Spinnenfäden. Im Schein einer Taschenlampe, die auf dem Boden lag, ließ der Mann einen Wischmopp träge Kreise ziehen.

»Arbeitest du gern im Finstern?«, fragte Tristan.

Fleck blickte auf. Er hielt den Stiel des Mopps so fest umklammert, dass die Venen und Knochen seiner Handrücken sogar im Halbdunkel deutlich hervortraten, ein Schattenspiel aus Blut und Gebein.

»Jemand hat hier hergekotzt, glaube ich«, sagte Fleck, als wäre das eine Antwort auf Tristans Frage.

»Passiert«, sagte Tristan.

»Ekelhaft«, erklärte der Schulwart. Er tauchte den Mopp in den Kübel neben der Taschenlampe, tränkte ihn im Wischwasser, klatschte ihn zurück auf den bräunlichen Fleck und drückte den Stiel kräftig nach unten. Schmutzige Brühe quellte aus den Fransen wie aus einem Schwamm und ergoss sich bis zu seinen Arbeitsstiefeln.

»Hast du was für mich?«, fragte Tristan.

Fleck wischte. »Nette Schürze.«

»Danke. Soll ich nochmal fragen?«

»Nein, nein.« Ein röchelndes Seufzen hob sich aus seinem hageren Brustkorb. Er lehnte den Mopp gegen einen Spind und kramte in seinen tiefen, grauen Overalltaschen. »Was darf es denn sein?«

»Nur Gras, und nicht viel. Ich hoffe, das ist in Ordnung.«

Fleck zuckte mit den Schultern. »Was ich los bin, bin ich los.«

Das war genau die Art von pragmatischer Weisheit, die Tristan an dem Schulwart so schätzte. »Zehn Gramm?«

Fleck hielt inne und spitzte die spröden Lippen. »Das ist jetzt gar nicht so wenig, wie ich erwartet hätte. Du hast lange gar nichts mehr gekauft.«

»Ich hab' lange nichts gebraucht.«

Fleck zauberte endlich ein großes schwarzes Federpennal hervor. Der hochgeklappte Deckel verbarg die Inhalte vor Tristan, während Flecks lange, dürre Finger nach der richtigen Ware tasteten.

»Hier«, sagte Fleck. Er streckte ihm einen transparenten Plastiksack entgegen. »Schon abgepackt.«

Tristan nahm ihm das Säckchen ab und warf einen kurzen Blick darauf, bevor er es einsteckte. An einem anderen Tag hätte er vielleicht darauf bestanden, das Gras noch einmal abwiegen zu lassen, aber er hörte jetzt die ersten Gäste in der Ferne eintrudeln; er wollte nicht unnötig lange mit dem Zeug herumhantieren, und Fleck war immer vertrauenswürdig gewesen.

Tristan zog einen Fünfziger aus seiner Geldbörse und zählte ein paar Zehner ab, aber Fleck winkte ab.

»Fünfzig wird heute genügen. Oder, weißt was? Machen wir vierzig. Weihnachtssonderpreis für Stammkunden.«

Tristan überreichte die Scheine mit gerunzelter Stirn. »Äußerst großzügig.«

»Geschäft läuft gut genug«, entgegnete Fleck. Die Scheine waren, hocus pocus, längst in den Untiefen seiner Taschen verschwunden.

Eine Frage lag Tristan auf der Zunge; er zögerte, bevor er sie stellte: »Hat Ingo heute was gekauft?«

Fleck zog die Augenbrauen bis zu seinem spärlichen Haaransatz hoch. »Ich rede nicht mit Kunden über andere Kunden.«

»Meine Güte, Fleck«, sagte Tristan. »Du bist ein Hausmeister, der minderwertige Drogen an Schülerinnen und Schüler verkauft, kein Mafiaboss.«

Fleck verzog den Mund, als wäre er ernsthaft beleidigt. Dann zuckte er mit den knochigen Schultern, und sagte, »Ingo macht Pause, was ich begrüße – du hast sicher mitbekommen, dass unsere Freunde und Helfer von der Polizei sich zurzeit über Gebühr für ihn interessieren. Außerdem kauft er um die Zeit sonst auch nicht bei mir. Am Sonntag kann er mit ganz anderen Kalibern handeln.«

»Ah«, sagte Tristan, »stimmt. Adventmarkt.«

Fleck nickte. »Wirst du dich auch dort aufhalten?«

»Am Hauptplatz – vermutlich. Am Giftkindlmarkt … eher nicht«, gestand Tristan. Er fühlte sich plötzlich gesprächig. Fleck hatte manchmal diese Wirkung auf ihn. Sich jemandem anzuvertrauen, dessen Anstellung und Freiheit unter anderem davon abhing, dass Tristan sein Geheimnis nicht preisgab, fiel ausgesprochen, unvergleichlich leicht.

»Heuer also ein entspanntes Weihnachten?«, fragte Fleck, zu der kleinen Beule nickend, die das Plastiksäckchen in Tristans Schürzentasche machte. »Kein Bedarf an Chemie?«

»Weniger das«, sagte Tristan. »Ich bin ein bisschen knapp bei Kasse.«

»Os Senior wieder mal knausrig unterwegs?«

»Immer. Aber daran liegt es nicht. Ich hatte neulich eine kostspielige Anschaffung zu tätigen.«

»Ein Weihnachtsgeschenk?«

»Mehr oder weniger. In erster Linie ein Versuch, Eindruck zu schinden.«

»Tristan Os versucht, Eindruck zu schinden?« Flecks Unterlippe stülpte sich nach außen. »Für wen würdest du dir so eine Mühe geben?«

»Für ein ganz besonderes Mädchen.«

Fleck wieherte wie ein Esel. »Ich bin wohl im falschen Film gelandet.« Er langte nach seinem Mopp und setzte seine Arbeit fort.

»Ich wünsch' dir viel Erfolg beim Entfernen des Erbrochenen«, sagte Tristan, sich abwendend.

»Und ich wünsch' dir Erfolg mit deinem Mädchen. Und frohe Weihnachten schon mal.«

5

Es gab fast genauso viele Kellnerinnen und Kellner wie Gäste, und nach einer Stunde schien klar, dass sich daran nichts mehr ändern würde. Nikki hatte daher kein schlechtes Gewissen, als sie beschloss, verfrüht abzuhauen.

Sie entkam unbemerkt aus der Schule. Zuerst wusste sie nicht, was sie mit dem freigewordenen Abend anstellen sollte, und spazierte gedankenverloren durch die nächtlichen Straßen. Nach einer Weile erkannte sie, in welche Gegend ihre Beine sie getragen hatten, und sie traf eine Entscheidung. Sie machte bei einer Tankstelle Halt, um eine Flasche Rotwein zu kaufen, erreichte zehn Minuten später ihr spontan gewähltes Ziel und läutete an. Hinter einem Fenster neben der Tür zuckte der Vorhang, bevor ihr geöffnet wurde.

»Nikki?« Bibis Augen waren rund wie Christbaumkugeln. »Hallo. Was –?«

»Ich hab' mir gedacht, Sie brauchen vielleicht ein wenig Gesellschaft.« Nikki präsentierte ihr Gastgeschenk.

Bibis Blick blieb an der Rotweinflasche hängen, und ihr Mund zog sich zusammen. Erst da wurde Nikki in vollem Umfang bewusst, was sie gerade tat. Vielleicht war es Lehrerinnen gar nicht erlaubt, mit ihren Schülerinnen zu trinken …

Bibi trat zur Seite. »Bitte«, sagte sie mit einem Lächeln, das ein wenig ängstlich und doch einladend wirkte.

Nikki sah sich neugierig im Haus um. Sie wusste, wo Bibi wohnte, weil sie während der Vorbereitungen für *Dantes Inferno* einmal Requisiten von hier abgeholt hatte, aber Bibi hatte ihr die Kiste mit Schnickschnack damals an der Tür überreicht. Im Vorzimmer hing ein Spiegel mit schnörkeligem Rahmen an der Wand und standen mehrere bunte Schirmständer und Blumenvasen herum, die keine Schirme und keine Blumen beherbergten. Die Regale im Wohnzimmer waren mit Katzenfiguren, Plastikblumengestecken, fetten Kristallen und filigranen Glasgefäßen befüllt. Auf dem Sofa türmten sich Unmengen an Polstern und Decken. Das Ganze machte auf Nikki einen recht erdrückenden Eindruck.

»Ich hab' nicht mit Besuch gerechnet«, rief Bibi, die in die Küche gehuscht war. »Verzeih die Unordnung.«

»Sie sollten mal mein Zimmer sehen«, antwortete Nikki höflich, sich einen Platz auf dem Sofa freiräumend. In Wirklichkeit war sie sehr ordentlich. Aber sie war nicht gekommen, um Bibi auszurichten und noch trauriger zu machen.

Bibi kehrte mit zwei dickbäuchigen Gläsern und einem Korkenzieher zurück. Sie blieb zögerlich neben dem Couchtisch stehen, warf einen weiteren verunsicherten Blick auf die Flasche.

»Ich bin achtzehn«, sagte Nikki.

»Das interessiert die Schulleitung nicht, fürchte ich.« Bibi seufzte; aber dann setzte sie sich neben Nikki, entkorkte die Flasche und schenkte ein. »Danke für deinen Besuch. Und für den Wein.«

»Der ist nichts Besonderes.«

Bibi lachte verhalten. »Ich kenn' die Marke.« Ihr Gesicht zuckte, als hätte sie sich mit ihren eigenen Worten erschreckt. »Ich mein' – ich kenn' mich nicht wirklich aus mit Wein – ich brauch' keinen – keinen besonderen … Ich weiß es zu schätzen, dass du überhaupt kommst und was mitbringst. Die Geste ist so lieb.«

Nikki bemerkte, dass Bibis Hand beim Einschenken zitterte. Sie bemerkte auch die vielen gebrauchten Taschentücher, die um das Sofa herum am Boden verstreut lagen. Und zuletzt bemerkte sie das leere Weißweinglas am Tisch.

»Sie waren nicht bei der Adventfeier«, sagte Nikki, nachdem sie angestoßen und einen ersten Schluck getrunken hatten. Der Wein schmeckte so bitter, wie sie ihn in Erinnerung hatte, aber das war in Ordnung. Nikkis Vater behauptete gern, beim Wein ginge es ihm um den Geschmack, aber das war ihrer Meinung nach in seinem wie in jedem anderen Fall eine Lüge.

»Ich … fühl' mich nicht so gut«, sagte Bibi. »Glaub', ich werd' vielleicht krank. Will niemanden anstecken.«

Nikki nickte. Wenn Bibi so tun wollte, als ob, dann sollte sie eben.

»*Hach*«, seufzte Bibi, das Glas am Mund angesetzt – dann leerte sie es mit einem einzigen kräftigen Schluck, und schenkte nach. »Es tut mir so leid für euch.« Sie schniefte. »Ihr seid … viel zu jung. Solche Verluste …«

Nikki ließ ihr Glas ebenfalls auffüllen. »Ich vermisse die beiden«, sagte sie. »Ich hab' mich mit Hannah zuletzt nicht sonderlich gut verstanden, aber ich vermisse sie trotzdem.«

»Du bist eine gute Seele«, sagte Bibi. Sie wirkte auf einmal fröhlich. Unangenehm fröhlich. »Du bist gutherzig und nett.«

Nikki kratzte sich verlegen an der Wange. »Naja.«

»Doch, doch.« Bibi zeigte ihre gelblichen Zähne; sie sah heute viel älter aus, als sie war – aber Nikki wusste, dass das zurzeit auf sie selbst auch zutraf. »Alle Lehrer sagen das.«

Nikki hätte nicht gedacht, dass die Lehrer sich über sie unterhielten. Die Idee gefiel ihr nicht besonders.

»Hannah war ganz anders.« Bibi sprach in einem Zug, ließ die Silben ineinander überfließen. »Aber ja, du hast recht – es ist trotzdem traurig. Schlimm.«

»Schlimm«, pflichtete Nikki bei.

»Schlimm.«

Sie tranken.

»Mein Mann«, sagte Bibi plötzlich, und aus dem Nichts drang Zorn in ihre Stimme, »hat den Tod einer jungen Frau wieder mal nur zum Anlass genommen, sich von seiner schlechtesten Seite zu zeigen. Als hätte er gute Seiten. Ex-Mann, mein ich. Bald Ex-Mann. Tschuldigung. *Nur weil eine kleine Hure stirbt, brauchst nicht die Scheidung noch länger hinauszögern.* Seine Worte. *Kleine Hure.*« Ihre Augen weiteten sich, als könnte sie es immer noch nicht fassen. Sie räusperte sich, trank. »Stell dir das mal vor. Und – als ob *ich* die Scheidung hinauszögern würde. Wer will sie denn, wenn nicht ich?«

Bibi schenkte sich erneut nach und trank gleich wieder das halbe Glas. Nikki fragte sich im Stillen, ob Bibis Mann – *Bald-Ex-Mann-Tschuldigung* – sie nicht vielleicht besser einschätzte, als sie zugeben wollte, auch wenn er wirklich wie ein extremes Arschloch klang.

»Jetzt ist es hoffentlich bald so weit.« Bibi griff nach einigen spielfigurenartigen Holzklötzen, die auf dem Glastisch lagen, und rückte sie zusammen. Formationen bastelnd fuhr sie fort, »Jetzt sind wir bald geschieden. Endlich.«

»Habt ihr euch einvernehmlich getrennt?«, fragte Nikki, die mittlerweile sehr deutlich spürte, dass es ein Fehler gewesen war, herzukommen. Aber sie war einsam gewesen. Fühlte sich oft einsam in letzter Zeit. Und Bibi war die Einzige, die *noch* einsamer wirkte.

Bibi wollte zu einer energiegeladenen Antwort ansetzen, bekam Schluckauf, hielt sich die Hand vor den Mund; sie atmete tief durch, und sagte, »Ja. Nein. Also – wir haben – *hicks* – lange versucht, es wieder in den Griff zu bekommen. *Uns* in den Griff zu bekommen. Einander. Wie sagt man – *hicks* – richtig?« Sie wartete Nikkis Antwort nicht ab. »Naja, jedenfalls haben wir es versucht. Aber – wir verstehen uns nicht mehr so gut wie früher. Es ist eben so. Manchmal ist es eben einfach so. Und dann kann man auch – *hicks* – nichts mehr machen.«

Ihre Worte klangen wie ein auswendig gelerntes Zitat. Vielleicht waren es welche, mit denen Bibis Bald-Ex-Mann sie zu beschwichtigen versucht hatte.

»Er stalkt mich.«

Damit hatte Nikki nicht gerechnet. Weder mit der Aussage noch mit der leisen, ängstlichen Stimme.

»Er tut so, als würde ich ihm das Leben zur Hölle machen. Aber er stalkt mich. Taucht an Orten auf, an denen er nichts verloren hat, zu Zeiten, von denen er weiß, dass er mich dort findet. Er schreit immer. *Immer*. Heute Früh war er in der Schule. Deswegen bin ich ins Klo geflüchtet.«

Nikki war sprachlos. Sie merkte, dass ihr Mund offen stand, und schloss ihn schnell. Sie hielt ihr Glas viel zu fest; sie lockerte den Griff, bevor es dem Druck nachgeben und zerbrechen konnte.

Bibi blinzelte. Dann starrte sie Nikki an. Und als würde sie jetzt erst begreifen, wer ihr da gegenübersaß, zog sie rasselnd Luft ein und sprang auf.

»Oh«, sagte sie dümmlich. »Oh, auweh. Nein, das – ich wollte nicht – ich will dich nicht mit solchen Dingen belasten. Und – Alkohol ist wirklich kein Spielzeug, Frau – Nikki.«

»Es ist okay, Frau Professor«, sagte Nikki. Sie erhob sich ebenfalls. »Ich werde niemandem erzählen, dass ich bei Ihnen war.«

»Gut. Ich mein' – ja, genau, das ist vielleicht besser.« Ein fürchterliches Lächeln tauchte auf ihrem Gesicht auf, rot und schmerzvoll wie ein Brandmahl. »Und – du solltest jetzt nach Hause gehen. Nein – dich abholen lassen. Hast du Geld für ein

Taxi? Warte, ich gebe dir – nein, ich darf Schülern kein Geld geben …«

»Ich geh' zu Fuß, das passt schon.«

»Du gehst nicht zu Fuß, da draußen läuft jemand mit einem Messer herum, der es auf Mädchen wie dich abgesehen hat.«

Nikki erstarrte. *Auf Mädchen wie mich?* Aus diesem Blickwinkel hatte sie die Geschehnisse der letzten Wochen noch gar nicht betrachtet. Ein kalter Schauer lief ihren Rücken hinab. Sie war ganz allein durch den dunklen Abend spaziert, von der Schule bis hierher … Was hatte sie sich dabei gedacht?

»Ich bring' dich heim, ganz einfach«, sagte Bibi, und verpasste Nikki einen noch größeren Schreck, indem sie aus einer Keramikschüssel auf einem Beistelltisch einen Autoschlüssel klaubte.

»Danke, das ist nicht nötig«, sagte Nikki, vielleicht etwas zu hastig. Aber Bibi schien nicht so genau zuzuhören.

»Du kannst nicht allein durch die Nacht laufen –«

»Ich ruf' meinen Vater an, er wird mich abholen. Ich sag' einfach, ich hab' nach der Adventfeier geholfen, Dekoration zu Ihnen zu bringen, die Sie der Schule geborgt haben.«

Die spontane Lüge ging ihr beim zweiten Mal, in Bibis Vorgarten am Telefon mit ihrem Vater, genauso leicht über die Lippen. »Pfarrer Gutleb hat uns gefahren, musste aber schnell wieder weg«, erfand sie hinzu. »Frau Professor Blocksberg hat bei der Feier ein wenig getrunken und traut sich nicht fahren.«

Nachdem ihr Vater beteuert hatte, wie vernünftig er das fand und wie dringend sich Nikki und ihre Freundinnen ein Beispiel an ihren Lehrern und Lehrerinnen nehmen sollten, versprach er, gleich bei ihr zu sein.

Nikki zog sich bis zur Hausmauer zurück, während sie wartete. Sie wählte eine Stelle, an der das Licht aus dem Haus sie nicht berührte. Sie hatte sich bei dem Fenster neben der Tür plötzlich zu sichtbar gefühlt. Präsentiert wie ein Gastgeschenk.

Sie konnte Bibi im Haus weinen hören. Sie wünschte, sie wäre bei der Feier geblieben.

6

Die Stadt war kalt. Bäume ächzten unter weißen Mänteln, Eiszapfen drohten an Fensterbrettern und Regenrinnen, frostbeschichtete Windschutzscheiben verbargen das Innere parkender Autos. Ein Bilderbuchwinter hatte die Möchtegernmetropole eingeholt, und sie war darauf vorbereitet: Pünktlich zum ersten Advent öffnete der Christkindlmarkt seine Hütten, mit Punsch und Glühwein und allerhand Zeug, das niemand brauchte.

Tristan war kein großer Fan von Weihnachten, aber er hatte ein unerklärliches, verklärtes Faible für Adventmärkte. Er schlenderte gerne zwischen den Ständen hindurch, betrachtete die dargebotenen Keramikengel und Holzkreuze, ignorierte ihre hoffnungsvollen Verkäuferinnen und Verkäufer, erarbeitete einen kräftigen, picksüßen Punschrausch. Wenn ihm kalt wurde, konnte er stets die Nähe eines Heizstrahlers aufsuchen – wenn er den Winter wieder spüren wollte, brauchte er sich bloß wieder einen Schritt zu entfernen: absurd simple Freuden, aber trotzdem Freuden.

Wahrscheinlich gefiel ihm das alles, weil seine schönsten Kindheitserinnerungen mit der Adventzeit zu tun hatten. Seine Mutter liebte Weihnachten. Sie hatte sich immer Mühe gegeben, Sarah und ihm eine schöne Bescherung zu ermöglichen und die Wochen davor fröhlich und magisch zu gestalten. Welchen Partner Nicola auch immer gerade gehabt haben mochte: Spätestens mit Anfang Dezember waren ihr nur ihre Kinder wichtig gewesen, und am Heiligen Abend hatte kein Außenstehender etwas im kleinen Kreis der Familie verloren gehabt.

Bis Samuel Os aufgetaucht war.

Tristan zog die Kapuze tiefer in sein Gesicht, schüttelte die finsteren Gedanken ab, überquerte den Hauptplatz bis zu den kleinen Fichten, die den Eingang zum umzäunten Markt säumten, und stürzte sich ins Getümmel. Die ersten Stunden nach der Eröffnung war immer am meisten los: Zwischen den kleinen Holzhütten ging es so dicht gedrängt zu, dass Tristan kaum einen Schritt vorankam. Dieses Gequetsche hatte er eigentlich meiden wollen, aber eine Geschäftsreise seines Stiefvaters war abgesagt worden, weshalb Samuel heute doch zuhause und Tristan früher als geplant geflohen war. Er hatte in Erwägung gezogen, erst noch ein paar Runden mit dem Auto zu drehen; aber seit seinem Date mit Lily war ihm während jeder Autofahrt, als würde er aus dem Augenwinkel sehen, wie sich die Totenschädelmaske gegen das Fenster des Beifahrersitzes presste.

»Du bist aber früh dran«, sagte Doc, als Tristan sich endlich bis zu den Tischen der ersten Punschhütte durchgekämpft hatte. Weiter waren die anderen anscheinend auch nicht gekommen.

»Nichts Besseres zu tun gehabt?«, fragte Filippe.

»Ich hab' mich so nach euch gesehnt«, sagte Tristan.

»*Sounds about right*«, sagte Caro. Mit ihr hatte Tristan nicht gerechnet.

»Hat Onkel Fred die Ausgangssperre aufgehoben?«, fragte Tristan seine Cousine.

»Lassen dich deine Eltern wegen des Mörders leicht nicht raus?«, fragte Doc.

»Nein«, sagte Caro, »ich war vor kurzem zum ersten Mal fort und sie haben mich um elf am Abend kotzend vor der Haustür gefunden, deswegen hab' ich Hausarrest für immer, wenn's nach Papa geht. Aber«, wandte sie sich an Tristan zurück, »ich bin eigentlich mit ihnen da. Willst du sie suchen gehen, hallo sagen?«

»Und mir die Vorfreude auf Heiligabend verderben?« Tristan nahm einen Schluck von Filippes Punsch.

»Willst du nur mein Häferl oder soll ich dir auch mein Crépe schenken?«, sagte Filippe.

»Zeit des Gebens, et cetera. Was du mir anbieten könntest, ist, dass du mir einen eigenen Punsch holst. Ich seh' Valerie in der Schlange, und das ist ein Gespräch, auf das ich wirklich keine Lust hab'.«

»Und ich leicht schon?«

»Vielleicht nicht auf das *Gespräch* mit ihr.« Tristan gab ihm Geld, und Filippe zog lachend von dannen.

»Ist der stubenrein auch?«, fragte Caro.

Tristan ignorierte sie. »Wo ist denn Nikki?«, fragte er Doc.

Abgesehen von einem Schulterzucken gab Doc keine Antwort. Das war merkwürdig. Beides: dass Nikki nicht da war und dass

Doc nicht wusste, wo sie war – wenn er es denn wirklich nicht wusste, nicht nur nicht darüber reden wollte. Der kleine Mann wirkte geknickt.

»*Trouble in paradise*?«, fragte Caro.

»Wir sind nur Freunde«, sagte Doc. Der gereizte Ton verriet, was er von diesem Umstand hielt.

»Hast du was vom Ingo g'hört?«, fragte Filippe, als er mit Tristans Punsch zurückkehrte.

»Ich nehme an, der ist schon drüben am anderen Markt.«

»Gehst du auch?«

Tristan schüttelte den Kopf.

»Er sollt' auch vorsichtiger sein.« Filippe senkte seine Stimme. »Wenn die Polizei sich so für ihn interessiert.«

»Wären die ein bisschen kompetenter, wäre das vielleicht ein Problem für ihn«, sagte Tristan. »Oder eben nicht, weil sie ihn dann nicht verdächtigen würden.« Nach kurzem Zögern fügte er hinzu, »Mich verdächtigen sie auch.«

»*Dich*?«, stieß Caro empört hervor. »Du bist *attackiert* worden.«

»Bin ich das?« Tristan ließ die Worte sacken und nippte an seinem Punsch, bevor er erklärte, was er meinte. »Jemand hat ein Kostüm angezogen und mich mit einem Messer bedroht. Aber dass das der war, der Hannah und Kris getötet hat, kann man nur mutmaßen. Passiert ist auch niemandem was, also vielleicht war die ganze Sache nur ein schlechter Scherz.«

Nach ein paar Sekunden sagte Caro, »Und wovon träumst du nachts?«

Totenköpfen, Leichen und Lily, dachte Tristan.

»Ernsthaft, das ist das Blödeste, was ich seit langem gehört hab'«, sagte Filippe, und warf Tristans Restgeldmünzen in seine allgemeine Richtung. Tristan machte keine Anstalten, sie zu fangen oder vom Boden aufzusammeln. »Der Killer hat versucht, dich zu killen, und du alter Survivor hast das Killen überlebt. Lass dich ein bisschen feiern und red keinen Stuss.«

»Sagt der, der das Wort *Stuss* verwendet«, sagte Tristan, während Filippe sich selbst bückte, um die Münzen aufzuheben. »Schon Valerie für später klargemacht?«

»Schon genommen, gleich am Stand«, sagte Filippe.

»Ah, deshalb warst eine ganze Minute weg. Wie war's?«

»Nicht so gut wie deine Mutter.«

»Wäh, Filippe. Sogar für dich tief.«

»Nicht so tief wie deine Mutter. Sich bückt.« Er runzelte die Stirn. »Gebückt hat. Ach, drauf geschissen. Aber der hätte gut sein können!«

Doc und Caro lachten schallend. Filippe verstand, dass sie über ihn lachten und nicht über seinen Versuch eines Witzes, und bewarf Doc mit einem Ball aus brackigem, braunem Schnee. Doc schoss zurück, und eine Schlacht entbrannte zwischen den beiden. Caro lachte lauter und lauter, und die anderen Leute in ihrer Umgebung wichen erschrocken aus und blökten ihre Beschwerden in die kalte Luft. Und Tristan trank Punsch, schaute zu und war froh, hergekommen zu sein. Für einen Augenblick oder zwei vergaß er sogar, sich zu fragen, ob Lily auch da war.

7

»Ich freu' mich, dass du zug'sagt hast«, sagte Richie.

Marie lächelte in ihren Schal. »Und dabei hab' ich's nicht mal dabei belassen.«

Als Richie verwirrt das Gesicht verzog, verdrehte sie die Augen, lachte nervös und fügte hinzu, »Ich hab' nicht nur zugesagt, ich bin sogar gekommen.«

»*Haha*«, bellte Richie, »ja – ja, voll. Noch besser.«

Marie vergrub das Gesicht tiefer im Schal, die Hände in den Jackentaschen. Sie war sich gar nicht so sicher, ob es wirklich ein Grund zur Freude war, dass sie Richies Einladung zum Christkindlmarkt gefolgt war. Was genau in ihr sich dagegen sträubte, wusste sie auch nicht, aber etwas war da, etwas Grobes, Klobiges, Dunkles; ein schlechtes Gefühl, ummantelt von dem alles andere als schlechten Gefühl, das sie grundsätzlich hatte, wenn sie mit Richie beisammen war. Sie konnte nicht leugnen, dass sie sich über Richies Einladung gefreut hatte; dass ihr Herz lustig klopfte, jetzt, wo sie neben ihm herging. Statt durch den Christkindlmarkt schlenderten sie im Kreis um ihn herum; zwischen den Ständen war einfach zu dichtes Gedränge, um sich gemütlich und romantisch hindurchzubewegen.

Romantisch … *War* es Romanze, was Richie wollte?

Wollte *sie* Romanze? Mit Richie?

»Da drin is' ja echt die Hölle los«, sagte Richie. »Soll'n wir stattdessen nochmal Kino probier'n?«

»Ich mag's hier«, sagte Marie.

»Na, dann bleiben wir! Aber jetz' schau' ich mal, ob ich uns nicht doch irgendwo schnell einen Punsch auftreib'n kann. Vorhin hab' ich Fips und Doc g'seh'n, notfalls klau' ich einfach denen ihre Tassen.«

»Wir können uns auch einfach wo anstellen«, lachte Marie. »Aber – noch nicht. Okay? Geh'n wir noch ein bisschen einfach so spazier'n.«

Kaum hatte Marie den Vorschlag ausgesprochen, bereute sie es: Er klang saublöd in ihren eigenen Ohren. Aber Richie grinste breit.

»Gern«, sagte er. »Mega gern.«

Und seine kälteroten Backen färbten sich noch röter, als er eine zaghafte Hand nach ihr ausstreckte.

Zuerst begriff sie nicht. Dann doch, völlig abrupt, ähnlich, wie wenn ihr eine vergessen geglaubte Sache, an die sie sich lange angestrengt zu erinnern versucht hatte, nachts plötzlich von selbst wieder einfiel. Der Sprung, den ihr Herz machte, schien ihre offenen Fragen zu beantworten.

Sie nahm eine behandschuhte Hand aus der Jackentasche und ergriff Richies. Und so schlenderten sie weiter.

8

Die ausgelassenen Gespräche der Christkindlmarktbesucher und das Gekreische ihrer Kinder hallten als gewaltiger Geräuscheschwall über den Hauptplatz bis zu der Seitengasse, an deren Eingang Ingo sein Geld zählte. Weihnachtsmusik spielte es noch keine, aber Ingo sah die Boxen, die auf der Bühne jenseits der Verkaufsstände ihres Einsatzes harrten. Ingo plante, längst wieder daheim zu sein, bevor irgendeine sogenannte Band auf die Idee kam, *Last Christmas* zu covern. Aber vorher galt es, das Weihnachtsshopping am Giftkindlmarkt zu erledigen. Dieses Jahr würde er nur sich selbst beschenken, hatte Ingo beschlossen. Richie und Jo gingen ihm auf die Nerven, Luke sowieso, und Hannah und Kris waren tot.

Er wandte sich von dem übelkeitserregenden Anblick der punschsaufenden Lämmer ab und betrat die Gasse, in der der etwas andere Adventmarkt in Kürze eröffnen würde. Manchmal fragte Ingo sich, ob der Bürgermeister wusste, dass der Abschaum der Stadt jährlich wenige Meter vom Christkindlmarkt entfernt zusammenkam, um seinen eigenen Handel zu vollführen. Das Konzept war simpel genug: Während ein paar Polizistinnen und Polizisten am Hauptplatz umherstreiften, um für die Sicherheit und das ordnungsgemäße Verhalten der Adventfeiernden zu sorgen, und sich der Großteil der restlichen Polizei selbst an den Punschständen volllaufen ließ, trafen sich jene, die andere Formen des Rausches bevorzugten, in einer dunklen Ecke nahe dem Massenauflauf, um möglichst schnell möglichst viel Geld zu verdienen oder loszuwerden. Als Ingo vor zwei Jahren zum ersten Mal an dem Treffen teilgenommen hatte, hatte er nicht verstanden, warum die Dealer und Junkies der Stadt zur Weihnachtszeit so risikofreudig wurden; die Idee eines Drogenmarkts hatte er prinzipiell schön gefunden, aber wieso nicht in entlegenen Parkecken, Bahnhofsklokabinen und muffigen Wohnungen wie sonst auch? Ziemlich schnell hatte er jedoch begriffen, welchen Vorteil die Verknüpfung mit dem Christkindlmarkt bot: Gerüchte um sowas wie den Drogenadvent verbreiteten sich schnell unter solchen Leuten, die Derartiges heimlich interessant fanden, und zogen Neugierige in die Seitengassen des Hauptplatzes – Neugierige, die sich zu anderen Zeiten, an anderen Orten, eher nicht ihrer Neugier hingegeben hätten. Außerdem, umgekehrt, konnten sich die weniger stolzen, ernsthaft süchtigen, in ihrer Eitellosigkeit pragmatisch denkenden Giftler die dicht gedrängte Unmenge an Menschen, mit ihrer durch Kapuzen eingeschränkten Sicht und ihrer punschgetränkten Achtlosigkeit, zunutze machen, indem sie die Geldbörsen fladerten, die nach dem Erwerb von kitschigen Schneekugeln und ein, zwei, fünf Runden Schnaps mehr aus den

Manteltaschen hingen als in diesen zu stecken. Ingo hatte bisher nicht bei solchen Raubzügen mitgemacht – selbstverständlich nicht: er war im Drogengeschäft, nicht asozial, und er war Nutzer, nicht abhängig und erbärmlich –, aber er konnte sich vorstellen, sich dieses Jahr dazu hinreißen zu lassen, einfach zum Spaß. Geld konnte er immer brauchen. Und nachdem er ohnehin schon zweimal quasi im Gefängnis gesessen hatte, ohne irgendetwas verbrochen zu haben, war ihm die Sache mit dem Gesetz noch gleichgültiger als jemals zuvor. Er fand die Vorstellung, dem Inspektor Schrammer am Christkindlmarkt die Börse zu stehlen, sogar richtig reizvoll.

Das war wohl noch ein Grund, warum es den Giftkindlmarkt gab: weil es einfach lustig war, unmittelbar vor der Nase des Bürgermeisters, der Polizei und der ganzen kleinkarierten Stadt dieser alternativen Lebensweise zu frönen. Es war pervers und es war witzig, Schulter an Schulter mit dem Christkindlmarkt sowas wie die Weihnachtsfeier der städtischen Drogengesellschaft zu veranstalten. Sie mochten Kriminelle und Junkies sein, aber das hieß noch lange nicht, dass sie keinen Humor hatten.

Ingo steckte sein eigenes Geld wieder ein und schlenderte tiefer in die Gasse hinein. Niemand war zu sehen, aber das wunderte ihn nicht: Es war üblich, dass sich die Geladenen zu Beginn erst mal am offiziellen Markt tummelten und die Gasse aus der Ferne beobachteten oder sich anders im Hintergrund hielten, hinter Mülleimern und in Türstöcken kauerten oder sich Zutritt zu leerstehenden Gebäuden verschafften, um durch dreckige Fenster auszukundschaften, was sich draußen so tat. Das war das erste Mal, dass Ingo bei seinem Auftauchen nicht nervös war. Entspannt lehnte er sich gegen eine Regenrinne, steckte die Hände ein und fingerte an den Plastiksäckchen in seinen Hosentaschen herum: Pinke und gelbe Pillen in dem einen, Grasbüschel in den meisten anderen, bröcklige weiße Steinchen und Pulver in ein paar weiteren – das war, was er heute verkaufen oder tauschen wollte, oder auch herschenken, wenn er sich damit Freunde machen konnte. Er hatte nicht viel dabei, hauptsächlich, weil er ganz einfach nicht viel *hatte*. Ingo kaufte bei Fleck in erster Linie ein, um weiterzuverkaufen – für sie beide seit über zwei Jahren ein lohnendes Geschäft –, und suchte hier am Giftkindlmarkt eigentlich eher Kontakt und Abenteuer als Drogen. Eine Wahrheit, die Ingo sich selbst ungern eingestand, war, dass er ein bisschen ein Schisser war, was Konsum anging: Weed rauchte er gerne, aber sonst warf er sich normalerweise allerhöchstens hin und wieder ein halbes E ein, aber *wirklich* nur hin und wieder, und wirklich nur ein halbes. Einmal hatte er ziemlich viel gezogen, aber er erinnerte sich an wenig von der Nacht, und er war mit blutender Nase, geprelltem Fußgelenk und dröhnenden Kopfschmerzen aufgewacht. Koks wollte er heute zum Beispiel trotzdem kaufen; das Mädchen, bei dem er es vor einem Jahr erstanden hatte, war niedlich, und er hoffte, sie wiederzufinden. Eigentlich waren alle Mädchen hier irgendwie süß, sogar die richtig Verdorbenen, die mit den braunen Zähnen und eingefallenen Augen, spindeldürr und dauerzitternd. Die Leute hier waren freundlicher, irgendwie, zutraulicher als die angeblich Gesunden und die Gesetzestreuen. Vielleicht, weil sie sich auf sonst niemanden verlassen konnten als auf die, mit denen sie handelten. Und auf irgendjemanden mussten sie sich eben verlassen. Irgendwo mussten sie dazugehören. Auch wenn sie das nur in Seitengassen, finsteren Ecken und verlassenen Treppenhäusern tun konnten.

Ingo schauderte, als ein beißender Wind an ihm vorbeizog. Er wartete nun schon seit fünfzehn Minuten darauf, dass jemand anderes sich zeigte. Er hätte gerne Musik gehört, um die Zeit zu überbrücken, aber wenn er seine Ohrstöpsel benutzte, würde er vielleicht nicht mitbekommen, was um ihn herum geschah; würde er ohne Stöpsel hören, würde die Musik vielleicht die anderen verschrecken. Und außerdem war ihm sowieso nicht wirklich langweilig. Er war doch etwas angespannt, merkte er. Die Nervosität, die anfangs ausgeblieben war, war wohl nur von seinem Trotz unterdrückt worden. Jetzt kam sie, baute sich auf, Beinzappeln für Bauchgrummeln für Kopfzucken, bis er überhaupt nicht mehr viel war außer nervös.

Und immer noch trat niemand aus einem Türrahmen hervor. Hinter den Mülleimern regte sich auch nichts.

War er an den falschen Ort gekommen?

Ingo löste sich von der Regenrinne, drang noch ein bisschen

tiefer in die schmale Gasse vor. Nein, das war schon der richtige Platz. Vielleicht war es heuer einfach an ihm, den Markt zu eröffnen. Aber wie sollte er das anstellen?

Ingo stierte in eines der beschlagenen Fenster. Risse hatten sich in dem Glas aufgetan, als hätte jemand etwas Schweres, vielleicht sich selbst, dagegen geworfen. Staub klebte in so dicken Schichten an den inneren Rändern, dass er einen zweiten Rahmen bildete. Hinter dem Fenster war es stockdunkel: In Häusern wie diesen brach die Nacht früher herein als im Freien. Wenn da drin jemand stehen und Ingos Blick erwidern sollte, würde er das vermutlich gar nicht sehen.

Der Gedanke brachte Ingos Knie zum Schlottern. Er zog seinen Schal enger um seinen Hals und wollte weiter Richtung anderes Ende der Gasse ziehen, als er hinter sich ein Geräusch wahrnahm: Schritte.

Ingo wirbelte herum, Richtung Hauptplatz. In der Ferne hörte er den offiziellen Christkindlmarkt toben, den mit Alkohol und Engeln. Aber am Eingang der Gasse war niemand.

Ingo atmete tief ein. *Beruhig dich.* Atmete aus. Er wusste gar nicht, was ihn so aufgeregt hatte. Waren herannahende Schritte nicht genau das, worauf er wartete? Wovor fürchtete er sich? Vor der Polizei?

Vor Tristan, schoss es ihm durch den Kopf, und es schüttelte ihn am ganzen Körper – und dann riss es ihn gewaltig, als ein lautes, dröhnendes Brummen über den Hauptplatz schallte. Aber es waren nur die Boxen auf der Christkindlmarktbühne. Das Brummen endete schlagartig und die Stimme des Bürgermeisters erklang. Er begrüßte seine Stadt herzlich, und die Stadt dankte es ihm mit Applaus. Ingo konzentrierte sich wieder auf seine nähere Umgebung. Er setzte eine gelassene Miene auf; er wollte nicht ängstlich wirken, wenn die anderen auftauchten. Falls sie bereits da waren und ihn beobachteten, sollten sie nicht glauben, dass er vor *ihnen* Angst hatte. Sonst würden sie noch annehmen, er hätte etwas zu verbergen. Sicher hatten alle mitbekommen, dass er einige Dates mit der Polizei gehabt hatte.

Graue Mauern, schwarze Fenster, geschlossene Türen. Unbewohnte Spinnennetze und alte Plakate, die Konzerte ankündigten, die vor zwei Sommern stattgefunden hatten –

Ingo blieb vor einem dieser Plakate stehen. Ein Zettel war mit Tixo daran befestigt:

KRISTKINDERL KOMMT HEUJER NICHT
ZU VIEL NAZIS UNTERWEGS

Ingo raunte. Er erkannte die Schrift; er erkannte auch die Rechtschreibfehler, und er erkannte das Wort *Nazis* als wenig kreativen Code für *Polizei*: Michael hatte das geschrieben, als Hinweis für die, zu denen er keinen direkten Kontakt hatte. Michael Mukuza, älter als Ingos Vater und doch ein guter Freund, galt als Begründer des Giftkindlmarkts. Der freundliche, dauerhaft zugekokste, liebende Vater zweier Kinder hatte Ingo sein erstes E gegeben. Er hatte ihm auch Lisa vorgestellt, Michaels Ex-Freundin, die Ingo entjungfert hatte. *Good times ...*

»Geh, Michi«, grummelte Ingo. Er trat gegen die Mauer, an der Plakat und Botschaft hingen; bereute das, als greller Schmerz durch seinen Fuß zuckte und sein Bein emporwanderte. Ingo hätte damit rechnen sollen. Mit allem: mit dem Schmerz und damit, dass der Markt abgesagt werden würde. Michael war schon seit einer Weile (seit Lisa erwischt und in irgendeine Klinik verschleppt worden war) etwas vorsichtiger. Jetzt, wo die Polizei überall Ausschau nach einem verrückten Killer hielt, war eigentlich klar, dass Michael sich bedeckt hielt. Vielleicht war er mit seinen Kindern drüben am echten Christkindlmarkt, setzte sie gerade auf ein zähnefletschendes Pferd und einen rüsselwedelnden Elefanten am Karussell, goss sich Himbeerpunsch ins Maul und ließ seine Freundin die Himbeerschalen von seiner Zunge saugen. Bei dieser Vorstellung wurde Ingo schlecht, als hätte er mieses Gras geraucht statt gar keines.

Warum hatte er eigentlich noch nichts geraucht?

Ingo legte Papes und Filter auf einem Fensterbrett ab und kramte in seinen Hosentaschen nach dem Plastiksäckchen mit dem frischesten Weed; er rauchte Flecks jüngste Ernte immer am liebsten. Eines seiner Säckchen fiel ihm auf den Boden. Er hob es auf und beäugte den Inhalt: ein kleines Löschpapierplättchen, von dem ein Totenkopf grinste. Er hatte ganz vergessen, dass er das hatte. Acid war nicht unbedingt sein Ding, aber … *fuck it*. Es war immerhin bald Weihnachten.

Ingo packte das Bauzeug für den Joint weg, ließ das Papierplättchen auf seine Handfläche kullern und legte es sich auf die Zunge. Es war vielleicht ein bisschen risky, hier so mir nichts dir nichts einen Trip zu starten, aber wer nicht wagt, der nicht gewinnt, und was man hat, das hat man, und so weiter. Außerdem kostete das jetzt weniger Mühe, als einen Ofen zu basteln; so, wie der Wind ihm gerade um die Ohren pfiff, hätte es ihm eh nur alles weggeweht.

Ingo kaute auf seinen Nägeln, während er auf die Wirkung wartete. Er wusste gar nicht mehr genau, was LSD mit ihm anstellte. Er hatte es erst einmal ausprobiert, und das war heftig gewesen, sehr heftig – aber inwiefern? Lustig hatte er die Nacht gefunden, das wusste er noch …

Abgesehen davon, dass er am Ende mit Tristan im Bett gelandet war.

Scheiße, ja, dachte er. Das war das gewesen. Also machte LSD ihn schwul? Die Vorstellung brachte ihn zum Kichern. Er kaute weiter auf seinen Nägeln. Und kicherte. Vielleicht sollte er aufhören mit dem Nagelkauen. War das überhaupt noch sein Nagel? Biss er sich da gerade die Finger ab? So fühlte es sich an; als würde er an seinen Fingern nagen wie an einem Maiskolben.

Drüben am Hauptplatz laberte der Bürgermeister immer noch. Gerade als Ingo dachte, dass der alte Sack seine Ansprache nie beenden würde, toste wieder Applaus. Die ersten Töne von *Last Christmas* wurden angeschlagen, und Ingo stöhnte und lachte gleichzeitig. Sein Blick fiel auf Michaels Botschaft.

»*Nazis*«, zitierte er, und lachte noch inbrünstiger. »*Polizistennazis.*«

»*Thiiis yeeaar*«, sang der Chor, und Ingo erwischte sich dabei, wie er mit dem Fuß zur Musik wippte. Dann sang er plötzlich selbst leise mit … und von dem Plakat, an dem Michaels Zettel klebte, strahlte ihm irgendeine Popband entgegen, die im Takt mit den Ärschen wackelte. Sie schaukelten und wankten, als würde der Wind bei ihnen auch so gehen wie in der Gasse. Aber das

Plakat *war* ja auch in der Gasse. Sie *waberten*, und die Mauer, an der das Plakat hing, waberte auch. Alles waberte.

Ingo waberte mit. Dann hörte er erneut Schritte, diesmal vom anderen Ende der Gasse, dem Ende, dem er jetzt näher war. In der Erwartung, wieder niemanden zu sehen, drehte er sich um. Statt niemanden, sah er einen Totenkopf. Aber das konnte nicht sein. Der Totenkopf war ihm doch gerade auf der Zunge zergangen. Und …

Und …

»Fuck.«

Ingos Innereien verknoteten sich. Auf seiner Zunge entstand ein feuriges Stechen, als hätte der Blotter ein Loch durchgebrannt. Die kindliche Freude, die er eben noch empfunden hatte, entwich ihm zusammen mit einem Furz, den er nicht zurückhalten konnte. Für einen Moment standen sie beide nur da, Ingo und der Totenschädel, beide starr, die augenlosen Höhlen der weißen Maske so weit, dass es geradezu so wirkte, als hätte Ingo die schwarzgehüllte Figur genauso erschreckt wie umgekehrt. Wenn sonst nichts, dann verriet zumindest das Messer im behandschuhten Griff der Gestalt, dass sie wahrscheinlich sehr wohl mit Ingo gerechnet hatte.

Halluzination?

Ingo wandte sich fragend an das Plakat. Die Leadsängerin der Band grinste ihm zu. Sie wusste keinen Rat. Aufgehört zu tanzen hatte sie auch.

Ingo blickte wieder zu dem Totenschädel und erkannte, dass er nähergekommen war. Näherkam. Auf ihn zu rannte.

Ingo schrie. Das war das erste, was er tat, noch bevor er loslief. Was es bringen sollte, wusste er nicht. Sogar er hörte seinen eigenen Schrei kaum, so erfüllt war die Luft von den schiefen Klängen der Stadtchor-Interpretation von *Last Christmas*. Er hatte einmal gelesen, dass das Bedürfnis, in Gefahrensituationen zu schreien, seine evolutionären Wurzeln in der Absicht hatte, Angreifer zu verängstigen. Ein Blick über die Schulter verriet ihm, dass das vielleicht bei seinen Vorfahren funktioniert haben mochte, der Totenschädel aber jedenfalls nicht so leicht zu beeindrucken war. Vielleicht hatte er Ingos Schrei auch gar nicht mitbekommen, weil er auch nur die grässliche Musik hörte.

Um Ingo herum flackerten Farben, während er auf den schrumpfenden Ausgang der Gasse zulief – der Weg vor ihm zog sich enger zusammen, wurde zu einem Tunnel, einem viel zu schmalen, spitz zulaufenden Tunnel. Der Hauptplatz selbst leuchtete in weißlichem Blau, das Licht am Ende, in ewig weiter Ferne. Aus den Fenstern um ihn herum – links, rechts, unter ihm, über ihm – starrten die Gesichter der süßen Mädchen, mit denen er am Giftkindlmarkt hatte handeln wollen. Sie drängten ihn tonlos, schneller zu laufen, sperrten ihre rissigen Lippen auf, um den Totenschädel anzuschreien, damit er Angst bekommen und flüchten würde.

»*Do you recognise me?*«, fragte der Stadtchor.

Und dann legte sich ein Arm um Ingos Hals, ein dürrer Arm, ein Skelettarm, schwarze, verkohlte Knochen. Ingo wollte nach hinten ausschlagen, versuchte, sich umzudrehen, stolperte dabei, über seine Füße oder die des Totenschädels, er wusste es nicht.

Er krachte auf den Boden, Gesicht voraus – und im nächsten Moment spürte er etwas in seinem Rücken, das da nicht hingehörte. Wieder schrie er, kreischte wie ein kleines Mädchen. Er fühlte sich auch wie ein kleines Mädchen. Ein kleines verstrahltes Mädchen, das übertrieben hart gefickt wurde.

Der Schmerz war unwirklich, unmöglich. Ingo krümmte und wand sich, stemmte sich hoch, fiel wieder hin, schrie noch einmal. Er drehte sich auf den Rücken, ein Kraftakt, der ihm beinahe das Bewusstsein raubte. Er kniff die Augen zusammen, sicher, dass sie platzen würden, würden sie noch einmal diese Fratze erblicken. Er schlug um sich. Seine Hände trafen den Boden, glitschigen Stein, aber keinen Menschen, keinen Totenkopf. Etwas Nasses, Heißes, breitete sich unter ihm aus, entfaltete sich nach allen Seiten wie ein Nest glühender Schlangen. Sein Blut. *Er selbst* verteilte sich auf dem Boden.

Er riss die Lider auseinander.

Der Totenkopf war gewachsen. Füllte sein ganzes Blickfeld aus.

Ingos Augen brannten wie Feuer.

Der Totenschädel schien hämisch zu grinsen.

»SCHEISSNAZI!«, schrie Ingo – oder er flüsterte nur, denn die Stimme des Bürgermeisters schien seine eigene zu übertönen: »*Danke an den Stadtchor für diesen schönen Einstieg, und noch einmal herzlich willkommen auf dem diesjährigen Christkindlmarkt*!«

Der lauteste Applaus bisher, und ein neuer, atemberaubender Schmerz in Ingos Brust. Dann zog sich der Totenkopf zusammen wie zuvor die Gasse, starrte vom Ende eines neuen Tunnels auf ihn herab, von weit weg, *so* weit weg – war Ingo immer noch am Weglaufen? War er dabei, zu entkommen?

Durch den Tunnel, über all die Kilometer, streckte sich der schwarze Arm und stieß das Messer, das Schwert, die Lanze, erneut in Ingos Brust.

Die heißen, nassen Schlangen wickelten sich um ihn, schnürten sich eng. Der Totenschädel verschwand plötzlich. Gab den Blick frei auf den fernen grauen Himmel zwischen den schäbigen Dächern der Giftkindlgasse.

Es schneite. Deswegen jubelte die Menge am Hauptplatz wohl gar so ungestüm. Kleine Flocken, die den Boden der Gasse nicht erreichten, aber Ingo sah sie dort oben, und hielt sie für ein gutes Zeichen. Sogar die Schlangen ließen locker.

Der Schmerz wurde dumpf. Heiß, furchtbar, aber dumpf. Der Mörder war weg, und Ingo war noch da, schaute in den Himmel, ins leise Rieseln … und gackerte.

»Ich hab' auch den Angriff überlebt … Jetzt bin ich genau so toll wie Tristan …«

9

Als es an der Tür läutete, saß Lily auf ihrem Bett. Sie starrte auf ihre Socken, als würde sie von ihnen eine Antwort auf eine Frage erwarten, die sie nicht gestellt hatte. Lily hatte schlecht geschlafen. Letzte Nacht und die Nächte davor auch. Wenn sie ihre Augen schloss, kündigte ihr die Leinwand hinter ihren Lidern an, wovon sie träumen würde, sollte sie einschlafen. Je mehr sie die Erinnerungen zu verdrängen versuchte, desto stärker drängten sie sich ihr im Gegenzug auf. Ein Totenschädel, der auf sie zustürzte.

Ein Totenschädel, der sich gegen die Seite des Autos warf. Ein Messer, auf sie gerichtet. Und auf Tristan.

Tristan.

»Lily!«, rief ihre Mutter von unten. »Lily, ein Paket für dich!«

Auf ihrem Bett runzelte Lily die Stirn. Sie hatte nichts bestellt.

Ein Klopfen an der Tür. »Lily? Bist du wach? Ich stell's hier ab, okay?«

Lily wartete, bis sie das Knarren der Stiegen nicht mehr hörte. Dann stand sie auf, öffnete die Tür und holte das Paket rein. Kein Absender. Ihre Anschrift auf ein Etikett gedruckt. Der Karton war dünn, aber lang und breit – eine Form, die ihr sehr vertraut war. Die Stirn immer noch in Falten, legte sie das Paket aufs Bett. Hatte sie einen neuen Bilderrahmen bestellt, ohne sich daran zu erinnern?

Mit ihrem Stanley-Messer durchschnitt sie vorsichtig den Klebestreifen, der den Karton zusammenhielt. Sie nahm den Deckel ab und ließ ihn neben sich zu Boden fallen. Der Inhalt war in braunes Papier gewickelt. Sie faltete es auseinander. Als sie erkannte, was unter dem Papier war, zog sie rasselnd Luft ein. Einen Moment lang stand sie nur da. Und noch einen Moment, und noch einen.

Dann hob sie *Stadtluft* aus dem Karton und legte es behutsam auf ihre Decke. Sie setzte sich daneben hin, Rücken zur Wand, starre Augen auf das Bild gerichtet.

Der Sichelmond wie ein schiefes Lächeln; die dunklen Wolken schweifende Gedanken, ein Kontrast zu den schimmernden, ewigen Lichtpunkten, klarer und heller als jeder echte Sternenhimmel. Den Lichtern im Himmel antworteten erleuchtete Fenster in den Häusern, jedes Dach, jeder Rauchfang definiert, jede Tür eine andere Welt versprechend. Alles hatte seine Ordnung: Mülleimer standen vor Zäunen und warteten darauf, am Morgen geleert zu werden, und Ampeln regelten den kaum vorhandenen Verkehr. Ein Blick in die Tiefe zeigte eines der wenigen Autos beim Verlassen der Stadt; jede Speiche des Fahrrads, das den Weg des Wagens Sekunden nach dem festgehaltenen, zeitlosen Augenblick kreuzen würde, war ein feiner dünner Strich. Lily hatte immer den Eindruck gehabt, die beiden Fahrzeuge wären drauf und dran, zusammenzustoßen – bevorstehendes Unheil, detailliert wie das Leben, inmitten des Inbegriffs der Friedlichkeit. Ein einzelner Rabe flog über die Baumwipfel am Rande der Stadt, vielleicht auf Futtersuche. Lily kannte jede Feder.

Lily zog ihre Beine an sich; lachte leise; und begann zu weinen.

Kapitel 5

Weihnachten II: Weihnachtsmanns Rache

1

Ding-dong.

Nikki steckte die Hand zurück in die Tasche ihrer geschmacklosen Jacke, die grellgrün und bauschig war und Nikki aussehen ließ wie einen riesigen exotischen Vogel. Valerie hob den Blick zu Nikkis kurzem Pferdeschwanz und stellte sich vor, er wäre der Schnabel des Vogels, und wenn ihr nicht so eisig kalt gewesen wäre und ihre Laune nicht insgesamt im Keller, hätte sie das vielleicht lustig gefunden. Es war Freitagnachmittag, in ein paar Stunden begann das Advent Closing in der Magisterstraße, und Valerie sollte sich jetzt eigentlich gemütlich fürs Vorglühen herrichten, statt bei Frau Professor Blocksberg anzuläuten und zu erfrieren. Nein, lustig fand sie im Moment wirklich gar nichts.

Nach einer geschlagenen Minute standen sie immer noch wie die ärgsten Idiotinnen vor der geschlossenen Tür.

»Okay, sie ist nicht zuhause«, sagte Valerie, gleichermaßen wütend und gelangweilt. »Sie hat ihre Sachen gepackt und ist in den Süden gefahren, um Weihnachten am Strand zu liegen und ihre Cellulose zu bräunen. Können wir *bitte* gehen, mir ist *kalt.*«

»Sie ist zuhause«, sagte Nikki, in einem herablassend selbstsicheren Ton, der Valerie zur Weißglut brachte.

»Und wenn du nicht hier sein willst, geh«, sagte Theresa. »Ich versteh' sowieso nicht, warum du dabei bist.«

»Ich versteh' *überhaupt* nicht, warum wir eigentlich *hier* sind«, entgegnete Valerie. Vor allem war es ihr ein Rätsel, wie Theresa

Kowitz einen Platz auf diesem sinnlosen Ausflug ergattert hatte. Niemand nahm Theresa irgendwohin mit. Wie war Valerie an einem Punkt in ihrem Leben angelangt, an dem sie sich genötigt sah, Seite an Seite mit diesem personifizierten Buzzkill in ihrer Freizeit eine Lehrerin zu besuchen?

Wegen diesem dämlichen Killer, that's how, dachte Valerie bibbernd. Seit ein Kerl mit Totenkopfmaske begonnen hatte, junge Leute abzuschlachten, redeten alle nur noch über die Opfer, die Entkommenen und die, die mit den Opfern und Entkommenen eng waren. Tristan war eine Sache, der war immer ein Thema gewesen, auch eines, über das Valerie selbst gerne plauderte. Aber plötzlich interessierten sich alle – sogar Valeries Girlfriends – auch mehr für *Lily* als für Valerie. Und nicht nur für Lily, sondern für Nikki, Filippe, Jo, Richie – für *Doc* und diese *Caroline*, zur Hölle, zwei Menschen, über die Valerie und ihre Mädels zuvor nie ein Wort verloren hatten. Und das nur, weil diese Leute mit Tristan und Lily zu tun hatten, oder ein bisschen besser mit Hannah und Kris und Ingo befreundet gewesen waren. Das war inakzeptabel. Valerie war es gewohnt, Thema Nummer Eins unter ihren Freundinnen zu sein. Ob sie ihr nun Komplimente machten, um ihre Gunst zu gewinnen, oder hinter ihrem Rücken über sie lästerten, war ihr relativ egal.

Wie also wieder zum Gesprächsstoff werden?

»Ich häng' mit dir ab«, hatte Valerie einer mental nicht wirklich anwesenden, aber doch ein wenig überraschten Nikki vor ein paar Tagen erklärt, »und wir beide werden Freundinnen. Ich bin Teil dieses blutigen Abenteuers, in das dein Freundeskreis da gestürzt wurde, und du hast eine Person an deiner Seite, die nicht durchgehend auf Droge ist, nicht herumpudert wie eine Bordellhure in einem Mittelalterfilm und nicht ungewöhnlich klein oder groß oder sonst irgendwie geistig oder körperlich eingeschränkt ist, sondern schön und beliebt. Klingt gut?«

Nikki hatte nicht geantwortet, was für Valerie Antwort genug gewesen war.

Hätte sie gewusst, dass Theresa ebenfalls in diesem Kreis verkehrte – vermutlich aus ähnlichen Motiven wie Valerie, wenngleich mit verzweifelteren Voraussetzungen –, hätte sie vermutlich zu den Bedingungen für ihre Freundschaft das *Beenden* der Freundschaft mit Theresa hinzugefügt. Aber dafür würde sich schon noch eine Gelegenheit auftun.

»Wir besuchen Bibi, weil es ihr schlecht geht«, sagte Theresa jetzt.

»Oh, *really*«, fauchte Valerie. »Ich weiß, wieso Nikki herwollte. Was ich nicht weiß, ist, wieso uns interessieren sollte, wie es Professor Blocksberg geht. Zumal ihr nicht mal den Respekt habt, sie bei ihrem richtigen Namen zu nennen. Aber Hauptsache trösten, wenn der Mann ihr wegläuft. Sie ist eure *Lehrerin*, verdammt –«

»Sei bitte still«, fiel Theresa ihr ins Wort. »Du bereitest mir Kopfschmerzen.«

Die Aufforderung brachte Valerie tatsächlich zum Schweigen, aber nur, weil es ihr die Sprache verschlug. Hatte Theresa Kowitz gerade mit ihr gesprochen, als wäre Theresa … *sie*, Valerie, und Valerie irgendjemand anderes?

Sie bemerkte, dass sie Theresa mit offenem Mund anstarrte; sie musste aussehen, als wäre sie gegen eine Wand gelaufen. Sie rearrangierte ihr Gesicht und setzte zu einem Verbal Slap vom Feinsten an, aber Nikki machte »*Shh*«, und Valerie rannte gegen eine zweite Wand.

Wo zur Hölle bin ich gelandet?, dachte Valerie, und in dem Moment wurde endlich die Tür geöffnet.

»Oh.«

Die Silbe kam aus Professor Blocksbergs Mund, aber Valerie lag etwas Ähnliches auf den Lippen. Vermutlich hätte sie ein *du Scheiße* oder so hinzugefügt. Die Frau Professor sah älter aus als je zuvor. Sie war ungeschminkt und in einen muffigen Bademantel gehüllt, hatte zerfledderte Haare und tiefe Augenringe.

»Guten Morgen«, sagte Nikki nach einigen langgezogenen Sekunden gebannten Schweigens.

»Gu–« Professor Blocksberg schob die Tür wieder ein kleines Stück Richtung Rahmen, als wollte sie sich dahinter verstecken. Zu Recht, fand Valerie. »Guten Morgen.«

»Ihnen geht es also immer noch nicht besser«, stellte Theresa fest. Valerie wusste nicht, was sie mehr nervte: Theresas Hang zur unverblümten Direktheit oder die Tatsache, dass sie diesmal so eklatant untertrieb. Frau Professor Blocksberg war nicht nur immer noch krank, sie war offensichtlich dem Sterben nahe. Oder schon tot.

»Nicht besonders, nein«, bestätigte die Frau Professor. Sie schlurfte ein wenig nach hinten, kaum merklich, aber eindeutig mit dem Ziel, fortzugelangen. Valerie hoffte, dass nicht nur sie diesen Wink bemerkte. Nikkis Plan, der Lehrerin ein Get Well-Package zu bringen, war ja süß, aber die Gestalt in der Tür brauchte nicht Schokolade und Aspirin, sondern Katheter und Defibrillator. Und einen sexy Chirurgen mit Sixpack und geschickten Fingern, sollte Nikki recht damit haben, dass sie nicht wirklich krank war, sondern wegen ihrer Ehe-Troubles simulierte.

»Wir wollten Ihnen gute Besserung wünschen. Und frohe Weihnachten, falls Sie nächste Woche auch noch nicht kommen. Wir haben Ihnen was mitgebracht.« Nikki hielt den kleinen Weidenkorb vor sich wie eine Waffe statt wie ein Geschenk. Sie vergaß auch, zu lächeln. Valerie warf einen grimmigen Seitenblick auf Theresa. *Mal ehrlich, und manche behaupten,* ich *bin ein schlechter Einfluss auf andere.*

»Das ist – so lieb.« Die Frau Professor schloss bebende Finger um den geflochtenen Griff, beachtete die Inhalte des Korbs aber nicht weiter. Sie schien sich endlos danach zu sehnen, die Tür vor ihren Nasen zuzuwerfen. »Ich freue mich, aber – ich will nicht, dass ihr euch ansteckt, also –«

»Barbara? Wer is'n da so Wichtiges?«

Ein Ausdruck puren Entsetzens trat auf Professor Blocksbergs Gesicht. Ihr Mund öffnete und schloss sich tonlos, als sie den Kopf nach hinten drehte. Bevor sie ihre Stimme gefunden hatte, zog jemand die Tür zur Gänze auf. Neben der geduckten Frau erschien das Lehrbuchbeispiel eines Mannes.

Den sexy Chirurgen konnte Blocksberg sich sparen. Sogar durch den Pullover des Kerls, der sie anscheinend in ihrem Krankenbett pflegte, zeichneten sich die Muskeln deutlich ab. Die Spitze eines Tattoos war an der Seite seines Halses zu erkennen, und Valerie malte sich sofort und gerne aus, wie der geheimnisvolle Schriftzug wohl weiterverlaufen mochte, wie weit er sich über den stählernen Körper erstreckte. Sie nahm die vielversprechende Wölbung im Schritt seiner Jeanshose in Augenschein, und die vielversprechende gigantische, golden blitzende Uhr an seinem Handgelenk, und das kantige Gesicht mit dem formvollendeten Stoppelbart und den getrimmten Augenbrauen –

Aber die *Augen*. Die Augen gefielen ihr gar nicht. Sie waren zu bösen Schlitzen verengt, so kalt und schneidend, dass es wehtat, sie anzusehen. Jetzt fiel Valerie auch auf, wie gebläht seine Nasenlöcher, was für eine schmale Linie seine Lippen waren. Der Mann sah supergrantig aus, als würde er jeden Moment die Hände um jemandes Hals legen und fest zudrücken.

»Ben«, sagte Professor Blocksberg atemlos – frischgewürgt vielleicht. »Das sind Schülerinnen von mir …«

Der Kerl namens Ben betrachtete die Mädchen argwöhnisch. Valerie verlor jeden letzten Rest Lust, die Beine um ihn zu schlingen, als sein Blick sie streifte. »Hast die eingeladen, damit ich nachsichtiger bin?«, fragte er, in einem Ton, der gleichzeitig nach *als ob* und *wehe, wenn* klang.

»N-nein, i-ich …« Professor Blocksbergs Stammeln war so mitleiderregend, dass Valerie am liebsten davongelaufen wäre.

»Mir sind deine Kinder scheißegal. Schick die heim, wir haben noch viel zu besprechen.«

»Entschuldigen Sie!« Nikki trat mit einer zaghaften Fußspitze über die Türschwelle. »Wir wollten Frau Professor Blocksberg besuchen, weil wir wissen, dass es ihr nicht gut geht –«

»Frau Professor Blocksberg hat jetzt keine Zeit für euch«, schnauzte Ben sie an; es klang wie eine Drohung.

»Sind Sie der Ex-Mann?«, fragte Theresa.

Duh, dachte Valerie. Trotz der unangenehmen Gesamtsituation musste Valerie die Augen verdrehen.

»Noch nicht«, antwortete Ben, und sein Ton machte deutlich, was er von diesem Umstand hielt. »Komm jetzt«, fügte er an Professor Blocksberg gewandt hinzu – und packte sie am Arm, als wollte er sie mit sich ins Haus ziehen. Sie keuchte auf, vor Schreck und Schmerz.

»Das ist häusliche Gewalt«, stellte Theresa mit gerunzelter Stirn fest, als wäre sie mehr verwirrt als schockiert. »Sie sollten sich beherrschen, sonst rufen wir die Polizei.«

Ben hielt inne und sagte, gänzlich unbeeindruckt, »Sprich nicht von Dingen, die du nicht verstehst.« Damit wandte er sich ab und wollte die Tür schließen.

Aber Valerie hatte jetzt die Schnauze voll. Was es hier brauchte, war weder Nikkis Mühe um Ruhe und Friedlichkeit noch Theresas unverblümte, aber hilflose Kritik an Herrn Kotzbergs Charakter: Die Situation rief nach Solidarität und Stärke. Sie schob Nikki zur Seite, streckte ihren Fuß aus, fing die Tür damit ab und stieß sie wieder auf. Frau Professor Blocksberg und ihr Ex starrten sie gleichermaßen fassungslos an, als sie sich mit verschränkten Armen vor ihnen aufbaute.

»JETZT HÖRST *DU* MAL ZU, DU HODEN.«

Bens Augen weiteten sich. Offenbar war er es nicht gewohnt, von einer Frau angeschrien zu werden. Sagte viel über die Frauen aus, die er kannte, fand Valerie, allen voran über die arme, erbärmliche Bibi Blocksberg.

»DU WIRST DIE FRAU PROFESSOR IN RUHE LASSEN, UND DU WIRST IHR GEBEN, WAS AUCH IMMER SIE WILL. Ich kenne dich nicht«, fuhr Valerie mit immer noch wutentbrannter, aber leiserer Stimme fort, als klar war, dass sie Bens ganze Aufmerksamkeit hatte, »aber du bist ein riesengroßes Arschloch, so viel seh' ich. Die Frau Professor ist *kein* Arschloch, also bist du ziemlich eindeutig schuld an was auch immer da bei euch abgeht, und wenn du trotzdem die Scheidung willst, dann musst du eben dafür *zahlen. Capisce*?«

Erstaunte Stille senkte und dehnte sich. Valerie nahm die Augen nicht von Bens Gesicht, das in seiner Verblüffung geradezu kindlich, aber um nichts unfreundlicher aussah. Er hielt ihrem Blick stand, wenn auch vielleicht nur, weil er vor Schreck erstarrt war.

Eine zitternde Hand legte sich auf Bens Brust. Professor Blocksberg schien ihn nach hinten schieben zu wollen, weg von der Szene – zurück ins Haus. War sie nicht nur erbärmlich, sondern auch verrückt?

»Komm, Ben«, flüsterte sie aufgeregt, »komm jetzt, bitte.« Und seitlich zu Valerie und den anderen beiden: »Danke für –«

Ben stieß die Frau Professor mit solcher Wucht von sich, dass sie gegen den Türstock prallte und gefallen wäre, hätte Valerie sie nicht aufgefangen. Bens Augen funkelten düster und unheilvoll. Valerie funkelte zurück, wollte seinen Zorn auf sich lenken. Wenn er *sie* jetzt anrührte, würde nicht nur Frau Professor Blocksberg alles kriegen, was ihm gehörte, sondern für Queen Valerie Flick auch was dabei rausspringen: hoffentlich ordentlich Schmerzensgeld, und jedenfalls zumindest die Genugtuung, ihm in Notwehr diese scheußlichen Augen ausgekratzt zu haben. *Trau dich*, drängte sie den Dreckskerl in Gedanken.

Aber statt zuzuschlagen, rauschte Ben mit großen Schritten an ihnen vorbei. Nikki und Theresa traten zur Seite, um ihm Platz zu machen, die feigen Säue.

Ben rannte regelrecht zu dem roten Ferrari (*of course hat er einen roten Ferrari*, dachte Valerie), der auf der Straße parkte. Halb eingestiegen, drehte er noch einmal den Kopf nach ihnen um; aus der Ferne erkannte Valerie erst, wie klein der im Vergleich zum restlichen Körper war. *So* schön, wie sie anfangs gedacht hatte, war Ben Blocksberg wirklich nicht.

»Ruf mich an, wenn du allein bist«, rief er; seine Stimme triefte und dröhnte vor Arroganz. »Und nüchtern.«

Die Reifen quietschten, und der Wagen schoss davon.

Theresa richtete einen beinahe beeindruckten Blick auf Frau Professor Blocksberg, die immer noch halb in Valeries Armen hing. »Ihr Geschmack lässt wirklich zu wünschen übrig«, stellte sie fest.

2

Es schneite und regnete und schneite und regnete. Die Straßen waren glatt, die Gesichter hinter Schals verborgen, der Himmel grau. Die Luft war vernebelt, ihr Geruch der von Feuer, Kohle, Gas – giftig. Die ganze Stadt heizte ein, ein einziger gewaltiger Ofen.

Und Tristan hatte wieder damit begonnen, sich die Fingernägel abzukauen.

Auf seinem Bett sitzend, in einem Zimmer, in dem diesen Dezember noch kein künstliches Licht außer Handydisplay und Laptopscreen geleuchtet hatte, ließ Tristan sich von der alltäglichen Dunkelheit ummanteln und vertrieb sich die Zeit damit, in sein Keratin zu beißen, als würde es ihm Sättigung und Nährstoffe bieten. Im Winter gönnte er sich diese schlechte Angewohnheit: In Gebäuden, in denen Rauchen verboten war, stellte das Nagelkauen eine akzeptable Alternative zum Frieren in Gärten, auf Straßen und in Raucherhöfen dar, und draußen konnte er seine Hände die meiste Zeit unter Handschuhen verbergen.

Warum er sich jetzt in seinem Zimmer nicht einfach eine Zigarette anzündete, konnte er sich selbst nicht ganz erklären. Seine Schwester mochte den Geruch nicht, aber davon hatte er sich bisher auch nicht aufhalten lassen. Vielleicht wurde er sentimentaler und freundlicher, nun, da er langsam erwachsen wurde. Oder vielleicht stimmte es ihn versöhnlicher, dass Weihnachten vor der Tür stand.

Kam ihm beides nicht sonderlich wahrscheinlich vor.

Tristan war verwirrt, von allem. Verwirrt und hilflos. Er erinnerte sich an eine Episode von *Universum* oder sowas, in der ein Igel sich eifrig schnuppernd in ein Moorgebiet vorgewagt hatte. Das kleine Tier hatte nervös gewirkt. Als hätte es geahnt, dass es in Gefahr schwebte, aber nicht gewusst, wovor genau es sich zu fürchten hatte – bis es der Kreuzotter begegnet war.

So fühlte sich Tristan. Er war der Igel, sein Nagelkauen sein forschendes Schnuppern. Angst, aber nicht im Klaren darüber, wovor. Vor einem Feind, einem Feind mit Totenkopfmaske. Aber wer versteckte sich dahinter? Eine Kreuzotter? Eine Eule? Ein Dachs?

Oder … ein anderer Igel? In der Dokumentation, erinnerte sich Tristan, hatte der Igel letztlich die Schlange getötet.

Es klopfte an der Tür. Tristan sagte nichts. Seine Mutter trat trotzdem ein.

»Magst du nicht zu uns runterkommen?«, fragte sie. Sie war ganz in Schwarz gekleidet, abgesehen von dem Leopardenmuster ihres Haarbands, das ähnlich aussah wie ihr Haar, in dem das ursprüngliche Dunkel ewigwährenden Krieg mit der blonden Tönung führte.

»Nicht wirklich«, antwortete Tristan.

»Wir würden uns aber freuen.« Als Nicola näherkam, bemerkte Tristan, dass sie Schuhe trug, schicke schwarze mit hohen Absätzen.

»Geht ihr aus?«, fragte er.

Nicola nickte. »Nach dem Tee. Weihnachtsfeier in der Firma deines Vaters.«

Vaters. Tristan korrigierte sie nicht. Diese Frau würde wohl nie aufhören, zu versuchen, die Kluft zwischen ihren Kindern und ihrem Ehemann zu überbrücken.

»Viel Vergnügen«, sagte Tristan.

»Wir machen uns Sorgen um dich.« Nicola setzte sich zu ihrem Sohn aufs Bett. »Dein Vater, deine Schwester und ich. Du verlässt dein Zimmer nur noch für die Schule. Sprichst nicht mit uns. Hast du heute was gegessen?«

»Ich faste für die Weihnachtsvöllerei.«

Nicola schmatzte ungeduldig mit den Lippen. »Warum bist du immer so … frech?«

Tristan grinste. »*Frech*? Was wolltest du wirklich sagen?«

Seine Mutter seufzte, tätschelte ihm den Kopf und erhob sich wieder. »Du musst mehr mit uns reden, Tristan«, sagte sie, ohne ihn anzusehen. »Über die – grausigen Dinge, die geschehen sind. Du kannst das nicht alles in dich hineinfressen. Vielleicht brauchst du doch wieder Psychotherapie?«

»Die bräuchten viele.«

»Du musst dir helfen lassen.« Nicola sah sich im Zimmer ihres Sohnes um; der Anblick schien sie zu irritieren, als wäre er nicht das, womit sie gerechnet hatte. Mit saurer Miene wandte sie sich wieder an Tristan. »Vielleicht sprichst du eh zumindest mit deinen Freunden über alles. Nicht einmal das weiß ich, weil du mit *mir* seit Monaten kaum noch ein Wort wechselst. Mit Sarah auch nicht. Deine Schwester kennt dich genauso wenig wie ich, mittlerweile. Ihr wart einander so *nah*, früher.«

Tristan erwiderte ihren Blick starr und schweigend.

»Wie wär's, wenn du zu Weihnachten einen Freund einlädst?«

Schnaufend ließ Tristan den Blick auf seine Hände sinken. Seine Nägel sahen widerlich aus. »Die haben selber Familien,

Mutter.«

»*Irgendwer* wird doch genauso wenig Lust auf seine eigene Familie haben wie du.«

Tristan lachte wider Willen.

»Erlöse einen deiner kleinen Kumpels von seinen bösen Eltern, die ihn zum Essen und Schlafen zwingen und ihm Schulbücher kaufen und andere schlimme Dinge tun.« Nicola bewegte sich Richtung Tür. »Sag ihm, er darf den Heiligen Abend bei uns verbringen. Ich geb' dir sogar Extrataschengeld für ein Geschenk für ihn.«

Bevor sie die Tür hinter sich zuzog, fügte sie noch hinzu, »Oder sie.«

*

Ihn oder sie.

Seit dem Mord an Ingo flogen die Tage und Wochen in einem grauschwarz flackernden Strudel an Tristan vorbei; alles war Fernseherrauschen und Gehirnerschütterung. Ingo und er waren zuletzt nicht gerade die besten aller Freunde gewesen, aber trotzdem schien ihm Ingos Tod besonders nah zu gehen. Nicht einmal nach dem Angriff auf ihn selbst hatte er sich so wirr gefühlt, so hilflos, so … anders als sonst.

Möglicherweise lag das daran, dass die gesamte Schule sich nun in einem Ausnahmezustand befand. Drei Morde waren etwas anderes als zwei Morde und ein misslungener Mordversuch, zumal beim Angriff auf Ingo erstmals kein Mädchen involviert gewesen war. Doch kein Vergewaltiger? Doch kein Frauenhasser? Doch kein verschmähter Ex-Liebhaber von Hannah und Kris und Lily – oder von Tristan? Solche Spekulationen verdunkelten die Augen, die Tristan jetzt in Schulgängen und auf Straßen fixierten, wie sie es früher aus anderen Gründen getan hatten. Wie der Schneeteppich vor den Fenstern die Welt unter sich erdrückte, lag Angst über allen Köpfen in den Klassenzimmern, presste sich auf die Schülerinnen und Schüler, erstickte sie; Angst, die nach Salz, Schweiß und Schwefel roch und die Sinne intensiver berauschte als jede Droge.

Wer war die oder der Nächste?

Saßen die zukünftigen Opfer hier im Raum?

Saß der *Mörder* hier im Raum? *Die* Mörder? Die Mörder*in*?

Irrwitzigerweise hatte Ingos Ermordung – oder was danach passiert war – bei der Schulleitung einen völlig anderen Effekt erzielt. Den gegenteiligen, um genau zu sein. Während die Schülerinnen und Schüler jetzt erst so richtig um ihr Leben bangten, schien die Direktorin zu dem Schluss gelangt zu sein, dass die Gefahr nun gebannt wäre.

»Der tragische Tod von Hannah Vogel, Kristina Müller und Ingo Weiß«, verkündete Frau Doktor Hartplatz vor versammelter Schule im Festsaal, am letzten Montag vor den Ferien, »hat uns alle getroffen wie – nun – wie nichts Vergleichbares.« Sie schluckte, runzelte die Stirn und schielte verdattert zu Boden; offenbar hatte sie sich nicht gut vorbereitet. »Aber … Aber es bringt nichts, den Kopf einzuziehen und sich zu verstecken aus Angst vor – vor den Gestörten dieser Welt. Und den – Terroristen.« Offenbar hatte sie sich *überhaupt* nicht vorbereitet. »Die Polizei hat keinen Grund gesehen, die Schule auch nur vorübergehend zu schließen – also sollten *wir* keinen Grund *erfinden*. Natürlich stehen euch die Türen unserer Schulärztin jederzeit offen, solltet ihr sprechen wollen. Oder Hilfe brauchen. Mit Depression ist nicht zu scherzen!« Sie hob einen mahnenden Zeigefinger und blickte wütend in die Menge, als hätte jemand tatsächlich einen Scherz über Depressionen gemacht. »Aber ich freue mich, sagen zu können, dass ihr euch nicht fürchten müsst. Es herrscht keine – *unmittelbare Gefahr*, wie der Landespolizeidirektor es mir gegenüber formuliert hat. Wie ihr sicher wisst, gab es im Falle des Mordes an unserem lieben Ingo, Gott hab ihn selig«, sagte sie, und bekreuzigte sich in einer wirren, beliebigen Reihenfolge, »eine Festnahme – und ich freue mich, bestätigen zu können, dass das hervorragende Team rund um Herrn Chefinspektor Schrammer und Frau Inspektor Fletscher momentan davon ausgeht, dass die fragliche Person auch in den anderen Fällen schuldig ist.«

Sie machte eine Pause, um ihrer Schule etwas zu präsentieren, das wohl ein fröhliches Lächeln sein sollte; es drückte fieberrote Flecken auf ihre Wangen und presste ihre Zähne aufeinander wie im Biss auf hartes Brot. Tristan hatte immer geahnt, dass die Direktorin kein Mensch war, der zu Frohmut neigte – aber dass ihr das Vorspielen eines aufrichtigen Lächelns noch schwerer fallen könnte als ihm, damit hatte er nicht gerechnet.

»Der Spuk ist vorüber. Gedenken wir unserer gefallenen Freundinnen und Freunde, und … ja, gedenken wir der drei«, schloss sie lahm und ungeduldig. »Und«, beeilte sie sich noch, hinzuzufügen, »schöpfen wir neue Hoffnung und Kraft aus der Tatsache, dass … dass wir noch am Leben sind. *Und* –« Mittlerweile waren Schweißperlen auf ihre Stirn getreten. »– halten wir die Erinnerung an die drei in Ehren, indem wir uns die größte Mühe geben, gute Leistungen zu erbringen und ihre Schule in ihr bestes Licht zu rücken. Sicher hätten sie die Matura mit Glanz und Gloria absolviert. Es liegt jetzt an ihren Kolleginnen und Kollegen, das statt ihnen für sie zu tun.«

Ihr Blick verlor alles Gutmütige und wehte strafend über die hintersten Reihen, in denen die meisten der Achtklässlerinnen und Achtklässler Platz genommen hatten. Obwohl er selbst *wirklich* tragisch fand, was geschehen war, und nicht wie Frau Doktor Hartplatz bloß sein Bestes gab, so zu tun, musste Tristan sich zusammenreißen, um nicht zu schmunzeln. Als ob Hannah, Kris oder Ingo Interesse daran gehabt hätten, die Matura *mit Glanz und Gloria* zu bestehen. Sie hätten diese Behauptung eher für eine beleidigende Unterstellung gehalten. Außer Kris vielleicht, die ein bisschen dumm gewesen war; sie hätte sich vielleicht über die Lüge gefreut.

Als die Direktorin sie alle zurück in den Unterricht entließ, nutzte Tristan den allgemeinen Wirbel, um Lily zu beobachten. Er war sich so sicher gewesen, dass er sie mit seinem verfrühten Weihnachtsgeschenk für sich gewinnen würde. Sie hatte ihn in der ganzen Zeit seitdem nicht einmal darauf angesprochen. Wenn sie sich schon nicht dafür bedanken wollte, könnte sie ihm zumindest mitteilen, dass er … zu weit gegangen war? Sich zu sehr aufdrängte? Ihr die Lebensfreude geraubt hatte, weil sie nicht mehr das Haus verlassen musste, um ihr Lieblingsbild betrachten zu gehen, und daher mehr Zeit mit ihren Eltern unter einem Dach verbringen musste?

Nein, Halt – das wäre meine Reaktion gewesen. Er musste mit diesem Projizieren aufhören.

Lilys Reaktion, so schien es, war schlichtweg *keine* Reaktion.

*

Sogar der Sportunterricht war eine deutlich gedämpftere Angelegenheit als sonst. Wo die meisten der frisch der Pubertät entwachsenen oder noch in ihr verfangenen jungen Männer die direkte *Anweisung*, sich auszutoben und Sachen zu treten, zu bespringen oder hochzuklettern, früher lachend und schreiend ausgekostet hatten, waren ihre Bewegungen jetzt steif und lustlos, ihre Blicke starr. Beim Aufwärmen liefen sie mit hängenden Köpfen ordentlich im Kreis; niemand wollte um die Wette rennen oder sich einen Spaß daraus machen, langsamere Schüler durch die Sporthalle zu jagen. Vielleicht wurden einige von ihnen den Gedanken nicht los, dass ihnen nachher beim Fußballspielen wieder ihr bester Verteidiger fehlen würde. Oder sie fragten sich, ob ihr großer Traum vom professionellen Fußballspielen möglicherweise nicht an mangelndem Talent oder fehlender Disziplin scheitern würde, sondern daran, dass jemand sie noch vor dem Schulabschluss mit einem Messer in Stücke riss.

Tristan selbst lief nicht, sondern schlurfte gelangweilt neben seinen Mitschülern her. Wenn das Herrn Professor Pfund störte, ließ er es sich nicht anmerken. Wahrscheinlich wollte er vermeiden, viel unmittelbarer mit der schwierigen Situation seiner Mannschaft konfrontiert zu werden. Seine eingesunkenen Äuglein huschten mehr an den Joggenden vorbei als zwischen ihnen hin und her, wie aus Angst davor, einen der Burschen beim Weinen zu erwischen.

Tristan sah Doc auf einer der Bänke entlang der Wand kauern. Er war heute zu krank für Leibesübungen, oder behauptete das zumindest. Er hing mehr an der Bank, als darauf zu sitzen, und starrte auf seine Knie. Tristan setzte sich neben ihn.

»Keine Lust auf Bewegung?«, fragte Tristan.

Doc schreckte hoch. »Oh. Hab' dich nicht bemerkt.«

Tristan lachte. »Das passiert mir selten. Vielleicht sind wir deshalb so gut befreundet.«

Doc runzelte die Stirn, als verstünde er nicht, was Tristan meinte. Dann schüttelte er den Kopf. »Ich pack's immer noch nicht, dass Ingo …«

»Du hast damals geglaubt, die Polizei hätte ihn zu Recht verhaftet, oder?«

Doc war entsetzt. »*Was*? Wieso – wie kommst du drauf? Das ist … Okay, ja, du hast recht. Aber woher weißt du das?«

»Dein Gesicht hat es mir verraten«, sagte Tristan. »Und Nikki hat sowas angedeutet. Du hast Schuldgefühle.«

Ein paar schweigsame Sekunden lang folgte Docs Blick den Beinen der Vorbeitrottenden, die Augenbrauen zusammengezogen, als versuchte er angestrengt, die Füße zu zählen. Dann sagte er, »Sowas in der Art.«

Tristan schlug ein Bein über das andere und legte beide Hände auf die Bank. »Hm. Aber du hast keine Schuldgefühle Ingo gegenüber, sondern machst dir Sorgen, was *Nikki* jetzt von dir hält. Hab' ich wieder recht?«

Doc lächelte traurig. »Nicht unrecht zumindest.«

»Ich glaube zwar nicht, dass dich das sehr viel glücklicher macht, aber sie hat im Moment nicht viele Gedanken für dich übrig, fürchte ich. Nikki ist zu sehr damit beschäftigt, sich um Bibi zu kümmern. Gegen Bibis, und gegen ihren eigenen Willen.«

Das schien Doc restlos zu verwirren.

»Nikki ist zu hilfsbereit«, sagte Tristan. »Sie kann nichts dagegen tun, auch wenn sie eigentlich gar nicht helfen will. Bibis gegenwärtige Misere ist für sie wie ein fettes Bankett für einen fresssüchtigen Diabetiker. Dabei würde Bibi sich am liebsten in ihren Rollkragenpullovern vergraben und darin verhungern wie ein Mausebaby, dessen Mama irgendwo in einer Falle verrottet.«

Doc betrachtete ihn freudlos. »Du sagst so seltsame Dinge.«

»Das Leben ist seltsam.«

»Hat die Polizei *dich* gar nicht mehr befragt?«, wollte Doc plötzlich wissen.

»Doch, ein paar Mal. Über dieses und jenes.«

»Über den Überfall, nehm' ich an?«

»*Überfall*?« Tristan schmunzelte.

»Die Attacke, den gescheiterten Mordversuch, was auch immer.« Doc schniefte, fast so, als hätte er gerade geweint. »Die Sache passt nicht ganz ins Bild, oder?«

Tristan runzelte die Stirn. »Du meinst, weil sie Michael

Mukuza verhaftet haben?«

Doc nickte. »Den Drogenheini. Weil der angeblich mit Ingo verabredet war oder so, oder?«

»Sowas in der Art.«

»Und Hannah und Kris waren – angeblich – auch … Kundinnen bei ihm.«

»Angeblich«, sagte Tristan, obwohl er sich ziemlich sicher war, dass das nicht stimmte. Zumindest waren sie beide nie am Giftkindlmarkt gewesen, soweit er wusste.

»Aber – du doch nicht, oder? Und Lily auch nicht.«

Dazu sagte Tristan nichts. In seinem Fall irrte Doc sich jedenfalls. Das war der Grund, warum Tristan beschlossen hatte, die Theorie der Polizei nicht völlig auszuschließen, so abwegig sie auch erschien. Die Vorstellung, mit Michael könnte der Mörder hinter Gittern sitzen und es wäre tatsächlich vorbei, war zu bequem, zu beruhigend, als dass er sie ohne Weiteres aufgeben wollte.

»Ihr wisst schon, dass Debattieren kein Sport ist?«

Filippe stand vor ihnen. Jo joggte neben ihm im Stehen weiter und beäugte Tristan und Doc mit nach unten gezogenen Mundwinkeln.

»Vielleicht nicht so, wie du es machst«, sagte Tristan zu Filippe, und stand auf. Filippe setzte sich wieder in Bewegung, begann, im Kreis um Tristan herumzulaufen. Jo folgte seinem Beispiel, in entgegengesetzter Richtung.

»Das klang wie ein *Gilmore Girls*-Zitat«, sagte Doc.

»Du schaust echt zu viel fern«, sagte Tristan, und zu Filippe und Jo: »Hört auf mit dem Scheiß, das ist nervig.«

»Bist es doch gewohnt, im Mittelpunkt zu stehen«, sagte Jo.

Tristan war so überrascht, dass ihm keine Antwort einfiel; er vermutete, dass Jo einen Scherz hatte machen wollen, aber es hatte alles andere als scherzhaft geklungen.

»Nicht streiten«, sagte Filippe. »Wir müssen zusammenhalten. Und trainieren.« Er ließ sich vom Schwall der anderen Läufer erfassen und davontragen.

»Wofür?«, rief Tristan ihm hinterher.

»Für den Fall, dass der Psycho uns als Nächstes umbringen

will!«, antwortete Filippe im Laufen über seine Schulter; die schockierten Blicke, die er dafür erntete, ignorierte er. »Wir sind nicht alle so geborene Survivor wie du!«

Eine Dreiviertelstunde später, nach vielen euphorischen Tritten gegen einen Ball, roch es in der Umkleidekabine nach Sex. Das war kein Euphemismus und keine Übertreibung; Tristan glaubte, zwischen all dem Schweiß und Deo, zwischen dem Haargel und der blanken Haut den Duft von Sperma und das Latexaroma von Kondomen zu erahnen. Wahrscheinlich nur in der Hitze des erregenden Fußballgefechts ausgetretenes Precum (verrücktere Dinge waren im Sportunterricht passiert) und irgendein obskures Kleidungsstück. Vielleicht bildete Tristan sich diese Gerüche auch einfach nur ein. Er hatte so lange keinen Sex mehr gehabt, dass es ihn nicht wundern würde, wenn er davon zu halluzinieren begann, überhaupt hier, umgeben von halbnackten Körpern. Aber er würde ja doch keine Avancen machen, selbst wenn er einem verstohlenen Blick begegnen, heimliches Interesse spüren würde. Das war nicht mehr er, aus verschiedenen Gründen.

Durch die offene Tür der Jungenumkleide erblickte er einen davon: Lily kam gerade am anderen Ende des Gangs aus der Mädchenumkleide. Sie schlenderte Richtung Tunnel zum Hauptgebäude, ohne den Blick auch nur einmal kurz nach der Tür zu den Burschen auszurichten – nichts dort, was sie reizte, nicht einmal ihr bester Freund Jo, mit dem sie in einer halben Minute gemeinsam zur nächsten Stunde gehen könnte. Sie ging allein, wie so oft.

Sie brauchte er wirklich nicht zu fragen, ob sie Weihnachten mit ihm verbringen wollte. Es war auch eine beschissene Idee; dass er es überhaupt in Erwägung gezogen hatte, bewies, wie verblödet er war, wie fixiert und verbogen und verblendet. Zweites Date mit der ganzen Familie – klang wie aus einer Sitcom, oder bei seiner Familie eher wie aus einem Horrorfilm. Noch dazu schien Lily ohnehin jegliches Interesse an ihm verloren zu haben; eine Einladung zu Weihnachten im Hause Os war wohl das Letzte, das ihr Interesse wiedererwecken würde.

»Was machst du am Vierundzwanzigsten?«, fragte Tristan Filippe, der sich neben ihm in seinen Pullover hineinkämpfte. Filippes Deo war das aufdringlichste von allen.

»Die Eltern haben beschlossen, auf Urlaub zu fahren«, antwortete Filippe durch den Pullover, »also Gottseidank nichts. Nur chillen.« Endlich ploppte sein Kopf aus dem dafür bestimmten Loch, mit einem breiten Grinsen noch dazu, als wäre Filippe stolz darauf, sich angezogen zu haben. »Keine Pläne.«

»Gut«, sagte Tristan. »Jetzt hast du welche.«

*

Tristans Begeisterung für Hallowe'en war von seiner Mutter immer belächelt worden. Seine im Laufe der Jahre kultivierte Abneigung gegen Weihnachten hingegen hatte ihr – gelinde formuliert – schon so manche Träne der Trauer und des Zorns in die Augen getrieben. Nicola Os wollte ihr perfektes Weihnachten, und alles, was dem im Weg stand – das offen zur Schau getragene Desinteresse ihres Sohnes zum Beispiel – war für sie nicht weniger als ein Verbrechen gegen sie und ihr Leben und alles, was gut war auf der Welt. Tristan hätte vielleicht Mitleid mit ihr haben können, wenn sie nicht selbst an ihrer Misere schuld gewesen wäre; er bewahrte die warmen Erinnerungen an die schönen, gemütlichen Weihnachtsabende seiner Kindheit, die Abende zu dritt, schließlich auch im Herzen, und nicht ohne Sehnsucht. Wenn seine Mutter wollte, dass er sich wieder auf Weihnachten freute, sollte sie ja wissen, was sie zu tun hatte. Aber *er* wusste, dass er darauf nicht zu warten brauchte.

Mittlerweile hatte Nicola gelernt, sich weitestgehend zu beherrschen – sich auf sich und ihre Freude zu konzentrieren, die richtige Menge an Alkohol zu erwischen (im Dezember trank sie mindestens jeden zweiten Tag, ihren Nerven zuliebe) und die richtigen Momente für eine Zigarette zu wählen, um ruhig zu bleiben und den jährlichen Tobsuchtsanfall, wenn nicht ganz zu verhindern, dann zumindest hinauszuzögern. Am lustigsten war es, wenn ihre Verzweiflung direkt an Heiligabend ihren Höhepunkt erreichte, Wochen Zeit gehabt hatte, zu brüten und zu brodeln, bevor sie herausplatzte wie ein Geysir. Tristan war gespannt, ob er seinem Special Guest Filippe eine ordentliche Show würde bieten können, oder ob Frau Os sich zumindest in Anwesenheit eines Außenstehenden zusammenreißen würde. Bisher hatten Fremde sie nicht davon abgehalten, offen zur Schau zu stellen, was sie von Tristans grinchigen Tendenzen hielt: Als er es mit zwölf gewagt hatte, ihren frisch erworbenen singenden Plastikweihnachtsmann auf seinem tänzelnden Plastikrentier als überflüssig und dumm zu bezeichnen, war Nicola ausgerastet, hatte ihn am Arm gepackt und brüllend durch das Einkaufszentrum zurück zum Auto gezerrt, ihre Wangen schwarz von der zerronnenen Mascara, während der Plastikweihnachtsmann im baumelnden Plastiksack, von der Erschütterung zum Plastikleben erweckt, sein Lied trällerte: »*Merry Christmas, everyone! Ho, ho, ho!*«

Nicht einmal, wenn sie bei Verwandten eingeladen gewesen waren, hatte Nicola sich immer zusammenreißen können, was dazu geführt hatte, dass einerseits nur noch im Os-Haus ein weihnachtliches Familienessen veranstaltet wurde und dass andererseits kaum noch jemand aus der erweiterten Familie Zeit fand, daran teilzunehmen. Beides war aber ganz in Nicolas Sinn, einer grotesken, ihr höchsteigenen Logik entsprechend: Am Vierundzwanzigsten die Gastgeberin zu sein, war ihr größtes Glück, aber da ihr das Kochen für eine Vielzahl an Menschen ganz und gar nicht lag, war sie genauso froh über alle, die fernblieben, wie über all jene, die kamen.

Umso faszinierender fand es Tristan, dass sie ihm vorgeschlagen hatte, jemanden einzuladen. Sie machte sich offenbar wirklich Sorgen um ihren Sohn. *Das* war es also, was es brauchte, um Nicola Os daran zu erinnern, dass sie jemandes Mutter war: nicht Drogenexzesse und tage- und nächtelanges Verschwinden, sondern einen Psychokiller, der Tristans Freundinnen und Freunde abschlachtete und ihm, wie es schien, auch nach dem Leben trachtete.

»Und, wer ist heute dein Date, Brudi?«

Tristan stand in der Küche und kletzelte an seinen Fingernägeln, die ganze Arbeit zunichtemachend, die es gebraucht hatte, um sie mit der Feile wieder halbwegs in Form zu bringen. Nicola hatte ihn mit der Aufgabe betraut, den Truthahn im Ofen zu beobachten, bis die Leiche gut aussah, wofür er nun wirklich nicht die beste Wahl war: Zum einen kannte er sich mit Truthähnen nicht aus, zum anderen war er Vegetarier, und noch dazu lag ihm nichts daran, ob das Essen den Gästen schmeckte oder nicht. Im

Moment sah der gerupfte und geköpfte Vogel im Ofen eben aus wie ein gerupftes und geköpftes totes Tier, aber das war vor zehn Minuten auch schon der Fall gewesen und würde in zwanzig vermutlich immer noch stimmen. Er wandte sich von dem widerwärtigen Anblick ab und Sarah zu, die in der Küche auf und ab schlurfte und die diversen Schüsseln inspizierte, in denen Nicolas Beilagen ihr schlatziges Dasein fristeten.

»Hat sie dich leicht auch gefragt, ob du jemanden einladen willst?«, fragte Tristan.

Sarah nickte. »Als ob.«

»Du hättest sicher wen auftreiben können«, log Tristan, und starrte wieder den Truthahn in seiner beleuchteten Grabkammer an. »Katniss Everdeen oder so.«

Sarah gluckste. »Ist deine Begleitung leicht fiktional? Stellst du uns deinen unsichtbaren Freund vor? Bitte mach das, tu einfach so, ich will sehen, wie Mama reagiert.«

»Vielleicht muss ich gar nicht nur so tun.«

»Würd' zu dir passen«, sagte Sarah, sehr sachlich.

Tristan zog die Augenbrauen hoch. »Meinst du, ich bin verrückt?«

»Na sicher bist du das.«

»Worüber redet ihr zwei denn schon wieder?«

Ihre Mutter wehte auf roten High Heels in die Küche. Ihre vom Stress der letzten Tage vertieften Falten hatte sie mit einer so massigen Schicht Make-up überdeckt, dass ihr Gesicht aufgedunsen aussah. Ihr Rotweinglas – das selbstverschriebene Heilmittel gegen den Stress – schaukelte gefährlich in ihrer ausgestreckten Hand, als sie Tristan zur Seite schob und in den Ofen stierte. »Der Vogel braucht noch eine Weile – wieso dauert das so lang?«, schnauzte sie Tristan an, als wäre es seine Schuld, dass der Truthahn noch nicht fertig war.

»Du siehst schön aus, Mama«, sagte Sarah.

Nicola richtete sich augenblicklich auf und entblößte ihre gebleachten Zähne in einem Lächeln, das gleichermaßen mechanisch und aufrichtig wirkte, wie ein Trugbild, das dem Auge je nach Blickwinkel etwas anderes offenbarte: Junge oder alte Frau? Hase oder Ente? Truthahn oder Leiche? Mama oder Frau Os?

»Oh, *danke*«, hauchte sie, strich mit der freien Hand das eng anliegende rote Kleid glatt und zupfte an den Fransen ihres Jäckchens, das mehr Federboa als Blazer war. »Ich hab' mir gedacht, ich werf' mich mal richtig in Schale.«

»Das ist dir gelungen«, sagte Tristan tonlos. Seine Mutter funkelte ihn an, als vermutete sie hinter der Aussage eine versteckte Beleidigung. Sie schien aber keine ausfindig zu machen, da sie ihm lediglich die Schulter tätschelte und, Rotwein schlürfend, an ihm vorbei aus der Küche stolzierte.

»Sie ist in guter Verfassung«, meinte Sarah. »Sie hat nicht einmal bemerkt, dass ich nicht das Kleid angezogen hab', das sie für mich rausgelegt hat.«

»Du hast *das* selbst ausgesucht?«, fragte Tristan. Das taubenblaue Ding endete unter Sarahs Knien; die dicken Unterschenkel waren entblößt. Es glitzerte bei jeder Bewegung, als bestünde es aus lauter kleinen falschen Edelsteinen. Anderen Frauen hätte es *vielleicht* gestanden; für Sarah war es mehr als unüblich, und wenig schmeichelhaft.

»Ich wollte mal was Neues ausprobieren.« Sarah grinste fröhlich. »Gefällt's dir?«

»Du siehst sehr hübsch aus«, versicherte ihr Tristan, den Blick wieder auf den Truthahn geheftet.

»*You're too kind.*« Sie verneigte sich, was Tristan in der Spiegelung in der Ofentür sehen konnte. Verborgen hinter ihrem Strohhaar erinnerte sie ihn an das Mädchen aus *The Ring*, nur dass sie aus dem Vogelarsch im Ofen statt aus dem Brunnen im Fernseher gekrochen kam.

»*Tristan*!«, schrie Nicola aus dem Esszimmer, und ihre beiden Kinder zuckten erschrocken. »*Für welche Uhrzeit hast du deinen Freund eingeladen*?«

Sarah rollte mit den Augen. Tristan lächelte trocken.

»Für fünf, Mutter, wie du befohlen hast.«

»*WAS*?«

»*Fünf*!«

Tristan wollte noch einen Blick mit Sarah austauschen, aber stattdessen blieb er an dem Mann hängen, der jetzt hinter ihr in der Tür stand. Die wenige gute Laune, die in ihm zu entstehen gedroht hatte, war auf einen Schlag ausgelöscht. Sarah schien in seinem Gesicht zu erkennen, was los war. Sie drehte sich nicht einmal um, schlug nur die Augen nieder zu ihren rosa Wollsocken.

»Ihr solltet freundlicher zu eurer Mutter sein«, raunte Samuel Os. »Sie hat euch auf die Welt gebracht. Ein friedliches Weihnachten ist wohl das Geringste, womit ihr euch bei ihr bedanken könnt.«

Weder Sarah noch Tristan gab eine Antwort; jede, die Tristan einfiel, wäre sowieso die falsche gewesen. Samuels kalte, starre Augen bohrten sich in die seines Stiefsohnes, fixierten ihn wie Beute. Sein einseitiges Lächeln zuckte.

»Ein kleiner Scherz«, sagte Samuel, wohl hinnehmend, dass seine Stiefkinder die Pause nicht füllen würden. »Ihr seid gut zu Nicola. Wie ihr Kinder dieses Verhalten jedes Jahr ertragen habt, ist mir ein wahres Rätsel.«

»Sie war besser, bevor du dabei warst«, sagte Tristan in sachlichem Ton.

Samuel Os zog die dünnen Augenbrauen bis zum Ansatz des zurückgeklatschten Haares hoch. »Ist das so?«

»Ist was wie?«, fragte Nicola, die sich in dem Moment an ihrem Mann vorbei in die Küche drückte. Sie wirbelte um ihre eigene Achse, als würde sie nach etwas suchen. »Ist die Küche sauber?«

»Erstaunlich sauber«, sagte Samuel gönnerhaft. Er streckte die langen Arme nach seiner Frau aus – und hielt sie so, auf Armeslänge: Er bewahrte in Gegenwart anderer, auch der Kinder, immer Abstand, selbst dann, wenn er vorgab, Nähe anzubieten. »Zumindest in Anbetracht der Tatsache, dass du bis vor einer halben Stunde in diesem Raum gekocht hast, als hinge dein Leben davon ab.«

»Vielleicht tut es das«, schnurrte Nicola, bevor sie ihren Hals zum Kuss ausstreckte wie eine Schildkröte. Auch mit hohen Absätzen war sie kleiner als ihr langgezogener Mann.

Tristan wurde schlecht. Er wandte sich hastig wieder dem Ofen zu; als er den Truthahn sah, wurde ihm noch schlechter.

Um genau fünf Uhr läutete es zum ersten Mal an der Tür.

»Ich bin ein pünktlicher Mensch«, sagte Filippe zur Begrüßung, als er Tristan in eine einarmige Umarmung zog.

»Du bist ein Dummkopf«, erwiderte Tristan fröhlich. Er hatte zwar gehofft, aber nicht damit gerechnet, dass Filippe ihm den Abend erleichtern würde; erstaunt stellte er fest, dass er bereits jetzt, durch Filippes bloßes Auftauchen, besser drauf war.

»Auch nur, weil ich so viel Zeit mit dir verbringe – Frau Os! Danke für die Einladung.«

»Ach, Unsinn!« Tristans Mutter kam auf klackenden Absätzen herangerauscht. Sie legte die Hände auf Filippes Schultern und küsste ihn auf beide Wangen. »Wir danken dir, dass du uns beehrst! Ich habe dich *ewig* nicht mehr gesehen – Tristan hält dich vor uns versteckt.«

»Jaah«, sagte Filippe verlegen. Er stellte seine Libro-Tragetasche ab und entledigte sich seiner anthrazitfarbenen Jacke, die so urban war wie der olivgrüne Pullover und das weiße Hemd darunter privatschülerisch. Tristan schnaubte verhalten.

»Ich weiß noch, wie ihr ganz früher gemeinsam in der Zierau gespielt habt.« Nicolas Augen schimmerten vor nostalgischer Wehmut (und dezenter Angetrunkenheit). »So süße kleine Buben. Und jetzt – schaut euch an!«

»Süße *große* Buben«, sagte Filippe, Tristan mit dem Ellenbogen anstupsend.

Mit schallendem, völlig übertriebenem Gelächter packte Nicola Filippe am Arm. »Nein, nein, große stramme Männer!«, beschwor sie, und führte den Gast ihres Sohnes Richtung Esszimmer. »Nein, lass die Schuhe an, ich bitte dich!«

Filippe drehte den Kopf und stierte panisch über Nicolas Schulter, aber Tristan lächelte nur und zuckte mit den Schultern, bevor er den beiden folgte.

»Du erinnerst dich an Tristans Schwester?«, trällerte Nicola.

Sarah vermittelte ein bisschen einen traurigen Eindruck, wie sie da ganz allein in der festlichen Schummrigkeit an einer Tafel gedeckt für acht saß. Sie stand nicht einmal auf, um Filippe zu begrüßen. Filippe streckte ihr die Hand entgegen, und sie hob ihre träge vom Tisch, die Finger schlapp baumeln lassend. Filippe, sichtlich verdutzt, schüttelte, so gut es ging. Tristan lachte leise.

»Und wo ist bloß mein Ehemann?«, fragte Nicola. Endlich ließ sie Filippe los und stapfte aus dem Raum.

»Du könntest ruhig netter zu meinem besten Freund sein«, sagte Tristan zu Sarah, als er und Filippe sich setzten.

»*Meh*«, machte Sarah. Sie stützte ihren Kopf auf ihrer Faust ab und betrachtete Filippe streng. »Wie kannst du immer noch mit Tristan abhängen? Er war immer so *fies* zu dir.«

»Man gewöhnt sich dran«, erwiderte Filippe heiter.

Erneutes Stöckelschuhgeklapper kündigte Nicolas Rückkehr an. Ihre Stirn lag in Falten; eine neue, ungemütliche Energie erfüllte ihre Schritte und ihre Haltung. Was auch immer zwischen ihr und Samuel Os in den letzten Sekunden vorgefallen war, es hatte bereits einen guten Teil dazu beigetragen, ihr Weihnachten zu ruinieren. Ihr konsternierter Blick schien irgendetwas zu suchen, fand letztlich ihre Kinder.

»Was soll das?«, herrschte sie die beiden an. »Warum sitzt ihr schon? Es gibt noch so viel zu tun!«

»Mama, *entspann* dich«, flehte Sarah.

»Wie soll ich mich –« Die Türklingel klingelte. »Gäste!« Und sie machte kehrt und rannte in den Flur.

»Heftig«, kommentierte Filippe im Flüsterton.

»Das ist noch gar nichts« sagte Tristan.

Nicolas überschwänglicher Empfang der neuen Gäste klang, als liefe nebenan ein Fernseher: abgedroschene Zeilen wiedergegeben von einer schlechten Schauspielerin in einer schlechten Seifenoper. Glockenhell gackernd und bedeutungslos um sich deutend kam Nicola mit ihrer Schwester und deren Mann zurück ins Esszimmer. Als Caro eintrat und ihr genuscheltes »Frohe Weihnachten« an niemanden Bestimmten richtete, hob Tristan die Hand zum Gruß. Caros Blick fiel auf Filippe; sie runzelte die Stirn, dann grinste sie schelmisch und zwinkerte ein großzügiges, eindeutiges Zwinkern. Filippe lachte, schmiegte sich an Tristan und tat so, als wollte er ihn auf die Wange küssen. Tristan stieß ihn weg und sagte, selbst lachend, zu beiden und zu keinem, »*Fuck you.*«

»*Tristan*!«, bellte Nicola. In der nächsten Sekunde war sie schon wieder ganz die jauchzende Gastgeberin für ihre Schwester und ihren Schwager. »Bitte, nehmt Platz, nehmt Platz! Samuel wird gleich zu uns stoßen.«

Onkel Fred stolperte auf seinem Weg zum Tisch, und sein Hemd spannte sich bedrohlich über seinem Kugelbauch, als er sich setzte und mit einem Taschentuch den Schweiß von seiner Stirn wischte. Tante Marlene war dürrer als ihre Schwester und ungeschickter als ihr Mann: Im Setzen gelang es ihr, die sorgfältig zum Tannenbaum gefaltete Seidenserviette auf ihrem Teller umzuwerfen, ihr Besteck zu verrücken und mit dem Stuhlbein zu quietschen. »Frohe Weihnachten«, hauchte sie, während sie ihren Blick überallhin außer auf die anderen Menschen im Raum richtete.

»Frohe Weihnachten«, antwortete Filippe.

»So höflich«, sagte Caro. »Wie es sich für jemanden gehört, der neu in der Familie ist.«

»Ja«, gab Filippe zurück, während die Erwachsenen daneben rasch und zusammenhanglos hingeworfene Floskeln, Bemerkungen zum Wetter und Beschwerden über den Bürgermeister austauschten, »ich hab' gedacht, jetzt, wo ich Sarah heirate, kann ich auch mal zu Weihnachten bei euch dabei sein.«

Sarah versuchte, zu lachen, ließ aber im Endeffekt nur mit rotem Gesicht und einem rülpsartigen Geräusch aus der Kehle den Blick auf ihren Teller sinken. Vielleicht hatte das aber auch damit zu tun, dass Samuel soeben im Esszimmer erschienen war. Alle verfielen in Schweigen. Samuel Os hatte diesen Effekt auf andere.

»Die Gäste sind schon hier«, schnitt seine Stimme durch die Stille; obwohl das Feuer im Kamin so laut knisterte, dass es künstlich wirkte, wurde Tristan kalt. »Wie erfreulich.«

Samuel begrüßte jeden mit einem Handschlag, einem scharfen Blick und ein paar gemurmelten Worten, als befände er sich auf einem Geschäftstermin, oder hätte einen Preis verliehen bekommen und würde sich bei der Jury bedanken. Sogar seinen Stiefkindern schüttelte er die Hand, als hätten sie einander seit Ostern nicht mehr gesehen. Zuletzt erreichte er Filippe.

»Habe ich noch einen Sohn und weiß nichts davon?«, witzelte der Hausherr. Fred und Marlene lachten gehorsam.

»Sei nicht *dumm*, Sam«, sagte Nicola, über den Tisch hinweg spielerisch nach ihm ausschlagend. »Das ist Tristans Freund.«

Tristan fiel auf, dass seine Mutter sich nicht einmal die Mühe machte, Filippes Namen zu nennen. Offenbar wusste etwas in ihr doch, wie wenig der ihren Mann interessieren würde. Oder sie hatte den Namen in all der Aufregung einfach selbst vergessen.

Sekt wurde ausgeschenkt – Sarah verzichtete zugunsten eines Orangensafts, Fred zugunsten eines Biers – und dann Wein, und noch bevor die Vorspeise aufgetragen wurde, hatte Tante Marlene Schluckauf und waren Onkel Freds Wangen so rosa, dass sein Gesicht Tristan an den rohen Truthahn erinnerte. Der Truthahn selbst war aber glücklicherweise zu Mutters Zufriedenheit gebraten, nachdem sie die Restpfützen Zucchinicremesuppe abserviert hatte.

»Und es gibt ja kaum noch gute Zucchini zu kaufen«, setzte Nicola ihre Tirade von der Vorspeise enthusiastisch fort, während Marlene und Fred – die Einzigen, die zumindest so taten, als würden sie ihr zuhören – helles Fleisch in sich hineinschaufelten. »Die Ernte endet ja im Oktober, aber ich habe gesagt – habe ich nicht, Sam? –, ich möchte unbedingt Zucchinicremesuppe, *unbedingt*, Marlene isst sie *so* gern. Hab' mich also mit den kleinen, dürren Pflanzen zufriedengegeben. Es freut mich, dass die Suppe trotzdem geschmeckt hat. Das Jahr war eben allgemein nicht so gut, nicht wahr? Warum *isst* du denn nichts, Tristan?«, unterbrach sie sich, so verärgert, als hätte Tristan eine Truthahnkeule in ihr Gesicht geschleudert.

»Tristan ist Vegetarier, Mutter«, antwortete Sarah an seiner Stelle.

»*Immer noch*?« Nicolas Augen weiteten sich kurz vor mildem Erstaunen. Dann wandte sie sich wieder an ihre Schwester, als hätte diese knappe Konversation am Rande nie stattgefunden. »Hast du das in Ungarn mitverfolgt, mit den vielen Flüchtlingen dort? Samuel war heuer in Ungarn, er hat gesehen, wie es dort zugeht. Hat mir alles erzählt, noch bevor ich es in der Zeitung gelesen habe, nicht wahr, hast du doch, Sam? Samuel erlebt so vieles. Und das in Ungarn ist furchtbar, vieles ist so furchtbar, sogar hier in unserer feinen Stadt, nicht nur in Ungarn.«

Marlene nickte ausgiebig, mit weit aufgerissenen Augen. Zwischen ihren eingefallenen Wangen sprossen Truthahnfetzen aus ihrem kleinen Mund. Tristan wandte den Blick ab. In seinem Magen rumorte es. Er hatte wirklich ein bisschen gefastet, um sich auf die weihnachtliche Überfütterung vorzubereiten. Damit, dass seine Mutter vergessen würde, dass er kein Fleisch aß, hatte er nicht gerechnet.

»Aber es ist Weihnachten, reden wir über schönere Dinge«, endete Nicola streng, als hätte jemand anderes die furchtbaren Dinge angesprochen.

Samuel nippte seit geraumer Zeit an seinem Rotwein, gelangweilt, wie es schien. Auf seinem Teller lag noch nahezu so viel Truthahn wie auf Tristans; Vegetarier war er aber mit Sicherheit nicht. Caro und Filippe, die das Pech hatten, neben dem tafelgipfelnden Hausherrn zu sitzen, kauerten auf ihren Plätzen und aßen mit merklicher, besonders für Filippe unüblicher Zurückhaltung. Tristan wunderte das nicht: In Samuel Os' unmittelbarer Nähe war eine gewisse Beklommenheit noch mit das Angenehmste, was man verspüren konnte.

»Gibt's dann Geschenke?«, beendete Sarah das Schweigen, das Nicolas Aufforderung zu schöneren Gesprächsthemen gefolgt war. Tristan fand es beachtenswert, dass gerade sie sich ein Herz nahm und die Stille füllte, die ihrer Mutter bereits Feuchtigkeit in die Augen zu treiben begonnen hatte.

Mutter sah das aber anscheinend anders. »Du bist kein Kind mehr«, sagte sie schroff, die Augenbrauen ein Greifvogel-V der Verachtung. »Denk nicht nur an Geschenke, Weihnachten ist mehr als Geschenke. Aber selbstverständlich«, fügte sie, plötzlich wieder breit lächelnd, hinzu, »gibt es jetzt Geschenke. Wie es Tradition ist in unserer Familie.« Sie legte die Fingerspitzen einer Hand behutsam auf den Arm ihrer Schwester. (Marlene erschrak; ihre ganze, gierige Aufmerksamkeit hatte auf dem restlichen Truthahn geruht, der vom Ehrenplatz in der Mitte des Tisches aus jenen angeblich so verlockenden Geruch toten Getiers verbreitete. Marlene war dürr wie ein Skelett, aber sie war so verfressen wie Fred, und Tristan hätte nur zu gerne gewusst, wie sie das machte.) »*Erst* Geschenke, *dann* Dessert.«

Tristan verdrehte die Augen. Diese jämmerliche Ausrede einer sogenannten Familientradition hatte vielleicht Sinn gemacht, als er und Sarah klein gewesen waren, und Nicola und Marlene kannten dieses Unterbrechen des gemeinsamen Abendessens für das Austauschen der Packerl aus ihrer eigenen Kindheit: Die Kleinen bekamen ihre Geschenke, nachdem der Weihnachtsmann sich während der Hauptspeise eingeschlichen hatte, und wurden mit Süßem zum Tisch zurückgelockt, um dort – auf Stühlen sitzend, leise, mit Naschen beschäftigt – ihr neues Spielzeug zu begutachten, alle an einem Fleck, übersichtlich versammelt unter dem wachsamen Auge der Mutter. Aber nachdem Samuel zur Familie gestoßen und Nicolas Vorstellung von einem gelungenen Weihnachtsfest völlig entartet war, war dieses Finale des Abends zur Qual geworden. Dass es Sarah völlig überfordert hatte, gleichzeitig Kuchen und Kekse zu essen, die mit Samuels Geld gekaufte Unmenge an Geschenken zu überblicken und auf die bohrenden Fragen ihrer Mutter zu reagieren, hatte Nicola Os wohl nie erkannt. Und dass Tristan sich weder für den Kuchen noch für die Geschenke interessiert hatte, sondern sehr gerne *nur* mit seiner Schwester und seiner Mutter *gesprochen* hätte, auf die Idee wäre sie nie gekommen.

Aufregender waren die Geschenke für Tristan im Laufe seiner Jugend auch nicht geworden. Seine Mutter weigerte sich aus unerfindlichen Gründen, ihm Bücher zu kaufen, obwohl sie wusste, dass Lesen eine der wenigen gesellschaftsfähigen Freizeitbeschäftigungen war, denen er nachging. Samuel schenkte ihm manchmal Bücher. Keine Romane natürlich; dicke Bände über Mathematik, Wirtschaft und Geschäftsmodelle, über rezente Geschichte und technologische Fortschritte. Tristan hatte es sich zur Gewohnheit gemacht, diese Bücher gleich nach dem Erhalt in der Ablage des Couchtischs zu verstauen, um Samuel zu verstehen zu geben, was er von ihnen – und von ihm und seinen Interessen – hielt. Samuel war das vermutlich recht: Er wollte die Bücher ohnehin selbst lesen. Die einzigen Geschenke, über die Tristan sich immer gefreut hatte, waren Sarahs gewesen, aber sie hatten vereinbart, einander zu Weihnachten nichts mehr zu schenken: Dieser Abend war nicht mehr, was er sein sollte, und sie hatten aufhören wollen, so zu tun, als ob; aufhören, zu hoffen.

Tristan folgte den anderen wortlos ins Wohnzimmer und stellte sich mit ihnen vor dem Christbaum auf. Die zweieinhalb Meter hohe Fichte hatte ihr Leben gelassen, damit die Familie Os und Verwandte (und Filippe) im Schein elektrischer Kerzen ihre rot-und-silbrig glitzernde Lametta-Schönheit bestaunen durften. Tristan und Sarah drückten sich weit hinten herum, er nahe der Wand, sie immerhin fast auf einer Höhe mit Filippe, der selbst um einiges enthusiastischer und interessierter an dem ganzen Prozedere teilnahm als die Familienkinder. Tristan freute sich, dass zumindest einer sein Vergnügen hatte.

»Singen wir?«, flüsterte Marlene recht ängstlich, als hätte die Aussicht darauf ihr so manche schlaflose Nacht bereitet.

»Müssen wir nicht«, antwortete Nicola. Ihr Ton verriet, dass sie sich wünschte, jemand würde sagen: *Oh bitte, Nicola, sing uns was vor, du hattest immer schon eine so schöne Stimme ...*

»Dann lassen wir es bleiben«, sagte Samuel gebieterisch. »Die Kinder sind keine Kinder mehr, und keiner von uns ist ein Luciano Pavarotti.«

Nicola schob die Lippen gegeneinander, wieder einmal den Tränen nahe, aber sie widersprach nicht. Statt einem Baum in schiefen Tönen von Jesus' Geburt oder Santa Claus' Anreise zu berichten, stand die Gesellschaft also nur eine Weile unschlüssig da, betrachtete die Berge an bunten Päckchen am Boden, gab ein paar lobende Worte von sich (»Sehr schön, die Fichte«, sagte Fred, und, »Sehr schön«, stimmte Marlene zu, und, »Super Deko«, meinte Filippe, mit einem an niemanden gerichteten Daumenhoch). Die Gastgeberin erkannte endlich, dass nichts Spannendes mehr ohne ihr Einschreiten passieren würde, und begann mit dem Geschenkeverteilen.

Tristan stupste Filippe auf die Schulter, deutete ihm, mitzukommen, und setzte sich mit ihm auf die Couch.

»Willst du gar keine Geschenke haben?«, fragte Filippe.

»Es sind zuerst die Gäste dran«, erklärte Tristan. Teilnahmslos beobachtete er, wie seine Tante sich nervös nuschelnd für ihre Uhr bedankte, während sein Onkel immer noch mit dem Geschenkpapier kämpfte und seine Cousine nach einem Platz suchte, an dem sie die zwölf Päckchen, die sich in ihren Armen türmten und ihr die Sicht versperrten, abstellen konnte.

»Ah!« Filippe klatschte in die Hände. »Da fällt mir ein –«

Er ignorierte Tristans fragenden Blick, sprang auf und verließ das Wohnzimmer.

Sarah ließ sich auch auf die Couch fallen. »Und er flüchtet doch.«

Aber Filippe kehrte mit der Libro-Tasche zurück, die er im Vorzimmer gelassen hatte. Er nahm zwischen Tristan und Sarah Platz und hob zwei Päckchen aus der Tasche, in dunkelgrünes Papier gewickelt und mit hübschen Goldmaschen verschnürt. Sarah errötete, als er ihr eines davon reichte.

Tristan zwirbelte feixend eine Schleife zwischen den Fingern. »Goldig. Sag bloß, du hast das auch noch selbst eingepackt.«

»Nope, das war das Fräulein Mutter. Liebe Grüße übrigens.«

Tristan löste das Papier langsam und mit übertriebener Vorsicht, wissend, wie sehr sowas Filippe frustrierte. In der quadratischen Box fand er *The Gunslinger* – und etwas anderes. Dass er sich für den alten Stephen King-Roman interessierte, hatte er während der Vorbereitungen für die Hallowe'en-Feier beiläufig erwähnt; dass Filippe sich das gemerkt hatte, überraschte ihn. Noch viel überraschender fand er aber die getrockneten Blätter, die vom Ende einer dünnen Schnur baumelten.

»Belegst du mich mit einem Fluch?«, fragte Tristan.

Mit einem Zwinkern antwortete Filippe, »Lilienblätter.«

Tristan erstarrte.

»Ich dachte, das ist nicht ganz so kitschig wie Lilienblüten. Und auch nicht ganz so offensichtlich. Und ich weiß, wie sehr du dein Auto liebst. Häng dir das über den Rückspiegel und leg das Buch ins Handschuhfach, dann hast im Auto alles beisammen, was du brauchst, kannst für immer abhauen und ersparst uns deine Gegenwart.«

»Du *sneaky bastard*«, murmelte Tristan mit vorgespielter Lässigkeit, während die Hitze seinen Nacken hochkroch. Eigentlich war Lily nichts, worüber er gerade nachdenken wollte.

»Ich kenn' dich gut genug, um zu merken, wenn dir was wichtig ist. Ich versuch' nur, dich zu unterstützen.«

Tristan bückte sich nach der Couchtischablage, schob *Aktien Antizipieren* und *Faszination Fibonacci* zur Seite und zog die kleine Papiertasche dahinter hervor.

»Ich hab's nicht eingepackt – und *mein* Fräulein Mutter war anderweitig beschäftigt«, sagte Tristan.

Filippe wandte sich von Sarah ab, die ihm mit schüchtern gesenktem Blick für die Stevie Nicks-Biografie gedankt hatte. Er starrte das Sackerl an, als wäre es der Weihnachtsmann höchstpersönlich, frischverkohlt dem Kamin entstiegen.

»*Du* und *Weihnachtsgeschenke*?« Er nahm das Papiersackerl an, zog den Papierumschlag raus, öffnete ihn, runzelte die Stirn – begriff, was er in der Hand hielt, und wurde selbst fast weiß wie Papier. »Sind das *Flugtickets*?«

»Jop. Die Konzerttickets kommen erst. Ich dachte mir, nachdem wir uns gemeinsam gegen die Maturareise entschieden haben, sollten wir auch gemeinsam eine Alternative finden. Und dann hab' ich sie allein für uns beide gefunden.«

»Konzert …?«

»Metallica, in Amsterdam. Im September.«

»Du verfickter *Idiot*«, raunte Filippe ehrfurchtsvoll. »Du kannst mir nicht einfach einen Flug und Metallica schenken!«

»Zu spät«, sagte Tristan.

Filippe warf die Arme um ihn und drückte viel zu fest zu. Tristan ließ das kurz über sich ergehen, dann sagte er, »Aus, du brichst mir die Rippen. Wär' scheiße, wenn ich den Serienkiller überlebe, dann aber nicht mit dir nach Amsterdam kann, weil du mich zerquetscht hast.«

»Darüber wollt' ich mit euch reden.«

Tristan hatte nicht bemerkt, dass Caro sich zu ihnen gesellt hatte. Sie klatschte drei neue Bücher, vier Blu-rays und drei Brettspiele auf die Tischplatte und stellte ihre neue Kaffeemaschine zu ihren Füßen ab, bevor sie sich setzte.

»Wieso scheinen alle plötzlich vergessen zu haben, dass jemand durch die Gegend rennt und junge Leute abschlachtet?«, flüsterte sie, verschwörerisch nah an Tristan und Filippe herangelehnt. Die Erwachsenen waren jetzt damit beschäftigt, den Mantel zu bewundern, den Samuel seiner Frau geschenkt hatte.

»Niemand hat es vergessen«, erwiderte Tristan, selbst mit gesenkter Stimme, »aber alle hoffen, dass du dich im Tempus irrst.

Jemand *rannte* durch die Gegend und *schlachtete* junge Leute ab. Michael Mukuza.«

»Das weiß ich schon«, sagte Caro schroff. »Ich meine – wieso ist niemand mehr … traurig? Oder schockiert? Die Rede von der Hartplatz, was war *das* bitte?«

»Ja, die war arg«, stimmte Filippe zu. Sein Blick senkte sich immer wieder zu den Flugtickets in seiner Hand.

»*Arg*? Eher unnötig.«

Tristan seufzte. »Außerdem … halt' ich es für unwahrscheinlich, dass Mukuza wirklich dahintersteckt.«

»Mir kam's auch komisch vor«, sagte Filippe. »Hatten Hannah und Kris überhaupt irgendwas mit ihm zu tun?«

»Nein, und ich auch nicht wirklich«, sagte Tristan. »Zumindest ist es das, was ich der Polizei erzählt hab'. Wenn sie mir die Wahrheit gesagt haben, stufen sie den Angriff auf Lily und mich als Nachahmerei ein, oder als Streich.«

»Das ist ein bissi lächerlich«, meinte Filippe.

»Das ist *sehr* lächerlich.« Caro plusterte sich auf. »Dieser Mukuza hat sicher nichts gegen dich? Hältst du es nicht für dumm, die Polizei anzulügen, wenn du doch mit ihm zu tun gehabt hast?«

»Ich habe nicht gelogen, ich hab' nur nicht die volle Wahrheit erzählt.« Tristan schluckte und warf einen flüchtigen Blick zu Caros Eltern. Er wollte nicht zu viel verraten. Seine Cousine war wahrlich nicht in alles eingeweiht, was er so anstellte, und das sollte sich auch nicht ändern. »Wenn ich der Polizei anvertrau', welche Motive Mukuza möglicherweise haben könnte, mich anzugreifen, bring' ich mich selbst in Schwierigkeiten.«

»Sie verdächtigen dich doch nicht immer noch, oder?«, fragte Filippe besorgt.

»Schwer zu sagen. Das Interesse an mir haben sie anscheinend nicht verloren, sonst hätten sie mich nach Ingo nicht nochmal einvernommen, oder? Und wenn sie nicht glauben, dass ich wirklich ein geplantes Opfer war –«

»Sondern alles nur ein Scherz?« Caro grunzte angewidert. »Weil es nämlich jemand lustig findet, sich als Totenkopfdämon zu verkleiden und junge Leute mit einem Messer zu bedrohen?«

»Wieso nicht?« Tristan zuckte mit den Schultern. »Jemand findet es ja auch lustig, junge Leute mit einem Messer *abzustechen.*«

»Und als Nächstes seid ihr dran!«, brach Nicola lauthals in das gedämpfte Gespräch ein, ihre Arme beladen mit Packerln.

*

Das Geschenk ihrer Kinder rührte Nicola zu Tränen, obwohl sie sich die Küchenmaschine explizit gewünscht hatte. Samuel nahm den neuen Rasierer mit höflichem Dank zur Kenntnis. Das Dessert – selbstgemachte Schokomousse, was Tristan seiner Mutter nicht zugetraut hätte – sah köstlich genug aus, um sogar Tristan zu ein paar Löffeln zu verleiten. Mehr als die Fortsetzung des Fressgelages schienen den Erwachsenen – und Filippe – aber die nächsten Runden Sekt zu gefallen, und die weiteren Flaschen Wein, und der karibische Rum, den Samuel seinen Schwager und sogar Filippe kosten ließ, und all die vielen Flaschen Bier, die so lange ausgegeben wurden, bis Nicola endlich – voll des Entsetzens einer gescheiterten Gastgeberin – dem lallenden Fred mitteilen musste, die vorherige wäre die letzte gewesen.

»Ich habe unterschätzt, wie viel Bier Filippe trinkt«, sagte sie in einem Ton, als würde sie statt der Botschaft vom aufgebrauchten Biervorrat den Tod eines Verwandten verkünden.

Filippe murmelte eine Entschuldigung, die in Marlenes Gebrüll unterging – wenn Tante Marlene zu viel erwischte, wurde sie von der leisesten zur lautesten Person am Tisch: »Mein Mann hat genug gehabt! Und ich sag' eh sowieso immer, Fred, sag' ich immer, Bier stinkt, Fred, trink lieber mehr Wein. Also bring uns Wein, Schwesterlein!«

»Gut, mit denen fahr' ich heute nicht mehr mit«, sagte Caro. Während Nicola den beiden und sich selbst nachschenkte, hatte Samuel sich bereits zu Fred geneigt, um ihn zu seinen Geschäften in der Schwermetallbranche zu befragen. Nicola fand unverhofft doch noch den Mut, zu singen, ohne darum gebeten zu werden, und Marlene ergab sich enthusiastisch dem hoffnungslosen Versuch, im Takt zu klatschen.

»Schläfst du bei uns?«, fragte Tristan seine Cousine. »Das wäre gut. Ich könnte dich und Filippe verkuppeln, dann hab' ich ihn tatsächlich in der Familie.«

»Er heiratet schon Sarah, hab' ich geglaubt.«

»Das wäre mir eine zu enge Verwandtschaft. Für den Fall, dass ich es mir irgendwann anders überlege und doch selbst was mit ihm haben möchte.«

»Ich heirate, wen immer du willst, solange du mir mit deinem Penis fernbleibst«, sagte Filippe. Caro lachte; Sarah verschluckte sich an ihrem Mineralwasser.

»Die Gästezimmer sind jedenfalls hergerichtet«, ergänzte Tristan, und an Filippe gewandt, »und du kannst sogar dein eigenes haben, wenn du meine Cousine verschmähst.«

»Mich holt mein Bruder ab«, sagte Filippe.

»Und ich hab' mein Rad im Kofferraum.« Caro erhob sich.

»Es ist eiskalt draußen«, warf Sarah empört ein, mit einem Blick, als glaubte sie, ihre Cousine hätte den Verstand verloren.

»Plus«, fügte Filippe hinzu, »haben wir nicht vor einer Stunde darüber gesprochen, dass vermutlich ein Mörder frei rumläuft und Teenager killt?«

»Erstens«, sagte Caro, »ich mag es, wenn's kalt ist – und zweitens, nicht Teenager im Allgemeinen, sondern ganz bestimmte.« Sie zeigte auf Tristan und Filippe. »Eure Klasse.«

»Und du verlässt dich drauf, dass das kein Zufall war?«, fragte Sarah. »Dass der Psychopath ein Klassenbuch hat und das durcharbeitet? Ist das nicht ein bisschen gewagt?«

»Bis Ingo hätt' ich das wohl auch gesagt, weil vor ihm alle Opfer noch was gemeinsam hatten, das ich auch mit ihnen teile. Eine Vagina«, erklärte sie auf Sarahs fragenden Blick hin. »Aber mit Ingo hat das Ganze eine neue Richtung bekommen, oder? Alle aus einer Klasse. Wenn's nicht Mukuza war«, sagte sie, unglücklich auf Tristan und Filippe hinabblickend, »seid ihr's, um die wir uns fürchten müssen.«

Mit diesem düsteren Gedanken verabschiedete sie sich von Tristan, Filippe und Sarah und versuchte dann, ihren besoffenen Eltern mitzuteilen, was sie vorhatte. Sie gab bald auf, winkte nochmal in die Runde, und ging.

3

Den Körper der jungen Frau schüttelte es ununterbrochen, kaum merklich, wie eine mahlende Kaffeemaschine. Hin und wieder zuckte ein Finger, oder ein ganzer Arm, oder ein Auge. Ihre Anwältin neben ihr schaute ununterbrochen auf die Uhr. Gernot konnte es ihr nicht verübeln: Bestimmt war es ihr zuwider, für diesen Blödsinn Heiligabend verpassen zu müssen.

»Herr Mukuza hat wirklich gesagt, dass er jemanden töten will?«, fragte Gernot. Es war eine dumme Frage, das wusste er, aber die klugen waren ihm ausgegangen.

»Ja«, versicherte ihm die Zeugin. »Ja – ich mein' – schon, aber halt – nicht jemand – Bestimmten oder so. Nur so allgemein.«

»Nur so allgemein«, wiederholte Gernot tonlos.

Die Frau machte eine Kopfbewegung, die weder Nicken noch Kopfschütteln war. »So halt, *irgendwann bring' ich wen um*, oder so.«

»Und hat er in Ihrer Gegenwart irgendwelche seiner Drohungen jemals in irgendeiner Form wahrgemacht? Würden Sie sagen, er ist ein gewalttätiger Mensch? Hat er Sie jemals angefasst?«

»Naja – nein – also … Einmal hat er seine Tochter ganz fest am Arm gepackt.« Die Frau schlucke. »So *richtig* fest. Dass sie geweint hat. Weil sie – weil sie was von seinem Tisch nehmen wollte …«

»Drogen?«

Die Frau zögerte. Dann nickte sie. Und sagte, »Und ich werd' nicht verhaftet, ja? Ich komm' in eine Klinik, ja? Weil ich euch alles erzähle, ja? Wie abgemacht?«

Gernot musterte sein Gegenüber – die spröden, aufgeplatztzten Lippen, den fahlen Glanz in den Augen, die Nase, die aussah, als wäre sie mindestens zweimal gebrochen worden – und sagte nichts.

4

Janine Fletscher hatte viele unangenehme Heilige Abende zugebracht, seit sie Polizistin geworden war. Da ihre Familie immer erst am fünfundzwanzigsten Dezember feierte, störte es sie zwar prinzipiell nicht, am vierundzwanzigsten zu arbeiten, aber oft hatte sie es am Ende doch bereut. Highlights aus ihren frühen Jahren als Streifenpolizistin inkludierten einen Familienstreit, der damit geendet hatte, dass ein Mann seinem Bruder mit der Motorsäge, die der Bruder ihm geschenkt hatte, den Arm abgetrennt hatte; einen Raubmord, bei dem kein Geld, sondern alle Geschenke unter dem Baum des Opfers gestohlen worden waren (der Täter hatte nach dem Tod seiner Frau seinen Job verloren, hatte sich keine Geschenke für seine Tochter leisten können, war in seiner Verzweiflung durch das offene Fenster einer Nachbarin gestiegen und von der alten Frau erwischt worden); und zwei durch Christbaumkerzen entfachte Brände, die Kindern das Leben gekostet hatten. Diese Infernos hatten Janine die Lektion eingebrannt, dass sie als Polizistin Tragödien meist nur aufklären, sie kaum jemals würde verhindern können.

Aber das war alles recht lange her; und trotz alledem war das diesjährige Weihnachten für Janine irgendwie das bisher schlimmste. Vielleicht, weil sie fand, dass sie die Morde an Kris Müller und Ingo Weiß *sehr wohl* hätten verhindern sollen. Und vielleicht, weil sie glaubte, dass ihr Mörder immer noch auf freiem Fuß war. Oder vielleicht auch nur, weil Gernot und sie zum ersten Mal nicht einer Meinung waren, was einen Fall betraf.

Sie hatte Chefinspektor Schrammer seit ihrem Wechsel ins LKA nicht nur als einen Kollegen, sondern als eine Art Mentor betrachtet. Seit der Verhaftung von Michael Mukuza befürchtete sie aber, dass das nicht so sehr an ihrer Bewunderung für ihn und seine Fähigkeiten gelegen hatte; eher hatte sie vielleicht schnell erkannt, dass er meist ähnlich dachte und handelte, wie sie denken und handeln würde – bis jetzt zumindest. Hatte sie damals ein Vorbild gewählt, das sie in ihren Ansichten bestätigen würde, statt eines, das sie eines Besseren belehren konnte? War sie jetzt ihrem Lehrer entwachsen, oder musste sie vielmehr einsehen, dass sie an Gernots Seite in Wirklichkeit überhaupt nichts hatte dazulernen können? Oder sollte sie auf den Teil von ihr hören, der sich verzweifelt wünschte, sie würde sich täuschen und Gernot hätte recht?

Aber er hatte nicht recht. Er ließ sich einlullen von dem Märchen vom Drogenmörder, weil es die einfachste, nützlichste Erklärung war und weil die Polizeidirektion einfache und nützliche Erklärungen mochte. Oder hatte er Indizien in der Tasche, die er Janine vorenthielt? Vielleicht.

Vielleicht war der liebe Herr Kollege aber auch einfach nur senil geworden.

Gernot kehrte von der Einvernahme zurück. Janine hob den Blick aus dem Papierkram, den sie erledigen wollte, bisher aber nur angestarrt hatte. Die tiefen Furchen auf Gernots Stirn verrieten ihr, dass auch dieses letzte Gespräch nichts Brauchbares zutage gefördert hatte.

»Neue Erkenntnisse?«, fragte sie trotzdem.

Gernot schüttelte den Kopf. »Im Gegenteil. Neue Widersprüche.«

Janine biss sich auf die Lippen. *Natürlich*, wollte sie sagen, *es wird immer neue Widersprüche geben, weil Mukuza nicht der Mörder ist.* Stattdessen sagte sie, »Und ihr ist klar, dass Mukuza auf jeden Fall angezeigt wird? Dass es nichts mehr bringt, für ihn zu lügen?«

»Das hat ihre Anwältin ihr verständlich gemacht.« Gernot griff nach seiner Kaffeetasse, verzog das Gesicht, als er merkte, dass der Inhalt kalt war, und trank ihn dennoch aus. »Genauso wie dass die Anzeige gegen sie fallengelassen wird und sie in eine Klinik kommt, wenn sie aussagt. Nur daher ja der Sinneswandel der guten Frau. Ich will gar nicht wissen, wie viel die Anwältin extra bezahlt kriegt, weil sie heute arbeitet. Dafür, dass es uns null weiterbringt.«

»Kein einziger neuer Anhaltspunkt?«

»Dutzende, und keiner davon vereinbar mit dem Blödsinn, den Mukuzas andere Freunde uns erzählt haben. Von Junkies darf man eben nicht erwarten, dass sie eine geradlinige Geschichte erzählen können.«

»Sie müssten doch nur die Wahrheit erzählen.«

»Das darf man noch weniger erwarten.« Gernot machte sich daran, neuen Kaffee aufzusetzen. Er langte nach den Filtern, ohne hinzusehen, fegte die Packung prompt vom Sideboard, und grummelte, »Verdammt Wurstfinger!«

Janine schaute zu, wie ihr Kollege sich behäbig nach den Kaffeefiltern bückte, und empfand eine eklige Mischung aus Mitleid und dumpfem Zorn, wie ein warmer Pfropfen tief in ihrem Bauch. Gernot hatte immer schon gern so getan, als wäre er eine ganz bestimmte Art von Inspektor: ein weiser, distanzierter Cop, der sich von seinen Fällen nicht betroffen fühlte, sondern sie mit dem Instinkt des Naturtalents und der Erfahrung des Experten löste wie Sudokus und Kreuzworträtsel … Anders gesagt, ein Film- und Fernsehpolizist. Meistens gelang ihm dieses Schauspiel gut genug, um jüngere Kolleginnen und Kollegen zu beeindrucken – nur Janine hatte es ihm von Anfang an nicht wirklich abgekauft. Vielleicht war auch das ein Grund, warum sie ihn gleich gemocht hatte. Sie wäre auch immer schon gerne diese fiktive Polizistin gewesen, war für die Rolle aber leider ganz und gar nicht gemacht; es gefiel ihr wohl, an der Seite von jemandem zu arbeiten, der sie besser beherrschte.

Bloß, mittlerweile scheiterte Gernot immer häufiger an der Rolle. Da stand er, selbst brodelnd wie die Kaffeemaschine, zappelnd vor Ungeduld, wirr vor sich hin nörgelnd und mit dem Fuß trommelnd. Alles, was Janine in dem Moment sah, war ein alter, ungehaltener Mann.

»Ich hab' geahnt, dass sie uns auch nicht weiterhelfen wird«, hörte Janine sich sagen, ehe sie sich aufhalten konnte.

»Ach so?« Gernot wirbelte herum. »Hast wieder einmal alles im Vorhinein gewusst, hm? Warum hast es mir dann nicht gesagt?«

»Eigentlich *hab'* ich dir gesagt, dass ich –«

Aber Gernot winkte ab und fiel ihr ins Wort. »Ja, ja, schon gut«, sagte er mit ermatteter Stimme. »Der alte Schrammer hat's vermasselt, nicht wahr? Der alte Schrammer hat dreimal den Falschen verdächtigt, und drei Kinder sind tot. Der Schrammer war's.«

Sein Kaffee war fertig. Er nahm ein paar Schlucke. Die Stille in dem kleinen Büro, das ihnen für die Arbeit an diesem Fall zur Verfügung gestellt wurde, bohrte Löcher in Janines Trommelfell. Aber sie schwieg, und wartete.

»Verzeihung«, sagte Gernot nach einigen Sekunden. »Verzeihung, Verzeihung, Verzeihung. So dumm. Wir zwei sollten nicht streiten. Und ich sollte wieder meine Beruhigungstropfen nehmen.« Er nahm noch einen Schluck Kaffee, und seufzte ausgiebig. »Dem Chef hat's den Vogel rausg'haut. Wir sollten mit diesen sogenannten Zeugen nicht verhandeln, wir hätten die alle verhaften sollen. So ein Dreck.«

Das überraschte Janine. Sie legte die Akten zur Seite. »Du glaubst also nicht mehr, dass es Mukuza war.«

»Als ob ich das jemals geglaubt hätte«, sagte Gernot, und setzte sich an seinen Schreibtisch.

Janine traute ihren Ohren nicht. »Unsere gesamten Ermittlungen konzentrieren sich gerade darauf, das zu beweisen. Wir organisieren Rehas für sechs Drogenabhängige für Aussagen, die Mukuza *vielleicht* belasten könnten. Und du sagst mir jetzt, dass du gar nicht denkst, dass –«

»Ich sage dir, dass ich heilfroh bin, diesen Drogenheini einsperren zu können«, fiel Gernot ihr streng ins Wort. »Nach allem, was wir über diesen Mukuza rausgefunden haben, ist der nicht einfach irgendwer. Sobald er ein bisschen mehr in Plauderlaune gerät, geht's einigen Leuten in Wien an den Kragen, denen man seit Jahren erfolglos hinterherschnüffelt. Die Überschneidung mit unserer Mordserie war ein Glücksfall, Janine.«

»Soll das heißen«, sagte Janine, ihren Mund kaum bewegend, »dein Beitrag zu einem Fall, der uns nichts angeht, ist dir wichtiger, als den eigentlichen Mörder zu schnappen? Weitere Morde zu verhindern?«

Gernot starrte sie an, und sie erkannte mehr als Wut in seinem Gesichtsausdruck: Er war gekränkt. Sie war zu weit gegangen.

»Nein«, sagte er schroff. »Aber die Möglichkeit, beides unter einen Hut zu bekommen, war zu verlockend, um sie nicht zumindest auszuprobieren. Egal, wie unwahrscheinlich.«

Janine wandte den Blick ab. Sie hatte ein flaues Gefühl im Magen. Sie betrachtete die Weihnachtsmannpuppe, die ein übereifriger Kollege ihnen aufs Fensterbrett gestellt hatte, und versuchte, ihre Gedanken zu ordnen.

Nach einer Weile räusperte sie sich, und fragte, »Willst du

heute gar nirgends anders sein? Es ist Weihnachten.«

Gernot schüttelte langsam den Kopf. »Was könnte wichtiger sein als das hier?« Und dann überraschte er sie erneut – diesmal mit seinem altbekannten, verschmitzten und doch durch und durch fröhlichen Lächeln. »Und wer soll schon mit mir altem Griesgram Weihnachten feiern wollen?«

Janine erwiderte das Lächeln, so gut sie konnte. »Ich feier' gern mit dir.«

5

Das Rad war älter als Caro, aber solange die Reifen sich drehten und das Licht leuchtete, genügte es ihr. Es hatte vorher ihrer Mutter gehört, aber das war nicht der Grund, warum sie es behielt (Leute mit emotionalen Bindungen zu ihren Fahrzeugen fand sie seltsam); sie wollte einfach nicht viel Geld für etwas ausgeben, das sie eh schon hatte. Dieser Drahtesel würde ihr als Transportmittel dienen bis zu dem Moment, in dem er endlich unter ihrem Hintern auseinanderfiel.

Ihr Weg führte sie an vielen Bescherungen hinter hellerleuchteten Fenstern vorbei. Caro mochte Weihnachten. Sie mochte die bunten Lichterketten, die um die Sträucher in den Vorgärten und Parks gewickelt waren. Sie mochte die selige Ruhe der Leute in der Zeit um den Heiligen Abend. Sie mochte es, ein paar Tage lang niemandem zu begegnen außer ihrer Familie, höchstens ein paar ausgewählten engen Freundinnen und Freunden. Filippe war vielleicht kein enger, aber zumindest ein Freund, und sie hatte schon lange etwas für ihn übrig. Ein wenig ärgerte sie sich, dass sie sich heute nicht mehr Mühe mit ihm gegeben hatte. Vielleicht würde sie Tristan irgendwann bitten, sich da wirklich einzuschalten.

Caro mochte Christbäume und sie mochte sogar Krippen, obwohl sie keine Christin war. Ihre Mutter hatte immer nur vom Weihnachtsmann erzählt, und das lediglich auf so legere, unzusammenhängende Weise, dass Caro nicht einmal als kleines Kind in die Verlegenheit gekommen war, an irgendeinen anderen Geschenkebringer zu glauben als die, die tatsächlich das Geld für ihren neuen Besitz aufgetrieben und ausgegeben hatten. Das war ihr aber nur recht so, und freute sie rückblickend: Sie hatte sich immer bei ihren Eltern bedanken können für ihre Güte und Aufmerksamkeit. Nicht bei irgendeinem blondgelockten Säugling mit Flügeln oder einem fetten, rauschebärtigen Mann in Rot.

Hatte sie heute Danke gesagt? Sie war sich nicht sicher. Weihnachten bei den Os war so stressig.

Caro sah erste vereinzelte Schneeflocken im Schein der Straßenlaternen flattern, und kurz darauf begann es wieder, richtig dicht zu schneien; noch etwas, das Caro an der Winterzeit gefiel, auch wenn das Wetter der letzten Tage für eine Fahrradfahrt nicht optimal war. Die Straßen waren glatt und rutschig, der Gehsteig nur geringfügig besser. Caro fuhr langsam und vorsichtig, und ärgerte sich nicht: So hatte sie mehr Zeit, die dekorierten Häuser zu bewundern. Am Ende der Straße tauchte ein besonders protzig geschmückter Vorgarten blinkend und schillernd aus der Dunkelheit auf, wie ein psychedelischer Leuchtturm in allen Farben der Weihnachtselfenwerkstatt. Caro war noch zu weit weg, um sich ganz sicher zu sein, und doch zweifelte sie nicht daran, dass das Valerie Flicks Haus war. Valerie war keine Freundin, und Caro war nie bei ihr daheim gewesen, aber Caro wusste, wo sie wohnte; Caro wusste vieles, von dem niemand wusste, dass sie es wusste. Sie erinnerte sich, dass Valerie einmal behauptet hatte, Tristans feste Freundin zu sein. Tristan hatte gelacht, als Caro ihm das erzählt hatte. Gesagt hatte er nichts dazu.

Das Schneetreiben wurde heftiger, und ein bissiger Wind kam auf. Caro hielt an, um sich die Jacke bis zum Kinn zuzuknöpfen und über ihre alten Handschuhe die neuen zu ziehen, die Tristan ihr geschenkt hatte. Hatte er irgendwann bemerkt, dass ihre alten Löcher hatten, oder war das ein Glücksgriff gewesen? Beides schien ihr gleichermaßen unwahrscheinlich.

Dieser Tristan. Ihr Cousin war komisch. Sehr komisch. Caro hatte vor langer Zeit den Versuch aufgegeben, ihn zu verstehen. Sie wusste, dass er nicht verstanden werden *wollte*, und das fand sie mehr als ermüdend. In gewissen Hinsichten bewunderte sie ihn aber. Es war kaum zu leugnen, dass er schön war. Er war beliebt, ohne sich darum bemühen zu müssen. Caro war nie schön oder beliebt gewesen. Wahrscheinlich würde Filippe, egal, wie vehement er das Gegenteil behauptete, sich viel eher von Tristan verführen lassen, als es mit ihr zu versuchen. Filippe war auch schön. Sogar Valerie war bildhübsch.

Ob ihr das auch noch passieren würde? Caro war immerhin die Jüngste in der Schulstufe – hatte sie ihr großes Aufblühen erst noch vor sich? Würde sie eines Morgens plötzlich schön sein? Würde ihr Körper ein wenig schrumpfen, ihre Nase sich verkürzen, würden ihre Augen näher aneinanderrücken und ihr Haar sich wie von selbst glätten? Würde Filippe auf einmal bemerken, wie toll es wäre, mit der Cousine seines besten Freundes zusammen zu sein?

Nein, dachte Caro, und sie wusste, dass das stimmte. Selbst wenn sie in einem Jahr plötzlich eine ganz andere Person wäre – dann würde das auch für Tristan und Filippe gelten. In wenigen Monaten maturierten sie alle, und wie sie Tristan kannte, würde er bei der erstbesten Gelegenheit abhauen, seine Familie, diese Stadt, sein altes Leben hinter sich lassen. Und wie sie Filippe kannte, würde Tristan ihn irgendwie überreden, ihm die Koffer nachzutragen.

Bei Valeries Haus angelangt, nahm sie die Füße von den Pedalen. Rentiere und Schlitten, grell leuchtende Schneemannlaternen und menschengroße Plastikzuckerstangen, buntes Lichterchaos wie im Prater; bei näherer Betrachtung war Valeries Vorgarten nicht so sehr das Weihnachtsparadies als eher ein absoluter Weihnachtsalbtraum, fand Caro. Die Weihnachtsmannpuppe auf der Bank neben der Tür sah aus wie ein Toter, die Krippe unter dem Buchsbaumstrauch grotesk in der schrillen Umgebung. Caro seufzte traurig und wollte weiterfahren – sah etwas auf der anderen Straßenseite, und hielt gleich wieder inne.

Stand dort jemand? Es schien so; gerade so außerhalb des Lichts einer Straßenlaterne, ein schwarzer, schattengleicher Umriss. Das Schneegestöber verdichtete die Dunkelheit, sodass Caro nicht sagen konnte, ob das wirklich eine Person war oder doch nur ein frühzeitig entsorgter Christbaum.

Aber sie wusste es. Angst strich ihr mit eiskalten Fingern den Nacken entlang; sie stand erfroren wie ein Reh im Scheinwerferlicht; und sie wusste, was los war, noch bevor der Schatten sich auf sie zubewegte.

Caro überlegte nicht lange. Als hätte sie sich auf diese Situation vorbereitet, wirbelte sie das Fahrrad herum und trat in die Pedale, so fest sie konnte, schoss zurück dorthin, wo sie hergekommen war: Noch war das Haus ihrer Tante näher als ihr eigenes. Sie hörte ihren lauten Atem, spürte ihr Herz bis zum Hals schlagen, und fuhr schneller, und noch schneller, und noch schneller, und sicher hatte sie ihn schon weit hinter sich gelassen – ihn, den *Mörder*.

Wenn er es denn war. Wahrscheinlich irrte sie sich – *hoffentlich* irrte sie sich – sie hatte nichts gesehen außer einen dunklen Umriss in der Dunkelheit … Und selbst wenn er doch nicht nur hinter Tristans Klasse her wäre – warum sollte er *sie* wollen?

Caro wagte einen Blick über ihre Schulter –

DRRINGG!, beschwerte sich die Fahrradglocke, als das Vorderrad gegen die Gehsteigkante krachte – Caros Hintern hob es vom Sattel – sie versuchte, die Kontrolle zu behalten, aber das eigensinnige alte Gestell vollführte ein luftiges Kunststück, kippte, und warf sie ab. Mit einem ersticken Schrei klatschte sie seitwärts auf den kalten, nassen Boden.

»Nein«, keuchte sie, »nein, nein, nein, nein, nein.« Ihre Hand tat weh, vielleicht auch noch andere Stellen und die Hand nur am meisten, sie wusste es nicht, sie spürte sich kaum. Ohne Rücksicht auf die Schmerzen raffte sie sich auf alle viere und kroch zu ihrem Fahrrad. »Nein, nein, nein, *nein*«, murmelte sie dabei weiter vor sich hin, wie einen Zauberspruch, der sie beschützen würde.

Das Rad lag wie ein totes Tier am Straßenrand, schon bedeckt von einer dünnen Schicht frischgefallenem Schnee. Caro richtete sich schwerfällig auf und zog das Rad an den Lenkstangen aus seinem weißen Grab. Losrennen oder wieder aufsteigen? Sie hatte keine Zeit für so eine Entscheidung. Sie wollte auf den Sattel klettern, aber genauso sehr wollte sie das Fahrrad wieder fallen lassen und davonlaufen, und sie wusste nicht, was davon die vernünftige Wahl war und was nur die Angst, die sie kopflos machte –

»*Nein*!« Endlich flüsterte sie ihren Zauberspruch nicht mehr. »NEIN!«, schrie sie, und schwang ihr Bein über das Fahrrad –

Jemand packte sie an der Schulter, riss an wie ein schlechter Chiropraktiker, und Caro, ein Bein noch in der Luft, rutschte auf dem anderen aus und stürzte. Sie landete auf ihrem Hintern; die Erschütterung ratterte ihre Wirbelsäule empor, brachte ihre Zähne zum Klappern. Sie blickte auf, und ihr Herz blieb stehen: Sie kannte den Totenschädel – nicht nur aus Tristans Erzählungen von dem Angriff auf ihn und Lily, sondern von dem Stück, das sie in der Schule aufgeführt hatten. Damals war ihr das Kostüm lächerlich erschienen, billig und unoriginell. Jetzt war diese Fratze das Höllischste, was sie je gesehen hatte, der Teufel höchstpersönlich, auf die Erde gestiegen, um zur heurigen Weihnacht mit ihrem Blut die Apokalypse einzuläuten.

Caro zog sich rückwärts über den Boden, weg, nur weg von dem Totenschädel. Sie weinte, merkte sie da, weinte still, und der Totenschädel stand genauso still da, beobachtete sie, und Caro erinnerte sich plötzlich an das, was Tristan gesagt hatte: Die Polizei glaubte, bei dem Angriff auf ihn und Lily hätte es sich um einen Scherz gehandelt. *Ein Scherz*, dachte sie, und klammerte sich daran, *Scherz, ein Scherz*, ihr neues Mantra, ihre neue Schutzformel, *ein Scherz, ein Prank, you've been punked!* Unter der Maske war Tristan verborgen, und sein zweites Weihnachtsgeschenk war es, ihr das Gefühl zu geben, wichtig und interessant genug zu sein, um ebenfalls vom Mörder ins Auge gefasst zu werden –

Sie stieß mit den Fingern gegen die Gehsteigkante, und ihr war, als löste sie sich aus einer Schlafparalyse. Hier waren Häuser, überall Häuser, und die Leute feierten Weihnachten, standen am Baum, leise rieselte der Schnee, still und starr lauschten die Kinder nach einem Knistern im Kamin, einem Kratzen auf dem Dach, einem Klopfen an der Tür –

»*HILFE*!«, schrie sie aus voller Kehle, schrie, wie wohl noch nie jemand in dieser netten, gepflegten Straße geschrien hatte –

Der Totenschädel schoss im selben Moment auf sie hinab. Das Messer in seiner Hand hatte sie bisher nicht bemerkt. Jetzt steckte es in ihrer Brust, und ihr Schrei erstickte.

6

Filippes Bruder rief kurz vor neun an, um ihm mitzuteilen, dass er *verfickt nochmal endlich zu einem Ende kommen* sollte mit seiner *schwulen Weihnachtsfeier*, weil er hätte *selbst heute noch was vor* und könnte nicht *die ganze Nacht drauf warten*, dass sein *Hosenscheißerbruder mit dem Analverkehr fertig* war. Filippe erklärte ihm mit gelassener Stimme, dass er gern schon losfahren konnte.

»Das hat Spaß gemacht«, sagte er zu Tristan an der Tür. Aus der Küche schellte und schepperte es; Nicola hatte vor einer Viertelstunde doch noch die Fassung verloren und war jetzt damit beschäftigt, das teure italienische Geschirr zu zerstören, das Samuel von einer Geschäftsreise mitgebracht hatte.

»*Dir ist sowieso egal, was ich will! Immer bist du fort –*«

»Ich bin doch jetzt hier, nicht? Ich habe die Termine mit Polen abgesagt –«

»*Mit deiner* Polin, *meinst du wohl!*«

»Betrügt er sie wirklich?«, fragte Filippe.

Tristan zuckte mit den Schultern. »Alles ist möglich.«

»Nix ist fix.« Filippe klopfte Tristan auf die Schulter. »Ich pack' es nicht, dass dein Onkel und deine Tante immer noch da sind.«

»Unser Alkohol schmeckt eben gut.« Tristan hörte, wie sich Fred und Marlene ausgelassen im Wohnzimmer unterhielten, lauter noch als die laute Weihnachtsmusik. Darüber, wie schön das Haus war, darüber, was für eine hübsche junge Dame Sarah geworden war, darüber, dass sie Caro vielleicht ein neues Fahrrad zum Geburtstag kaufen sollten. Manchmal fragte sich Tristan, ob seine Verwandten taub, dumm oder beides waren, aber sie waren ihm zu egal, um sich lange Gedanken darüber zu machen. Vielleicht ging es ihnen auch einfach genauso; vielleicht lag ihm die Gleichgültigkeit im Blut.

»Schönen Abend noch jedenfalls«, sagte Filippe, als der Jeep seines Bruders hupend vors Tor rollte. Er wandte sich ab, hielt inne, als sein Handy vibrierte, und drehte sich nach einem kurzen Blick auf das Display wieder zu Tristan um. »Den wirst ganz sicher haben. Grad kam das Go für die nächste Phase von Operation *Rette Tristans Weihnachten* rein.«

»Wovon zur Hölle redest du?«

»Wart's ab.« Filippe schlurfte rückwärts davon, grinsend, bis sein Bruder nochmal hupte und ein paar ausgewählte Worte aus dem Autofenster rief, die alles andere als weihnachtlich waren. Filippe hob die Hand zum Abschied und lief zum Tor.

Tristan kehrte ins Wohnzimmer zurück. Da er sich den Kopf über Filippes kryptische Aussage zerbrach, bemerkte er nicht sofort, wie seltsam still es plötzlich war. Als er erkannte, dass es keinen *Jingle Bell Rock* mehr spielte, blickte er zur Anlage hinüber. Seine Tante stand dort, das Handy ans Ohr gedrückt, die andere Hand vorm Mund.

»Wie? Was? Ich – was? Nein, Caroline ist zuhause! W-was –« Sie hickste. »Sprich *langsamer*, ich –«

Nicola und Samuel Os betraten schweigend den Raum und blieben neben Tristan stehen. Seine Mutter legte ihre Hand auf seine Schulter; er spürte sie kaum. Er wusste, was geschehen war, noch bevor Marlene in Tränen ausbrach.

7

»Sind Sie bereit, mit uns zu sprechen?«, fragte Gernot.

Tristan Os kauerte kraftlos auf seinem Stuhl, wie ein Vogel, der aus dem Nest gefallen war. Janine verschränkte ihre Arme fester um ihren Brustkorb, schnitt ihrem Mitleid die Luft ab. Sie hatte so sehr auf einen ruhigen Abend gehofft; hatte gehofft, dass der Mörder zu Weihnachten keine Gelegenheit haben würde, zu morden – weil alle potenziellen Opfer geborgen im Kreise ihrer Familien aufgehoben waren … und weil der Mörder selbst vielleicht bei einer Familienfeier zu sein hatte.

»Wir zwingen dich nicht«, sagte Janine; Mitleid hin oder her, sie verlor langsam die Geduld, wollte nur noch nach Hause, und musste die kalte Dringlichkeit in ihrer Stimme daher nicht einmal vorspielen. »Aber du bist schließlich freiwillig deinen Eltern her gefolgt –«

»Es sind nicht meine *Eltern*.« Der Junge schniefte. »Das sind meine Mutter und ihr Mann.«

Janine verengte die Augen. War sie im Begriff, den *wahren* Tristan Os kennenzulernen?

»Und Sie sind ihnen und Ihrer Tante und Ihrem Onkel nachgefahren, weil Ihnen Ihre Familie am Herzen liegt«, sagte Gernot in ruhigem, einfühlsamem Ton. »Was Ihrer Cousine passiert ist … Nein, ich will gar nicht so tun, als gäb's Worte dafür. Es tut uns furchtbar leid.«

Os zuckte mit dem Kopf, wohl, um zu zeigen, dass er das Mitgefühl zur Kenntnis nahm.

»Herr Os … Wir müssen davon ausgehen, dass es sich um den gleichen Täter handelt – bei allen Morden, und auch beim Angriff auf Sie und Ihre Freundin. Wir werden Sie daher nicht fragen, ob Ihnen jemand einfällt, der spezifisch etwas gegen Ihre Cousine haben könnte. Wir müssen vielmehr versuchen, zu konkretisieren, welche Verbindungen es zwischen den Opfern gibt. Und, Herr Os – Tristan – im Moment sieht es so aus, als wäre die konkreteste Verbindung … nun, als wären das Sie.«

Keine Reaktion. Entweder war Os kein bisschen überrascht, oder im Gegenteil völlig starr vor Schreck.

»Haben Sie irgendeine Meinung dazu?« Gernot verknotete seine Wurstfinger ineinander. Nie nahm er die Augen von Tristan. Er suchte Blickkontakt, wusste Janine; Gernot beteuerte oft, dass er die halbe Antwort auf jede Frage im Blickkontakt finden konnte – oder darin, wie bemüht er vermieden wurde.

»Ich glaube«, sagte Tristan Os, ohne aufzuschauen, nach einigen stillen Momenten, »Sie haben recht.«

*

Marlene und Fred Swartzki waren nach Hause geschickt worden. Os' Eltern waren ihre Tochter holen gefahren und wollten mit ihr zu den Swartzkis, um ihnen beizustehen. Ihren Sohn hatten sie zurückgelassen. Der machte sich jetzt allein auf den Heimweg.

Einen letzten Zeugen galt es damit noch zu entlassen.

»Können wir wirklich davon ausgehen, dass es der gleiche Täter ist?«, fragte Janine auf dem Weg zu ihm.

»Der Zeuge beschreibt eine ganz schwarz gekleidete Person«, antwortete Gernot. »Das Opfer weist mehrere Stichwunden auf, langes Jagdmesser. Sie ging an die gleiche Schule, in die gleiche Schulstufe, wie die anderen Opfer. Und sie ist Os' Cousine. Ja, Janine, ich bin überzeugt, wir können davon ausgehen.«

Sie betraten den Raum neben dem, in dem sich der Zeuge befand. Sie hatten ihn in das Zimmer mit Einwegspiegel gesetzt. Gernot fragte die Kollegin, die den Zeugen in der Zwischenzeit beobachtet hatte, ob es irgendetwas zu berichten gab, und entließ sie, bevor er sich zu Janine ans Fenster stellte.

Benedikt Blocksberg sah genervt aus. Sein Fuß zappelte unter dem Tisch, und er warf alle paar Sekunden einen Blick auf seine protzige goldene Armbanduhr.

»Wir müssen ihn gehen lassen«, sagte Gernot.

»Müssen wir?«, fragte Janine. »Ich find' ihn verdächtig.«

»Er ist unsympathisch, nicht verdächtig.«

Janine schnaufte. »Also ist es Zufall, dass der, der Caroline Swartzkis Mord meldet, der Ehemann einer Lehrerin der Opfer ist?«

»Nicht aller Opfer. Die Klasse von Caroline unterrichtet Barbara Blocksberg nicht.«

»Vielleicht weiß er das nicht.«

Gernot legte die Stirn in Falten. »Also bringt er Kinder um, die er für Schüler von seiner Frau haltet? Und ruft selbst die Polizei zu seinem Tatort?«

»Vielleicht hat er gedacht, dass er nicht entkommen kann, mitten im Wohngebiet. Dutzende Fenster, Dutzende potenzielle Zeuginnen und Zeugen. Also behauptet er selbst, den Mörder gesehen zu haben, damit wir ihn nicht für den Mörder halten.«

Gernot schüttelte den Kopf. »Blödsinn.«

»Blödsinn? Also ist es reiner Zufall?«

»Warum nicht? Er behauptet, er fährt oft nachts durch die Gegend. Die Scheidung läuft schlecht. Er hat Schwierigkeiten, eine neue Wohnung zu finden. Er verbringt Weihnachten nicht mit seiner Familie. Der Freund, bei dem er wohnt, hat sich um acht in den Schlaf gesoffen … Er hat allen Grund, ins Auto zu steigen und das Weite zu suchen.«

»Wenn das alles stimmt«, gab Janine zu bedenken.

»Wenn das alles stimmt«, räumte Gernot mit einer kleinen Verneigung ein. »Aber ich sehe keinen Grund, es anzuzweifeln.«

Janine sah reichlich Grund, wollte aber nicht mehr diskutieren. »Also Mukuza war's nicht, und *der* Kerl war's nicht. Wer –?«

»Frag nicht«, fiel Gernot ihr ins Wort. »Nicht heute. Stell heute keine Fragen mehr, die wir nicht beantworten können.«

8

Tristan parkte sein Auto auf der Straße. Er wusste, dass es morgen zugeschneit und vereist sein würde, aber es gab ihm ein gutes Gefühl, den Wagen griffbereit vor dem Tor stehen zu haben. Wenn ihm nach dem Aufwachen danach war, könnte er aus dem Haus laufen, ins Auto springen und losfahren, blickdichte Fenster hin oder her. Je weniger er sehen konnte, desto besser, und Hauptsache, schnell weg von hier.

Tristan stieg aus, bahnte sich seinen Weg durchs Schneegestöber mit gegen Wind und Flocken halbgeschlossenen Augen, und streckte schon den Arm nach dem Tor aus, als er bemerkte, dass dort jemand stand.

»Frohen Abend, oder wie man sagt.« Lily schenkte ihm ein knapp bemessenes Lächeln. Ihre Stirn lag in tiefen Falten. Nicht einmal das konnte ihr Gesicht verunstalten. Sie sah nur reifer aus als sonst, noch attraktiver. Sie lehnte leger mit dem Rücken an der Säule, als hätte sie hier schon eine Weile geduldig gewartet.

Tristan war sich für einen Moment wirklich nicht sicher, ob er wach war.

»Gutes Weihnachten«, erwiderte er, und Lily lachte freudlos.

»Dein Boyfriend hat mir geschrieben«, sagte sie, und auf Tristans verständnislosen Blick hin fügte sie hinzu, »Filippe. Er hat gemeint, heute wäre ein guter Zeitpunkt, dich zu besuchen, falls ich – falls ich doch noch auf ein zweites Date Lust hätte.«

»Filippe hat dir das geschrieben?« Das war nicht die Frage, die er eigentlich stellen wollte, aber die andere klang in seinem Kopf einfach nur blöd: *Also* hast *du Lust darauf?*

Lily löste sich von der Säule und trat einen Schritt näher. »Er schreibt mir oft, seit – seit Ingo.«

Das war neu für Tristan. Und es gefiel ihm nicht. »Weil?«

»Um mir einzureden, dass du ein guter Kerl bist. Dass ich dir eine Chance geben soll.«

»Oh. Na, wenn es einer weiß, dann er.«

Unter Lilys halboffener Jacke lugte ein V-Neck-Pullover hervor; der Ausschnitt war weit und ein wenig verrutscht, entblößte ihr linkes Schlüsselbein, einen Teil ihrer Schulter, den Träger ihres BHs … Tristan spürte, wie das Letzte passierte, womit er an diesem Abend gerechnet hätte; und so unangebracht es auch war, er gab sich dem Gefühl hin: Er war erregt, und es war wundervoll.

»Und du hast an Weihnachten Zeit, mich zu besuchen?«, fragte Tristan. »Willst du den Abend nicht mit deiner Familie verbringen? Oder mit Jo?«

»Jo ist bei Weihnachten ganz streng«, sagte Lily mit einem Halblächeln. »Der ist bei seiner Oma, und um Mitternacht gehen sie zur Christmette.«

»Hmm«, machte Tristan.

Lily senkte den Blick. »Ich … Ich glaub', ich hab' dir noch nicht für das Gemälde gedankt.«

»Du hast es also bekommen?«

Sie nickte verunsichert. Sein Ton schien ihr nicht zu gefallen. »Das war das … Schönste, was jemals jemand für mich getan hat. Aber – ich finde – ich mein', es ist zu viel. Zu *teuer*.«

Tristan zuckte mit den Schultern. »Ich kenne jemanden, der jemanden kennt.« *Ich hatte für meine Flucht aus dieser Scheißstadt gespart*, sagte er nicht, *und ich hab' all meine Drogen vercheckt.* Michael Mukuza verkaufte und vermittelte nicht nur, sondern kaufte auch, wenn man bei ihm gut angeschrieben war und ein bisschen Geld brauchte.

Lily betrachtete ihn lange, akribisch. »Ist irgendwas passiert?«, fragte sie. »Du wirkst bedrückt.«

Tristan seufzte. Er schaute hoch zu seinem dunklen Haus … und öffnete das Tor. »Willst du reinkommen? Dann erzähle ich dir, was passiert ist. Meine Eltern werden noch eine Weile nicht zuhause sein.«

Lily schielte zum offenen Tor und biss sich auf die Unterlippe.

Tristan schloss die Augen. »Wir werden heute keinen Sex haben, falls es das ist, was du befürchtest.« Als er die Augen wieder öffnete, sah er, in welches Erstaunen er Lily mit diesen Worten versetzt hatte.

»Ach ja?«, antwortete sie in einem merkwürdigen, neugierigen Ton.

Tristan streckte eine Hand nach ihr aus. »Komm mit. Bitte.«

Sie zögerte noch einen Moment. Dann nahm sie seine Hand, und ließ sich von ihm ins Haus führen.

Kapitel 6

Hüttengaudi

1

Valerie und ihre Eltern hatten den Weihnachtsabend bei ihrem Großvater verbracht und waren erst gegen Mitternacht heimgekommen, also verstand sie nicht, wieso die Polizei sie nicht verdammt nochmal in Ruhe ließ. »Wie hätte ich irgendetwas von dem Mord mitbekommen sollen, wenn ich *gar nicht zu Hause war*?«, versuchte sie dem fettwanstigen Inspektor mit dem Froschgesicht zu erklären, aber er war oder stellte sich genauso dumm wie sein Mannsweib von einer Kollegin.

»Haben deine Freunde gewusst, dass du Weihnachten nicht daheim bist?«, fragte er aus unerfindlichen Gründen, und Valerie rollte mit den Augen.

»Äh, *nein*? *Duh.* Glauben Sie, ich rede mit meinen Besties über meinen semidementen Opa? Wir haben Wichtigeres zu besprechen, *obvi.*«

Es war nicht so, dass Caro ihr nicht leidtat. Sie hatte sie nicht wirklich gekannt, außer als Tristans weniger interessante Cousine, aber in der Straße wie ein Schwein abgestochen zu werden, nur weil man ein bisschen wie eines aussah, war kein Schicksal, das Valerie irgendjemandem außer ihren schlimmsten Feindinnen wünschte.

»Kannten Sie das Opfer?«, fragte die Inspektorin, und Valerie raufte sich die Haare.

»*Ja*, ich hab' Caro gekannt, aber nicht gut. Darf ich jetzt *bitte* nach Hause?«

Die beiden Cops tauschten einen Blick aus, der für Valerie erzürnend undurchschaubar war.

»Sind Sie einverstanden damit, dass wir nachts zwei Kollegen vor Ihrem Haus postieren –«

»Tun Sie, was Sie nicht lassen können, aber lassen Sie mich endlich nach Hause gehen! Ich muss mich für die Feier heute Abend vorbereiten, mein Cousin Toby kommt und er hat sich letzte Woche geoutet, und ich will verdammt nochmal besser geschminkt sein als er.«

Dreißig Minuten später, zurück in ihrem Zimmer, schaute sie aus dem Fenster auf die Straße hinunter, wo der Inspektor zwei jungen Männern in Uniformen die Umgebung zeigte. Valerie verzog die Miene angesichts der Polizisten, die heute Nacht vor ihrer Haustür herumlungern würden; sie hatte sich auf der Heimfahrt von der Station einer Fantasie von durchtrainierten Schönlingen frisch von der Polizeischule hingegeben, von Adam Brody- und Jake Gyllenhaal-Lookalikes. Stattdessen bekam sie zwei plumpe Burschen, die aussahen, als sollten sie noch zur Schule *gehen*, und außerdem ein bisschen so, als könnten sie die Söhne des dicken alten Inspektors sein.

Gequält reflektierte Valerie darüber, wie ungerecht ihr Leben manchmal war, bis Inspektor Schrammer und seine kaulquappigen Kollegen in den Streifenwagen stiegen und wegfuhren. Dann verwarf sie alle negativen Gedanken und konzentrierte sich darauf, noch schöner zu werden.

Es war relativ einfach für Valerie, stets die attraktivste Frau im Raum zu sein. Sie hatte das klassisch-glamouröse Gesicht eines Filmstars aus den Fünfzigern, Schönheitsfleck inklusive; weibliche Rundungen, um die sie jedes angeblich freiwillig dürre Klappergestell heimlich beneidete; und geschmeidiges, weinrotes Haar, das sich leicht in jede Frisur verformen ließ, nach der ihr zumute war. Sie sollte da auch bald mal was ändern: Seit Wochen trug sie den gleichen geglätteten Style mit den gleichen schiefen Bangs, die einzige Abwechslung die Accessoires, die sie je nach Bedarf aufsteckte; sah eh *fresh as fuck* aus, aber immer dasselbe war auch nicht das Wahre.

Valerie huschte ins Bad. In der Dusche zwirbelte sie ihre Nippel, bis sie ihr gefielen; sie erwartete zwar nicht, sie heute jemandem zu zeigen, aber sicher war sicher, und sexy war sexy. Danach richtete sie mit all der Professionalität einer professionellen Visagistin ihr Gesicht her, beschloss, sich ausnahmsweise Locken zu drehen, war enorm unzufrieden mit dem Gesamtergebnis, wusch sich Haare und Gesicht erneut, stand vor dem Spiegel, spekulierte. Vielleicht sollte sie zuerst entscheiden, was sie anziehen würde, und Hair und Make-up ans Outfit anpassen.

Sie zog ihr Handtuch enger um sich, wickelte ihr Haar in ein zweites ein, ging zurück in ihr Zimmer, öffnete den Schrank und hatte keine Sekunde Zeit, beim Anblick des ihr entgegenstarrenden Totenschädels aufzuschreien, bevor der schon heraussprang und sich auf sie stürzte.

»*AH*!«, kreischte sie, als sie beide zusammen auf den Boden krachten. »*WAS ZUR HÖLLE* –«

Der Eindringling rappelte sich hoch, kniete breitbeinig über ihr, und schlug ihr mit der Faust ins Gesicht, was sie erst mal verstummen ließ. Aber entweder war er schwach oder er zielte schlecht: Er traf nur ihr Kinn, und so sehr es auch wehtat, es war weit davon entfernt, sie auszuknocken.

»*Sicher nicht*!«, keifte sie, winkelte ihr Bein ab und zog es mit aller Gewalt nach oben, Knie voraus in den Schritt.

Der Totenschädel rutschte mit einem gedämpften Raunen von ihr, und sackte neben ihr zusammen. Valerie verschwendete keine Zeit: Sie stand auf, griff nach der Nagelfeile auf ihrem Schreibtisch und stürzte sich auf ihren Angreifer.

»Du *Scheißmörder*!«, schrie sie, und ließ die Feile auf ihn hinabfahren. Der Scheißmörder blickte rechtzeitig hoch und rollte sich weg. Die Feile rammte sich durch den Teppich und in den Holzboden darunter, wo sie prompt steckenblieb.

»Scheißblöde extrascharfe extraspitze teure *Nagelfeile*!«, presste Valerie zwischen ihren Zähnen hervor, während sie mit dem Boden um das Ding rang. Der Totenschädel kam schon wieder auf sie zu, die Hand mit dem Messer über den Kopf gehoben, als sie die Feile endlich losbekam und sofort auf ihn richtete. »*Komm nur her*, du *Arsch*!« Der Totenschädel zögerte kurz, dann schlug er nach ihrer Hand aus, und sie zog sie weg und öffnete die Finger vor Schreck, und die Feile flog davon und landete auf dem Bett. Der Totenschädel holte mit dem Messer aus, Valerie duckte sich, und die Klinge sauste über sie hinweg – und sie stürzte sich vorwärts und rammte ihren handtuchumwickelten Kopf mit aller Kraft in den Bauch des Mörders.

Er stolperte nach hinten und krachte gegen Valeries Fotoregal. Die Bilderrahmen fielen um, und ihr Lieblingsfoto – sie vor dem London Eye – rutschte vom Regal und landete mit dem Klirren brechenden Glases auf dem Boden.

»*Ich hab' keine leeren Rahmen mehr*!«, schrie sie, und stürzte erneut auf den Mörder zu, in der Absicht, ihm nochmal in den Schritt zu treten. Aber der Totenschädel wich aus, sprang zur Tür, und preschte hinaus zur Treppe.

»*Recht hast, lauf davon, du feiges Hurenkind*!«, brüllte sie, und stampfte ihm nach auf den Gang. Er krachte auf den Stufen fast mit ihrer Mutter zusammen, die sich mit einem erschrockenen Keuchen an die Wand presste und ihm den Weg freimachte.

»*Lauf lieber schneller, die Polizei ist schon unterwegs*!«, rief Valerie ihm vom Treppengeländer hinterher; sobald er aus der Tür gerauscht war, wandte sie sich fassungslos an ihre Mutter, die geistlos zu ihr hinaufstarrte. »Worauf *wartest* du, Mama? *Ruf die Polizei*!«

2

Es erschien ihm pervers, aber Tristan konnte sich nicht erinnern, jemals so glücklich gewesen zu sein.

Lily und er waren nicht *zusammen* – noch nicht, nicht im klassischen Sinn; nicht offiziell, und schon gar nicht *Facebook-official*. Aber sie hatten eine Nacht miteinander verbracht (wenngleich auch das nicht im klassischen Sinn); sie hatten sich unterhalten, bis die Sonne aufgegangen war, und darüber hinaus; sie hatten miteinander gelacht und voneinander erzählt. Tristan wusste jetzt, dass Lily keine Vegetarierin war, aber schon lange eine sein wollte. Lily wusste jetzt, dass Tristan eine Schwäche für alte Zeichentrickserien hatte und seinen Laptop in erster Linie dazu nutzte, vor dem Einschlafen Episoden von *Tom and Jerry* oder *Looney Tunes* anzuschauen. Sie hatte offenbart, dass sie ernsthafte Zweifel hegte, ob ihre Eltern wirklich ihre Eltern waren, es sie aber nicht stören würde, sollten sich die Zweifel als berechtigt erweisen. Er hatte ihr gestanden, dass er sich jedes Mal, wenn er eine schlechte Note bekam, ein bisschen schämte. Sie hatten versucht, ihre engsten Freundschaften zu rechtfertigen. (»Jo ist doch ein bisschen ein Arsch, oder?« – »Nicht wirklich. Zu mir gar nicht, im Gegenteil. Letztes Jahr haben wir drüber nachgedacht, ein Paar zu werden. Wir haben uns dagegen entschieden, weil wir uns zu sehr mögen. Es wär' nicht mehr das Gleiche gewesen.« – »Aber *was* magst du so an ihm?« – »Nur weil dein bester Freund ein Golden Retriever ist, heißt das nicht, dass jede Freundschaft so sein muss.«)

Alles hätte Tristan in dieser Nacht mit Lily diskutiert und erörtert, ihr verraten und gebeichtet. Alles – bis auf ein paar Dinge, in deren Nähe sie zwar unweigerlich getänzelt waren, von denen er aber stets mit großer, heimlicher Sorgfalt weggeführt hatte. Für manches war es einfach noch zu früh.

Zu früh war es auch, als Tristan die Eingangstür ins Schloss fallen hörte. Nicola, Samuel und Sarah waren die ganze Nacht und den halben Vormittag bei Tante Marlene und Onkel Fred geblieben. Zumindest vermutete er, dass sie dort gewesen waren. Vielleicht wäre er selbst hingefahren, wenn Lily nicht aufgetaucht wäre. Geschlafen hätte er sicher sowieso nicht.

»Ich sollte gehen«, flüsterte Lily. Sie lagen auf seiner Matratze, beide auf dem Rücken, ganz nah beieinander. Sie hatte den Kopf zu ihm gedreht, und ihr Mund war fast an seinem Ohr.

Er neigte ebenfalls den Kopf. »Du musst nicht«, wisperte er zurück, Nase an Nase. Sein Körper bebte, sein Schwanz wurde steif. Wie sehr er es wollte. Wie sehr er *sie* wollte.

»Doch.«

Sie warteten einige Minuten. Nachdem Tristan sichergestellt hatte, dass Samuel, Nicola und Sarah sich in ihre Schlafzimmer zurückgezogen hatten, geleitete er Lily die Treppe hinunter, aus dem Haus und zum Tor. Es hatte aufgehört zu schneien. Der Tag war grau, kalt, und unheimlich still.

Sie küsste ihn auf den Mund, bevor sie ging. Er starrte ihr hinterher, bis sie um die Ecke bog. Sie drehte sich nicht mehr um.

3

An Weihnachten war noch jemand ermordet worden und Valerie hatte gerade so einen Angriff überlebt, also selbstverständlich war es die oberste Priorität von Nikkis Leuten, zu entscheiden, wo und wie sie Silvester feiern sollten.

»Mir steht der Sinn nach was Besonderem«, sagte Jo, der die ganze Zeit in kürzesten Abständen an seiner Zigarette saugte, als gäbe sie ihm die Luft zum Atmen. »Dieses Jahr war ziemlich scheiße.«

»Das hast du letztes Jahr auch gesagt«, erwiderte Doc; er nippte an seinem Long Island Iced Tea, verzog angewidert das Gesicht und beließ es dann erst mal wieder dabei, das Glas traurig anzuschauen: Jedes Fortgehen wieder versuchte er sich an einem richtig starken Cocktail, und jedes Fortgehen wieder bereute er seine Entscheidung. »Und das Jahr davor auch. Und am Schluss sind wir immer hier im Home gesessen und haben uns so betrunken, dass wir vergessen haben, um Mitternacht zum Hauptplatz zu gehen.«

»Da habt ihr nichts verpasst, das Feuerwerk am Hauptplatz ist lächerlich.« Theresa saß kerzengerade auf ihrem gepolsterten Stuhl, spielte mit dem Strohhalm in ihrem grünen Eistee und ließ einen tristen Blick über die Runde schweifen. »Ich hatte schon gehofft, mit euch ausnahmsweise mal etwas anderes zu erleben.«

Niemand antwortete. Es wusste immer noch keiner so genau, was Theresa in dieser Gruppe zu suchen hatte. *Manche Dinge ergeben sich wohl einfach, wenn Leute älter werden*, dachte Nikki. *Und andere Leute* nicht *älter werden, weil sie wer umgebracht hat.*

Die Home Bar war ihr Stammlokal seit immer, tagsüber und nachts. Sie war genauso sehr Café wie Club, hatte als einziges Lokal in der Magisterstraße auch unter der Woche offen (außer heute, mittwochs während Schulferien: da war *Schnittwoch* auf der stadteigenen Fortgehmeile, und alles sperrte auf), sie war gemütlich, und raucherfreundlich (darauf hätte Nikki verzichten können), und weit genug von all ihren echten Homes entfernt, um ihnen ein Gefühl von Freiheit zu vermitteln. Die Getränke waren hier sogar ein bisschen billiger als in den meisten anderen Lokalen. Die Chefkellnerin, Lorelei, war wahrscheinlich die freundlichste und coolste Person, der Nikki je begegnet war. Und die schlichte, farblose Einrichtung war auch nicht schlecht. Solange man sie ignorierte. Was nicht schwierig war, deswegen war sie ja nicht schlecht. Am liebsten mochte Nikki das Home so, wie es jetzt war: früh am Abend, sie und ihre Leute fast die einzigen Gäste, die Musik noch leise, bloße Hintergrundgeräusche. Sie wünschte, es könnte so bleiben. Bloß, in Wirklichkeit wünschte sie das überhaupt nicht. In Wirklichkeit wünschte sie sich, alles wäre geblieben, wie es einmal gewesen war.

»Was hast *du* vor, Nikki?«, brach Doc das nachdenkliche Schweigen.

Nikki musterte die beige Wand jenseits von Doc. Ja, was hatte sie vor? Wie sollte man ein Jahr abschließen, das einem vor allem als jenes Jahr in Erinnerung bleiben würde, in dem vier Freundinnen und Freunde gewaltsam zu Tode gekommen waren? Reichte eine andere Ziffer am Ende der Jahreszahl aus, um so zu tun, als gehörten diese Morde der Vergangenheit an? War das, wiederum, ein Grund zum Feiern? Zumal die letzten beiden großen Partylocations dem Mörder als Tatorte gedient hatten: Bei Lukes Party hatte er Hannahs Leiche präsentiert, bei Tristans Party Kris getötet …

Hat niemand *sonst an diesem Tisch ähnliche Gedanken?*, fragte sie sich. *Seid ihr* so *unsensibel, so abgebrüht? So – dumm?*

»Nichts«, war alles, was Nikki im Endeffekt sagte – und im nächsten Moment erstarrte sie, als sich ein Arm von hinten um ihre Schultern, ihren *Hals* schlang. *Der Mörder*, schoss es ihr durch den Kopf. Sie wollte ausschlagen, aufspringen, schreien. Stattdessen rührte sie keinen Muskel.

»Ich hab' einen Vorschlag«, verkündete eine fröhliche Stimme direkt neben ihrem Ohr.

Möglichst leise atmete Nikki ihre Schockstarre aus.

Richie ließ von ihr ab und hüpfte um den Tisch herum, wobei sein Zelt von einem Shirt um ihn waberte wie Wäsche im Wind.

Er quetschte sich zwischen Lily und Jo auf die Sitzbank. Jo zog eine verärgerte Grimasse, der Richie ein breites Grinsen entgegensetzte. Seine Zähne schienen in den letzten Wochen noch gelber geworden zu sein.

»Meine Eltern fahren dieses Jahr *nicht* auf ihre Berghütte.«

»Das ist schön für deine Eltern«, murrte Jo, sein Glas aus Richies Reichweite ziehend.

»Wie immer verstehst du gar nichts, junger Mann«, sagte Richie, und dann, seltsamerweise, anscheinend an Nikki gerichtet: »Erklär es deinen betrunkenen, aber alles andere als angeheiterten Genossinnen und Genossen.«

Nikki drehte sich um; sie ging davon aus, dass jemand hinter ihr stehen musste, und war trotzdem überrascht, als sie Marie erblickte, abseits lungernd wie ein vergessener Schatten und auf den Tisch hinablächelnd, ohne wirklich zu lächeln. Ihr Haar war zerzaust, ihre Weste (wahrscheinlich eine von Richie) viel zu groß für sie, und auf Nikki machte sie insgesamt den Eindruck, als wäre sie gerade eben unsanft aus dem Bett gerüttelt worden.

»Was Richie meint«, sagte sie, »ist, dass ihr alle herzlich eingeladen seid, Silvester auf seiner Hütte zu feiern.«

Mehr Leute trudelten jenseits von Marie in die Bar, junge Frauen und Männer, die alle trotz des Wetters wenig anhatten, laut lachten und sofort jubelnd auf die Tanzfläche stürmten, weil in dem Moment die Musik lauter gedreht wurde: Rihanna schallte aus den Boxen, und der gemütliche Teil des Abends war vorbei.

»Klingt gut«, sagte Doc.

»*Gell*?« Richie lehnte seinen Oberkörper nach vorne, Richtung Doc, und zog unwillkürlich Jo mit sich, weil sein Arm jetzt um dessen Schultern geschlungen war.

Jo entwirrte sich aus Richies Klammergriff und rieb sich am Hals. »Wenn du mir das Genick brichst, kann ich schwer mitkommen.«

»Aber du kommst mit?«, fragte Richie freudestrahlend.

»Sicher. Ist wohl unsere beste Option.«

»Es ist die *einzige* Option«, sagte Richie mit ernster Miene.

»Dann ist es keine *Option*, oder?«, sagte Theresa mit gerunzelter Stirn. »Außer es ist die letzte, die noch übrig ist, und dann spricht das kaum für ihren Wert.«

Richie begaffte sie verblüfft. »Theresa! Was machst'n *du* da?«

Marie lachte. »Ach, *Richie*, wo sollte unsere liebe Freundin Theresa sonst sein?«

Nikki fiel auf, dass Marie nicht nur anders aussah als sonst, sondern auch seltsam klang. Sie glaubte, so etwas wie Sarkasmus in ihrer Stimme zu hören – *richtigen* Sarkasmus, beißend und gemein. Wenn Marie eines nicht war, dann gemein.

»Hauptsache, sie ist zu Silvester auf der Hütte!«, sagte Richie, ganz so, als hätte er Theresa anfangs nicht übersehen, und klatschte in die Hände. »Dann ist es beschlossene Sache, ja?«

Zustimmendes Gemurmel machte die Runde. Nikki selbst sagte nichts. Sie rang immer noch ein bisschen mit dem Entsetzen, das sie zusammen mit Richies Arm gepackt hatte. *Wenn das wirklich der Mörder gewesen wäre*, dachte sie, *wäre ich schon tot.*

4

Tristan starrte in den Spiegel. Er hatte ursprünglich einen Grund dafür gehabt – er hatte begonnen, sich fertigzumachen, weil er vielleicht noch fortgehen wollte –, aber mittlerweile starrte er nur noch, einfach so, wie er das ab und an tat. Erst als sein Handy vibrierte, nahm er den Blick von seinem Gesicht. Die Nachricht war von Lily: *Silvester auf Richies Berghütte?*

Ein warmes, füllendes Gefühl durchflutete seinen Bauch, wie immer, wenn Lily ihm schrieb; und das, obwohl ihm den ganzen Tag lang schlecht gewesen war. Müde war er plötzlich auch nicht mehr – er hatte sich insgeheim eigentlich schon damit abgefunden, daheim zu bleiben und bald schlafen zu gehen, aber jetzt wollte er am liebsten sofort zu Lily und den anderen stoßen. Tristan grinste, ganz unverhofft. Ihm war in den vier Tagen seit Weihnachten aufgefallen, dass jede Art von Interaktion mit Lily eine ganz andere Regung hervorrief – ihre einzige Gemeinsamkeit: jede war schön. Messages wärmten und lockten ihn; Gespräche von Angesicht zu Angesicht machten ihn hibbelig, als hätte er zu viel Red Bull getrunken; wenn sie ihm ein Foto von dem Gemälde schickte, an dem sie gerade arbeitete, war er merkwürdig gerührt, als hätte ihm jemand ein unerwartetes Geschenk gemacht; ein Foto von einem Kunstwerk, das ihr gefiel, machte ihn aufgeregt, voller Tatendrang, fast so, als wollte er selbst sofort einen Pinsel in die Hand nehmen und versuchen, Lily ein neues Lieblingsbild zu malen (was er selbstverständlich nicht konnte; aber er würde es schon noch lernen, sollte Lily sich das jemals wünschen).

Und als er mit Lily telefoniert hatte – was erst einmal passiert war, aber immerhin, in der kurzen Zeit –, war er nervös geworden, und hatte sich nicht einmal dafür geschämt. Richtiges Lampenfieber hatte er gehabt, aber eines, von dem er glaubte, dass man es als Empfänger eines Preises empfinden würde, nicht vor dem Wettkampf um den Preis.

Tristan antwortete: *Klingt gut.*

Hat Doc auch gesagt. Wann kommst du?

Tristan zögerte. Er und Lily waren heute mit einigen anderen verabredet, um das vergangene Weihnachten zu begießen und Silvester zu planen. Sie waren aber separat mit ihnen verabredet. Sie hatten noch niemandem gesagt, was zurzeit zwischen ihnen lief. Ein Grund dafür war sicher, dass sie selbst noch nicht entschieden hatten, was genau das war, das da lief. Sie hatten daher ausgemacht, auch unabhängig voneinander aufzutauchen. Tristan hätte vielleicht erwähnen sollen, dass das in seinem Fall – wenn er überhaupt kam – ein reichlich verspätetes Auftauchen bedeuten würde. Er hatte vergessen, dass Lily nicht unbedingt mit seinen Angewohnheiten vertraut war. Er hatte stets das unwiderstehliche Gefühl, dass Lily und er schon ewig eng miteinander waren; dass Lily ihn jetzt schon besser kannte als jeder andere Mensch auf der Welt, besser als Filippe, besser als Sarah.

Dass das reine Illusion war, wusste er allerdings auch. Da gab es noch einiges, was er Lily würde mitteilen müssen.

Bald, schrieb Tristan zurück.

“Bald” sind die meisten hier wahrscheinlich am Heimweg.

Sehr bald. Roll jetzt nicht mit den Augen.

Zu spät.

Glucksend steckte Tristan sein Handy zurück in die Hosentasche und wandte sich wieder dem Spiegel zu.

»Du wirkst glücklich.«

Sarah stand in der Tür, die Arme verschränkt. Tristan sah sie im Spiegel. Ihre Tränensäcke waren angeschwollen, gräulich blau. Ihre Mundwinkel waren nach unten gezogen, voller – Verachtung? Für ihn?

Tristan richtete seinen Hemdkragen. »Du nicht.«

»Wie könnte ich glücklich sein? Interessiert dich *gar* nicht, was passiert ist?«

»Du weißt, dass ich traurig bin«, antwortete Tristan. Kalte, schleichende Wut vertrieb das wohlige Gefühl aus seinem Bauch. Sarah hatte kein Recht, ihn so zu verurteilen. Sie sollte ihn besser kennen.

»Du zeigst es nicht sehr offen.«

Tristan drehte sich um und ging mit großen Schritten zur Tür. Vielleicht bewegte er sich etwas zu schnell: Sarah wich verschreckt vor ihm zurück. Das hatte er nicht beabsichtigt. Er blieb stehen und versuchte, eine milde Miene aufzusetzen, zu lächeln.

»Ich treff' mich mit meiner Freundin.«

Sarah schnaufte. »Toll. Caro würd' sich sicher für dich freuen.«

»Was bringt es ihr denn, wenn ich mich wie du vor der Welt verstecke?«, sagte Tristan – und stockte. Wenn ihm sowas rausrutschte, nutzte alles Lächeln der Welt wohl nichts.

Sarahs Augen weiteten sich. Jede Spur von Abneigung wich aus ihrem Gesicht. Sie sah ihn an wie ein Hund, der nicht verstand, wieso sein Herrchen mit ihm schimpfte.

»Tut mir leid«, sagte er hastig, und zog Sarah in eine feste Umarmung – eine kurze, aber, wie sie hoffentlich fühlte, aufrichtige Umarmung. Bevor sie sie erwidern konnte, ließ er sie los und eilte an ihr vorbei aus dem Zimmer.

*

Das Home hatte sich musikalisch bereits aus den Gefilden entfernt, in denen Tristan sich halbwegs wohlgefühlt hätte. Lorelei schien seinen Gesichtsausdruck richtig zu deuten: Die junge Chefkellnerin begrüßte ihn mit einem entschuldigenden Schulterzucken, sobald er sich zwischen kreischend lachenden Gestalten und ausgiebig schmusenden Paaren seinen Weg zur Bar gebahnt hatte.

»Bringst du mir ein Red Bull im Glas?«, fragte Tristan.

Lorelei grinste wissend. »Simma wieder heimlich nüchtern unterwegs?«

Tristan antwortete mit einem steifen Lächeln und einem Zwinkern.

»Ich bring's gleich rüber, kannst schon dazustoßen.« Lorelei wies mit einem Nicken zu dem Tisch, an dem Tristans Leute saßen. Er hatte sie bereits bemerkt, aber bisher den Blickkontakt vermieden. Er wusste noch nicht genau, wie er mit der Versammlung umgehen, wie er sich benehmen sollte. Es war das erste Mal, dass er und Lily als … als *Tristan-und-Lily* mit ihren Freundinnen und Freunden unterwegs waren. Es war *überhaupt* das erste Mal, begriff Tristan, während er sich an den wackelnden Ärschen auf der kleinen Tanzfläche vorbeidrängte, dass er und Lily wirklich gemeinsam in der Stadt unterwegs waren.

Langgezogene »Heeeey«s und kleinlaute »H'lo«s voller Mitleid und Verunsicherung empfingen Tristan, und ihm wurde klar, dass die anderen noch weniger als er wussten, wie sie sich heute zu verhalten hatten. Tristan ließ den peinlichen Moment mit einem kalten Lächeln über sich ergehen. Warum der Tod einer Verwandten etwas so ganz anderes war als der Tod von Freundinnen und Freunden, wusste er nicht, aber er fühlte es ebenfalls. Er setzte sich – nach kurzem Zögern – neben Lily auf die Bank.

Jo sagte gar nichts zur Begrüßung, verfolgte ihn nur mit einem schwierig zu deutenden Blick. Tristan ließ sich nicht anmerken, dass ihm das auffiel. Ob Lily Jo schon von ihnen erzählt hatte?

»Wo ist Filippe?«, fragte er Nikki.

Nikki zuckte nur mit den Achseln. Sie schien schlechte Laune zu haben. Mit hochgezogenen Augenbrauen wandte Tristan sich an Doc, der seinen Blick nur mit genauso fragender Miene erwiderte. Neben Doc befanden sich Richie und Marie wieder in der geflüsterten Unterhaltung, die Tristans Auftauchen kurz unterbrochen hatte. Beide hatten eine Hand auf dem Tisch liegen; seine Finger berührten ihre sanft, so, dass es fast keine Berührung war. Und beide grinsten; sie vage und verträumt, er idiotisch und mit Biss auf die Unterlippe. Wie lange lief das mit den beiden jetzt schon? Wann war das so ernst geworden, wie es aussah? Interessante Sache …

Nicht wirklich, dachte Tristan. *Eigentlich gar nicht interessant.* Er hatte jetzt seine eigene Liebesgeschichte.

Endlich widmete er sich Lily. Sie wirkte verlegen.

»Hat Filippe *dir* geschrieben?«, fragte er mit einem verschlagenen Lächeln.

Lily schnaufte. »Leider hat er sich schon länger nicht mehr gemeldet. Anscheinend hat er keinen Grund mehr dazu.«

Auf Lilys anderer Seite hatte Jo Richie und Marie in ihrer Zweisamkeit gestört und mit Richie ein offenbar sehr nervenaufreibendes Gespräch über Fußball angerissen. Aber Tristan glaubte, dass Jo mit einem Ohr ganz bei ihm und Lily war. Lily merkte es möglicherweise auch: Sie schielte zu Jo hinüber, während sie weitersprach, statt Tristan anzusehen.

»Wir haben Richies Einladung übrigens einvernehmlich angenommen«, sagte sie. Ihre Stimme war rauer als sonst, ein wenig kratzig, aber sie gab sich umso größere Mühe, klar und betont zu sprechen; so klang wohl die beduselte Lily, begriff Tristan, und es gefiel ihm sehr gut. »Ich hoff', du bist nicht böse, dass wir das ohne dich entschieden haben.«

»Ich verzeihe euch.«

»Sehr großzügig. Also darf man annehmen, dass du dabei bist?«

»Man darf.«

»*Ich* bin auch dabei«, verkündete eine unerwartete Stimme. Alle am Tisch drehten sich nach ihr um.

Valerie stand in der Rauchschwade, die von der Tanzfläche herüberwehte, wie frisch der Hölle entstiegen. Sie hatte die Hände in die Seiten gestemmt und die Lippen gespitzt, machte einen äußerst ernsten Eindruck und schien auf eine Reaktion zu warten. Niemand sagte etwas. Sie gab auf, zog einen Stuhl vom Nachbartisch heran, ließ sich mit einem Stöhnen darauf fallen und schwang ihre Handtasche auf den Tisch, wobei sie beinahe Docs Glas umstieß.

»Richie«, sagte sie in geschäftsmäßigem Ton, »darf ich davon ausgeh'n, dass es auf deiner Hütte Strom und fließendes Wasser gibt?«

Richie blinzelte ein paar Mal. »Ahm …«

»Woher weißt du von der Party?«, fragte Theresa, während Valerie sich ihrer hauchdünnen Jacke entledigte.

»Meggy hat euch drüber reden hör'n.« (Sie winkte ihrer Freundin Meggy zu, die sich auf der Tanzfläche auf und ab schleuderte.) »Sie hat's Katrin geschrieben, die hat's Maxi erzählt, und der war mit mir vorglüh'n. Keine Sorge«, fügte sie an Richie gewandt hinzu, »ich nehm' keinen von denen mit. Um die geht's ja bei der ganzen Sache *obviously* nicht.«

»Bei welcher Sache?«, fragte Marie, mit einem Räuspern und mit resignierter, kraftloser Stimme, als würde Valeries bloße Gegenwart ihr alle Energie rauben.

»Na – bei der ganzen Mordgeschichte.« Valerie warf ein Bein über das andere. »Ihr habt ja wohl gehört, dass der Mörder mich umbringen wollte, oder? *Gott*, ihr könnt euch nicht vorstellen, wie *schrecklich* das war.« Valerie hielt ihnen die Handflächen entgegen und schüttelte den Kopf, wie um Fragen zu dem Thema abzuwehren.

»Äh.« Doc runzelte die Stirn. »Ich glaub', dass zumindest Tristan und Lily sich das sehr wohl vorstellen –«

»Ich hab' gegen ihn gekämpft und ich hab' gewonnen«, sprach Valerie über ihn hinweg, »und ihr wisst ja wohl, was das bedeutet.«

In dem Moment brachte Lorelei Tristans Red Bull. »Appletini, bitte«, bestellte Valerie, und dann zückte sie ihre Geldbörse und begann, die Scheine darin zu zählen. Als sie wieder aufblickte, waren die anderen immer noch damit beschäftigt, verwirrte Blicke auszutauschen.

»Warum schauts ihr so blöd?«, verlangte Valerie empört.

Es war Jo, der sich ein Herz nahm und sie fragte, »Was bedeutet es denn, dass du gewonnen hast?«

»Äh, das ist ja wohl *offensichtlich*? Ich bin das Final Girl! Wie in den Horrorfilmen. Ich bin die hübsche, liebenswerte junge Frau, die dem Mörder davonkommt und ihn dann in der letzten Konfrontation besiegt. Er hat sich ja sogar schon in der Nacht vor dem Angriff vor meinem Haus herumgedrückt. Da, wo er Caro getötet hat.« Sie beugte sich über den Tisch, um Tristans Hand zu tätscheln; er platzierte sie daraufhin vorsorglich außer Reichweite auf der Bank. »Er will also in erster Linie mich, ganz eindeutig, also bin ich auch die, die ihm das Handwerk legen muss. Ich bin die Heldin, und ich komm' zu jeder Party von euch Sidekicks, bis eine davon die finale Party ist. *You're welcome.*«

Valerie schaute erwartungsvoll in die Runde. Schweigend starrte die Runde zurück. Tristan fiel nichts zu sagen ein. Ein Teil von ihm wollte lachen, aber so lustig war es dann auch wieder nicht; ein anderer Teil von ihm wollte Valerie eher anschreien.

»Was ist *los* mit euch?«, verlangte Valerie nach einer Weile. »Seid ihr alle bekifft?«

Nikki schüttelte den Kopf. »Du *glaubst* also nicht nur, dass wir zu Silvester angegriffen werden«, sagte sie, sehr langsam, »du *willst* es sogar?«

»Ich *will* es nicht«, antwortete Valerie entsetzt, »es ist *unvermeidlich*, ist doch klar. Oder seid ihr wirklich so blöd, dass ihr glaubt, dass wir auch nur eine einzige ruhige Feier feiern können, solang der Mörder nicht hinter Gittern ist? Oder tot? *Heck*, er ist wahrscheinlich jetzt grad irgendwo am Hauptplatz und wartet drauf, dass einer von uns allein nach Hause geht. Wenn er nicht da in der Bar ist. Wenn er nicht an diesem *Tisch* sitzt.«

Tristan beobachtete neugierig die entgeisterten Blicke, die die anderen austauschten.

Valerie rollte mit den Augen. »Jetzt *tut* nicht so überrascht. Ehrlich mal, schaut keiner von euch Horrorfilme?«

»Seit wann schaust *du* sowas?«, fragte Jo.

»Hä? Bei zirka jedem Date! Nichts macht Kerle verliebter, oder zumindest geiler auf einen. Man muss nur das ängstliche kleine Mädchen sein und sich kreischend an ihn krall'n, wenn der Killer mit der Motorsäge durch die Tür springt. *Du* solltest das mal ausprobieren«, fügte sie an Theresa gewandt hinzu.

»Moment – ich will eigentlich nicht den Mörder auf meine Hütte locken«, sagte Richie, der sich endlich erinnert zu haben schien, dass es hier um *seine* Party ging.

»Dann ist deine einzige Option, die Party zu canceln.« Valerie warf lässig ihr Haar nach hinten, zog die Augenbrauen hoch und sah Richie herausfordernd an. »Mit mir auf deiner Hütte besteht zumindest die Chance, dass alle die Party überleben, weil ich dem Killer das Handwerk leg'.« Sie langte mit beiden Händen in ihre Tasche und zog zwei Dinge heraus, die sie mit dem Elan einer Dauerwerbesendungsmoderatorin präsentierte: eine Nagelfeile in der einen, eine Dose Pfefferspray in der anderen Hand.

»Trägt der Mörder nicht die Skull-Maske?«, fragte Theresa. »Da sind die Augen doch hinter Stoff. Was bringt dir da Pfefferspray?«

Valerie rümpfte die Nase und beförderte beide Gegenstände wieder in die Tasche. »Meine Güte, ich kann ihm auch einfach wieder in die Eier treten, *okay*?«

Lorelei brachte den Appletini. Valerie streckte ihr einen Zehner hin und schleuderte ihr Wechselgeld ihren Waffen hinterher; aber statt aufzustehen und sich zu ihren Freundinnen zu gesellen, worauf Tristan ein bisschen gehofft hatte, lehnte sie sich zurück und schlürfte zufrieden ihren Cocktail. Am Tisch herrschte wieder betretenes Schweigen. Aus der Box über ihren Köpfen schallte fröhliche Popmusik.

Lilys Hand berührte Tristans auf der Bank, ganz zaghaft.

Eine halbe Stunde später trat Tristan aus dem Lokal, rief Filippe an und weihte ihn in die Silvesterpläne ein.

»Sorry, Dude, ich kann nicht. Mein Bruder und ich sind grad auf dem Weg nach Wien. Unsere Eltern haben ihm und seiner Freundin eine Woche in einem Hotel bei der Uni geschenkt, damit er es nicht weit zur Bibliothek hat, während er seine Masterarbeit fertigschreibt, aber seine Freundin ist krank geworden.«

»Und du fährst mit zur Unibibliothek?«

»Nein, aber einen Schlafplatz in Wien schlag' ich nicht aus, überhaupt einen mit Frühstücksbuffet. Ich werd' jede Nacht fortgehen, im Casino reich werden und irgendein Nobelpuff besuchen. Ich hol' mir Läuse, Homeboy!«

Tristan lachte hohl. Filippe schien darin etwas zu hören, das ihm nicht gefiel, denn er fragte, »Geht's dir gut?«

Tristan zögerte.

»Ja«, antwortete er dann. »Ja, mir geht's gut.«

*

Tristan fühlte sich krank am Morgen des einunddreißigsten Dezembers. Er wachte mit solchen Bauchschmerzen auf, dass er in die Hand würgte, bevor er die Toilette erreichen und sich richtig übergeben konnte. Er gab sein Bestes, leise zu sein, damit seine Mutter ihn nicht hörte. Sie würde seine Zeit mit dem Versuch verschwenden, ihm einzureden, dass er nicht auf die Hütte fahren sollte. Sarah hörte ihn wahrscheinlich, so nah, wie ihr Zimmer der Toilette war, aber sie sprach jetzt nicht mehr mit ihm, weil Caros Tod ihn nicht in einen tiefen Abgrund trostloser Trauer und verworrener Verzweiflung gestoßen hatte.

Er hatte für mehr als einen Abend gepackt, weil er nicht glaubte, dass sie nach nur einer Nacht abgeschieden von aller Welt – von aller Verantwortung, von allen Eltern, von allen Lernunterlagen – schon wieder Lust haben würden, zurückzukehren. Sie würden dort oben am Berg nicht einmal Empfang haben, hatte Richie sie noch im Home nach einigem Zögern vorgewarnt, vermutlich in der Erwartung, das würde ihren Enthusiasmus dämpfen. Aber für die meisten von ihnen – für alle außer Valerie, die diese Information mehr schockiert zu haben schien als der Mörder in ihrem Schrank – war das ein willkommener Bonus. Tristan war es einerlei; Lily war zusammen mit ihm in dieser Hütte, wen oder was brauchte er mehr? Filippe dabeizuhaben wäre wohl angenehm gewesen, aber vielleicht war es sogar besser so: je weniger Leute, desto intimer, ruhiger, entspannter; und ohne Filippe war auch niemand dort, der Tristan und Lily outen konnte, bevor sie sich bereit dafür fühlten. Wobei die anderen bestimmt schon was ahnten: Nach dem Home hatten Tristan und Lily sich mit einem Zungenkuss voneinander verabschiedet, was möglicherweise ein recht unmissverständlicher Hinweis für Nikki und Doc gewesen war, die danebengestanden und auf Tristan gewartet hatten.

Richies Rover erschien kurz nach vier Uhr mit einer knappen Stunde Verspätung vor Tristans Haus. Tristan – ein wenig blass vermutlich, aber sauber und mit beruhigtem Magen – verstaute seinen Rucksack im Kofferraum und stellte dabei fest, dass nur Richie selbst, Marie, Lily und Valerie im Wagen saßen.

»Fährt Jo jetzt bei Nikki mit?«, fragte er einige Minuten später, als sie sich der Stadtgrenze näherten und er sicher sein konnte, dass sie Jo nicht mehr abholten.

»Jo kommt nicht«, sagte Lily, die Enttäuschung in ihrer Stimme ein kleiner Stich in Tristans Herz. »Seine Großmutter ist gestern gestorben.«

Tristan hielt das für einen komischen Grund, auf Silvester am Berg zu verzichten, aber das sagte wohl mehr über ihn aus als über sonst was. Wie um das zu bestätigen, machte Richie traurig, »*Aww*! Das ist ja scheiße. Ich hab' 'glaubt, er hat einfach keine Lust. Ich liebe meine Omi, wenn die stirbt, bring' ich mich um.«

»Ich kenn' meine Großeltern kaum«, sagte Lily.

»Meine sind schon lang tot«, sagte Marie. »Ich denk' in letzter Zeit häufig an sie. Komisch, wie sich die Gedanken ändern, oder? Wenn Leute sterben.«

Kurz herrschte Schweigen. Dann fragte Richie, »Waren Jo und seine Oma eng?«

Tristan antwortete, ohne nachzudenken: »Er meinte mal, sie ist für ihn mehr Mama als seine Mutter.«

Lily sah ihn schief an. »Wann hat er *dir* das erzählt?«

Tristan erstarrte. Auf einer Couch, eingeraucht, nach dem Sex, hatte Jo ihm das erzählt, kurz bevor Jo erschrocken festgestellt hatte, dass er zu spät zur Sonntagsmesse kommen würde. Tristan hatte immer noch keine Ahnung, ob Lily wusste, dass er mit ihrem besten Freund geschlafen hatte.

»Hört mal, tote alte Frauen sind ja super interessant und alles«, kam Valerie zu seiner Rettung, »aber können wir über was anderes reden? Und die Heizung vielleicht aufdrehen? Mir ist jetzt schon kalt.«

»Die Heizung ist leider im Arsch«, sagte Richie. Er klang plötzlich ein bisschen angespannt, und im Rückspiegel sah Tristan seine Augen verstohlen Richtung Valerie flitzen. So hatte Tristan Richie selten erlebt, ohne sein übliches sonniges Gemüt. Irgendwie lustig, dass ausgerechnet Valerie es schaffte, ihm die unverwüstliche Stimmung zu verderben, wo er doch vor gar nicht langer Zeit noch so angestrengt versucht hatte, mit ihr im Bett zu landen. Tristan fragte sich, ob Marie das wusste, und ob die beiden auch zueinandergefunden hätten, wenn Richie bei Valerie nicht abgeblitzt wäre.

»Aber auf der Hütte wird's warm«, sagte Marie. »Dort gibt's

einen Ofen, wenn Richie nicht lügt.«

Sofort grinste Richie wieder. »Nicht nur einen.«

»Einen *Kachelofen, for fuck's sake*«, raunte Marie; sie klang genervt, schmunzelte aber.

Als sie an der Einfahrt in die Zierau vorbeigondelten, die Tristan und Lily vor gar nicht langer Zeit genommen hatten, ergriff Tristan spontan Lilys Hand. Sie ließ es zu, drückte aber nicht zurück und wandte ihren Blick nicht vom Fenster ab.

Während sie sich immer weiter von der Stadt entfernten, auf der Schnellstraße zwischen gesichts- und namenlosen Reisenden Richtung anderswo fuhren, entspannte sich Tristans Körper, Tristans Verstand, Tristans ganzes Wesen. Er fühlte eine Beklommenheit von sich fallen, deren volles Gewicht ihm bisher kaum bewusst gewesen war. Valeries düstere Prophezeiung schien mit einem Mal überhaupt keinen Sinn mehr zu ergeben. Wer sollte ihnen schon auf diesem Weg folgen? Wer sollte ihnen folgen *können*?

Dieser Eindruck wurde stärker, je näher sie ihrem Ziel kamen. Sie durchquerten nach fünfundzwanzig Minuten Fahrt die kleine Stadt am Fuß des Berges und kämpften sich dann eine schneebedeckte steile Straße hoch, neben einem zugefrorenen Bach her, durch einen Wald im Winterschlaf. Bäume streckten ihre Äste über den Weg und bildeten frostumhüllte, funkelnde Dächer, die einen wundervollen Glanz in Lilys Augen hervorriefen und Valerie eine Reihe leiser Flüche der Begeisterung entlockten. Die wenigen Häuser, an denen sie vorbeikamen, lagen an den Enden gewundener Einfahrten, halbheimlich nach hinten versetzt in den Wald, damit niemand kommen und stören würde; die größeren Häuser waren wohl Ferienwohnsitze reicher Familien, die kleineren sahen aus wie Hexenhäuser direkt aus Grimms Märchen. Eine winzige Kapelle wirkte ewig unbesucht, geisterhaft. Manche Abzweigungen schienen nirgends hinzuführen, einfach hinauf, sich im Unterholz verlierend. Wer diese Pfade nicht kannte, konnte die Route zu Richies Hütte nicht finden. Zum ersten Mal seit langem fühlte Tristan sich … sicher. Und erkannte damit, wie übermächtig, wie dauerhaft die Angst geworden war, eine ständige Begleiterin, die sich in ihm eingenistet hatte, als wäre sie bloß eine weitere Eigenschaft seiner Person: *Hallo, ich bin Tristan, ich bin schön, ich lese gerne und ich habe Angst.*

Richie navigierte seinen Rover geschickt und ohne grobe Zwischenfälle den Berg hinauf, und hielt vor einem rustikalen, charmant heruntergekommenen Holzzaun. Er stieg aus, stapfte zum Tor und schob es mit sichtlicher Mühe gegen die Schneemasse am Boden auf. Jenseits hob sich ein brauner, rechteckiger Block aus dem Boden wie ein Fehler im Bild, wie ein vergessenes Mahnmal, wie eine große alte Kiste – wie manches, nur nicht unbedingt wie ein Haus. Tristan schwante Übles, und er schien nicht der Einzige zu sein.

»*Das* ist es?«, fragte Valerie entrüstet, als Richie wieder einstieg.

»Das ist es!«, jubelte Richie, und fuhr sie auf das Grundstück.

»*What the fuck*?«, drückte Valerie sich deutlicher aus, während die anderen ausstiegen. »Wie viele Räume hat die Hütte, einen halben?«

Von nahem sah die Hütte wenigstens aus wie eine Hütte, und eine breite noch dazu, aber das schneebeladene Dach überragte ihre Köpfe kaum. Ein Hauch von Apokalypse lag in der Luft, mit den dichten grauen Wolken über ihnen und der Einöde um sie herum.

»*Never judge a book by its cover*«, sagte Richie. »Wartet kurz, ich geh' den Strom einschalten.« Seinen Rucksack in der einen, Maries Reisetasche in der anderen Hand, ging er ein paar Stufen hinab, die im Schnee fast unsichtbar waren. Er öffnete eine Holztür, deren Angeln quietschten, trat ein und schien vom Boden verschluckt zu werden. Kurz darauf ging Licht an, und Richie rief von drinnen raus, »Bitte sehr!«

Tristan stellte erleichtert fest, dass Valerie sich wirklich zu früh beschwert hatte. Das Zimmer war groß und höher als erwartet, und gemütlich eingerichtet mit Vintage-Möbeln, die aussahen, als wären sie auf zehn verschiedenen Flohmärkten zusammengeklaubt worden. Drei Türen führten tiefer ins Haus, versprachen noch mehr Platz, Nischen in der Nische, Höhlen in der Höhle. Der monströse Kachelofen in der Ecke sah hungrig aus.

»Mein Uropa hat das Haus in die Tiefe gebaut«, erklärte Richie, während er die Vorhänge vor den Fenstern wegzog und graues, trübes Licht hereinließ, das mit den Glühbirnen kaum mithalten konnte, so staubig die auch waren. »Er war wohl seiner Zeit voraus und bissl ein Doomsday Prepper. Drei Stockwerke, insgesamt.«

»Drei Keller, meinst du wohl«, stöhnte Valerie. »Wo sollen wir *schlafen*?«

»Unten.«

»*Unten*?« Valerie war entsetzt. »In Zimmern ohne Fenster?«

»Das erste Untergeschoß hat Fenster, die müssen wir nur freischaufeln. Aber ich empfehl' den untersten Stock, der ist viel leiwander, wie Trollhöhlen oder sowas, Mittelalter-Fantasy-Shit halt. Belüftungsanlagen sind eh eingebaut. Mein Uropa war ein Prepper *und* ein Genie.«

»Mhm, in Doomsday-Trollhöhlen wohnen ist nämlich *so* leiwand«, sagte Valerie. Sie rollte ihren gigantischen Koffer in die Mitte des Raums, beförderte ihn ächzend auf den bauschigen Sofasessel dort, und verzog die Nase. »Was ist das für ein *Geruch*?«

»Berg«, sagte Marie mit einem steifen Lächeln.

»Wald«, ergänzte Richie. »Land. Moder. Alter.« Er atmete tief ein, die Augen geschlossen. »*Ahhhh*«, atmete er aus. »Der beste Gestank der Welt.«

Er zog Marie in eine enge Umarmung und übersäte ihren Kopf mit Küssen. Sie kicherte und sagte, »Es ist zumindest alles, was du versprochen hast.«

»Das hier ist dir versprochen worden und du bist *trotzdem* gekommen?« Valerie beäugte den Boden misstrauisch, als fürchtete sie, durchzubrechen, wenn sie sich zu viel bewegte. Tristan konnte es ihr nicht einmal verübeln: Alles hier wirkte urig, verbraucht, in die Jahre gekommen, und roch tatsächlich auch so. Aber es gefiel ihm, irgendwie. Ihm fiel kein Ort ein, an dem er lieber sein wollte, reflektierte er, als Lily sich an seine Seite gesellte.

Ein Hupen ertönte. Das Geräusch klang anders hier oben; statt durch anderen Straßenlärm zu schneiden, erfüllte es eine weite, leere Stille wie der Ruf eines Tiers.

»Und da ist der Rest!« Richie stieß Marie kurzerhand von sich in seiner Eile, zur Tür zu gelangen. »Reserviert euch schon mal Schlafzimmer – Marie, unseres ist das fette ganz unten links – alle anderen, es gibt nur vier, also wer ein eigenes Bett will, beeilt sich besser.«

*

Wenn es jemandem auffiel, dass Tristan und Lily sich gemeinsam ein Schlafzimmer nahmen, hatte niemand etwas dazu zu sagen. Nicht einmal Valerie gab einen Kommentar ab; während Nikki, Doc und Theresa ein wenig verloren das Haus nach den besten noch übrigen Schlafplätzen absuchten, erklärte sie nur jeder und jedem in ihrer Nähe, dass sie ihr Zimmer unter keinen Umständen teilen würde. »Eins kann ich euch sagen, wenn ein eigenes Zimmer für mich nicht drinnen ist, fahr' ich *auf jeden Fall* heim!«, versicherte sie ihnen, ohne zu verraten, wie sie das anstellen würde, und anscheinend vergessend, dass sie sich selbst eingeladen hatte.

Tristan mochte den merkwürdigen Bauplan des Hauses, auch wenn alles ein bisschen duster und gedrängt war. Die Gänge in den beiden unteren Stockwerken waren eng und verwinkelt und mit Holzwänden verkleidet, wie ein kaltes Saunalabyrinth. Die Schlafzimmer selbst waren klein wie Kerkerzellen und beinhalteten nur jeweils ein klappriges Bettgestell und einen Schrank voller Bettwäsche. Tristan hätte sich am liebsten sofort mit Lily auf die muffige Matratze gezwängt, aber es gab ja noch eine Party zu feiern, ein neues Jahr einzuläuten.

In den Gängen herrschte reges Treiben, als wären sehr viel mehr Leute in der Hütte. Tristan schlenderte selbst durch das Haus, um es besser kennenzulernen und die anderen zu beobachten. Valerie und Theresa liefen die Stiegen hinauf und hinunter und stritten immer noch über die in Valeries Augen längst entschiedene Frage, wer ein Schlafzimmer verdient hatte, und welches. In einem Gang begegnete Tristan Doc, der reichlich zitternd seine Tasche vor einer Tür ausräumte. »Wir schlafen hier – also, Nikki und ich – wir teilen uns dieses Zimmer«, erklärte er stammelnd.

Am Treppenaufgang im Erdgeschoß verharrte Tristan bei einem merkwürdigen Bild an der Wand, einem kruden, recht farblosen, altmodischen Porträt eines Mannes mit großer Nase, strengem Blick, Oberlippenbärtchen und schütterem, zurückfrisiertem Haar. Als Tristan den Namen entdeckte, der in altertümlichen Lettern am unteren Rand des Bilds prangte, wusste er, warum ihm der Mann so unsympathisch war: Martin Heidegger war einer der Philosophen, die die Hartplatz mit ihrem Graffiti im Schulgebäude zitierte. *DAS VERSTEHEN BETRIFFT ALS DIE ERSCHLOSSENHEIT DES DA IMMER DAS GANZE DES IN-DER-WELT-SEINS …*

In der Küche fand er Nikki und Lily, die die Vorräte verstauten. Den meisten Platz im Kühlschrank nahm Alkohol ein.

»Noch fünf Flaschen Wodka.« Nikki schüttelte den Kopf. »Insgesamt acht. Für jeden eine, oder was?«

»Besser zu viel als zu wenig.« Lily nahm ihr zwei der Flaschen ab und legte sie in den Tiefkühler. Die restlichen stellte Nikki aufs Fensterbrett.

»Wo sind Richie und Marie hin?«, fragte Tristan.

»Den Geheimgang erkunden«, sagte Lily.

»Geheimgang?«

»Ich bin ein bisschen zu weit in das Grundstück hineingefahren«, sagte Nikki, Tiefkühlpizzen an Lily reichend und Weißbrot und Äpfel auf dem winzigen Küchentisch stapelnd, »und hab' mir gleich mal beim Aussteigen den Fuß an irgendwas unter dem Schnee gestoßen.« Tristan gluckste, und Nikki strafte ihn mit einem bösen Blick, bevor sie fortfuhr, »Jedenfalls war das quasi der Hintereingang, eine Tür zu einem Tunnel in den untersten Stock. Richie war ganz außer sich. Er war wohl seit seiner Kindheit nicht mehr in dem Gang und hat ihn vergessen.«

»Und jetzt sind Marie und er dort? Was tun?«

»Als ob das nicht klar wäre.« Nikki rollte mit den Augen.

Tristan trat einen Schritt zur Seite, als Lily die Küche verlassen wollte; sie streifte ihn trotzdem, eindeutig absichtlich, was ihn freute. Er sah ihr hinterher, bis sie durch die Tür zur Treppe verschwunden war, bevor er sich wieder an Nikki wandte. »Seit wann sind die beiden eigentlich so eng miteinander?«

»Richie und Marie?« Der Kühlschrank schloss sich mit einem

gewaltigen Rumpeln, bevor ein Surren einsetzte, das alles andere als gesund klang; Nikki betrachtete den Kasten misstrauisch, bis das Surren leiser wurde. »Eh schon lang. Du kriegst gar nichts mehr mit, was?«

»Vielleicht habe ich Besseres zu tun, als meinen Peers beim Paarungstanz zuzuschauen.«

»Wie zum Beispiel eigene Paarungstänze aufzuführen?« Nikki baute sich vor ihm auf, die Arme verschränkt. »Du hättest mir ruhig mal sagen können, dass du was von Lily willst.«

Tristan imitierte Nikkis Körperhaltung. »Und warum hätte ich das tun sollen? Hab' ich dir unbewusst falsche Hoffnungen gemacht?«

Nikkis Lachen war sehr laut in der kleinen Küche. »Als ob.«

Tristan musste selbst lächeln. »Du weißt, wieso ich nicht darüber geredet hab'.«

»Nein, weiß ich nicht.«

»Komm schon.«

»Wohin?«

»*Don't make me say it.*«

»*Say what*?«

Tristan seufzte. »Es war mir unangenehm.«

»Dass du in jemandes *Pants* willst?« Nikki runzelte die Stirn. »Das ist ja ganz was Neues.«

Tristan zögerte, sagte es letztlich aber doch: »Dass ich in jemanden verliebt bin. Das *ist* was Neues für mich.«

Sichtlich beeindruckt – und sichtlich zufrieden – ließ Nikki die Arme sinken. »Hast du's ihr schon gesagt?«

»Ahm – ich glaub', sie ahnt etwas.«

»Glaubst du? Da wär' ich mir nicht so sicher. Rechnet ja keiner damit, dass du dich ausgerechnet in Lily verliebst.«

»Was soll das denn heißen?«

Nikki ignorierte die Frage. »Seid ihr jetzt ein *Paar*?« Sie klang, als würde sie der Gedanke amüsieren. »Ist Tristan Os in einer *Beziehung*?«

»*It's complicated*«, sagte Tristan, und wieder lachte Nikki.

»Na gut«, sagte sie dann, sich in der Küche umsehend und ihre Hände abklopfend. »Alles ist verstaut.«

»Zeit, alles wieder rauszuholen, uns anzusaufen und ein schreckliches Jahr zu ertränken«, ergänzte Tristan, Nikki ins Wohnzimmer folgend.

»Wollen wir zumindest warten, bis alle wieder hier versammelt sind?«, fragte Nikki. »Wo ist Doc die ganze Zeit?«

»Vor fünf Minuten hat er noch vor eurem Zimmer herumgezappelt, ganz aufgeregt ob der Aussicht, das Bett mit dir zu teilen.«

»Dann wird er schön schauen, wenn ich meinen Schlafsack auspacke und mich auf den Boden lege.«

»Der arme Junge«, sagte Tristan.

»Er wird's irgendwann begreifen, hoff' ich.«

Tristan verzichtete darauf, ihr mitzuteilen, dass er das bezweifelte. Nikki ging, um mit Doc die Zimmersituation zu klären, und Lily kehrte zurück, in Hoodie und Sweatpants, ein Buch in der einen, eine Thermoskanne in der anderen Hand. Tristan schmunzelte ihr entgegen.

»*Was*?«, forderte sie, errötend.

»Nichts«, antwortete er. »Hi.«

»Hi.« Sie beäugte ihn argwöhnisch, zuckte dann aber mit den Schultern, setzte sich aufs Sofa und tauchte in *Fahrenheit 451* ein.

Tristan sah sie weiter unverschämt an, und sie ließ ihn. Er wusste, dass es peinlich war, verfrüht und kindlich … aber die Vorstellung, ihr jeden Tag so zu begegnen, in bequemer, häuslicher Kleidung, mit einem Roman und heißem Kaffee im Wohnzimmer – nämlich irgendwann in *ihrem gemeinsamen* Wohnzimmer –, ließ ihn nicht los.

5

Nikki konnte sich nur an dem fahl schimmernden Punkt in unbestimmter Ferne orientieren; abgesehen davon war es stockdunkel in dem Tunnel. Sie hatte Doc nicht in ihrem Zimmer vorgefunden, war auf der Suche nach ihm im untersten Stock gelandet und hatte wieder jenen sogenannten Geheimgang entdeckt, diesmal von der anderen Seite und ganz ohne sich den Fuß zu stoßen – bis jetzt zumindest. Am Eingang hatte die Neugier überwogen, aber mittlerweile bekam sie es fast schon mit der Angst zu tun – und nicht nur der Angst davor, in der Finsternis über irgendwas zu stolpern.

»Richie? Marie? Doc?«

Keine Antwort. Das dürftige Licht am Ende des Tunnels war wie ein eingebranntes Nachbild …

Bis sie es plötzlich erreichte. Der Gang war gar nicht so lang, wie es den Anschein gehabt hatte. Das Licht fiel von oben herab, von einem rechteckigen Loch am Ende eines Schlunds bespickt mit rostigen Leitersprossen, die alles andere als vertrauenserweckend aussahen. Nikki stöhnte, aber statt umzudrehen, kletterte sie vorsichtig hoch und stieg neben ihrem Auto aus dem Boden. Marie und Doc standen mitten im Garten und beobachteten den im Schnee knienden Richie. Richies Kleidung war ganz nass, sogar seine Haube und auch die darunter hervorwuselnden Locken. In seiner Hand zischte ein Feuerzeug, brachte aber keine Flamme zustande. Vor ihm im Schnee steckte ein kleiner, rotkappiger Böller.

»Ist dafür nicht später genug Zeit?«, fragte Nikki.

»Wir wollen's nur mal ausprobieren«, sagte Richie.

»Aber es scheitert gerade am Feuerzeug«, fügte Marie hinzu, die Nase kräuselnd.

»Würdest du dir endlich eigene Zigaretten zulegen, hätten wir jetzt wahrscheinlich auch ein zweites Feuerzeug da«, sagte Richie. »Du bist die nachlässigste Raucherin der Welt.«

»Ich schnorr' wenigstens aus Überzeugung. Du bist wie einer von diesen Black Smokers am Meeresboden, und dein Feuerzeug geht trotzdem nicht.« Maries Haar war ebenfalls feucht, und ziemlich zerzaust. Richie hatte sich wohl nicht allein im Schnee gewälzt.

Richie stieß ein heiseres »*Ha*!« hervor: Die Lunte hatte endlich Feuer gefangen. Hastig trat er von der Rakete weg und streckte die Arme nach beiden Seiten aus, um die anderen zurückzudrängen.

»Das dauert ganz schön lange«, stellte Doc nach ein paar Sekunden fest.

»Das Warten lohnt sich«, versicherte ihm Richie.

Im nächsten Augenblick durchschnitt ein rasselndes *Fwwrrp*

die arktische Stille, so plötzlich wieder vorbei, wie es begonnen hatte – und unter dem wolkenverhangenen Himmel explodierte eine gewaltige Lichtkugel, rot wie Blut und grell wie die Sonne, mit einem Knall wie ein Donnerschlag am Ende der Welt. Das Licht zerstäubte zu einem Funkenregen, der sich vermehrte, verbreitete, tausend Sterne, die tausend neue Sterne machten. Kein Vogel schreckte aus den Bäumen hoch, als wären Nikki und ihre Freundinnen und Freunde die einzigen Tiere weit und breit. Nikki starrte wie die anderen ehrfürchtig schweigend nach oben, das Piepsen in ihren Ohren ertragend, bis die letzten Funken zur Erde segelten, glühend, verglühend, weg.

»Das. War. *Awesome*!« Richie stieß eine Faust in die Luft. Aus Doc brach unbändiges Gelächter hervor. Marie gackerte entzückt.

»Was war das für ein Ding?«, fragte Nikki, begeistert gegen ihren Willen.

»Fett, oder?« Richie hatte den Kopf immer noch in den Nacken gelegt, als könnte er den Feuerball noch sehen. »Mein Cousin bastelt das Zeug.« Er nahm Marie in den Arm. »Schön, gell?«

»Sehr schön«, antwortete sie, sich an ihn schmiegend.

»Und wir haben noch viel mehr davon – aber für später.« Richie hob Marie unvermittelt hoch, wirbelte sie herum, ließ sich mit ihr in den Schnee fallen. Sie lachte. »Nikki!«, rief Richie, über Marie kugelnd, unter Marie kugelnd. »Ist die Küche eröffnet?«

»Seit Ewigkeiten.« Ein Schaudern überkam Nikki plötzlich – ein angenehmes Schaudern. Sie merkte, dass sie sich entspannte. Vielleicht war es die Aussicht auf das mitternächtliche Feuerwerk, das nach der Demonstration gerade großartig zu werden versprach. Vielleicht war es die Ausgelassenheit von Marie und Richie, die auf sie abfärbte, die Tatsache, dass sogar Marie Spaß hatte, Marie, die so schlecht ausgesehen hatte in letzter Zeit. »Und wir haben viel zu viel Wodka«, fügte sie hinzu, als ihr einfiel, wie gerne Marie neuerdings Wodka trank.

»*There's no such thing*.« Richie schubste Marie von sich, sprang auf seine Beine und stemmte die Hände in die Hüften. »Na dann – lasset die Party beginnen!«

*

Die Party hatte begonnen.

Der Gastgeber und seine Freundin waren dicht. Theresa hatte sich dazu überreden lassen, bei einer Runde Tequila mitzutrinken, und lag mit Bauchkrämpfen auf dem Sofa, auf dem sie später schlafen würde. (Valerie hatte die Diskussion um das Schlafzimmer gewonnen, indem sie sich bis zuletzt geweigert hatte, zu akzeptieren, dass es da überhaupt was zu diskutieren gab.) Nikki hatte selbst bereits einen Alkoholpegel erreicht, auf dem die anfangs aufgekommene Hochstimmung wieder von ihr bröckelte wie der Putz von den Wänden dieser alten Berghütte. Sie war müde, sie war trübselig, sie hatte jetzt schon ihre Katerkopfschmerzen. Die Musik war laut und wild, aber sie holte Nikki nicht ab. Es war Alkohol für viele weitere Nächte da, aber Nikki hatte schon mit dieser einen, quasi erst angebrochenen Nacht mehr als genug. Drei Joints waren durch die Runde gegangen, aber ihre fünf Züge hatten Nikki nur noch müder gemacht, und auf Speed verzichtete sie gerne – sie hatte das einmal probiert und außer Nasenbluten nicht viel davon gehabt.

Alle außer Nikki lachten über Doc. Diesmal war er im Fokus der allgemeinen Erheiterung, weil er sich bereiterklärt hatte, Edward Fortyhands zu spielen – und niemand gewillt war, seine Hände wieder von den angeklebten Bierdosen zu befreien. Er stampfte flehend durch das Wohnzimmer, aussichtslos darum bemüht, das Gaffer Tape an allen möglichen Oberflächen abzukratzen. Nikki hätte ihn ja erlöst, aber erstens hatte er sich seine Misere selbst zuzuschreiben, und zweitens hatte sie eine erstaunlich bequeme Position im Sofasessel gefunden und wollte die nicht riskieren; der Klumpen in der Rückenlehne war vermutlich ein altersbedingter Bug, aber so, wie er genau gegen die richtige Stelle zwischen ihren Schultern drückte, fühlte er sich wie ein Feature an. Sie saß direkt neben dem Kachelofen; die Hitze wallte über sie, was angenehm war, ihre Müdigkeit aber nach und nach in regelrechte Erschöpfung verwandelte, sodass sie fürchtete, einzuschlafen, noch bevor das neue Jahr eingeläutet war.

»Können wir dann vielleicht mal Musik hören, die nicht klingt wie ein epileptischer Anfall auf Crack?«, dröhnte Valeries Stimme durch den Raum, als das nächste Lied begann, irgendein Speedcore-Remix von irgendeinem Lied, dessen Titel Nikki nicht kannte.

»Schlag was vor!«, rief Richie, wohl so guter Laune, dass selbst Valeries Nörgelei sie nicht schmälern konnte.

»Ich weiß nicht – was von David Guetta zum Beispiel? Oder sonst was, was man kennt?«

Richie stand schon über den Laptop gebückt bereit, aber statt die Musik zu ändern, richtete er sich langsam auf und drehte sich nach Valerie um. »*David Guetta*?«

Valerie warf resigniert die Arme in die Höhe. »Oder Calvin Harris von mir aus oder was weiß denn ich, halt was, wozu man tanzen kann!«

»Man kann zu *allem* tanzen!« Und um die Wahrheit seiner Behauptung zu beweisen, begann Richie, achtlos im Raum herumzuspringen, mit wedelnden Armen und geschlossenen Augen. Er stolperte über einen Sessel und stürzte auf Marie, die ein halbes Schreien, ein halbes Lachen ausstieß, bevor er seinen Mund auf ihrem platzierte und sie mit sich auf den Boden zerrte. Als Nikki klar wurde, dass die beiden unverletzt schienen und nicht so bald wieder zum Luftholen auftauchen würden, wandte sie sich ab.

Tristan und Lily hatten ihre Sessel so nah zusammengerückt, als wollten sie eine Bank basteln, aber sie saßen leise und bewegungslos da, einander nicht ansehend. Es wirkte gezwungen, wie sie die Gesichter in entgegengesetzte Richtungen streckten. Versuchten sie etwa immer noch, geheim zu halten, dass zwischen ihnen etwas lief?

»Ja-*woll*!«, rief Doc, der es irgendwie geschafft hatte, das Klebeband an seiner linken Hand zu lösen – und fast im gleichen Augenblick ließ ein lautes *Plopp* Nikki hochschrecken. Ein bisschen Konfetti verstreute sich über den Tisch, ein bisschen mehr rieselte traurig und verloren von der Decke. Richie, der Marie am Boden zurückgelassen hatte und plötzlich mit einem Fuß auf dem Tisch stand, hielt die entleerte Konfettikanone über seinem Kopf und strahlte auf seine Gäste hinab.

»Zeit zum Wandern!«, rief er. »In einer Stunde ist Mitternacht und wir wollen gute Plätze haben!«

»Es ist arschkalt, ich steh' doch nicht 'ne Stunde dumm draußen in der Gegend rum!«, sagte Valerie angewidert. »Wir sind auf einem *Berg*, es ist scheißegal, wo wir uns hinstellen, solange wir weit oben sind.«

»Wenn du dich da mal nicht irrst.« Richie streckte den Zeigefinger in ihre Richtung und imitierte einen Pistolenschuss. Er war rot im Gesicht und grinste so vergnügt, dass es fast unangenehm war, ihm zuzusehen. Er war offensichtlich maßlos betrunken. »Alle von der Stadt unten fahr'n fürs Feuerwerk rauf. Dort herrscht dichtes Gedränge, und ich will nicht von aufgeregt herumwuselnden Kindern aus Versehen von der Spitze g'stoß'n werd'n.«

»Oder von ihren Eltern absichtlich«, ergänzte Marie vom Boden aus. »Oder von den *Kindern* absichtlich.«

Nikkis Gliedmaßen ächzten, als sie sich aus dem Sofasessel hochstemmte, und sie selbst ächzte mit.

»Da ist wer motiviert«, sagte Tristan. Er und Lily schienen die Einzigen zu sein, die ihr Seufzen gehört hatten; die anderen waren damit beschäftigt, ihre Jacken und Schuhe zu suchen. Sogar Theresa wirkte wild entschlossen, den Jahreswechsel nicht zu verpassen, auch wenn sie immer noch einen Arm auf den Bauch gepresst hielt und sich beim Anziehen ihrer Stiefel schwertat.

»Ich bin ein bisschen betrunken«, gestand Nikki.

»Ist das nicht der Sinn der Sache?«, fragte Lily.

»Wahrscheinlich.« Nikki unterdrückte ein Gähnen. »Solltet ihr euch nicht auch anziehen?«

»Ich werd' hier bleiben«, sagte Tristan und zündete sich eine Zigarette an. »Ich steh' nicht so auf Feuerwerk.«

»Was genau machst du dann auf einer Silvesterparty?«

Nach einer kurzen Pause antwortete Tristan: »Hier bleiben.«

»Vielleicht bleib' ich mit dir da«, sagte Lily, den Ellenbogen auf der Rückenlehne seines Sessels abgestützt und sich mit den Fingern durch das Haar streichend.

Nikki, die liebend gerne auch dageblieben wäre, entschied sich bei diesem Anblick um. Mit den zweien wollte sie nicht allein sein.

6

»Danke fürs Hüttehüten!«

Hinter Richie und seinen Abschiedsworten fiel die Tür zu. Tristan beobachtete den kleinen Wandertrupp durchs Fenster, solange es noch was zu beobachten gab: Die Wolken hatten sich nicht verzogen, und jenseits der Lichter vom Haus herrschte unwahrscheinliche Dunkelheit. Gedämpft hörte Tristan das ekstatische Gelächter Maries, als Richie auf sie zustürmte und sich mit ihr in den Schnee warf.

»Süß«, sagte Lily neben ihm.

»Ich hätt' nicht damit gerechnet, dass *die* zwei einander finden«, sagte Tristan.

»Es passieren die verrücktesten Dinge, nicht?«

Das Feuer im Ofen knisterte bedrohlich. Tristan gefiel das Geräusch. Es klang wie ungestillter Appetit, so als ob die Flammen, die an der Glastür züngelten, sich nach mehr echtem Holz sehnten. Richie hatte es vorgezogen, sie mit Zeitungspapier, einem alten Buch und dem T-Shirt, das er tagsüber getragen hatte, zu füttern; der Gestank hätte unerträglich sein können, wenn der Geruch der Hütte selbst nicht so penetrant gewesen wäre.

»Richie hat ja einen sehr schrägen Trupp für die Feier zusammengetrommelt«, sagte Lily, nachdem sie eine Weile lang nur der neuen Playlist gelauscht hatten. Tristan hatte es ausgenutzt, dass alle abgelenkt gewesen waren, und Richies iTunes das Beste entlockt, was er auf die Schnelle hatte finden können. Eine Reihe an Indie-Remixes erfüllte das Wohnzimmer gleich mit einer völlig anderen Stimmung. Einer Stimmung, die irgendwie passte – zum vergangenen Jahr, zu der verschneiten Berglandschaft außerhalb dieser Wände. Zu Tristan und Lily.

»Findest du?«, fragte Tristan.

Lily zuckte mit den Achseln. »Sind doch alles eher Ausnahmepersönlichkeiten. Und Valerie und Theresa sind normalerweise nicht mit von der Partie, oder?«

»Dinge ändern sich«, sagte Tristan.

Sie setzten sich aufs Sofa. Tristan rückte nah an sie heran. Als ihre Hüften einander berührten, stellten sich die Härchen auf seinen Armen auf.

»Du hast auch recht wenig mit diesen Leuten zu tun, oder?«, wagte Tristan nach kurzem Zögern, das Unausgesprochene auszusprechen. »Normalerweise.«

»Normalerweise.«

Als Lily den letzten Abstand zwischen ihnen beseitigte, sich ganz an ihn, *in* ihn lehnte, stellte sich noch etwas anderes auf. Er verschränkte die Hände über seinem Schritt.

»Ich war nicht sicher«, sagte Lily, »ob ich überhaupt mitfahren soll, nachdem Jo abgesagt hat.«

»Ich wär' vielleicht auch nicht gekommen, wenn du nicht dabei wärst.«

»Ich bin auch wegen dir da. Schön, dass wir weit genug sind, um das zugeben zu können.«

Tristan fühlte sich ein bisschen benommen. Er nahm den letzten Schluck aus seinem Glas und hätte sich gern nachgeschenkt, wenn das nicht bedeutet hätte, von Lilys Seite weichen zu müssen.

Es war seltsam, sinnierte Tristan, wie sie beide hier saßen. Alles daran war seltsam. Tristan war schon so oft einer anderen Person so nahe gewesen, und er hatte sich nie eigenartig gefühlt dabei – er hatte immer gewusst, was als Nächstes passieren würde. Zu welchem *Zweck* er sich so an die Person schmiegte. Aber zum ersten Mal war diese simple Nähe schon das ersehnte Resultat; das Ziel, die Erfüllung, das, was ihm ein gutes Gefühl gab. Und es war das beste Gefühl, das er jemals empfunden hatte.

Nur hatte er nicht die geringste Ahnung, was er jetzt damit anfangen sollte.

Tristan zog in Erwägung, Lily einfach zu küssen. Er wollte es und er glaubte, dass sie es auch wollte. Aber hier zu sitzen und rumzuknutschen, bis die anderen vom Berg zurückkehrten, käme ihm ein wenig sinnlos vor. Wahrscheinlich würde Lily erwarten, dass es nicht beim Kuss blieb. Diesen Erwartungen wäre Tristan auch gerne entgegengekommen. *So* gerne.

Nur …

»Weißt du –«

»Ich mein' …«, begann Lily gleichzeitig mit ihm, und anscheinend hatte sie gar nicht bemerkt, dass er auch etwas gesagt hatte. »Ich hab' mich sehr über die Einladung gefreut. Richie hat mich noch nie zu irgendwas eingeladen – wenn ich dabei war, dann immer nur, weil Jo mich mitgeschleppt hat. Aber ich hab' irgendwie das Gefühl, dass ich seinen – oder eben *deinen* Freundschaftskreis – noch nicht ganz durchschaut hab'.«

»Das ist auch nicht so einfach.« Tristan schob, was er eigentlich hatte sagen wollen, vorerst beiseite.

»Ich hab' immer geglaubt, Ingo wär' mit Richie viel enger als mit Jo und mir. Er hat dauernd von Dingen erzählt, die er mit Richie und Luke macht, oder manchmal mit Filippe und Nikki, und – und mit dir.«

»Mit mir?«

»Mhm. Aber nachdem Ingo – du weißt schon.« Sie schluckte. »Mir ist es so vorgekommen, als wärt ihr gar nicht traurig.«

Tristan atmete laut und lange durch die Nase aus. Das war ein Thema, über das er nicht unbedingt reden wollte. Aber wahrscheinlich wäre es gut, darüber zu reden. Mit wem, wenn nicht mit Lily?

»Wir sind jung«, sagte Tristan.

»Was soll das heißen?«

Tristan war sich nicht sicher, wie er in Worte fassen sollte, was er dachte. »Ich glaub' … wir haben noch kein gesundes Verständnis vom Tod. Um uns herum sterben die Leute – sterben Freundinnen, und Freunde – wie Eintagsfliegen. Und so sehr uns das kurzzeitig schockiert, so schnell sind wir über den Schock hinweg. Weil wir eben so jung sind, dass wir selbst noch mehr oder weniger Eintagsfliegen sind. Verstehst du, was ich meine?«

Lily richtete sich auf und runzelte die Stirn. »Also – wenn der Mörder mich heute umbringen würde – wär' dir das morgen egal?«

»Nein. So hab' ich das nicht gemeint.«

»Sondern?«

»Es kommt natürlich darauf an, *wer* stirbt.«

»Und ich bin dir wichtiger als Hannah und Kris und Ingo und deine Cousine?« Ihrem Ton entnahm Tristan, dass sie das nicht glaubte, die Frage nicht viel mehr als eine rhetorische war. Das stach in seiner Brust.

»Ja«, sagte er schlicht.

Ein Ausdruck puren Erstaunens wehte über Lilys Gesicht. Fast im gleichen Moment war er wieder weg. Sie lächelte.

»Interessant«, sagte sie.

»Mhm«, sagte Tristan.

Lily seufzte und sank wieder gegen ihn. »Womit immer noch die Frage offenbleibt, wie es zu dieser eigenartigen Konstellation hier gekommen ist. Valerie feiert ohne ihre High Society, Theresa feiert *überhaupt*, was an sich strange genug ist, und Marie ist vom ruhigsten Mädchen auf jeder Party zur Betrunkensten von allen mutiert. Und Luke ist nicht mal eingeladen worden, soweit ich weiß.«

Bei diesen letzten Worten rührte sich etwas in Tristan; eine Erinnerung, die lange geschlafen hatte. »Apropos.«

»Apropos was?«

»Apropos verworrene Freundschaften – und Luke. Was haben du und Luke eigentlich zusammen im Einkaufszentrum gemacht?«

Lily blinzelte überrascht. »Wann denn?«

»Schon länger her. Kris hat mir erzählt, dass sie euch dort begegnet ist.«

Lily schien nachzudenken – dann schmunzelte sie höhnisch. »Eifersüchtig?«

Tristan schnaufte. »Sollte ich eifersüchtig sein?«

»Wahrscheinlich nicht«, gab Lily lachend zu. »Aber ich vielleicht.«

»Wie darf ich das verstehen?« *Was hat der Idiot zu dir gesagt?*

»Luke hat mich gefragt –« Sie unterbrach sich selbst, zögerte. »Naja – er hat mich gefragt, was es ist, das du an mir magst.«

Tristan war sprachlos.

»Ich war genauso verblüfft wie du grad.« Lily kaute auf ihrer Unterlippe, bevor sie weitersprach. »Besser gesagt: ich hab' geglaubt, er spinnt. Ich hatte damals noch keine Ahnung.«

»Keine Ahnung wovon?«

»Dass du mich *wirklich* magst. Luke hat gemeint, es sei offensichtlich, ich soll mich nicht so blöd stellen. Aber ich hab' ihn ausgelacht. Wirklich ausgelacht.« Und als täte sie das immer noch, lachte sie auch jetzt. »Der Arme war aber richtig verzweifelt. Wollte unbedingt – ich weiß nicht – irgendwelche Tipps von mir, *I guess*?«

Tristan wusste immer noch nicht, was er dazu sagen sollte. Er versuchte, sich das Gespräch zwischen den beiden vorzustellen. Lilys beklommenes Lachen, als Luke die Frage stellte. Ihre Verwirrung, als sie zu begreifen begann, dass er es ernst meinte.

War das der Moment gewesen, in dem sie erkannt hatte, dass sie auch etwas für ihn empfand? Als er überlegte, ob er sie das fragen sollte, stand sie plötzlich auf.

»Ich geh' kurz in unser Zimmer«, sagte sie.

»Soll ich dich begleiten?«

Die Worte verließen seinen Mund, ohne dass er über sie nachgedacht hatte. Erst als Lily ihn mit hochgezogenen Augenbrauen anfeixte, wurden ihm die Implikationen bewusst, die sich so leicht in die Frage hineininterpretieren ließen.

»Damit du nicht allein durch dieses merkwürdige Haus wanderst, mein' ich«, sagte Tristan hastig. »Ein Psychokiller hat's auf uns abgesehen, und wir sind in einer einsamen Berghütte, die ausschließlich aus grusligen Kellern besteht.«

Lily sah ihn noch ein paar Sekunden lang an; ob sie ihm glaubte, wusste er nicht. Dann ging sie – allein – zur Tür. »Tristan Os hat Angst vor Kellern? Wer hätte das gedacht.«

»Ich habe Angst vor vielen Dingen.«

»Dann lass mich dich beruhigen.« Lily, bereits draußen am Gang, hielt die Tür einen Spalt offen. »Wenn wir irgendwo sicher sind, dann in einer einsamen Berghütte, von deren Existenz der Psychokiller vermutlich nichts weiß.«

Nachdem die Tür ins Schloss gefallen war, ließ Tristan sich tiefer in das Sofa sinken. »Ich hoffe, du täuschst dich da nicht«, flüsterte er in den leeren Raum.

7

Es war dunkel oben auf dem Berg. Nikki hatte sich eigentlich ausgemalt, dass die Sterne hier besonders hell leuchten würden, aber wenn der Himmel ein Wolkenmeer war, war es wohl egal, wo man sich befand. Dass sie bei dem diesjährigen bitteren, tristen Winter anderes erwartet hatte, sprach nicht unbedingt für ihren Verstand; aber dass sie den verloren hatte, ahnte sie schon seit einer ganze Weile.

Sie hatten sich den Weg herauf mit ihren Handytaschenlampen geleuchtet, und um sie herum waren andere Wandersleute gescheit genug gewesen, richtige Taschenlampen mitzunehmen. Richie hatte recht gehabt: Dutzende Menschen waren hier versammelt, um das Feuerwerk aus möglichster Nähe zu erleben. Das ausgelassene Geschnatter und angetrunkene Gelächter, die allgemeine Heiterkeit und die brennende Kälte, all das schien Nikki unerträglich.

Was sollte das hier? Wieso hatte sie sich darauf eingelassen? Wussten die alle nicht, was los war? Hatten alle vergessen, und diese Bergmenschen nie erfahren, dass ein Gestörter ihre Freundinnen und Freunde umgebracht hatte?

Nikki bekam das plötzlich nicht mehr aus dem Kopf. Seit sie den dunklen, rutschigen Pfad steil bergauf durch den Wald erklommen hatten, dachte sie nur noch an die, die *nicht* bei ihnen sein konnten. Kris hätte es in Richies Hütte gefallen. Hannah hätte Valerie ein bisschen beschäftigen können, sodass die nicht ganz so verloren und miesgelaunt gewesen wäre. Ingo würde mittlerweile den Philosophen raushängen lassen, sich von seiner sanftmütigen Seite zeigen, die sich nur offenbarte, wenn er zu viel gekifft hatte.

»In zehn Minuten geht's *looos*!«, jubelte Richie, und Marie lachte, als hätte sie noch nie etwas Lustigeres gehört. Doc starrte mit dümmlich begeisterter Miene in den Himmel, als hätte das Feuerwerk bereits begonnen. Nikki hätte es ihm gerne gleichtun können. Hätte sogar gerne seine Hand ergriffen, nur, um die Nähe eines Freundes zu spüren. Aber sie wusste genau, wie er das interpretieren würde. Sie hatte keine Illusionen mehr, was seine sogenannte Freundschaft anging. Sie überlegte, stattdessen Theresas Hand zu nehmen, zuzudrücken und zu schauen, wie das unnahbare, freund- und freudlose Mädchen reagieren würde. Aber Theresa schien im Stehen eingeschlafen zu sein.

»Okay, das ist noch schlimmer, als ich es mir vorgestellt hab'.« Valerie stand in ihrer fadenscheinigen Jacke, ihrem viel zu kurzen Kleid, ihrer viel zu dünnen Strumpfhose und ihren idiotischen Stöckelschuhen im zertretenen Schnee, hatte die Arme um sich geschlungen und zitterte so sehr, dass ihre Zähne klapperten. »*Hier* feiern wir ins neue Jahr? Es ist schweinekalt, es ist so dunkel, dass ich euch nicht voneinander unterscheiden kann, und wahrscheinlich könnt' ich das nicht mal, wenn es heller wär', weil ich immer noch Schwierigkeiten hab', eure Gesichter auseinanderzuhalten. Und wir haben nicht mal Sekt mitgenommen!«

»Valerie, Süße«, gackerte Marie, »halt die *Schnauze*.«

»*Okay*«, sagte Valerie. »*Passt*. Ich fahr' nach Hause.«

»Wie denn?«, fragte Theresa, und klang dabei tatsächlich ein bisschen so, als wäre sie gerade aufgewacht.

»Weiß ich noch nicht, aber ich will auf jeden Fall heim.«

Und sie stapfte davon.

»Wer gibt mir dann jetzt bloß meinen Neujahrskuss?«, fragte Richie.

»Da wird sich schon wer finden«, antwortete Marie, und gab ihm seinen schmatzenden Neujahrskuss sogar verfrüht.

Nikki wurde flau im Magen. Sie begegnete Docs Blick. Sein Gesicht war erhellt von seinem Handy, und sie sah jenes hoffnungsvolle, sehnsüchtige Glimmern in seinen Augen, das dort manchmal auftauchte, wenn er betrunken war und Nikki betrachtete.

Nikki hatte genug. Ohne zu wissen, wohin genau, ging sie davon. Sie hörte Doc ihren Namen rufen, aber sie drehte sich nicht um. Tränen traten in ihre Augen und ihr Kopf begann zu brummen, als hätte sie sich schwer verkühlt. Die Gesichter von Hannah, Kris, Ingo und Caro spukten vor ihr in der Dunkelheit, schmerzverzerrt, traurig und anklagend. *Sie* konnten Silvester nicht feiern, also warum sollte Nikki ihres genießen?

8

Valerie kämpfte sich durch den Matsch, atemlos fluchend, rutschend und bibbernd. »Dümmstes Silvester aller *Zeiten*!« Sie könnte jetzt mit Maxi und Meggy vor Meggys gigantischem Fernseher in ihrem gigantischen Wintergarten stehen, in dem schicken Schwarzen, das sie sich vor Monaten extra für Silvester gekauft hatte, eine Sektflasche in der Hand und aufgeregt darauf wartend, runterzählen zu können. Ihr wäre warm, und sie könnte einen Neujahrskuss von Meggys älterem Bruder ergattern, dem einzigen Grund, warum sie mit dieser Trantüte befreundet war.

»Aber nein«, grummelte Valerie, und hörte sich selbst kaum: Die Leute hinter ihr, oben am Berg, hatten soeben begonnen, in die Mitternacht hineinzuschießen, statt auf sie zu warten.

Valerie quietschte, als sie auf eine vereiste Stelle trat, ein Stück in die Tiefe rutschte und fast hinfiel, aber sie konnte sich gerade noch rechtzeitig an einem Baum festhalten. War sie noch am Pfad, der zu Richies Hütte führte? Sie sah fast nichts: Das einzige Licht stammte von dem Feuerwerk, das jetzt in unregelmäßigen Abständen den Himmel hinter ihr erhellte. Wenn der Berg kein Berg wäre, hätte sie längst die Orientierung verloren, aber so wusste sie wenigstens noch, wo oben und wo unten war.

Aber die Bäume standen hier etwas zu dicht beieinander, um diejenigen zu sein, die den Weg zur Hütte flankierten. Sie hatte sich irgendwie in den Wald hineinverirrt.

»Gottverdammte mistige *Hurenscheiße,* blöde beschissene – *ARGH*!« Mehr fiel ihr dazu nicht ein.

Sie war noch nicht weit gekommen, glaubte sie. Vielleicht sollte sie doch zurückgehen. Wenn sie weiter bergab lief, würde sie wohl entweder ausrutschen und sich alle Knochen brechen oder zwar irgendwo ankommen, aber keine Ahnung haben, wo das war.

»Nein«, zischte Valerie. Die Befriedigung würde sie diesen arroganten Bauernschädeln nicht gönnen. Glaubten die wirklich, sie würde sich so behandeln lassen? Als würde *sie ihnen* auf die Nerven gehen? Nur, weil sie nicht gerne in dem Gestank von hundert Jahre altem Moder Party machte? Weil sie sich nicht freiwillig und wie selbstverständlich durch Schnee kämpfen und in verstaubten, spinnenbefallenen Räumlichkeiten übernachten wollte, wenn die Menschheit auf Meereshöhe solche Dinge wie Schneeräumer und Staubsauger erfunden hatte? »Und wenn ihr wirklich nicht ermordet werden wollt«, keuchte Valerie atemlos in die Nacht, »dann solltet ihr vielleicht nicht in eine Gegend voller Hillbillys fahren, die euch wahrscheinlich nicht nur töten, sondern danach auch gleich essen würden.«

Hinter Valerie knackste es.

Sie wirbelte herum. Konnte nichts sehen außer die Umrisse von Bäumen. In der Ferne hörte sie das Feuerwerk, und vereinzeltes Gelächter und Geschrei, aber sonst nichts. Hatte sie sich das Knacksen eingebildet?

Ein Eichhörnchen, dachte sie. *Oder ein Vogel.*

Oder der Mörder.

Valerie wusste, dass das nicht unmöglich, nicht einmal unwahrscheinlich war. Deswegen war sie ja schließlich mitgefahren. Um ihn zu stellen, wenn er sich traute, sich noch einmal mit ihr anzulegen. Um allen zu zeigen, wozu sie fähig war. Dann würden sie sie nicht mehr belächeln, sich nicht mehr belästigt fühlen von ihren scheinbar so dreisten Forderungen nach guter Tanzmusik, Sauberkeit und stilvollem Feiern.

Valerie gönnte sich ein paar Sekunden, um sich zu fangen. Dann, gefasst, zielstrebig – wenn sie auch ihr Ziel nicht kannte – und mit hochgehaltenem Kinn, trabte sie weiter den Berg hinunter, vorsichtig und trotzdem schnell.

Angst habe ich keine, sagte sie sich, und ignorierte die erschütternde Erkenntnis, dass das eine Lüge war.

9

Keine fünf Minuten mehr bis zum neuen Jahr.

Was Lily wohl im Zimmer machte? Bereitete sie ihren Schlafsack vor, wie Nikki es getan hatte? Oder – *hatte* sie einen vorbereitet, und räumte ihn nun wieder weg? Oder war es ihr nur zu peinlich gewesen, zuzugeben, dass sie auf die Toilette musste?

Tristan hatte immer noch keinen Plan, wie er heute vorgehen sollte. Er wollte nicht mit Lily Sex haben. Noch nicht. Er wollte ihr aber auch nicht unbedingt erklären, wieso.

Tristan trat ans Fenster. Er hörte schon Feuerwerk donnern, konnte von hier aber die Blitze nicht sehen: Die Finsternis draußen war vollkommen, undurchdringlich. Kein mystischer Nebel hing über dem verschneiten Berg, kein romantischer Mond beleuchtete die schlafende Natur. Die Nacht war absolut, als wäre sie nicht nur die letzte Nacht des Jahres, sondern die letzte Nacht der Welt.

Und Tristan stand allein am Fenster.

Mit einem Mal sehnte er sich so sehr nach Lilys Rückkehr, dass es kaum zu ertragen war. Wo blieb sie bloß? Selbst wenn sie heimlich aufs Klo gegangen war – konnte das so lange dauern?

Vielleicht hatte sie ihre Tage.

Vielleicht hatte sie schon zu viel getrunken, und übergab sich.

Tristan war nicht mehr schlecht. Zumindest glaubte er das. Sein Körper war ihm ein bisschen undurchschaubar geworden.

Es hatte ihn ganz schön erwischt, das zumindest wusste er. In jeder Hinsicht.

10

Zwischen den Bäumen erspähte Valerie endlich fernes Licht, und wenn sie die Augen zusammenkniff, hart genug starrte und es sich fest genug wünschte, konnte sie sogar die Umrisse von Richies Hütte um das erleuchtete Fenster herum erkennen. Sie hatte tatsächlich fast zurückgefunden. Sie war nur zirka tausend Kilometer vom Pfad entfernt, und hunderttausend Kilometer zu hoch oben am Berg.

Sie ächzte trotzdem erleichtert. Den Plan, nach Hause zu fahren, hatte sie mittlerweile aufgegeben. Es reichte ihr schon, wenn sie es in den nächsten Minuten zurück zur Hütte schaffte. Musste sie eben mit Tristan und Lily anstoßen, wenn die nicht schon längst auf dem Wohnzimmertisch vögelten. Und selbst wenn, vielleicht würde sie einfach mitmachen. Im Grunde sollte sie sowieso bei den beiden sein. Es war ein Fehler gewesen, nicht gleich bei ihnen zu bleiben. Sie drei waren dem Mörder entkommen. Sie waren die Überlebenden. Vielleicht waren Tristan und Lily ihre wahren Sidekicks bei diesem ganzen Drama.

Valerie setzte zu dem Versuch an, quer über den steilen Abhang zur Hütte runter zu marschieren, als hinter ihr, über ihr, der

Countdown begann. Sie glaubte sogar, die Stimmen von Richie und Marie zu hören, lauter als die all der anderen Bergtrottel zusammen: »*Zehn*! … *Neun*! …«

»*Shit*«, spie Valerie. Allein auf einem nächtlichen Berg herumzukraxeln war ja wohl die eine Option, die zum Jahreswechsel *gar* nicht ging. Aber in acht Sekunden würde sie es unmöglich zur Hütte schaffen, egal, wie sehr sie sich beeilte.

»*SHIT*!«, wiederholte sie lauter, und »… *Sieben*! …«, sangen die Hinterwäldler.

Und während sie sich darauf konzentrierte, die Tränen der Wut zurückzuhalten und vorsichtig einen Fuß vor den anderen zu setzen – während sie sich fragte, ob Tristan und Lily ihr zuliebe nachher so tun würden, als stünde Mitternacht erst bevor – während sie sich die größte Mühe gab, nicht auszurutschen und den ganzen Abhang auf ihrem Hintern runterzuschlittern, oder alternativ einfach auf dem Boden zusammenzusacken und zu heulen, bis sie sie den Kältetod starb und jemand ihre tiefgefrorene Leiche fand, für immer jung und schön –

Während all dessen, und wegen alledem, hörte sie das Rascheln und Knistern hinter sich erst, als ein kräftiger Stoß sie auch schon voll auf die Schnauze beförderte.

»… *Fünf*! …«

Valerie purzelte den Abhang hinunter. Sie suchte nach Halt, fand ihn aber erst, als sie gegen einen Baum krachte, der ihr dankenswerterweise im Weg stand. Sie rappelte sich an dem Stamm hoch, auf der Suche nach dem Übeltäter, bereits wissend, was sie erwartete.

»… *Drei*! …«

Sie konnte den Schrei trotzdem nicht in der Lunge behalten, als der Totenschädel aus der Dunkelheit auf sie zugeschossen kam.

»… *Zwei*! …«

Jetzt, dachte sie, *bist du dran*. Sie hob den Saum ihres Kleids – und zückte die Nagelfeile, die sie an ihren Oberschenkel gegurtet hatte wie ein verfickter Ninja, tödlich und auf alles vorbereitet. Sie hob ihre Waffe über ihren Kopf –

Und kreischte, als der Totenschädel direkt vor ihrem Gesicht zum abrupten Stillstand kam und Schmerz in ihrem Bauch explodierte wie Feuerwerk, das heiße Funken bis zu ihren Zehen und Fingern sprühte. Die Nagelfeile fiel ihr aus der Hand. Der Totenkopf schwebte vor ihr in der Nacht, der Geist eines Gesichts. Irgendwo bejubelten Leute das neue Jahr – feierten das beschissenste Silvester aller Zeiten …

11

Mitternacht war gekommen, Mitternacht war gegangen, und Lily war nicht zurückgekehrt. Das neue Jahr hatte begonnen, und Tristan war immer noch allein. Allein, und enttäuscht.

Und ängstlich.

Wo war Lily? Ein widerlicher Gedanke drängte sich ihm auf. Ein stinkender, saurer Gedanke, der schlimmer roch als die Hütte.

Bitte nicht, dachte er.

Zögerlich verließ er das Wohnzimmer. Die Glühbirne im Gang flackerte. Das war dermaßen klischeehaft, dass es Tristan mehr besänftigte als beunruhigte. »Er kann nicht hier sein«, sagte er sich, während er auf den Treppenabsatz zutrat. »*Kann* nicht sein.«

Er tauschte einen Blick mit dem überheblich aus seinem Portrait stierenden Heidegger, bevor er die Treppe hinabspähte.

»Lily?«, rief er.

Keine Antwort.

Weil unser Zimmer noch einen Stock tiefer ist, dachte Tristan. Sie konnte ihn nicht hören, das war alles.

Aber dann hörte *er* etwas. Schritte, von weit unten. Jemand kam die Stufen hoch. Die Luft entwich Tristans Lungen in einem langgezogenen, erleichterten Stöhnen. Seine Augen schlossen sich von selbst.

Dann fiel ihm auf, wie hastig die Schritte sich näherten. Lily hatte es ganz schön eilig. Und Lily schien plötzlich Schuhe anzuhaben, so schwer, wie die Schritte klangen …

Tristan öffnete die Augen – und am Fuß der Treppe bog nicht Lily um die Ecke, sondern eine schwarzummantelte Gestalt mit teuflischer Knochenfratze.

Der Totenschädel erstarrte für einen Moment, als er Tristan erblickte. Für Tristan dauerte der Moment eine Ewigkeit. Seine

Füße waren am Boden festgefroren, während er und der Totenschädel einander ansahen. In Tristans Kopf herrschte Stille.

Das Messer in der behandschuhten Hand war blutbeschmiert.

Und der Mörder stürzte die Treppe hoch.

Tristan wollte ausweichen, viel zu spät – der Totenschädel krachte in ihn hinein, und mit ihm gegen die Wand. Glas barst, Holz knackste; das Porträt von Heidegger landete, in Einzelteile zerlegt, auf dem Boden. Tristan wollte den Totenschädel von sich stoßen, aber der klammerte sich an ihn – wie im Tanz ineinander verschlungen, rangen sie den Gang entlang. Tristan schlug aus, aber seine Treffer erzielten keine Wirkung, und eine Hand packte seinen Hals, drückte zu –

Tristan *sprang*, warf sich gegen den Totenschädel – sie gingen gemeinsam zu Boden. Die Hand löste sich von seinem Hals. Tristan kletterte von seinem Gegner, rappelte sich auf die Beine –

Und lief davon.

Er lief ins Wohnzimmer, lief zum Ausgang. *Lily*, schoss es ihm durch den Kopf, *LILY!*, und ein Teil von ihm strebte danach, umzukehren, in die andere Richtung zu rennen – aber ein anderer, lauterer Teil von ihm, ein verzweifelter Teil, ahnte – *wusste* –, dass er ihr nicht mehr helfen konnte. An der Haustür, mit einer Hand auf der Klinke, warf er einen flüchtigen, panischen Blick hinter sich – und hielt inne.

Da war niemand. Das Wohnzimmer war leer. Die Tür zum Gang drehte sich langsam, knarrend, in ihren Rahmen zurück, aber aus eigener Kraft, auf alten Scharnieren. Der Totenschädel war ihm nicht gefolgt.

Warum nicht?

Die Klinke in Tristans Hand wurde mit einem kräftigen Ruck nach unten gedrückt – Tristan keuchte und wirbelte von der Eingangstür weg, als die ihm entgegenflog –

»Tristan, du Arsch, was hast *du* denn eingeworfen?«

Richie grinste mit glasigen Augen auf ihn hinab. Sein Gesicht war rot und nass, als hätte er den Kopf in den Schnee gesteckt.

Tristan konnte nicht antworten: Sein Mageninhalt drängte Richtung Mund, und er hielt die Lippen fest verschlossen.

»Wo ist Lily?« Richie trat ein, ließ die Tür hinter sich zufallen.

»Und Valerie? Nikki und Doc sind auch nicht wieder da? Ihr verpasst alle die Schneeballschlacht. Theresa kann mit Bällen echt erstaunlich gut umgehen –«

»Richie«, würgte Tristan an dem scheußlichen Gefühl in seinem Hals vorbei, »Richie, er ist hier – Skull ist –«

»Hä?«

Bevor Tristan sich erklären konnte, ließ das erneute Knarren der Tür zum Gang Tristan herumfahren. Ein schwaches Wimmern entkam ihm, als er Lily erblickte.

»Ist was?«, fragte sie.

Tristan schleppte sich auf Füßen aus Beton zu Lily, zog sie tiefer ins Zimmer und warf die Tür zu. Dann schloss er Lily in seine Arme, und sagte über ihre Schulter hinweg zu Richie, »Ruf die Polizei.«

Kapitel 7

Das Haus des Vaters

1

Nikki stellte mit trägem Erstaunen fest, dass sie in der Home Bar war. Natürlich war sie selbst hergekommen – hatte sogar selbst das Treffen einberufen –, aber das machte die Tatsache nicht weniger unverständlich. Sie war aus ihrem Bett aufgestanden, hatte sich angezogen, war in die Innenstadt spaziert, hatte ein Lokal betreten und ein Getränk bestellt – als wären die letzten achtundvierzig Stunden nie passiert.

Der Streit – Polizei rufen oder nicht? »Bist du dir *sicher*, dass du dir das nicht eingebildet hast?« – »Richie, ich hab' Heidegger nicht wegen philosophischer Differenzen auf den Boden geworfen.« – »Lily hätte doch was mitbekommen …« Aber da hatte Tristan bereits den Hörer des Festnetztelefons in der Hand gehabt.

Die Erkenntnis – Valerie war weg. Nikki selbst war nur wenige Augenblicke nach Richie von ihrer ziellosen Wanderung zurückgekehrt. Doc, Marie und Theresa waren im Wald geblieben, bis Blaulicht sie zur Hütte zurückgelotst hatte. Aber von Valerie keine Spur.

Der Fund – Nikki und die anderen hatten glücklicherweise in der Hütte bleiben müssen, bewacht von zwei Polizistinnen, und hatten so die Leiche nie zu Gesicht bekommen. Aber als sie nach einer schweigsamen Viertelstunde in die Polizeiautos geschoben worden waren, hatte Nikki sofort gewusst, was geschehen sein musste.

Die Vernehmungen – fast wie eine Verdächtige hatte Nikki

sich diesmal gefühlt. Jedes Detail über den Verlauf des Abends hatten sie aus ihr herausgequetscht in dem scheußlich engen Befragungszimmer. Und nie hatten sie es ausgesprochen – nie hatten sie gesagt, dass Valerie tot war. »Wann haben Sie die Valerie zuletzt gesehen?« »Wann hat sie sich von der Gruppe getrennt, und wieso?« »Hat sie mit jemandem gestritten, bevor sie gegangen ist?« »Hat sie gesagt, wo sie hinmöchte?« »Warum haben Sie sie allein gehen lassen?« Und zu Nikkis Angst, zu ihrer Verwirrung, zu ihrem Herzrasen – als wäre sie selbst, nicht Tristan und Valerie, dem Mörder begegnet – waren spitzzahnige Schuldgefühle hinzugestoßen, die sich in ihrer Brust festgehakt, sich tief und tiefer hineingefressen hatten.

Der Heimweg – ihre weinende Mutter; ihr ernst dreinblickender Vater, der zornige, anklagende Worte mit dem Inspektor gewechselt hatte, bevor er Nikki Richtung Auto gedrängt hatte. Fragen, ganz andere Fragen, die auf dem Heimweg auf sie niedergeprasselt waren: »Ist dir was passiert? Wer war es? Hat wer versucht, dir wehzutun? Wer war dort oben mit dir? Wieso bist du mitgefahren? Oh, Nikki, bitte, rede mit uns –«

Aber sie hatte nicht mehr geredet. Sie hatte kurzzeitig vergessen, wie das ging.

Erst als Nikki sich fast nackt auf ihrem Bett eingerollt hatte, hatte ihre Mutter endlich akzeptiert, dass ihre Tochter allein sein wollte. Nikki hatte den Rest des Neujahrstages, die ganze Nacht und den halben nächsten Tag in einer Art Stupor zugebracht, einem von Visionen geplagten Halbschaf, in dem Traum und Realität beide unerträglich waren, und danach erst hatte sie es geschafft, strukturiert über das nachzudenken, was vorgefallen war. Nach und nach war in ihrem Kopf deutlicher geworden, welches Bild die Polizei sich von der Sache machte: Nur ein paar Leute hatten von der Feier gewusst, die Adresse gekannt; der Mörder musste einer davon sein – einer oder eine; und am verdächtigsten erschienen jene, die für die Tatzeit kein Alibi vorzuweisen hatten. War doch logisch …

Und wer außer Valerie war noch allein unterwegs gewesen um Mitternacht?

Es war wahrscheinlich dieser Gedanke, der Nikki aus dem Bett katapultiert und gezwungen hatte, ihr halbes Telefonbuch durchzuklingeln. Nicht alle hatten abgehoben, aber wen sie erreicht hatte, hatte sie um ein Treffen gebeten.

»Ich – ich mein', ihr wisst – ich hab' nicht …«

Richies Gestammel war noch unangenehmer als das Schweigen, das bisher die kleine Runde erstickt hatte.

»Schon klar«, sagte Filippe mit einem halbgaren Lächeln. Jo und Doc versuchten, dieses Lächeln zu imitieren, aber auf ihren Gesichtern wirkte es noch weniger überzeugend, verlegen und unbeholfen.

Nikki runzelte nur die Stirn. »Solltest du nicht in Wien sein?«, fragte sie Filippe.

»Mein Bruder hatte die Schnauze voll von mir und hat mich nach Hause geschickt.« Filippe machte den Eindruck, als hätte ihn diese Entwicklung nicht überrascht.

»Und deine Eltern haben dich ausgehen lassen?«, wandte Nikki sich an Richie. »Nach dem, was auf der Hütte passiert ist?«

»Die sind in Barcelona.« Richie schwenkte sein volles Glas Cuba Libre geistlos hin und her; er hatte noch keinen einzigen Schluck gemacht. »Die Polizei hat sie angerufen und sie sind auf dem Weg zurück, aber *for now* haben's Onkel Heinrich auf mich angesetzt, und der ist um sieben vor dem Fernseher eingepennt. Außerdem –« Richie verengte die Augen. »Du bist ja auch da. Was ist mit deinen Eltern?«

»Ich hab' mich an ihnen vorbeigeschlichen«, gestand Nikki. Richies Augen wurden noch kleiner, und sie fügte hastig hinzu, »Was nur deshalb geht, weil ich das sonst nie mache und sie nicht damit gerechnet haben.«

»Wartet mal, verdächtigen wir uns jetzt gegenseitig?«, warf Filippe ein, heiser lachend. »Passiert das grad? Fuck, auf dieser Hütte muss es ja echt zu'gangen sein.«

»Valerie ist *gestorben.*« Doc fauchte das Wort, als wäre es eine Beleidigung. »Das ist, was *zu'gangen* ist.«

Neben ihm schob sich Jo auf der Bank hin und her, und Nikki glaubte für einen Moment, dass er mit den Tränen kämpfte. Ein Blick in sein Gesicht verriet, dass das eher nicht der Fall war. Wie er dreinschaute, hatte wahrscheinlich einfach sein Sack gejuckt.

»War das Begräbnis von deiner Oma schon?«, fragte sie, bemüht um einen einfühlsamen Ton.

Jo rieb seine Zähne aneinander. »Morgen.«

»Sorry, ich hätt' dich nicht anrufen sollen.«

Er machte eine wegwerfende Handbewegung. »Ich brauch' eh Ablenkung. Das wird meine erste Beerdigung.«

»Warst du nicht bei Ingos?«

»Durfte nicht. Seine Eltern wollten nicht, dass seine Freunde dabei sind.« Jo rümpfte die Nase. »Ich glaub', die geben uns die Schuld.«

Nikki schluckte und wandte sich an Doc. »Die Eltern von Hannah und Kris waren auch nicht begeistert, dass wir in der Kirche aufgetaucht sind, hab' ich damals das Gefühl gehabt.«

»Ich versteh's aber nicht«, murrte Doc.

»Was gibt's da nicht zu verstehen?« Jo fädelte die löchrigen Eiswürfel in seinem Glas auf seinem Strohhalm auf. »Wir sind der Abschaum, der ihre kleinen Engel verdorben hat. Wir nehmen Drogen und haben Sex und benehmen uns schlecht. Wir lernen Menschen wie Michael Mukuza kennen und geben uns mit seinen Junkies ab, und irgendeiner von denen ist ausgezuckt und will uns umbringen. Und hätten ihre Kinder andere Freunde gehabt, wären sie nie in so eine Situation gekommen. Klar woll'n die uns nicht dabeihaben, wenn sie ihre Englein begraben. Wir sind eine Erinnerung daran, wer ihre Kinder wirklich war'n.«

Dem folgte ein Stille, die in Nikkis Ohren klang, als hätte sie ihren Kopf in schlammiges Wasser getaucht.

»Das ist ganz schön morbide«, sagte Filippe dann.

Jo zuckte mit den Schultern. »Glaubst, dass ich deshalb falsch lieg'?«

»Nein«, sagte Filippe, »ich glaub' nur, dass du mehr unter Leute gehen solltest, wenn dir solche Gedanken im Kopf rumspuken.«

»Meine Großmutter ist gerade gestorben.«

»Und ein paar seiner engsten Freundinnen und Freunde«, kam Doc zu seiner Verteidigung.

»Und Valerie«, fügte Richie hinzu, anscheinend ohne nachzudenken und mit einem abwesenden Blick, der nahelegte, dass er gar nicht mehr richtig zuhörte.

Seufzend, müde, hob Nikki ihren Eistee. Die Glasflasche fühlte sich ungewöhnlich schwer an, aber vielleicht war das auch ihr eigener Arm. »Valerie«, wiederholte sie den Namen.

Die anderen hoben ebenfalls ihre Gläser. »Valerie.«

Klirr.

2

Tristan hatte Nikkis Anruf ignoriert. Er selbst hatte viermal versucht, Lily zu erreichen, aber sie schien genauso wenig mit ihm sprechen zu wollen wie er mit irgendjemandem anderen. Oder ihre Eltern hatten endgültig genug von der ganzen Sache und hatten ihr das Handy weggenommen. Seine Mutter hatte das auch versucht. Er hatte ihr ein altes Handy gegeben, das er seit Jahren nicht mehr benutzte. Sie hatte es zufrieden eingesteckt und ihm erklärt, das wäre nur zu seinem Besten.

Er lag auf seiner Matratze, starr ins Nichts starrend und in zusammenhanglose Gedanken verwoben. Nach einer Stunde hatte er genug davon, und griff erneut zum Handy. Er war schon dabei, Lilys Namen zu swipen, als sich in seinem Kopf ein paar lose Gedankenfetzen endlich sinnvoll aneinanderfügten. Er legte das Handy weg.

Wer hätte ihnen folgen können? Wer hatte überhaupt gewusst, dass und wo die Party stattfand? All ihre Eltern, wahrscheinlich. Meg und Max oder wie diese beiden auch immer hießen, von denen Valerie gesprochen hatte. Filippe, zumindest ungefähr – in einer Textnachricht von Filippe, die Tristan erst zuhause gelesen hatte, stand: *Fahr heut wieder raus aus Wien, brotha hates my guts. Falls dich SMS durch Glück erreicht: Hüttenadresse?* Dann natürlich Jo. Und bestimmt auch noch andere, von denen Tristan nichts wusste …

Bloß … sprach etwas dagegen, dass sich hinter der Maske jemand verborgen hatte, der ihnen nicht erst gefolgt, sondern schon auf der Hütte gewesen war? Ein Gast, der das Kostüm im Rucksack mitgenommen und nach dem Angriff auf Tristan im Wald versteckt hatte, bevor er wieder zu ihnen gestoßen war und auf ahnungslos und unschuldig getan hatte? Er – oder sie?

»Wo war Lily?«, fragte Tristan, ganz leise …

Und schüttelte energisch den Kopf.

»Wo war Richie?«, ergänzte er, wütend auf sich selbst. »Wo war Nikki, wo war Doc. Kann ich genauso fragen. Wo, wo, wo.«

Es klopfte an der Tür. Tristan sagte nichts. Seine Mutter trat ein.

»Tristan, komm doch runter zu uns.« Sie sprach mit einer eindringlichen, übertrieben emphatischen Stimme, wie mit einem schmollenden Kleinkind. »Dein Vater möchte auch mit dir sprechen. Wir machen uns Sorgen um dich.«

»Braucht ihr nicht. Danke.«

»Dein Vater und Sarah –«

»Samuel ist nicht mein Vater und Sarah ist immer noch böse auf mich.« Tristan riss ein beliebiges Buch an sich und schlug es auf, aber nur, um seine Mutter zu vertreiben; er hatte vorhin schon zu lesen versucht, und die Buchstaben tanzten auf dem Papier.

»Warum sollte deine Schwester böse sein?«, fragte Nicola ungeduldig. Seinen Kommentar zu Samuel ignorierte sie gekonnt.

»Weil ich nicht sonderlich nett zu ihr war.«

»Ich bin sicher, sie wird dir verzeihen. Nach allem, was ihr … erleiden musstet in letzter Zeit – du noch mehr als sie –«

»*Mehr* als sie?« Tristan warf das Buch zur Seite. Er merkte selbst, wie *teenage-angsty* er sich aufführte, aber wer könnte ihm das verübeln? »Du kaufst ihr doch nicht ernsthaft ab, dass sie wegen Caros Tod *gelitten* hat? Wann hat Sarah sich jemals für ihre Cousine interessiert? Oder für sonst irgendwen?«

Nicola rümpfte die Nase. »Ich werde das ganz einfach überhört haben, weil ich weiß, dass es dir schlecht geht –«

»Genauso, wie du *alles* überhörst«, sagte Tristan. »Du willst, dass ich mich zu euch setze, damit wir Salzstangen knabbern und *Mensch ärgere Dich nicht* spielen können, als wäre alles *super*. Sorry, Mama, aber die Familie, die du wolltest, hast du höchstpersönlich in den Wind geschossen.«

Das Gesicht seiner Mutter verzerrte sich vor Entrüstung, bis es ihm fremd wurde. Sie riss den Mund weit auf, als würde sie gleich schreien; stattdessen spie sie mit leiser Verachtung, die Tristan eine Gänsehaut bereitete: »Ich verbitte mir diesen Ton.«

»Verbitt dir, was du willst.«

Tristan versteckte sich wieder hinter dem Buch. Stille herrschte, aber Nicola stand immer noch mitten im Zimmer.

»Warum *hasst* du uns so, Tristan?«

Mit diesem weinerlichen, kraftlosen Ton hatte er nicht gerechnet. Er blickte auf und sah Tränen in den Augen seiner Mutter. Er glaubte nicht, dass sie ihm etwas vormachte. Selbst wenn: schlecht fühlte er sich plötzlich so oder so. Tristan seufzte und stand auf. Er war ein bisschen größer als seine Mutter. Das hatte er zwar gewusst, aber es war ihm bisher noch nie so deutlich, so nachdrücklich aufgefallen.

»Ich hasse dich nicht«, sagte Tristan. »Und ich hasse Sarah nicht. Aber dein Mann ist ein Dreckskerl, Mutter, ob du das einsehen willst oder nicht.«

Die Tränen quollen über Nicolas Lider. Tristan wandte sich ab.

»Du solltest deiner Mutter zutrauen«, kam in dem Moment eine Stimme vom Gang, »dir überlegen zu sein, wenn es darum geht, sich ein Bild vom Charakter eines Menschen zu machen.«

Samuel Os tauchte in der Tür auf, mit verschränkten Armen und einem hässlichen, überheblichen Blick, der auf seinen Stiefsohn gerichtet war wie der Lauf einer Pistole.

Tristans Hände ballten sich zu Fäusten. Seine Stirn wurde heiß. Im Halbdunkel seines Zimmers schien Valeries Gesicht für einen Moment über den Konturen Samuels zu schweben, und Caros, und Ingos, Kris', Hannahs. Die alle waren tot; die alle hatte Tristan verloren.

Samuel Os war noch hier.

»Liebe macht blind«, sagte Tristan.

»*Tssk*«, machte Samuel, belustigt und angewidert. »Ein weiser Spruch. Hast du den im Philosophieunterricht gelernt? Eher nicht. Zum Lernen kommst du zurzeit sicher nicht viel.«

»Samuel, bitte«, nuschelte Nicola, ohne ihren Mann anzusehen.

»Das soll keine Kritik sein. Ich habe vollstes Verständnis dafür, dass unser Sohn keine Energie für die Schule übrig hat. Bei all den schrecklichen Dingen, die ihm widerfahren. Und wenn wir unserer Tochter glauben dürfen, dann hat der gute Tristan jetzt auch noch eine Freundin gefunden, zusätzlich zu allem, was schon passiert.«

Tristans Lippen zogen sich zusammen. Was bildete Sarah sich ein, Nicola und Samuel von Lily zu erzählen?

»Wir wollen jetzt nicht über die *Schule* reden, um Himmels willen.« Nicola wedelte verzweifelt mit den Händen; von den Tränen war keine Spur mehr, aber sie schien regelrecht um Atem zu ringen. »Wieso ist es so *schwierig*, mit euch ein normales Gespräch zu führen?«

»Weil es hier nichts *Normales* gibt, worüber wir sprechen können«, sagte Tristan.

»Ausnahmsweise muss ich unserem Sohn zustimmen.«

Ein saurer Geschmack machte sich in Tristans Mund breit. »Ich mein' damit in erster Linie *dich*.«

Samuel drang plötzlich tiefer in den Raum ein. Eine wilde Sekunde lang glaubte Tristan, er würde eine Ohrfeige kassieren – wünschte es sich sogar, denn dann – dann …

Aber Samuel legte nur behutsam eine Hand auf die Schulter seiner Frau, und geleitete sie aus dem Zimmer.

3

Der Pfaffe faselte irgendetwas Christliches, während die Angehörigen betreten zu Boden starrten, weinten oder hüstelten, bibberten, weil es so kalt war in der kleinen Kapelle. Anton hatte sich nicht gesetzt. Er stand hinten, gleich beim Ausgang, die Arme verschränkt und den Blick auf den Eckplatz in der vordersten Reihe geheftet. Dort saß der Enkel der Verstorbenen, dessen Schultern tief hingen und dessen Augen glasig in die allgemeine Richtung des Sargs zeigten. Johann hatte recht damit, traurig und verzweifelt zu sein. Es war eine ganz besondere Frau, die da beerdigt wurde. Außer Anton wusste gar niemand, *wie* besonders.

Johann hatte Anton bisher nicht bemerkt. Oder aber es interessierte ihn nicht, dass der Hauswart seiner Schule das Begräbnis seiner Großmutter besuchte. Das hätte Anton gar nicht überrascht: So waren diese Kinder. Selbstsüchtig und stumpf bis zum Äußersten. Anton hätte nackt auftauchen können und das Einzige, was Johann gesehen hätte, wäre eine Gelegenheit gewesen, ein lustiges Video für Facebook aufzunehmen.

Und wenn Johann Anton doch noch erkannte und fragte, was er hier machte? Was würde Anton sagen? Jedenfalls nicht die Wahrheit. Was ging es den Jungen an, was seine Großmutter vor vielen Jahren für Anton getan hatte? *Sie hat mir die Welt gezeigt*, dachte Anton, nun selbst auf den Sarg fixiert. *Sie hat mir alles beigebracht, was es zu wissen gibt.*

Eigentlich hatte sie in erster Linie einfach nur mit ihm geschlafen. Als er selbst noch Schüler an dem Gymnasium gewesen war, das er jetzt pflegen und putzen durfte, und Frau Din seine Biologielehrerin. Ihre Brüste damals – *Gott, ihre Brüste ...* Der Tag, an dem sie ihn zum ersten Mal verführt hatte, war für Anton immer noch der schönste seines Lebens.

Der Pfaffe beendete seine traurige Rede mit ein paar Gebeten, in die die Versammelten miteinfielen. Es war eine trostlose und langwierige Angelegenheit, auf die Anton sich da eingelassen hatte. Verfrüht gehen wollte er nicht; er musste der ehrenwerten Frau Din die letzte Ehre erweisen.

Die Reihen erhoben sich schön der Reihe nach, und reihten sich hinter dem Sarg neu ein. Getragen wurde er von sechs Männern; Johann war einer von ihnen, der jüngste. Sein Blick blieb während jedes Schritts stur gesenkt. Er kämpfte sichtlich mit den Tränen.

Anton trat zur Seite, um der Prozession Platz zu machen. Er war der Letzte, der die Kapelle verließ, der Letzte, der das Grab erreichte. Die Minuten strichen dahin, während Anton müde und hungrig darauf wartete, Erde in das Loch im Boden streuen zu dürfen. Ein kleines Mädchen war vor ihm dran, wahrscheinlich die Enkelin von Marthas Bruder. Sie lächelte nervös zu Anton empor, als sie die Schaufel ablegte. Anton lächelte zurück. Sein Gesicht schien ihr nicht zu gefallen: Ihres klappte in sich zusammen, bevor sie zu ihrer Mutter lief.

Anton nutzte den Vorteil, das Schlusslicht zu bilden, und hielt am Grab eine Weile inne. *Martha ...* Ihr Name war Musik, immer noch; ihr klingender, ländlicher Namen, der so gar nicht und irgendwie doch zu der weltgewandten, klassischen Schönheit passte, die er gekannt hatte.

Er schleuderte Erde auf den Sarg und stellte sich ans Ende der nächsten Schlange, die sich zu den Angehörigen staute. Alle durften den Hinterbliebenen die Hand schütteln. *Traumhaft, diese Zeremonien*, dachte Anton; er hatte viel Perverses mitgemacht in seinem bisherigen Leben, aber Begräbnisse blieben mit das Perverseste.

»Anton«, hauchte Martha Dins Tochter, und streckte ihm die Arme entgegen. Kein bloßes Händeschütteln bei dieser Familie; die Leidenschaft steckte in ihrem Blut, auch wenn diese kleine, gedrängte, käsig blasse Frau sonst kaum Ähnlichkeit mit ihrer Mutter hatte. »Danke, dass du gekommen bist. So lang ist's her. Ich weiß noch, du warst immer ihr Lieblingsschüler.«

»Und sie meine Lieblingslehrerin.« Anton sprach ihrem kräftigen, dunkelhäutigen Lebensgefährten ebenfalls sein Beileid aus und nickte dem Sohn der beiden zu. Der nahm ihn endlich wahr, freute sich aber sichtlich weniger über ihn als seine Mutter. Er starrte Anton nur an, schockiert und zornig.

Ein hübscher, breiter Kiesweg führte zum Friedhofsausgang. Anton beschritt ihn mit einem Gefühl nostalgischer Traurigkeit in der Brust, aber auch mit einer seltsamen, tiefrührenden Seligkeit. Als er nach einer Weile Schritte hinter sich knistern hörte, war er nicht überrascht. Gemächlich schlenderte er weiter, bis der Junge ihn eingeholt hatte.

»Fleck.«

Erst da drehte Anton sich um. Er setzte eine gutmütige, milde erstaunte Miene auf. Johann hingegen schaute drein, als hätte Anton Marthas Grab geschändet.

»Mein Beileid, Junge.« Anton steckte die Hände in die Taschen seiner Anzugshose. »Ein tragischer Verlust.«

»Was tust du hier?«, fragte Johann, ein drohender Unterton in jeder Silbe.

Anton zog die Augenbrauen hoch. »Ich zolle deiner Großmutter den gebührenden Respekt. Sie war eine fantastische – Lehrerin.«

»Verarsch mich nicht.« Johann senkte die Stimme zu einem bösartigen Flüstern. Es klang lächerlich aus diesem jungen Mund, diesem glatten, kindlichen Gesicht. »Was willst du?«

»Meine Güte. So dramatisch.« Anton schmunzelte. »Das hast du von deiner Großmutter.«

»Wenn du hier bist, um mir –«

»Ich bin hergekommen«, fiel Anton ihm ins Wort, bevor er sich verplappern konnte, »weil ich Martha wirklich gerne mochte. Aber du bist anscheinend klüger, als ich dir zugetraut hätte. Also will ich nicht länger so tun, als wäre das mein einziges Motiv gewesen.« Anton sah sich nach allen Seiten um. Da waren nur Gräber, ungepflegte, ungeliebte Gräber mit schmutzigen Grabsteinen, welken und wuchernden Pflanzen, brüchigen Engelsstatuen. Trotzdem trat Anton näher an den Burschen heran, und flüsterte, »Du schuldest mir Geld.«

Johann schnaufte. »Du hast gesagt, es ist ein Geschenk –«

»Für Martha. Ein Geschenk für die Frau, die wir gerade verabschiedet haben. Und soweit ich weiß, lag die Gute die letzten Tage ihres Lebens bewegungsunfähig im Bett, unter fast dauernder Beobachtung. Wenn du mir weismachen willst, dass sie es in einer Woche geschafft hat, fünfzig Gramm zu verrauchen, während ihre Kinder und Enkelkinder und Ärzte und Geschwister und Cousins um sie herumgeschwirrt sind wie Fliegen, dann lass es lieber gleich bleiben. Gib mir das Gras zurück oder gib mir das Geld.«

»Ich …« Johann sprach nach diesem einen Wort nicht weiter. Alles Drohende war aus seiner Stimme verschwunden. Jetzt war er nur noch ein Kind mit einem Problem, das es nicht lösen konnte.

»Du hast das Zeug doch wohl nicht selbst geraucht?«, fragte Anton. Er ließ den Mund leicht offen stehen, blinzelte geheuchelte Verwunderung auf Johanns geneigten Kopf hinab. Er wusste genau, dass Johann das Gras für den Eigengebrauch verwendet, höchstens mit seinen kleinen Freundinnen und Freunden geteilt hatte. Im Grunde hatte er von Anfang an damit gerechnet, dass das passieren würde. Er hatte nur dummerweise gehofft, dass er sich täuschte.

»Es ist noch was da«, sagte Johann kleinlaut, schob die Verteidigung zwischen sich und Anton wie den kleinsten Schild der Welt.

»Aber wahrscheinlich nicht viel, hmm?« Anton grinste. »Bezahl mich, dann lass ich dich in Ruh und alles ist gut. Ist ja nicht viel Geld. Du kriegst doch sicher was aus dem Erbe deiner Oma.«

Damit wandte er sich ab, zufrieden mit sich, bereit, sich zuhause seiner Trauer um Frau Din und einer Flasche Whiskey hinzugeben.

»Bist du wirklich nur deshalb gekommen?«

Diesmal war Anton tatsächlich überrascht. Er drehte sich wieder nach Johann um.

»Ich bin, wie gesagt, vor allem hier, um meine Lehrerin zu verabschieden. Ich hab' sie wirklich gemocht, musst du wissen. Und du solltest noch etwas wissen – es wäre ein Fehler, dir die Freundschaft mit mir zu verbauen.«

Johann versuchte sichtlich, zu verbergen, wie sehr ihn diese Worte erschreckten. Er scheiterte erbärmlich. »Was soll das denn heißen?«

Das Gespräch bereitete Anton unerwartetes Vergnügen. Er unterdrückte ein Schmunzeln und sagte, »Dass ich nicht nur alles weiß, was in der Schule vor sich geht – sondern so manches, was dort passiert, *steuern* kann, wenn ich will. Die Direktorin ist wild entschlossen, herauszufinden, wer hinter den Morden steckt – und sie ist überzeugt davon, dass es ein Schüler sein muss. Und wenn in dem Spind eines Schülers etwas Verdächtiges gefunden werden sollte – sagen wir, ein halbes Kilo Marihuana … oder ein blutiges Messer …«

Belustigt stellte Anton fest, dass sich Johanns Hände zu Fäusten geballt hatten. *Er ist wirklich feurig wie seine Großmutter*, dachte er.

»Wenn du das tust«, sagte der Junge durch gefletschte Zähne, »bist du erledigt, *Dealer*.«

»Sagte ich nicht gerade, dass ich dein Freund bin? Bezahl mich einfach, dann geschieht nichts Böses.«

Anton verließ den Friedhof erhobenen Hauptes.

4

Die zweite Weihnachtsferienwoche war für Tristan die bisher

schlimmste Woche des Schuljahres. Es geschah zwar kein Mord, und kein Totenschädel versteckte sich in seinem Schrank oder griff ihn am Weg zum Klo oder zur Küche an – aber dafür konnten er und seine Freundinnen und Freunde auch keine viel weiteren Wege einschlagen als die bis zu ihren jeweiligen Badezimmern und Kühlschränken.

Am dritten Tag nach Tristans ereignisreichem Kurzurlaub tauchten Inspektor Schrammer und Inspektorin Fletscher auf der Türschwelle der Familie Os auf, wiesen ihren Durchsuchungsbefehl vor, inspizierten Tristans Zimmer (in erstaunlich oberflächlicher Manier) und setzten sich dann mit Nicola und ihren Kindern in die Küche. »Es gibt jetzt bis Schulbeginn erstmal keinen Ausgang mehr«, sagte Schrammer mit ungewohnt ernster Miene, »oder, Herr Os? Bleiben Sie bitte den Rest der Ferien zuhause. Arztbesuche stellen selbstverständlich eine Ausnahme dar. Diese Maßnahme dient nur zu Ihrem Schutz, wie Sie sicher wissen. Wir vertrauen darauf, dass Ihre Eltern unseren Gedanken nachvollziehen und durch ihre Unterstützung bestärken werden.« Er wandte sich an Sarah und Nicola; seine Worte richtete er vor allem an Sarah. »Ihnen beiden können wir nur empfehlen, ebenfalls vorsichtig zu sein und so viel Zeit wie möglich daheim hinter verschlossenen Türen zu verbringen. Wer auch immer dahintersteckt, könnte es auch auf schulexterne Personen abgesehen haben, die Ihrem Bruder und seinen Klassenkameraden nahestehen. Aber Ihnen steht es frei, das Haus zu verlassen.«

»Unter keinen Umständen.« Nicola warf ihre Arme schützend um ihre augenrollende Tochter.

Als wollte *sie das Haus verlassen*, dachte Tristan.

Später bestätigte ein knappes Telefonat mit Nikki, dass Schrammer und Fletscher auch bei ihr und davor bei Doc gewesen waren. Tristan nahm an, dass das wohl auch für alle anderen Gäste der Hüttenparty galt, und für Richie selbst. Aber wie sah es mit Jo aus? Und Filippe? Tristan fragte sich, wie weit die Polizei zu gehen bereit war, und zu gehen *befugt* war. Hatte man *allen* aus Tristans Klasse einen Besuch abgestattet? Aus seinem Jahrgang? Der ganzen Schule? Tristan wusste es nicht, denn außer Nikki hatte er niemanden kontaktiert. Nicht einmal Lily.

Wo war Lily?

Die Frage ging ihm nicht mehr aus dem Kopf. Er wollte sie nicht stellen, schon gar nicht *ihr*, wollte keine Antwort hören. Wollte nicht zugeben, dass ein Grund dafür die Angst war, eine offensichtliche Lüge zu hören. Oder eine Wahrheit, die ihm nicht gefiel.

Dass die Frage unsinnig war, das versuchte er sich mit solcher Gewalt einzureden, dass sie ihm im Gegenteil von Tag zu Tag gerechtfertigter erschien. *Ich kenne ihren Körper. Das war nicht sie. Sie ist kleiner, leichter, zarter.* Aber tatsächlich kannte er ihren Körper kaum, hatte ihn nie in der Weise erkunden können, nach der alles in ihm verbittert strebte. *Trotzdem ist sie kleiner als Skull.* Aber nicht um so vieles – andere, höhere Schuhe … Und war sie *wirklich* kleiner? Wusste er denn, wie groß Skull war? Skull hatte am Fuß der Treppe gestanden, und sich im nächsten Moment direkt auf ihn geworfen. Er hatte Tristan nicht wirklich Zeit gelassen, sich Rücken an Rücken mit ihm hinzustellen und den Höhenunterschied zu messen. *Aber sie ist nicht so stark*, sagte er sich dann, bevor er sich für seinen Sexismus schalt, was ihn noch unglücklicher machte als der Gedanke selbst: In diesem einen Fall hätte er ausnahmsweise gern einmal gewissenlos sexistisch sein wollen … *Aber wir sind angegriffen worden! Bei unserem ersten Date, beide gemeinsam …*

Aber zweiundvierzig Schülerinnen und Schüler hatten einst das Skull-Kostüm besessen … Stand denn fest, dass sich jetzt nur *eine* Person hinter der Maske verbarg?

Und warum schrieb sie *ihm* nicht? Warum teilte sie ihm nicht von sich aus mit, wie leid es ihr tat, nicht da gewesen zu sein, ihm nicht geholfen zu haben? Tat es ihr ganz einfach nicht leid? Oder tat es ihr so leid, dass sie sich zu sehr schämte, um sich bei ihm zu melden?

Oder …

Tristan musste im Laufe der Woche tatsächlich zum Arzt, wie Schrammer vorausgeahnt hatte. Er hatte leichtes Fieber und einen komischen Pilz am Fuß, der seine Zehennägel braun und dick und lose machte. Nach Hause kam Tristan noch abgeschlagener als vorher, schwach und müde und mit einem Pochen im Kopf, das wenigstens den Vorteil hatte, dass es lauter schallte als die Verdächtigungen, die sein Herz aufzufressen drohten. Er kletterte ins Bett, die Jalousien gegen die Übelkeit erregend grelle Sonne geschlossen, und presste die Hände gegen die Augen. Nur noch das Wochenende, dann musste er zurück zur Schule. Wenn es ihm bis dahin nicht besser gehen sollte, dann musste er eben lernen, sich an die Schmerzen und die Müdigkeit zu gewöhnen. Wenn er nicht starb, bevor er sich daran gewöhnen konnte.

Wie üblich antwortete Tristan nicht, als es an seiner Tür klopfte.

Sarah trug einen ihrer besonders alten, besonders zerfledderten, besonders großen Wollpullis. Er wirkte noch überdimensionaler als sonst: Sarah hatte sichtlich einige Kilogramm verloren in den vergangenen Tagen. Oder Wochen. Tristan hatte in letzter Zeit nicht wirklich viel Aufmerksamkeit für seine Schwester übrig gehabt.

»Wie geht's dir?«, fragte Sarah überflüssigerweise.

»Großartig«, antwortete Tristan. Er blieb in der Mitte der Matratze liegen, die Gliedmaßen von sich gestreckt. Wenn Sarah sich setzen wollte, dann musste sie den Stuhl oder den Boden nehmen. Er hatte jetzt keine Lust auf Nähe.

Sie setzte sich trotzdem auf die Matratze. Auf seinen Fuß, um genau zu sein. Tristan zischte Protest und zog den Fuß unter ihrem Hintern weg. Sie blieb unbeirrt sitzen.

»Ich bin froh, dass du dich an die Ausgangssperre hältst«, sagte Sarah.

»*I got nowhere else to go.*«

»Diese Worte aus deinem Mund? Na gut. Das heißt dann wohl auch, dass du Mama und mich nächste Woche nicht begleiten wirst.«

»Wohin?«

»In die Therme. Mama hat das Samuel zu Weihnachten geschenkt.«

»Aber Samuel Os kann nicht, weil er geschäftlich zu tun hat«, sagte Tristan. Diese Information musste Sarah ihm nicht erst mitteilen: Die Situation hatte es schon so oft gegeben, dass Tristan sich fragte, warum seine Mutter sich nicht endlich Freundinnen suchte, mit denen sie stattdessen Urlaube planen konnte.

»Und daher fahr' jetzt ich mit«, sagte Sarah. »Mama hatte vor, für dich auch noch zu buchen. Hätt' dich krankgemeldet, hat sie gemeint. Du hättest dein eigenes Zimmer und alles. Aber dann ist Silvester passiert, und jetzt kugelst du wirklich krank im Bett rum.«

»Ich bin nicht krank *wegen* Silvester.«

»Weißt du das? Vielleicht machst du dir so viele Sorgen und hast so viel Angst, dass du –«

»Ich hab' keine Angst.«

»Wer's glaubt.«

Tristan stöhnte entnervt. »Hör mal, Schwesterherz, ich hab' grad ehrlich keine –«

»Zeit für mich? Lust auf mich?« Sarah zuckte mit den Schultern. »Das ist schon ganz schön lange so.«

»Ein Psychokiller stalkt mich und meine Freundinnen und Freunde –«

»Und deine Cousine.«

»– meine Matura steht kurz bevor –«

»Seit wann interessiert dich *das* denn?«

»– und ich bin ziemlich krank –«

Sarahs Stimme überschlug sich: »Dann lass mich dir endlich helfen!«

Tristan verstummte. Sie starrten einander an. Als Tristan seine Stimme wiederfand, fragte er, »Wie genau willst du mir helfen?«

»Indem ich für dich da bin. Wenn du's mir erlaubst.« Die selten erkennbare Ähnlichkeit zu ihrer Mutter trat an die Oberfläche, als Tränen Sarahs Wangen hinabliefen. »Wie du immer für mich da warst.«

»Nicht jeder braucht sowas, Sarah.« Tristan hörte die strenge Kälte in seinem Ton; sie kam unwillkürlich, wie oft, wenn seine Schwester ausnahmsweise einmal Emotionen zeigte. Es gelang ihnen nie, gleichzeitig einfühlsam zu sein. Sie teilten sich ihre Geschwisterliebe wie eine einzelne Steckdose; sobald ein Geschwisterchen Strom zapfte, blieb für das andere nichts mehr übrig. »Wenn ich reden will, geh' ich zu meiner Therapeutin.«

»Und wann warst du zuletzt bei ihr? Wie oft, seit die Morde

begonnen haben? Einmal? Zweimal? Und du willst ernsthaft behaupten, dass dir die ganze Sache so wenig ans Herz geht, dass du nicht mehr als das darüber reden musst?«

»Ich glaub' nicht wirklich, dass ihre Kompetenzen einen Serienmörder abstecken, der ihren Patienten umbringen will. Zu ihr geh' ich, wenn ich die Welt nicht mehr pack' –«

»Und zu wem gehst du, wenn unsere Cousine erstochen w-wird?« Sarahs Stimme brach; sie schniefte und wischte ihre Tränen weg, aber es flossen sofort neue. »Zu Filippe? Zu deiner Freundin? Zu n-niemandem? Nicht zu mir, jedenfalls.«

Die letzten Worte murmelte sie in den Kragen ihres Pullovers hinein – und Tristan verstand mit einem Mal, worum es wirklich ging. Wieder um das, worum es immer ging.

Um Sarah.

Und Tristan konnte ihr nicht einmal böse sein deswegen. *Er* hatte ihr beigebracht, vor allem auf sich selbst zu schauen, den eigenen Sorgen Priorität einzuräumen. *Er* hatte sich bereiterklärt, immer für sie da zu sein, und nie etwas zurückverlangt. Hatte ihr gesagt, dass es so war und immer so sein würde.

Tristan rappelte sich auf. Jeder Knochen beschwerte sich über jede Bewegung. Trotzdem legte er eine Hand auf die Schulter seiner Schwester.

»Es tut mir leid, dass Caro gestorben ist«, sagte er.

Sarah schüttelte den Kopf. Sie weinte jetzt ohne Zurückhaltung, hingebungsvoll aufgelöst, und bekam davon Schluckauf. »Du kannst ja – *hick* – nichts dafür …«

»In gewisser Hinsicht vielleicht schon.« Und Tristan begriff etwas; erkannte Unausgesprochenes, das er ans Tageslicht zerren und klären musste, bevor er endlich wieder seine Ruhe haben konnte. »Aber keine Sorge.« Er umarmte Sarah, die leise summend vor sich hin heulte. »Ich lass' nicht zu, dass dir das Gleiche passiert wie ihr. Vorher töte ich den Mörder.«

Sarah unterbrach ihr Gewinsel mit einem grunzenden Lachen. »Ach – *hick* – ja?«

»Ja«, sagte Tristan. »Ich hab's ja fast schon geschafft auf der Hütte.«

»Aber er ist dir entwischt.«

»Ich ihm aber auch.«

»Und wenn er mich angr– *hick*!« Sie schluckte. »Wenn er mich findet, wenn du nicht da bist?«

Tristan atmete tief durch. *Angreift*, hätte sie fast gesagt. Und damit fast wörtlich eine Frage wiederholt, die sie ihm schon einmal gestellt hatte.

Es ging also gar nicht um den Mörder. Nicht wirklich.

»Sarah«, flüsterte er, »weißt du das denn gar nicht? Ich bin immer da.«

5

Irgendwo zwischen Nostalgie und Ekel hatte Janines Gemütslage sich eingependelt und straff gespannt, während sie am Ende der Magisterstraße stand und die Kinder beobachtete. Sie nahm sie tatsächlich als Kinder wahr, auch wenn in dieser Nacht alle auf der Kleinstadtpartymeile zwanzig Jahre alt oder älter aussahen. Die vermeintliche Ausgangssperre zeigte Wirkung, was Janine ein wenig überraschte. Sie hatte damit gerechnet, dass zumindest ein paar Minderjährige – oder auch ein paar der betroffenen »Erwachsenen«, die so genannt werden mussten, weil sie achtzehn waren – sich aus dem Haus schleichen würden, oder dass ein paar Eltern sich nicht genug um ihren Nachwuchs scherten, um die polizeiliche Empfehlung zu forcieren. Andererseits hatten Gernot und sie, und hoffentlich auch die anderen Kolleginnen und Kollegen, sich durchaus Mühe gegeben, den gutgemeinten Ratschlag als gesetzliche Verordnung zu tarnen, ohne die Schwelle zum Amtsmissbrauch zu übertreten. Sie hatten gegen keinen einzigen der Teenager etwas in der Hand, und genauso wenig hatten sie die Befugnis, jemandem zu *befehlen*, zu seinem eigenen Schutz zuhause zu bleiben. Anscheinend traute man ihnen diese Macht aber zu. Keinen Richard, keine Veronika, keinen Johann, niemanden aus dem Kreis um Tristan Os hatten Janine und die patrouillierenden Polizistinnen und Polizisten bisher gesehen. Und sofern sie sich auf die Kompetenz und Ehrlichkeit der Türsteher verlassen konnte, war heute wirklich niemand unter achtzehn und niemand mit gefälschtem Ausweis unterwegs.

Dementsprechend war die Innenstadt fast wie ausgestorben. Janine kannte die Magisterstraße aus ihren eigenen frühen Zwanzigern – die gar nicht *so* lange zurücklagen, zumindest nicht so entsetzlich lange wie Gernots – und hatte sie ganz anders in Erinnerung. Statt des Würgens speibender Sechzehnjähriger, statt der Gorillageräusche übler Prügeleien und statt des Knirschens von Glassplittern am Boden wehten heute lediglich verhaltenes Gelächter, vereinzelte, halbgeflüsterte Gespräche und das Klappern von High Heels an Janines Ohren, und das nur, wenn Grüppchen ankamen, Lokal wechselten oder den Heimweg antraten. Niemand hielt sich lange im frostigen Freien auf. Der Jänner hatte so kalt Einzug gehalten, wie der Dezember sich verabschiedet hatte.

Vielleicht waren diese Temperaturen der eigentliche Grund dafür, dass gar so wenig los war. Es war immerhin der letzte Samstagabend vor Schulbeginn – die falsche Ausgangssperre konnte nicht allein dafür verantwortlich sein, dass die Gassen leergefegt waren … außer Os und Konsorten waren doch vernünftig genug, sich zu sehr vor dem Mörder zu fürchten, um das Haus überhaupt verlassen zu *wollen*.

»Miese Ausbeute heut, hm?«

Gernot kehrte von seiner Runde zurück, die er zuvor als die letzte für den Abend angekündigt hatte. *Wer's glaubt*, dachte Janine. Gernots Augen huschten roboterartig über die wenigen Gesichter in der Magisterstraße, suchten jede dunkle Ecke ab, jeden Schatten. Der Herr Chefinspektor wollte heute noch irgendetwas leisten, egal was.

»Sei doch froh«, sagte Janine, überzeugte sich aber selbst nicht: Sie war genauso unzufrieden wie er. Die Entwicklungen im Fall *Skull* waren katastrophal, eine absolute Blamage.

»Die Streifen haben auch gemeldet, alles ruhig.« Gernot zündete sich eine Zigarette an. »Wir sind selbst schuld. Wir haben dem Täter ja gesagt, dass er heute keine Beute findet.«

»Du bist jetzt also überzeugt, dass es einer von ihnen ist?«

»Überzeugt bin ich von gar nichts. Aber ausschauen tut's ein bisserl danach, als wär's einer von Os' Freunden. Oder eine von seinen Freundinnen. Oder Os selbst.«

»Das schon wieder?« Janine rieb sich die Stirn; sie war müde, hungrig und traurig, und hatte keine Lust auf aufgewärmte haltlose Anfangsverdachte.

»Budl dich nicht auf. Schon klar, dass er's nicht ist. Aber findest es gar nicht komisch, dass außer ihm niemand den verkleideten Einbrecher gesehen hat?«, fragte Gernot. »Dass er zufällig allein war, wie die junge Dame im Wald ermordet wurde?«

»Ich finde es sogar sehr komisch«, erwiderte Janine. »Aber das macht trotzdem eher die anderen Partygäste verdächtig, oder den Gastgeber. Nicht Tristan.«

»Dann kommt aber eigentlich nur ein Gast infrage.« Gernot blies Qualm aus, der in der Kälte kaum von Janines Atem zu unterscheiden war.

»Elisabeth Fenrir«, sagte Janine.

»Die es aber nicht sein kann, den Aussagen zufolge«, sagte Gernot.

»Nicht? Valerie hat die Gruppe wenige Minuten vor Mitternacht verlassen. Elisabeth ist wenige Minuten vor Mitternacht von Tristan weggegangen.«

»Und Fenrir soll sich umgezogen, aus der Hütte geschlichen, Flick im finsteren Wald gefunden und umgebracht haben, zurückgekehrt sein und Os attackiert haben, weggelaufen sein, sich *wieder* umgezogen haben und wieder aufgetaucht sein, ohne dass auch nur ein Haar auf ihrem Kopf anders war als vorher? Das alles innerhalb von zehn Minuten?« Gernot streckte die Unterlippe vor, machte die Augen groß, und blinzelte; mit seinen kältegeröteten Wangen sah er aus wie ein bärtiges Baby. »Beeindruckend.«

»Die waren alle sturzbesoffen, und weiß der Teufel was noch. Sogar noch nach dem Vorfall, von dem man annehmen sollte, dass er ein bisschen Ernüchterung gebracht hätte. Ich glaub', die Details der Aussagen darf man nicht allzu ernst nehmen.«

»Du setzt also auf mieses Zeitgefühl«, sagte Gernot mit gönnerhaftem Nicken. »Gut. Aber wie du sagst: die waren alle *sturzbesoffen*. Fenrir auch.«

»Ich behaupte auch nicht, dass sie es war. Ich sag', wenn es jemand von den Feiernden war, dann Elisabeth.«

»Okay.« Gernot dämpfte die halbgerauchte Zigarette in dem Schneerest aus, der an einem Mülleimer klebte, und versenkte den

Stummel zwischen den überquellenden PET- und Glasflaschen, Plastik- und Papiersäcken, Taschentüchern und restebeschmierten Kebap-Boxen. »Okay. Ganz andere Frage, werte Kollegin. Seit wann nennst du unsere Personen von Interesse beim Vornamen?«

Janine merkte, dass sie errötete. Bevor sie antworten konnte, erspähten Gernots Augen über ihre Schulter hinweg etwas, das sofort seine ganze Aufmerksamkeit beanspruchte, wie Janine an seiner Miene erkannte.

»Frau Professor Blocksberg«, sagte Gernot. »Herr Professor Killa. Sowas aber auch.«

Janine drehte sich um. Die beiden kamen aus der Richtung des Hauptplatzes herangeschlendert. Ein verhaltenes Lächeln war auf ihrer beider Gesichter eingefroren. *Sie fühlen sich ertappt*, wusste Janine, und fragte sich, ob das etwas zu bedeuten hatte.

»Guten Abend«, sagte Killa. Blocksberg machte sich neben ihm ganz klein, als wollte sie in ihren braunen Trenchcoat abtauchen.

»Kommen Sie ein Getränk auf das Ende der Ferien trinken?«, fragte Gernot höflich. »Das haben Sie sich verdient.«

»Wir – wir wollten das letzte Wochenende genießen, bevor der große Maturastress losgeht, ja.« Killa schielte seitwärts zu Blocksberg. Sie richtete ihr verlegenes Lächeln auf den Boden.

»Frau Blocksberg, wir haben gerade über Ihren Ehemann gesprochen«, log Gernot. Er kreuzte die Hände hinter seinem Rücken. »Er war sehr hilfreich an Heiligabend. Und –« Er senkte die dicken Augenbrauen. »Lassen Sie mich bitte erneut unser Beileid zum Ausdruck bringen. Der Verlust so vieler Schülerinnen und Schüler – jetzt noch eine zu Silvester …«

»Danke«, hauchte Blocksberg. »Und – Ex-Mann, Inspektor.«

»Ist die Scheidung schon durch?«, fragte Gernot, wieder mit artiger Neugier in der ruhigen Stimme.

»N– nein.« Blocksberg warf – nur für den Bruchteil einer Sekunde – einen hilfesuchenden Seitenblick auf Killa. »Nein, wir arbeiten noch daran.«

Bevor Janine sich aufhalten konnte, rutschten ihr die Worte raus: »An der Scheidung oder an einer Einigung?« Die Frage klang wie eine Herausforderung. *Unnötig*, schimpfte Janine sich selbst, *und unprofessionell*. Dementsprechend antwortete Blocksberg auch nicht: Sie starrte Janine nur wie vor den Kopf gestoßen an.

»Frau Inspektor Fletscher fragt nur«, riss Gernot das Gespräch wieder an sich, »weil wir so dankbar für den regen Einsatz Ihres Mannes – *Ex-Manns* – sind. Dank ihm, seinem schnellen Handeln und seiner Aussage sind wir dem Ziel ein ganzes Stück nähergekommen.«

Blocksberg stieß ein heiseres, nervöses Lachen hervor. Die Reaktion wirkte völlig fehl am Platz. Sie schien das selbst zu begreifen: Sie zog den Kopf ein, sodass er fast zwischen Haube und dickem Schal verschwand wie ein Schildkrötenkopf im Panzer.

Killa räusperte sich. »Was da passiert, ist – es ist … Es erschüttert uns zutiefst«, sagte er, wohl um Blocksbergs unangenehmes Schweigen zu überbrücken.

»Natürlich tut es das.« Gernot neigte den Körper in Killas Richtung. »Ihre – nun – lebenden Schützlinge werden euch jetzt sicher mehr brauchen als je zuvor. Haben Sie mir ein Auge auf Tristan Os, ja? Der Junge verdient unsere Aufmerksamkeit.«

Auf Killas Stirn erschien eine tiefe Falte, die die Erscheinung des vage attraktiven Mannes um Jahre altern ließ. Er räusperte sich, bevor er Janine und Gernot mit seinem freundlichsten Lehrerlächeln bedachte.

»Wir sollten weiter, Barbara«, sagte er zu Blocksberg.

»Schönen Abend wünsche ich.« Gernot hob seine Schirmmütze zum Abschied an, wie ein Polizist in einem alten Film; es war zwar eine ganz gewöhnliche Wintermütze, aber wie ein alter Polizist sah Gernot trotzdem aus, immer.

Während Rudolf Killa und Barbara Blocksberg die Magisterstraße entlangschlenderten, waren sie kaum von anderen Gästen zu unterscheiden. Etwas bestechend Jugendliches haftete an den beiden, und Janine fragte sich, ob die Arbeit mit Teenagern sie jung hielt. Er hatte lässig die Hände in den Hosentaschen, sie lief geduckt und mit kleinen Schritten – die unauffällige, schüchterne Freundin an der Seite des beliebten, gutaussehenden Typen, der sie wie in einem Tagebuch-Tagtraum zur Partnerin gewählt hatte.

Killa und Blocksberg betraten das Lokal, über dessen Tür das Wort *HOME* in grellblauen Lettern blitzte, und Janine wandte sich an Gernot.

»Wozu die ganze Lügerei?«, fragte sie.

»Hm?«

»Blocksbergs Mann war aggressiv, unkooperativ und hat uns wahrscheinlich nur angerufen, weil er Angst gehabt hat, was passieren könnte, wenn er es nicht tut und jemand sein Auto gesehen hat.«

»Das ist übertrieben«, entgegnete Gernot gelassen.

»Findest du?«

»Nein.« Schmunzelnd neigte Gernot den Kopf zu ihr hinunter. »Aber ich bin grad so schön drin in der *ganzen Lügerei*.«

6

Tristan erwachte am Montagmorgen fast fieberfrei. Ein bisschen vernebelt fühlte er sich, und ins Badezimmer stolperte und schlurfte er, während der Gang sich um ihn drehte, aber er schrieb das dem schlechten, im Minutentakt unterbrochenen Schlaf zu. In der Dusche regte sich sogar sein Glied, und nach dem Masturbieren fühlte er sich ein bisschen besser. Noch überraschender war, dass er Appetit auf Frühstück hatte. Spätestens da kam er zu dem Schluss, dass er gesund genug war, um die Schule zu besuchen.

»Willst du nicht zumindest noch einen Tag zuhause bleiben?«, fragte Nicola ihn an der Tür. »Du bist so *blass*, Tristan.«

»Aber Mutter«, krächzte Tristan; seine Stimme hatte er an den Winter verloren. »Die Matura steht bevor. Ich muss was *lernen*.«

Sie schien ihm das abzukaufen. In ihrem Gesicht leuchtete so etwas wie Stolz, oder zumindest mütterliche Rührung, als sie ihren Sohn zum Abschied auf die Wange küsste.

»Pass auf dich auf«, sagte sie. »Und vergiss nicht, dass deine Schwester und ich nicht mehr da sein werden, wenn du von der Schule kommst. Sei lieb zu deinem Vater.«

Auf dem kurzen Schulweg lief er beinahe vor ein Auto, das er beim Überqueren der Straße nicht kommen hörte, obwohl er – fast in Erwartung einer solchen Eventualität – auf Musik im Ohr verzichtete. Abgesehen davon gelang es ihm aber, den Befehl seiner Mutter zu befolgen: Er passte auf sich auf, blieb sogar extra stehen, als ihm für einen Moment schwindelig wurde. Und als er einen schwarzen Schatten in eine Seitengasse huschen sah, wechselte er erneut die Straßenseite. Ein Blick hinüber offenbarte ihm, dass der Schatten nur ein Obdachloser war, der jetzt an einer Hausmauer zusammensackte und eine Banane aß, die er weiß der Teufel wo aufgetrieben hatte. Noch eine Frage, die Tristan dem Teufel stellen konnte, sollte der Mörder ihn doch noch erwischen; oder sein Körper sich selbst dahinraffen, bevor der Mörder die Chance dazu bekam.

Vor der Treppe zum Schuleingang stand kein rauchender Kreis von Bekannten. Vielleicht war Tristan zu früh dran. Im ersten Stock begegnete er Fleck, den er heute noch gesucht hätte; da sonst weit und breit niemand zu sehen war, ergriff er die Chance.

»Ich brauch' was«, sagte er zum Hauswart, der mit blanker Miene lauschte. »Was anderes als sonst.«

Nachdem er erklärt hatte, was er wollte, spitzte Fleck die Lippen und sagte, »Ich weiß nicht, ob ich das verantworten kann –«

»Ich brauch' das zu meiner Verteidigung«, drängte Tristan; er hörte lachende Kinder die Treppe hochkommen. »Kannst du mir helfen oder nicht?«

Fleck schmunzelte. »Komm nach der dritten Stunde in mein Büro.«

Sie gingen ohne Abschied auseinander. Ob das grelle Ziehen in seiner Brust nervöse Zufriedenheit oder pure Angst war, konnte Tristan nicht sagen.

»Du siehst verflucht scheiße aus.«

Mit diesen Worten begrüßte Filippe ihn im Klassenzimmer. Der Raum war noch relativ leer. Richie war schon hier: Etwas betreten hatte er den Blick auf ein Heft gesenkt, obwohl Marie neben ihm saß. Das war untypisch, aber nicht weiter erstaunlich. Sehr erstaunlich hingegen fand Tristan, dass Marie *nicht* voller Betroffenheit seinen Blick mied, sondern ihm mit dezent schmollenden Lippen direkt ins Gesicht starrte, bevor sie, anscheinend gelangweilt, mit einem ungespitzten Bleistift gegen ihren Tisch zu trommeln begann.

»Danke«, sagte Tristan. »Du bist schön wie immer.«

»Du hast dich kein einziges Mal gerührt«, sagte Filippe vorwurfsvoll, während Tristan, ein wenig nach Luft ringend, Platz nahm. »Ist alles okay?«

»Ja«, sagte Tristan.

»Du hast ihn *schon wieder* besiegt, Mann.« Filippe setzte sich neben Tristan und klopfte ihm auf den Rücken. »Du bist ja *unstoppable*.«

»Ich hatte Glück«, erwiderte Tristan, nicht sicher, warum er das sagte.

»Glück haben die, die *nicht* angegriffen werden.« Filippe tauchte unter seinen Tisch, zerrte etwas aus seinem Rucksack und warf es vor Tristan hin. »Dein Mathebuch, *by the way*. Das wirst du vielleicht brauchen.«

»Ah, Shit, das hab' ich schon gesucht.« Tristan verstaute das Buch in seinem Bankfach.

»Sag nicht, dass du noch *gar* nichts gelernt hast.«

Tristan antwortete nicht: Lily hatte das Klassenzimmer betreten. Er hatte befürchtet, sie würde nicht kommen. Gleichzeitig hatte er Angst davor gehabt, was er empfinden würde, wenn er sie sah. Aber der erste Anblick ihres blassen Gesichts – fast so blass wie seines – und die Sekunde, in der sie mit ihrem Blick seinen streifte – einem Blick aus klaren, hellen, zutraulichen Augen, keine tiefen, leeren Höhlen in einem Totenschädel –, reichten aus, um ihn seinen absurden Verdacht für einen Moment völlig vergessen zu lassen. Wärme erfüllte ihn, eine andere Art von Wärme als die, die das Fieber in seine Glieder gejagt hatte, eine Wärme, die gegen seine Krankheit anzukämpfen schien und ihn so gesund und glücklich machte, wie ein Mensch in seiner Situation eigentlich gar nicht sein sollte.

Aber Lily sagte kein Wort zu ihm. Sie ging zu ihrem Platz, legte ihre Tasche ab und verließ den Raum wieder. Der Moment war vorbei.

»Habt ihr gestritten?«, fragte Filippe.

Tristan antwortete auch darauf nicht. Ehe er es sich anders überlegen konnte, sprang er auf. An der Tür lief er beinahe in Luke hinein. Luke machte den Eindruck, als wollte er etwas sagen, aber Tristan drängte sich kurzerhand an ihm vorbei.

Lily war nicht im Gang. Er vermutete, dass sie hinunter in die Kantine gegangen war, und eilte zur Treppe – Kaffee konnte er selbst jetzt auch gut gebrauchen, also hatte er eine Ausrede, sollte Lily sich darüber aufregen, dass er sie verfolgte. Eine Minute später ließ er sich am Automaten einen doppelten Espresso runter, sah sich um – wobei es ihm um einiges schwerer fiel als sonst, eine desinteressierte Miene aufzusetzen – und stellte fest, dass Lily nicht da war.

Leider streifte sein Blick stattdessen Rudi Killa, der ihn von der Essenstheke aus anstarrte.

Tristan raunte und drängte den Automaten, schneller zu machen. Die Maschine brummte ewig, bevor sie den Kaffee mit nervtötendem Piepsen freigab. Tristan duckte sich nach der Ausgabe, entnahm den Becher, richtete sich auf – und selbstverständlich stand Rudi plötzlich direkt neben ihm.

»Hallo, Tristan«, sagte er; Tristan stellte gegen seinen Willen fest, dass er neues Parfum trug, und dass es gut roch. »Ich bin froh, dass dir nichts passiert ist. Schon wieder.«

»Und ich freu' mich für dich, dass du über die Ferien das Stalken nicht verlernt hast«, sagte Tristan.

»Du siehst nicht gut aus.«

»Du bist die dritte Person, die mir das heute sagt.« Tristan wandte sich zum Gehen um. »Gründet doch einen Anti-Tristan-Club, das wär' eine erfrischende Abwechslung.«

»*Steck deine blasierte Arroganz für einen Moment weg.*«

Rudis gesenkte, aber energische Stimme brachte Tristan dazu, stehen zu bleiben – ließ ihn erstarren, um genau zu sein. Rudis Gesicht war hart und streng, wie Tristan es noch nie gesehen hatte.

»Weil?«, sagte Tristan. Ihm fiel nichts Besseres ein.

»Weil ich dir was sagen muss.« Er warf einen Blick über seine Schulter. Die einzigen zwei Schüler in der Kantine waren um die dreizehn Jahre alt und viel zu vertieft in ihre Nintendo DS-Konsolen, um irgendetwas von dem Gespräch am Kaffeeautomaten mitzubekommen, und die Kantinenchefin Erni sang hinter der Theke aus voller Kehle den deutschen Schlager mit, der aus ihrem

Radio schallte, während sie liebevoll Wurst und Käse in Semmelhälften klatschte. Rudi wandte sich zurück an Tristan und fixierte ihn mit einem so eindringlichen Blick, dass Tristan unwillkürlich zurückwich.

»Die Polizei verdächtigt dich«, wisperte Rudi. »Barbara – Professor Blocksberg und ich sind am Wochenende diesem Inspektor vom LKA begegnet, und der hat mir durch die Blume gesagt, was Sache ist.«

Tristan ließ die Worte auf sich wirken. Dann entkam ihm ein nasales, kaltes Lachen, das seines Stiefvaters würdig gewesen wäre; die Selbstverachtung, die das auslöste, ernüchterte ihn. »*Old news*, Professor. Aber jetzt bin ich Opfer, nicht mehr Verdächtiger.«

»Glaub's mir eben nicht, wenn du nicht willst«, sagte Rudi, »aber ich weiß, was er gesagt hat. Und … Tristan – du *musst* dein Versprechen halten, okay? Egal, was die Polizei dich fragt – egal, wie sehr sie dich bedrängen: *du erzählst ihnen nicht von mir*. Niemandem. Wie du versprochen hast. Ja?«

Rudis Miene war wieder weicher, mehr seine eigene: flehend, schwach. Tristan betrachtete den Mann, den er mal, vor gar nicht langer Zeit, interessant gefunden hatte. Neue Fältchen waren seitdem auf seinem Gesicht aufgetaucht; feine Linien um die kleinen Augen herum, und um die Lippen, die so viele Stellen an Tristans Körper berührt hatten.

Tristan trat einen Schritt näher an Rudi heran – nah genug, um ihn zu küssen – und schmunzelte.

»Wer hätte gedacht«, flüsterte er, »dass du selbstsüchtiger bist als der blasierte, arrogante Tristan Os?«

Tristan wandte sich ab und beschloss, in die Klasse zurückzukehren, statt weiter nach Lily zu suchen.

7

Nikki sah Tristan in die Klasse zurückrauschen. Er wirkte gehetzt und unzufrieden. Die Worte, die er mit Filippe wechselte, konnte sie über den allgemeinen Wirbel nicht hören, aber sein trockener Mund bewegte sich unüblich schnell, als würde er sich furchtbar aufregen über das, was er erzählte. Irgendwann schielte er zu ihr hinüber, als hätte er ihren Blick auf sich gespürt. Er lächelte nicht, oder gab sonst ein Zeichen zum Gruß. Sie wandte die Augen nicht ab.

Nikki war am Vorabend zu einem dreifachen Entschluss gelangt. Erstens: sie glaubte Tristan, dass der Mörder ihn angegriffen hatte – selbstverständlich tat sie das. Zweitens: sie glaubte *nicht*, dass eine oder einer von ihnen – Tristan oder Richie oder sonst wer – hinter den Morden steckte. Und drittens: sie musste sich ein Beispiel an Valerie nehmen; es lag wirklich an *ihnen*, den Übriggebliebenen, den Überlebenden – den potenziellen nächsten Opfern –, das messerschwingende Monster aufzuhalten. Die Polizei brachte nichts weiter, und die Einzigen, denen der Mörder sich überhaupt näherte, waren Tristan und seine Bekannten; also waren es auch Tristan und seine Bekannten, die dem Mörder wohl oder übel, früher oder später, die Maske vom Gesicht reißen mussten.

Nikki hatte noch keinen Plan im klassischen Sinn, aber sie war zumindest motiviert und fand die Absicht gut. Furchtbar, beschissen, verrückt, aber gut.

»Wieso schaust du so komisch?«, fragte Doc, als er sich auf seinen Platz neben ihrem setzte. An seinem Ton glaubte sie zu erkennen, dass er vage hoffte, ihr komisches Schauen könnte irgendetwas mit ihm zu tun haben. In gewisser Weise tat es das auch. Über die Awkwardness, die zwischen Doc und ihr auf der Hütte – *spätestens* dort – entstanden war, hatte sie bisher bewusst nicht mit ihm gesprochen, und sie würde daran auch so bald nichts ändern. Sie brauchte ihre Freunde jetzt, und Doc war nun mal ihr bester.

»Ich finde«, sagte Nikki zu ihm, »dass wir den Mörder selbst finden sollten. Wie Valerie es tun wollte.«

Er starrte sie an, sofort ängstlich; starrte sie an wie eine Geistesgestörte. *Vielleicht bin ich das auch*, dachte Nikki.

»Du weißt schon«, begann er, seine Stimme ein vorsichtiges Herantasten, »dass Valerie im Endeffekt genauso gestorben ist wie alle anderen?«

»Alle außer Tristan und Lily«, erwiderte Nikki.

»Laut ihrer Aussage«, murmelte Doc.

»Wir *können* einander nicht verdächtigen, sonst sind wir sicher alle bald tot! Wir müssen zusammenarbeiten –«

»Ja, ja, war ja auch nicht ernst gemeint.« Doc schüttelte traurig den Kopf. »Aber *du* meinst es ernst? Du willst Detektivin spielen?«

»Ich will tun, was ich kann, damit niemand mehr stirbt.« Aus irgendeinem Grund steigerte Docs Skepsis ihre Überzeugung, die richtige Entscheidung getroffen zu haben. Jetzt ging es nur noch darum, herauszufinden, was diese Entscheidung im Detail bedeutete.

Der Unterricht an diesem Montag bestand zu einem Großteil aus erneuten Hinweisen zur bevorstehenden Matura: wie sie ablief, warum sie wichtig war, mit welchen Arten von Fragen sie definitiv rechnen konnten, wie sie sich am besten auf die Prüfungen vorbereiten sollten, welche Möglichkeiten die Matura ihnen eröffnete, et cetera. Nichts davon war für sie neu, nichts davon wirkte sonderlich hilfreich und nichts davon hatte mit den tatsächlichen Unterrichtsfächern zu tun. Nikki nutzte diese Gelegenheit, um in ihrem Notizblock zu kritzeln und den Versuch zu wagen, sich einen Plan zurechtzulegen. Der Versuch scheiterte erbärmlich.

Sie wusste nicht, wo oder wie sie anfangen sollte. Sie wollte eine Liste der Verdächtigen verfassen, aber niemand war im Endeffekt wirklich verdächtig, wenn sie ihre Freundinnen und Freunde ausschloss – und das zu tun, blieb für sie eine Grundbedingung des ganzen Unterfangens. Diesen Michael Mukuza setzte sie auf die Liste, strich den Namen aber gleich wieder durch: Die Polizei hatte ihn längst verhaftet und der Täter hatte seitdem trotzdem zugeschlagen. Schon die nächsten Namen fühlten sich an wie Klammern an Strohhalmen: Richies Eltern landeten beide auf der Liste, einfach weil die Hütte ihnen gehörte. Aber warum sollten Richies Eltern Mitschülerinnen und Mitschüler ihres Sohnes ermorden? Kannten sie Tristan überhaupt? Andererseits – stand denn fest, dass der Mörder seine Opfer persönlich kannte? Nikki notierte die Idee, sich mit den Leuten vom Berg und von der Stadt am Fuß des Berges zu befassen – aber das Vorhaben erschien ihr sofort absurd, eine völlig sinnlose Mammutaufgabe.

In Chemie schrieb Nikki nach kurzem Zögern Herrn Professor Killa auf die Liste: Der Lehrer *war* ein wenig komisch, und es gab diese hartnäckigen Gerüchte um ihn – den *Pädoprof.* Und er sah Tristan außergewöhnlich oft an … Ob das neu war, oder ob er das immer schon getan hatte und es Nikki erst jetzt auffiel, wusste sie nicht. Sie schrieb neben Killas Namen: *Motiv? Recherchier Killas Vergangenheit. Stimmen Gerüchte?*

Das wiederum brachte Nikki auf eine weitere Idee. Nachdem sie ihr Notizbuch einige Minuten lang stirnrunzelnd angestarrt hatte, schrieb sie: *Bibi – und Bibis Ex?* Der Kerl hatte einen abscheulich aggressiven Eindruck gemacht, als Nikki ihm begegnet war. Was, wenn er ganz einfach Bibis Leben zerstören wollte, aus Rache für die Scheidung oder so?

»Nikki, konzentrier dich bitte.«

Nikki wischte vor Schreck beinahe ihr Notizbuch vom Tisch, als sie es mit einem festen Schlag zuklappte. Professor Killa stand an ihrem Tisch, die Augenbrauen zusammengezogen und seine Hand nur wenige Zentimeter von dem Notizbuch entfernt, als zöge er in Erwägung, es ihr wegzunehmen. Nikki lächelte, nickte und bat um Verzeihung. Und glücklicherweise trat Killa zurück zur Tafel, um weiter über die Fragen zu sprechen, die der Maturavorsitzende letztes Jahr gestellt hatte.

In der Mittagspause folgte Nikki Tristan, Filippe, Richie und Marie in den Raucherhof; sie hatte sie alle selbst gebeten, sich dort zu versammeln. Doc kam mit ihr mit. Bei den Müllcontainern sah Nikki den Hauswart, der haufenweise Papier entsorgte. Sie lächelte ihm zu; er lächelte zurück. Im Gehen öffnete Nikki ihr Notizbuch und ergänzte die kurze Liste um einen weiteren Namen: *Fleck.* Weil – warum nicht?

Vereinzelte Regentropfen schossen schüchtern aus einem grauen Himmel, der aussah, als verbärge er einen Schneesturm wie ein dunkles Geheimnis. Das Wetter bereitete Nikki Kopfschmerzen und eine schlechte Laune, die ausnahmsweise nichts mit mörderischen Psychopathen zu tun hatte. Sie hatte sich darauf gefreut, zum ersten Mal dieses Jahr joggen zu gehen, aber in der

Früh war es zu frostig und nebelig gewesen und am Abend würden sich die Wolken vermutlich nicht mehr so zurückhalten.

»Also, was gibt es so Dringendes, Veronik*kerr*?«, fragte Richie, in der einen Hand seine selbstgedrehte Zigarette, die andere in Maries Haaren.

Nikki hielt ihnen das geöffnete Notizbuch entgegen. »Ich versuch', rauszufinden, wer uns alle umbringt.«

Nach einigen Sekunden unbeeindruckten Schweigens sagte Marie, »Mich hat noch gar niemand umgebracht.«

»Und ich glaub', irgendwer versucht schon was ganz Ähnliches wie du«, sagte Filippe und tat so, als würde er scharf nachdenken, ein Finger am Kinn, die andere Hand in die Seite gestemmt. »Hmm, wer war das gleich … Ach ja. Die Polizei.«

»Und wie stellen die sich an bisher?« Nikkis Stimme überschlug sich ein wenig. Sie nahm einen beruhigenden Atemzug, bevor sie fortfuhr. »Ehrlich jetzt, was haben die geleistet für uns? Die sind seit Tag eins dran an der Sache, seit Hannah, seit fast vier Monaten, und trotzdem sind noch vier von uns gestorben.«

»Aber was genau hast du vor?«, fragte Filippe, während Tristan ihr das Notizbuch abnahm und die Seite mit ausdruckslosem Gesicht begutachtete.

»Recherchieren«, antwortete Nikki, »beobachten, Fragen stellen. Uns wappnen. Wörtlich und bildlich gesprochen. Wir sollten auch endlich anfangen, nur noch mit Messern oder sowas in den Taschen das Haus zu verlassen.«

»Weil das nämlich gar nicht verdächtig aussieht«, sagte Marie. Sie schien die Sache von allen am *wenigsten* ernst zu nehmen, ihrem gelangweilten Blick nach zu urteilen.

Nikki merkte, dass sie sauer wurde, die Geduld verlor; mit einer Reaktion wie Maries hatte sie überhaupt nicht gerechnet.

»Sofern nicht einer von uns zufällig eine Schusswaffe hat und es okay findet, wenn alle anderen an ihm kleben, bis der Mörder gefasst ist«, sagte sie, bemüht, sachlich zu klingen, »haben wir keine anderen Optionen.«

»Ich habe eine Pistole.«

Nikki war sich nicht sicher, was sie mehr erstaunte: dass Theresa plötzlich im Raucherhof auftauchte oder dieser merkwürdige

Satz, der aus ihrem Mund gekommen war.

»*What*?«, keuchte Richie nach einer betretenen Pause.

»Mein Vater geht mit mir schießen, seit ich klein bin«, sagte Theresa, als wäre das das Normalste der Welt. »Aber die Pistole gehört eigentlich meinem Vater, man darf erst ab einundzwanzig Waffen besitzen. Und ich darf sie auch nicht mit mir führen.« Sie verzog die Nase, als ihr Rauch von Tristans Zigarette ins Gesicht schlug. »Rauchen tötet, weißt du das?«

»Du hattest aber eh keine Pistole mit auf der Hütte, oder?«, fragte Richie.

»Ich sagte doch gerade, ich darf sie nicht bei mir haben.«

»Heißt nicht, dass du sie nie bei dir *hast*.«

Theresa zuckte mit den Schultern, und Richie klappte das Kinn runter.

»Was, wenn sie die Mörderin ist?«, warf Doc ein. »Ich mein', sie hat eine Pistole.«

»Und wie viele der Opfer sind erschossen worden?«, erwiderte Nikki.

»Sag mir bitte, dass die Polizei keine Pistole auf meiner Hütte gefunden hat«, fiel Richie dazwischen.

»Ich glaube nicht, dass Skull eine Pistole benutzen würde, selbst wenn er einen Waffenpass hätte«, sagte Theresa zu Doc. »Das könnte die Polizei auf seine Spur bringen. Ein Messer hat schnell mal wer bei der Hand –«

»*Hallo-o*!« Richie warf die Arme in die Luft. »Hat die Polizei eine Schusswaffe auf meiner Hütte gefunden oder nicht?«

»Nein, selbstverständlich nicht«, sagte Theresa.

»Weil du keine mithattest oder weil du sie zu gut versteckt hast?«, fragte Doc anklagend.

»Okay«, sagte Tristan, bevor Theresa antworten konnte, und reichte Nikki ihr Notizbuch zurück. »Okay, wir können versuchen, dem Totenschädel selbst auf die Schliche zu kommen. Ich glaub' auch nicht, dass der Schrammer und die Fletscher besonders gute Fortschritte machen.«

»Wer?« Marie blinzelte träge, wie gleich nach dem Aufwachen. Sie wirkte so ungerührt, als würde sie die ganze Sache überhaupt nichts angehen.

»Der Inspektor und die Inspektorin, die zuständig sind für den Fall.« Tristan dämpfte seine Zigarette aus, zündete sich eine neue an und wandte sich an Nikki. »Also, Watson – wie gedenkst du, Skull zu –«

Tristan brach ab. Sein Blick war an Nikki vorbeigeschweift und hatte sich auf etwas hinter ihr fokussiert. Nikki drehte sich um und sah Lily und Jo näherkommen; Lily und Jo, die seit dem Kindergarten mit Hannah und Kris befreundet gewesen waren – Jo, Ingos bester Freund … Von den hier Versammelten hatten die beiden wohl die größten Verluste zu beklagen, litten am meisten unter den Morden. Hieß das nicht auch, dass sie von ihnen allen am begierigsten sein mussten, den Mörder zu entlarven?

»Ihr müsst uns helfen«, sagte Nikki geradeheraus, als Jo und Lily stehen blieben und ihre Zigaretten anzündeten. Sie hielten ein paar demonstrative Meter Abstand, aber Nikki überbrückte diese Distanz mit großen, entschiedenen Schritten.

»Dir auch Mahlzeit«, sagte Jo. Lily schnaufte amüsiert.

»Wir wollen –«

»Lily.« Tristan stellte sich nicht nur vor Nikki, er schob sie sogar ein Stück zur Seite; Nikki unterdrückte den Drang, ihn zu hauen. »Können wir reden?«

Lily lächelte, bemerkte das anscheinend erst nach einem kurzen Moment und rearrangierte ihr Gesicht zu einer nichtssagenden Miene. »*Sure*«, antwortete sie.

»Anderswo?« Tristan schielte zu Jo hinüber.

Lily entließ Rauch durch ihre Nasenlöcher. »Später vielleicht.«

Tristan wirkte bestürzt, sprachlos. Er wollte sich abwenden, als Lily halbflüsternd hinzufügte, »Ich hab' auch was zu sagen. Später. Okay?«

Das schien Tristan auch nicht viel besser zu gefallen. Er schnippte seine Zigarette in den Aschenbecher und verschwand überstürzt ins Gebäude zurück, und erst da wurde Nikki klar, was sie in Tristans Zügen erspäht hatte: Das Ganze war ihm peinlich. Sie hatte es nicht gleich erkannt, weil sie ihn so noch nie erlebt hatte.

»Ich glaub', unser Gespräch hat Tristan auch auf später verschoben«, sagte Doc zu Nikki, als sie zurück an seine Seite schlurfte. Das Rekrutieren von Lily und Jo hatte sie vorerst aufgegeben. Ihre Kopfschmerzen waren in der letzten Minute schlimmer geworden. Die anderen rauchten selig weiter und unterhielten sich über seltsame Dinge, die Nikki nicht nachvollziehen konnte – und Nikki begriff, dass sie wohl bereits gescheitert war.

8

Der Unterricht war lange vorbei, aber Lily hatte sich Tristan nicht mehr genähert. Von allen Nachteilen des Sportunterrichts war die altmodische und überflüssige Geschlechtertrennung an diesem Nachmittag der größte gewesen; Tristan hatte danach noch im Hof gewartet, aber Lily war wohl schon nach Hause gegangen.

Die Nacht war früh hereingebrochen, schaurig kalt und mit den ersten feuchten Böen eines bevorstehenden Sturms im Schlepptau. Es war kurz nach fünf Uhr und Tristan wanderte durch eine erstickende Dunkelheit nach Hause, die ihm das Gefühl gab, schon wieder unnötigerweise sein Leben aufs Spiel zu setzen. Seine Hand tastete nach seiner Mantelinnentasche, und er bekam eine Gänsehaut; das Ding, das Fleck ihm heute verkauft hatte, wog schwer.

Tristan sog zu schnell zu viel von der zu kalten Luft ein, und ihm wurde übel. Er war müde und enttäuscht, fühlte sich älter, als er war, und hatte das dringende Bedürfnis, sich an einen schönen, einsamen Ort zu begeben, sich dort zu verstecken, unter Decken zu vergraben und in aller Ruhe zu verhungern. Aber abgesehen davon, dass er in Wirklichkeit natürlich nicht sterben wollte, ging das deshalb nicht, weil es erstens keinen Ort gab, der einsam *und* schön war – nachdem die Zierau jetzt ein bevorzugtes Jagdrevier eines brutalen Killers war, blieb als einzige Option sein Zimmer, welches sich nun mal leider im Haus von Samuel Os befand –, und weil er zweitens noch etwas zu tun hatte an diesem Abend. Etwas, das sein Zimmer vielleicht doch noch in einen richtigen Rückzugsort verwandeln würde, auf lange Sicht.

Tristan fragte sich, ob er Lily anrufen oder einfach vor ihrer Haustür auftauchen sollte. Er wusste nur, dass er mit ihr sprechen musste, bevor er sich seinem Stiefvater stellte.

Er wollte schon eine Richtung einschlagen, die zu Lily nach Hause führte, als er Lily weiter vorne auf seinem ursprünglichen Weg im Licht einer Straßenlaterne stehen sah – wie ein erfüllter Wunsch. Er ging zu ihr. Sie lächelte.

»Hallo«, sagte sie.

»Hallo«, antwortete Tristan. Sein Atem ging plötzlich schwerer, langsamer.

»Ich hab' mir gedacht, ich fang' dich auf dem Heimweg ab. Begleitest du mich ein Stück?«

Tristan nickte nicht einmal, setzte sich einfach in Bewegung. Sie spazierten nebeneinanderher durch leere Gassen, vorbei an herabgelassenen Jalousien.

»Alles versteckt sich vor dem Mann mit dem Messer«, sagte Tristan, ohne nachzudenken.

»Nur die Jugend ist wieder zu dumm dazu«, sagte Lily.

»Nachdem Hannah und Valerie in ihren eigenen Häusern angegriffen worden sind, weiß ich nicht, wo wir uns verstecken sollten«, erwiderte Tristan. Er ließ sich von Lily in die Allee zum Stadtpark führen. Die Schemen der kahlen Kastanienbäume schaukelten gespenstisch in der Finsternis; die unnachgiebige Wolkendecke am Himmel drängte Richtung Erde, und die verfrühte Nacht war mehr als die bloße Abwesenheit von Tageslicht: Sie war ein massiger, drückender Mantel.

»Die sind überall«, sagte Lily. Sie nickte in die Dunkelheit jenseits der Kastanien. Zwei grelle Lichtkegel wippten dort auf und ab; die Polizisten, die die Taschenlampen spazieren trugen, schienen gar nicht bemerkt zu haben, dass zwei Personen von besonderem Interesse in ihrer Nähe waren. »Sollten uns wahrscheinlich ansprechen und fragen, was wir hier zu suchen haben, oder? Und sich vielleicht ein bisschen mehr verteilen.«

»Dann könnten sie einander nicht festhalten, wenn sie über die nächste Leiche stolpern«, sagte Tristan. »Wohin gehen wir eigentlich grad?«

»Ich geh' nach Hause. Diesen Umweg durch den Park nehm' ich normalerweise gern, wenn ich die Zeit hab'. Wobei es jetzt weniger die Zeit ist, die mir fehlt, sondern die Sicherheit. Bin schon lang nicht mehr so gegangen.«

»Also ist die Jugend vielleicht doch nicht so dumm.«

»Ich bin's anscheinend nur mit dir gemeinsam.« Lily umklammerte die Träger ihres Jutebeutels etwas fester. »Du bringst mich noch um, Tristan Os.«

Tristan fand in sich nicht die Kraft, so zu tun, als fände er das lustig. Von Lilys Körper ging eine Wärme aus, die ihn träge machte, ein Duft, der ihn betörte. Kein Parfum, glaubte er; das war ein ganz eigener, ein fleischlicher Geruch. Das war Lily nach dem Sportunterricht.

Tristan schluckte. Er hatte zwei Fragen an Lily, zwei brennende Fragen, die seine Zunge zu zerreißen drohten. Und von beiden wusste er nicht, wie er sie stellen sollte.

»Lily –«

»Du bist wirklich angegriffen worden, oder?«

Lily war stehen geblieben. Tristan bemerkte das erst jetzt. Er ging die paar Schritte zu ihr zurück, wobei er versuchte, die Worte nachzuvollziehen, die gerade aus ihrem Mund gekommen waren.

»Was?«, sagte er schließlich, der Versuch aufgegeben.

Lily hielt den Kopf gesenkt, blickte ihn reuevoll von unten herauf an. »Ich … Tut mir leid. Es ist dumm …«

»Wiederhol einfach die Frage bitte.«

»Ungern.« Lily fummelte an ihrem Jackensaum herum. »Ich weiß natürlich, dass du wirklich – ich meine, wir sind ja auch *gemeinsam* dem Mörder begegnet – ich weiß, dass du es nicht …« Ihre Stimme verlor sich.

»Du glaubst, *ich* hab' Valerie umgebracht?«, brachte Tristan die Sache auf den Punkt. »Ich hab' *vorgetäuscht*, wieder angegriffen worden zu sein?«

Lily öffnete den Mund, schloss ihn. Seufzte, hob die Schultern, senkte sie, indem sie die Arme an ihren Körper klatschen ließ. Schüttelte den Kopf, die Lippen zusammengepresst.

»Ist das dein *Ernst*?«, fragte Tristan.

»Nein, ich – es ist nur – ich hab' nichts gehört, Tristan. *Nichts*. Der Mörder hätte doch an unserem Zimmer vorbeilaufen müssen. Oder?«

Tristan konnte Lilys flehendem Blick nicht standhalten. Hin

und her gerissen zwischen einer kalten, juckenden Wut und dem Drang, zu lachen, entfernte er sich von ihr und ließ sich auf eine Bank zwischen zwei Bäumen sinken. Dutzende mögliche Antworten schwirrten ihm halbformuliert im Kopf herum. Erst als Lily sich neben ihn setzte, entschied er sich für eine.

»Auf die Gefahr hin, das Ganze noch schlimmer zu machen«, sagte er, langsam, mit Bedacht, »sollte ich dir wohl verraten, dass ich dich was ganz Ähnliches fragen wollte.«

Erstaunt reckte sie den Hals in seine Richtung. »Ach so?«

»Wo warst du, Lily?« Die Frage verließ ihn wie eine Muskelverspannung. Die Erleichterung durchströmte ihn, als hätte er bereits die Antwort erhalten. »Wieso warst du so lange weg?«

Lily biss sich auf die Unterlippe. Für eine Weile begegnete sie stumm Tristans Blick. Er versuchte, den Ausdruck in ihren Augen zu interpretieren, aber deren elektrisiertes Leuchten erregte ihn nur, machte seine Gedanken noch wirrer.

»Ich hatte Angst.« Lilys Antwort kam so unverhofft, nach so vielen Sekunden, in denen Tristan sich nur mit dem Glanz ihrer Augen beschäftigte, dass er beinahe schon vergessen hatte, was die Frage gewesen war. »Nicht vor irgendeinem Mörder. Vor dir. Und vor – mir. Das ist neu für mich, Tristan. Das ist alles neu für mich und – und meine Eltern streiten oft und –«

Entsetzt bemerkte Tristan die Tränen auf Lilys Wangen. Das war nicht seine Absicht gewesen.

»Du musst nicht darüber reden, wenn du nicht willst«, sagte er.

»Ich will aber. Oder – ich sollte wollen, sagen wir so.«

»Hast du auf der Hütte auch geweint?« Tristan fiel das Sprechen schwer. Er kämpfte mit einem Gefühl, das selten in ihm auftauchte, mit einem hohlen, heißen, sich aufblasenden Gefühl in seinem Magen, das sich bis zu seiner Lunge ausdehnte und seinen Hals blockieren wollte: Er schämte sich.

Lily nickte. »Deswegen bin ich nicht mehr zurückgekommen. Es ging mir plötzlich so – schlecht. Ich wollt' nur im Bett liegen. Und weinen.«

»Wegen mir.«

»Nein«, sagte Lily sofort, »nein, gar nicht. Wegen – vielem. Allem. Aber du bist – du bist eine gute Sache, Tristan.«

Der heiße Luftballon in seinem Magen platzte. An seine Stelle trat ein Kribbeln wie von tausend Ameisen. Tristan merkte, dass er errötete: Sein Gesicht wurde ganz warm, vom Hals bis zur Stirn. Er war froh, dass es so dunkel war.

»Und ich weiß, dass du niemanden umgebracht hast.« Lilys Stimme klang gefasster. Sie drückte ihre Finger gegen ihr Gesicht; als sie sie wieder sinken ließ, waren Wangen und Augen trocken. »Ich bin wirklich bescheuert.«

»Dann sind wir es beide.«

»Nikki hat schon recht«, sagte Lily, und grinste Tristan zu. Seine Miene schien zu offenbaren, wie sehr ihn der Themenwechsel verwirrte, denn sie fügte hinzu, »Sie hat in Sport auf mich eingeredet, wie wichtig es ist, dass wir selbst dem Mörder hinterherschnüffeln – und wie viel wichtiger es noch ist, dass wir uns nicht gegenseitig verdächtigen. Dass wir zusammenhalten.«

»Ah.« Tristan rutschte auf der kalten, feuchten Bank näher an Lily heran. »Bist du jetzt in ihrem Detektivteam?«

»Könnte doch Spaß machen. Und wenn der Mörder uns früher oder später sowieso umbringt, kann es nicht schaden, wenn wir vorher versuchen, ihm das Handwerk zu legen.«

»Wir könnten auch einfach unsere Sachen packen und abhauen. Wir sind alle achtzehn.«

Lily legte den Kopf in den Nacken. Verträumt stierte sie in den schwarzen Wolkenhimmel. »Könnten wir«, stimmte sie zu.

Dann waren sie still. Aus dem Park schallte das muntere Gespräch der zwei Polizisten zu ihnen hinüber, zu undeutlich, um die Worte zu verstehen, aber einer der beiden lachte viel. *Schön, wenn jemand Spaß haben kann*, dachte Tristan.

»Lily«, sagte er, ungeplant. Der Name war einfach ein Klang, den sein Mund erzeugen wollte.

Sie richtete den Blick wieder auf ihn, fragend, freundlich, frech auf diese unverwandte Art, in der so viele von Lilys Bewegungen irgendwie frech wirkten. Tristan fühlte sich plötzlich, als wäre er nackt.

»Hmm?«, machte sie, nachdem er länger nichts hinzugefügt hatte.

Alles, was Tristan sagen wollte, klang dumm in seinem Kopf,

kindisch und schwach. Aber irgendwie musste Tristan es sagen.

Er schaltete auf Autopilot.

»Ich muss dich was fragen«, hörte er die Worte von seiner Zunge rollen, ein bisschen so, als wäre er betrunken.

»Noch etwas?«

»Noch etwas. Du … Du weißt doch, dass ich … Du hast begriffen, dass ich dich – mag, oder?«

Lily zuckte, wie vor Schreck. Strähnen ihres langen Deckhaars fielen nach vorne, verdeckten einen Teil ihres Gesichts. Sie steckte sie hinter ihr Ohr. »Ich hab' mir sowas schon gedacht«, sagte sie, ganz leise, und senkte den Blick. Sie war auch nervös. Als Tristan das erkannte, beruhigte er sich.

»Ich mag dich sogar sehr«, sagte er.

Dunkle Flecken tauchten neben Lilys Nasenflügeln auf; ihre Lippen kräuselten sich in einem unterdrückten Grinsen. Tristan hätte an dieser Stelle auf eine Antwort von ihr gehofft, aber es schien, dass er darauf lange warten würde: Die Stille, die er ihr zur Verfügung stellte, um seine Worte sacken zu lassen, zog sich dahin.

»Ich will nicht«, fuhr Tristan daher selbst fort, »dass du eine – eine von denen bist, mit denen ich mal Sex hatte. Ich will, dass du … dass du *die* bist, mit der ich –«

Die Worte blieben ihm im Hals stecken. Er räusperte sich. Lily schien das lustig zu finden; sie schmunzelte ihm erwartungsvoll entgegen, ihre Nasenspitze wenige Zentimeter von seiner entfernt.

»Ich will«, sagte Tristan schließlich in hartem, fast kühlem Ton, wissend, dass er jetzt nicht mehr um die Sache herumreden wollte, »dass du meine Freundin bist. Also – *Freundin*-Freundin. Girlfriend. Verstehst du?«

Das war ihm noch schwerer gefallen, als er es sich vorgestellt hatte. Aber jetzt, da es ausgesprochen war und die Worte im Raum standen, im nächtlichen Park, durch den sie wie ein Zauberspruch zu schweben schienen, war Tristan überhaupt nicht mehr nervös. Er sah die Antwort bereits in Lilys Augen. Darin, dass sich das Funkeln in ihnen kein bisschen verändert hatte. Er hatte Lily nicht überrascht. Sie hatte gewusst, was er wollte.

»Du klingst wie ein amerikanischer Teenager-Film aus den frühen Zweitausendern«, sagte sie.

Tristan zuckte mit den Schultern. Mehr fiel ihm dazu nicht ein. Vor allem, weil ihm schmerzlich bewusst war, dass sie recht hatte.

Sie betrachtete ihn noch eine Weile, still, mit dem gleichen, aber nur noch angedeuteten Schmunzeln auf den Lippen. Dann verschränkte sie die Arme und setzte sich so aufrecht hin, dass sie ihn deutlich überragte.

»Vielleicht stimmen die Dinge, die man sich über dich erzählt, doch nicht«, sagte sie.

Tristan schwieg. Er wusste nicht, ob er klarstellen sollte, dass diese Dinge wahrscheinlich sehr wohl stimmten. Und dass es sogar noch schlimmere Dinge gab als die, die wohl an ihre Ohren gedrungen waren.

»Keine Sorge«, sagte sie, seine Miene wieder richtig deutend, »ich bin nicht besonders *judgmental*. Ich finde, dass …«

»Dass man sich selbst ein Bild machen muss?«, schlug Tristan vor.

Lily wackelte mit dem Kopf hin und her, um auszudrücken, dass das nicht ganz stimmte. Es hatte etwas äußerst Philosophisches – verstörend, verunsichernd Philosophisches –, wie sie da vor ihm um Begriffe rang, nachdem er ihr quasi seine Liebe gestanden hatte. »Ich finde, Kontakt zählt«, sagte sie schließlich. »Eins-auf-eins. Verstehst du? Wenn ich diesen anderen Tristan, diesen Boyfriend-Tristan, kennenlernen kann, dann ist das eben der Tristan, den ich kenne.«

»Boyfriend?« Tristans Herz setzte zu jedem Schlag einen extra hinzu. So sehr er gehofft hatte, dass sie zustimmen würde, so … *schockierend* war es trotzdem regelrecht, die Bestätigung aus ihrem Mund zu hören. »*Dein* Boyfriend?«

Sie nickte.

Applaus rauschte in Tristans Ohren. Sein Herz drehte Saltos. Seine Beine wurden steif, und gleichzeitig wollten sie aufspringen und im Kreis laufen.

Bevor er sich für einen Kuss vorbeugen konnte, brach ein seltsamer Klang aus Lilys Mund hervor, ein abruptes, kreischendes

Kichern.

»Shit«, sagte sie. »Jetzt sind wir *ein Paar*, was?«

»Anscheinend, ja.«

Lily erhob sich schwungvoll. »Sehr gut. Das sollten wir feiern. Aber vorher muss ich mich umziehen. Ich riech' nach Turnschuhen und vertrocknetem Make-up.«

»Ich begleite dich ein Stück«, sagte Tristan im Aufstehen, »und bieg' vorne bei der alten Brücke ab.«

»Musst du auch nochmal nach Hause?«, fragte sie, während sie tiefer in den Park vordrangen.

»Ich will das Auto holen«, gab er ihr die halbe Wahrheit. »Oder meinst du mit feiern, dass du mit den anderen fortgehen möchtest?« *Bitte nicht*, fügte er nicht hinzu.

»Fuck, nein.« Lily ergriff seine Hand; Strom zuckte seinen Arm hinauf, ließ seinen Brustkorb vibrieren. »Wohin fahren wir?«

»In die Zierau?«, schlug Tristan vor. Alles verlief nach Plan, aber er konnte sich nicht einmal richtig darüber freuen, sich kaum konzentrieren: Was ihm gerade unmittelbar widerfuhr, war zu perfekt, um in seinem Kopf Platz für irgendetwas anderes übrig zu lassen.

»Du *willst* wohl, dass wir ermordet werden«, sagte Lily, »aber okay. Fahren wir in den finsteren Wald und sitzen wir den Sturm unter Bäumen aus.«

9

Maries Beine baumelten von der Brücke. Die Zigarette zwischen ihren Fingern war längst verglüht, ihr Rücken tat weh und das Wasser des Kanals unter ihren Füßen sah, absurderweise, verlockend warm aus. Immerhin war es warm genug, um nicht zuzufrieren bei dieser Kälte. Oder gefror es nicht, weil es sich bewegte? Marie war sich nicht sicher. Sie war ziemlich betrunken.

Sie hatte Sport geschwänzt, stattdessen eine Flasche Malibu und eine Packung Orangensaft gekauft, in ihrer Thermoskanne einen Cocktail gemischt und sich hierher begeben. Mittlerweile war es recht finster, und sie sollte längst zuhause sein. Sicher machten sich ihre Eltern Sorgen. Marie fragte sich, warum *sie* sich keine Sorgen machte. Warum sie sich nicht fürchtete vor dem bösen Mann in Schwarz und Weiß, der mit einem Messer durch die Stadt lief.

Schritte näherten sich dem Kanal, rasche Schritte. Da hatte es jemand eilig. Marie stierte zum Ende der Brücke, wo sich bald eine Gestalt aus der Dunkelheit zu lösen begann. Die Gestalt gelangte in den Lichtkegel einer Straßenlaterne (*Brückenlaterne*, dachte Marie, und gluckste), und als Marie das Gesicht erkannte, entblößte sie ihre Zähne in einem Lächeln, nach dem ihr eigentlich gar nicht zumute war.

»Tristan Os«, rief sie ihrem Klassenkameraden entgegen, »der Mann der Stunde!«

Tristan blieb stehen. Milde überrascht und noch milder amüsiert blickte er auf sie hinab. »Bin ich das?«

»Immer, oder?« Marie hörte, wie rau ihre Stimme klang. »Tristan Os, der Frauenschwarm, der Männerschwarm, der Held der Hütte, der Feind der maskierten Mörder. Setz dich zu mir, Freund.«

»Ich glaub' eher nicht«, sagte Tristan. Wenn es ihn beunruhigte, Marie hier so vorzufinden, allein, betrunken auf einer Brücke sitzend, mitten in der Nacht und nicht unbedingt dem Wetter entsprechend gekleidet, dann ließ er es sich keinesfalls anmerken. Er lächelte so friedvoll und gutmütig, wie Marie ihn noch nie hatte lächeln sehen. Und da war auch etwas Verständnisvolles in seinem Lächeln, das ihr irgendwie nicht gefiel. Und irgendwie auch doch. *Gott, bin ich betrunken*, dachte Marie, und hickste.

»Dann muss ich mich eben zu dir hinstellen«, sagte Marie, Tristans seliges Grinsen imitierend, und rappelte sich auf. »Gute Freunde lassen sich nicht gegenseitig allein auf einer Brücke sitzen. Oder stehen.«

»Du hättest dich in dem Fall wohl nicht allein auf eine Brücke setzen sollen«, sagte Tristan in einem sehr ernsten Ton, als wäre es ihm ein echtes Anliegen, die Situation in vollem Umfang mit Marie zu erörtern. »Wo ist denn Richie?«

Marie hatte es hoch geschafft, stand aber etwas wackelig auf ihren Beinen. Sie winkte Tristans Frage mit einer ausschweifenden Handbewegung ab, schlug mit den Fingern gegen das Geländer, hickste erneut. »Daheim, nehm' ich an.« Kichernd rieb sie sich die Finger. »Das hat wehgetan. So *kalt*.«

»Du solltest auch heimgehen, Marie«, sagte Tristan. »Oder zu Richie.«

»*Uuuuhh*, das klingt nach Spaß.« Marie bemerkte selbst, wie sarkastisch sich das anhörte, aber eigentlich meinte sie es gar nicht sarkastisch. Ihr war jetzt wirklich nach Richie zumute. Mit Richie machte alles Spaß. Immer. Sie erinnerte sich nicht, warum sie nicht gleich zu ihm gegangen war, um sich mit ihm zu betrinken statt allein, aber irgendeinen Grund musste es gegeben haben.

»Ich kann dich leider nicht begleiten«, sagte Tristan. »Ich muss zu Lily.«

»Die wohnt in der Richtung, aus der du gerade geschlendert kommst«, sagte Marie, argwöhnisch tuend. »Willst du mich etwa für dumm verkaufen, mein Guter?«

»Ich – geh' vorher rüber zur Tankstelle.«

»Ah, dann bist richtig unterwegs«, sagte Marie. »Vielleicht komm' ich mit und kauf' auch noch eine Kleinigkeit für Richie. Rote Rosen oder so.« Sie lachte ausgiebig über ihren Witz, den sie selbst nicht verstand.

»Es ist wohl besser, du gehst direkt nach Hause«, sagte Tristan. »Und zwar wirklich nach *Hause*, zu dir. Das ist näher. Es wird immer kälter, und es wird wahrscheinlich gleich schneien oder hageln oder sonst was. Soll ich dir ein Taxi rufen?«

»Ich schaff' das schon«, antwortete Marie, wieder überschwänglich abwinkend. »Keine, keine, keine Bange.«

Sie torkelte bei den ersten Schritten, fand aber schnell ihren Halt und ging aufrecht an Tristan vorbei. Sie hörte, dass er sich auch wieder in Bewegung setzte.

»Viel Vergnügen bei deinem geheimen Vorhaben«, rief Marie, ohne sich umzudrehen, einer spontanen Eingebung folgend.

Er blieb stehen – oder, zumindest machte er keine Schritte mehr. Vielleicht hatte er sich ja doch endlich hingesetzt, oder in Luft aufgelöst. Sie aber ging weiter. Und war schon dabei, den Großteil von dem, was gerade passiert war, zu vergessen.

10

Tristan ließ die Tür hinter sich ins Schloss fallen. Er gab sich keine Mühe, leise zu sein: An diesem Abend wollte er den Mann, den seine Mutter geheiratet hatte, ausnahmsweise nicht meiden. Auf dem Heimweg war Tristan eingefallen, dass Samuel Os den Urlaub in der Therme wegen des *Geschäfts* abgesagt hatte, und er hatte schon befürchtet, dass sein Stiefvater gar nicht zuhause sein würde. Der Porsche auf der Straße und die Lichter hinter den Fenstern hatten ihm düstere Erleichterung beschert – und ihn doch auch so nervös gemacht, dass er beinahe wirklich nur sein Auto aus der Garage geholt und das Weite gesucht hätte … Lily, und das Weite.

Dann war ihm jede Minute eingefallen, die seine Schwester weinend in seinen Armen gelegen hatte, und all die abschätzigen Kommentare, die Samuel ihm entgegengeschleudert hatte. Und er hatte daran gedacht, dass Lily jetzt seine Freundin war. Dass alles gut sein könnte.

Plötzlich so gelassen, dass es ihn erschreckte, zog er sich die Schuhe aus, behielt den Mantel an, und ging ins Wohnzimmer. Eine ungeheure, seltsame Kraft durchströmte ihn, als er Samuel Os auf der Couch sitzen sah, sein langer Rücken durchgestreckt, sein hochmütiger Blick auf ein dickes Magazin gesenkt. Ihm schien nicht zu gefallen, was er las, und sogar dieser banale Umstand bereitete Tristan ein Gefühl der Genugtuung.

»Du bist zuhause«, sagte Samuel überflüssigerweise, jedes Wort in die Länge ziehend, als könnte er nicht genug von seiner eigenen Stimme bekommen.

Als Tristan nicht antwortete, drehte Samuel den Kopf nach ihm um. Was er sah, wischte die Selbstgefälligkeit für einen Moment aus seinem Gesicht. Etwas an dem Anblick seines Stiefsohns beunruhigte ihn.

»Du wirkst unerhört fröhlich«, sagte Samuel, seine Fassung zurückerobernd. Er widmete sich wieder seinem Magazin. »Bist du betrunken?«

Tristan ließ sich ihm gegenüber auf den Couchsessel sinken. Er versuchte gar nicht erst, sein Lächeln zu verbergen.

»Ich *bin* fröhlich«, sagte er. »Es stimmt nämlich, was Sarah euch erzählt hat. Ich habe jetzt eine Freundin.«

Samuel grunzte in sein Magazin. »Das arme Mädchen.«

»Ich liebe sie sehr.« Die Worte wärmten Tristan; ihm war bisher kalt gewesen, obwohl das Wohnzimmer geheizt wurde. Nur seine Hände schwitzten ein bisschen in den Handschuhen. »Eine positive Veränderung in meinem Leben.«

Samuel spähte skeptisch über sein Magazin hinweg. »Hervorragend. Wenn du jetzt bloß noch die Schule abschließt, besteht vielleicht sogar Hoffnung für dich.«

Tristan stieß ein belustigtes Schnaufen aus. Jetzt, da er diesem Mann gegenübersaß, nur sie beide in diesem viel zu großen Haus, und Lily sich in ihrem Badezimmer für eine Nacht mit ihm herrichtete, fühlte er sich vollkommen bereit und erstaunlich ruhig. Jeder Rest Nervosität war von ihm gewichen, und die schräge, neuartige Kraft hatte sich in robuste Selbstsicherheit verwandelt. Er wusste, was er zu tun hatte.

»Es ist bemerkenswert, wie sehr man die Kinder der eigenen Ehefrau hassen kann«, sagte Tristan in gesprächigem, fast beiläufigem Ton.

Kurz schien Samuel nicht antworten zu wollen. Dann legte er das Magazin auf den Glastisch, zog Papiere voller Tabellen und Zahlen auf seinen Schoß und atmete hörbar durch. »Du bist ein kleiner Junge, weißt du das? Nicht mehr als ein kleiner Junge. So kindisch.«

Tristan sagte nichts. Er hielt Samuels strafendem Blick stand.

»Ich hasse dich nicht«, sagte Samuel, halb seufzend, halb gähnend. »Ich habe keinen Grund, dich zu hassen. Eben *weil* du nur ein Kind bist. Ich wollte dich erziehen, bin aber gescheitert – du kannst deiner Mutter dafür danken, nicht mir.«

»Ah.« Tristan ließ langsam den Kopf vor und zurück baumeln. »Nicola ist an allem schuld, nicht wahr? Natürlich ist sie das. Immer sind die anderen schuld.«

»Was ist das, Tristan?« Samuel zog die Lefzen hoch – ob er lächeln oder knurren wollte, wusste Tristan nicht. »Hast du dir gedacht, du nutzt die Gelegenheit, um mit mir ein Gespräch zwischen Vater und Sohn zu führen?«

Alles in Tristans Körper zog sich zusammen, und jede Wärme verschwand. »Du bist nicht mein Vater.«

»Und trotzdem habe ich mich um dich gekümmert, als wäre ich es.«

Tristan fuhr hoch, als wären dem Sessel Stachel gewachsen. *Beherrsch dich*, befahl er sich. *Entspann dich. Keine Fehler jetzt.*

»Um Sarah auch?«, fragte er.

»Um Sarah auch«, sagte Samuel. Kein Zweifel lag in seiner Stimme, kein Bedauern.

Tristans Hände wollten sich zu Fäusten ballen; sie zuckten und zappelten, aber letztlich behielt er die Kontrolle, und seine Finger entspannten sich. »Du glaubst an deine Integrität wie Dreijährige an den Weihnachtsmann.«

Nie zuvor hatte er Samuel so aufrichtig lachen gehört. Es klang wie der Ruf eines Jagdvogels, angriffslustig und aufgeregt. »Starke Worte«, sagte er, »und gerade von *dir*. Tristan, ich bin nicht der Egomane von uns beiden.«

»Du hältst mich für einen Egomanen? Und trotzdem hasst du mich nicht.«

»Du kannst nachvollziehen und zusammenfassen, was gesprochen wurde«, sagte Samuel. Er blätterte in den Papieren herum. »Sehr gut, eine wichtige Fähigkeit. Wenn du sie jetzt noch in der Schule zur Anwendung bringst –«

»Hasst du Sarah?«, fragte Tristan, und ging langsam um die Couch herum.

»Sie ist meine Tochter, wie du mein Sohn bist«, antwortete Samuel. Dann fügte er hinzu, »Du hättest mit ihr und deiner Mutter mitfahren sollen. In der Therme wärst du sicher vor dem Verrückten, der deine Freunde auf dem Gewissen hat.«

Tristan blieb hinter seinem Stiefvater stehen. »Machst du dir Sorgen um deine Kinder?«

»Natürlich. So sind Eltern.«

Tristan zögerte; dann sagte er, »Du hast also nicht über die Möglichkeit nachgedacht, dass *ich* der Mörder bin?«

»Du bist zu besessen von dir selbst, um ein Mörder zu sein. Tristan, was soll das hier –«

»Vielleicht bist *du* ja der Mörder«, fiel Tristan ihm ins Wort.

»Vielleicht sind alle, die gestorben sind, Kinder, die du genauso vergewaltigt hast wie Sarah. Und damit sie nicht reden, bringst du sie um.«

Samuel riss den Kopf herum, wie eine Eule – nein, noch schneller, noch vollständiger, noch wendiger. Wie eine Schlange. Wie die Python, die er war.

»Ich habe deine Schwester nicht vergewaltigt.« Samuels gedrängtes Flüstern klang mehr wie eine Drohung als wie eine Verteidigung. »Und du weißt das. Sie war achtzehn, sie *wollte* es –« (Tristan sog rasselnd Luft ein – dass er es *wagte* …) »– und es war ein schwacher Moment für uns beide. Deine Mutter hat mir verziehen, also tu du es endlich auch.«

Er wandte das Gesicht wieder ab, als wäre damit alles gesagt. Aufrecht und selbstgerecht saß er auf der Couch wie auf einem Thron, mit dem Rücken zu Tristan, den Kopf gerade gehalten, während er nach unten schielte, als wären nicht einmal seine eigenen Papiere seines direkten Blickes würdig.

»Meine Mutter ist bescheuert.« Tristan trat näher an Samuel heran. Seine Hand zitterte, als sie das Messer aus der Mantelinnentasche zog – aber in seinen Gedanken war all das, was sie zum Zittern brachte, zur Seite geschoben, fertiggedacht und verstaut. Es kam ihm vor, als würde er tatsächlich über gar nichts nachdenken, als wären keine Bilder, keine Worte in seinem Kopf, sondern bloß ein Gefühl von Richtigkeit, von Vollendung; er war eine wandelnde Intention, die sich selbst genügte. Ein paar Worte entkamen seinen Lippen trotzdem noch, ungeplant, unüberlegt: »Und Liebe macht blind.«

Und dann stach er das erste Mal zu.

Und das zweite Mal.

Das dritte Mal.

Er hörte Samuel Os' Schreie gar nicht. Er bekam nur irgendwann am Rande mit, dass sie verklungen waren.

Kapitel 8

Inskription

1

Tristan schlug die Augen auf, ganz plötzlich, als hätte jemand seinen Namen gerufen. Er wusste nicht sofort, wo er war. Die Matratze fühlte sich nicht an wie seine, und es war viel wärmer und heller, als er es in seinem Zimmer gewöhnlich werden ließ. War er überhaupt wach? Er hatte von seiner Mutter geträumt; sie hatte ihn angeschrien, während sich das Fleisch von ihrem Gesicht löste; und von Luke und Filippe, die miteinander ein Flugzeug Richtung Wien bestiegen; und von … Marie? Marie auf einer Brücke?

Und von Samuel Os? Davon, dass sein Stiefvater ihm den Rücken zukehrte, und blutete … von stockendem, keuchendem Atem im Ohr, Atem, der ihm den Hals abschnitt, und steifen, zittrigen Fingern, die an Knöpfen scheiterten, und *okay, okay, schnell, schnell …* von zaghaften Blicken, und Kotze im Mund, und *nein, nein*, und klobig, bitter, garstig-gallig die Kehle hinunter, und gleich wieder hoch, und Kotze im *Klo*, *scheiße, scheiße, scheiße – okay, okay, okay …* von Lily im Auto, Lily in der Zierau, und davon, dass er ein Feuer machte, ein schönes, großes Feuer, fast wie Hallowe'en, fast wie Filippe … davon, dass er tief im Wald, allein, ein Loch aushob, ein Loch *stach*, schwer, *schwer*, irgendwo im Dickicht … von einem Sturm, der endlich losbrach, jenseits der Baumskelette sauste und brauste, sodass sie sich gar nicht mehr aus dem Wald trauten, sich unter einer Eiche in ihre Picknickdecken einrollten, unter einer strammen, riesigen, uralten

Eiche, wie die Eiche in der Schule, wie die Eiche auf seiner Lichtung, nur noch strammer, noch riesiger, noch uralter, wie ein magischer Baum in einem Märchen … und trotz des kreischenden Windes und trotz des peitschenden Regens über den nackten Ästen brannte das Feuer noch stur, als sie einschliefen, war erst erloschen – Schutt und Asche –, als sie aufwachten, und mit Lily in den Armen, und in Lilys Armen, fühlte Tristan sich *sicher*, so sicher – so *richtig* …

Tristan blinzelte. Alles nahm schärfere Konturen an: seine Umgebung; seine Erinnerungen. Tristan hatte sich gestern wider besseres Wissen betrunken, mit Lilys teurem Wodka und seinem billigen Rum.

Tristan blickte zur Seite. Staubhasen flüchteten vor seinem Atem tiefer unters Bett. Er hob den Blick und sah, dass Lily ihn beobachtete. Sie lag auf dem Bett, Kopf aufgerichtet und auf der Hand abgestützt, und spähte über den Rand. Ihre Lippen waren ein bisschen gespitzt, ein kleiner morgendlicher Schmollmund, und unter ihren Augen hingen tiefe Schatten.

»Du schnarchst, wenn du getrunken hast«, sagte sie.

»Blödsinn.«

»Kein Blödsinn.« Lily kletterte von ihrem Bett auf seine Matratze hinunter, schmiegte sich an ihn. Er atmete sie ein – Lavendel und Alkoholdunst. Eine ungeheure, betörende Seligkeit ergriff ihn.

»Wärst du näher an meinem Ohr gewesen, hätt' ich garantiert nicht schlafen können«, flüsterte Lily. »Es hat sich ausgezahlt, die Matratze rauszukramen. Trotzdem komisch, dass du drum gebeten hast.«

Tristan lächelte.

»Also.« Lily drehte sich auf den Rücken. »Das war lustig gestern.«

»War es«, sagte Tristan.

»Ich hab' noch keinen Grund entdeckt, meine Entscheidung zu bereuen.«

»Hast so schnell mit einem gerechnet?«

Lily zuckte mit den Schultern. »Ich find' meistens irgendwelche Gründe, etwas Gutes schlecht zu finden.«

»Auch ein Talent. Braucht Fantasie. Wie spät ist es?«

»Zeit für die Schule.«

Tristan drückte sich die Hände auf die Stirn. »Wollen wir … stattdessen zurück in den Wald? Weitertrinken?«

»Ich glaub', das ist eine schlechte Idee.« Lily kletterte über ihn hinweg von der Matratze (er wand seinen Unterkörper, damit sie seine Erektion nicht zu spüren bekam) und stand auf. Sie trug ein blauweißgestreiftes Tanktop und einen schwarzen Slip. Ihre Beine waren sehnig, aber lang genug, um trotzdem zierlich zu wirken. Mit dem Rücken zu ihm zog sie sich das Oberteil aus. Sie trug keinen BH. Tristan biss sich auf die Zunge.

Sie ging zum Schrank, griff wie wahllos hinein, zog sich ein langes Top wie ein Kleid bis zu den Knien, und – fertig. Wunderschön.

Tristan stürzte unverwandt von der Matratze, stolperte fast über seine eigenen Beine auf dem Weg zu ihr. Er packte ihre Schultern, hielt sie fest und küsste sie. Sie erwiderte den Kuss. Hingabe brannte darin wie das Hallowe'en-Feuer. Seine Hingabe – und ihre.

Er ließ von ihr ab, zog sich an, und ging.

2

Der Dampf aus ihrer Kaffeetasse vernebelte Barbara Blocksbergs Blick durch das Fenster, aber sie sah ohnehin kaum, was sich auf der Straße unten tat. Die Schülerinnen und Schüler, die in das Gebäude strömten, waren gleichförmige Konturen; ihr Gelächter, das aus einer anderen Welt durch die Glasscheibe zu dringen schien, nichts als quietschender Lärm, der Barbara nervös machte. Barbara war verkatert, obwohl sie gestern so gut wie nichts getrunken hatte. Nicht kopfschmerzverkatert, sondern gefühlsverkatert, gefühl*los* verkatert. Ihre Finger spürten die raue Oberfläche der Tasse gar nicht, merkten weder etwas von der Hitze des Getränks noch von den Kerben in der Keramik. Eine Schülerin hatte diese Tasse im Werkunterricht für sie hergestellt, vor einigen Jahren. Damals war sie noch eine gute Lehrerin gewesen, eine schlaue und beliebte.

»Warum schaust du immer so trist?«

Ulrikes Bauch drängte sich in den Rand von Barbaras Blickfeld. Hastig ließ Barbara ihre Tasse sinken, lächelte, rappelte sich auf und versuchte, nicht zu piepsig zu sprechen: »Tu' ich doch gar nicht.« Sie klang wie eine Maus im Stimmbruch.

Traurig und verständnisvoll (oder schadenfroh und neunmalklug) spähte Ulrike Schiller über ihre altmodische Hornbrille hinweg auf Barbara hinab. Ulli schaffte es irgendwie immer, die anderen Lehrerinnen von oben herab anzusehen, obwohl sie die kleinste Professorin war; als würde sie nur dann an ihre Kolleginnen herantreten, wenn sie bemerkte, dass diese niedergeschlagen auf einem Stuhl kauerten.

»Du bist gar nicht du selbst in letzter Zeit«, sagte Ulli, und neigte den Kopf von einer Seite zur anderen.

»Es ist alles okay«, sagte Barbara. Diesmal hatte die Maus schlimmen Schnupfen. *Wein jetzt bloß nicht!*

»Quatsch«, mischte sich Gerlinde Rotschert von ihrem Schreibtisch aus ein, und drehte sich mit ihrem Rollsessel so, dass sie besser an dem Gespräch teilnehmen konnte. Barbara hätte gerne das Gegenteil getan.

»Ja, spiel uns nichts vor.« Ulli verschränkte die Arme, was sie geradezu bedrohlich aussehen ließ. »Wenn es unserem Nesthäkchen schlecht geht, erkennen wir das.«

Nesthäkchen, dachte Barbara angewidert. *Ich bin genauso eine erwachsene Frau wie du.*

»Danke«, sagte sie, »das ist lieb gemeint, aber ich will wirklich nicht darüber –«

»Ist es die Scheidung?« Gerlinde setzte sich gerader hin und legte die Fingerkuppen aneinander, ein Ellenbogen auf dem Schreibtisch abgestützt, der andere auf der Sessellehne. Als Hobbypsychologin war die Musiklehrerin stets genauso einsatzbereit wie als Dirigentin im Chor; sicher würde sie gleich vorschlagen, eine Sinfonie einzuschalten, um Barbaras Seele zu besänftigen.

»Ja – nein«, änderte Barbara hastig Kurs, »nein, die Scheidung läuft gut –«

»Ach, Kind«, hauchte Ulli.

»Bei *meiner* Scheidung hat mir die erste Sinfonie Mozarts sehr geholfen, mit der neuen Situation umgehen zu lernen – ein Klischee, ich weiß –«

»Es geht mir wirklich gut –«

»Lässt er dich nicht los? Streitet er um irgendwas, das du haben willst?«

»Du kriegst doch eure Vinylsammlung, oder? Beethovens Konzerte habe ich *dir* geschenkt, sicher nicht diesem eitlen Arschlo–«

»*Es hat nichts mit meiner Scheidung zu tun*«, log Barbara, beinahe lautstark – so laut und stark eine Maus eben quieken konnte, zumindest. »Es ist – es sind die Morde. Die armen Kinder.«

Darauf hatten Ulli und Gerlinde nicht sofort eine Antwort parat. Ihre Mienen versteinert, ihre Körper angespannt, starrten sie Barbara von beiden Seiten her an, als hätte sie etwas Unverständliches, aber eindeutig Böses ausgesprochen, ein neumodisches Schimpfwort, das ihnen bekannt und fremd zugleich war.

Dann schlug Gerlinde betreten die Augen nieder, während Ulli sich schwerfällig gegen Rudis Schreibtisch plumpsen ließ; der Tisch wackelte und knarzte, und Ullis Seufzen schien das gesamte Konferenzzimmer zu erschüttern. Sie beugte sich zu Barbara hinunter und tätschelte ihre Hand, die unter Ullis Pratze verschwand wie die eines Kindes.

»Du hast ein gutes Wesen«, sagte Ulli eindringlich, wie ein übereifriger Pfarrer.

Verwirrt zog Barbara die Hand unter Ullis weg, sehr viel langsamer, als sie eigentlich wollte; hätte sie dem Drang nachgegeben, Ullis Hand wegzuschlagen und ihre eigene schützend an sich zu drücken, hätte das die Kollegin nur unnötig verletzt.

»Naja …«, sagte sie. »Es werden … Kinder getötet. Es ist nicht gerade schwierig, da mitzuleiden.«

Ulli winkte ab. »Der Tod ist ein Teil des Lebens.«

»Und das waren nicht gerade Topschüler, die da von uns gegangen sind, muss man zugeben«, pflichtete Gerlinde bei.

Barbara war zu erstaunt, um mit dem angebrachten Entsetzen zu reagieren. »Ahm …«

»Ich sage nicht, dass sie es verdient haben, zu sterben!« Gerlinde hob einen mahnenden Zeigefinger, als hätte Barbara ihr eine solche Aussage unterstellt. »Keineswegs, nein, nein … Aber –«

»Was Gerlinde sagen will«, riss Ulli das Wort wieder an sich, weiterhin in predigendem Tonfall, »ist, dass es nichts bringt, sich von den Umständen fertigmachen zu lassen. Du hast deine eigenen Sorgen. Du solltest dich ihrer annehmen und – den Lauf der Dinge akzeptieren. Die Polizei kümmert sich um die Angelegenheit. Kümmere du dich um die lebendigen Schüler, und um dich selbst.«

Barbara war sich nicht sicher, ob sie verstand, was die beiden sagen wollten. Jedenfalls hatte sie aber nicht die geringste Lust, das Gespräch fortzuführen. Sie lächelte ein kleines, zittriges Lächeln, das hoffentlich dankbar und ergeben aussah, und nickte, um ihren Kolleginnen zu verstehen zu geben, dass sie ihr sehr geholfen hatten und dass es ihr jetzt besser ging. Gerlinde wandte sich wieder den Papieren auf ihrem Schreibtisch zu. Ulli langte erneut nach Barbaras Hand und patschte sie wie einen braven Hund. Leider machte sie danach aber keine Anstalten, sich zu entfernen …

»Ich fürchte, ich muss dich von meinem Platz vertreiben, werte Ulrike.«

Barbara musste sich zusammenreißen, um vor Erleichterung nicht laut zu stöhnen. In Tweed-Jackett und Dreitagebart, mit reizend verwegenem Lächeln, sah Rudi aus wie ein Schauspieler in der Rolle eines Lehrers. Ulli verfiel seinem Charme: Herzlich lachend, rot im Gesicht, hob sie ihren Po von Rudis Tisch und plapperte, »Nein, nein – ich wollte ohnehin gerade gehen, ich habe ja auch zu tun –«

Sie tätschelte nach ihm genauso wie zuvor nach Barbara. Er erwiderte die Geste, indem er sanft ihre Schulter berührte. Glucksend kehrte Ulli zu ihrem eigenen Schreibtisch zurück, der selig weit entfernt am anderen Ende des Konferenzzimmers stand.

»Hast du die erste Regel des Arbeitsplatzes vergessen?«, flüsterte Rudi Barbara zu, als er sich setzte. »Zeig niemals deine Gefühle. Das kann nur schlecht ausgehen.«

Barbara entkam ein unwillkürliches Kichern, das Ullis Glucksen nicht unähnlich klang, und verfiel danach in peinlich berührtes Schweigen. Nachdem er den Blick kurz durch den Raum hatte schweifen lassen, sprach Rudi weiter mit gesenkter Stimme auf sie ein.

»Es war lustig mit dir am Samstag. Du bist eine lustige Frau, Barbara. Und nett.«

Barbara lächelte und nickte, aber wahrscheinlich auch nicht viel überzeugender als zuvor Ulli und Gerlinde gegenüber. Wenigstens müsste sie sich bei Rudi nicht gezwungen fühlen, zu behaupten, ihre miese Laune hätte nichts mit der Scheidung zu tun. Er würde es ihr nicht glauben, nicht nach dem Wochenende. Nach ihren betrunkenen Geständnissen gab es kaum noch eine Lüge, die Rudi ihr abgekauft hätte.

»Wir können gerne mal wieder miteinander ausgehen«, sagte Rudi, »wenn du magst.«

Barbara sagte nicht nein; ja sagte sie aber genauso wenig. Sie zuckte nur mit den Schultern, mit einem Gesichtsausdruck, von dem sie hoffte, dass er freundlich und offen wirkte. Rudi war auch *lustig* und *nett*. Aber sie hatte Gerüchte über ihn gehört, die sie an der Aufrichtigkeit seines Interesses zweifeln ließen.

Außerdem, so schlimm es war: es gab nun mal nur einen Mann, den Barbara liebte. Auch wenn sie ihn mindestens genauso sehr hasste.

Barbara *wollte* die Scheidung, sie wollte sie wirklich. Ben hatte sie nie gut behandelt – und hatte gleichzeitig so getan, als wäre *sie* diejenige, die *ihn* schlecht behandelte. Über all die Jahre ihrer Ehe hinweg hatte Barbara sich vorgestellt, wie das Leben ohne ihn sein könnte, wer sie jetzt wäre, wenn sie nicht auf Ben hereingefallen wäre, ihn nicht schon nach der Matura geheiratet hätte. Aber sie *war* auf ihn hereingefallen, hatte sie sich dann immer erinnert, und damit basta: Barbara gab nicht einfach auf, wenn sie sich einmal zu einer Entscheidung durchgerungen hatte. Sie lebte mit diesem Mann, für den sie alles empfand, was ihr an Empfindung noch blieb, und so oft er sie auch anschrie, so vehement er ihr auch zu verstehen gab, dass sie zu wenig war, zu dumm, zu hässlich … er war trotzdem das Einzige, das sie hatte; das Einzige, wofür sie kämpfen, worum sie sich bemühen konnte. Also hatte sie gekämpft.

Der Morgen, an dem er ihr die Scheidung angekündigt hatte,

hatte ihr jeden letzten Kampfgeist geraubt. Er war von einem seiner nächtlichen Ausflüge heimgekehrt, nach einem Streit am Vorabend, der laut und qualvoll und tränenreich gewesen war – *beiderseits* tränenreich. Die Tränen waren für Barbara ein Beweis gewesen, dass sie immer noch Gefühle füreinander hatten, er genauso für sie wie sie für ihn. Aber der Mann, der an jenem Morgen zu ihr zurückgekehrt war, hatte gar keine Gefühle mehr gezeigt. Keine Reue in den Augen, keine Spur von Liebe.

»Barbara?«

Rudis Stimme ließ sie erschrocken hochfahren. Nicht nur in ihren Gedanken und Erinnerungen hatte sie sich verloren: Ohne es zu beabsichtigen, hatte sie auf ihrem Handy ein uraltes Bild geöffnet, von Ben und ihr am Strand von Pula. Seine Muskeln geradezu unnatürlich, damals noch ausgeprägter als heute, ein Körper, den Barbara immer mit Ehrfurcht betastet hatte. Sie zart, ein bisschen zu dürr sogar, ihre Oberschenkel unberührt von Alterserscheinungen, ihre Haut so glatt, dass andere Frauen sie darum beneidet hatten. Sein Kopf gegen ihren gelegt, Schläfe an Schläfe. Und wie sie beide grinsten. Als hätte er ihr einen versauten Witz erzählt – oder zugedacht; so intim miteinander, dass sie über ihre aneinandergeschmiegten Köpfe Gedanken austauschen konnten, Worte nie notwendig waren. Und gut hätten sie daran getan, auf Worte zu verzichten. Jede Silbe, die sie seit ihrer Hochzeit ausgesprochen hatten, war die falsche gewesen.

Barbara ließ das Bild hastig vom Bildschirm verschwinden, sperrte ihr Handy, steckte es weg. Sie wusste, dass Rudi sie immer noch beobachtete. Seine mitleidvolle Miene war das Letzte, was sie jetzt sehen wollte.

3

Tristan fuhr ganz vorsichtig, so vorsichtig wie in den frühen Morgenstunden von der Zierau zu Lily, und parkte versteckt hinterm Bahnhof, nur für den Fall. Die erste Stunde war Religion, also musste er erst zur zweiten aufkreuzen, und er hatte Laune, die Zeit bis dahin zu nutzen. Anstatt zur Schule aufzubrechen, schlenderte er die Straßen um den Stadtpark entlang, beobachtete von außen die jungen Familien, die der ungewöhnlich strahlende Sonnenaufgang hergelockt hatte. Es war ein überraschend angenehmer, fast warmer Morgen, als hätte der Sturm den Winter verfrüht weggeblasen und einem ersten Boten des noch fernen Frühlings Platz freigeräumt, und Tristan war äußerst froh darüber: So war es nicht weiter schlimm, dass er seinen Wintermantel verbrannt hatte und nur seine dünne Herbstjacke trug. Lily hatte gelacht, als er die Kleidung ins Feuer geworfen hatte; den schwarzen Qualm hatte man von der dunklen Nacht kaum unterscheiden können, und die kalte Luft hatte den Gestank erstickt.

Ich hab's getan. Diese Worte wiederholten sich wieder und wieder in seinem Kopf, lauter mit jedem Mal. *Ich hab's getan. Ich hab's getan. Ich hab's* tatsächlich *getan.*

Tristan kaute eine Menge Kaugummi (er hatte keine Zahnbürste eingepackt; schließlich hatte er gestern Abend nur das Auto aus der Garage geholt – war nicht im Haus gewesen …) und ließ sich von seinen Beinen tragen. Er hielt erst an dem Eckhaus am Rande des Parks inne, in dem er diese Woche vielleicht für die eine oder andere Nacht unterkommen musste. Er blickte hoch zum Erkerfenster im dritten Stock und war überrascht, jemanden dahinter durchs Zimmer huschen zu sehen. Er blieb gegenüber vom Haus stehen und zündete sich eine Zigarette an.

Filippe trat aus der Haustür, bevor die Zigarette zu Ende geraucht war. Er entdeckte Tristan, und Verblüffung machte seinen müden Blick etwas heller. Ohne nach links oder rechts zu schauen, schleppte er sich über die Straße. Tristan ging unterdessen schon mal los.

»Was machst'n du hier?«, gähnte Filippe, als er Tristan einholte.

»Ich war in der Nähe.«

Filippe nickte. Das war eine seiner besten Eigenschaften: Tristans Antworten genügten ihm meistens, egal wie nichtssagend.

»Was machst *du* noch hier, ist die Frage«, sagte Tristan. »Du hast Religion nicht abgewählt.«

»Ich hab' verschlafen.«

»Ah.«

Aus abnehmender Entfernung hallte ein wildes Heulen durch

den stillen Morgen, ein vertrautes, schrilles Klagelied. Als Tristan und Filippe die Hauptstraße erreichten, schoss die Quelle plötzlich an ihnen vorbei. Tristan schenkte dem Rettungswagen kaum Beachtung, und auch Filippe verzog nur das Gesicht gegen den Lärm.

Nachdem die Sirene verklungen war und Filippe noch einmal ausgiebig gegähnt hatte, fragte er Tristan, »Wieso so happy?«

Tristan zuckte mit den Schultern. »Es ist ein schöner Morgen.«

Ausnahmsweise reichte seine Antwort Filippe nicht. »Seit wann magst du Sonne?«, fragte er.

»Wer mag die Sonne nicht?«

»Wo warst du letzte Nacht?«

Tristan grinste. »Auf dem Mond.«

Filippe sog rasselnd Luft ein, als er begriff. »*You got some*!«, raunte er, fast vorwurfsvoll.

Tristan wippte den Kopf von einer Seite zur anderen, weder nickend noch schüttelnd.

»War ja auch mal wieder Zeit.« Filippe drückte ein Feuerzeug und eine Packung Zigaretten aus seiner eng anliegenden Hosentasche. »Wa'jäwig'er«, nuschelte er um die Zigarette in seinem Mund herum. Nach einem ersten Zug fügte er hinzu, »Eh Lily, oder?«

»Wer sonst?«

Bevor Filippe antworten konnte, rief jemand hinter ihnen, »Filippe! Tristan!«

Die Katerkopfschmerzen flammten noch einmal ordentlich auf, zuckten durch Tristans Stirn wie ein Blitz. Er kniff die Augen zusammen und unterdrückte ein Stöhnen.

Luke kam angerannt. Er war ein bisschen aus der Puste. »Hey«, keuchte er. Filippe grüßte freundlich zurück. Tristan schenkte ihm nur ein Halblächeln. Das wischte die überschwängliche, kindlich aufgeregte Freude von Lukes Gesicht.

»Wo kommst du denn her?«, fragte Filippe.

»Meine Mama hat mich bis zu ihrem Büro mitgenommen«, sagte Luke, »sie arbeitet dort hinten.«

»Ach so. Wie spät ist es eigentlich?«

»Halb«, sagte Luke, und wandte sich dann an Tristan. »Hast du bei Filippe geschlafen?«

Tristan schüttelte nur langsam den Kopf, aber Filippe prustete. »Als ob ich den in meinem Haus haben will. Ich kann immer noch nicht genau sagen, ob er heut mehr nach Arsch oder Vag fäut.«

Tristan gluckste unwillkürlich; leider fand er Obszönitäten lustig, wenn sie so unverhofft aus Filippes Mund plumpsten. Luke schien indessen in sich zusammenzuklappen wie eine Marionette, deren Fäden durchtrennt worden waren. Den restlichen Weg wagte Luke es nicht, weitere Fragen an Tristan zu richten; er hatte wohl eingesehen, dass ihm kaum eine Antwort gefallen würde. Stattdessen plauderten er und Filippe über Belanglosigkeiten, Filippe mit seiner typischen Höflichkeit, Luke mit übertriebenem Enthusiasmus, als hielte er es – trotz allem – für ein gutes Zeichen, dass Tristans bester Freund so nett zu ihm war. Tristan gelang es, die beiden zu ignorieren. Im Grunde war das nicht schwer: Bilder von letzter Nacht zwängten sich in sein Hirn, unnachgiebig und vereinnahmend wie ein guter, schrecklicher Film, von dem er die Augen nicht losreißen konnte, und Fragen schwirrten ihm im Kopf herum; schnürten ihm die Kehle zu …

Wie lange würde es dauern, bis jemand Samuel Os fand? Der Rettungswagen *war* in die richtige Richtung gefahren … Wenn Samuel seiner Frau die Wahrheit erzählt hatte, hatte er wichtige Termine – wie würden seine Geschäftspartner reagieren, wenn er nicht auftauchte, nicht das Telefon abhob? Würden sie jemanden vorbeischicken? Kannten sie überhaupt seine Privatadresse? Kam die Haushaltshilfe diese Woche? Oder musste Tristan seinem Familienhaus tatsächlich fernbleiben, bis Nicola und Sarah zurückkehrten? Niemand würde es seltsam finden, die beiden am wenigsten: Sie wussten, wie sehr Tristan sich dagegen sträubte, mit seinem Stiefvater allein zu sein. Und Kleidung hatte er genug in seinem Spind in der Schule. Alles andere konnte er kaufen oder bei Filippe schnorren.

Vielleicht sollte er die Leiche aber doch besser selbst entdecken. Vielleicht sogar einen Angriff auf sich selbst inszenieren – nein, das war Blödsinn, der Mörder würde nicht die ganze Nacht und einen halben Tag im Haus warten, nachdem er bereits einen Mord begangen hatte. Und einfach nur die Leiche zu finden, machte Tristan wahrscheinlich gleich wieder verdächtig. Er würde warten müssen, bis er angerufen wurde. Oder würde die Polizei in die Schule kommen, ihn abholen? Um ihn zu informieren – oder in Haft zu nehmen? Tristan glaubte nicht, dass Letzteres passieren würde. Er hatte großes Vertrauen in die professionelle Eindimensionalität von Inspektor Schrammer und Inspektorin Fletscher gewonnen; wenn sie erst einmal eine Überzeugung formuliert hatten, blieben sie bei der. *Wir müssen davon ausgehen, dass es sich um den gleichen Täter handelt ... Wir müssen konkretisieren, welche Verbindung es zwischen den Opfern gibt, und es sieht so aus, als wären das Sie ...* Skull hatte Tristan einen Besuch abgestattet, statt ihm seinen Stiefvater vorgefunden – das war es, was Schrammer und Fletscher sehen würden, und Tristan durfte dieses Bild nicht stören.

Sie betraten die Schule pünktlich zum ersten Pausenläuten. Filippe und Luke nahmen die Treppe zu den Spinden hinunter und blickten Tristan fragend hinterher, als er sich wortlos von ihnen trennte. Er legte den Weg zum Klassenzimmer allein zurück, mehr als jemals zuvor darauf bedacht, unbekümmert zu wirken. Das wurde schlagartig schwieriger, als Frau Doktor Hartplatz ihm aus der Klassenzimmertür entgegentrat. Sie stierte ihn an, als wüsste sie, dass *er* etwas Falsches, etwas Schlimmes getan hatte. Ihre Arme hingen steif hinab, schwunglos und dürr wie abgebrochene Äste. Am wenigsten gefiel ihm, wie sie die Augen aufriss, für eine Sekunde nur – dieselbe Sekunde, in der sein Gesicht für den kürzesten aller Momente seine plötzliche Panik preisgab.

Noch bevor die Direktorin etwas sagen konnte, begegnete er ihrem prüfenden Blick bereits mit einer schuldlosen, halbfragenden, aber hauptsächlich schlichtweg desinteressierten Miene.

»Ich muss dich bitten, mit in mein Büro zu kommen«, sagte die Hartplatz mit belegter Stimme.

Die anderen in der Klasse starrten unverhohlen. Tristan bemerkte Nikkis sorgenvolles Stirnrunzeln, Docs entsetztes Starren, Richies nervöses Fingern an seiner Mütze. Nach einem ahnungslosen Blinzeln und einem kurz angebundenen Nicken folgte Tristan Frau Doktor Hartplatz von der Bühne.

Schrammer und Fletscher befanden sich in der gleichen Position, in der sie Tristan schon vor fast vier Monaten in dem Büro der Direktorin empfangen hatten: er leger auf dem Stuhl neben dem von der Hartplatz, sie an der Wand, die Arme verschränkt. Er wirkte gleichzeitig fröhlich und betroffen, sie konzentriert und angespannt.

»Ausgerechnet an dem Tag, an dem Frau Wamboldt krank ist«, hörte Tristan die Hartplatz nuscheln, als sie sich neben Schrammer auf ihren Thron fallen ließ. Der Inspektor tat so, als hätte sie nichts gesagt, setzte eine traurige Miene auf und sprach den Satz, den Tristan heiß ersehnt hatte: »Herr Os – es tut mir so leid, Ihnen das mitteilen zu müssen …«

*

Die Akustikpaneele und Schallschutztüren, auf denen Samuel Os bestanden hatte, kamen gegen das Leid seiner Frau nicht an: Im Badezimmer weinte Nicola so inbrünstig, dass ihr trostloses Gejaule bis zum Esstisch hallte, an dem Tristan und Sarah saßen. Das ging schon seit knapp einer halben Stunde so. Schrammer und Fletscher standen im Durchgang zum Wohnzimmer und schauten betreten zu Boden. Hinter ihnen packte ihr letzter Kollege seine letzten Utensilien ein.

»Wir geben euch selbstverständlich alle Zeit, die ihr braucht«, sagte Schrammer. Sein Blick glitt hinüber in die Richtung, aus der das Winseln der Witwe kam. »Aber ihr solltet eure Mutter wirklich davon überzeugen, dass es besser ist, vorübergehend anderswo zu wohnen.«

Tristan und Sarah nickten. Sarahs Augen waren gerötet, als hätte sie ebenfalls geweint. *Vor Freude?*, fragte sich Tristan. Wenn die Polizei bloß endlich verschwinden würde, damit er offen mit ihr sprechen konnte … oder zumindest offener.

Schrammer brachte ein letztes Mal sein Beileid zum Ausdruck, bevor er mit seinem Kollegen das Haus verließ. Fletscher hingegen verweilte noch kurz und heftete ihren Blick auf Tristan, bevor sie endlich auch abtrat. Sie schloss die Tür leise hinter sich, als wollte sie Nicola nicht in ihrer Trauer stören.

Noch in derselben Sekunde seufzte Sarah so laut und langgezogen, als hätte sie die ganze Zeit die Luft angehalten. Sie vergrub das Gesicht in den Händen. »Ich bin so froh, dass du nicht zuhause warst«, murmelte sie in ihre Finger.

»Ohne dich hätte ich es hier nicht ausgehalten«, sagte Tristan.

»Wie Mama den Anruf bekommen hat, hab' ich zuerst geglaubt, *dir* muss was passiert sein.« Sarah schniefte; als sie ihr Gesicht aus den Händen hob, war es aschfahl. »Ich hab' so Angst gehabt … *Gott*, er war in unserem *Haus*!« Ihre geweiteten Augen schielten verstohlen zum Wohnzimmer hin, und sie klatschte die Hand auf den Mund.

»Wenn du dich übergeben musst«, sagte Tristan, »geh lieber in die Küche oder rauf. So wie das klingt, ist unten noch eine Weile besetzt.«

Sarah schüttelte energisch ihren Kopf, ließ die Hand sinken und betrachtete ihn mit schwer zu deutender Miene. »Wie kannst du so entspannt sein?«

»Was meinst du?«

»Samuel ist tot«, sagte sie in einem Ton, als wäre sie sich nicht sicher, ob Tristan diesen Umstand bisher begriffen hatte.

»Und?«

»*Und*?« Sarah sprang von ihrem Sessel auf, ging ein paar Schritte Richtung Wohnzimmer und blieb abrupt stehen, gebückt und schlotternd, als hätten die Bewegungen ihre ganze Energie gekostet. »Und der Killer wollte eigentlich *dich*. Und – und er war im Haus und – und *Samuel ist tot*, Tristan. Du weißt schon, dass *ihm* das Haus gehört?«

»Ihm und seiner Frau. Die alles kriegt.«

»Aber *er* hat für alles *bezahlt*!«

»Es gibt Witwenrente –«

»Und du glaubst, das reicht? Langfristig?«

Tristan presste die Lippen aufeinander. Sarahs Verhalten irritierte ihn mehr, als er zugeben wollte – zugeben *durfte*. Sie hatte sich mindestens so sehr wie er danach gesehnt, Samuel loszuwerden, das wusste er. Wieso wirkte sie kein bisschen so, wie er sich fühlte? Erleichtert? Befreit?

»Vielleicht solltest du nach Mutter sehen«, sagte er schließlich. »Ihr könnt euch gegenseitig trösten.«

»Sei kein Arsch.« Sarah setzte sich wieder neben ihn; für eine Weile schwiegen sie beide, lauschten dem Leid ihrer Mutter.

»Was tun wir jetzt?«, fragte Sarah dann, matt und ratlos.

Tristan verstand die Frage nicht ganz. Er verstand Sarahs bleiches Gesicht und ihre Verzweiflung nicht. *Feiern*, wollte er antworten, *umziehen, leben.*

»Was immer wir tun wollen«, sagte er stattdessen.

*

Er schloss die Tür hinter sich. Damit war das Gejammer seiner Mutter endlich ein bisschen erstickt. Als Sarah sich doch noch zu ihr begeben hatte, hatte sie begonnen, ihr wortloses Gejammer um wilde Ausrufe zu ergänzen, deren Bedeutung so unklar war wie ihre Lautstärke unerträglich. In seinem Zimmer, allein, versuchte Tristan, seine Gedanken zu ordnen und seine nächsten Schritte zu planen. Er hatte sich das leichter vorgestellt; hatte angenommen, Sarah würde zumindest ein bisschen dankbar sein für die neue Situation, Nicola würde Samuels Lebensversicherung kassieren und die Dinge würden ihren Lauf nehmen.

Stattdessen war er jetzt verwirrt, gerührt von den Tränen seiner Mutter, und … wütend.

Er setzte sich auf seine Matratze, zögerte kurz, und rief dann Lily an.

»Hey«, sagte Lily.

»Hey.« Tristan legte sich hin. »Wollen wir uns heute Abend treffen?«

»Ich kann nicht. Ich wollt's dir heute Früh sagen, aber du bist abgehauen.«

»Sorry – die Drama Queen in mir wollte einen erinnerungswürdigen Abgang hinlegen.«

Lily gluckste. »Schon in Ordnung. Meine Eltern haben mich allerdings ziemlich verwirrt gefragt, wer der junge Mann war, der ihre Treppe hinunter und bei ihrer Haustür hinausgerannt ist.«

Tristan stockte. »Deine Eltern waren zuhause? Ich hab' geglaubt – ich mein', nachdem du mich mitgenommen hast – ich hätt' nicht geglaubt, dass du das machst, wenn du nicht allein daheim bist.«

»Ich bin für viele Überraschungen gut. Keine Sorge, sie sind nicht böse.«

»Warum kannst du heute Abend nicht?«, wechselte Tristan das

Thema. Die erste Begegnung mit den Eltern der Freundin hatte er sich anders vorgestellt – wenn sie schon passieren musste, hätte er sie zumindest gerne miterlebt.

»Geburtstag meiner Cousine. Außer du möchtest mitkommen?«

»Eher nicht«, gestand Tristan.

»Dacht' ich mir. Kannst du mir jetzt endlich sagen, wo du bist und was passiert ist? Nikki hat erwähnt, dass die Hartplatz dich aus der Klasse geholt hat. Was hast du angestellt?«

»Ich nichts«, log Tristan. »Mein Stiefvater ist tot. Der Mörder hat ihn gestern Nacht erstochen. Hier, bei mir zuhause. Wahrscheinlich hat er mir aufgelauert.«

Schweigen. Erst nach ein paar Sekunden erkannte Tristan, dass Lily gar nicht wissen konnte, wie sehr er seinen Stiefvater verabscheut hatte.

»Lily?«, sagte er, in möglichst sorglosem Ton, um ihr klarzumachen, dass sie weiterreden konnte.

»Tristan, es – es tut mir so leid –«

»Kein Grund. Glaub mir, du kannst froh sein, dass du *ihn* nicht kennenlernen musst. Nicht, dass ich das jemals zugelassen hätte.«

»Ich bin sicher, er –«

»Nein, war er nicht«, fiel Tristan ihr ins Wort; er wollte nichts darüber hören, was Samuel Os womöglich gewesen sein könnte, nichts über Eigenschaften, an die nur jemand glauben, die sich nur jemand ausdenken konnte, der ihn nie kennengelernt hatte; keine faule Entschuldigung für sein Verhalten, seine Verbrechen, seine … Existenz. »Aber meine Mutter trifft die Sache ziemlich hart.«

Wieder antwortete Lily nicht sofort. Im Hintergrund hörte Tristan die Schulglocke läuten. »Geht's dir wirklich gut?«, fragte sie dann.

»Ja. Du musst zurück in den Unterricht, oder?«

»Ich bring' dir Unterlagen, bevor ich zu meiner Cousine fahr'. Was wir heute in Englisch gemacht haben, wirkt sehr maturarelevant.«

»Die Unterlagen kann ich mir von Filippe auch holen. Bei Gelegenheit. Wir sehen uns morgen?«

»Unbedingt.« Sie sprach das Wort aus, als ob sie es so meinte. »Ciao.«

Tristan legte auf. Im selben Moment öffnete sich die Tür. Nicola stand auf der Schwelle, ihre Wangen geschwärzt vom Mascararegen, ihr Haar das Nest einer geistesgestörten Krähe. Ihre Lippen zitterten, ihre Knie schlotterten. Ihr ganzer Körper schrie nach Mitleid. Tristan musste sich zusammenreißen, um nicht die Nase zu rümpfen.

Die vernichtete Erscheinung stolperte in Tristans Zimmer, ließ sich neben ihm auf die Matratze fallen, schlang die Arme um seinen Hals und begann von neuem, zu schluchzen. Tristan tätschelte seiner Mutter resigniert die Schulter.

*

Am nächsten Tag wurde in der Schule reichlich hinter Tristans Rücken getratscht. Das war an sich nichts Neues, aber die Gründe waren andere als sonst. Es gab, soweit er mitbekam, zwei, die unterschiedlicher nicht sein konnten: Zuerst wurde vor allem darüber getuschelt, dass er nicht zuhause blieb, obwohl sein (sogenannter) Vater gestorben war; aber nachdem er Lily mit einem Kuss begrüßt hatte, und es bei dieser einen Zärtlichkeit im Laufe des Tages nicht blieb, gab es ein neues Hauptthema.

Hatte Tristan Os etwa eine *feste Freundin*? Und war diese Freundin ausgerechnet *Lily Fenrir*?

Ja, hätte Tristan ihnen gerne zugerufen. Die Antwort war ein klingendes, singendes *Ja*.

Einer freute sich überhaupt nicht über diese neue Entwicklung. Tristan und Lily standen vor der ersten Stunde in der Klasse am Fenster (standen dort wirklich nur, wohlgemerkt – ein bisschen Public Display of Affection kam ganz natürlich und von selbst, passierte ihnen quasi, aber sie waren beide erpicht darauf, es nicht zur Peinlichkeit ausarten zu lassen), als Tristans Blick zufällig auf Luke fiel. Lukes Gesicht kommunizierte in diesem Moment keine Traurigkeit, keine Enttäuschung, keinen Zorn, sondern etwas deutlich Schlimmeres, Erschreckenderes, das Tristan absurderweise ärgerte, obwohl es ihn in Wirklichkeit gar nichts anging: Lukes Gesicht war leergefegt; er sah mit erkalteten Augen, ohne zu sehen, ohne zu verstehen. Sein stummes, fahles Lächeln war wie aufgemalt, und er saß steif und reglos da wie ausgestopft. Vielleicht war ja was anderes passiert. Und selbst wenn nicht, selbst wenn es wegen Tristan war: es war nicht sein Problem. Es beschäftigte ihn trotzdem, und das ärgerte ihn am allermeisten.

Tristan versuchte an diesem Tag nicht einmal, seinem späteren Werdegang zuliebe dem Unterricht zu folgen. Er ignorierte die Warnungen, die die Frauen und Herren Professor angesichts der allgemeinen schlechten Noten so kurz vor der bevorstehenden Matura aussprachen, genauso wie die ausführlichen Lektionen über die Rolle der Kirche im zweiten Weltkrieg, Kants Unterscheidung zwischen Transzendentem und Transzendentalem und die Experimente mit der Sprachfähigkeit nichtmenschlicher Primaten – alles Themen, die ihn an jedem anderen Tag zumindest ansatzweise interessiert hätten. Aber während dieser Stunden, in denen er mit seiner neuen Freundin in einem Raum eingesperrt war, sie dennoch nicht nah genug bei sich hatte, um sie zu berühren, und zu allem Überfluss zwanzig andere Menschen die Zelle mit ihnen teilten, tat er nicht so, als beschäftigte ihn etwas derart Abstraktes und Ungewisses wie seine Zukunft. Wenn es eine solche für ihn gab, dann saß sie dort beim Fenster und kritzelte konzentriert vor sich hin, mit präzisen, schwungvollen Bewegungen des Kugelschreibers, die ihm verrieten, dass ihre Zeichnungen so wenig mit den Worten der Lehrerinnen und Lehrer zu tun hatten wie seine Gedanken.

Die Pausen verbrachten sie zusammen, in zutraulichem Schweigen im Raucherhof, in der Kantine, in der Aula, sanfte Berührungen austauschend, die fast keine Berührungen waren, ihre Romanze weder tarnend noch aufdringlich reklamierend. Zeit zu zweit brachten sie kaum zustande. Wann immer sie eine vielversprechende Ecke gefunden hatten, tauchte wenige Sekunden später ein bekanntes Gesicht auf, als hätte man sie verfolgt. Einmal eilte Nikki herbei, um ihn zu fragen, ob der Mord an Samuel der Polizei irgendwelche Fortschritte ermöglicht hatte. Hin und wieder stolperten Richie und Marie in die gleichen verlassenen Gänge, vielleicht ursprünglich auch auf der Suche nach einem Rückzugsort – wobei sie ihre Absicht, zu zweit zu sein, in dem Fall aber erstaunlich schnell vergaßen: Richie hatte immer irgendwas auf seinem Handy, das er Tristan unter schallendem Gelächter zeigen wollte, ein Meme oder ein Video oder ein Foto von einer seiner vielen durchzechten Nächte, während Marie hellauf begeistert auf Lily einfaselte und unkontrolliert an ihrer Kleidung herumfummelte. Meistens war es Jo, der sie fand – und es gelang ihm kaum, seine schlechte Laune zu verbergen. Tristan hätte gerne geglaubt, dass Jo nach wie vor seiner Großmutter nachtrauerte und lediglich Zeit mit seiner besten Freundin verbringen wollte; aber er befürchtete, es besser zu wissen. Jo funkelte ihn dauernd unverhohlen an, als hätte Tristan ihn soeben persönlich beleidigt, und verwickelte Lily bei jeder Gelegenheit in Gespräche voller Insiderjokes und geteilter Erinnerungen. Bei einer vermeintlich zufälligen Begegnung im Raucherhof (Tristan und Lily hatten ihn soeben menschenverlassen vorgefunden, als Jo schon zu ihnen stieß, ehe die ersten Züge ihre Lungen erreichen konnten) fragte Jo Lily, »Soll ich dich heute Abend abholen?«

»Oh.« Lily warf Tristan einen Seitenblick zu, den er nicht deuten konnte. »Kino, richtig? Du – hast die Karten noch nicht, oder?«

Jo runzelte die Stirn. »Nein, wieso?«

»Wir wollen nach der Schule auf einen Kaffee gehen«, mischte Tristan sich ein; er hielt den Ton mild, gab ihm aber eine finale Note. »Du kannst natürlich gern mitkommen, wenn Lily nichts dagegen hat.«

Jos Kieferknochen drückten sich deutlich gegen seine Wangen. Er sah Tristan nicht einmal an. »Und am Abend Kino geht nicht?«

»Ich – weiß nicht, wie lange wir im Café bleiben«, antwortete Lily. »Wir –«

»Schon okay.« Jo drehte sich weg. »Ich muss noch die Mathehausübung abschreiben.« Er verschwand so plötzlich, wie er aufgetaucht war.

Tristan stieß Rauch durch die Nase aus. »Du musst nicht wegen mir das Kino absagen.«

»Ich will den blöden Film sowieso nicht sehen.« Wenn es Lily beschäftigte, dass sie ihren besten Freund verärgert hatte, zeigte sie es nicht. »Hätt' ich gewusst, dass ein Partner als Ausrede gilt, hätt' ich mir früher einen Freund gesucht.«

»Es ehrt mich, deine Ausrede zu sein.« Tristan trat näher an sie heran.

Lily schmunzelte, und sie küssten sich.

*

»Ich will studieren.«

Die Verkündung kam für Tristan nicht völlig aus dem Nichts, und doch ein wenig unerwartet. Zwei Wochen waren vergangen; zwei schleppende, schwierige Wochen. Er saß mit seiner Mutter und seiner Schwester bei einem kläglichen Abendessen, kläglich sowohl in Sachen Stimmung als auch in Qualität und Quantität. Bisher hatten sie geschwiegen, von dem gelegentlichen Schniefen Nicolas abgesehen. Sie spießte Salat auf ihre Gabel und hängte ihre Nase rein, bevor sie die schlabbrigen Blätter wieder in die Schüssel fallen ließ; in den Mund steckte sie selten etwas. Ihr Haar war zu einem zotteligen Pferdeschwanz gebunden, das Weiß ihrer Augen von roten Äderchen durchzogen. Die Ähnlichkeit zu ihrer Tochter wäre ausnahmsweise einmal verblüffend gewesen, wenn Sarah nicht begonnen hätte, strengere Körperpflege zu betreiben, sich anders zu kleiden, aufrechter zu sitzen und sogar das eine oder andere Accessoire zu tragen. Heute war ein schwarzes Band um ihren Hals geschlungen, an dem ein silberner Sichelmond hing. Ein bisschen sehr Neunziger, aber ein Anfang.

»Was denn?«, fragte Tristan seine Schwester.

»Vergleichende Literaturwissenschaft.« Sarah schob die vor Kräuterbutter triefende Kartoffel auf ihrem Teller zur Seite, um mehr Platz für Salat zu schaffen. An gesünderer Ernährung hatte sie auch plötzliches Interesse entwickelt, seit Samuels Tod.

»Cool«, sagte Tristan.

»Gell?« Zufrieden kaute Sarah auf ihrem Salat. »Nächste Woche fahr' ich inskribieren.«

Ein halbgarer Ton von der Seite ließ Tristan erpicht den Kopf herumreißen. Aber Nicolas erster Versuch, etwas zum Gespräch beizutragen, scheiterte, und sie räusperte sich nur. Sie nahm einen tiefen Atemzug, fixierte Tristan mit einem wirren, blanken Blick und versuchte es noch einmal: »Kannst du … deine Schwester begleiten? Ich will nicht, dass sie allein nach Wien fährt.«

Tristan lächelte. »Sicher.«

Es war nicht leicht für ihn, seine Mutter so zu sehen. Vor allem, weil er wusste, dass er dieses Elend verursacht hatte. Genauso wie er mit Sarahs Verwandlung gerechnet hatte, nachdem sie aus den Fängen von Samuel Os' Präsenz befreit war, hatte er sich zu hoffen erlaubt, Nicola würde schnell darüber hinwegkommen – sie war kein schwacher Mensch, im tiefsten Inneren. Ein Teil von ihm, der naivste Teil, hatte sogar geglaubt, sie würde nachträglich ebenfalls einsehen, was für ein Mann ihr Ehepartner wirklich gewesen war. Dass es gut war, ihn los zu sein; dass nicht nur diese Familie, sondern die ganze Welt von ihm bereinigt war.

Stattdessen waren die letzten zwei Wochen von der Qual seiner Mutter überschattet gewesen, Wochen, die die schönsten seines bisherigen Lebens hätten sein können: Tristan war verliebt und mit dem Menschen zusammen, in den er verliebt war – aber die Mutter, die er auch liebte, war zerstört, und es war seine Schuld; Tristan musste nicht mehr unter der Tyrannei seines Stiefvaters leben – aber seine Mutter schien sich so an die Tyrannei ihres Ehemanns gewöhnt zu haben, dass sie deren Fehlen als nicht zu bewältigenden Mangel empfand; seit Silvester hatte der Mörder nicht mehr zugeschlagen – aber niemand außer ihm (und dem Mörder) wusste das, und auf freiem Fuß war der Mörder trotzdem immer noch, und Tristan hatte das Gefühl, dass es seine Mutter gar nicht interessierte, in welcher Gefahr ihr Sohn schwebte …

Nachdem geklärt war, dass ihre Tochter den Weg nach Wien nicht allein würde bestreiten müssen, hatte Nicola nichts mehr zu sagen. Sie verlor sich wieder in dem Salat, den sie nicht aß, und überließ ihre Kinder sich selbst.

*

Im Keller des Gymnasiums war es bitterlich kalt. Frau Doktor Hartplatz hatte stolz angekündigt, dass die Schule den ganzen Februar über, in einer Art Erweiterung des Energieferiengedankens (minus dem Ferien-Part, der auf eine Woche beschränkt blieb), an der nationsweiten *Wir frieren für die Umwelt*-Aktion teilnehmen würde. Diese Idee hatte ein hoffnungsfroher Verein ins Leben gerufen und Haushalten im ganzen Land ans Herz gelegt. An Institutionen und Firmen war der Verein in weiser Voraussicht nicht herangetreten – umso größer war sicher seine

Freude darüber, dass er eine Schule von seiner Sache hatte überzeugen können. Dass die Hartplatz auch mit dieser neuesten Kapriole einfach nur Geld sparen wollte, war ein offenes Geheimnis, um das sich aber niemand scherte.

Und so froren Tristan und seine Mitleidenden in dem großen, gewölbten Raum im Keller, der zurzeit für Maturantinnen und Maturanten reserviert war, die sich zu gemeinsamen Extrastunden intensiven Lernens nach dem Unterricht verpflichtet fühlten. Der Druck, den die Professorinnen und Professoren ihnen seit Monaten aufzuerlegen versuchten, machte sich endlich auf ihren Schultern bemerkbar. Sogar Tristan hatte seit Sarahs Entscheidung, ein Studium zu absolvieren, das dringende Bedürfnis entwickelt, sich die Chance auf ein erfolgreiches Leben nach der Schule nicht völlig zu verderben. Er starrte auf die Symbole in seinem Mathematikheft und versuchte, sich einen Reim darauf zu machen, wieso sein Ergebnis von dem im Lösungsbuch gar so eklatant abwich. Er kämpfte schon seit einer halben Stunde mit diesem Beispiel. Tristan hatte sich immer für klug gehalten, zweifelte langsam aber an dieser großzügigen Selbsteinschätzung.

Tristan ließ den Blick über seine Gesellschaft an dem runden Tisch schweifen. Er blieb selbstverständlich zuerst, lange, an Lily hängen. Obwohl sie sehr in ihre Notizen vertieft zu sein schien, schaute sie hoch; sie lächelte knapp, bevor sie sich wieder den Unterlagen widmete. Nikki wedelte nervös mit ihrem Bleistift, ihr Gesicht verkrampft; offenbar gab die Mathematik ihr heute ausnahmsweise genauso viele Rätsel auf wie ihm. Doc zog eine noch angestrengtere, geradezu angewiderte Miene, während seine Augen trübe auf eine einzige Stelle in seinem Buch starrten. Jo tat gar nicht erst so, als würde er sich konzentrieren: Er begegnete Tristans Blick mit offener Feindseligkeit. Filippe hatte die Zunge zwischen den Zähnen, aber Tristan glaubte nicht, dass das, was er da mit Stift und Lineal auf seinen losen Zettel zeichnete, mit dem Maturastoff zu tun hatte. Theresa und Marie wirkten am wenigsten gestresst, wobei sich das auf sehr unterschiedliche Weise äußerte: Theresa hatte seltene Freude daran, ihre Geografie-Handouts zu studieren, während es Marie noch viel größere Freude bereitete, ein Blatt Papier mit der Schere zu bearbeiten und die formlosen Schnitte neu aneinanderzureihen.

Tristan sah noch einmal Lily an, bevor er den Kopf sinken und seine Gedanken zu letzter Nacht zurückkehren ließ. Es war knapp gewesen, diesmal, in beiden Hinsichten: Fast hätten sie Sex gehabt – und fast hätte Tristan ihr alles erzählt. Er erinnerte sich an das Gefühl ihrer Brüste auf seiner nackten Haut, ihrer Beine, an seine gepresst, ihrer Hand auf seinem Schritt, und sein Herz begann so laut zu pochen, dass er es in der Stille des eifrigen Lernens, im Papierrascheln und Fußescharren, zu hören glaubte. In seiner Hose regte es sich, schon wieder; er hatte kaum noch Kontrolle darüber. Aber warum sollte er sich kontrollieren? Lily wollte es auch. Warum sie nicht jetzt einfach packen, aus dem Saal führen, hinüber in die Abstellkammer der Putzfrauen, in der er es schon einmal getan hatte? Damals mit Cordelia aus der B, die ein paar Tische entfernt lustlos einen Stapel Bücher anglotzte.

Genau deshalb, dachte Tristan. Weil Lily *nicht* Cordelia war. Weil sie nicht Jo war oder Valerie oder Hannah oder Ingo, sondern Lily, und weil eine Abstellkammer nicht der richtige Ort war für das, was er mit Lily hatte. *Und nicht nur deshalb*, mahnte ihn eine unwillkommene Stimme in seinem Kopf, und sein Blick senkte sich trüb auf sein unlösbares Mathematikrätsel zurück; aber er schob die Stimme vorerst beiseite, und überließ sich stattdessen wieder den Erinnerungen an die Nacht.

Das Krachen der Tür riss Tristan aus seinem Tagtraum. Richie rauschte herein, ein Sixpack Bier in der einen, eine runde Flasche mit dunkler Flüssigkeit in der anderen Hand, ein fröhlicher Ausruf anscheinend schon auf den lachenden Lippen parat. Als er seine Leute erblickte, mit ihren aufgeschlagenen Büchern, tintenverschmierten Händen und nachdenklich verzerrten Gesichtern, ließ er stutzend die Arme sinken.

»*Don't tell me*, dass wir *wirklich* lernen«, sagte er empört.

»Richie, wir maturieren gefühlt übermorgen«, fauchte Nikki.

Widerwillig stapfte Richie zu dem freien Stuhl neben Marie und knallte seine Mitbringsel achtlos auf den Tisch. »Ein paar Dutzend Achtzehnjährige kriegen einen gigantischen Raum nur für sich zur Verfügung gestellt«, murrte er, »und *lernen*? Ich hab' meinem Vater seinen teuersten Rum geklaut!«

»Dann kannst du ihn ihm ja jetzt zurückgeben«, schlug Lily vor.

»Sicher nicht.« Richie stöhnte, schlang einen Arm um Marie, küsste sie auf die Stirn und sagte, plötzlich wieder bei bester Laune, »Was lernen wir hier Feines?«

»Alles«, sagte Doc, und schleuderte mit einem gequälten Raunen sein Mathematikbuch von sich.

»Erfolglos, wie mir scheint.« Richie deutete mit einem knochigen Zeigefinger auf die Rumflasche. »Doch etwas Ablenkung gefällig?«

Bevor jemand mit Richie streiten konnte, fragte Tristan, »Was macht ihr am Samstag?«

Damit brachte er die anderen ein wenig aus dem Konzept. Sogar Theresa riss sich von ihren Handouts los, die Augen forschend verengt, als wäre sie sich nicht sicher, ob sie sich angesprochen fühlen sollte. Was Tristan jedoch am stärksten auffiel, war, wie Lily ihn taxierte, angestrengt, misstrauisch und – ein wenig verletzt? *Ich hätte zuerst mit ihr reden sollen*, dachte er, aber dafür war es zu spät.

»Skiurlaub«, antwortete Filippe, und klatschte sich die Hände auf den Kopf. »Sag nicht, dass ich schon wieder eine Party verpass', weil meine Eltern zu viel Geld haben.«

»Keine Party«, sagte Tristan. »Ein Ausflug. Der dich vermutlich ohnehin langweilen würde. Meine Schwester inskribiert an der Universität und ich begleite sie nach Wien.«

Richie beugte sich über den Tisch und ließ sein Kinn in die Mulde seines Ellenbogens sinken, als ginge ihm die Kraft aus. »Und du willst, dass wir mitkommen, um vor der Matura schon auf der Uni rumzuscheißen?«

»Nein.« Tristan richtete die nächsten Worte vor allem an Lily. »Ich hab' einen guten Freund in Wien. Einen Freund mit Wohnung, der sich bereiterklärt hat, meiner Schwester und mir einen Schlafplatz zur Verfügung zu stellen, damit wir den Ausflug sinnvoll nutzen können.«

»Also doch eine Party«, murrte Filippe.

»Ein Ausflug«, wiederholte Tristan, »mit Rausch und guter Unterhaltung.«

»Eine Party«, schloss Filippe missmutig.

»Und dieser Freund in Wien wird uns alle in seiner Wohnung aufnehmen?«, fragte Nikki skeptisch. »Wer ist das, der Bürgermeister?«

»Die Wohnung ist nicht groß«, gestand Tristan, »aber meiner Erfahrung nach stört es uns wenig, wenn wir alle quasi aufeinander schlafen. Und Nero ist ein guter Kerl. Er wird sich über die Gesellschaft freuen.«

»Ich kann nicht.«

Tristan rang sich ein Lächeln ab, bevor er sich wieder Lily zuwandte. »Ach so?«

»Ich hab' zu tun«, sagte Lily. »Matura und so.«

»Wir tun doch gerade – *Matura und so*.« Tristan wies mit einer ausschweifenden Handbewegung auf die Bücher, Hefte, Stifte, Geodreiecke, Zirkel und Taschenrechner, die auf dem Tisch verstreut lagen.

»Ich merk's«, sagte Nikki.

»Ablenkung und Zerstreuung sind zentrale Bestandteile des Lernprozesses«, sagte Theresa. »Ich bin dabei, wenn das in Ordnung ist.«

»Ja, sicher«, sagte Tristan, wusste aber kaum, welcher Sache er gerade zustimmte; Lily hatte sich ausgeklinkt und tief über ihren Notizblock gebeugt.

»Ich komm' gern mit«, sagte Marie.

Richie drehte den Kopf in seinem Ellenbogen herum. »Ah ja?«, fragte er. Als Marie nickte, stupste er sie liebevoll mit dem Arm an und fügte hinzu, »Na, dann bin ich auch dabei.«

»Ich … schick' euch die Details noch«, sagte Tristan. Er hatte schon wieder genug von dem Gespräch. Zumal er bisher nur Zusagen von den Leuten erhalten hatte, von denen er sie am wenigsten brauchte. »Ihr könnt euch ja spontan entscheiden.«

»Dieser – *Nero*, hast du gesagt?« Doc sprach den Namen aus, als fände er es unerhört, dass irgendjemand so hieß. »Der will nicht vorher wissen, wie viele Gäste er empfangen wird?«

»Lass das meine Sorge sein«, sagte Tristan mit einer Stimme, die klarmachte, dass er nicht mehr reden wollte. Er gab vor, sich wieder seinem Matheproblem zu widmen, und wartete darauf, dass Lily aufstand, damit er ihr folgen und sie fragen konnte, was sie am Wochenende vorhatte.

4

Marie wusste selbst nicht, wieso sie sich so schnell und eifrig dazu entschieden hatte, mit nach Wien zu fahren. Sie war kein besonders großer Fan der Stadt, sie schlief nicht gern bei Fremden und sie wusste, dass sie eigentlich noch eine ganze Menge zu lernen hatte, bevor sie auch nur ansatzweise für die Matura bereit sein würde. Aber irgendwie hatte es lustig geklungen, als Tristan den Vorschlag in den Raum gestellt hatte.

Also saß sie jetzt im Zug mit den anderen, die Tristans Einladung gefolgt waren, mit Tristan selbst und mit seiner Schwester, die überhaupt nicht aussah, als wäre sie Tristans Schwester. Sarah war ihnen allen mit sowas wie schüchterner Abneigung begegnet, hatte nur Filippe ordentlich begrüßt.

»*Apropos*!« Marie wand sich frei von Richie, der nur noch mit einem kleinen Stück seines Hinterns seinen eigenen Sitz berührte und mit dem Rest seines Körpers auf ihr lag; sie kämpfte sich lachend nach oben, warf sich über die Lehne des Sitzes vor ihr und stupste Filippe auf die Schulter. »Ich dachte, du bist auf Skiurlaub«, sagte sie, während Richie sich schamlos an ihrem dünnen Jeansstoff zu schaffen machte.

Filippe gab ihr ein Daumenhoch. »Abgesagt. Das hier klingt lustiger.«

»*C-cute*«, prustete sie – Richies Finger kitzelten. »*Richie, hör auf*!«

Filippe zog verwirrt die Augenbrauen zusammen – dann dämmerte es ihm. Er boxte gegen seine Rückenlehne. »*Ew*, Richie, ich *red'* grad mit deiner Freundin!«

Richie lachte nur. Marie ließ sich wieder auf ihn fallen, hemmungslos kichernd. Sie küssten einander, und alles war gut.

Marie war lange nicht mehr am Meidlinger Bahnhof gewesen. Er roch wie in ihrer Erinnerung, war überfüllt wie in ihrer Erinnerung und verwirrend wie in ihrer Erinnerung. Beim Aussteigen hatte sie nicht den geringsten Schimmer, in welche Richtung sie gehen musste, und als sie endlich Tristans Kopf in der Menge erspähte, war es ihr nur schwer möglich, zwischen den Leibern der anderen Reisenden hindurch hinter ihm her zu navigieren. Sie trug das Ganze mit Fassung, lachend, obwohl sie nichts daran lustig fand, und umhüllt von Richies bäriger Umarmung, die ihr die Fortbewegung nicht gerade erleichterte. Während Marie sich Mühe gab, trotzdem den Anschluss an die Gruppe nicht zu verlieren, begannen dumpfe Schmerzen in ihren Schläfen zu pochen. Diese Schmerzen kannte sie mittlerweile gut. Sie kamen und gingen seit Monaten fast regelmäßig, wie eine zweite, häufigere, aber dankenswerterweise unblutige Periode. Marie ließ sich nichts anmerken, stellte sich mit Richie in die U-Bahn, wo sich andere Körper genauso fest an sie pressten wie der ihres Freundes. Sie wusste ja, wie sie diese Kopfschmerzen würde überwinden können. Aspirin half nicht dagegen, das hatte sie probiert, und Dunkelheit und Schlaf nutzten genauso wenig. Es war ja keine Migräne. Es war – Durst. Und sobald sie wieder betrunken war, waren die Schmerzen wieder fort.

»Es ist zu früh für den Scheiß«, murrte Doc, als sie sich in der Station Alser Straße aus der Bahn gedrängt hatten und, umzingelt von unzähligen Gesichtslosen, die Treppe hinunterstiegen.

»Es ist nie zu früh, um Menschen hassen zu lernen«, erwiderte Jo.

Richie stieß ein bellendes Lachen aus. »Heut in philosophischer Stimmung?«

»Immer.«

»*Grummel, grummel, grummel*«, sagte Marie vergnügt. »Warum bist *du* mitgekommen? Um dich über Tristan aufzuregen?«

Das ließ Jo unkommentiert.

Tristan, seine Schwester, Filippe, Nikki und Theresa warteten bereits in der kleinen Halle am Fuß der Treppe.

»Beeilts euch ein bissl«, sagte Filippe, »ich will raus aus dieser Legebatterie.«

Sie stoben auf die hohen, aber leider gar schmalen Türen der Station zu, umzingelt von einer endlosen Traube wuselnder, blankgesichtiger Menschen, die zwar alle paar Augenblicke miteinander Platz zu tauschen schienen, aber nie den Weg freigaben;

Marie fühlte sich mit ihrer Gruppe wie ein Atomkern, um den die Elektronen schwirrten, den Kern an seinem Platz haltend. Sie ließ sich sorglos treiben; so beunruhigend die erstaunlich gleichförmigen Gestalten um sie herum auch wirkten, Richies Hand in ihrer besänftigte sie. Sie nahm mit halbamüsiertem Desinteresse hin, dass ein Kind mit seinem Scooter fast über ihren Schuh rollte; dass das zornige Geschnatter einer alten Dame direkt in ihrem Ohr landete, obwohl es einem jungen Mann galt, der scharf zurückkeifte; dass eine schwangere Frau ihrem bereits geborenen Sohn schreiend mitteilte, er würde »*glei a Watschn kriang*«, sollte er nicht gleich zu weinen aufhören. Und das alles auf den paar Metern vor dem Stationsausgang, in den unwahrscheinlich langen Sekunden, die es dauerte, bis der Strom an Reisenden nach draußen geschwappt war. Marie fragte sich, ob die wiederkehrende Aufgabe, durch eine Tür zu treten, für manche Leute auch nach Jahren in Wien immer noch als so große, plötzliche Überraschung daherkam, dass sie es nicht besser konnten, oder ob ihnen dieses Gedränge einfach nichts ausmachte. »Wurscht«, murmelte Marie sich selbst zu, und kicherte. »So ein schönes Wort.«

»Was sagst?«, fragte Richie.

»Wurscht.«

Sie stolperte endlich in ein Draußen, das von so hohen Häusern und so vielen weiteren Menschen erfüllt war, dass es sich nicht wie ein Draußen anfühlte. Auf der Straße hupte es, vor dem Bäcker auf der anderen Straßenseite stritten sich zwei lauthals und unverblümt, und neben einem Kebapstand bettelte ein Bettler mit Hut vor sich hin, anscheinend unbeeindruckt von der Tatsache, dass ihm niemand etwas gab.

»Wir könnten zuerst in die Wohnung«, schlug Filippe vor und duckte sich unter einer Taube weg, die entweder blind oder dumm oder absichtlich fast in sein Gesicht geflattert war. »Ich versteh' nicht, warum wir alle zur Uni fahren müssen, wir können uns eh noch nicht inskribieren. Nichts für ungut«, fügte er hastig an Sarah gewandt hinzu.

»Ich glaube«, sagte Theresa, »es ist nicht schlecht, wenn wir jetzt schon sehen, wie der Anmeldeprozess abläuft.«

»Stimmt«, pflichtete Doc bei, »dann sind wir vorbereitet auf das, was uns –« Seine Worte blieben ihm im Hals stecken, als er sah, dass sie sich auf eine Straßenbahnstation zubewegten. »Müssen wir in *noch* einen Zug rein?«

Marie lachte, ohne zu wissen, wieso, und stieg hinter Tristan in die Bim.

5

»Es ist sehr nett, dass Sie sich Zeit genommen haben. Ich kann mir gar nicht vorstellen, wie es Ihnen gehen muss.«

Die zerrüttete Frau gab keine Antwort, hielt den Blick und die Schultern gesenkt. Strähnen ihres Haares hingen wie ein nasser Vorhang vor ihrem Gesicht. Sie war ein kraftloses Häufchen Elend in Schwarz, eine Frau mittleren Alters mit der Ausstrahlung einer sterbenskranken Greisin. Statt Mitleid zu empfinden, regte sich in Janines Bauch ein flaues Unbehagen, das sie sonst nur Verdächtigen gegenüber hegte. Janine war erst nicht klar, wieso diese Abneigung in ihr aufflammte; dann erinnerte sie sich an ihre bisherigen Begegnungen mit Nicola Os. Die Frau hatte enggeschnittene Kleider und funkelnde Ohrringe getragen, und die abgekauten Fingernägel, die sich jetzt auf dem Tisch ineinander gruben, waren stets lang und frisch lackiert gewesen. Der Tod ihres Mannes hatte sie völlig zerstört … Die Tatsache hingegen, dass ihr Sohn möglicherweise in größter, so gut wie unmittelbarer Lebensgefahr schwebte, hatte *nie* ausgereicht, um sie aus der Fassung zu bringen und ihr die Laune an der Selbstinszenierung zu verderben.

»Wir haben Sie hergebeten«, sagte Janine, nachdem sie den voreiligen Anflug von Feindseligkeit bewältigt und unterdrückt hatte, »weil wir ein paar Details im Fall der Ermordung Ihres Mannes klären müssen, bevor wir –«

Nicola Os fuhr hoch; ihre blutunterlaufenen Augen weiteten sich, und für einen Moment sah sie aus wie ein böser Geist in einem Horrorfilm. »Wissen Sie schon, wer es war?«

»Nein«, sagte Janine. »Aber um den Fall eindeutig in die Mordserie einzugliedern, die Ihr Leben und das Ihres Sohnes –« (sie verlieh den letzten vier Worten subtilen Nachdruck) »– gegenwärtig erschüttert, müssen wir eine offene Frage mit Ihnen besprechen.«

»Was müssen Sie mich denn noch fragen?« Nicola Os ging ein wie ein Ballon, aus dem man die Luft langsam herausließ. »Ich habe Ihnen alles gesagt, was ich weiß. Sie haben mein Haus auf den Kopf gestellt und mir hundert blöde Fragen gestellt. Mein Mann ist weg, mein Haus ist leer, mehr weiß ich nicht. *Gott*, ich brauch' eine Zigarette.«

»Ihr Haus ist nicht leer«, korrigierte Janine mit kalter, klarer Stimme, »Ihr Sohn und Ihre Tochter leben und trauern mit Ihnen.«

Nicola Os stieß ein hässliches Gackern hervor. »Die beiden trauern nicht um ihren Vater. Tristan hat ihn gehasst. Mehr als mich sogar.«

»Ich glaube nicht, dass Ihr Sohn Sie hasst, Frau Os.«

»Glauben Sie, was Sie wollen. Sagen Sie mir einfach endlich, wieso ich hier bin.«

Janine hielt die Antwort, die sie eigentlich geben wollte, mit reibenden Kiefern zurück. *Sie ist keine Verdächtige*, mahnte sie sich selbst. Aber das hieß ihrer Meinung nach noch lange nicht, dass sie sich Befehle von dieser Frau erteilen lassen musste.

»Sie sind hier, weil ein Umstand die Ermittlungen erschwert. Ein kleiner Umstand, der aber wichtig ist, um ein Gesamtbild zu generieren und die Zusammenhänge zu verstehen.«

»Und welcher Umstand wäre das?«, fragte Nicola Os desinteressiert, nachdem Janine eine Weile auf eine Reaktion gewartet hatte.

»Die Wunden Ihres Mannes«, sagte Janine, »stimmen in manchen Hinsichten nicht mit denen der anderen Opfer überein.«

Damit hatte sie Nicola Os' ganze Aufmerksamkeit wiedergewonnen. In ihre eigentlich hübschen Augen kehrte Leben zurück. Sie steckte einige ihrer wirren Haare hinter ihr Ohr und setzte sich aufrechter hin. »Also – also war es nicht der gleiche Täter? Nicht der, der die ganzen Kinder getötet hat?«

Die ganzen Kinder. Janine presste die Lippen zusammen. Langsam wurde ihr klar, wieso Tristan so war, wie er war.

»Das können wir nicht so einfach sagen«, antwortete sie

schließlich. »Wir nehmen an, dass es sich sehr wohl um den Gesuchten handelt, der auch die Freundinnen und Freunde Ihres Sohnes auf dem Gewissen hat. Allerdings hat er ein anderes Messer benutzt.«

Nicola Os schüttelte den Kopf. »Warum?«

»Aus einem noch unbekannten Grund. Wir haben Sie hergebeten, um diesem Grund auf die Schliche zu kommen.«

Janine beugte sich über den Tisch, näher an Nicola Os heran. *Bau eine Verbindung auf*, hatte Gernot gesagt; *bring sie dazu, dir zu vertrauen. Und dazu, sich an Dinge zu erinnern, von denen sie gar nicht weiß, dass sie ihr im Gedächtnis picken.*

»Haben Sie große Messer zuhause? Hatte ihr Mann vielleicht welche?«

Nicola Os blinzelte, verwirrter und verlorener denn je. »Ich … Messer, ja, schon, aber … Ich bin keine gute Köchin. Ich koche oft, aber nicht – gut …«

»Kein Küchenmesser. Eher sowas wie Jagdmesser.«

»*Jagd*messer? Nein. Samuel war kein Jäger. Wieso fragen Sie mich das?«

»Ist Ihnen mittlerweile aufgefallen, ob etwas fehlt? Oder –«

»Das haben Sie schon beim letzten Mal gefragt. Ob etwas im Haus anders ist, ob etwas gestohlen wurde, ob –« Nicola Os klatschte sich beide Hände auf den Kopf, raufte sich die Haare, und schluchzte. »*Nein*, nichts fehlt. Nur mein *Mann*.«

Ihre Finger verschränkten sich; ihre Hände rangen miteinander als eine große Faust des Frustes, erhoben gegen eine Welt, die ihr anscheinend alles geraubt hatte, was ihr etwas bedeutete. Plötzlich – *BAMM!* – war diese Faust auf den Tisch hinabgesaust, und fast noch im selben Moment zeigte Nicola Os mit einem anklagenden Finger auf Janine. Ihr Blick war abscheulich.

»*Wie wollen Sie den Mörder finden, wenn Sie hier sitzen und mir zum hundertsten Mal die gleichen Fragen stellen*?«

Janine kämpfte mit dem Bedürfnis, die Frau darauf hinzuweisen, dass sie mit einer Inspektorin des Landeskriminalamts redete und sich zusammenreißen sollte, wenn sie ihr neues schmuckloses Erscheinungsbild nicht um Handschellen ergänzen wollte. Aber sie hielt sich zurück. Gernot hatte sie oft darauf hingewiesen, dass sie sich zu viel auf ihren Job einbildete. Sie allerdings war eher der Meinung, dass der Rest der Welt sich zu *wenig* auf ihren Job einbildete.

Dringlicher jedoch war das Problem, dass es ein Hindernis für die von Gernot angeordnete *Bindung* zu Nicola Os darstellen würde, ihr spontan mit der Festnahme zu drohen. *Freunde dich doch selbst mit ihr an, du arroganter alter Sack*, dachte Janine. Aber sie atmete tief durch, lehnte sich zurück, räusperte sich. Und sagte, »Indem ich mir zum hundertsten Mal Ihre Antwort anhöre, Frau Os. Sie können mir glauben, dass wir wissen, wieso wir manche Fragen wiederholen. Manchmal erinnert sich eine Zeugin oder eine Betroffene erst nach einer ganzen Weile an ein wichtiges Detail. Teil meines Berufes ist es, diesen Prozess zu unterstützen und zu beschleunigen.«

Nicola Os massierte sich die Schläfen. »Ich weiß *nichts*«, sagte sie, voll enttäuschter Überzeugung. »Und wenn irgendetwas fehlt, ein Messer oder sonst was, kann es genauso gut sein, dass Samuel es verschenkt hat.«

Janine runzelte die Stirn. »Verschenkt?«

»Das macht er – *hat* er gerne gemacht.« Nicola Os stieß ein heiseres Lachen hervor. »Unsere teureren, seltener benutzten Besitztümer Geschäftspartnern schenken, um sie zu beeindrucken. Hat es ihm erspart, *noch* einmal teure Sachen zu kaufen.« Fast entschuldigend blickte sie auf, aus einem müden, eingefallenen Gesicht, das Janine zum ersten Mal an das Gesicht des Sohnes erinnerte. »Wertvolles Geschirr, Erstausgaben. Letztes Jahr hat er eine tolle Uhr weggegeben, eine mit echtem Gold in der Fassung. Manchmal hat er sogar Kleidung verschenkt, wenn er der Meinung war, dass ich sie zu selten trage, Kleidung, die ich mir für besondere Anlässe aufheben wollte – aber er hatte natürlich recht, es war sinnlos, sie im Schrank hängen zu haben …« Sie räusperte sich verlegen.

Janines Hals war unterdessen ganz steif geworden. Sie wusste noch nicht, wieso.

»Einmal habe ich einen Welpen für Sarah und Tristan gekauft«, fuhr Nicola Os fort, »aber bevor ich ihn den beiden geben konnte, hat Samuel ihn sich geschnappt, für das Kind des Chefs einer

Firma, mit der er –«

Janine hatte inzwischen die Verbindung hergestellt. »Diese Uhr«, fiel sie Nicola Os ins Wort, »welchem Partner hat Samuel sie geschenkt?«

Wenn Nicola Os die Unterbrechung verärgerte, ließ sie sich das nicht anmerken. Sie schniefte nur noch einmal, fummelte wieder mit den Fingern der einen Hand an denen der anderen herum. »Die war so schön«, sagte sie. »Ich wollte immer, dass Samuel sie selbst trägt. In bestem Zustand. Natürlich, er hat sie ja nie getragen. Und bei Sam war alles immer in bestem Zustand –«

»Wem hat er sie geschenkt?«, wiederholte Janine ihre Frage.

»Ahm … Einem Autohändler. Weil der überzählige Autos von Samuels Firma um einen guten Preis zurückgekauft hat. Das weiß ich noch, weil er die Uhr gekriegt hat, als er eines der Autos von unserem Haus abgeholt hat. Hübscher Kerl. Jung. Bisschen überheblich.«

»Benedikt Blocksberg?«

»Ja, der.« Nicola Os ließ den Blick traurig durch den kleinen Raum schweifen, bis er, feucht und verschleiert, an Janine hängen blieb. »Kann ich jetzt bitte eine rauchen gehen?«

6

Tristan atmete die Wienerluft ein, die sogar im Innenhof der Universität alles andere als frisch roch. Stöße wandernden Zigarettenqualms, ein über die hohen Mauern herangetragener Hauch von verbranntem Benzin und eine besonders feine Note wie in einem Raum voller Plastikschuhe kombinierten sich mit den Ausdünstungen der viel zu großen Unmenge an Menschen dieser Stadt zu einem einzigartigen Aroma, das Tristan befremdlicherweise nicht unsympathisch war. Im Gebäude selbst hatte es nur nach Stein und Putzmittel gerochen.

Der Arkadenhof gefiel Tristan; ein prächtiger, aber ernsthafter Ort, so, wie er sich den Hof einer Hunderte Jahre alten Universität vorgestellt hätte. Obwohl Semesterferien waren, saßen ein paar Studentinnen und Studenten im Hof, manche der Kälte zum Trotz auf Decken im Gras. Andere bummelten faul unter den Arkaden, in freigeistige Gespräche vertieft, durch Strohhalme bunte Getränke aus Plastikbechern zuzelnd. Ohne diese Leute hätte Tristan die Universität noch schöner gefunden.

Es war wohl an der Zeit, zu den anderen zurückzukehren; Sarah würde doch hoffentlich bald an der Reihe sein, auch wenn sie beim Ticketautomaten die Nummer *379* gezogen hatte. Aber er wollte eigentlich noch nicht weg. Er wollte noch nicht in die Wohnung von Nero. Es war seine Idee gewesen, bei ihm zu übernachten – aber er hoffte irgendwie, dass sie so viele Lokale abklappern würden, dass das Fortgehen bis zum ersten schnellen Zug von Meidling andauerte, sie direkt nach Hause fuhren …

Tristan ließ die Zigarette, die er noch nicht angezündet hatte, über seine Hand rollen und den Blick ein letztes Mal sehnsüchtig über den Hof schweifen; er bekam ein annähernd nostalgisches Gefühl, als wäre er kein Schüler, dem seine Zeit hier erst bevorstand, sondern ein Absolvent, der in den letzten Tagen seines Lebens seiner Alma Mater noch einen Besuch abstattete … Er wandte sich nach der Tür ins Gebäude um – und hielt inne, als er ein bekanntes Gesicht entdeckte, das ihm durch die Glasscheibe entgegengrinste. Filippe hatte eine Zigarette im Mundwinkel und zahlreiche Flyer in einer Hand. Mit solchen Flyern, die verschiedene Studiengänge und Kurse bewarben, Veranstaltungen ankündigten oder politischen Einsatz forderten, waren sie vor und in der Uni überschüttet worden.

»Da bist du ja«, sagte Filippe, nachdem er zu ihm auf den Hof getreten war und seine Flyer sang- und klanglos in einen Mülleimer geworfen hatte.

Sie begannen, nebeneinander die Arkaden abzuschreiten. Tristan zwirbelte seine Zigarette zwischen seinen Fingern und versank in Gedanken. Er stellte sich vor, Filippe und er wären Studenten. Trafen einander hier in einer Pause, bevor Tristan zu seinem Ästhetikseminar musste, Filippe zu seiner Vorlesung über Inszenierungsanalyse, und vielleicht würden sie am Nachmittag noch gemeinsam den Vortrag über mediale Performativität besuchen. Und später würde Tristan in die Wohnung fahren, schnell ein Abendessen zubereiten, bevor Lily vom Atelier nach Hause kam und ihm Fotos ihres nächsten, im Entstehen begriffenen

Meisterwerks zeigte …

»Willst die nicht anstecken?«

Tristan schreckte aus seinen Tagträumen hoch. »Was?«

»Die Zigarette ist schon fertig, du musst sie nicht erst wuzeln«, sagte Filippe. »Oder nimmst Nikotin jetzt lieber über die Finger auf?«

»Hm«, machte Tristan. Er sah, dass Filippe seine Zigarette hinter sein Ohr gesteckt hatte. »Du zündest deine ja auch nicht an.«

»Hab' gar keinen Gusta«, antwortete Filippe. »War nur eine Ausrede, um dich zu suchen.«

»Lieb von dir.«

»War dir fad mit uns?«, fragte Filippe.

»Bei der Registrierung hat es mir nicht gefallen«, sagte Tristan.

»Zu modern?«

Tristan nickte. »Auch.«

»Zu laut? Zu eng? Zu … hoffnungsraubend?«

Grinsend bestätigte Tristan all das mit einem Nicken. »Zu trostlos, kurz gesagt. Welche Hoffnung wurde dir geraubt?«

»Die gleiche wie dir, vermut' ich«, entgegnete Filippe, während er mit zusammengekniffenen Augen die Inschrift auf der Büste eines besonders hässlichen wichtigen toten Mannes las. »Das waren Unzählige, die die Matura geschafft haben und jetzt studieren wollen. Von denen Unzählige ihr Studium abbrechen werden, andere Unzählige zwar fertig studieren, aber nie was in ihrem Feld erreichen werden.« Filippe wandte sich von der Büste ab, kam hinter Tristan her getrabt. »Also selbst wenn wir die Matura schaffen – wir studieren dann nicht mit, sondern *gegen* diese Leute, wenn wir uns ehrlich sind, und gegen ganz viele andere.«

Tristan nickte wieder, obwohl er diese spezifische Sorge gar nicht teilte. Was ihn aus den Korridoren verscheucht hatte, war nicht mehr und nicht weniger als der bittere Geschmack, den der Anblick der zukünftigen Studierenden in seinen Mund getrieben hatte; die eiserne, bitterkalte Faust, die sich um sein Herz geschlossen hatte, als er mit plötzlicher Endgültigkeit von neuem begriffen hatte, dass Hannah, Kris, Ingo, Caro und Valerie sich nicht mehr an der Universität einschreiben konnten – und dass er selbst diese Chance vielleicht auch nicht erhalten würde …

7

Nikki war schon ein paar Mal mit Tristan in Wien fortgewesen; das letzte Mal irgendwann vor den vergangenen Sommerferien, vor mehr als einem halben Jahr. Tristan und Hannah waren damals nach einer Stunde verschwunden; hatten den Rest der Gruppe in einem Lokal zurückgelassen, das Hannah vorgeschlagen hatte, waren erst am folgenden Montag wieder in der Schule aufgetaucht und hatten erklärt, sie hätten einen Freund getroffen und beschlossen, mit ihm wohin zu gehen, wo es den anderen sicher nicht gefallen hätte. Nikki erinnerte sich, wie grantig sie damals auf Hannah gewesen war, als sie das wie selbstverständlich erzählt hatte, mit einem verwegenen Lächeln auf den Lippen. Ein halbes Jahr … und jetzt gab es Hannah nicht mehr. Und Tristan nahm Nikki jetzt mit, wenn er einen Freund besuchte, statt einfach abzuhauen. *Beide* Veränderungen beunruhigten Nikki, irgendwie.

Die Wohnung von Tristans Freund befand sich zum Glück vergleichsweise nah an der Universität. Sie fuhren nur ein paar Stationen mit einer nahezu leeren Straßenbahn; Nikki empfand dumpfes, unbestimmtes Erstaunen angesichts der vielen freien Plätze, als hätte sie sich bereits nach der gerade einmal fünften Bimfahrt ihres Lebens restlos daran gewöhnt, dass die Züge normalerweise völlig überfüllt waren.

Sie folgten Tristan an vollen Cafés, geschlossenen Bars und den grauen Wänden hoher, sanierungsbedürftiger Wohnhäuser vorbei. Die Nachmittagssonne war hinter dichten grauen Wolken verborgen und ein beißender Wind jagte die lange Straße hinunter, peitschte gegen Nikkis Gesicht, stach messerscharf durch ihren dicksten Schal.

»Es ist später, als ich gedacht hätte«, sagte Sarah. »Sorry, dass das so lange gedauert hat.«

»Ich hab's dir gesagt«, entgegnete Tristan emotionslos.

Der Ausdruck auf Sarahs Gesicht gab Nikki ein beklommenes Gefühl; das Mädchen war Jahre älter als sie, aber ihr Verhalten hatte Nikki bei jeder ihrer seltenen Begegnungen an das eines kleinen Kindes erinnert. Nikki hatte Verständnis dafür. Es konnte nicht einfach sein, mit Tristan aufzuwachsen.

Nikki setzte ihr fröhlichstes Lächeln auf und kuschelte sich im Gehen an Sarah. »Es ist ganz egal«, sagte sie, »wichtig ist, dass du jetzt *Studentin* bist. Das ist so cool, Sarah.«

Dankbar erwiderte Sarah ihr Lächeln, und in ihren Gang kam ein bisschen Schwung. »So müssen wir deinem Freund wenigstens nicht den ganzen Tag auf die Nerven gehen«, sagte sie zu ihrem Bruder. Der reagierte nicht.

Vor einem besonders grauenerregenden Hochhaus, einem gigantischen Neubau, dessen kackbraune Wand von bröckelnden Rissen durchzogen war, blieb Tristan stehen. Er betätigte ohne Zögern eine der vielen Klingeln. Eine unangenehm lange Zeit verstrich, bevor endlich eine Antwort kam; diese bestand nicht in einer Stimme aus dem Intercom, sondern lediglich in einem schrillen Buzzen, das in den Ohren vibrierte, als wollte es den Besuch in die Flucht schlagen, statt ihm Einlass zu gewähren.

Die gewundene Treppe war schäbig und sehr schmal, sodass Nikki und Sarah fast nicht nebeneinander gehen konnten; trotzdem versuchte Doc, sich auf Nikkis andere Seite zu zwängen, was Nikki nicht kommentierte, aber verhinderte, indem sie sich möglichst breit machte.

Im vierten Stock klopfte Tristan an eine Tür. Wieder mussten sie ein bisschen gar lange warten, bis ihnen endlich geöffnet wurde. Nikkis erster Eindruck von Tristans Freund war, dass er eine merkwürdige Gestalt abgab, eine, an der sie auf der Straße mit stur nach vorne gerichtetem Blick vorbeigelaufen wäre. Tristan tat das Gegenteil: Er ließ sich mit ungewohnter Zutraulichkeit in eine Umarmung fallen. Sie betraten die Wohnung, Tristans Freund schloss die Tür, und Nikki mahnte sich, höflich und unvoreingenommen zu sein.

»Hallo«, sagte der Gastgeber. »Nero.«

Nero war ein dünner, schlaksiger Mann, dessen Körper sich zu einem kantigen Kopf mit glatten Wangen und Stoppelglatze zuspitzte. Kreisrunde Ohrstecker zogen seine Ohrläppchen lang, und sein Grinsen, das Nikki gefährlich vorkam, entblößte seltsam spitze Zähne. Seine Baggy Pants sahen aus, als würden sie zahlreiche Geheimnisse beherbergen, und über dem Kragen seines schwarzen Pullovers prangte ein Tattoo seitlich auf seinem Hals:

ein Totenkopf. Nikki schauderte.

»Deine Schwester ist acht Leute?«, fragte Nero, während er sie alle tiefer in die Wohnung führte. Er klang nicht verärgert, nur entfernt neugierig. Jede seiner Bewegungen war langsam und geschmeidig, fast als würde er schwimmen.

»Meine Schwester ist nur das eine entzückende Wesen dort.« Tristan deutete auf Sarah, die hinter Nikki kauerte. »Die anderen sind nur Geschwister im Geiste, ohne die ich einen Abend in Wien nicht verbringen will. Ich hoff', das stört dich nicht zu sehr.«

»Es stört mich nicht im Geringsten.« Die Art, wie Neros funkelnder Blick über die Versammelten schweifte, rief ein unbestimmbares Gefühl in Nikkis Bauch hervor; das Gefühl schraubte sich hoch, als seine stahlblauen Augen an ihr hängen blieben.

Neros Wohnzimmer wirkte lieblos und verwahrlost. Es war in diesem semi-schmutzigen, quasi-sauberen Zustand, den Nikki von Räumen kannte, die zwar nicht regelmäßig geputzt, aber auch nicht in einer Weise genutzt wurden, die regelmäßiges Putzen notwendig gemacht hätte. Eine große, zerschlissenes Couch erdrückte einen staubigen Teppich unter sich; direkt neben der Tür wirkte ein Tischchen mit dünner Glasplatte und filigranen Beinen so, als wäre es dort kurzfristig abgestellt und dann für immer vergessen worden; im Eck daneben stand ein alter Röhrenfernseher zwischen zwei hohen Boxen auf einer durchhängenden Kommode. Von dem massiven Esstisch aus hellem Holz am anderen Ende des Zimmers hätte Nikki gewettet, dass ein Vormieter ihn hinterlassen hatte. Ansonsten war der Raum leer. Die spärliche Einrichtung ließ ihn viel größer aussehen, als er eigentlich war.

Die anderen schien Neros eigenwilliger Stil nicht zu stören. Sie breiteten sich in dem Wohnzimmer aus, als wäre es ihres. Doc betrachtete jedes Detail mit staunender Miene, als hätte er selten etwas so Beeindruckendes wie Neros abgestumpftes Leben gesehen. Während Nero und Tristan bereits beim Fernseher über irgendetwas flüsterten, das die anderen wohl nichts anging, setzten sich Sarah, Theresa, Richie und Marie auf die Ledercouch, die aussah, als wäre sie in letzter Minute vor der Sperrmüllvernichtung gerettet worden.

Nero lachte über etwas, das Tristan gesagt hatte, bevor er sich allen Gästen zuwandte. »Was haben wir eigentlich heut vor? Ich hab' von nichts genug da für so viele Leute.«

Tristan zippte seine Umhängetasche auf. »Als ob wir so unhöflich wären, dich mit leeren Händen zu besuchen.«

Nikki hatte sich schon gefragt, warum Tristan eine Tasche umgeschnallt hatte. Er zog es üblicherweise vor, ohne Ballast zu reisen, bat in Fällen wie diesem Ausflug normalerweise Nikki oder Filippe, eine Zahnbürste und Kleidung in ihrem Gepäck verstauen zu dürfen. Das frische T-Shirt lugte diesmal aus seiner eigenen Tasche hervor – genauso wie eine Flasche Gordon's und ein paar prall gefüllte Plastiksäckchen.

»*Nice*«, sagte Nero und zog die Flasche heraus. Er drehte den Verschluss ab, nahm einen kräftigen Schluck, wischte sich über den Mund und beugte sich wieder über den Inhalt von Tristans Tasche. Er klemmte die Flasche unter einen Arm und fischte eins der Säckchen heraus. Es war voller kleiner blauer Pillen.

»Hm, in eurer winzigen Stadt am Arsch der Welt kriegt man ja interessantes Zeug. Okay, Leute. Im Kühlschrank ist Bier, in der Schatulle unter der Couch ist Gras, der Tag ist jung und ich freu' mich.«

Er schaltete die Boxen ein, klappte den Laptop auf, der auf dem Fernseher lag, und drückte die Leertaste. Tiefer, dunkler Bass brachte den Raum zum Beben.

Filippe und Jo schlurften aus dem Wohnzimmer, wohl auf der Suche nach dem Kühlschrank. Theresa zog die Schatulle unter der Couch hervor und nahm neugierig den Inhalt in Augenschein. Sarah beugte sich auch über die Schatulle, zaghaft und mit beiden Händen am Hals, als wollte sie ihre eigene Leine sein, und zuckte erschrocken zurück, als sich Richie und Marie schmusend über die Länge der Couch fallen ließen und Theresa mit einem Japsen aufsprang. Nikki beobachtete all das und fragte sich, ob die Party tatsächlich schon begonnen hatte. Da Tristan auf dem kleinen Glastisch Lines legte und Nero mit geübten Fingern einen Joint baute, ging sie davon aus, dass es wohl so war.

*

Bis Tristan enthüllte, dass seine Schwester für ihn eine weitere

Flasche Gin und drei Liter Tonic in ihrer Tasche verstaut hatte, und Nero damit herausrückte, dass im Tiefkühler Wodka lag, war es in der Wohnung duster geworden und hatten Filippe, Doc, Jo, Richie und Marie bereits so viel Bier getrunken, dass sich auf dem Baumwollteppich langsam ein zweiter aus Aluminium ausbreitete. Nero bat niemanden darum, die leeren Dosen wieder aufzuheben. Allerlei Gerüche waren so intensiv und allgegenwärtig, dass Nikki sie schon gar nicht mehr wahrnahm.

Nikki hatte nur widerwillig eine von Tristans Tabletten entgegengenommen, aber sie mochte weder Bier noch Gin, und ganz ohne glaubte sie den Abend auch nicht durchstehen zu können. Es *war* noch nicht einmal Abend, und später wollten sie angeblich noch durch die Wienernacht streifen. Die halbe babyblaue Pille, die sie eingeworfen hatte, schien in ihrem Kopf ein wenig aufgeräumt zu haben, sodass sie mit völliger Klarheit erkannte, wie viel Spaß die Leute um sie herum hatten, wie begeistert Richie, Marie, Theresa und Sarah sich mit einem kuriosen Kartenspiel auseinandersetzten, das sie ebenfalls unter Neros Couch gefunden hatten, und wie sehr Filippe Neros Musikgeschmack zu gefallen schien: Er scrollte mit offenem Mund durch die Playlist, sein Gesicht unheimlich erhellt von dem grellen Licht des Laptops, und wippte geistesabwesend mit den Füßen, während gewaltige, dschungelartige Geräusche von beiden Seiten auf ihn einprasselten.

Nach einem Besuch der Toilette (die erstaunlich rein war im Vergleich zum Rest der Wohnung) stellte Nikki fest, dass Tristan nicht mehr zu sehen war. Für einen kurzen Moment war sie sich hundertprozentig sicher, dass er einfach abgehauen war, sie alle hier bei seinem Freund, den sie nicht kannten, zurückgelassen hatte. Dann fiel ihr Blick auf eine Glastür, die bisher von einem Vorhang verdeckt gewesen war; den Vorhang hatte sie vorher wohl nicht bemerkt, weil er farblich der Wand zu ähnlich war, bloß dass die Wand einmal weiß und der Vorhang einmal gelb gewesen zu sein schien. Tristan stand auf dem Balkon, sein amüsiertes Feixen durch die Scheibe auf sie gerichtet.

Sie trat behutsam um den kleinen Dosenberg herum, zog die Tür auf, stolperte ein wenig über den Höhenunterschied zwischen Drinnen und Draußen, der in ihrem berauschten Zustand mindestens einen Meter auszumachen schien, und schob die Glastür wieder zu. Es war sehr kalt, das wusste sie, aber ihr *war* nicht kalt. Verkehrslärm und Menschengeschrei von den umgebenden Straßen sorgten für eine lebendige und unangenehme Geräuschkulisse, aber die war Nikki gerade lieber als Neros Musik. Heller war es heraußen auch.

»Was tust du?«, fragte Nikki. »Drinnen wird eh geraucht.«

»Frische Luft schnappen«, sagte Tristan, und sog an seiner Zigarette. »Gefällt dir das Vorglühen?«

»Von Vorglühen kann langsam keine Rede mehr sein.« An der Art, wie ihr Mund sich voll und unbeweglich anfühlte, gleichzeitig aber Reden ganz locker und wie von selbst vonstattenging, merkte sie mehr als an sonst irgendwas, dass das halbe E zu wirken begonnen hatte.

»Ich glaub' schon«, widersprach Tristan. »Filippe will fortgeh'n. Richie auch, was heißt, dass Marie dabei ist. Und Sarah ist ganz wild drauf, Wien zu erkunden.«

»Sarah?«, hakte Nikki überrascht nach.

»Sarah«, bestätigte Tristan. »Sie ist ein ganz anderer Mensch, seit Samuel tot ist.«

»Pass auf, was du sagst. Klingt fast, als wärst du dem Mörder dankbar.«

»Ich bin eben bemüht, das Positive in allem zu sehen.«

Nikki lachte humorlos, tief in ihrer Kehle, sodass es mehr wie das Wimmern eines kranken alten Menschen klang. »Du ein Optimist? Ganz was Neues.«

»Vielleicht bin ich *auch* ein anderer Mensch geworden.«

»Ganz eindeutig. Früher wärst du nicht mit deiner Schwester fortgegangen.«

»Früher wollte sie nicht … Ich glaube, es ist gut für sie, dass Theresa dabei ist.«

Nikki stierte durch die Glastür Richtung Couch, wo Theresa und Sarah Seite an Seite saßen. Theresa hatte die Beine im Schneidersitz hochgezogen. Ihre Schultern hingen schlapp nach unten, aber eine seltene Zufriedenheit erhellte ihr Gesicht – und, richtig, die Zufriedenheit spiegelte sich in Sarahs Miene wider. Sarah hatte in diesem Moment irgendetwas bei dem Kartenspiel richtig gemacht und warf triumphierend die Arme in die Höhe, während Richie am Boden applaudierte, Marie neben ihm lachte, als hätte sie nie etwas Lustigeres erlebt, und sogar Theresa jubelte und Sarah auf die Schulter klopfte.

»Warum?«, fragte Nikki, deren Kopf sich eng und warm anfühlte und deren Gedanken irgendwie zu keinem Ende kamen. Ihr war so leicht ums Herz wie lange nicht mehr, und sie spürte, dass sie lächelte.

»Sarah sieht, dass andere Mädchen auch nüchtern bleiben«, sagte Tristan, »und trotzdem mitmischen.«

»*Mitmischen*?« Nikki schnaufte. »Theresa ist nur da, weil in dem Chaos mit den ganzen Morden und Maturavorbereitungen keiner Zeit gefunden hat, sie dran zu erinnern, dass sie nichts mit uns zu tun haben will.«

»Dafür hängt sie jetzt schon ganz schön lange mit euch ab. Und ganz schön oft.«

»Mit *uns*«, korrigierte Nikki. »Du bist immer noch Teil dieser Gruppe, Tristan.«

Irgendwie gab es ihr ein gutes Gefühl, das ausgesprochen zu haben. Für Tristan waren die Worte offenbar auch nicht bedeutungslos. Er ließ den Blick sinken, wirkte plötzlich traurig. Nikki glaubte zu wissen, was der Grund dafür war.

»Hat Lily dir gesagt, warum sie nicht mitgekommen ist?«, fragte Nikki.

»Nein.«

»Vielleicht hat sie wirklich für die Matura zu lernen.«

»Vielleicht.«

Sie schwiegen für einen Moment. Dann sagte Nikki, »Komisch, dass Jo trotzdem mitgekommen ist.«

Tristan schien darüber nachzudenken, bevor er fragte, »Wieso?«

»Wieso es komisch ist oder wieso er ohne Lily da ist?«

»Beides«, sagte Tristan. »Wenn du beides beantworten kannst.«

Nikki schaute wieder durch die Tür hinein. Jo stand mit dem Gastgeber etwas abseits von den anderen, bei dem Beistelltisch mit den spindeldürren Beinen. Sie schienen sich über ein spannendes Thema zu unterhalten, Jo ganz absorbiert von den Worten, die unaufhaltsam aus Neros dauergrinsendem Mund flossen.

Nikki fröstelte plötzlich doch. Sie schloss ihre Arme um sich, streichelte ihre Schultern.

»Es ist komisch, weil er eigentlich eifersüchtig auf dich ist«, sagte sie.

»Eifersüchtig?«

Nikki rollte mit den Augen. »Stell dich nicht dumm. Es ist offensichtlich, dass er Lily will.«

»Wie Doc dich will?«

Unwillkürlich schielte Nikki zu Doc hinüber. Obwohl er lachend in ein Gespräch mit den Spielenden involviert war, hob er den Blick, um Nikkis zu begegnen. Er winkte ihr sogar zu. »Das tut nichts zur Sache«, sagte sie.

»Gut. Okay.«

»Da Jo deine Freundin haben will, ist es seltsam, dass er ohne sie, *mit* dir, zu einem Freund *von* dir, den sonst keiner kennt, nach Wien fährt.«

»Jo und ich sind früher eigentlich nie schlecht miteinander ausgekommen«, gab Tristan zu bedenken.

»Bis ihr Sex hattet«, sagte Nikki.

Tristan stutzte. »Du weißt das?«

»Ja. Alle wissen das.«

»Ich hab's niemandem erzählt.«

»Bist dir sicher?«, entgegnete Nikki, und auf Tristans grantigen Blick hin: »Naja, irgendwer hat's irgendwem erzählt, und Jo ist die Sache ja anscheinend so peinlich gewesen, dass er nicht mehr mit dir sprechen will. Er spricht dafür *über* dich, übrigens. Luke hat sich mal im Home mit ihm geprügelt deswegen.«

Tristan riss die Augen auf. »Hat er das?« Er biss die Zähne zusammen, verzog den Mund. »Wusst' ich das?«

»Weiß ich doch nicht, ob du das wusstest.«

Tristan nahm ein paar nachdenkliche Züge. Nikki ließ ihn.

»Und warum ist Jo trotzdem da?«, fragte er dann.

Jo hatte jetzt eine Hand gegen den Türstock gelehnt, die andere in die Hüfte gestemmt, und nickte andächtig, während Nero weiter erzählte, was immer er erzählte.

»Warum hast du ihn denn eingeladen?«, fragte Nikki.

»Ich wollte ihn und Lily beide da haben. Zeit mit ihnen verbringen, zu dritt.«

»Um ihn besser kennenzulernen?«, witzelte Nikki.

»Um ein Freund von Lilys bestem Freund zu werden.« Tristan lächelte – aufrichtig, wenn Nikki sich nicht täuschte. »Um nicht schuld dran zu sein, dass ihre längste und wichtigste Freundschaft zerbricht.«

Nikki verengte die Augen. »Und um ihm endgültig zu zeigen, dass sie jetzt dir gehört. Ihn spüren zu lassen, dass er das dritte Rad am Wagen ist.«

Tristan gluckste. »Du kennst mich zu gut.«

»Das kannst du laut sagen.«

»Hey.«

»Nur ein Scherz. Okay, aber warum ist er mitgekommen? Um zu prüfen, ob du ein guter Partner für sie bist? Um zu schauen, ob du treu bleibst? Um herauszufinden, wie er dich loswird und selbst mit ihr zusammenkommen kann?«

Tristan dämpfte seine Zigarette im überquellenden Aschenbecher aus. Die Glut zischte zwischen den regenfeuchten Überresten von Neros Zigarillos und Joints. Ohne ein Wort schob Tristan die Glastür auf und war schon mit einem Fuß wieder in der Wohnung.

»Willst du nicht antworten?«, fragte Nikki.

Tristan tat überrascht. »Wozu? Ich hab' ja selbst keine Ahnung.«

*

»Bis später!«, rief Theresa über ihre Schulter, aber sie war die Einzige, die daran dachte, sich zu verabschieden. Marie und Richie waren schon längst auf den Gang hinausgesprungen (nämlich wirklich gesprungen, und fast die Stiege runtergestürzt) und Sarah war wie benommen hinterhergestrauchelt, high nicht von Alkohol oder Drogen, sondern von mehr Gesellschaft, als sie in den letzten Jahren jemals auf einen Schlag gehabt hatte. Jo folgte den anderen mit mürrischer Miene, sobald er es geschafft hatte, sich die Schuhe richtig herum anzuziehen.

Nikki hatte im Endeffekt erkannt, dass *sie* diejenige war, die eigentlich gar nicht fortgehen wollte. Sie blieb allerdings nicht allein in Neros Wohnung zurück. In der Küche war Filippe damit beschäftigt, sich ein Sandwich zu machen. »Auch eines?«, fragte er sie, ihr eine Scheibe Toastkäse hinhaltend, als handelte es sich dabei bereits um den fertigen Snack.

»Nein, danke. Hast du Nero gefragt, ob du das darfst?«

»Er hat mich auf die Idee gebracht«, sagte Filippe, bevor er inbrünstig abbiss und glückselig mampfte.

»Wieso gehst du nicht fort?«, fragte Nikki.

Filippe zuckte mit den Schultern. »Müd«, presste er aus vollem Mund hervor. Er kaute, schluckte, und fügte hinzu, »Wien taugt mir nicht so, bin ich zu Silvester draufkommen. Zu groß.«

»Für andere ist das doch grad der Grund, hier fortzugehen.«

»Andere können mich am Sack lecken«, erklärte Filippe sachlich.

»Wo du recht hast.« Nikki ließ Filippe mit seinem Sandwich allein und wanderte zurück ins Wohnzimmer. Die Musik war jetzt leiser gedreht, klang aber trotzdem noch drückender als vorher, nun, da es stockdunkle Nacht war; harte Musik war das, Musik, die zur dichten, abgestandenen Luft passte. Tristan und Nero lagen auf dem Boden, Tristan auf dem Rücken, Nero auf einen Arm gestützt. In einem großen Keramikaschenbecher mit buntem Streifenmuster, der gar nicht zu Nero passte, qualmte ein Ofen vor sich hin. Nikki hatte aufgehört zu zählen, aber es musste mindestens der zehnte sein. Ihr wurde ein wenig übel.

»Ah, schau, schau …«, säuselte Nero, als er Nikki erblickte. »Nicole, richtig?«

»Veronika«, sagte Nikki. »Nikki.«

»Natürlich.« Nero wies mit der Hand auf eine Stelle zwischen seinen und Tristans Füßen, als bedürfte es einer gesonderten Einladung, sich in einer heruntergekommenen Wohnung auf dem dreckigen Boden niederzulassen. Nikki seufzte und folgte der Einladung. Sie war auch müd.

»Dir gefällt's zu gut bei mir, um deine Freunde zu begleiten?«, fragte Nero.

»Meine Freunde sind hier«, erwiderte Nikki. »Einer stopft sich mit deinem Toastbrot voll, einer raucht sich mit dir ein und einer schläft dort auf der Couch.«

Doc war vor knapp einer Stunde einfach umgefallen und hatte ohne Umschweife zu schnarchen begonnen.

Nikkis Worte schienen Nero zu gefallen. Er richtete sich auf, rückte an sie heran und brachte sein Gesicht recht nah an ihres. Er roch nach Alkohol und Duftkerzen. »Ich weiß nicht, ob du grad sehr lieb zu Tristan und den Burschen oder sehr fies zu den anderen warst.«

»Schließt sich nicht wirklich gegenseitig aus, oder?«

Nero krächzte belustigt. »Tristan, ich mag deine Freundin Nikki. Wieso bist du nicht mit *ihr* zusammen?«

»Du würdest Lily wahrscheinlich auch mögen«, sagte Tristan gelangweilt.

»Woher kennt ihr zwei euch eigentlich?«, fragte Nikki.

Die beiden antworteten nicht sofort. Neros Zähne blitzten blau im Schein des Laptops, der jetzt neben ihnen am Boden stand und die einzige Lichtquelle im Raum war. Tristan starrte zur Decke; Nikki hatte das Gefühl, dass ihm das Gespräch plötzlich unangenehm war. Nero griff nach dem Joint, zog, und reichte ihn an Nikki weiter. Seine Finger waren lang und geschickt; selbst jedes kleine Zucken wirkte überlegt. Sie zögerte nur kurz, bevor sie das Angebot akzeptierte. Neros Zeug schmeckte ganz anders als jedes, das sie bisher geraucht hatte. Es duftete intensiver und vielschichtiger, wie ein guter, exotischer Tee, und es brannte kaum, wenn der Rauch ihre Kehle hinunterwanderte.

»Er hat mich entjungfert«, beantwortete Tristan endlich ihre Frage.

Nikki verschluckte sich an dem Rauch, hustete und keuchte. Nero lachte. Tristan schob sich auf dem Boden hin und her, wie auf der Suche nach einer bequemeren Position.

Nikki räusperte sich. Sie wusste, dass sie rot angelaufen war, und nicht nur wegen des Hustenanfalls. »Okay. Und … und heute schläfst du hier?«

Tristan bedachte sie mit einem harten, unfreundlichen Blick. »Ohne Lily, meinst du?«

Nikki sagte nichts dazu.

Nero kicherte wie ein viel jüngerer Bub. »Keine Sorge, das war einmal, weil's grad lustig war. Ich mach' niemanden zweimal.«

»Ah«, sagte Nikki. »Sehr sympathisch.«

Die beißende Bemerkung hätte sie sich vielleicht sparen können, aber sie rutschte ihr raus, und es war ihr egal. Sie hatte nie die zweite Hälfte nachgelegt und die gute Wirkung der ersten war lange verflogen, aber ein Hang zur redelaunigen Direktheit schien noch übrig zu sein.

Nero störte sich nicht an ihrer offenen Ablehnung: Er lachte noch lauter, krächzender, als vorher. »Ich nehm' dir das nicht übel«, sagte er. »Weil du trauerst. Es tut mir leid für euch, übrigens. Es ist nicht schön, wenn man Freunde verliert.«

Nikki erschrak und wandte den Blick ab. Sie hatte nicht damit gerechnet, dass Nero davon wusste, geschweige denn darauf zu sprechen kommen würde. Sie fand es auch alles andere als angemessen.

»Du sprichst aus Erfahrung?«, fragte sie, überrascht, wie kühl ihre Stimme klang.

»Ja«, sagte Nero.

Damit hatte sie allerdings auch nicht gerechnet. Sie fragte nicht nach Details, nahm still noch einen Zug. Als sie an Tristan weiterreichen wollte, stand der auf und ging wortlos davon.

»Wohin gehst du?«, fragte sie.

»Ich seh' mal nach Filippe«, sagte er, und ließ sie mit Nero und dem schlafenden Doc allein.

»Ein weirder Kerl, dieser Tristan«, sagte Nero, und nahm ihr den Ofen ab.

»Hm«, machte Nikki.

»Oh, ich mag ihn! Ich mag ihn gern. Aber er ist eigenartig.«

»Du auch.«

Nero schien wieder nicht beleidigt zu sein. Er krächzte ein weiteres Mal und streckte seinen Hals wieder aus, bis sein Kopf ihrem ganz nah war; sie roch jetzt etwas Neues unter dem Gras und dem Alk und dem Staub, etwas Angenehmes, Blumiges.

»Interessantes Parfum«, sagte sie.

»Nur Duschgel«, sagte er. Er hielt den Ofen hoch, zwirbelte ihn zwischen ihren Gesichtern hin und her. »Hast du schon mal einen Blowback probiert?«

»Einen was?« Nikki schaute über seine Finger hinweg in die stählernen Augen, die zurückstierten, ohne zu blinzeln.

»Ich nehm' das angezündete Ende in den Mund und blas' Rauch in deinen.«

»Was soll das bringen?« Nikki hatte noch nie etwas Dümmeres gehört.

»Probier's aus, dann weißt du's.«

Er steckte den Joint verkehrt herum in seinen Mund, klemmte ihn zwischen seine spitzen Zähne und blickte sie erwartungsvoll an. Sie gluckste skeptisch – aber sie spürte Neugier in sich, und noch etwas: ein dumpfes, warmes Pochen, das sie selten spürte, das sich fast anfühlte, als dränge es von außen in sie ein. *Was soll's*, dachte sie. Langsam beugte sie sich nach vorne. Der Joint war schon fast aufgeraucht; ihre Lippen berührten seine beinahe. Er faltete die Hände um ihre Münder, machte einen Tunnel zwischen ihnen. Sie spürte, dass er in den Tunnel pustete, öffnete die Lippen ein bisschen und atmete ein. Erst merkte sie kaum einen Unterschied zu einem normalen Zug – dann war ihr, als würde nicht Rauch, sondern etwas Festes, Grobes sich auf ihre Zunge legen, ihre Lunge hinunterplumpsen, und es wurde ganz heiß in ihrem Hals. Sie ließ ab, sicher, dass sie wieder würde husten müssen, oder sich übergeben, aber weder noch – die Hitze blieb zurück, und ihre Augen wurden feucht, und der Rausch von vor zwei Stunden, den sie verloren geglaubt hatte, kehrte mit Nachdruck zurück.

»Hat's dir gefallen?«

Sie nickte. Zitterte ein bisschen.

»Ich kann dir noch mehr zeigen, wenn du magst.«

Sie zuckte mit den Schultern. Die kleine Bewegung kostete sie Kraft. Sie lachte. Sie fühlte sich wirklich gut.

Was soll's.

8

Ein Blick auf die digitale Uhr am Herd machte Tristan unglücklich. Es war fast drei. Er hätte gerne behauptet, dass er nicht mitgegangen war, weil er müde war. Aber er war alles andere als müde. Er hatte nur keine Lust gehabt, irgendwohin zu gehen. Es hatte ihm gefallen, bei Nero zu sein.

Jetzt hörte er Nikkis Stöhnen aus dem Zimmer, in dem er selbst vor einigen Jahren gestöhnt hatte. Er blickte vom Herd zu Filippe, der auf einem Barhocker eingeschlafen war. Sein Kopf lag am Rand der Küchenplatte und seine Arme und Beine hingen von dem hohen Stuhl wie die einer Puppe. Das Sandwich lag halbaufgegessen neben ihm auf der Waschmaschine.

Tristan überlegte, ob er Sarah schreiben und ihr doch noch in die Nacht hinaus folgen sollte. Er war in Wien, hier brauchte er keine Angst vor dem Mörder mit der Totenkopfmaske zu haben. Das war einer der Gründe, warum er sich so auf den Ausflug gefreut hatte. Das war einer der Gründe, warum es ihm die Eingeweide verknotete, dass Lily nicht mitgekommen war.

Er blickte wieder auf die Uhr, und keine Minute war vergangen. Dieses Spielchen trieb er jetzt schon eine ganze Weile. Er hatte in der Küche warten wollen, bis Nero und Nikki fertig waren. Sie hielten ganz schön lange durch, dafür, dass sie einiges intus hatten. Möglicherweise aber auch genau deshalb.

Tristan ließ den Blick schweifen. Neben der Packung Toast, die Filippe offengelassen hatte, standen die drei Flaschen hochprozentigen Alkohols, die sie geleert hatten. Der Wodka war schon zu Beginn des Abends nur halbvoll gewesen und Richie hatte eine Ginflasche umgestoßen und ein Drittel verschüttet, sonst hätte der Vorrat vielleicht länger gereicht. Es ärgerte Tristan, dass er nicht mehr mitgenommen hatte. Er öffnete den Kühlschrank. Bier gab es noch. Tristan mochte Bier nicht, aber er war durstig genug, um zu trinken, was da war.

Nein, nicht durstig, reflektierte er, als er sich wieder am Küchentisch niederließ. Die weiße Tischplatte war voller undefinierbarer Flecken, die Tristan auch gar nicht zu definieren versuchen wollte. Er öffnete die Dose. Das Zischen hatte etwas Befriedigendes, der erste Schluck leider gar nicht: wie abgestandener Apfelsaft. Tristan ließ die Dose enttäuscht sinken; er hatte gehofft, schon verrauscht genug zu sein, um den Geschmack erträglich zu finden. Dann setzte er die Dose wieder an, trank weiter. *Nicht durstig, überhaupt nicht.* Er sehnte sich nur nach einem viel intensiveren Rausch, wollte aber keine seiner Pillen nehmen, oder mehr rauchen als die paar Züge, die er genommen hatte, um sich keine blöden Fragen anhören zu müssen.

Tristan öffnete eine zweite Dose, als Nero die Küche betrat. Nackt, selbstverständlich.

»Du hast ein neues Tattoo«, stellte Tristan fest. Zahllose kleine Skeletthände verschränkten sich auf Neros Hüfte zu einer Sanduhr.

»Wo schaust du mir denn hin?«, fragte Nero. Er nahm sich auch ein Bier aus dem Kühlschrank.

Tristan schnaufte. »Bist du jetzt schüchtern?«

»Nein.« Er betrachtete Tristan über die Dose hinweg, ein belustigtes Funkeln in den Augen. »Aber du vergeben.«

»Ich halte es nicht für Betrug, wenn jemand nackt in den Raum spaziert, in dem ich sitze«, erwiderte Tristan.

Filippe regte sich, sank im Endeffekt aber nur tiefer den Hocker hinab und schlief weiter. Tristan überlegte, ob er ihn aufwecken sollte, bevor er auf den Boden fiel. Aber wahrscheinlich würde Nero dann nur mit ihm auch noch vögeln.

»Du scheinst ein Ding für meine Freundinnen zu haben«, sagte Tristan.

Nero grinste dieses scharfe, drohende Grinsen, das Tristan damals so fasziniert hatte. »Du hast hübsche Freundinnen.«

Tristan nahm einen besonders widerlichen Schluck Bier, verzog das Gesicht und stellte die Dose mit solcher Wucht ab, dass Schaum aus der Öffnung quoll und über seine Hand schwappte.

»Hm«, machte Nero. »Eine Metapher?«

Er trat näher an Tristan heran. Sein Schwanz baumelte auf Tristans Augenhöhe.

Bumm, bumm, bumm. Jemand pochte an die Wohnungstür.

»Kommen die anderen schon zurück?«, fragte Nero.

Tristan zuckte mit den Schultern. Nero verließ die Küche, und Tristan seufzte. Er merkte jetzt, wie betrunken er war, wie eingeraucht trotz seiner Mühe, nicht zu viel zu rauchen, wie fix und fertig. Er fühlte sich trotzdem nicht imstande, schlafen zu gehen.

»Wir sollten nach Hause fahren«, murmelte er dem schlafenden Filippe zu. Der schlafende Filippe schmatzte.

Als Tristan sich erheben, Nero folgen, Sarah empfangen und sie bitten wollte, mit ihm ein Taxi zum Bahnhof zu nehmen, hörte er Neros Schrei. Vogelartig, wie sein Lachen. Knapp, und schnell erstickt, aber unverwechselbar: ein Schmerzensschrei.

Tristan erstarrte.

Wenn er den Schrei gehört hatte, musste Nikki ihn auch gehört haben. Er musste Doc aufgeweckt haben. Beide waren näher beim Eingang. Gleich würden sie laut lachen, weil sie Nero entdeckten, der ausgerutscht und auf seinen abgemagerten Hintern gefallen war. Oder Sarah würde sich lauthals entschuldigen, weil sie aus Versehen die Tür beim Öffnen gegen seine Zehen gerammt hatte.

Stattdessen war gar nichts mehr zu hören.

Nein, dachte Tristan. *Kann nicht sein.*

Und es stimmte: Es *konnte* nicht sein.

Tristan ging langsam ins Wohnzimmer. Doc schnarchte immer noch auf der Couch. Die Tür zum finsteren Vorzimmer stand offen. *Kann nicht sein*, dachte er nochmal, und setzte einen Fuß vor den anderen, bis er um die Ecke spähen konnte.

Die Eingangstür zur Wohnung war ebenfalls offen, sperrangelweit. Am Vorzimmerboden lag eine reglose Gestalt. In der Dunkelheit konnte Tristan wenig erkennen. Er wusste trotzdem, dass das Nero war.

Bevor Tristan glauben konnte, was er sah, löste sich ein Schatten aus der Dunkelheit, stürmte auf ihn zu, und rang ihn nieder.

Tristan stürzte rückwärts in einen Dosenhaufen, und der Schatten stürzte auf ihn. Die Luft blieb ihm weg; er konnte nicht einmal schreien. Er wand sich und schlug und trat blind gegen das schwarze Gewicht, das ihn erdrückte, bis es mit einem dumpfen Stöhnen von ihm rutschte. Tristan rappelte sich hoch und lief los, aber eine Hand schlang sich um seinen Fußknöchel, und er fiel, und krachte mit dem Kinn in den Beistelltisch neben der Tür. Die Glasplatte barst. Er kniff die Augen zusammen, bevor spitzer, klirrender Schmerz, fein und fiepend wie ein Schnitt in die Fingerkuppe, durch seine Wangen fegte – dann schlug er mit dem Kopf auf dem Boden auf, und der Schmerz – der *Schmerz* –

Sein Knöchel wurde freigelassen. Er drehte sich auf den Rücken, der Schrei immer noch auf seiner Zunge.

Im bläulichen Licht des Laptops sah es aus, als würde der Totenkopf sich bewegen wie ein echtes Gesicht. Das Messer in seiner Hand schimmerte klebrig.

Der Geschmack von purem Gin und Halbverdautem stieg in Tristans Rachen auf, feurig und faulig und gnadenlos. Er würde sich übergeben, und während er ohnmächtig kotzte, würde Skull ihn zu Tode stechen, und das würde sein Ende sein, das erbärmliche Ende, das vielleicht das einzige war, das er verdient hatte –

Plonk!

Skull grunzte und sackte zur Seite. Durch tränennasse Augen erblickte Tristan Nikki, nur in Unterwäsche, ihr Gesicht eine Maske des Entsetzens. Sie hielt den buntgestreiften Aschenbecher in einer Hand. Stummel hatten sich über den Wohnzimmerboden und ihre Füße verteilt, und Asche rieselte durch die Luft, eine funkelnde Wolke im Laptopschein.

Bevor sie noch einmal ausholen konnte, bäumte die schwarze Gestalt sich wieder auf. Tristan wusste, dass Nikki mit ihrem Aschenbecher keine Chance gegen das Messer hatte. Er wollte aufstehen, wollte ihr helfen, wollte die Polizei rufen, wollte *irgendjemanden* rufen, *irgendetwas* tun, schreien, einfach schreien, so laut er konnte …

Er konnte nicht.

Der Totenschädel drehte sich noch einmal nach Tristan um. Tristan sah die Augen hinter den knöchernen Höhlen nicht. Aber er spürte den Hass, der aus ihnen sprühte.

Skull stürzte aus der Wohnung; seine Schritte polterten die Stiege hinunter; verhallten …

Tristan und Nikki schreckten herum, als hinter ihnen leere Dosen schepperten. Doc war auf den Boden gefallen. Mit Augen wie Scheinwerfern starrte er sie beide um die Couch herum an.

»War das *echt*?«, fragte er.

Kapitel 9

Bier auf Wein

1

Tristans Gesicht stand in Flammen. Paracetamol und Betadona hatten dem Schmerz den Stachel genommen, aber es brannte immer noch, vielleicht für immer. Das Untersuchungszimmer fühlte sich an wie der letzte Ort auf der Welt; er schwebte, allein, in abscheulich künstlichem, schal gelbem Licht und den Gerüchen von Desinfektionsmittel, Plastik und Jod, die schneiden und schlagen sollten, ihm aber trüb vorkamen wie eine Erinnerung, und wenn er die Tür öffnen würde, wäre dort nur Leere und Dunkelheit.

Die Tür ging auf. Es war nicht die Ärztin, keine Krankenschwester, sondern Richie, aber Tristan war zu träge, um überrascht zu sein, und für Freude war es sowieso zu spät. Richie trat an den Untersuchungstisch heran, auf dem Tristan lümmelte wie ein ausgesetztes Kind, und schlug die blutunterlaufenen Augen weit auf.

»Fuck, Tristan«, hauchte er. »Tut's weh?«

Tristan schüttelte den Kopf. Richie schluckte; dann trat er näher, so nah, dass Tristan von seinem üblen Mundgeruch schwindlig wurde.

»Hör mal, Mann – die Polizei ist da. Die wissen nicht, dass wir auch in der Wohnung waren. Wie's ernst wurde, waren wir ja sowieso anderswo unterwegs, und – Tristan, die ganzen Drogen – deine Drogen … Du wirst schon keinen Stress kriegen, die interessiert nur der Mord, aber zieh uns da bitte nicht mit rein. Zieh deine *Schwester* da nicht rein –«

»Was tun Sie hier drin?«

Die Ärztin war zurück. Richie warf einen letzten vielsagenden Blick auf Tristan, entschuldigte sich und ging.

*

Die Drogen hatten nicht Tristan gehört, sondern alle, ausnahmslos, Norbert Persson (so hieß Nero eigentlich), und damit war dieses unliebsame Thema für die Polizei vorerst erledigt. Richies große Sorge war also hinfällig, und gut so: Tristan hatte gar nicht ausplaudern müssen, wer aller in der Wohnung gewesen war, weil die Polizei es bei seiner Einvernahme schon wusste. Schwieriger als das mit den illegalen Substanzen war für Tristan, über alles andere zu reden. Er erkannte, auch wenn er es schräg fand, dass er lieber mit Schrammer und Fletscher gesprochen hätte, aber die waren nicht in Wien, und es musste wohl alles sehr schnell gehen. Nach seiner Aussage wurde Tristan angewiesen, nochmal in die Unfallambulanz zu gehen; die Ärztin, die ihn behandelt hatte, wollte mit ihm sprechen.

»Herr Os –«

»Tristan«, sagte Tristan; seine Stimme kratzte, und er hätte lieber für immer geschwiegen, aber nach der einstündigen Sitzung mit der Polizei konnte er das auch noch herauswürgen.

»Tristan – ich würde dich gerne ein paar Tage hierbehalten. Was hältst du davon?«

Tristan schüttelte den Kopf.

»Hm. Ich kann dich natürlich nicht zwingen … Aber ich möchte mir auf jeden Fall die Nähte nochmal anschauen. Die kleineren Wunden verblassen ja eh fast schon, also mach' ich mir keine Sorgen, aber trotzdem. Du hattest großes Glück, weißt du das? Das hätte leicht ins Auge gehen können – im wahrsten Sinne des Wortes. Oh, und – ich möchte, dass eine Kollegin von mir mit dir über deine Werte spricht. Das noch heute. Sie kann aber erst am Nachmittag. Versprichst du mir, dass du in … drei Stunden wieder da bist? Dann kannst du jetzt bis dahin mit deiner Schwester raus, wenn du magst. Die ist gekommen, um dich abzuholen.«

Tristan runzelte die Stirn. »Gekommen? War Sarah denn weg?«

»Nicht Sarah. Deine andere Schwester. Sie ist im Wartezimmer.«

Tristan fand niemanden im Wartezimmer. Stattdessen stand Lily am Gang draußen gegen die Wand gelehnt. Ihr Gesicht verzeichnete einen Moment blanken Entsetzens, als sie seines sah. Der Moment war so kurz, dass Tristan nicht wissen konnte, ob er nicht nur projiziert hatte. Aber er wusste es.

»Hallo, Schwesterherz«, sagte Tristan.

»Ich war mir nicht sicher, ob man mit dir verwandt sein muss, um dich besuchen zu dürfen«, sagte Lily.

»Ich bin nicht mal stationär«, sagte Tristan.

»Ja, ich – ich war verwirrt.« Lily seufzte. »Tut's weh?«

»Nein«, log Tristan. Eine befremdliche Stille trat ein, die Tristan nicht ertragen konnte. »Du willst mich ausführen?«

*

Es war ein bitterkalter Sonntagmorgen. Sie hatten die Straßenbahn fast ganz für sich allein.

»Wohin bringst du mich?«, fragte Tristan.

Sie lächelte endlich. »Wirst du sehen.«

»Zu dem Stammbaum, der unsere Verwandtschaft nachweist?«

Sie schenkte ihm einen ungeduldigen Blick, einen Blick grinsender, spielerischer Bösartigkeit – aber das Spiel war sofort wieder vorbei. Kummer legte sich über ihre Miene wie ein Schatten.

»Das wird alles heilen«, versicherte Tristan, der sich überhaupt nicht sicher war. »Sind nur Kratzer.«

»Ja, ich weiß«, sagte Lily, und drückte seine Hand.

Die Fahrt dauerte nicht lang. Er folgte ihr durch ein Netzwerk aus Seitenstraßen; geschlossene Restaurants, gaffende Schaufenster, klaffende Wohnhauseingänge. Lily blieb vor einer eingedellten roten Tür stehen, an der Tristan vorbeispaziert wäre, ohne ein zweites Mal hinzusehen. Auf einem Schild stand: *ASKESE.* Darunter: *Alle Sollen Kunst Erleben & Selbst Erschaffen.*

»Wird wohl kaum offen haben«, sagte Tristan.

Lily zog die Tür auf. Dahinter führten Stufen hinab in einen engen Gang mit rohen Wänden, an dessen Decke Neonleuchtröhren zwischen unverkleideten Abflussrohren verliefen. Ein hochgewachsener Mann mit schütterem Haar kam ihnen entgegen. Er grüßte Lily mit einem freundlichen Lächeln und einem knappen Nicken, das sie erwiderte, und lief dann die Stiege hoch nach draußen, eine Zigarette aus seiner Packung klopfend. Tristan war zu verblüfft, um Fragen zu stellen. Er folgte Lily um die Ecke, hinter der der Mann hervorgekommen war, und glaubte in dem Moment, in dem er in das hellerleuchtete Kellergewölbe trat, zu verstehen. Ein paar wenige Gestalten tummelten sich hier: eine ältere Dame mit Gehstock und Samthut; ein junges Pärchen, Hand in Hand, die eine in zerfetzten Jeans, die andere in Netzstrümpfen, wie frisch vom Fortgehen; ein Mann mit langen, glatten Haaren und gekämmtem Schnauzbart; ein gähnender Kerl, nicht viel älter als Tristan und Lily, mit fetter Kamera um den Hals. An den Backsteinwänden hingen Bilder in blassgrauen Rahmen, Bilder unterschiedlichster Art: surreale Formen, detaillierte Porträts, leergefegte Landschaften, aufwendige Collagen, holzschnittartige Kreaturen wie aus mittelalterlichen Bestiarien.

Lily nahm Tristan bei der Hand und führte ihn zu einem der Ausstellungsstücke. Tristan hätte es für eine Fotografie gehalten, wenn er es nicht besser gewusst hätte. Es war riesig, über einen Meter breit, fast genauso hoch. Der Stil war unverkennbar – die konkrete Strichführung, die Tiefe der Schatten, die dezente Farbgebung. Noch unverkennbarer war das dargestellte Objekt. Er betrachtete das Gymnasium, das er bald für immer verlassen würde, und glaubte, dass es aus all seinen vielen Fenstern zurückschaute. Das Gebäude auf dem Gemälde wirkte lebendig, *echter* als in der Realität. Tristan konnte nicht sofort sagen, wieso; dann fing eines der Fenster seinen Blick, und er prüfte die anderen, und hinter jedem davon, in unglaublich kleinen, unglaublich scharfen Details, bewegte sich – *bewegte* sich, obwohl starr auf die Leinwand gebannt – eine eigene Welt. Frau Professor Bibi Blocksberg saß hinter einem Fenster, blätterte in einem Fotoalbum und weinte. Frau Doktor Hartplatz stand mit dem Rücken zu ihrem Fenster; auf ihrem Kopf trug sie eine Krone. Die Schatten zweier sich am Boden wälzender Figuren tanzten in einem anderen Fenster, und in dem daneben – Tristan spürte einen Stich im Magen – lachten Hannah und Kris miteinander, für immer glücklich. Lily selbst, die Hälfte ihres Gesichts hinter ihrem Haar verborgen, saß auf einem Fensterbrett; sie war nackt. Aus dem Fenster darunter lehnte sich Tristan, nach oben spähend. Tristan starrte auf sein Abbild; auf sich selbst, wie Lily ihn sah. Markantes Gesicht mit scharfen Konturen, große, offene Augen, dunkle Lippen resolut verschlossen. Ein nobles Gesicht, fand Tristan. Er weinte fast.

Er stand im Hof des Gymnasiums, in einer obskuren Kellergalerie in Wien, und weinte fast, weil er sah, dass er schön war.

»Ich wollt' nichts sagen«, sagte Lily, »weil ich nicht wusste, ob ich gut genug bin.«

Unter dem Bild war ein Schildchen an der Backsteinwand fixiert: *„Wachsen" von Lily Fenrir*. Und ein zweites: *1. Platz*.

»Das ist, wieso ich keine Zeit für einen Ausflug nach Wien hatte.«

»Weil du schon einen Termin in Wien hattest.« Tristan küsste ihre Wange. »Gratuliere, Lily.«

»Danke. Gestern war die Preisverleihung, heute ist die Ausstellung. Sie soll den ganzen Tag dauern, aber man hat mich vorgewarnt, dass nicht viel mehr Leute kommen werden, als jetzt schon da waren. Was sagst du?«

Tristan schnaufte. »Musst du das wirklich fragen?«

»Es gefällt dir?«

»Es ist unglaublich.« In jedem Fenster entdeckte er neue, faszinierende Kleinigkeiten. Nikki und Doc diskutierten miteinander. Professor Rotschert bewunderte die Flöte in ihren Händen mit einer Hingabe, die nahelegte, dass sie das Instrument nicht zum Musizieren verwenden wollte. Rudi Killa war im Begriff, die Jalousien seines Fensters herabzulassen. Und … Ingo baute einen Ofen. Valerie zog ihren Lippenstift nach; blutrot. Caro schob ihr Fahrrad einen Pfad entlang; in diesem Fenster schneite es. Tristans Blick blieb daran hängen.

Lily bemerkte das. »Findest du das *inappropriate*, dass ich die Toten gemalt hab'?«

Tristan schüttelte den Kopf. »Es ist gut. Es hätt' ihnen gefallen. Sie sind alle wunderschön.«

Lily lächelte dankbar. Wieder hielt es nur kurz an, verfinsterte sich ihre Miene sofort. »Es tut mir so leid, dass ich gestern nicht da war.«

»Warum? Ich bin froh. Wenn du dort gewesen wärst – wenn dir was passiert wär' …«

»Dir *ist* was passiert.«

Tristan zuckte mit den Schultern. »Ich lebe.«

Er wandte sich wieder dem Bild zu. *Wachsen.* Seine Augen wanderten wieder, wie von selbst, zu seinem Fenster. So lange er auch darauf starrte, sein kleines Ebenbild erwiderte seinen Blick nicht; es interessierte sich nur für das Fenster über ihm. *Recht hat es*, dachte Tristan, und sah ebenfalls die Lily auf dem Gemälde an. Die Lily neben ihm legte ihren Kopf auf seine Schulter.

Ihn hatte sie noch schöner gemacht. Bei ihr selbst hatte sie völlig untertrieben.

2

»Es ist – bemerkenswert …« Die Direktorin lächelte gönnerhaft. »Dass du dein Leben riskierst, um Mitschüler zu retten.«

Nikki blinzelte Frau Doktor Hartplatz verdattert entgegen. Sie hatte keine Ahnung, warum sie in ihr Büro gerufen worden war. Sie hätte nicht in die Schule kommen sollen. Sie hatte nicht geschlafen.

Die Direktorin schien darauf zu warten, dass sie etwas sagte; also sagte sie, »Ahm … Danke.«

»Du hast Mut und Nächstenliebe bewiesen, wie es deine Altersgenossinnen und Altersgenossen selten tun –«

»Tristan und Lily haben auch schon gemeinsam gegen den Mörder gekämpft«, fiel Nikki ihr ins Wort. Das geschah ungeplant, und klang hohl und unsinnig. Alles klang hohl und unsinnig, auch alles, was die Direktorin von sich gab.

»Genau!« Die Hartplatz reckte einen Zeigefinger empor, einen lauten Finger, einen Finger, der Bedeutendes bedeutete. »*Gemeinsam.* Als sie beide angegriffen wurden. *Du* hast deinen Freunden das Leben gerettet, obwohl du dich hättest verstecken können.«

Die Direktorin grinste zufrieden; sie erhob sich, drehte sich um, verschränkte die Arme hinter dem Rücken und schaute aus ihrem Bürofenster.

»Es ist schwer für Frauen in dieser Welt, Veronika.« Sie sprach jetzt ruhig und langsam; sie wollte wohl weise klingen. »Ich weiß, dass du mir nicht glauben wirst – schließlich bin ich die *Direktorin* dieser Schule, die Kapitänin dieses Schiffs – du denkst dir wahrscheinlich … wie soll *sie* es *schwer* haben? Aber glaub' mir, es war ein harter Kampf bis an die Spitze.«

Ein harter Kampf … Nikki dachte, vielleicht unfairerweise, dass die Hartplatz keine Ahnung hatte, was diese Worte bedeuteten. *Harte Kämpfe ficht man mit Aschenbechern aus. Bei harten Kämpfen geht man über Leichen, mit denen man gerade noch das Bett geteilt hat.*

Nikki wurde schlecht; sie hatte nicht gefrühstückt, aber sie glaubte trotzdem, dass sie sich übergeben könnte.

»Neunzehnneunundachtzig«, erzählte die Hartplatz feierlich, »hat meine Karriere begonnen, und das war noch eine völlig andere Zeit …« Sie sprach zum Fenster und bemerkte nicht, wie Nikki hinter ihr sich zusammenkauerte, an der Schreibtischkante festklammerte. Nikkis Kopf dröhnte. Ihr Hals schnürte sich zu, wie um sie vom Kotzen abzuhalten. Nikki starrte auf den Tisch, versuchte, sich auf die Gegenstände darauf zu konzentrieren, auf die Alltäglichkeit eines Lochers, einer Schreibtischlampe, eines Aktenstapels; versuchte, ruhig zu atmen, und –

Plötzlich war es vorbei. Etwas hatte sie abgelenkt, angesprungen wie eine Schlange.

Tristan Os. In schmalen, gedrängten Lettern prangte der Name auf einer sonst unbeschrifteten Mappe, die zwischen den anderen auf dem Schreibtisch hervorlugte. Nicht auf ein Etikett gedruckt, sondern handgeschrieben, unzeremoniell und hauchdünn, als hätte die schreibende Hand vermeiden wollen, dass jemand den Namen entdeckte. Eine kleine, fast heimliche Notiz.

Keine Schulakte. Aber was dann?

»– *zupacken* und *quetschen*, bis man kriegt, was man will!« Die Direktorin drehte sich schlagartig um. Ihre Hände zeigten vor, wie gut sie das mit dem Packen und Quetschen beherrschten. Sie wirkte ganz atemlos, ihre Wangen gerötet, ihre Augen heraustretend und ihr Haar ein wenig zerzaust, als hätte ihr harter Kampf gerade erst ein Ende gefunden. »Anders geht es manchmal nicht.

Aber du weißt ja, wovon ich rede.« Sie setzte sich wieder auf ihren Thron. »Du hast deine Stärke bewiesen.«

Nikki bemühte sich, unauffällig und unschuldig zu wirken. »Danke«, sagte sie erneut, wenn auch nur, um die Hartplatz abzulenken.

»Somit sind wir auch schon bei dem Thema, weshalb ich dich hergebeten habe.« Frau Doktor Hartplatz faltete die Hände vor ihrer Brust, wie zum Gebet. »Sicher hast du mitbekommen, was über unser Gymnasium berichtet wird. *Mörderschule*, nennen es manche Tageszeitungen. In einem Artikel namens *Pubertät und Psychopathie* in einer populären Psychologiezeitschrift wurden *wir* als Fallbeispiel herangezogen – als gäbe es irgendeinen Grund, anzunehmen, hinter der Maske stecke einer unserer Schüler! Als gäbe es einen Grund, anzunehmen, die Morde hätten *überhaupt* irgendetwas mit dem Gymnasium zu tun!« Die Direktorin lachte laut, fahl und falsch, während ihre Augen kalt und steif auf Nikki gerichtet blieben. »Veronika, unter uns – du und ich wissen, was wirklich los ist. Wir beide wissen, um wen es bei diesen Morden geht.«

Nikki bekam eine Gänsehaut. Sie setzte eine fragende Miene auf.

»Wir müssen uns nichts vormachen, Veronika, nicht hier, nicht, wenn wir zwei Heldinnen miteinander sprechen. Ich *weiß*, dass du mit ihm befreundet bist – aber ich weiß auch, dass du gerade deshalb weißt, was Sache ist. *Tristan* ist das Ziel des Mörders. Nicht Tristans Schule – Tristan. Zwei der Opfer haben unsere Lehreinrichtung nie besucht – *Tristans* Vater und *Tristans* Drogenfreund. Und, ganz ehrlich, so sehr ich mit meinem Schüler selbstverständlich mitleide – und so sehr ich ihm alles Gute und Glück wünsche … Ich sehe nicht ein, wieso das *Gymnasium* Schaden davontragen sollte. Warum *alle Schülerinnen und Schüler* mitleiden sollten. Ist dir klar, dass nicht nur der *Ruf* der Schule auf dem Spiel steht? Dass die Schule vorübergehend geschlossen werden könnte, wenn sich dieses Gerücht von der *Mörderschule* halten sollte? So kurz vor *deiner* Matura! Womit hast *du* das verdient?«

Nikki sagte nichts. Die Hartplatz schien das als stille Zustimmung zu deuten, denn sie schlug unvermittelt auf den Tisch, zeigte dann mit dem Finger auf Nikki und sagte, voller Begeisterung: »*Ganz genau.* Du hast es *nicht* verdient. Das Gymnasium hat es nicht verdient. Und du kannst ihm helfen, sein Image aufzupolieren. Und damit dir selbst helfen. Ich weiß, wir und die Polizei haben euren Eltern versprochen, alles in unserer Macht Stehende zu tun, um die Aasgeier von der Presse von euch fernzuhalten, aber – Veronika: Ich möchte eine andere Hauptfigur für die Geschichte. Kein verstörtes Opfer, das alles an einen gestörten Mörder verliert. Und schon gar nicht den gestörten Mörder selbst. Sondern: eine junge Heldin, eine starke, mutige Frau, die nicht nur den Mörder im Kampf überlistet, sondern trotz der schrecklichen Ereignisse auch noch ihre Matura mit hervorragenden Noten abschließt. Ich möchte ein sauberes, hübsches, gutes Mädchen, das in Interviews darüber redet, wie unheimlich die Begegnung mit dem Verrückten war – die Begegnung *in Wien* – und wie gut es sich anfühlt, sicher und geborgen in der Schule zu sein – in der Schule, in der sich *kein einziger der Zwischenfälle* ereignet hat!«

Zwischenfälle. Nikkis Magen verkrampfte sich wieder.

»Stell dir vor, Veronika. Stell dir dich vor, wie du vor der ORF-Kamera stehst und dem ganzen Land ein Mädchen der besonderen Art zeigst, eine junge, kluge Dame, die zu schätzen weiß, dass ihre Schule in dieser schwierigen Zeit hinter ihr steht – die sich bemüht, die Bildung, die ihr vermittelt wird, zu genießen und zu nutzen, auch wenn ein Verrückter versucht, sie ihr zu entreißen – die ihre Schule als den *Zufluchtsort* erkennt, der sie ist –«

Nikki stand abrupt auf. Die Hartplatz schreckte zurück, hob sogar die Arme ein wenig an, wie in Abwehr eines bevorstehenden Angriffs.

»Frau Hartplatz …« Nikki hörte die Erschöpfung in ihrer Stimme; in ihr, tief drin, köchelte eine Mischung aus Wut und Verzweiflung wie eingedickte Suppe auf kleiner Flamme, aber nichts davon drang an die Oberfläche. Sie hatte keine Kraft mehr; statt alles zu sagen, was sie vielleicht sagen wollte, schaffte sie nur: »Nein. Danke.«

Die Miene der Direktorin veränderte sich, als hätte jemand einen Schalter umgelegt. Das gutwillige Lächeln verpuffte; die Siegesröte entschwand; die Augen, die in der Gewissheit ihres Triumphs geglimmert hatten wie Kerzenlicht, verdunkelten sich. Die Direktorin erhob sich ebenfalls, stützte die Hände am Schreibtisch ab und beugte sich vor, bis sie und Nikki auf einer Augenhöhe waren. Ihr Atem roch nach Pfefferminzkaugummi.

»Veronika.« Der Name rollte wie ferner Donner von ihrer Zunge. »Ich weiß nicht, ob ich mich klar ausgedrückt habe. Die Schule wird vielleicht *geschlossen.* Wegen *eines* Schülers, den wir nicht suspendieren können, ohne blöd dazustehen, und wegen der Unfähigkeit der *Polizei* muss die *Schule* leiden. Findest du das fair? Und«, fuhr sie mit gesenkter Stimme fort, ohne eine Antwort abzuwarten, »glaubst du, dich zur Heldin zu machen ist meine einzige Option? Du warst auch bei dieser Party und ich *weiß*, was dort vor sich gegangen ist. Statt dir zu helfen, dich zum *Star* zu machen, wenn du dich ein bisschen geschickt anstellst, könnte ich das Image-Risiko eingehen und veranlassen, dass du und deine Freundinnen und Freunde ab sofort keine Schülerinnen und Schüler dieser Anstalt mehr seid. Wäre dir das lieber?«

Die Hartplatz hielt den Atem an. Nikki ahnte, wie leer ihre Drohung war. *Direktorin suspendiert von Mörder verfolgte Maturanten, ruiniert letzte Stabilität ihrer jungen Leben …* Wenn es wirklich so schlecht um die Schule stand, wie die Hartplatz behauptete, war diese Option keine Option.

Nikki hob ihre Tasche vom Boden auf und schlang den Trägergürtel um ihre Schulter. »Tun Sie, was Sie für das Richtige halten. Auf Wiedersehen.«

Sie schloss die Tür mit zu großer Wucht, wie eine aufgewühlte Teenagerin nach einem unerfreulichen Machtwort ihrer Eltern. Ein kindischer Abgang, für den sie sich trotz allem schämte. Vor der Tür hielt sie inne, unsicher, ob sie zum Unterricht zurückkehren, nach Hause gehen oder darauf warten sollte, von der Hartplatz zurück ins Büro gerufen zu werden. Grundsätzlich konnte sie machen, was sie wollte. In den Park gehen und sich später darauf berufen, sie hätte Doktor Hartplatz' Suspensionsandrohung für bare Münze genommen. Beim ORF anrufen, darum bitten, interviewt zu werden, und dann erzählen, was die Hartplatz selbst gerade zu ihr gesagt hatte, statt der Worte, die sie ihr in den Mund legen wollte.

Aber es gab nur eines, was Nikki gerade wirklich tun wollte: herausfinden, was in der seltsamen Mappe stand, die sie vom Schreibtisch der Direktorin geklaut hatte, bevor die den Diebstahl bemerkte.

Sie trat von der Tür weg und bemerkte erst da, dass sie nicht allein im Gang war. Doc stand ein paar Meter entfernt, beobachtete sie. Er sah verunsichert aus, ängstlich. Warum sah er bloß immer so ängstlich aus?

»Was war?«, fragte Doc.

»Nichts Wichtiges«, antwortete Nikki. Sie erkannte, dass sie gerade allein sein wollte. Wäre sie doch bloß nicht in die Schule gekommen.

»Die Hartplatz lässt dich extra aus dem Unterricht holen, und dann ist es nichts Wichtiges?«

»Ja. Hör mal, ich werd' jetzt heimgehen, glaub' ich –«

»Nikki.«

»Ja?«

Irgendein stürmischer interner Kampf zeichnete sich auf Docs Gesicht ab. Nikki zwang sich dazu, zu warten. Er war ihr Freund, sie sollte ihm zuhören. War es nicht das, worum es eigentlich ging? Freundschaft?

»Hast du … Hast du wirklich mit Nero geschlafen?«

Nikki erschrak. Doc schien es zu bemerken; und zu wissen, was es bedeutete. Er wandte den Blick ab.

»Doc –«

»Ich heiße Tom«, murmelte Doc.

»Ja – Tom –«

»Warum?«, fragte Doc – würgte das Wort hervor, als würde es ihm Schmerzen bereiten.

Er begegnete ihrem Blick wieder – und Nikki schreckte sich nochmal. Docs Nasenflügel bebten; seine Lippen schienen zu versuchen, sich gegenseitig aus seinem Gesicht zu schieben; Falten, die da noch nie gewesen waren, durchzogen seine Haut. Er schaute sie an, als würde er sie *hassen*.

»Warum mit ihm? Mit – mit so einem Kerl? So einem Trottel? Einem *Junkie*?«

Nikki war zu verblüfft, um zu antworten. Die ganzen Semesterferien über hatte sie kaum aus dem Bett aufstehen können, weil sie sich *schwer* angefühlt hatte, weil ihr Kopf, unendlich voll, schiefe Kreise gezogen hatte, weil ihr Herz zerbrochen war, Stück für kleines Stück, bis nichts mehr übrig war – weil sie mit jemandem geschlafen hatte, und er *gestorben* war. Und Doc war *wütend* auf sie, weil – *warum mit ihm*?

Nikki spürte, wie sich etwas in ihr regte, etwas Neues und im Grunde Willkommenes, obwohl es scheußlich heiß und stachlig war; heiß und stachlig, aber *kraftvoll*, und damit besser als alles, was sie sonst empfand. Sie glaubte, dass es das Gleiche war wie das, was sie in Docs Gesicht las. Sie glaubte, dass es Hass war, und sie schaffte es nicht, sich ihm zu widersetzen.

»Das geht dich überhaupt nichts an«, sagte sie, überrascht, wie gelassen sie klang.

Doc machte kehrt und stürmte davon. Nikki ließ ihn ziehen. In diesem Moment wäre es ihr nur recht gewesen, wenn sie ihn zum letzten Mal gesehen hätte. Sie hatte viel, viel Wichtigeres zu tun.

Die Schulbibliothek war menschenleer. Nikki verzog sich trotzdem hinter ein Bücherregal und ließ sich dort auf den Boden sinken. Ihre Finger zitterten, als sie die Mappe aus der Tasche zog; ob vor Erschöpfung, Zorn oder bloßer Aufregung, wusste sie nicht.

Tristan Os. Der Umschlag sah alt aus; er war von einem dumpfen Braun, das Nikki an auf Dachböden verstaubende Bücher denken ließ. Die Mappe war dünn und sehr leicht, und Nikki fragte sich, ob sie vielleicht überhaupt keinen Inhalt hatte. Sie schlug sie auf – ihr Herz im Galopp – und fand zahlreiche kleine Zettel, die alle längst herausgeregnet wären, hätte die Hartplatz sie nicht säuberlich in die Lasche am Boden der Mappe gesteckt. Nikki legte die Stirn in Falten und die Mappe auf ihre Beine, und nahm behutsam, wie aus Angst, sie könnten zerbröseln, ein Papier nach dem anderen heraus.

Die ausgeschnittenen Zeitungsartikel, Post-its und aus Notizbüchern herausgerissenen Seiten waren bunt durcheinandergewürfelt, keiner ersichtlichen Ordnung unterworfen. Die meisten von ihnen waren in einem knittrigen, verblichenen Zustand. Nikki wählte einen beliebigen Zeitungsartikel, las perplex die Überschrift: *Markt-Mörder noch nicht gefasst.* Auf dem Foto darunter erkannte Nikki nur mit Anstrengung den Hauptplatz, den sie oft überquerte: Abgesehen von der Apotheke schien kein Geschäft das gleiche geblieben zu sein, seit das Foto gemacht worden war, und an der Bushaltestelle fehlten die elektronischen Anzeigetafeln. Ein anderer Artikel ließ Nikki erschrocken nach Luft japsen: *Klassenkameradin des Markt-Mordopfers im Stadtpark erstochen – Polizei spricht von Serientäter.* Es war lähmend, befremdlich – und schien doch so schrecklich vertraut.

Nikki nahm als Nächstes einen der Notizzettel. *K. suspendieren?* Sogar die Handschrift wirkte alt, viel zu filigran und sauber für die Hartplatz. *K.* … Nikki schüttelte den Kopf.

Über einem Artikel fand sie endlich ein Datum, weil der obere Rand der Seite mitausgeschnitten worden war, aber sie war sich nicht sicher, ob sie das als Anhaltspunkt benutzen konnte: Der Text, *Gymnasiumsdirektor leugnet Gerüchte über Lehrer-Schüler-Affäre*, schien nichts mit den anderen Schlagzeilen zu tun zu haben. Der Bericht nannte keine Namen. Das Datum über der Überschrift war der *30. APRIL 1993.* Nikki dachte an die Gerüchte, die sich um Professor Killa rankten, schnaufte und legte den Artikel weg. Der nächste ließ sie völlig erstarren.

Unter dem Schwarzweißfoto eines adretten, charmant wirkenden Burschen, der in Anzug und Krawatte hinter einem Rednerpult stand, hieß es: *Der engagierte Schüler Rudolf Killa (14) denkt zurück an die Hausaufgaben, die er mit seinem besten Freund geschrieben hat.*

Nikki riss mit einiger Mühe den Blick von der Fotografie und las die Überschrift: *Bester Freund des Markt-Mordopfers hält ergreifende Rede.* Sie überflog den Text, unfähig, sich zu konzentrieren. *Bürgermeister gerührt, Direktor stolz … Identität des Markt-Mörders weiterhin unbekannt …*

Nikki kehrte zu der Bildbeschreibung zurück. Ihre Lippen formten die Wörter mit … und fügten hauchend hinzu: »*K. suspendieren …*«

3

Durch einen Spalt in der Jalousie, zwischen zwei geknickten Lamellen, drang verlockender Sonnenschein, aber das ewige Zwielichtzimmer wehrte sich dagegen. Staub tanzte in dem Strahl wie winzige Schneeflocken, funkelte wie Sterne. Ein zerschlissener Fußball sonnte sich in dem schmalen Streifen, den das Licht auf den Boden warf. Marie glaubte nicht, dass Richie in letzter Zeit Fußball gespielt hatte, und fragte sich, wie lang das Ding schon dort lag. Ob er ihr schon früher aufgefallen war, sie ihn bloß wieder vergessen hatte.

Maries Kopf ruhte auf einem weichen Klumpen, der nicht besonders gut roch. Sie war nicht in der Stimmung, ihre Position zu ändern, oder nachzusehen, was das für ein Kissen war. Vermutlich ungewaschene Kleidung, die lag, wo Richie sich ihrer irgendwann eilig entledigt hatte. Das war okay so; bequem war der Klumpen. Sein scharfer Geruch war sehr echt, sehr greifbar, nicht schlimm, außerdem ohnehin überdeckt von dem, der immer im Raum stand, muffig und dick. Der Qualm hing hartnäckig unter der Decke, egal wie oft Richie lüftete. Marie blickte nach oben und stellte sich vor, der Rauch wäre eine gigantische blaue Wolke, die sich jeden Augenblick entladen würde, und sie schloss die Augen und genoss den Regen.

»Warum genau liegst'n du eigentlich auf'm Boden?«

Richie klang, als hätte er sie wirklich eben erst entdeckt. Er saß an seinem Schreibtisch und arbeitete an seinem Schiffsmodell, dem Schiff in der Flasche, an dem er schon gebastelt hatte, bevor Marie zum ersten Mal bei ihm gewesen war. Großen Fortschritt hatte er nicht gemacht seitdem.

»Angenehm«, antwortete Marie heiser. Sie schenkte Richie ihr breitestes Lächeln, um ihm zu zeigen, dass sie das ernst meinte. Es *war* angenehm. Sie *war* zufrieden. Sie *wollte* auf dem Boden liegen.

Richie blinzelte skeptisch auf sie hinab. »Das Zeug hab' ich vor 'ner Woche in die Wäsche schmeißen woll'n, glaub' ich.«

»Und woher würd' ich dann so einen tollen Polster bekommen?«

»Ich bin grauslich«, stellte Richie fest, ganz sachlich.

Marie grinste schlaftrunken. »Nein.«

»Doch, ich bin grauslich und blöd.«

»Nein«, lachte Marie vage. »Du bist ein Chaot. Ein blöder, superlieber Chaot …«

Sie streckte die Arme von sich, räkelte sich auf Richies Schmutzwäsche. Sie verstand nicht, wieso sie gar so müde war. Sie und Richie hatten sich zum Lernen treffen wollen; stattdessen hatten sie gevögelt, Bong geraucht, dann das abgedunkelte Zimmer noch ein bisschen dunkler gemacht und sich der simplen Tatsache ihrer Existenz hingegeben, Richie bei seinem Schiff-in-der-Flasche, Marie am Boden. Die Erschöpfung in Maries Gliedern schien ihr nicht gerechtfertigt, auch wenn der Sex gut gewesen war. Aber es war schön, einfach müde zu sein.

Richie widmete sich wieder ganz dem Schiff. Marie machte wieder die Augen zu. Es klopfte an der Tür. Marie hielt die Augen trotzdem geschlossen. Wahrscheinlich war es Richies Mutter. Sie mochte Richies Mutter, aber sie hatte jetzt keine Lust, sich mit ihr auseinanderzusetzen.

»Nicht jetzt, Mama!«

»Mach auf, Richie«, sagte eine Stimme, die definitiv nicht Elsa Maximilian gehörte. Marie seufzte in sich hinein. *Du störst*, dachte sie, sagte aber nichts.

Richie schien völlig anders zu denken. »He-he-he-*hey*!«, rief er überschwänglich aus, stieg über Marie hinweg zur Tür und sperrte auf. Marie drehte den Kopf in Richies alter Wäsche und erblickte Tristan im Türrahmen. Aus diesem Winkel, im Halbdunkel, sah er surreal aus. Die vielen neuen Kratzer und die beiden riesigen Pflaster störten die Symmetrie, die sein Gesicht normalerweise auszeichnete, sahen aus wie Nähte auf einer Maske. Sein Kopf mochte bloß ein weiterer zerschlissener Fußball sein.

Marie stemmte sich auf ihren Unterarmen ein Stück vom Boden hoch, grinste und raunte, »Hi.«

Tristan blieb in der Tür stehen. Nach langer Stille, die komisch hätte sein müssen, es aber nicht war, fragte er, »Seid ihr stoned?«

»Ich bin ein gottverdammter Gargoyle«, antwortete Richie, während Marie nur lachte. »Komm rein, setz dich!« Er deutete auf seinen Schreibtischsessel und ließ sich selbst auf sein Bett fallen. »Wir haben dich heut in der Schule vermisst. Was darf man dir anbieten?«

»Nichts, danke.« Tristan schloss die Tür hinter sich, verschmähte aber den Sessel. »Deine Mutter lässt ausrichten, dass es in einer Stunde Essen gibt.«

»Cool, cool … Ahm – he, Mann – sorry wegen deinem Freund. Nero war ein netter Kerl.«

»Danke.«

»Es ist … scheiße, dass er da mit reingezogen worden ist. Echt unnötig.«

Marie hatte Mühe, zuzuhören. In ihren Ohren rauschte es, seit sie den Kopf aus dem Kleiderkissen gehoben hatte. Das Pochen in ihrer Stirn und ihren Schläfen waren zurück, und ein Surren erfüllte den Raum, von dem sie gerne gewusst hätte, ob die anderen beiden es auch hören konnten. Sie starrte Tristan an, sein zerrissenes, bandagiertes Gesicht, und fragte sich, ob er ohne die Wunden auch schon so arg, so unwirklich ausgesehen hatte. Nach einer Weile erkannte sie, dass Tristan sie auch anzustarren schien.

»Ahm … Was können wir denn für dich tun, *Compadre*?«, fragte Richie.

Nein, Tristan sah Marie doch gar nicht an. Oder nicht mehr? Er antwortete Richie, »Ich wollte wissen, ob sich die Polizei letzte Woche nochmal gemeldet hat.«

»Nope. Warum auch?«

»Warum auch«, stimmte Tristan zu. »Richtig.«

»Dafür kommst du extra her? Ich mein', wir freuen uns über den Besuch, aber – Handy?«

»Wenn du auf dein Handy schaust, wirst du vier verpasste Anrufe von mir finden.«

»Oh. Ups. Sorry.«

»Wie geht es mit den Maturavorbereitungen voran?«, fragte Tristan plötzlich.

Marie lachte. Sie überraschte sich selbst damit. »Sind wir bei den Höflichkeiten angelangt?«, fragte sie. Sie spürte, dass Richies Finger an ihrer Schulter zerrten, und kletterte bereitwillig zu ihm aufs Bett. »Es läuft super. Wir sind voll und ganz bereit, die Matura zu wiederholen.«

»Immerhin etwas«, sagte Tristan. »Okay. Ich hab' euch lang genug aufgehalten –«

»Noch nicht geh'n!«, rief Richie, obwohl er Marie an sich drückte und nicht mehr loslassen zu wollen schien. »Bleib, wir haben Wodka und Gras! *Büffelgras*wodka und Gras, sogar. Haha!«

»Haha!«, machte auch Marie; sie fand das nicht wirklich lustig, aber sie freute sich über Richies Lachen. Es machte die diversen Kopfschmerzen erträglicher.

»Ich muss eh lernen«, sagte Tristan. »Ich will mich der Reifeprüfung nur einmal unterziehen.«

»*Your loss*«, sagte Richie, eine Hand von Marie lösend, um sie zum Abschied zu heben.

Tristan schloss die Tür ganz sanft, als wollte er Schlafende nicht wecken. Aus Maries Kopf verschwand er auch.

»Sex oder Spliff?«, keuchte Richie in ihr Ohr.

Marie kicherte. »*Why not both*?«

4

Und Tristan musste wirklich lernen. Vielleicht sogar mehr als die anderen, so oft, wie er in der Schule fehlte. Die Gründe dafür waren vielfältig; von seinem schmerzenden Gesicht (»Schlecht verheilt, kein Wunder, in Wien können die gar nix«, meinte sein Arzt) über seine regelmäßigen Magenschmerzen (»Stress, kein Wunder, mit der Matura und einem Massenmörder, den die Polizei nicht erwischt, was auch kein Wunder ist, was können die schon?«) bis hin zu seinen immer häufiger wiederkehrenden Atemproblemen (»Panikattacken, würde ich sagen, und kein Wunder, mit schlecht genähten Wunden und dem dauernden Maturastress und dem Mörder, und wie zahlt man sich leicht eine Therapie, wenn der Hauptverdiener der Familie unerwartet stirbt, hm, Staat?«). Manchmal plagten ihn gar keine Symptome und er musste sich trotzdem von seiner Mutter krankmelden lassen, weil diese ihn zuhause brauchte: Nicola, Sarah und Tristan waren nun mit der unangenehmen Situation konfrontiert, das Erbe ihres Familienoberhauptes verwalten, ihr Leben neu planen und während all dessen ihre Ausgaben mit Argusaugen überwachen zu müssen, um auf lange Sicht nicht in Geldnot zu geraten. Nicola hatte Schwierigkeiten, einen Job zu finden: Ihre Ausbildung zur Kindergärtnerin nützte ihr nicht viel – nicht nur, weil sie die vor über zwanzig Jahren abgebrochen hatte, sondern weil sie mental ohnehin nicht wirklich in der Lage war, sich um irgendwelche Kinder zu kümmern. Ihre einzige andere Berufserfahrung hatte sie als Eisverkäuferin gesammelt, was im Winter nicht sehr ergiebig war. Kellnerinnen wurden in der Stadt zwar gesucht, aber keine in Nicolas Alter; Sarah wollte sich nicht statt ihrer Mutter bewerben, weil sie glaubte, dass ein Nebenjob sich nicht mit ihrem neuen Studentinnenleben vereinbaren lassen würde. Nicola wiederum weigerte sich strikt, an der Supermarktkassa zu arbeiten. »Würdelos«, nannte sie den Beruf, und ging mit dem Erbe ihres toten reichen Mannes schicke Frauenanzüge für Bewerbungsgespräche kaufen.

Wenn Tristan sich nicht gerade in der Schule bemühte, nicht Lily anzustarren, sondern dem Unterricht zu folgen, oder in seinem Bett unter Schmerzen oder düsteren Gedanken litt, oder in seiner Freizeit alles in seiner Macht Stehende tat, um seiner Mutter zu helfen, war er in den wenigen übrigen Stunden leider immer noch nicht fähig, sich einfach darüber zu freuen, dass er noch am Leben war. Am liebsten wollte er jede freie Sekunde mit Lily, und nur mit Lily, verbringen, aber er meinte ernst, was er zu Richie und Marie gesagt hatte: Er wollte die Matura bestehen. Außerdem waren Lilys Eltern kein Fan von der Tatsache, dass ihre Tochter mit jemandem zusammen war, auf den es ein gewalttätiger Psychopath abgesehen zu haben schien; sie wollten ihn nicht mehr im Haus haben (was sie Lily zufolge so deutlich zum Ausdruck gebracht hatten, wie sie konnten, ohne es direkt aussprechen zu müssen) und verboten ihr gleichermaßen, bei ihm zu übernachten. Eine neue, striktere, *echte* stadtweite Ausgangssperre, die das grundlose Verlassen der eigenen vier Wände zwischen zehn Uhr abends und sechs Uhr morgens de facto ungesetzlich machte, verhinderte nächtliche Begegnungen an anderen Orten, und so bekam Tristan Lily jetzt, wo sie endlich ein Paar waren, fast noch weniger zu Gesicht als vorher. Die Ausgangssperre wurde bei einer Pressekonferenz damit gerechtfertigt, dass der Mord in Wien nicht etwa bedeutete, der Täter hätte seinen Standort gewechselt, sondern vielmehr, dass er noch unberechenbarer war als angenommen. Für Tristan bedeutete Skulls Auftauchen in Wien noch etwas anderes, Ungeheuerliches, etwas, das in seinen finstersten Gedanken immer wieder aufblitzte wie ein blendend greller Scheinwerfer, der noch schlimmer war als die Finsternis. Der Mörder hatte sie – hatte *ihn* – nach Wien verfolgt … konnte also nur jemand sein, der von seinem Ausflug wusste …

War es dann nicht wahrscheinlich, dass er ihn nach Wien *begleitet* hatte?

Indessen erholte sich Tristans Gesicht, aber jeder Blick in den Spiegel zementierte die Tatsache, dass es nicht mehr das gleiche Gesicht war. Die kleinsten Schnitte – nicht mehr als Kratzer – waren mittlerweile so gut wie unsichtbar; die meisten tieferen Wunden sahen jetzt aus wie Rasierschnitte; aber zumindest drei Narben – an seinem Kinn, unter seinem rechten Auge und quer über seine linke Wange – waren da, um zu bleiben. Die Fäden waren gezogen, aber die Stiche konnte man noch zählen. Tristan wünschte sich, er könnte dem Anblick irgendetwas abgewinnen – die Narben mit Stolz tragen, als Denkmal an seinen mutigen Widerstand gegen das Monster, das ihn töten wollte. Doch was er sah, wenn er in den Spiegel schaute, *war* ein Monster – ein Monster, das versucht hatte, wegzulaufen; das seine eigene Haut hatte retten wollen, und dessen Gesicht jetzt stattdessen von diesen hässlichen Spuren durchzogen war.

Der einsame, bedrückende Februar floss so nahtlos in einen genauso kalten März über, dass Tristan erst Wind davon bekam, als er in sein Mathematikheft den *30.2.* eintrug und Filippe ihn drauf hinwies, dass da was nicht stimmte: »Schaltjahr war letztes Jahr.«

»Im Schaltjahr gibt's auch keinen dreißigsten Februar«, sagte Tristan.

»Willst jetzt du mir den Kalender erklären, nachdem du grad ein erfundenes Datum aufg'schriem hast?«, schimpfte Filippe, und fügte anklagend hinzu, »Schau halt mal wieder aufs Handy, dann siehst, welcher Tag ist und welcher Idiot tausendmal versucht hat, dich zu erreichen.«

»Akku leer«, murmelte Tristan. Er versuchte, sich auf Bibi zu konzentrieren, die soeben flink und wie nebenbei eine Formel an die Tafel gekritzelt hatte, so, als sollten alle in der Klasse längst mit ihr vertraut sein; ihm kam es vor, als hätte er diese Formel noch nie gesehen.

»Seit fast einer Woche?«

»Ja.«

»Naja, dann lad mal wieder auf. Lily hat mich gestern nach dir gefragt.«

Tristan erlaubte sich einen kurzen Augenschwenk in Lilys Richtung. Sie folgte aufmerksam Bibis Vortrag.

»Was hast du ihr gesagt?«

»Die Wahrheit. Dass ich keine Ahnung hab', wo du bist. Dass ich seit Tagen nichts von dir gehört hab'.«

»Dann ist ja alles gut.«

Filippe schien die Finalität in seinem Ton gehört zu haben. Er schwieg die restliche Stunde und überließ Tristan seinem Kampf mit den Zahlen und Symbolen, die Bibi ihnen begreiflich machen wollte. Aber Tristan spürte, dass Filippe noch nicht alles gesagt hatte, was ihm am Herzen lag. Seine verstohlenen Blicke lenkten Tristan so sehr ab, dass er genauso gut hätte weiterplappern können.

»Ich versteh' nicht ganz, was dein Plan ist«, fuhr Filippe in der Pause endlich fort, während er Tristan in den Raucherhof folgte. Er flüsterte, als säßen sie immer noch im Unterricht. »Ich seh', dass du dich super reinhängst in die Sache, also muss es dir wichtig sein. Aber dann verschwindest du wieder mal einfach für drei Tage.«

»Sprichst du von der Matura oder Lily?«

»Von beidem, *I guess*.«

Kurz überlegte Tristan, ob er Filippe überhaupt eine Erklärung schuldig war. Dann erkannte er, wie dumm diese Frage war. Was nützte ihm all seine Geheimniskrämerei noch, wenn er verliebt und vergeben war – und sich vergänglicher fühlte als jemals zuvor? »In der Schule war ich entschuldigt«, sagte er auf den letzten Metern zum Raucherhof, wo Lily schon war. »Ich bin nicht gesund, mein Stiefvater ist gestorben, ein Mörder ist hinter mir her. Und Lily weiß das alles, nicht zuletzt, weil ich ihr schon vorm Wochenende geschrieben habe, dass sie wenig von mir hören wird. Nicht wahr?«

»Hm?«, machte Lily im Kuss, mit dem sie ihn begrüßte. Sie schaute neugierig von ihm zu Filippe.

»Schon okay.« Tristan zündete sich eine Zigarette an. »Ich will nur, dass Filippe aufhört, blöde Fragen zu stellen, und mir stattdessen lieber sagt, was ich die Woche bisher verpasst hab'.«

»Die Maturatermine, zum einen«, sagte Filippe.

Tristan fiel beinahe die Zigarette aus dem Mund. »Die stehen seit Anfang des Jahres.«

»Jetzt sind sie auf April vorverlegt. Schriftliche vor, mündliche nach den Osterferien.«

»Ist das überhaupt möglich?«, fragte Tristan. »Ist das *legal*?«

Filippe zuckte mit den Schultern.

»Wahrscheinlich braucht es einen guten Grund«, meinte Lily.

»Und die meisten vermuten –« Filippe boxte mit unnötiger Kraft gegen Tristans Schulter. »– dass du der gute Grund bist.«

Tristan rieb sich die Schulter. »Und wie sind sie zu diesem bescheuerten Schluss gekommen?«

»Theresa hat allen erklärt«, sagte Lily, »dass die Hartplatz Panik hat, ihr könnten die achten Klassen wegsterben, bevor sie die Schule abgeschlossen haben. Deswegen hat sie beim Ministerium um eine Verschiebung angesucht.«

»Seit wann hört irgendwer auf Theresa? Und was hat das mit mir zu tun?«

»Stell dich nicht doof«, sagte Filippe. »Der Killer will dich, *that's been established*. Hast du ja selbst gesagt.«

»Du kannst dich ja beim Maturant-innenessen bei all deinen Mitschülerinnen und Mitschülern entschuldigen«, sagte Lily.

»Ist das auch verschoben?«

»Nope, immer noch nächste Woche«, sagte Filippe. »Gehst hin?«

»Klar«, sagte Tristan. »Wie könnte ich *darauf* verzichten?«

»He, es könnt' wirklich lustig werden«, sagte Filippe. »Ansaufen mit den Lehrern ist immer lustig.«

»Alle achten Klassen und alle ihre Professorinnen und Professoren in einem kleinen Gastgarten.« Lily schüttelte den Kopf. »Das wird nicht lustig, das wird mühsamer als die Matura selbst.«

»Daher ansaufen«, sagte Filippe, ganz nüchtern.

5

Muskulös, gebräunt selbst zu Frühlingsbeginn, tätowiert, gepflegt und trotzdem wild. Die goldene Uhr *bling-bling*te nach wie vor von seinem Handgelenk. Benedikt Blocksberg erinnerte Janine unweigerlich an ihren ersten Freund. Lenny und sie waren neunzehn gewesen, als er sie verlassen hatte, um seine homosexuellen Neigungen zu erproben. Sie hasste ihn bis heute ein bisschen dafür, dass seine Gründe fürs Schlussmachen es ihr unmöglich machten, ihn fürs Schlussmachen zu hassen.

»Herr Blocksberg.« Gernot trommelte langsam mit seinen Fingerspitzen auf die Tischkante, nach vorne gebeugt und den forschenden Blick, das angedeutete Lächeln, starr auf den Angesprochenen gerichtet. Blocksberg begegnete ihm mit unbeeindruckter, nichtssagender Miene.

»Herzlichen Dank, dass Sie so kurzfristig Zeit hatten, uns noch einen Besuch abzustatten. Wir haben noch ein paar Folgefragen an Sie.«

»Wenn Sie glauben, dass ich Ihnen helfen kann. Schießen Sie los.«

Janine räusperte sich. »Das Mädchen, das Sie zu Weihnachten auf der Straße gefunden haben – haben Sie es zuvor schon einmal gesehen?«

»Diese – Carolina?«

»Carolin*e*. Caroline Swartzki.«

»Hm … Nicht dass ich wüsste. Aber ich weiß gar nicht mehr genau, wie sie überhaupt dort auf der Straße ausgesehen hat. Sowas verdräng' ich lieber. Verstehen Sie sicher. Wieso fragen Sie? War sie eine Schülerin von Barbara?«

»Nein«, sagte Gernot, »aber sie ging an die Schule, an der Ihre Ex-Frau –«

»Frau.«

»– unterrichtet. Und richtig, verzeihen Sie. *Noch* ist sie Ihre Frau.«

Benedikts Mundwinkel zuckten unmissverständlich.

»Sind Sie mit der Scheidung nicht einverstanden?«, fragte Janine geradeheraus.

»Ich bin mit den Scheidungs*bedingungen* nicht einverstanden«, erwiderte Blocksberg. Er verschränkte die Arme.

»Eigentlich ist das nicht relevant«, sagte Gernot; Janine war sich da nicht so sicher, aber sie ließ ihn reden. »Wir fragen aus einem Grund, der nichts mit Ihrer Frau zu tun hat. Carolines Onkel ist ja bald nach ihr ebenfalls ermordet worden.«

»Ihr Onkel?«

»Sie wissen, von wem die Rede ist?«, fragte Janine.

Eine kurze Pause – aber zu lange, um irgendetwas anderes als schuldbewusstes Zögern zu sein: Blocksberg überlegte, welche Antwort strategisch geschickter war; überlegte, ob er die Polizei belügen sollte.

Er schüttelte den Kopf. »Woher sollte ich?«

»Haben Sie Zeitung gelesen die letzten Wochen und Monate?«

Die straffe Haut auf Blocksbergs Stirn legte sich in die wenigen Falten, zu denen sie unter all den aufgeklatschten Pflegeprodukten fähig war. »Ahm. Ja, selbstverständlich.«

Er verfiel in nachdenkliches Schweigen. Gernot half ihm auf die Sprünge: »Sie wissen also, dass es ein – nein, mittlerweile *zwei* Opfer des Serienmörders gibt, die etwas zu alt waren, um noch das Gymnasium zu besuchen?«

»Ja, der Junkie aus Wien und – oh.« Blocksberg nickte. »Aso, ja, doch. Os. Der Os war der Onkel von dem Mädchen? Oarg.«

»Sie kannten Herrn Os?«

»Ich hatte geschäftlich mit ihm zu tun. Ich hab' seiner Firma Autos abgekauft.«

Es schien nicht so, als hätte Blocksberg mehr zu dem Thema zu sagen.

»Haben Sie sich gar nicht gewundert, als Sie die Berichte gelesen haben?«, fragte Janine.

»Gewundert?«

»Sie finden es nicht merkwürdig, dass jemand ein paar Kinder und dann plötzlich den Chef eines Unternehmens umbringt?«

Blocksberg zuckte mit den Schultern. »War's denn fix der gleiche Täter?«

»Selbst wenn nicht«, sagte Gernot, »sollte es bei Ihnen doch zumindest irgendeinen Eindruck hinterlassen haben, dass ein ehemaliger Geschäftspartner –«

»Geschäftspartner ist übertrieben. Das war ein Deal. Ein guter Deal, für beide Seiten.«

»Aber Sie haben gewusst, von wem die Rede ist, als Sie Samuel Os' Namen in der Zeitung gelesen haben?«

Blocksberg begann zu nicken, entschied sich aber um und zuckte stattdessen wieder mit den Schultern. »Mehr oder weniger. Ich hab' die ganze Geschichte jetzt nicht sehr ausgiebig studiert.«

Gernot verengte die Augen. Nicht skeptisch, nicht böswillig; nur suchend, interessiert, was in Kombination mit diesem Altmännerlächeln, das er so gut beherrschte, einen einladenden Gesamteindruck machte. »Sie waren mit anderen Dingen beschäftigt«, sagte er großzügig.

»Richtig«, sagte Blocksberg. »Mit ganz anderen.«

Janine hatte nicht die geringste Ahnung, worauf Gernot hinauswollte. Diesmal mischte sie sich nicht ein. Sie ließ die beiden Männer schweigen, schwieg selbst, wartete.

»Gut«, sagte Gernot – und stand auf. »Danke Ihnen noch einmal. Sie haben uns sehr geholfen.«

»Hab' ich das?« Überrascht, aber sichtlich erleichtert, erhob sich Blocksberg ebenfalls und streckte Gernot die Hand entgegen. Gernot schielte zur Hand hinunter, als wüsste er nicht, was er damit anfangen sollte. Dann schüttelte er sie, nickte freundlich, deutete zur Tür und wartete, bis Blocksberg dem Wink gefolgt war. Für Janine hatte der Typ keinen einzigen weiteren Blick übrig.

Janine wartete ein paar Sekunden lang ab, ob Gernot sich von sich aus erklären würde. Er stand aber nur da, betrachtete sie, als würde er umgekehrt auf *sie* warten. Also sagte sie, »Ich hab' ein Monat gewartet, bis du dir Zeit nimmst, den Herrn nochmal mit mir zu vernehmen, und du schickst ihn nach ein paar höflichen Floskeln weg?«

»Das ist nicht unser Mann.« Gernot verschränkte die Hände

hinter dem Rücken. »Blocksberg hat nichts mit der Sache zu tun. Benedikt Blocksberg, meine ich natürlich.«

»Und wie genau bist du zu der Erkenntnis gekommen?«

»Der hat keine Ahnung, was in dieser Stadt eigentlich vor sich geht«, sagte Gernot. »Es interessiert ihn nicht. Er ist bereitwillig hergekommen, weil er überhaupt nicht begreift, dass er zu den Verdächtigen zählen könnte. Vor allem ist dir hoffentlich aufgefallen, dass er die Uhr trägt. Die Uhr, die ihm Samuel Os geschenkt hat – wenn du recht hast.«

»Os' Frau hat gesagt –«

»Hat sie die Uhr an Blocksbergs Handgelenk gesehen? Gesagt, dass *das* die Uhr ist? Blocksberg könnte sich längst eine neue gekauft haben. *Wenn* es aber diese Uhr ist, und er Os ermordet hätte, würde er mit dem Ding nicht vor der Polizei herumtänzeln, um sie daran zu erinnern, dass es zwischen ihm und dem Opfer eine Verbindung gibt.«

»Wir sprechen hier von einem Killer, der seinem Ziel nach Wien folgt und in eine fremde Wohnung eindringt –«

»Risikobereit«, gestand Gernot ihr zu, mit einer gönnerhaften Verbeugung, die er sich hätte sparen können. »Aber nicht blöd. Wäre der Kerl blöd, hätten wir ihn schon. Und mit dem einzigen Grund, aus dem wir überhaupt auf ihn aufmerksam werden könnten, in die Station zu spazieren, wäre äußerst blöd.«

»Also glaubst du nicht, dass er es ist, weil er eine Uhr trägt.«

»Genauso wie du *glaubst*, dass er es ist, weil er eine Uhr trägt.« Gernot schmunzelte.

Janine fand das überhaupt nicht lustig. »Also willst du unsere vielversprechendste Spur einfach aufgeben –«

»Vielversprechendste Spur?« Gernot ließ sich wieder auf den Plastikstuhl fallen, seufzte ausgiebig, stützte die Hände auf seinen Oberschenkeln ab und betrachtete sie wie ein müder Opa seine anstrengende Enkelin. »Wir haben ganz andere Spuren, Janine. Viel bessere.«

»Zum Beispiel?« Janine bemühte sich, ruhig zu sprechen, aber ihre Stimme klang für sie eine Oktave höher als sonst.

»Von zwölf Leuten ist uns bekannt, dass sie wussten, wo die Wohnung ist und wer dort ist. Davon haben vier den Angriff miterlebt – oder verschlafen – und einer hat ihn nicht *über*lebt. Bleiben sieben. Nicola Os war nicht in Wien. Ihre Tochter Sarah und Theresa Kowitz schwören, dass sie die ganze Nacht beisammen waren. Richard Maximilian und Marie Kuttner ebenso, aber sie sind ein Paar, ich würde nicht ausschließen, dass sie füreinander lügen. Johann Din gesteht, sich von der Gruppe getrennt und den Club verlassen zu haben, hat aber ein zumindest schwammiges Alibi, weil ein Türsteher beteuert, dass er nach nicht allzu langer Zeit ins Lokal zurückgekehrt ist. Elisabeth Fenrir war zufällig in Wien, aber die Feier von dem Malwettbewerb, bei dem sie gewonnen hat, war zur Zeit des Angriffs noch in vollem Gange.«

»Wo genau ist da jetzt deine Spur?«

»Was für Maximilian und Kuttner gilt«, fuhr Gernot fort, als hätte er die Frage nicht gehört, »gilt im Grunde auch für Sarah Os und Kowitz. Kein Paar, aber zwei verängstigte junge Mädchen, die gerade Freundschaft miteinander geschlossen haben – und sonst nicht viele Freunde haben, wie mir scheint. Sie wären sicher bereit, füreinander einzustehen. Dins Alibi kannst du dir in die Haare schmieren, weil der Club nicht weit entfernt von der Wohnung ist. Wenn dieser Skull verrückt genug ist, überhaupt die Wohnung zu stürmen, kann er auch verrückt genug sein, die Verkleidung irgendwo zu verstecken und wieder in den Club zu spazieren, als wär' nichts gewesen. Und Fenrir – von so einer Party kann man schon mal unbemerkt entschwinden, oder?«

»Also kann man nur Tristan, Veronika, Tom, Filippe und Nicola ausschließen –«

Gernot hob eine Hand. »Was man *ausschließen* kann, ist, dass Tristan Os, Veronika Zweitl, Tom Demirkan und Filippe Rashid in Norbert Perssons Wohnung unter der *Maske* gesteckt haben.«

Janine brauchte einen Moment. Als ihr klar wurde, worauf Gernot hinauswollte, rollte sie mit den Augen. »Geh, bitte, Gernot.«

»Mit voreiligen Schlüssen kommen wir nicht weit, Janine«, mahnte Gernot. »Jemanden zu verdächtigen, weil er einem der Opfer mal die Hand geschüttelt hat, ist sehr viel weiter hergeholt als die Idee, dass es zwei oder mehr Täter gibt.«

»Aber dann bleibt *jeder* und *jede* verdächtig!«, erwiderte Janine, halblachend vor Verzweiflung. »Wenn du jetzt auf einmal wieder den Tristan verdächtigen magst, kann er einem x-beliebigen Komplizen gesagt haben, wo die Wohnung ist, und du kannst mit deinen *zwölf Leuten* scheißen gehen! Das gilt auch für alle anderen – jedes Kind in dieser Wohnung könnte einem Komplizen die Adresse gegeben haben.«

»Du erkennst die Problematik.« Gernot nickte zufrieden. »Und damit erkennst du unsere Spuren. Und damit verstehst du vielleicht auch, wieso ich mich nicht mit einem Typen aufhalten will, der zufällig einmal eine Uhr von einem der Opfer bekommen hat. Magst Mittag machen? Ich hab' Hunger.«

6

Das *MaturantInnenessen* fand am Ende jener Woche statt, in der den Achtklässlerinnen und Achtklässlern der letzte reguläre Unterricht gegeben wurde; danach besuchten sie nur noch fachspezifische Maturavorbereitungsstunden. Der gemeinsame Abend mit allen Lehrerinnen und Lehrern der Abschlussklassen und mit der Schulleitung sollte Gelegenheit bieten, in entspannter, informeller Atmosphäre das bevorstehende Ende zu zelebrieren und einen neuen Blickwinkel auf die Bedeutung der Zeremonie Matura zu erlangen: Die Kinder waren jetzt willkommen am Erwachsenentisch, dinierten mit Professorinnen und Professoren, die sich durch die spezielle Alchemie des Projekts Schulabschluss von Autoritätspersonen in sowas wie Kolleginnen und Kollegen verwandelten – durften sogar Alkohol mit ihnen trinken, Bier auf Wein und Wein auf Bier.

Tristan betrat den vollgepackten Gastgarten mit einem flauen Gefühl im Magen und dem aufkeimenden Wunsch, er wäre nicht hergekommen. Er schien als einer der Letzten eingetroffen zu sein; die zwölf Tische, gedeckt in förmlich-feierlichem Weiß, waren alle besetzt, mit nur einem freien Platz hie und da, was ihn eine besonders qualvolle Wahl vorausahnen ließ. Er beschloss, dass er gehen würde, wenn er mit irgendwelchen semi-bekannten Leuten aus den anderen Klassen zusammensitzen müsste. Einige davon hatten sein Auftauchen bemerkt und schielten mit unverhohlener Abneigung in seine Richtung; dafür konnte er wohl Theresa danken. Oder vielleicht war es bloß sein Gesicht, das diese Blicke auf sich zog. Dann hatte sich ja eigentlich nichts verändert, außer dass sich alles verändert hatte.

Tristan sah die Direktorin in einer Ecke des Hofs stehen, verbissen den Überblick bewahrend, den Kopf nach allen Seiten drehend wie ein aufgescheuchtes Huhn. Offenbar ging es ihr zu langsam voran; sicher hatte sie eine Rede vorbereitet und wollte die endlich zum Besten geben.

Tristan scannte den Hof. Bei all dem aufgeregten Gewusel war es gar nicht so leicht, unter den hundert Köpfen jemanden auszumachen, aber schließlich entdeckte er Nikkis offenen Zopf, Filippes verwuschelten Schopf und Richies Lockennest an einem der Tische. Er hielt darauf zu, aber sofort wieder inne, als er Lily am gegenüberliegenden Ende des Hofs sitzen sah, fernab von seinen Leuten. Er wunderte sich, dass sie nicht beisammensaßen – *ärgerte* sich darüber –, traf aber die Entscheidung, die eigentlich gar keine Entscheidung war, machte kehrt und ging zu Lily. Erst als er den Tisch erreichte, bemerkte er, dass Jo neben ihr saß.

Tristan küsste Lily. Dann wandte er sich, noch stehend, an Jo, der ihn ähnlich ansah wie die Parallelklässler vorhin am Eingang.

»Hallo«, sagte Tristan – ein kleines, simples Friedensangebot.

Jo erwiderte mit einem kurz angebundenen Nicken. Das musste wohl vorerst reichen.

Tristan setzte sich Lily gegenüber an den letzten freien Platz, neben eine Person, von der Tristan hätte schwören können, dass er sie noch nie im Leben gesehen hatte. »Was hab' ich bisher versäumt?«

»Nichts.« Lilys Fuß berührte seinen unter dem Tisch. »Das Spannendste bis jetzt war, dass du so früh da bist.«

»Hin und wieder bin ich für Überraschungen gut.« Tristan legte seine Hand auf den Tisch und Lily legte ihre in seine. Tristan hätte jetzt gerne Jos Reaktion gesehen, schaute aber – genau deshalb – in die andere Richtung; er wollte Jo zwar klarmachen, was Sache war, aber er wollte ihn nicht über die Maßen provozieren.

Rudi saß an einem Tisch mit Bibi und einigen Leuten aus der B-Klasse. Etwas, das Herbert Kaiser sagte, brachte Bibi zum Lachen und trieb Schamesröte in ihr Gesicht. Rudi hatte nur ein dezentes Schmunzeln für Herb übrig. *Die Klasse ist furchtbar und Kaiser ist der furchtbarste von den ganzen Scheißern*, hatte Rudi Tristan mal zugeflüstert; unter vier Augen, in Rudis Bett.

»Schwelgst du in Erinnerungen?«, fragte Lily.

Tristan wirbelte herum. »Ahm – keinen schönen.«

»Jo und ich haben grad darüber gesprochen, wie seltsam es ist, dass wir die meisten hier bald nie wiedersehen werden«, sagte Lily. »Oder, Jo?«

»Nie wiederseh'n *müssen*, würd' ich in den meisten Fällen sagen«, nuschelte Jo.

»Da würd' ich zustimmen«, sagte Tristan.

Jos Blick durchlöcherte Tristan, düster vor Misstrauen. Jo hatte seinen Kommentar offenbar als Angriff gegen ihn aufgefasst statt als das, was er eigentlich hätte sein sollen: Zustimmung eben. Er hatte es ernst und gut gemeint, als Eisbrecher, als Einladung zur gemeinsamen Verschwörung gegen die anderen.

»Wir sollten so bald wie möglich von hier wegzieh'n, meint ihr nicht?«, probierte Tristan es noch offensiver. »Dieser Stadt entkommen. Diesem Mörder entkommen.«

»Dann müssen wir aber ganz schön weit weg«, sagte Lily. »Wenn der Typ dir sogar nach Wien folgt.«

»Dann geh'n wir eben ganz weit weg. Du magst Paris, oder?«

»Ich mag auch den Mond. Ich hab' nur kein Geld.«

»Vielleicht können wir zu dritt genug zusammenkratzen für eine Wohnung auf dem Mond.« Tristan grinste, als Lily mit den Augen rollte, aber der Scherz war eigentlich für Jo gedacht, und nur zum Teil ein Scherz. Echtes Angebot war es selbstverständlich auch keines; Tristan würde nicht wirklich wollen, dass Jo mit ihnen zusammenzog. Aber davon, die Idee in den Raum zu stellen, erhoffte er sich zweierlei: dass Jo endlich aufhörte, ihn als Feind zu betrachten; und dass er endlich verstand, dass Lily vergeben – richtig, langfristig vergeben – war und blieb.

Jos Reaktion bestand nur darin, die Lippen fest aufeinanderzudrücken und ins Leere zu starren, als fühlte er sich nun endgültig verarscht.

Lily nahm ihre Hand aus Tristans. »Komm' gleich«, sagte sie, und mehr nicht, bevor sie sich erhob und Richtung Toilette davonhuschte. Vielleicht wollte sie ihm und Jo die Chance eröffnen, sich auszusprechen; Tristan fragte sich, ob es diese Chance überhaupt gab.

»Hör mal, Jo –«

»Es macht dir Spaß, oder?« Jo leckte sich die Lippen. »Die ganze Sache macht dir Spaß. Du findest es *lustig*, dass Lily jetzt dir gehört.«

Tristan zog die Augenbrauen hoch. »Sie *gehört* mir nicht. Wir leben im einundzwanzigsten Jahrhundert, falls du das nicht mitbekommen hast.«

»Das sagst ausgerechnet du? Benutzt du mit *ihr* wenigstens Verhütung? Oder ist es dein Plan, ihr Leben völlig zu ruinieren? Bei dir weiß man ja nicht mal, ob du verstanden hast, dass Männchen und Weibchen bissl anders funktionieren.«

»Sehr lustig.«

»Ich versteh' nicht«, fuhr Jo in gekünstelt gelassenem Ton fort, »wie Lily glauben kann, dass du ihr fester Freund bist. Als ob Tristan Os es ertragen könnte, seinen Penis nur in ein Loch zu stecken, und seine eigenen Löcher nicht mehr zu stopfen.«

»Sagst du diese Dinge auch zu Lily? Versuchst du ihr einzureden, dass ich sie bescheiße?«

»Du hast sogar mir gegenüber damals behauptet, ich sei der Erste seit langem, und ich hab' dich nur aus Neugier für eine Nacht aufgerissen.«

»*Du* hast *mich* aufgerissen?«

»Wenn du bei dem kurzen Spaß das Bedürfnis hattest, mich zu belügen, dann muss das bei deiner *Freundin* ja noch viel extremer sein.«

Tristan schmunzelte. »Ich wusste ja, dass du eifersüchtig bist. Aber ich hab' angenommen, du würdest *mir* Lily neiden. Ist es etwa umgekehrt?«

»*Tss*«, machte Jo. »Sag mal –« Er faltete die Hände zusammen und stützte sein Kinn auf den Fingerspitzen ab. »Weiß sie es eigentlich?«

»Dass ich mit dir was hatte? Hast du's ihr nicht erzählt? Redest du über sowas nur mit deinem Pfarrer?«

»Das mein' ich nicht. Ich red' von Hannah.«

Tristans Mund sperrte sich zu. Jo lächelte, gehässig und zufrieden mit sich selbst.

»Und Ingo. Valerie. Nero. Die haben's alle mal mit dem sagenhaften Tristan Os getrieben, richtig? So ein Zufall. Sex mit dir ist wirklich ein Todesurteil, oder?«

Tristan schluckte, zwang die Lippen auseinander und fragte leise, »Warum … Warum sagst du ihr das nicht? Da du ja ihr bester Freund bist und so.«

Jo zuckte mit den Schultern. »Vielleicht find' ich, dass sie verdient hat, was auch immer sie kriegt, wenn sie sich für einen Vollpfosten wie dich entscheidet.«

Tristan war plötzlich auf den Beinen. Er hatte nicht vorgehabt, aufzustehen; es war einfach so passiert. Seine Hände hatten sich zu Fäusten geballt, sein Zwerchfell brannte, seine Wangen glühten, und seinen ganzen Körper juckte ein Bedürfnis, das ihm fremd und doch völlig natürlich erschien: Er wollte Jo das selbstgefällige Feixen aus dem Gesicht wischen.

»Tristan, wir müssen reden.«

Nikki stand hinter ihm. Sie schien nicht mal zu bemerken, was sie da unterbrochen hatte. Vielleicht war es ihr aber auch nur egal.

»Später«, sagte Tristan unwirsch.

»Jetzt.« Sie trat näher an ihn heran. »Ich hab' was herausgefunden«, flüsterte sie in sein Ohr.

Das weckte tatsächlich Tristans Neugier. »Ich komm' bald zu dir rüber, okay?«

»Wirklich bald, bitte.«

Sie ging zurück zu ihrem Tisch. Tristan atmete durch, ließ locker und setzte sich wieder hin. Jo nippte an seinem Rotwein und betrachtete ihn über das Glas hinweg, gespannt und ein wenig verunsichert; er hätte einen Faustkampf wahrscheinlich sogar willkommen geheißen.

Tristan seufzte. »Willst eine rauchen gehen?«

Jo runzelte die Stirn.

7

Nikki hoffte inständig, dass die Unterhaltung von Tristan und Jo, für deren Fortsetzung sie jetzt sogar den Gastgarten verließen, Wichtigeres beinhaltete als ihren kindischen Streit um Lily. Eigentlich konnte aber gar nichts wichtig genug sein, um den Moment noch länger hinauszuzögern, wenn Nikki endlich ihre neuen Informationen mit Tristan teilte. Und mit der Polizei. Die vermutlich bereits über diese Informationen verfügte, doch offenbar nicht wusste, was sie damit anstellen sollte, unfähig, eins und eins zusammenzuzählen.

Nikki ließ den Blick zu dem Tisch hinüberschweifen, an dem Herr Professor Rudolf Killa saß und über Witze lachte, die ein paar Burschen aus der B erzählten. Die fröhliche Stimmung, die sein Mund vorspielte, erreichte seine Augen nicht. Bildete sie sich das ein oder schielte der Lehrer über den Kopf seines Gegenübers hinweg in ihre Richtung? Ahnte er etwas? Hatte die Direktorin bemerkt, dass ihre Akte verschwunden war, und hatte sie das in ihrer Kurzsichtigkeit ihrem Kollegen verraten?

Ein Frösteln befiel Nikki. Sie schüttelte es ab, widmete sich ihrem weißen Spritzer, suchte Beschäftigung. Sie begegnete Docs Blick. Doc rümpfte die Nase und tauchte hinter seiner Bierflasche ab.

Nikki stöhnte. Ihr war nach Weinen zumute; nicht wegen Doc, zumindest nicht spezifisch, sondern wegen allem. Und doch wegen Doc, irgendwie: weil sie jetzt einen Freund brauchte, einen richtigen Freund, nicht einen, der ihre Freundschaft gerne gegen ihre Vagina eingetauscht hätte.

Sie stand auf, um aufs Klo zu gehen – eigentlich nur, um fortzugelangen. Auf halbem Wege fiel ihr Blick auf das einzige Gesicht im Hof, das so unglücklich aussah, wie sie sich fühlte. Luke saß umgeben von Mitschülerinnen, und doch sichtlich völlig allein, am Tisch in der Gartenlaube. Er machte den Eindruck, als wartete er abseits darauf, dass die Welt etwas mit ihm anzustellen gedachte. Er starrte trübe zum Ausgang hin – dorthin, wo Tristan und Jo vor einer Minute auf die Straße verschwunden waren.

Einer spontanen Eingebung folgend, marschierte Nikki zu ihm und quetschte sich neben ihn auf die Sitzbank. Er erschrak.

»Du gehst mir auf die Nerven«, sagte sie, leise, damit die anderen Mädchen am Tisch sie nicht hörten.

»*Huh*?«, machte er.

»So toll ist der Tristan auch wieder nicht. Du kannst nicht dein ganzes Maturajahr damit verschwenden, drauf zu warten, dass er dir ein bissi Aufmerksamkeit schenkt. Du sitzt hier mit siebzig Freundinnen und Freunden und weißt nichts Besseres mit dir anzufangen, als ihm hinterherzugaffen. Tust du überhaupt noch irgendwas, bei dem es nicht um ihn geht?«

Luke war immer noch damit beschäftigt, erstaunt zu blinzeln. Als er damit fertig war, verzog er den Mund. Schmollend beugte er sich über den Tisch, legte eine Faust auf die andere und stützte sein Kinn darauf ab. »Du hast keine Ahnung, wovon du redest.«

»Also irre ich mich?«

»Das hab' ich nicht gesagt.« Luke fixierte wieder die Stelle, an der Tristan jeden Moment wieder auftauchen sollte. »Aber nur zu deiner Info, ich mach' genug mit meinen Freunden. Du kennst sie nur nicht alle.«

»Bist du zu cool für deine gleichaltrigen Freunde?«

»Meine gleichaltrigen Freunde sind tot.«

Nikki verstummte. Was sollte sie darauf auch erwidern?

»Jo lebt noch«, fuhr Luke müde fort, »aber der ist grad davonspaziert – mit Tristan. Und wer sonst noch da ist, ist beschäftigt mit sich selbst oder mit der Matura. Oder ist *auch* mit Tristan befreundet, also wär' mit ihnen Zeit verbringen so ziemlich das Gegenteil von dem, was du mir empfiehlst.«

»*Fair enough*«, sagte Nikki. »Diese Runde gewinnst du.«

»Jippie.« Luke öffnete seine Fäuste und spreizte die langen Finger in der Parodie einer jubelnden Geste.

»Aber ernsthaft, Luke, deine Besessenheit ist ein bisschen kindisch –«

»Hey.«

Doc war neben dem Tisch aufgetaucht, als hätte Nikki ihn mit ihren Worten herbeibeschworen. Sein grantiger Blick wechselte zwischen ihr und Luke hin und her. War er jetzt etwa auch noch eifersüchtig auf einen Schwulen?

»Es gibt gleich Essen«, sagte Doc. »Soll ich deinen Platz freihalten oder willst du hier sitzen?«

Nikki unterdrückte ein Stöhnen und alle Worte, die ihr in den

Sinn kamen. Anscheinend konnte Doc sie nicht einmal in Ruhe lassen, wenn sie stritten. Sie drückte ihre Tasche gegen ihre Brust und erkannte erst da, dass sie sie von ihrem Platz mitgenommen hatte. Besser war es. Die Akte herumliegen zu lassen, wäre sicher keine gute Idee gewesen …

Nikki haderte mit sich. Sie *musste* jemandem davon erzählen. Warum nicht Doc und Luke? *Aus dem gleichen Grund, aus dem du noch nicht bei der Polizei warst*, beantwortete sie sich die Frage selbst. *Weil du keine Beweise hast*. Nikki fürchtete sich davor, Anschuldigungen in die Welt hinauszuposaunen, die sich als haltlos herausstellen könnten. Wenn sie jemandem vorwarf, ein Mörder zu sein, obwohl das gar nicht stimmte – oder stimmte, aber nicht bewiesen werden konnte –, hätte das sicher Konsequenzen für sie.

Aber sie *musste* jemandem davon erzählen.

»Tom – Luke – könnt ihr was für euch behalten?«

Doc wirkte perplex, nickte aber, und sein verkrampftes Gesicht entspannte sich. Vielleicht hatte sie sich in ihm getäuscht; vielleicht konnte er doch noch ein Freund sein, wenn er merkte, dass sie einen brauchte. Luke schien noch zwiegespaltener als Doc zu sein, geradezu misstrauisch, aber er sagte, »Ahm … Sicher.«

»Kommt kurz mit.«

Nikki warf noch einen letzten verstohlenen Blick auf Professor Killa – er war damit beschäftigt, sich und Bibi Wein nachzuschenken und gezwungen zu lächeln – und führte Doc und Luke in eine ferne Ecke des Hofs, hinter eine Säule, die sie vor neugierigen Augen verbarg. Sie zog die Mappe aus der Tasche und reichte sie Luke, der entgeistert auf den Namen seines Angebeteten starrte, bevor er sie aufschlug.

»Habt ihr schon mal was vom Markt-Mörder gehört?«, fragte Nikki.

»Nein«, sagte Luke verdutzt, die alten Zeitungsartikel und handschriftlichen Notizen durchblätternd.

»Agatha Christie?«, fragte Doc.

»Realität.« Nikki legte den Finger auf einen der Berichte. »Vor vierundzwanzig Jahren hat jemand einen Schüler aus unserem Gymnasium am Hauptplatz umgebracht, während eines einwöchigen Bauernmarkts. Mit einem Messer. Es gab keine Verhaftung, ich hab' recherchiert. Und es gab kurz darauf noch einen anderen ungeklärten Mord in der Stadt, von dem die Polizei nie mit Sicherheit feststellen konnte, ob's der gleiche Täter war oder nicht.«

»Fuck«, raunte Doc, blass geworden. »Wieso wissen wir das nicht? Wieso sagt uns niemand sowas?«

»Ich nehm' an, die Hartplatz hält die Sache irgendwie unter Verschluss. Ich hab' dieses Zeug hier aus ihrem Büro geklaut, also weiß sie jedenfalls Bescheid. Und hast du gesehen, was vorne draufsteht?«

»Tristan Os …«, hauchte Luke.

»Genau. Also geht die Hartplatz davon aus, dass ein Zusammenhang zu heute besteht.«

»Ahm …« Doc sah sie skeptisch an. »Sie weiß aber schon, dass Tristan vor vierundzwanzig Jahren noch nicht auf der Welt war, oder?«

Nikki bedachte ihn mit einem strafenden Blick, und sagte, »Vielleicht glaubt sie, dass der Mörder von damals jetzt wieder da ist. Und was gegen Tristan hat.«

»Glaubt ihr, die Polizei weiß das alles?«, fragte Luke.

»Na, mit Sicherheit weiß sie über den Markt-Mörder Bescheid«, sagte Nikki. »Und der wurde nie geschnappt. Es würde mich überraschen, wenn sie in die Richtung *gar* nicht ermittelt hätten.«

»Ich weiß nicht«, sagte Doc. »Du bist doch auch von diesem tollen Inspektorenteam interviewt worden. Weißt du noch, wie die versucht haben, die Sache dem Ingo anzuhängen? Und der war vor zwanzig Jahren auch noch nicht vorhanden.«

»Vielleicht haben sie ja Gründe, anzunehmen, dass die beiden Fälle nichts miteinander zu tun haben … aber …« Nikki schluckte. »Aber das liegt vielleicht daran, dass sie ein wichtiges Detail übersehen haben. Oder ihm zu wenig Beachtung schenken.«

Nikki zog unter den Zetteln in der Mappe den vergilbten Bericht heraus, der es ihr am meisten angetan hatte, und präsentierte ihn den anderen beiden.

»Professor Killa?«, stieß Luke hervor.
»*Psst*!«, machte Nikki.
»Wow, der sah ja gar nicht schlecht aus als Kind«, sagte Doc.
»Er ist *vierzehn* auf dem Bild«, zischte Luke empört.
»Ich bin ja nicht schwul, ich darf das sagen. Ich mein' nur, dass er aussieht wie einer, auf den all die kleinen Mädchen stehen. Einer wie – Tristan.«
»Darum geht's aber nicht«, drängte Nikki. »Viel spannender ist, dass das Opfer des Markt-Mörders sein *bester Freund* war. Und jetzt … sterben seine Schülerinnen und Schüler, einer nach der anderen.«
Doc riss die Augen auf. »Und du glaubst, *er* war's? Damals und heute?«
»Du musst das der Polizei sagen.« Luke konnte sich gar nicht mehr von dem Foto des jungen Rudi Killa losreißen. »Wenn du recht hast, dann – dann ist der ganze Scheiß endlich vorbei!«
»Und wenn ich mich täusche?«, fragte Nikki.
»Dann wird die Polizei das herausfinden«, sagte Doc. »Was soll sonst passieren?«
»Schon mal was von Verleumdung gehört?«, entgegnete Nikki. »Und wenn Professor Killa mich nicht anzeigt, obwohl er unschuldig ist, hab' ich trotzdem seinen Namen durch den Schmutz gezogen. Und – und wenn er es *ist*, die Polizei es ihm aber nicht nachweisen kann …«
Doc begriff, und versteinerte. »Dann rächt er sich wahrscheinlich an dir.«
Nikki nickte.
»Fuck«, sagte Doc noch einmal. »Der Killa. *Fuck.*«
»Fuck«, stimmte Nikki zu.
»*Liebe Schülerinnen und Schüler*!«
Die raue Stimme der Direktorin schaffte es kaum, sich über das allgegenwärtige Geschnatter zu erheben. Jenes Geschnatter legte sich nicht, sondern schien nur noch lauter zu werden, wie um umgekehrt den lästigen Lärm zu übertönen, den die Frau Doktor Hartplatz machte.
»MEINE LIEBEN SCHÜLERINNEN UND SCHÜLER!«
Diesmal senkte sich Stille über den Hof. Nikki, Doc und Luke

krochen hinter ihrer Säule hervor und kehrten auf ihre Plätze zurück. Nikki war beruhigt, als sie sah, dass Professor Killa nicht in ihre Richtung schaute.

»Danke«, fuhr die Direktorin fort, immer noch halbschreiend, »für euer Kommen. Es ist mir eine Freude und Ehre, einen Abend mit den Naturwissenschaftlerinnen, Astronautinnen, Softwareentwicklerinnen, Ärztinnen, Anwältinnen – und natürlich *Lehrerinnen* der Zukunft verbringen zu dürfen.« Sie grinste breit in die Runde; ein manischer Schimmer war in ihre Augen getreten. »Wie ihr alle wisst, bedeutet dieses Treffen den Anfang vom Ende – den ersten Schritt des Abschieds. Ein Abschied nicht unbedingt im klassischen Sinn, zumal wir einander noch ein paar Wochen in dieser Konstellation erhalten bleiben. Aber sehr wohl ist es ein Abschied von einem Leben, wie ihr es bisher gewohnt seid. Ihr kennt noch keine Verantwortung – keine *echte* Verantwortung, außer die für euch selbst. Und wir alle wissen, wie kompetent ihr euch mit dieser Verantwortung bisher angestellt habt.« Sie lachte als Einzige über ihren Scherz. »Die meisten von euch sind bisher recht sorglos durchs Leben gewandert, haben tagträumend für den Tag existiert und sich selten Gedanken zur echten Welt gemacht, wenn nicht gerade eine Schularbeit oder ein Elternsprechtag kurz bevorstand …«

Andere wurden das ganze Jahr lang von einem messerschwingenden Psychopathen durch die Stadt gejagt, dachte Nikki, und spürte wieder Wut in sich brodeln. Hielt die Direktorin ihre Schülerinnen und Schüler wirklich für blöd und abgestumpft genug, die Ereignisse der letzten Monate einfach wegzustecken und weiter *sorglos durchs Leben zu wandern*? Oder war sie selbst zu arrogant, um den Tod so vieler Jugendlicher und die Bedrohung durch einen Killer, der schlauer war als die Polizei, ernst zu nehmen, außer wenn es darum ging, was die Medien wegen der Tragödie über ihre Schule berichteten? War sie zu eitel, um sich von ein paar ermordeten Kindern ihr *MaturantInnenessen* und ihre selbstgerechte Rede versauen zu lassen?

»… Aber damit ist jetzt Schluss. Dieses behütete Leben tritt in seine letzte Phase ein. Die Vorbereitung auf die Matura. Die *Reifeprüfung*.« Die Hartplatz seufzte schwer. »Die nächsten Wochen werden sehr anstrengend, meine Lieben …«

8

Ihr werdet lernen, lernen, lernen – ihr müsst!

Tristan war verblüfft, wie schnell die Zeit beim Lernen verflog. War es, weil alle spürten, dass es diesmal wirklich um was ging? Weil er selbst erstmals vollkommen, fanatisch motiviert war, eine Leistung zu erbringen, die von der öden, bedeutungslosen *echten Welt* auch als Leistung anerkannt werden würde? Die Stunden, die Tage, die Wochen flossen dahin, glitten ineinander, während er in seinem Zimmer, in der Schule, bei Filippe, im Park, in Cafés, sogar im Home über seinen Büchern grübelte, schier unlösbare Gleichungen umformte, bis sie nicht mehr ganz so unlösbar erschienen, Zusammenfassungen schrieb, den Prozess der Photosynthese auswendig lernte, Nietzsches Begriff von Freiheit nachzuvollziehen versuchte, sich Integralrechnung erklären ließ von einer ungeduldigen Theresa oder einem angestrengten Doc, der dabei jedes Mal aufs Neue erkannte, dass er die Sache selbst noch nicht ganz durchschaut hatte.

Und während all dessen gab es keine mörderischen Zwischenfälle. Was Tristan freute. Und gleichzeitig … verstörte. War der Mörder zu beschäftigt? Beschäftigt wie Tristan?

Natürlich wärt ihr nicht die Ersten, die so kurz vor dem Ziel ebendieses noch aus den Augen verlieren. Die lieber abbrechen und aufgeben, als ein letztes Mal das bisschen Disziplin und Verstand aufzuwenden, das in euch steckt. Aber ich habe das Gefühl, in diesem Jahrgang wird das nicht so sein.

Richie und Marie waren manchmal dabei bei den Lerngruppen im Home – aber wenn die beiden ein Buch öffneten, dann nur, um früher oder später die Köpfe darauf zu legen und einzunicken, oder dahinter abzutauchen und einander die Zunge in den Hals zu stecken. »So schaffen sie die Matura nicht«, stellte Theresa an einem Nachmittag gegen Ende März ganz nüchtern in den Raum. »Wenigstens werden sie verliebte Loser sein«, entgegnete Filippe. Tristan sagte nie etwas zu dem Verhalten der beiden. Es ließ ihn nur Lily vermissen.

Dieser Jahrgang ist ein Jahrgang von Gewinnerinnen und Gewinnern. Obwohl einige von euch – verzeiht die Offenheit – die faulsten und unbelehrbarsten Kinder sind, die je mein Gymnasium besucht haben, schafft ihr es immer irgendwie, euch aus jeder schwierigen Situation herauszuwinden. Ich kann und will nicht behaupten, dass das keine brauchbare Fähigkeit ist. Vielmehr möchte ich sagen, dass der Unterricht, den wir euch bereitstellen, einiges zu der Entwicklung dieses Talents beigetragen hat. Wir bringen euch eben nicht nur Fakten bei. Wir bringen euch bei, zu überleben.

»Ich lern' allein besser«, erklärte Lily zum wiederholten Mal während eines Telefonats, wenige Tage vor der Matura.

»Ich weiß«, sagte Tristan, bemüht, nicht traurig zu klingen. »Ich auch. Aber ich seh' dich nur noch in der Schule.«

»Meine Eltern wollen mich nicht mehr aus dem Haus lassen. Seit Wien haben sie noch mehr Angst.«

Tristan zog die Beine an sich, legte den Arm um sie und zupfte an seinen Zehen. Er hatte sich noch nie so gefühlt wie jetzt. Er wusste nicht einmal, was es war, das er fühlte. Er war verunsichert, das wusste er; angespannt und nervös. Aber er war auch …

»Ich glaub', ich bin einsam«, flüsterte er ins Handy.

Schweigen am anderen Ende.

»Lily?«

»Wir haben es fast geschafft.« In ihrer Stimme lag nichts von der Zuversicht, die ihre Worte implizierten. »Es ist seit fast zwei Monaten niemand mehr angegriffen worden, in einer Woche ist die schriftliche Matura vorbei. Dann scheißen wir auf das, was meine Eltern wollen. Und auf alles andere.«

»Mhm«, sagte Tristan.

Wir haben euch gelehrt, Wichtiges von Unwichtigem zu unterscheiden. Notwendiges zu tun und dort, wo keine Notwendigkeit besteht, nach eigenen Prinzipien und Prioritäten zu entscheiden und zu handeln. Deswegen seid ihr in der achten Klasse eines Gymnasiums, obwohl so viele von euch nicht einmal den Satz des Pythagoras aufschreiben könnten, ohne ihn nachzuschlagen, einige von euch auf einer Landkarte suchen würden, wenn sie gefragt werden, wo die Langerhans'schen Inseln sind, manche von euch mehr über die Thronfolge der Targaryens erzählen können als über den zweiten Weltkrieg, und die meisten von euch im Unterricht so wenig aufpassen, dass sie ohne zu lügen behaupten könnten, noch nie etwas vom Ablativ gehört zu haben.

Ein anderes neues, niederschmetterndes Gefühl ließ die viele Streberei Tristan auch empfinden: Zum ersten Mal in seinem Leben zweifelte er ernsthaft, ganz ohne Ironie, ganz ohne es halb im Scherz zu meinen, an seiner Intelligenz. Er vertauschte ständig Subjekt und Objekt in altgriechischen Sätzen, er scheiterte an manchen Gleichungen auch noch beim fünften Anlauf, er verwechselte Mitose und Meiose. Zu allem Überfluss kränkelte er auch wieder. Tagsüber war er träge, und nachts schlief er fürchterlich schlecht – nicht nur wegen der Matura und nicht nur, weil er Lilys Körper neben seinem vermisste –, und je angestrengter er sich für die Prüfungen vorbereitete, desto lustloser schien er dabei (und in allen anderen Dingen) vorzugehen. In stillen Momenten in seinem umnachteten Zimmer, nach einer kalten Dusche, meldete sich der alte Tristan, blitzte ihm aus dem Spiegel der alles sehende, aber an nichts interessierte Blick entgegen, den er einst perfektioniert hatte. *Wozu?*, fragte sein Spiegelbild, und das Halblächeln trat auf sein Gesicht, voller Vergnügen über einen geheimen Witz. *Wozu plagst du dich so? Ob du die Matura schaffst, ist eigentlich egal, und daran, dass du sie schaffst, besteht eigentlich kein Zweifel ...*

Am letzten Abend vor dem ersten schriftlichen Termin saß Tristan spät hellwach im Wohnzimmer, an der Stelle, an der er seinem Stiefvater von hinten das Messer in die Brust gerammt hatte. Nicht auf derselben Couch – selbstverständlich hatte Nicola das Möbelstück ausgetauscht. Er starrte aus dem Fenster ins Frühlingsdunkel – kein Schnee reflektierte das Sternenlicht, dichte Wolken kündigten den Regen des nächsten Morgens an, und die Tage waren schon fast sommerlich hell, sodass die schwarze Nacht einen Kontrast erzeugte, den man geradezu auf der Haut spüren konnte. Er hatte sich von seinen arroganten Instinkten dazu verleiten lassen, in diesen letzten Stunden vor der Prüfung keine Bücher aufzuschlagen. Auf dem Glastisch war nichts außer dem Fleck, den seine Kaffeetasse am Nachmittag hinterlassen hatte. Er erinnerte sich an das Magazin, das Samuel Os hier gelesen hatte an jenem Abend. War das jetzt bei der Polizei? War die alte Couch bei der Polizei? »Nicht ablenken lassen«, flüsterte Tristan sich zu. Es war Zeit, sich zu entspannen. Es war Zeit, sich daran zu erinnern, wer er war. Er war Tristan, er lebte noch, und er würde morgen beginnen, die Matura zu bestehen. Und Lily und Filippe und Nikki und Doc und Jo und Theresa und Richie und Marie würden auch bestehen, und gemeinsam würden sie diese Schule, diese Stadt, diese kleine Welt hinter sich lassen. Sogar Luke wünschte er still und heimlich Erfolg. Wieso auch nicht …

Ich habe keinen Zweifel daran, dass in jeder und jedem von euch das Potenzial steckt, das Gymnasium erfolgreich abzuschließen. Ich traue mich noch kein Urteil darüber zu fällen, was danach mit euch passiert. Aber darum soll es heute auch gar nicht gehen …

9

Heute geht es darum, zu zelebrieren, dass wir überhaupt so weit gekommen sind. Dass wir hier sitzen, gemeinsam essen und trinken und feiern und auf eine Zukunft blicken, die aus tausend Türen besteht, hinter denen tausend verschiedene Pfade auf euch warten.

So enorm Nikkis Abneigung gegen Frau Doktor Hartplatz zugenommen hatte, so sehr hoffte sie doch, dass die Direktorin recht behalten würde. Aber Nikki hatte nicht nur Angst vor den metaphorischen Türen: Jedes Mal, wenn sie eine echte Tür öffnete, rechnete etwas in ihr damit, dass dahinter die Kreatur wartete, der sie den Aschenbecher über den Kopf gezogen hatte; dass der Totenschädel ihr aus seiner schwarzen Kapuze entgegenstarren würde, bevor Schmerzen, wie sie sie noch nicht kannte, jeden Maturastress aus ihren Gedanken vertreiben würden.

Diese Türen werdet ihr aufstoßen. Ihr schafft das. Wir *schaffen das.*

Kris und Hannah schaffen das nicht, und Caro und Ingo und Valerie. Das hätte Nikki der Direktorin nach ihrer grässlichen Ansprache am liebsten entgegengebrüllt. Den ganzen Gastgarten daran erinnert, was eigentlich vor sich ging, während sie miteinander Bier und Wein soffen; welcher harten Prüfung sie in Wirklichkeit unterzogen wurden, einer *echten* Prüfung auf Leben und Tod, gegen die die näher rückende Matura ein sinnentleertes Spiel war. Ein Spiel für jene, die sich sicher sein konnten, mit ihrem Zertifikat eine der Türen einzutreten, von denen die Hartplatz gesprochen hatte; nicht bangen mussten, statt des Zeugnisses in die Hand ein Messer in die Brust gedrückt zu bekommen.

»Du musst dich entspannen«, sagte Doc, als sie diese Gedanken mit ihm teilte.

»Kann ich nicht, wenn du mich stündlich anrufst«, murmelte sie geistesabwesend in ihr Handy. Vor ihr lag ihr Biologiebuch, aber ihre Aufmerksamkeit galt dem Papierfetzen, den sie in der Hand hielt. Mit jedem Blick, den sie auf den Artikel warf, erkannte sie in dem Gesicht des jungen Burschen mehr von dem Rudi Killa, der sie unterrichtete. Der Schüler auf dem Foto zeigte schon alle Anzeichen des aalglatten, aber freundlichen Professors, der er später werden sollte; sein Haar mit Gel zurückgeklatscht, die Arme einladend von sich gestreckt, zurückhaltend und würdevoll gekleidet in einem schwarzen Anzug, der ihm besser stand, als einem Kind ein Anzug stehen sollte, und den Mund weit geöffnet in dem Moment, den die Kamera eingefangen hatte, schon mit vierzehn fähig, laut und deutlich zu sprechen, wissend, wie er sich halten und geben musste, um angehört zu werden und Vertrauen zu erwecken. Diese Eigenschaft hatte sie an Professor Killa lange Zeit ein wenig bewundert. Jetzt fand sie seine Kompetenz und sein familiäres Gehabe nur noch beunruhigend.

»Sorry«, sagte Doc. »Nicht, weil ich dich stündlich anrufe. Also, nicht nur … Sorry wegen …«

Nikki seufzte. Sie war so erschöpft. Sie fühlte sich, als wäre sie ganz auf sich allein gestellt. Tristan hatte beim *MaturantInnenessen* auf sie vergessen, und seitdem auch kein wirkliches Gespräch mit ihr gesucht – er hatte ja Lily. Und Doc war … Doc.

»Es ist okay«, sagte sie ins Telefon, obwohl es das ganz und gar nicht war.

»Nein, ist es nicht. Ich war ein Arsch.«

Das stimmte, aber es würde wohl nichts nützen, das zu sagen.

In gewisser Weise war Doc schon immer ein Arsch gewesen … Aber das war unfair. Er war verliebt in sie, das war alles. Und war *sie* nicht ein Arsch, weil sie es gewusst hatte – tief drin hatte sie es immer gewusst –, aber nichts dagegen unternommen hatte?

Nikki erinnerte sich plötzlich an ihre erste Begegnung mit Tristan. Sie waren gerade in die Oberstufe gekommen. Die fremden Klassenkameradinnen und Klassenkameraden hatten Nikki eingeschüchtert, gleichzeitig fasziniert. Sie und Doc hatten sich einen Tisch in der vordersten Reihe geteilt und Nikki saß während der Pausen genauso wie während des Unterrichts still auf ihrem Platz, dem Rest der Welt den Rücken zugewandt, über ihr Handy oder einen Roman gebeugt. Sie hatte nicht geglaubt, den anderen etwas zu bieten zu haben. Und sie hatte ja Doc gehabt – wenn der nicht gerade versucht hatte, neue Freundschaften zu schließen. Fast jede Pause war er irgendwelchen Burschen hinterhergekrochen, über jedes noch so dumme Wort lachend, Geld leihend, wo Mangel herrschte, Süßigkeiten teilend, prahlerischen Geschichten lauschend.

Dein Freund passt nicht wirklich zu dir. Die Stimme hatte sie so erschreckt, dass ihr *Warrior Cats* aus den Händen gerutscht war.

Verzeihung, hatte der merkwürdige Junge hinter ihr gesagt. Ein Gesicht, das Nikki an antike griechische Statuen erinnert hatte, pechschwarze Kleidung, ein Lächeln, das ihr unerklärlicherweise gleichzeitig einladend und abstoßend erschienen war. *Ich wollte dich nicht von deinen kriegerischen Katzen losreißen.*

Das Buch ist eh bescheuert, hatte sie geantwortet (warum auch immer; es gefiel ihr eigentlich). Dem Blick des Jungen hatte sie nicht lange standhalten können, aber das Reden war ihr erstaunlich leichtgefallen. *Und er ist nicht mein Freund.*

Hm, hatte der Junge gemacht. *Er wäre es aber gerne.*

Dann war er wieder weggegangen, dieser seltsame Junge, als hätte er alles gesagt gehabt, was zu sagen er gekommen war. Danach hatte sie lange kein Wort mehr mit Tristan Os gewechselt. Erst die Freundschaft mit Filippe (das Resultat einer kurzlebigen, ein bisschen heimlichen Romanze) hatte ihn in ihr Leben zurückgeholt. Und wo war Filippe jetzt? Sie und er machten kaum noch was miteinander, aber an Tristans Sohle klebte Filippe fast so hartnäckig wie Luke.

»Fühlst du dich fit für Mathe morgen?«, holte Docs Stimme sie in die Gegenwart zurück.

»Ahm … Eigentlich schon.«

»Ich auch, glaub' ich.«

»Gut.«

Am liebsten hätte sie *Tschüss* gesagt. Zumal Doc anscheinend auch nichts Wichtiges zu besprechen hatte. Die Stille zog sich hin. Es war eine peinliche Stille, unbehaglich und unerfüllt, wie zwischen zwei Fremden.

»Hast du Tristan von der Sache mit Killa erzählt?«, wechselte Doc plötzlich das Thema.

»Noch nicht.«

»Wieso nicht? Das interessiert ihn sicher.«

»Dann wär' er zu mir gekommen, wie er's versprochen hat. Im Moment interessiert ihn außer Lily nur die Matura und noch mehr Lily.« Nikki legte den Artikel in das Biobuch und schlug es zu, wie um damit Professor Killa selbst zu erdrücken. »Was soll Tristan schon mit der Info anstellen?«

»Bescheid wissen, dass er sich vorm Killa in Acht nehmen muss.«

»Er nimmt sich hoffentlich eh vor allen und jedem in Acht.«

»Hast du's der Polizei gemeldet?«

»Die weiß das alles mit Sicherheit eh.«

»Aber was, wenn nicht –«

»Dann eben nicht. Hör zu, Doc, ich muss jetzt weiterlernen, und bald mal schlafen. Baba.«

»Nikki –«

Sie legte auf. Mittlerweile ging ihr sogar schon Docs *Stimme* auf die Nerven. Das machte sie noch trauriger, noch einsamer.

Sie öffnete das Buch wieder. Der Zeitungsausschnitt segelte zwischen den Seiten hervor und landete zu ihren Füßen. Als sie sich danach bückte, fiel ihr auf, dass Doc in einer Sache recht gehabt hatte: Der junge Killa sah dem jungen Tristan wirklich ein bisschen ähnlich. Vielleicht bildete sie sich das nur ein, weil sie noch nicht ganz aus ihren Erinnerungen zurückgekehrt war. Aber es schien ihr, als blitzte jener wissende, durchdringende Funke aus seinen Augen, den sie auch damals gleich bei der ersten Begegnung mit Tristan gesehen hatte; als umspielte das gleiche, nicht ganz aufrichtige Lächeln Killas Lippen, mit dem auch Tristan so viele in seinen Bann gezogen hatte. *Sie sind beide hübscher und schlauer, als gut für sie ist. Das ist alles.*

Sie faltete den Zettel zusammen, beförderte ihn mit einem Schwenker ihres Handgelenks auf ihren Schreibtisch und versuchte, sich auf den Calvin-Zyklus zu konzentrieren. Dann erinnerte sie sich, dass in weniger als zehn Stunden die Mathematik-Matura beginnen würde, tadelte sich mit einem müden Kopfschütteln und legte Biologie zur Seite.

Als sie ihr Mathematikheft zu sich zog, hörte sie ein Klirren in unbestimmter Ferne.

Sie drehte sich um und starrte durch ihre offene Zimmertür. Ihr Herz schien zu schlagen aufgehört zu haben. Alle Härchen auf ihrem Körper standen zu Berge.

Die Katze, dachte sie. Wieso auch nicht? Typisches Katzenverhalten, Dinge umzuwerfen. Dass ihre Magenta das noch nie getan hatte, hieß nichts. Früher oder später musste es ja passieren.

Trotzdem saß sie stocksteif da und lauschte angespannt. Kein Geräusch drang mehr an ihre Ohren. *Weil Katzen leise sind, wenn sie nicht gerade was umwerfen*, sagte sie sich – *versprach* sie sich. Vielleicht waren auch ihre Eltern früher von ihrem Hochzeitstagsessen nach Hause gekommen, um doch noch bei ihr zu sein in dieser letzten Nacht vor der Matura.

Kann Killa wissen, dass sie aus sind? Die Frage schoss ihr unwillkürlich und unwillkommen durch den Kopf.

Nikki griff nach ihrem Handy.

»Wieso bist du noch auf?«, fragte die Stimme ihres Vaters. Das tiefe Brummen zu hören war eine derartige Erleichterung, dass Nikki fast zu weinen begann.

»Wieso hebst du bei der Mama ab?«, entgegnete sie.

»Weil sie am Klo ist. Geh schlafen, Kind, morgen ist ein wichtiger Tag.«

»Wann kommt ihr nach Hause?«, fragte sie. Ihre Stimme war so hoch, dass sie sie selbst kaum erkannte. Sie musste sich zusammenreißen, um nicht hinzuzufügen, was sie dachte: *Kommt bitte schnell, kommt bitte JETZT.*

»Bald«, sagte ihr Vater. »Ist alles in Ordnung, Veronika?«

Da war ein Geräusch unten, Papa. »Ja. Alles in Ordnung. Ich bin nur nervös.«

»Verständlich. Da kommt die Mama – willst mit ihr auch noch reden?«

»Nein, schon okay. Viel Spaß noch euch.«

»Danke, Schatz, schlaf –«

Nikki legte auf, bevor sie ihre Meinung ändern konnte. Sie atmete tief durch, verweilte auf ihrem Sessel, horchte, ob es etwas zu hören gab. Nichts. Das Geräusch konnte genauso gut von draußen gekommen sein, schoss ihr plötzlich ein, von der Straße oder den Nachbarn. Oder eben die Katze: ein Glas, das Vater am Küchentresen hatte stehen lassen; eine Vase, Mutter hatte so viele, sicher hatte Magenta eine davon kaputtgemacht.

Oder vielleicht war jemand in ein Auto eingebrochen. Sie sollte einen Blick auf die Straße werfen, vom Fenster am Treppenabsatz aus. Wenn sich irgendetwas Verdächtiges tat, konnte sie ja die Polizei rufen.

Sie schlich aus ihrem Zimmer, auf leisen Sohlen, die Magentas Pfoten Konkurrenz machten. Der Gang war dunkel und still. Die Tür zu ihrer Linken, hinter der ihre ältere Schwester früher gewohnt hatte, und die Tür zum Elternschlafzimmer waren geschlossen, wie sie es sein sollten. Eigentlich wollte sie das Licht anmachen, aber wenn tatsächlich jemand eingebrochen – wenn jemand in ein *Auto* eingebrochen war, würde das Licht vielleicht den Einbrecher auf sie aufmerksam machen. Durch ihre offene Zimmertür fiel genug Licht, um sich unbesorgt durch den Gang bewegen zu können; das Treppengeländer und die Bilder an der Wand waren deutlich genug zu sehen, zumindest als Schemen, um in Nikki die Gewissheit zu wecken, dass ihr selbst in dieser Finsternis kein Schatten, keine Bewegung, keine Katze entgehen würde – und auch kein Totenschädel …

Stille im Haus. Sie war dankbar für ihre dicken Socken. Vielleicht sollte sie einfach rausgehen. Ein Taxi nehmen, zu Tristan fahren. Oder sogar zu Doc. Der würde sich freuen.

Sie stieg die Stufen zum Absatz hinunter und riskierte dabei einen Blick zum Fuß der Treppe. Nichts regte sich dort unten. Das Handy fest umklammert, wandte sie sich dem Fenster zu. Die Straßenlaternen erhellten verlassene Gehsteige, eine stille Fahrbahn, ein paar parkende Autos. Möglicherweise war es tatsächlich ein Autodieb gewesen, längst mit seiner Beute verschwunden.

Hinter ihr knarrte es. Nikki fuhr mit einem Japsen hoch und wirbelte herum, während Eiseskälte durch ihre Adern fegte wie Lauffeuer – etwas berührte ihre Beine, und sie *schrie* –

»*Magenta*!«

Die Katze schmiegte sich für einen weiteren Moment an ihre Knöchel und schoss dann die letzten Stufen hoch, stolzierte erhobenen Schweifes den Gang entlang und in Nikkis Zimmer.

Nikki stöhnte. Was *tat* sie hier eigentlich? Wieso hatte sie ihr Zimmer verlassen? Wenn da wirklich jemand gewesen wäre …

Reiß dich zusammen. Sie ging zum Lichtschalter und betätigte ihn. Der Gang und das Stiegenhaus erstrahlten in besänftigendem gelbem Licht, und alle Anspannung wich aus ihr. Nikki überlegte kurz, tippte dann vorsorglich *133* in ihr Handy, sperrte es, um nicht unabsichtlich anzurufen, zögerte noch einen Moment, und ging schließlich zurück in ihr Zimmer. »Dummes Viech«, tadelte sie Magenta. Die Katze hatte sich auf dem Bett eingerollt und beobachtete Nikki mit müder Arroganz.

Nikki öffnete jede Schublade ihres Schreibtischs, ärgerte sich über die Unordnung, die sie in den letzten Wochen hatte entstehen lassen, und fand endlich ihre Schere. Flatternden Herzens und mit einem hellen Ton in ihren Ohren, wie ein Alarm, kehrte Nikki in den Gang zurück. Innehaltend lauschte sie noch einmal. Immer noch keine verdächtigen Geräusche.

Sie hatte einen Fuß schon wieder auf der Treppe, als es erneut hinter ihr knarrte. Sie erschrak, gewann aber schnell die Kontrolle wieder, raunte entnervt, ließ die Arme an ihre Seiten klatschen, drehte sich um und sagte, »Magenta, bleib bitte einfach –«

Aber es war nicht Magenta, die den Gang entlang auf sie zugeflogen kam.

Der Totenschädel war auf ihr, bevor sie schreien konnte. Er

rammte sie, und sie stürzte hintüber die Stufen zum Treppenabsatz hinunter. Sie schlug sich den Kopf am Fensterrahmen und landete so unsanft auf ihrem Po, dass die Luft aus ihr gepresst wurde. Handy und Schere fielen ihr aus den Händen. Schmerz kletterte ihre Wirbelsäule hinauf wie Ameisen an einem Baum.

Skull türmte über ihr. Das Messer, das aus seiner behandschuhten Faust ragte, sah riesig aus. Der Schrei, den sie endlich ausstoßen wollte, erstickte, als Skull die Stufen herabgelaufen kam und mit dem Messer ausholte –

Instinkt taute ihre gefrorenen Glieder auf. Sie duckte sich, langte nach der Schere am Boden, und drückte sich gleichzeitig von der Wand weg nach vorne, ihrem Angreifer entgegen – das Messer sauste hinter ihrem Kopf vorbei. Sie verpasste Skulls Beinen einen Stoß, und er geriet ins Wanken; während er das Gleichgewicht zu wahren versuchte, krabbelte sie wimmernd an ihm vorbei die Stufen hinauf. Als sie sich aufrichtete, traf sie etwas fest am pochenden Steißbein – ihr entkam ein »*Uff*«, das theatralisch klang, wie in einem gestellten Boxkampf oder einem Comic, und sie fiel beinahe wieder um, nach vorne diesmal. Aber sie hielt sich auf den Beinen, und flüchtete den Gang entlang. Bevor sie in ihr Zimmer abtauchte, sah sie, dass die Tür zu dem ihrer Schwester jetzt auch offen stand.

Ihre eigene Tür warf sie hinter sich zu – aber ehe sie ins Schloss fallen konnte, kam die Tür ihr wieder entgegen, knallte gegen ihren Kopf und stieß sie tiefer in ihr Zimmer. Der Totenschädel wehte herein wie ein wahrgewordener Albtraum. Nikki schrie. Magenta fauchte und schoss aus dem Raum. Skull ignorierte die Katze, trat entschlossen auf Nikki zu. Sie holte mit der Schere aus, zielte auf das Auge der Maske – der Totenschädel wich mit einer fließenden Bewegung zur Seite, bevor er zum Gegenangriff ansetzte. Sie kreischte und stach nochmal zu, aber er fing ihren Arm in der Luft ab, hielt ihn für einen Augenblick fest umklammert und schien ihr ins Gesicht zu schauen. Sie konnte nicht anders: statt mit der anderen Hand zuzuschlagen, starrte sie gebannt zurück.

Dann zog er an ihrem Arm, so vehement, als wollte er ihn abreißen. Sie taumelte ihrem Arm hinterher, und er trat nach ihren

Beinen, und sie stolperte über seins, und fiel auf den Boden. Sie schrie erneut, tränenerstickt. Sie wollte sich aufrappeln, aber ein weiterer Tritt schleuderte sie auf den Boden zurück. Ein dritter, seitlich in ihren Bauch, raubte ihr den Atem. Wieder, trotzdem, wollte sie aufstehen, aber jedes Mal, wenn sie es versuchte, drückte sein Fuß sie auf den Boden zurück. Sie wollte flehen, aber sie *würde* nicht flehen. Sie wusste, dass es nichts nützen würde.

Sie wandte all ihre Kraft stattdessen auf, um zu schlagen, zu kicken, sich zu winden und sogar mit den Zähnen nach ihm zu schnappen, während er sie mit weiteren, fast faulen Tritten dort behielt, wo er sie haben wollte. Erst als er seinen Schuh mit solcher Wucht in ihr Gesicht beförderte, dass sie beinahe das Bewusstsein verlor, hörte sie auf, sich zu wehren.

Als die Schwärze aus ihren Augen wich, sah sie, dass Skull neben ihr in die Knie gegangen war. Er nahm die Schere, die sie irgendwann wieder verloren hatte, und warf sie zur Seite, ganz nebensächlich, geradezu gelangweilt. Nikki starrte ihm verbissen ins knöcherne Gesicht. Sie weinte nicht einmal mehr. Alles tat ihr weh, aber sie würde diesem Monster keine einzige Träne mehr schenken.

»Ich weiß, wer du bist, Arschloch«, keuchte sie. Seine Tritte mussten Schlimmes mit ihr angestellt haben; sie klang wie eine fremde, alte Frau.

Skull hockte reglos neben ihr, so lange, dass sie wieder anfing, über Flucht nachzudenken. Dann fuhr die Hand mit dem Messer auf ihren Bauch hinab. Sie kniff die Augen zusammen. Als der Schmerz einsetzte – höllischer, unvergleichlicher Schmerz –, fand sie, dass er gar nicht so schlimm war: Sein Schlimmstes hatte Skull schon getan. Sie öffnete die Augen, wollte eine letzte Beleidigung, letzten Widerstand durch ihre Lippen pressen –

Und sah, dass Skull die Maske abgenommen hatte.

Nikkis Entschlossenheit – ihr Kampfgeist, ihr letztes bisschen Kraft – verpuffte. Sie brach in Tränen aus.

Kapitel 10

Reifeprüfung

1

Vor ein paar Jahren hatten Unterstufenklassen im Zuge eines BE-Projekts eine Wand im zweiten Stock bemalt. Ihr farbenfrohes Graffiti bereitete so manchen schulfremden Besucherinnen und Besuchern große Freude, wenn man ihren Mundbekenntnissen Glauben schenken durfte. Anderen bereitete es Kopfschmerzen und üble Laune: Untalentierte Kinder hatten absurd bunte Abbilder einer der Realität höchstens entfernt nachempfundenen Meeresbodenlandschaft an eine Wand geschmiert, die von einem frischen weißen Anstrich mehr profitiert hätte und die sogar alt und graugeworden ansprechender ausgesehen hatte. Das Einzige, das einen hier wirklich ein wenig auf den Grund der See versetzte, war das fahle Licht der Energiesparlampen in den Deckenleuchten, das die zweidimensionalen Lebewesen an der Wand in unheimliche Schatten tauchte: die Krebse mit den übergroßen Augen; die hinter kerzengerade stehenden Algenpflanzen versteckten Fische; die im Sandboden vergrabenen, nur durch faule Striche angedeuteten Rochen … *Hic sunt dracones*, gewiss.

Tristan stand neben dieser tiefenlosen Tiefe und wartete. Die Tür, zwischen seesternbespickten Steinsäulen, war noch verschlossen. Er hatte versucht, sie zu öffnen, hatte sich einen Platz aussuchen wollen. Wenn er schon die ganze Nacht lang von düsteren Visionen wachgehalten wurde und drei Stunden zu früh beschloss, die Sache mit dem Schlafen ganz aufzugeben und in die Schule zu gehen, sollte ihm das wenigstens irgendeinen Vorteil verschaffen, fand er. Aber Vorteile hatte er keine gefunden, und jetzt stand er vor dem abgesperrten Klassenzimmer, das für seine Mathematik-Matura auserkoren worden war, mit dem Gefühl, unvorbereitet zu sein, und mit einer Sehnsucht nach Lilys Nähe, die er kaum beschreiben konnte. Nicht einmal mit seinen Unterlagen konnte er sich ablenken: In dem Wissen, dass jedes Lernen in letzter Minute ihn hysterisch wirken lassen und nicht das Geringste nutzen würde, hatte er alles außer Zirkel, Geodreieck, Taschenrechner, Kugelschreiber und Bleistift zuhause gelassen. In seinem Spind lag vielleicht noch der eine oder andere Notizzettel, aber der befand sich drei Stockwerke unter ihm, und seine Beine fühlten sich wie Blei an.

Auf der anderen Seite der gläsernen Trennwand, die den Gang längs in zwei Hälften teilte, lief Fleck auf hausmeisterlichen Hochtouren. Tristan beobachtete ihn und seinen Wischmopp. Bis vor zehn Minuten hatte er noch die Fenster geputzt, was Tristan zumindest annähernd sinnvoll erschienen war; aber jetzt schrubbte er den Boden, als handelte es sich bei der Totenstille im Gebäude um die am Ende eines Schultages, nicht die vor Beginn des Unterrichts. Tristan fragte sich, ob Fleck bloß dort sein wollte, wo im Laufe des Tages der meiste Trubel entstehen würde. Oder ob ihm langweilig war und er sich nach Gesellschaft sehnte, es jetzt aber nicht wagte, sich Tristan zu nähern. Oder ob er hoffte, dass die nervösen Maturaanwärterinnen und Maturaanwärter ihm, bevor es richtig ernst wurde, noch schnell Zeug zum Runterkommen abkaufen würden, oder Belohnungen für nach der Prüfung.

Tristan blieb nicht lange der Einzige, der zu früh kam. Nach ein paar Menschen, die ihn nicht interessierten, schleppte sich Doc mit angespanntem Gesicht die Treppe zum Klassenzimmer hoch. Bis er Tristan erreichte, war er außer Puste.

»Du solltest mehr Sport treiben«, begrüßte ihn Tristan.

»Sagst ausgerechnet du«, erwiderte Doc, und wischte sich Schweiß von der Stirn. »Ich bin gelaufen. Ich hab' Nikki versprochen, dass ich vor sieben da bin, und hab' voll verschlafen. Was machst du schon da?«

»Das Gegenteil von Verschlafen über mich ergehen lassen.«

Tristan schaute sich um. »Du hättest dir deine Raserei sparen können, wie es scheint.«

»Verfickt. Sie hat gesagt, sie erklärt mir nochmal Prozentrechnung.«

»Du willst heute Mathematik abschließen und hast Probleme mit Prozentrechnung? Und ich hab' jahrelang geglaubt, man müsse dich um deine Book Smarts beneiden.«

»Mir kommt Prozentrechnung halt irgendwie nicht logisch vor«, antwortete Doc geistesabwesend. Er begann, in sein Handy zu hämmern, als würde er dadurch alle Antworten auf seine offenen Fragen erhalten. Tristan wusste, dass er sich nach Nikkis Verbleib erkundigte. Noch eine Eigenschaft von Doc, um die Tristan ihn beinahe hätte beneiden können: Doc hatte nie Schwierigkeiten damit gehabt, offen und direkt aufdringlich und nervig zu sein und Nikkis Aufmerksamkeit für sich zu beanspruchen. In der Konsequenz hatte er weder Gesicht noch Würde; aber was er nicht hatte, konnte er nicht verlieren.

Tristan zog sein eigenes Handy aus der Tasche und fragte sich, ob er Lily schreiben sollte. Aber was gab es zu schreiben? *Bist du heute bei der Matura dabei?*

Der Gang füllte sich in den ersten Minuten nach sieben stetig an. Nervös lächelnde Halbfremde grüßten Tristan freundschaftlich, als würde die bevorstehende gemeinsame Herausforderung etwas an ihrem Verhältnis zueinander ändern. Vielleicht war es aber auch so, dass seine Liebschaft mit Lily ihn in den Augen mancher Mitschülerinnen und Mitschüler nicht etwa in noch fernere Gefilde gerückt hatte, sondern ihn nahbarer, menschlicher wirken ließ. Der Gedanke missfiel ihm nicht. Er sah der kleinen Karin und der großen Karin (denen es offenbar egal war, wie hysterisch sie wirkten) beim fieberhaften Durchblättern ihrer Notizen zu; vergnügte sich an dem Widerspruch, den Roberts barsches Lachen zu seinem vor Angst verzerrten Gesicht darstellte; winkte Luke und verkniff sich das Schmunzeln, als dem vor Entsetzen sein Rucksack aus der Hand fiel.

Jo und Lily kamen später und gemeinsam, was Tristan weniger amüsant fand. Er begrüßte Lily mit einer besonders intimen Art von Kuss: Ihre Lippen berührten sich nur ganz sanft, aber ein kleines bisschen zu lange, um wirklich öffentlichkeitskonform zu sein; ein geteiltes Geheimnis voller Implikationen, das für alle anderen sichtbar war und doch alle anderen ausschloss. Der Kuss erzielte entsprechende Wirkung: Jo sah geradezu traurig aus; Luke, der sich nach Tristans knappem Gruß hoffnungsvoll an seine Seite gesellt hatte, wandte sich ab und tat so, als wäre er an dem Gespräch der beiden Karins beteiligt.

Richie und Marie tauchten erst um halb acht auf, in einem Zustand, als wären sie gerade aufgestanden oder nie schlafen gegangen. Filippe folgte ihnen keuchend, aber mit einem Lächeln, das vor Einsatzbereitschaft strotzte.

»Macht dich die Matura so glücklich?«, fragte Tristan.

»Die Aussicht auf ihr Ende, eher«, sagte Filippe. »Aber heute bin ich recht entspannt. Nikki hat mir alle meine Mathe-Fragen beantworten können. Was ich noch nicht weiß, ist, ob die Fragen die richtigen war'n.«

Tristan wollte lächeln; stattdessen fror ihm das Gesicht ein. Über seinen ganzen Körper schien eine eisige Hand zu streichen, von den Zehen zur Stirn, vom Kopf zu den Fersen. Er begriff im ersten Moment nicht, woher dieses Gefühl plötzlich kam. War er *so* nervös? Erst als er erneut den Blick über die zum Teil beklommen schweigenden, zum Teil nervös quatschenden Versammelten schweifen ließ, stellte er die Verbindung zwischen seinem kalten Schrecken und Filippes Worten her.

»Nikki ist noch immer nicht da.« Die Feststellung kam ihm ungewollt über die Lippen, tonlos und blass. Sein Blick traf Docs. In der Art, wie Doc zurückstarrte, erkannte er, dass ihn ein ähnliches Gefühl beschlichen hatte.

Für einen Moment standen sie beide nur da, starrend, beinahe so intim ineinander verhangen wie Tristan und Lily zuvor – bloß dass das Geheimnis, das sie teilten, eines war, aus dem Tristan allzu gerne ausgeschlossen gewesen wäre.

»Hast du sie schon angerufen?«, fragte Tristan, als er seine Stimme wiedergefunden hatte.

»Nein«, antwortete Doc atemlos, seine Augen geweitet. »Nein, hab' ich nicht – sie beschwert sich immer, dass ich sie zu oft anruf' –«

Tristan rief Nikki selbst an. Seine Finger waren ungeschickt und schwitzig. Er ignorierte Lilys besorgten Blick und Filippes gerunzelte Stirn, konzentrierte sich auf den Wählton, als ob von jedem *Tüt* viel mehr abhinge als die Frage, ob Nikki es pünktlich zur Matura schaffte. *Von wegen als ob*, dachte Tristan. *Scheiße, Nikki, bitte heb ab ...*

Er landete in der Mobilbox.

»Hast du die Nummern von Nikkis Eltern?«

»Nein«, sagte Doc wieder, mit fiependem Entsetzen, »wieso, hebt sie nicht ab? Ist ihr Handy abgedreht?«

Tristan antwortete nicht – verstand die Worte kaum, hörte sie, als stünden er und Doc an verschiedenen Enden des Ganges –, denn über Docs Kopf hinweg sah er Frau Doktor Hartplatz heranschreiten, brausenden, wehenden Schrittes. Ihre Miene war wie aus Stein gemeißelt, die Falten über ihren zusammengezogenen Augenbrauen Risse im Felsen, die aufeinandergepressten Lippen ein Insekt, das auf dem Rücken lag und zuckend dem Tod zu entkommen suchte. Tristan wusste, was dieser Gesichtsausdruck bedeutete; wusste es und flehte die Welt an, dass er sich irrte.

»Geht in euer Klassenzimmer«, befahl die Direktorin dem Gang im Ganzen, brüsk, keine Widerworte gewährend, bevor sie ihren brennenden Blick auf Tristan richtete. »Os, in mein Büro.«

Das aufgebrachte Gemurmel wurde lauter und chaotischer, als zwanzig Jugendliche sich in Bewegung setzten, zu begreifen begannen, dass der heutige Tag wohl doch nicht jener besonders wichtige sein würde, dem sie entgegengefiebert hatten. Keine der verwirrten, gezischten Laute, die Tristan umgaben, nahmen in seinem Kopf sinnvolle Formen an. Er wusste nicht, ob die anderen verstanden, was los war. Ob ihnen klar war, was passiert sein musste.

Erst als er schon wie ferngesteuert hinter der Hartplatz her eilte, bemerkte er, dass Doc, Filippe und Lily sich ihm angeschlossen hatten. Wenn die Direktorin etwas dagegen hatte, behielt sie es für sich. Sie geleitete die vier zu ihrem Büro. Frau Wamboldt wartete an der Tür und schloss sie hinter ihnen. Tristans Beine waren bis eben noch bleiern gewesen; jetzt schienen sie unter ihm zu verschwinden.

Schrammer und Fletscher standen hinter dem Schreibtisch. Nach ein paar endlosen Sekunden des Schweigens öffnete Schrammer den Mund. Für Tristan sah es aus, als bewegten sich seine Lippen in Zeitlupe. Das Loch, das sich dahinter auftat, sog ihn ein und schluckte ihn im Ganzen.

2

Barbara Blocksberg stand seit Minuten über das Waschbecken gebeugt. Sie presste ihre Handflächen auf ihre Augen, versteckte sich in der Schwärze wie ein Kind: *Ich seh' dich nicht, du siehst mich nicht ...* Sie hatte sich übergeben, zum ersten Mal seit vielen Jahren – was eigentlich erstaunlich war angesichts der Mengen an Alkohol, die sie in letzter Zeit trank. *Deshalb bist du keine Alkoholikerin*, sagte sie sich. *Weil du weißt, dass du zu viel trinkst.* Dann fragte sie sich, was zum Teufel das jetzt für eine Rolle spielte. Sie fing wieder zu weinen an und vergrub ihr Gesicht tiefer in ihren Händen.

Das arme Mädchen. Eine ihrer eifrigsten Schülerinnen. Und so freundlich. Sie sollte Nikkis Eltern einen Brief schreiben. Nein, was sollte das nutzen? Was brachte ihnen die Kondolenz einer Lehrerin? Ihre Tochter war weg. *Das arme Kind.* Das Kind, mit dem sie Wein getrunken hatte, als es ihr eines Abends einen Überraschungsbesuch abgestattet hatte. *Oh, Gott sei Dank ist sie nicht damals schon ermordet worden, auf dem Heimweg oder vor meinem Haus ...*

Barbara hob erschrocken das Gesicht aus den Händen. Es schüttelte sie am ganzen Körper, wie aus Angst, jemand könnte mitbekommen haben, was ihr eben durch den Kopf gegangen war. *Sei nicht dumm*, schalt sie sich. Niemand sonst war in der Lehrerinnentoilette, und niemand konnte Gedanken lesen. Sie durfte nur nie betrunken genug sein, um diesen speziellen Gedanken laut zu äußern. Als ob die Sache dadurch, dass sie nicht involviert gewesen war, weniger schrecklich wäre! Barbara war nicht taktlos genug, um so zu empfinden.

Aber du hast *gerade so empfunden.*

Barbara schniefte. Sie betrachtete sich in dem verschmierten

Spiegel. Ihre Wimperntusche, so wenig sie trug, war zerronnen. Schwarze Streifen schlierten ihre aufgedunsenen Wangen hinab. Wann war sie zum Klischee geworden?

Vor vielen, vielen Jahren, du Idiotin. Als sie, simples Kind, das sie damals gewesen war, den sportlichsten, beliebtesten, gemeinsten Typen der Klasse zum Freund genommen hatte. Als sie ihren Freund viel zu früh geheiratet hatte. Als sie sich entschieden hatte, Lehrerin zu werden – nicht weil sie wollte, sondern weil sie nicht wusste, was sie sonst mit ihrem Leben anstellen sollte, weil sie nichts Besonderes besonders gut konnte. Als der verfrühten Hochzeit nach einigen geplagten, streiterfüllten, unglücklichen Jahren der Scheidungsantrag gefolgt war – und sie erkannt hatte, dass sie außer der Ehefrau eines sportlichen, beliebten, gemeinen Mannes wenig war …

Die schwarzen Streifen auf ihren Wangen und die zerzausten, nicht mehr blondierten Haare passten schon so. Das war Barbara. Das, und die Weinflasche im hintersten Eck der Bodenschublade ihres Tisches im Konferenzzimmer.

Barbara erschauderte. Sie stieß ein tiefes, alles Leid der Welt umfassendes Stöhnen hervor, wischte sich über das verschmierte Gesicht, wusch es über dem Becken, schniefte, bis es nichts mehr zu schniefen gab, und zog die Ärmel ihres Strickpullovers über ihren Händen lang, während sie ein letztes Mal ihr Spiegelbild prüfte. Dann, Hände vor dem Mund, trat sie vom Spiegel weg.

Als sie ins Konferenzzimmer kam, wandten sich alle Gesichter ihr zu. Kein anderes Mitglied des Lehrkörpers sah aus, als hätte es geweint. Sie hatte mit nichts anderem gerechnet, aber sie hatte gehofft. *Könnt ihr nicht einmal Menschen sein?*

Rudi stieß Gerlinde beinahe um in seiner Eile, zu Barbara zu gelangen. Er schlang seine langen Arme um sie. Sie drückte sich gegen seine Schulter, ohne sich darum zu scheren, wie das wirkte. Hier gehörte sie hin, fand sie: in den Schutz und den Halt eines Menschen, der stärker war als sie, größer war als sie, gut aussah und roch, sich um sie kümmerte und dafür sorgte, dass alles so gut war, wie es eben sein konnte; nicht weil er ein Mann war und sie eine Frau, sondern weil sie eine Maus war und die Welt voller Katzen. Sie hatte so einen Menschen gehabt, und verloren. Sie glaubte nicht, dass sie noch einen finden würde. Daher musste jetzt, für diesen Augenblick, eben ihr angeblich schwuler Kollege herhalten. Hätte sie sich dem Konferenzzimmer allein stellen müssen, wäre sie wahrscheinlich umgekippt.

Rudi geleitete sie bis zu ihrem Schreibtisch, stützte sie, als wäre sie körperlich verletzt, als hätte sie sich die Beine gebrochen, als wäre sie ein kleines Kind, das Gehen erst lernen musste, oder eine uralte Frau, die es schon vergessen hatte. Sie bedankte sich mit einem gehauchten Geräusch, das kaum wie das beabsichtigte »Danke« klang.

Sie wusste nicht, warum ausgerechnet Veronikas Tod sie so traf; ihr das Gefühl gab, jemanden Wichtigen, Besonderen verloren zu haben. War es nur, weil es in der Nacht passiert war, bevor die junge Frau ein für alle Mal mit ihrem Fach abgeschlossen hätte? War es, weil das Mädchen sie besucht hatte, Zeit mit ihr verbracht, sie wie jemanden behandelt hatte, der etwas bedeutete? War es, weil sie tief drin genauso war wie ihre Kolleginnen, fand, dass die anderen Kinder selbst schuld waren, Veronika aber schlichtweg nicht *war* wie die anderen Kinder? Keine kleine Hure wie Hannah, kein hoffnungsloser Schwachkopf wie Kris, kein arroganter Junkie wie Ingo, keine überhebliche Bitch wie Valerie? *Kinder*, dachte Barbara, sich schmutzig fühlend, *bloß Kinder!* Oh, und Caroline Swartzki – die hatte Barbara gar nicht unterrichtet, also …

Also ist es trotzdem eine Tragödie. Aber so sehr Barbara sich das glauben machen wollte, so sehr sie darauf wartete, darauf *drängte*, auch beim Gedanken an Caroline in Tränen auszubrechen – das Einzige, was ihr Kopf ausspuckte, war die Frage, ob Caroline denn nun Tristan Os' Cousine oder Halbschwester gewesen war. Sie konnte sich einfach nicht erinnern.

Die Tür zum Konferenzzimmer fiel mit einem lauten Knall zu. Barbara schreckte hoch aus ihren schändlichen, wirren Gedanken, ertappt, beschämt. Die Direktorin hatte die Arme in die Hüften gestemmt und funkelte ihren Untergebenen entgegen, als hätten *sie* ihr den Tag verdorben.

»So.« Sogar bei dieser einen Silbe brodelte Irmgard Hartplatz' Stimme. »Die Matura muss verschoben werden. *Schon* wieder.«

»Sie hätte von Anfang an gar nicht verschoben werden *soll'n*«, sagte Claudia Sternpfad in einem Ton, als würde sie Offensichtliches zum Ausdruck bringen. »Selbst wenn's die Schülerin gestern nicht erwischt hätt', April ist zu früh. Die Kinder haben so schon Schwierigkeiten mit dem Stoff, die brauchen jeden Tag zum Lernen, den sie kriegen können.«

Zustimmendes Gemurmel von manchen der anderen. Barbaras Mund stand offen.

»Ich widerspreche.« Reinhard Himberis Schnurrbart zuckte über seiner feuchten Oberlippe. »Je früher wir diesen Jahrgang los sind, desto besser, warat meine Ansicht.«

Zustimmendes Gemurmel von anderen der anderen, und sogar von manchen, die schon bei der gegenteiligen Meinung ihren Beifall genuschelt hatten.

Die Direktorin wedelte ungeduldig mit den Händen. »Das tut doch jetzt überhaupt nichts mehr zur Sache. Das Ministerium hat gesprochen und das Ministerium hat schon recht. Wenn die heute die Matura durchziehen, hat der ganze Staat das Jugendamt am Hals. Gibt es sowas?«, herrschte sie ihre Sekretärin an, die mit gelangweilter Miene auf einem Stuhl neben der Tür hockte. »Ein EU-Jugendamt oder so? Na, völlig egal – in die Verlegenheit, das herauszufinden, kommen wir heute nicht. Die Mathe-Matura ist verschoben. Schülerinnen und Schüler der ganzen Nation bedanken sich jetzt wahrscheinlich bei dem Mädchen, das es geschafft hat, am Abend vor dem ersten Termin ermordet zu werden.«

Gerlinde Rotschert ächzte angewidert. Kurz war Barbara dankbar für dieses Anzeichen einer nachvollziehbaren Regung – dann sah sie Gerlindes Nicken und begriff, dass ihre Empörung den Jugendlichen aus Irmgards Fantasie galt, nicht der Direktorin selbst. Brechreiz kitzelte wieder Barbaras Kehle. Das Einzige, das sie beruhigte, war Rudis Hand, die sich krampfartig fester um ihre Schulter schloss. Zumindest er schien ihre Entrüstung zu teilen. Und so wie sein Klammergriff schmerzte, konnte sie sich wenigstens sicher sein, dass sie wach war. Alles andere erschien ihr unwirklich genug, um sie glauben zu machen, dass sie vielleicht nur träumte.

»Bis auf weiteres existieren die achten Klassen für euch ganz einfach nicht«, fuhr Irmgard fort. »Bis das Ministerium meldet, wann die Matura nun tatsächlich stattfindet oder wie auch immer jetzt im weiteren Verlauf vorzugehen ist, gibt es keinen Unterricht für die Achten, keine Vorbereitungsstunden – einfach gar keinen Kontakt. Dann kann es nachher keine Komplikationen geben. Von wegen, die Professorinnen und Professoren dieses Gymnasiums hätten die zusätzliche Zeit für zusätzliche Hilfestellungen genutzt. *Geschummelt*, in einem Wort.«

»Als ob«, murmelte Ulli Schiller aus dem Mundwinkel Gerlinde zu. Gerlinde trällerte leises Gelächter. Barbara kniff die Augen zusammen und wendete alle noch übrige Selbstkontrolle auf, um nicht zu würgen.

»Barbara«, schoss ihr Name plötzlich aus Irmgards Mund, forsch und laut wie ein besonders beleidigendes Schimpfwort. Barbara zuckte heftig, und spürbar: Rudis Hand entfernte sich blitzartig von ihrer Schulter, als hätte sie ihn elektrisiert.

»Dich trifft die Sache am direktesten. Natürlich ist es extrem unwahrscheinlich, dass das Ministerium morgen zur normalen Tagesordnung zurückkehren will, aber es ist nicht unmöglich. Dein Termin ist der einzige, der fix verschoben werden muss.«

Barbara nickte ruckartig, den Blick senkend, den Hals einziehend. *Du mieser Feigling. Sag irgendwas.* »J-ja.« *Nicht das! Gottverdammt, nicht das!*

»Du siehst nicht gesund aus«, stellte Irmgard fest; sie klang überrascht. »Nimm dir den Vormittag frei. Aber gleich nach der fünften Stunde kommst du zu mir ins Büro, ja?«

Unter den Ärmelsäumen ihres Strickpullovers bohrten sich Barbaras Fingernägel in ihre Handflächen. »Ja.«

Und als die Direktorin das Konferenzzimmer verließ und Gerlinde sich nach Rudi umdrehte und ihn fragte, wie viele sich dieses Jahr für die Chemie-Matura angemeldet hatten, dachte Barbara, *Ich hasse dich*, und wusste nicht genau, wen sie meinte.

3

Die Vorbereitungen für die nach hinten verschobene Matura verliefen anfangs fast genauso wie die Vorbereitungen für die auf früher verschobene Matura, nur vielleicht noch ein wenig lustiger. Die ersten Tage zogen in grauen Schleiern, lauten Geräuschen und blendenden Blitzen an Marie vorüber. In klarer Erinnerung blieben ihr von einer Stunde zur nächsten meist nur die kurzen Augenblicke greller Farbigkeit, die ihre Umgebung immer dann zu erhellen schien, wenn Richie in sie eindrang. An den Gesprächen, die sie führte, fühlte sie sich nicht beteiligt. Sie lächelte viel, was ihrer Mutter zu gefallen schien, und jedes dritte Wort, das sie sagte, schien »Ja« zu sein, was überhaupt alle sehr glücklich stimmte. Sie konnte zwar Gesichter kaum unterscheiden, aber Beschwerden hörte sie keine, und das war ihr wichtig. »Jetzt nur kein zusätzlicher Stress«, das hatte auch ihre Mutter gesagt, das war ein Satz, an den sie sich erinnerte. *Jetzt nur kein zusätzlicher Stress.* Hatte sie das gesagt, bevor das Schuljahr begonnen hatte? Oder erst jetzt, nach Nikkis Tod?

Sie schlug ihre Zeit bei Richie tot, in seinem Zimmer, in seiner Badewanne, in seinem überdimensionalen Garten. Einmal waren sie sogar auf dem Dach seines Hauses. Richie hatte sie unter den Sternen gevögelt, so nah am Himmel. Schön war das gewesen, aber auch nicht schöner als sonst.

Die Stunden verstrichen so schnell, so langsam, endeten gar nicht. Wie Richies Vorräte. Sie trank ein bisschen weniger Alkohol als vorher, das war gut. Meistens rauchten sie nur, und das war ja nicht so schlimm. Das entspannte.

Marie war oft entspannt, immer eigentlich, und kicherte viel.

Manchmal, in unerwartet klaren Momenten, wenn sich ihr Kopf an ihr Dauerhoch gewöhnt hatte, erkannte Marie, wie seltsam, wie unangebracht, wie verrückt ihre konstante Fröhlichkeit eigentlich war. Ein brutaler, maskierter Mörder arbeitete sich durch ihre Klasse wie ein Metzger durch den Stall, und hier drehte sie sich auf Richies Schreibtischstuhl, lehnte sie gegen Richies Kirschbaum, tanzte sie in Richies Dusche zu elektronischem Hip-Hop, der ihr früher nie gefallen hätte. Drehte und lehnte und tanzte, mit so weichem Schädel, mit so vernebeltem Blick, mit so müden Gliedmaßen, dass sie keine Chance hätte, sollte der Mörder es auf sie auch abgesehen haben.

»Uns erwischt er nicht.« Das hatte Richie ihr auf dem Dach

zugewispert, als sie diesen seltenen kohärenten Gedanken mit ihm geteilt hatte. Ein heiliges Versprechen. Voller Ehrfurcht hatte sie ihm gelauscht. »Uns beide nicht. Weil wir auf der höchsten Wolke sind. Wo uns *keiner* erwischen kann.«

In dieser Nacht war Marie sich ziemlich sicher gewesen, dass sie Richie liebte. *Wenn es sowas wie Liebe wirklich gibt, und wenn sie mehr oder weniger, größer oder kleiner, stärker oder schwächer werden kann, dann ist meine für dich das Meiste, Größte, Stärkste, was ich je gehabt hab'*, hatte sie gedacht. Deswegen blieb ihr die Nacht auf dem Dach so deutlich in Erinnerung.

Deswegen, und weil es die letzte Nacht gewesen war, bevor alles zu enden begonnen hatte.

Richies Eltern hatten die Schnauze voll von seinem Benehmen. Das waren ihre Worte gewesen. »Wir haben die Schnauze voll von deinem Benehmen, junger Mann.« Marie hatte nie etwas Lustigeres gehört als diesen überflüssigen, arroganten Zusatz – *junger Mann*. Sie hatte sich gefragt, was sie sich davon erwarteten, wenn sie sowas sagten. Dass ihr Kind plötzlich begriff, wie viel älter seine Eltern waren, und in neugefundenem Respekt jedem Befehl gehorchen würde?

»Hör mal, Marie …« Richie hatte gebrochen geklungen am Telefon, nicht wie er selbst. »Ich glaub', wir sollt'n mehr mach'n für die Matura … mehr lernen und so. Wir können gemeinsam lernen, oder? Das wär' doch lustig.«

Lustiger als allein lernen, garantiert. Zeit mit Richie verbringen, darum ging es. Nicht ums Einrauchen, nicht ums Betrinken, nicht ums Highsein, nicht um den Rausch, sondern um Richie. Um die Zeit mit Richie ging es. Nicht?

Marie bekam keine Gelegenheit, sich Klarheit darüber zu verschaffen. Nach einer einzigen Session, die binnen weniger Minuten in Sex gemündet hatte, war es vorbei gewesen mit dem gemeinsamen Lernen.

»Meine Eltern haben mich abgeprüft und gecheckt, dass ich nix gelernt hab', und … ich hab' Hausarrest. *Hausarrest*, Marie. Mit achtzehn zum ersten Mal Hausarrest. Haha, ja, bescheuert, ich weiß.«

Bescheuert.

Der erste Schub ging schnell; danach dauerte es einige Stunden, Wolke für Wolke runterzukommen. Qualvolle Stunden, die Marie lieber damit zugebracht hätte, wieder und wieder hochzufliegen. Spannenderweise bemerkte ihre Mutter zum ersten Mal, dass etwas nicht stimmte, als Marie zum ersten Mal seit Wochen richtig ausnüchterte.

»Du bist so blass, Schatz … Du wirkst traurig … Macht dir die Matura zu schaffen?«

Meine Freundinnen sind tot, wollte Marie antworten, und begriff damit selbst erst, wieso sie plötzlich so blass war und traurig wirkte – in den ersten nüchternen Morgenstunden hatte sie geglaubt, es wäre Richie, den sie vermisste.

Bauchkrämpfe und stechendes Zirpen im Kopf lenkten sie bald von jeglichem Vermissen ab. Ihre Mutter missinterpretierte ihre schlechte Laune und schlug das denkbar unbrauchbarste Heilmittel vor: Sie zerrte Marie ins Auto, um Kleidershoppen für die Maturafeier zu fahren. Zu diesem Zeitpunkt wusste Marie schon nicht mehr genau, welche Farbe Richies Augen eigentlich hatten.

»Hast du schon *irgendwas* für die Mündliche gelernt?«

Die Frage kam aus dem Nichts. Beinahe wortwörtlich. Marie hatte kurz vergessen, wo sie war, was sie tat. Sie musste weggenickt sein. Geträumt haben von den vielen Momenten mit Richie, die ein langer Moment gewesen waren, von den verworrenen Tagen des Entzugs, die sie nun hinter sich hatte, von ihrer Mutter, die bei Peek & Cloppenburg die perfekte Bluse für die Maturafeier entdeckt hatte. Theresas Stimme und ihr verdutztes, entenartiges Gesicht überfielen Marie, unverhofft und unwillkommen.

»Ja«, log Marie.

»Will ich auch hoffen.« Theresa durchblätterte Maries Geschichtebuch mit zusammengezogenen Augenbrauen. »Angestrichen hast du aber nichts. Nicht einmal das, wovon Professor Braun im Unterricht gesagt hat, dass wir es unterstreichen sollen.«

»Ich bin eine Rebellin«, sagte Marie. Ihre Stimme brach dabei, und das Gackern, mit dem sie den Scherz untermalen wollte, klang heiser und leer.

»Hm.« Theresa legte das Buch beiseite, zog ihre Beine in einen Schneidersitz aufs Bett, nahm einen von Maries Polstern und drückte ihn an sich wie einen Teddybären. »Ich habe dir und deiner Mutter versprochen, dass ich dir durch die Matura helfe, also werde ich das auch tun. Aber wie es aussieht, sind wir ein bisschen spät dran.«

»Sind wir das?« Marie wollte ihr Handy von ihrem Schreibtisch nehmen, aber ihre Hand fand eine Packung Toffifee, von der sie nicht gewusst hatte, dass sie dort lag. Sie hielt sie Theresa hin. »Was Süßes?«

»Nein, danke, ich bin histaminintolerant. Marie, in drei Wochen geht die schriftliche Matura los – diesmal wirklich, hoffentlich. Bist du wenigstens *darauf* vorbereitet?«

»Sicher.« Marie schleuderte die Toffifee schwungvoll auf ihren Schreibtisch zurück. »Iks ist Üpsilon und *English is a Word Game* und populus properare und so weiter.«

Theresa blinzelte verwirrt. »Ich bin nicht sicher, ob das ein Witz ist.«

Seufzend knautschte sich Marie auf ihrem Drehsessel zusammen, schwang nach links, schwang nach rechts. Irgendwie tat Theresa ihr leid. Andererseits sollte sie sich wohl eher selbst leidtun: Theresas Anwesenheit war nichts als eine zusätzliche Last. Mit ihr zu sprechen war derart anstrengend, dass Marie sich am liebsten hingelegt und geschlafen hätte. Aber auf ihrem Bett saß ja Theresa.

»Du *willst* doch die Matura bestehen, oder?«

Marie begegnete Theresas Blick. Zweifel keimte darin auf, ganz weit hinten, ein Zweifel, den sich Theresa anscheinend kaum zu hegen traute. Wer sollte schon kein Interesse daran haben, die Schule abzuschließen? Und Marie hatte ja nicht umsonst zugestimmt, sich noch ein wenig Nachhilfe in letzter Sekunde zu gönnen. Sie wusste zwar nicht sicher, ob sie wirklich zugestimmt hatte, aber sie ging einmal davon aus.

»Aber selbstvertürlich, sicherständlich, unbedingtestens.« Marie präsentierte ihr breitestes Grinsen. »Wer will das nicht?«

Der Zweifel verschwand nicht restlos aus Theresas dauerskeptischer Miene. Aber nach ein paar Sekunden nahm sie endlich das

Geschichtebuch wieder an sich und begann von neuem mit ihrer monotonen Litanei darüber, was Marie unbedingt würde lernen müssen, welche Fakten wirklich relevant waren, wofür sie vielleicht andere Quellen heranziehen sollte … Marie überlegte, ob sie ein Toffifee essen sollte, entschied sich dagegen, und starrte aus dem Fenster.

4

Offenbar hatte Nikki ihren Eltern nur Gutes von ihren Freundinnen und Freunden berichtet, gewichtige Details ausgelassen oder abgewandelt. Oder Frau und Herr Zweitl waren einfach nachsichtiger mit der Jugend als andere Eltern, verständnisvoll und tolerant. So oder so, Tristan, Lily, Filippe und Doc waren explizit nicht nur zur Bestattung, sondern sogar zur Trauerfeier im Familienheim eingeladen, und Nikkis Eltern bedankten sich tränenreich für ihr Kommen.

Ich sollte auch weinen, dachte Tristan. Er hätte nicht imstande sein dürfen, herzukommen. Er hätte allein auf seiner Matratze liegen und seinen Zorn, seine Verzweiflung, seinen Schmerz in seinen Polster hineinkreischen, seine verletzte Seele mit Rauschmitteln betäuben, seine Trauer nur mit seinem Schatten teilen müssen. Er hätte dem maskierten Monster, das seine Welt nach und nach zerstörte, heulend und winselnd Rache schwören, gleichzeitig seine Machtlosigkeit beklagen, sich unter seiner Decke verstecken, ratlos mit dem Überlebenswillen ringen sollen.

Warum aber ging es ihm nicht schlechter als zuvor? Warum war er nicht noch erschütterter, noch hasserfüllter, noch verlorener? Warum war die Trauer um seine beste Freundin – denn das war sie, neben Filippe, was auch immer es über ihn aussagte, dass er zu seiner besten Freundin kaum noch den Kontakt gepflegt hatte – nicht so viel überwältigender als die um all die anderen? Dieser Verlust nicht der letzte, den er noch ertragen konnte, oder der, den er eben schon *nicht* mehr ertragen konnte? Wo waren die Tränen, die in das metaphorische Fass tropften, es zum Überlaufen brachten?

Tristans Finger taten etwas Eigensinniges an seinem Glas. Die

Oberfläche seiner Cola erbebte. Kleine Wellen schlugen zum fettigen Abdruck seiner Lippen hoch. Er trug neuerdings Labello. Seine Haut schien mit jedem Tag trockener zu werden.

Eine Hand legte sich behutsam auf seine Schulter. Tristan unterließ jeden Versuch, bekümmert auszusehen. Er empfand gar nichts, und vor Lily musste er sich nicht verstellen.

»Das ist eine Katastrophe«, flüsterte er.

»Katastrophe ist gar kein Wort dafür«, erwiderte Lily. Sie hatte recht. »Du verkraftest es besser als Doc.«

Tristan folgte ihrem Blick quer durch den überfüllten Raum. Zwischen schwarzen Anzügen und Kleidern erspähte er die zermürbte, kümmerliche Gestalt, die allein auf dem Sofa saß, leblos wie eine Schaufensterpuppe.

»Er hat sie geliebt«, sagte Tristan.

»Du doch auch«, sagte Lily.

Tristan zuckte mit den Schultern.

»Wir sollten zu ihm hinübergehen«, meinte Lily.

»Er könnte mit genug Leuten hier reden, wenn er wollte. Er kennt Nikkis Verwandte.«

»Er will aber sicher mit *dir* reden.«

»Er will mit *Nikki* reden.« Und Tristans Augen brannten; er konnte also doch weinen. Er kehrte dem Raum den Rücken zu und stellte sein Glas auf einer Kommode ab, neben ein gerahmtes Familienfoto. Es war eine relativ rezente Aufnahme, in der Nikki deutlich hervorstach. Sie sah so glücklich aus. Das Brennen wurde schlimmer; nicht wie von Zigarettenqualm, eher, als hätte ihm jemand Alkohol in die Augen gespritzt. Er schloss sie, wünschte sich, er hätte seine Tränen schon vergossen.

»Wir müssen zur Polizei.«

Tristan drehte sich um. Doc stand vor ihm, als wäre er die ganze Zeit schon da gewesen, nicht am anderen Ende des Raums.

»Wieso?«, fragte Tristan.

»Wegen dem, weshalb Nikki ermordet worden ist.«

Tristan zog die Augenbrauen hoch, überrascht nicht nur von Docs Worten, sondern vor allem davon, wie er sie aussprach. Doc, der eben noch wie ein Sack ohne Inhalt auf dem Sofa drüben vor sich hin vegetiert hatte, schien jetzt vor erbitterter Entschlossenheit zu zittern.

»Du kennst Skulls Motiv?«

»Das ist vielleicht nicht der richtige Ort dafür«, flüsterte Lily, den Blick durch den Raum schweifen lassend. Ihre Bedenken waren vermutlich unbegründet: Alle waren versunken in ihre eigenen Sorgen, murmelten einander besänftigende Worte zu oder versuchten, sich mit Trivialitäten abzulenken. Tristan hatte vorhin gehört, wie Nikkis Tante sich bei Nikkis Mutter erkundigt hatte, wie es mit der Reparatur des Wäschetrockners voranging.

»Ich will eh nicht länger bleiben«, sagte Doc – und seine entschlossene Miene stürzte in sich zusammen. Der entgeisterte Blick, der an ihre Stelle trat, ließ ihn aussehen wie ein verletztes Tier, das sich zum Sterben zurückziehen wollte.

*

In einem kleinen Café am Hauptplatz starrte Tristan auf seinen Namen, den die Direktorin auf ihre kuriose Sammlung von Zeitungsartikeln und handschriftlichen Notizen gekritzelt hatte. Er führte geistesabwesend seine Tasse zu seinen Lippen, nippte. Der Espresso schmeckte wie aus einem Verlängerten in eine kleinere Tasse gelöffelt, aber das lag wohl nicht an der Qualität des Kaffees, sondern an Tristans taubem Mund. Er fühlte sich wie nach einer Reizüberflutung, die ihn empfindungsunfähig zurückgelassen hatte. Er warf die Mappe zurück auf den Tisch, krächzte bedeutungslos und sah sich um, auf der ziellosen Suche nach Erklärungen, die es nicht gab. Das Café war karg, öde, braun und beige. Der einzige andere Gast war ein alter Mann, dessen schäumendes Bier wahrscheinlich nicht sein erstes an diesem warmen Vormittag war.

»Ich hab' mich absichtlich für das Chilis entschieden«, sagte Doc, der Tristans Blick als kritisch und verurteilend aufzufassen schien. »Im Home könnten wir wen treffen, den wir kennen. Ich wollt' das nur dir zeigen. Und Lily.«

Lily lächelte freudlos. »Ich dachte, du willst her, weil man von hier aus die Stelle besser sehen kann.«

»Welche Stelle?«, fragte Doc.

Lily tippte auf die Fensterscheibe. Jenseits erstreckte sich der frühlingsregennasse, menschenleere Hauptplatz. Tristan begriff, was Lily meinte.

»Der Markt-Mord«, sagte er.

»Oh.« Doc öffnete die Mappe und schob die Zettel herum, bis er den Artikel fand. »Hier steht nur, es ist nahe der Buchhandlung Huber passiert. Ist die nicht in der Maximilian-Straße?«

»Sie war mal hier«, sagte Lily. »Ich kenne den Besitzer.«

Tristan betrachtete die Stelle, an der einst eine Leiche gefunden worden war. Natürlich war keine Spur mehr von dem Vorfall vorhanden; Bauernmarkt fand gerade keiner statt, und die Buchhandlung, die der Zeitung als Referenz gedient hatte, war jetzt ein Eissalon. Dennoch … Obwohl Tristan alles andere als abergläubisch war, war ihm, als sähe er eine Dunkelheit über dem Fleckchen Erde schweben. Er wusste, dass er sich das einbildete. Ihn schauderte trotzdem.

»Wie kommt es, dass du das hast?«, fragte Lily.

»Die Polizei hat's in Nikkis Zimmer liegen lassen.« Doc schüttelte den Kopf – sein ganzer Körper tanzte mit. Seine Hände ballten sich zu Fäusten.

»Du bist wütend«, stellte Tristan fest.

»Wütend?« Docs Gesicht verkrampfte sich, und er grunzte hämisch, angewidert. »Ja. *Wütend.* Warum sollte der Mörder Nikki ausgewählt haben, wenn nicht deshalb, weil sie das alles hier rausgefunden hat? Und die Polizei findet es nicht wichtig genug, um genauer hinzuschauen!«

»Was hast du in Nikkis Zimmer gemacht?«, fragte Tristan.

»Nikkis Eltern haben mich gefragt, ob ich rein will.« Doc senkte den Blick. »Sie wissen, dass wir … gut befreundet waren. Und sie haben gedacht, vielleicht finde ich was in ihrem Zimmer, das mir … was bedeutet. Das ich behalten will.«

»Das ist sehr lieb von ihnen«, sagte Lily.

Tristan klappte die Mappe wieder zu. So interessant – so *verstörend* der Inhalt war, am meisten beschäftige und beunruhigte ihn der Umschlag. *Wieso* stand *sein* Name darauf? Und wieso schien nichts, was sich darin befand, mit ihm zu tun zu haben? *Lehrer-Schüler-Affäre* … Aber das war zwei Jahrzehnte her. Wusste die Hartplatz, dass sich die Geschichte auch in *diesem* Aspekt wiederholte? *Bester Freund … Rudolf Killa …* War *er* damals der Schüler in dem verbotenen Techtelmechtel gewesen? Die handschriftlichen Notizen, von denen Tristan nicht sagen konnte, ob sie der Feder der Direktorin entstammten, gaben keinen Aufschluss. *K. suspendieren?*, hatte sich jemand gefragt, wie die Hartplatz sich jetzt sicher die gleiche Frage in Bezug auf Tristan oft stellte – aber war *K.* auch ihr Problem, oder das ihres Vorgängers gewesen? War es ein *K.*, mit dem Tristan die Schule besuchte, oder hatte der vorherige Direktor einst Rudi Killa loswerden wollen – zu seinem Schutz oder zum Schutz der gesamten Schule? Weil er Rudi Erholung gegönnt – oder weil er ihn verdächtigt hatte?

Tristan bemühte sich, das Geschreibsel auf den anderen Postits und Notizzetteln zu entziffern, aber das wäre auch dann schwierig gewesen, wenn ihm Augen und Kopf nicht wehgetan hätten. Tabellen, Uhrzeiten, hastig hingefetzte Fragen, in denen Tristan keinen Zusammenhang zu dem entdecken konnte, was seit Beginn des Schuljahrs geschah, und schon gar keinen Zusammenhang zu *ihm*, sich selbst, der der kuriosen Sammlung den Titel gab. *S. u. P. krank am Mi, wirklich krank?*, stand da offenbar, und anderswo, *M. Nachmittagsbetreuung – gute Idee?* Auf einem karierten Blatt Papier drängte sich eine Auflistung von Daten und Ereignissen, aber ohne Jahreszahlen. Waren *S.*, *P.* und *M.* Leute, die Tristan kannte, oder waren sie alle mit Rudi zur Schule gegangen?

»Wann hat Nikki dir das gezeigt?«, fragte Lily.

»Beim Maturant-innenessen.«

»Hat sie dort noch wem davon erzählt?«

»Nur Luke …« Entsetzen dämmerte auf Docs Gesicht.

Tristan begriff die Implikation ebenfalls. »Es muss nichts heißen«, sagte er.

Doc ignorierte ihn. »Glaubst du leicht, dass …«, sagte er zu Lily, aber er schien die Frage nicht stellen zu können.

Lily zuckte mit den Schultern. Sie wandte sich an Tristan. »Was glaubst du?«

Tristan schüttelte den Kopf. »Ich glaube gar nichts. Nikki hat uns ermahnt, uns nicht wahllos gegenseitig zu beschuldigen. Wir haben keine Ahnung, wem sie diese Mappe noch gezeigt hat.«

»Nicht der Polizei«, sagte Doc grimmig. »Das hat sie mir gesagt.«

Tristan verschränkte die Arme. »Eine Person kennen wir jedenfalls, die mit Sicherheit weiß, was Nikki wusste. Und wahrscheinlich auch, *dass* Nikki es wusste.«

Lily runzelte die Stirn. »Wen?«

»Die Hartplatz. Der entgeht es nicht, wenn eine Mappe von ihrem Schreibtisch verschwindet. Überhaupt so eine.«

»Und warum hat sie Nikki dann nie darauf angesprochen?«, fragte Doc.

»Daher *wahrscheinlich*. Weil vielleicht weiß sie nicht, *wer* die Mappe gestohlen hat.«

»Oder«, sagte Lily, »sie hatte von Anfang an vor, Nikki nicht zu bitten, die Mappe zurückzugeben, sondern …«

»Nikki umzubringen«, schloss Tristan düster. Es fiel ihm schwer, das auszusprechen.

Doc raufte sich die Haare. »Aber warum hat sie die Mappe dann nicht wieder aus Nikkis Zimmer mitgenommen?«

»Die Frage stellt sich unabhängig davon, wer … dahintersteckt«, sagte Tristan. »Wenn Nikki zum Ziel wurde, weil sie diese Artikel gesehen hat – wieso sollte Skull dann riskieren, dass noch jemand sie findet? Egal, wer Skull ist?«

Die Frage war sichtlich zu viel für Doc. Sein kleiner, schmaler Körper wurde noch kleiner und schmaler. Ihm schien die Energie fürs Sitzen abhandenzukommen. Tristan konnte das nachvollziehen; bei ihm war die Luft auch draußen. Er war zu erschöpft und zu verwirrt, um über seine eigenen Fragen kohärent nachzudenken. Es hatte alles doch keinen Sinn. Das beschrieb genau, wie es sich anfühlte. Sinnlos.

Und doch fand Tristan die Kraft, einen Entschluss zu fassen.

»Du hast schon recht, Doc. Wir müssen damit zur Polizei. Jetzt.«

5

Janine war vor Ort, als die beiden Burschen auftauchten, aber Gernot hatte in der Landespolizeidirektion zu tun. Sie überflog die Mappe, die die Kinder mitgebracht hatten, und war froh, dass sie diese unvorhergesehene Entwicklung ohne Gernot erlebte. Wäre er dabei gewesen, hätte sie wahrscheinlich vor den Augen der Kinder mit ihrem Kollegen gestritten. *Gernot, du …* Sie kannte kein geeignetes Wort. Sie war sich sicher, dass Gernot von alledem, was ihr nun vorlag, gewusst hatte, zumindest in Ansätzen; er *musste* es gewusst, irgendwann im Zuge der Ermittlungen herausgefunden haben, wenn er sich nicht sogar daran *erinnert* hatte – und er hatte nichts erwähnt.

Janine räusperte sich. »Danke für eure gewissenhafte Mithilfe.« Sie ließ die Mappe in einer Schublade verschwinden. »Und für die Informationen.«

Tom Demirkan klappte der Mund auf. »Das gehört Ihnen nicht!«, rief er entrüstet.

»Euch auch nicht. Und genauso wenig Veronikas Eltern.«

Tom zog den Kopf ein wie eine Schildkröte. »Nikki –«

»– hat diese Mappe von eurer Direktorin geklaut, soweit ich verstanden habe.«

»Und Sie haben ihren Raum durchsucht und entschieden, dass die Mappe nicht wichtig genug ist, um sie als Indiz einzusammeln«, sagte Tristan Os. Es klang wie eine simple Feststellung, nicht wie eine Anklage, aber seine Augen verdunkelten sich.

Janine gab sich große Mühe, nicht zu erröten oder sich sonst wie anmerken zu lassen, was sie angesichts des von Tristan so trefflich zum Ausdruck gebrachten Sachverhalts empfand. Dass sie den Täter nach so langer Zeit immer noch nicht gefangen hatten, er während ihres Einsatzes noch so oft hatte morden können, war peinlich genug. Jetzt auch noch *das*.

»Meine Kollegen hatten keinen Grund, sich in Veronikas Zimmer auf ihren Schreibtisch zu konzentrieren. Und diese Akte lag ja offenbar zwischen ihren Schulbüchern. Es wäre pietätlos Herr und Frau Zweitl gegenüber gewesen, den Besitz ihrer Tochter leichtfertig zu behandeln –«

»Es ist nicht leichtfertig, nach Hinweisen zu suchen«, fiel Tristan ihr ins Wort. »Das ist Ihr Job.«

Vielleicht nicht mehr lange, wenn mein Partner hört, dass ich mich mit haarsträubenden Halblügen vor einem Haufen daherge-

laufener Kinder rechtfertige. Tatsache war, dass die Kollegen und Kolleginnen, die das Zimmer durchsucht hatten, wahrscheinlich einfach nicht genau geschaut hatten, was sie da in den Händen hielten: Sie sahen einen Haufen Bücher und Hefte, wussten, dass das Mädchen bald maturieren sollte, und zogen ihre halbgaren Schlussfolgerungen. Aber Tatsache war auch, dass das die beiden Zeugen – und Verdächtigen – nicht das Geringste anging.

Janine räusperte sich erneut, versuchte, ihrem Gesicht härtere Züge zu verleihen, setzte sich aufrechter hin. Es war Zeit, zu zeigen, dass zumindest *sie* nichts von ihrer Autorität und Kompetenz eingebüßt hatte. Schließlich hatte sie in ihrer Schublade jetzt den traurigen Beweis dafür, dass es mit Gernots Verstand leider langsam bergab ging.

»Du hast gesagt, dass Nikki dir das vor einem Monat gezeigt hat?«, wechselte sie das Thema.

»Ja«, bestätigte Tom.

»Dir und –«

»Luke.«

»Lukas Ceus?«

»Ich kenn' sonst keinen Luke.«

Janine biss die Zähne zusammen. Sie wollte verständnisvoll sein – der Junge hatte gerade eine Freundin verloren –, aber sie hätte ihm auch gerne gesagt, dass er eindeutig zu viel Zeit mit Tristan verbrachte. Bei seinen früheren Einvernahmen war Tom immer höflich gewesen. Und ängstlich. Janine mochte ängstliche Zeugen. Sie neigten zu Ehrlichkeit, wollten die Sache schnell hinter sich bringen.

Bevor Janine ihre nächste Frage stellen konnte, wurde die Tür zum Büro aufgerissen. Ein aufgescheuchter Bär schien über die Schwelle zu poltern. Für den kürzesten Moment glaubte Janine, Gernot würde zu brüllen beginnen. Im nächsten stand er völlig entspannt in dem Büro, als wäre er zufällig hereingeschlendert, nicht zielstrebig und forsch hereingestürzt. Er lächelte auf die Besucher hinab und schloss die Tür hinter sich.

»Die Herren Os und Demirkan«, brummte er, lieber alter Mann, der er war. »Wie nett. Haben wir mit Ihnen gerechnet?«

»Wohl kaum.« Tristan erhob sich. »Und wir sind auch schon

wieder fort, wenn Sie keine weiteren Fragen haben.«

Toms Augen weiteten sich. »Sind wir das?«

»Die Polizei ist beschäftigt. Wir haben alles uns Mögliche dazu beigetragen, dass sie noch mehr zu tun haben.« Tristan stupste die Schulter seines Freundes mit einer sanften Faust. »Lassen wir Frau Inspektor Fletscher ihrem Kollegen in Ruhe alles erzählen.«

Er weiß es, dachte Janine. Der kurze, hämische Blick, den Tristan ihr zuwarf, bevor er den Raum verließ, bestätigte ihre Vermutung. Er hatte durchschaut, wie aufgewühlt Janine war, und warum. Tristan Os war und blieb ein schlauer Bursche. *Schlauer, als die Polizei erlaubt.* Sie rümpfte die Nase.

Es dauerte ein paar stille Sekunden, bis Janine sich endlich fähig fühlte, ihren Kollegen anzusehen.

»Du wirkst wütend«, sagte er.

»Sagt der Richtige. Du bist hier reingedonnert, als hätte ich den letzten Rest vom Osterlamm gegessen.«

Gernot schmunzelte. »Ich weiß nicht, wann du zuletzt einen Witz gemacht hast. Gefällt mir. Aber wenn ich ein Stück von dem Kuchen will, nehm' ich einfach das, das ich in meinem Schreibtisch versteckt hab'.«

»So viel zu deiner Diät.«

»*Soll ich dir zeigen, was* ich *in meinem Schreibtisch versteckt hab'?*«

Janine war so perplex, dass ihr Zorn verpuffte. »Was?«

»Sowas hättest du antworten sollen. Ich wollte dir nur einen guten Übergang liefern. Ehrlich, Kollegin, so wird aus uns nie eine Cop-Show im ORF.«

Janine seufzte. Sie zog die Schublade auf, schleuderte die Mappe auf den Tisch und schob die Packung mit den Einweghandschuhen hinterher. Ihre eigenen Handschuhe streifte sie von ihren Händen, um sich die Stirn zu massieren.

»Zweitl hat das einige Tage vor ihrem Tod von Irmgard Hartplatz' Schreibtisch genommen«, sagte sie. »Woher wusstest du, wo ich es hingetan hab'?«

»Peter hat gesagt, Os und Demirkan sind mit einem braunen Umschlag hereinspaziert. Da sie gerade ohne den Umschlag gegangen sind und ich ihn sonst nirgends gesehen habe …« Er setzte sich auf den Platz, den Tristan soeben freigemacht hatte, und zog sich Handschuhe über. »So viele Verstecke gibt's in diesem Zimmer nicht. Also. Was haben wir hier? Und seit wann vernehmen wir Personen von besonderem Interesse, ohne dem anderen vorher Bescheid zu geben?«

Deshalb war er also so ungehalten ins Büro gestürzt. »Ich hab' sie nicht vorgeladen. Die beiden sind zu uns gekommen und du warst nicht da.«

»Ich war unterwegs. Du hättest warten können. Anrufen.«

»Und dich stören, ohne zu wissen, worum es überhaupt geht? Ich dachte, du wärst noch in Sankt Pölten. Die zwei hätten auch einfach nur Kontakt und Trost suchen können nach dem rezentesten Verlust.«

»Weil die Jugendlichen dieser Stadt sich nämlich so gerne an die Polizei wenden, wenn sie getröstet werden wollen.«

Janine hätte beinahe etwas darauf erwidert, aber sie verkniff es sich. Um das alles ging es jetzt nicht. Gernot hatte kein Recht, die beleidigte Partei in dieser Diskussion zu spielen. Janine war nicht diejenige, die sich unkollegial und unprofessionell verhalten hatte.

»Wieso«, fragte sie, »hast du mir nicht erzählt, dass es unseren Fall quasi wortwörtlich schon einmal gegeben hat?«

Gernot durchblätterte mit milde neugierigem Gesichtsausdruck den Inhalt der Mappe. An dem einen oder anderen Zettel blieb er länger hängen. Dann schlug er die Mappe zu und las den Namen, der darauf stand.

»Das«, sagte er endlich, »ist nicht *wortwörtlich* der gleiche Fall. Du benutzt den Begriff falsch.«

»Ehrlich? Darüber willst du jetzt streiten? Über Begriffe?«

»Das scheint mir immer ein sehr unterschätztes Thema zu sein.«

»Schau mich an und sag mir, dass du da keinen Zusammenhang siehst. Und sag mir vor allem, dass du das hier alles zum ersten Mal hörst. Sag mir, dass du mir das *nicht* verheimlicht hast.«

Gernot legte die Hände auf seinen großen Bauch, lehnte sich zurück und atmete tief aus. Dann stand er auf, ging zu seinem eigenen Schreibtisch, nahm einen Teller aus einer Schublade und kehrte damit zurück. Er setzte sich wieder, lächelte und sagte, »Das mit dem Kuchen war nicht gelogen.« Er biss genüsslich ab.

»Gernot –«

»Hm-m.« Er schluckte. »Schon gut, schon gut. Ich antworte. Also – nein, Kollegin, ich hab' dir überhaupt nichts *verheimlicht*. Ich habe keinen Schritt der Ermittlungen ohne dein Mitwissen durchgeführt. So etwas tu' ich nicht, das weißt du.«

»Aber du hast diesen Fall da mit keinem Wort erwähnt. Willst du behaupten, du hättest nichts davon gewusst?«

»Ich hatte damals noch nichts mit Mord zu tun. Aber – ja, klar. Klar hab' ich mich erinnert. Ungelöste Morde in dieser Stadt, an Schülern des Gymis, das jetzt auch im Zentrum einer Mordserie zu stehen scheint, und in beide Fälle ist Rudi Killa involviert? Sicher hab' ich die Ähnlichkeit gesehen.«

Ungerührt betrachtete er Janine, als wartete er darauf, dass sie erklärte, was jetzt das Problem war.

»Die – *die Ähnlichkeit*? Gernot, das ist –«

»Das ist *nicht* der gleiche Fall!«, fiel Gernot ihr ins Wort. »Nichts spricht für einen echten Zusammenhang. Wenn ein Anhaltspunkt aufgetaucht wär', der einen Zusammenhang nahelegt, hätt' ich mich sofort drauf gestürzt. Bis dahin ist das alles …« (Er wedelte mit dem Osterlammstück nach der Mappe.) »… überflüssig! Überflüssige, ablenkende Information.«

»Das ist *dein* Urteil, Gernot. Ich bin deine *Partnerin* in diesem Fall. Ich hätte das Recht gehabt – *habe* das Recht –, dieselben Informationen zu haben wie du und mir mein eigenes Bild zu machen!«

»Okay.« Gernot stopfte sich den Rest vom Kuchen in den Mund und faltete die Hände. »Okay. Du glaubst also, dass zwischen den beiden Fällen eine Verbindung besteht.«

»Eine *offensichtliche* –«

»Inwiefern?«

Janine riss die Augen auf. »*Inwiefern*? Gernot, du hast es grad selbst beschrieben! Ein Schüler und eine Schülerin werden erstochen, Rudolf Killa ist der beste Freund des ersten Opfers. Zwanzig Jahre später werden Schülerinnen und Schüler desselben Gymnasiums erstochen, und Rudolf Killa unterrichtet mittlerweile dort –«

»Und du glaubst, das waren die einzigen Morde in der Geschichte dieser Schule? Ein Jahr nach der Gründung hat ein Schüler einen älteren mit einem Degen erstochen, weil der schlecht von seiner Familie gesprochen hat. Sollen wir die Nachfahren dieser beiden Familien zur Befragung einladen?«

»Gernot, sei nicht absichtlich deppert.«

»Deppert? Warum?« Gernot klappte die Mappe auf, zog den Zeitungsartikel über das erste Opfer des Markt-Mörders raus und hielt ihn vor sich wie einen Schild. »Das ist vor über zwanzig Jahren passiert. Zwei Kinder sind gestorben. Es konnte *nie* in *irgendeiner* Form nachgewiesen werden, dass es sich in den beiden Fällen um denselben Täter gehandelt hat. Unterschiedliche Waffen, unterschiedliche Tatorte. Das erste Opfer ist einfach liegeng'lassen worden, sichtbar für die erste Bauernoma, die ihren Stand aufmachen wollt'. Das zweite Opfer ist aufwendig – nicht besonders geschickt und letztlich erfolglos, aber aufwendig – im Gebüsch versteckt worden. Es lagen zwei Wochen dazwischen.«

»Zwei Morde in zwei Wochen ist *nicht* üblich für eine kleine Stadt wie diese –«

»Glaubst du das? Hätten wir jemanden festnehmen sollen aufgrund einer Statistik, die du gerade erfunden hast?« Gernot schnaufte in seinen Schnauzbart; Kuchenkrümel rieselten. »Und was Killa angeht – der war damals kein Verdächtiger, nicht einmal ansatzweise.«

»Ich sag' ja auch nicht, dass er der Mörder sein muss –«

»Das wär' ja auch ganz was Neues. Ist das jetzt dein neuer Spleen? Vergessen wir Herrn Blocksberg jetzt plötzlich wegen dieser Zeitungsausschnitte –«

Janine stand auf. Gernot verstummte. Eine Weile lang sah er zu ihr hoch, sie zu ihm hinab.

Dann nickte Gernot. »Verzeihung. Ehrlich, tut mir leid. Das war nicht in Ordnung.«

Sie setzte sich. »Es war auch nicht in Ordnung, mir nicht einmal vom Markt-Mörder zu *erzählen.*«

»Ich hab' oft mit dem Gedanken gespielt, die Sache einzubringen«, sagte Gernot. »Aber ich hab' erkannt, dass jede Verbindung eine konstruierte wäre. Eine falsche Spur, mit der wir es uns zu einfach gemacht hätten und auf den Holzweg geraten wären.«

»Wie bist du auf das gekommen? Dank deiner *Erfahrung*?«

»Ja, Janine, dank meiner Erfahrung!«, erwiderte Gernot, wieder gereizt. »Und jetzt gefällt *dein* Ton *mir* nicht.«

Janine atmete durch. In ihrem Kopf herrschte heilloses Durcheinander; ihr Herz schlug zu schnell. So konnte sie weder helfen, Klarheit in die Angelegenheit zu bringen, noch das Gespräch in konstruktivere Bahnen lenken.

»Du glaubst also ernsthaft«, sagte sie langsam, jedes Wort auf die Waagschale legend, »dass die Ähnlichkeiten zwischen den Fällen … Zufälle sind?«

»Ich glaube, dass wir keinen guten Grund haben, von etwas anderem auszugehen«, antwortete Gernot.

Das kam Janines Meinung nach aufs Gleiche, aber den Gedanken behielt sie besser für sich; sonst würde Gernot wieder anfangen wollen, über Begrifflichkeiten zu streiten. »Also findest du, dass wir in die Richtung gar nicht ermitteln sollten?«

»Hab' ich das gesagt?«

Janine warf die Hände in die Luft und rollte mit den Augen. »Kannst du *bitte* klar und deutlich mit mir sprechen? *Sagen*, was du *meinst*?«

»Ich *meine*«, sagte Gernot, »wir sollten deine Neugier befriedigen und uns noch einmal eindringlich mit Professor Killa unterhalten. Wenn du danach immer noch der Meinung bist, dass diese Sache es wert ist, unsere Zeit und Energie in Anspruch zu nehmen, bin ich gern bereit, dich auf deinem Irrweg ein Stück weit zu begleiten.«

Janine schüttelt den Kopf. »Irgendwann wird dich deine Arroganz in den Hintern beißen, Gernot.«

Gernot zuckte mit den Schultern. »Mich selbst interessiert an der ganzen Sache etwas völlig anderes als die Frage, ob ein Zusammenhang zwischen damals und heute besteht.«

Janine horchte auf. »Oh? Also verschwende ich doch nicht nur deine Zeit?«

»Erstens habe ich nie behauptet, dass du *meine* Zeit verschwendest. Wenn du dich immer derart versessen auf so lose, ungewisse

Spuren konzentrierst, statt dich mit Handfestem zu beschäftigen, spielst du mit der Zeit der Kinder, die gerade das Büro verlassen haben, und mit der ihrer Freunde …«

Das tat weh, aber Janine ließ es so stehen.

»Aber – zweitens: *einen* handfesten Umstand, von dem wir vorher nichts wussten, zeigt uns diese kuriose Sammlung auf.« Gernot schlug die Mappe wieder zu und zeigte ihr, wovon er sprach: *Tristan Os*. »Frau Doktor Hartplatz jedenfalls scheint wirklich zu denken, dass ein Zusammenhang besteht. Und ich wüsste sehr gerne, wieso.«

6

Der Bus ratterte ungeschmeidig dahin. Jede Kurve schaukelte Docs schlappen Körper gegen Tristans Schulter. Nach der kurzen Ablenkung – der aufblitzenden Hoffnung, etwas Sinnvolles zu den Ermittlungen beitragen zu können –, schien das plötzliche Ende ihres spontanen Abenteuers Doc wieder in seine lethargische Starre zurückversetzt zu haben. Er sah nicht einmal traurig aus. Geistlos hing sein Blick an dem *STOP*-Knopf, als wartete er nur auf den Moment, ihn drücken zu dürfen.

»Es ist gut, dass wir ihnen die Mappe gebracht haben«, sagte Tristan. Obwohl er einen Ton anschlug, der keinen Zweifel an der Wahrheit seiner Worte lassen sollte, glaubte er sich selbst nicht.

Doc reagierte mit einem nichtssagenden Schnaufen.

»Es wird ihnen helfen, den Mörder zu finden.«

»Wenn der Mörder in ihre Station reinspazieren und sich als der Mörder vorstellen würde, würd's ihnen nicht helfen, den Mörder zu finden.«

Tristan stieß ein knappes, trockenes Lachen aus. Es klang humorlos und erschütternd, was schade war: Das war wohl das Lustigste, was Doc in seiner Gegenwart jemals von sich gegeben hatte.

Doc nuschelte irgendetwas Unverständliches.

»Wie bitte?«

»Wir sollten es selbst tun«, wiederholte Doc. »Herausfinden, was es mit der ganzen Sache auf sich hat. Wer die Morde begangen hat. Damals und heute.«

»Und wie genau sollen wir das anstellen?«

Doc warf sich nach hinten gegen seinen Sitz. Die machtlose Apathie verflüchtigte sich – seine Wangen glühten, seine Zähne knirschten. »Ich *weiß* es nicht. Aber wir *müssen* was tun.«

»Wenn wir die Hartplatz fragen, was es mit der Mappe auf sich hat, wird sie nichts verraten. Und wir können kaum zum Killa spazieren und ihn fragen, ob er gerne gelegentlich eine Totenkopfmaske überzieht. Ist die Antwort ja, bringt er uns wahrscheinlich auch gleich um.«

»Scheißegal.« Doc sagte das, als würde er es so meinen. »Nikki hat alles darangesetzt, den Mörder zu schnappen. *Wortwörtlich* alles. Sie ist dafür gestorben. Wir müssen sie rächen.«

»Das würde ihr auch nicht mehr helfen. Ich vermisse sie genauso sehr wie du, das weißt du –«

»Bullshit, Tristan«, murrte Doc. »Das ist Bullshit.«

Eine alte Dame vorne im Bus drehte sich empört nach ihnen um. Tristan lächelte ihr überspitzt zu, was sie noch unerhörter zu finden schien als Docs Wortwahl; mit bebenden Lippen und flatternden Lidern wandte sie sich hurtig wieder ab.

»Sie war meine beste Freundin«, sagte Doc. »Meine einzige *richtige* Freundin. Die Einzige von euch allen, die mich ernstgenommen hat. Versuch gar nicht erst, so zu tun, als würd' das nicht stimmen.«

Tristan hatte nicht vorgehabt, so zu tun; aber wenn es Doc half, zu glauben, dass Tristan ihm widersprochen hätte, dann sollte er das eben glauben.

»Ich will sie zurück. Ich …« Seine Stimme versagte; Tränen kullerten aus seinen Augen. Er schniefte, und wiederholte leise, zittrig, rau: »Ich will sie zurück.«

Docs Kopf kippte nach vorne, als hätten seine Halswirbel den Geist aufgegeben. Tristan zögerte einen Moment, tätschelte Doc dann den Rücken, kam sich dumm dabei vor und legte die Hand wieder in den Schoß.

Und sagte, »Einen gibt es, mit dem wir reden könnten.«

*

Tristan wusste, wo er wohnte, weil er ihn einmal bis nach Hause verfolgt hatte. Er hatte das Lager sehen wollen, aus dem die Ware stammte, an der sich die halbe Schule labte. Er war nicht unbedingt überrascht, aber doch ein wenig enttäuscht gewesen, als er Fleck ein gewöhnliches, kleines, gelbes Stadtrandhäuschen hatte betreten sehen.

»*Da* wohnt er?«, fragte Doc, der Flecks Eigenheim deutlich verblüffender zu finden schien als Tristan damals. »Ist er nicht reich von den ganzen Drogen, die er vercheckt?«

»Und du glaubst, mit dem Geld kann er sich ein Anwesen kaufen?«, sagte Tristan. »Ein Schulwart mit Schulwartgehalt und einem Haufen Extrakohle, für den er keine Erklärung hat?«

»Trotzdem. Ist ein bissi gar gutnachbarschaftlich lieb. Aber okay, *whatever – er* soll uns jetzt helfen können?«

»Werden wir sehen«, sagte Tristan, und klingelte.

Die Tür ging auf, aber nur einen Spalt breit. Eine dürre, hochgewachsene Gestalt lehnte sich in die Öffnung; die Hälfte eines mageren Gesichts spähte aus den Schatten wie ein Spanner durch ein Guckloch. Das eine Auge war erfüllt von grimmigem Humor, von heimlicher Schadenfreude.

»Was für eine nette kleine Überraschung«, sagte Fleck.

»Guten Tag, Herr Schulwart«, sagte Tristan. »Kurz Zeit?«

»Zeit vielleicht …« Flecks Auge schnellte hin und her. »Nur ihr zwei? Ihr habt sonst niemanden mitgebracht? Keine weniger nette, nicht ganz so kleine Überraschung?«

»Klar sind wir allein.«

Fleck lachte. Er zog die Tür zur Gänze auf und trat zur Seite, um sie einzulassen. *Knusper, knusper, Knäuschen*, schoss es Tristan durch den Kopf.

Das Haus des Hauswarts war in etwa so eingerichtet, wie Tristan sich die Stube der alten Frau aus dem Bus vorgestellt hätte. Viel dunkles Holz, weiße Spitztücher auf klobigen Tischchen, Pflanzen auf Fensterrahmen, blumige Vorhänge. Neben einem Festnetztelefon lag ein schwarzes Adressbuch.

»Lebst du allein?«, fragte Tristan.

»Hast mich für einen Familienmenschen gehalten? Bitte«, fügte er hinzu, zum runden Esstisch in der Küchenecke deutend. Sie setzten sich alle drei, und Fleck fragte, »Wird das länger dauern? Soll ich was drehen?«

»Das wird nicht nötig sein«, sagte Tristan.

»Seid ihr hier, um zu kaufen?«

»Nein«, sagte Doc. Trotz allem, trotz seiner Niedergeschlagenheit und der Dringlichkeit des Anliegens, das sie hergebracht hatte, sah er sich mit großen Augen um, als wäre Flecks Privatleben spannend. »Pflanzen Sie *hier* an?«

»Nicht mehr. Das Gewächshaus musste umziehen, wo doch die Polizei zurzeit so interessiert an allem ist, was die Angestellten des Gymnasiums so treiben.«

»Sind *Sie* befragt worden?«, fragte Doc.

»Aber ja. Das Vergnügen hatten wohl alle, die in irgendeiner gleich wie entfernten Form mit Hannah Vogel et cetera zu tun hatten. Ich weiß, für euch Schüler ist es schwer vorstellbar, aber auch Erwachsene sind menschliche Wesen mit Geheimnissen, Gefühlen und Abgründen – sogar simple Schulwarte –, und die Polizei weiß das.«

»Genau deswegen«, sagte Tristan, »sind wir eigentlich hier. Weil wir mit einem Erwachsenen sprechen wollten.«

»Und da bin ich der Erste, der euch einfällt?« Fleck gluckste; sein Grinsen hatte etwas Herablassendes an sich, das Tristan nicht gefiel.

»Wir brauchen nicht *irgendeinen* Erwachsenen. Wir brauchen einen, dem wir vertrauen können –«

»Nochmal: da kommt ihr zu *mir*?«

»– und der vor vierundzwanzig Jahren an unserem Gymnasium war.«

Flecks Grinsen schien für den Bruchteil einer Sekunde von seinen Lippen zu verschwinden. Ob Tristan sich das nur eingebildet hatte, konnte er nicht sagen. Was er sich aber bestimmt *nicht* einbildete, war, dass Fleck ihm nicht mehr direkt in die Augen sah.

»Du *warst* ein Schüler an unserem Gymnasium, oder?«, fragte Tristan.

»Ja. Ich war damals … sechzehn? Siebzehn?«

»Damals … vor vierundzwanzig Jahren? Oder damals, als …«

Flecks Lippen kräuselten sich, und er klatschte spöttisch. »Bravo, du hast mich durchschaut. Ja, ich weiß, worauf ihr hinauswollt. Hut ab, ihr zwei – Frau Hartplatz hat sich sehr darum bemüht, die Angelegenheit aus den Annalen ihrer Anstalt verschwinden zu lassen.«

»Wir reden vom Markt-Mörder, ja?« Docs verunsicherter Blick huschte zwischen Tristan und Fleck hin und her.

»So hat er in den Zeitungen geheißen, richtig. Dabei ist Diana im Park gestorben, soweit ich mich erinnere.«

»Wenn die Hartplatz das geheim halten will, sollte sie vielleicht nicht eine ganze Mappe mit alten Artikeln darüber auf ihren Schreibtisch legen«, sagte Doc, woraufhin Fleck sich überrascht ihm zuwandte.

Tristan hätte Doc gerne auf den Hinterkopf geschlagen. Stattdessen fragte er hastig, »Hat die Polizei dich auf das Thema angesprochen?«

Fleck runzelte die Stirn. »Nicht wirklich. Nein, es ging nur um den aktuellen Fall. Der interessiert sie verständlicherweise mehr.«

»Und du glaubst nicht, dass ein Zusammenhang besteht?«

Die Stirn immer noch in Falten, stierte Fleck böse unter zerzausten Augenbrauen hervor, als hätte Tristan etwas Unangemessenes gesagt. Dann brach das Grinsen wieder auf seinen Lippen aus, wie ein Riss in einer Wolkendecke, aber ohne Sonnenlicht dahinter. Fleck schlug mit dem ausgestreckten Zeigefinger in Tristans Richtung aus. »Du bist ein pfiffiger Kerl. Aber das haben wir ja schon immer gewusst.«

»Also glauben Sie's doch?«, fragte Doc.

»Was ich glaube oder nicht, tut nichts zur Sache. Es erscheint mir zumindest plausibel, dass das eine mit dem anderen zu tun hat. Und es hat mich verwirrt, dass die Polizei das nicht so sieht.«

»Was ist damals passiert?«, drängte Doc. »Wurde jemand verdächtigt?«

»Seid ihr sicher, dass ihr nichts rauchen wollt? Wenn ich die ganze Geschichte erzähl', sitzen wir hier eine Weile.«

»Erzähl halt nicht die ganze Geschichte«, sagte Tristan ungeduldig. »Nur, was wichtig ist.«

»Hmm. Manchmal schwer zu entscheiden, was wichtig ist und was nicht, oder? Na gut. Verdächtigt wurden wahrscheinlich viele, aber niemand verhaftet. Weder wegen des einen noch wegen des anderen Mords. Und – was passiert ist? Das. Morde.« Fleck zuckte mit den Schultern. »Ein Bursche ist erstochen worden, und kurz darauf das Mädchen, dem ebendieser Bursche bis zu seinem frühen Tod gern die Zunge in den Mund gesteckt hat.«

»Die waren ein Paar?«, fragte Doc, und an Tristan gewandt: »Stand das in den Artikeln?«

Tristan schüttelte den Kopf. »Hast du damals jemanden verdächtigt?«, fragte er Fleck. »Ich mein' – du kanntest die beiden Opfer, oder?«

»Wie kommst du auf die Idee?«

»Du hast das Mädchen *Diana* genannt.«

Fleck starrte Tristan eine Weile lang an, Vogelscheuchenkörper schlaff, Rattengesicht ausdruckslos. »Ja«, sagte er dann, »ja, klar kannte ich die beiden. Diana und Sascha.«

»Gut?«

»Nein. Nur aus dem Schachclub.«

»Schachclub«, wiederholte Tristan.

»Ja. Und um deine vorherige Frage zu beantworten – nein, ich hatte niemanden Bestimmten im Verdacht. Ich hab' mich nicht sonderlich mit der Sache beschäftigt. Ich war, wie gesagt, siebzehn, und war abgelenkt von den Bedürfnissen meines jungen Körpers.«

Er zwinkerte. Schlafsand bröselte aus seinen Augen. Tristan stellte es die Härchen im Nacken auf.

»Aber sag, Tristan – mir scheint, *du* hast bei dieser Frage an jemanden Bestimmten gedacht. Richtig?«

»Nein«, log Tristan, völlig gelassen. Er hatte schon zu viel gesagt, und zu wenig im Gegenzug herausgefunden. Es war eine schlechte Idee gewesen, herzukommen … denn wenn Fleck einem weiteren, heute noch lebendigen alten Kumpel aus dem Schachclub erzählen sollte, was sich hier zugetragen hatte, hatte Tristan sich und den armen kleinen Doc mit diesem Besuch möglicherweise in große Gefahr gebracht. Blieb nur zu hoffen, dass Rudi Killa den Schulwart einmal zu oft schachmatt gesetzt hatte, um sein Vertrauen und seine Solidarität zu genießen; und natürlich, dass Tristan sich täuschte, die Zeichen falsch las und all die Spuren, die bei Rudi Killa zusammenliefen, in die Irre führten.

7

Tick-tack, tick-tack.

Lupenrein die Glasplatte des Couchtischs, die Glastüren der Vitrinen, jedes Fensterglas. Staubbefreit die Bücher in den Regalen, die sonderbar geformten Möbelstücke, das gewaltige Schachbrett auf seinem eigenen Schachtisch und die anderen ausgewählten Kostbarkeiten und Antiquitäten. Sicher teure Dinger; zumindest war das Janines Eindruck. Ein sauberer Mann, ein Mann erlesenen Geschmackes. Ein Mann, der ein Lehrergehalt zu verwalten wusste, sodass eine Wohnung wie diese dabei heraussprang: wertvoll, gepflegt, glatt. Aalglatt.

Es war Mittwochnachmittag in den Osterferien, und Herr Professor Rudolf Killa trug Hemd und gebügelte Hose, roch nach Parfum und hatte Gel im Haar.

»Tut uns leid, wenn wir Sie von etwas abhalten«, sagte Janine.

»Sie halten mich von nichts ab«, versicherte der Lehrer höflich, ein einnehmendes Lächeln auf den dunklen Lippen.

»Sie erwarten keinen Besuch?«

»Nein.«

»Wollten nicht ausgehen?«

Er schüttelte den Kopf, als wäre er aufrichtig verwirrt von ihren Fragen.

Tick-tack, gab die altmodische Uhr an der Wand den Rhythmus für das Gespräch vor. Der Sekundenzeiger war eifrig bemüht, die Zeit nicht entkommen zu lassen. *Tick-tack-tick!*

»Verzeihung«, wandte Rudolf Killa sich an Gernot, »aber darf ich fragen, warum Sie hier sind?«

»Selbstverständlich dürfen Sie das«, sagte Gernot freundlich. »Wir haben noch ein paar Fragen an Sie. Wir wollen Sie aber gar nicht lange aufhalten. Sicher sind Sie erschöpft. Ihr Beruf ist schon anstrengend genug, wenn er nicht von solchen tragischen Zwischenfällen begleitet wird wie in diesem Jahr.«

Killa nickte – mehr mitfühlend als dankbar, als wäre Gernot derjenige, der persönlich von besagten Zwischenfällen betroffen war, und Killa der, der Anteil nahm. Dabei waren Gernots verständnisvolle Worte nicht bloß so dahingesagt: Der Lehrer wirkte tatsächlich ziemlich erschöpft, blass und ausgelaugt und mit vielen kleinen Falten im Gesicht, die es dort, das hätte Janine schwören können, vor ein paar Wochen noch nicht gegeben hatten. Trug er Concealer? Es sah so aus, aber ganz kam das Make-up nicht gegen die Augenringe an.

Was versuchte der Mann sonst noch zu verbergen?

»Herr Professor Killa …« Gernot schaukelte auf der Couch vor und zurück, als müsste er zusammen mit seinen Worten seinen ganzen Körper wägen. »Für Sie ist das ja gar nicht das erste Mal, dass Ihre Zeit am Gymnasium von solchen Ereignissen gestört wird, nicht wahr?«

Wenn Killa die Überraschung nur vortäuschte, war er ein guter Schauspieler. »Sie meinen – Sascha und Diana? Diese alte Geschichte?«

»Diese alte Geschichte.« Gernot nickte zufrieden. »Sie erinnern sich?«

»Natürlich erinnere ich mich.«

Killa klang fast empört – aber eben nur *fast*. Janine stutzte. Warum empörte ihn die absurde Idee, er könnte ein so einschneidendes Erlebnis vergessen haben, nicht *wirklich*?

»Sascha war mein bester Freund. So etwas vergisst man nicht.«

»Ich will es mir gar nicht vorstellen.« Gernot schauderte, als wäre das das erste Mal, dass er mit dem Thema Mord in Berührung kam. »Wie einen das verfolgt. Wie einen das prägt.«

»Ja …« Killa wirkte wieder verwirrt. Vielleicht hatte er wirklich keine Ahnung, was es mit diesem Gespräch auf sich hatte.

Doch dann verengten sich seine Augen für einen Moment. Er setzte sich aufrechter hin, räusperte sich, und sagte, »Ich meine, irgendwann lernt man, damit umzugehen. Aber es tut weh, daran zurückzudenken, nach wie vor.«

»Verzeihen Sie!« Gernot streckte die Hände nach Killa aus, reuevoll, besänftigend. »Ich wollte keine alten Wunden aufreißen.«

»Es ist in Ordnung«, sagte Killa, und schielte zu seiner Wanduhr. *Tick-tack*. Seine Stirn glänzte; er hatte zu schwitzen begonnen.

Janine spürte ein Kribbeln in ihrem Bauch. War es möglich,

dass sie recht gehabt hatte? *Sie*, und dass Gernot sich getäuscht hatte? Als Gernot und sie den kürzesten Blick austauschten und sie den Schatten in seinen Augen sah, verstand sie, dass er sich die gleiche Frage stellte.

Sie bemühte sich um eine steinerne Miene und sagte zu Killa, »Bei unseren bisherigen Befragungen haben Sie *diese alte Geschichte* mit keinem Wort erwähnt.«

Killa zuckte mit den Schultern. »Sie haben nie danach gefragt.«

»Und Sie haben nie die Ähnlichkeiten zu den jetzigen Morden bemerkt?«

»Ähnlichkeiten?« Killa setzte eine ungläubige Miene auf; Bewegung kam in sein Gesicht, und sein steriles, steifgewordenes Lächeln, das er nun wieder Gernot widmete, gewann dadurch ein wenig an Charme. »Die Morde damals und die Morde heute haben genau das gemeinsam, dass sie Morde sind, soweit ich das beurteilen kann. Sonst nichts.«

»Ihre Freunde damals waren Schüler Ihres Gymnasiums«, erwiderte Gernot sachlich. »Die Opfer heute sind zum Großteil Schüler desselben Gymnasiums. Ihre Schüler.«

Er sprach diese letzten beiden Worte beiläufig aus, wie einen irrelevanten Nebengedanken, der ihm gerade erst gekommen war, eine Notiz am Rande, die nichts mit dem Thema zu tun hatte. Janine glaubte nicht, dass Killa dumm genug war, sich davon täuschen zu lassen, aber anmerken ließ er sich auch nichts.

»Es liegen zwei Jahrzehnte dazwischen«, sagte Killa, kicherhüstelnd. »Und – und Tristans Stiefvater und dieser Wiener hatten mit dem Gymnasium gar nichts zu tun.«

Gernot nickte anerkennend. »Aber es könnte vielleicht ein Nachahmer sein, meinen Sie nicht?«

»Das erscheint mir nicht plausibel«, sagte Killa entschieden.

»Weil?«

Killa setzte zur Erklärung an – blinzelte dann aber nur, und machte den Mund zu.

»Sie haben sich nie um Ihre Sicherheit gesorgt?«, ersparte Gernot ihm eine Antwort.

»Selbstverständlich habe ich das«, sagte Killa. »Ein Mörder sucht die Schule heim, an der ich unterrichte.«

»Und damals? Als ein Mörder die Schule heimsuchte, an der Sie unterrichtet wurden? Zwei Freunde von Ihnen – heute Schüler von Ihnen …«

Killa versteinerte. »Sie – Sie denken doch nicht … dass der Mörder hinter *mir* her ist?«

»Wir ziehen zurzeit verschiedene Möglichkeiten in Erwägung.« Die Couch knarrte ledrig, als Gernot sich erhob. »Aber in Anbetracht der Tatsache, dass Sie bisher noch nicht angegriffen worden sind, erscheint uns diese These nicht besonders wahrscheinlich. Ich wollte Ihnen keine Angst einjagen.«

»Das – nein, das ist schon in …« Bestürzt schaute Killa zu Gernot empor. »Sie – Sie gehen jetzt?«

»Ich denke, wir sind hier fertig.«

»Und … und …« Killa fand den Faden nicht. »Und wollen Sie mir Polizeischutz zur Verfügung stellen, oder …?«

»Wie gesagt, wir gehen nicht davon aus, dass das nötig sein wird. Auf Wiedersehen, Herr Professor Killa.«

Janine schwieg, bis sie wieder im Auto saßen. Kaum hatte Gernot sich auf den Fahrersitz gezwängt und die Tür zugeworfen, wandte sie sich an ihn. »Und?«

»Das wollte ich gerade dich fragen.«

Janine überlegte kurz. »Unser Mann ist er nicht, würde ich sagen.«

»Stimm' ich zu«, sagte Gernot – ein wenig verdrossen, als wäre *er* derjenige, der anderes vermutet hatte –, und startete den Motor. »*Unser* Mann ist er nicht.«

8

Tristan hatte nicht viel Zeit übrig, um Nikki zu vermissen – das mochte kaltherzig erscheinen, aber wie viel Zeit wäre schon genug Zeit gewesen? Und wenn er ehrlich war, war er dankbar dafür. Die letzten – und diesmal hoffentlich wirklich letzten – Maturavorbereitungen waren eine willkommene Ablenkung von der Tatsache, dass Nikki sich nicht mehr auf die Matura vorbereiten konnte. Skull legte auch keinen weiteren Auftritt hin, was das Lernen erleichterte – aber Tristan in stillen, düsteren Momenten wieder zu der Frage verleitete, ob Skull vielleicht *selbst* zu viel zu lernen hatte, um Messer zu schwingen. Oder wollte Skull den Schülerinnen und Schülern, die nicht auf seiner Liste standen, bloß die Gelegenheit bieten, sich in Ruhe, ohne ständige Todesangst, mit dem Prüfungsstoff auseinanderzusetzen …?

Er verdrängte solche Fragen. Sie nutzten nichts. Die Polizei mochte nicht fähig sein, den Mörder zu fassen, aber mittlerweile sah Tristan ein, dass das nicht zwangsläufig etwas mit Inkompetenz zu tun haben musste. Fletscher und Schrammer beherrschten wahrscheinlich ihr Handwerk – bloß: Skull beherrschte seines besser. Wenn die Polizei mit ihren Mitteln und Wegen es nicht schaffte, dem Täter auf die Spur zu kommen, würde es ihnen, Tristan und Doc und Lily, erst recht nicht gelingen. Also konnte er sie genauso gut ihren Job machen lassen und sich selbst auf seinen eigenen konzentrieren. Und alles daransetzen, im Gegensatz zur Polizei nicht zu versagen.

Tristan war wild entschlossen, die Reifeprüfung zu bestehen. Nicht weil ihm seine schulische Leistung plötzlich wieder wichtig geworden war – diese kurze Phase schien mit Nikki geendet zu haben. Auch nicht, weil es ihm peinlich gewesen wäre, durchzufallen. Der Grund dafür, dass er wie im Wahn jede freie Minute zum Lernen nutzte, auf jede Party, jedes Fortgehen verzichtete, sich voll und ganz Schulbüchern widmete, von denen er ein paar nie zuvor aufgeschlagen hatte, war ein sehr einfacher: Mit Matura standen ihm Türen offen. Wenn er mit Lily von hier abhauen wollte, musste er sicherstellen, dass er mit ihr eine Zukunft würde aufbauen können – sofern ihm eine Zukunft vergönnt war. Er wollte studieren können, er wollte gut verdienen. Und mit einem Blatt Papier, auf dem stand, dass er das Gymnasium erfolgreich abgeschlossen hatte, war das wahrscheinlich einfacher als ohne.

Also lernte er, fieberhaft. Musste sich nicht einmal vorlügen, dass es ihm irgendwelches Vergnügen bereitete, weil es hier schlicht und ergreifend nicht um Vergnügen ging. *Matura* war der erste Gedanke, wenn er aufwachte; der Stoff, den er im Laufe des Tages aufsog, das Letzte, worüber er nachdachte, bevor er einschlief. Er war süchtig geworden.

Wie ein Fließband beförderte ihn der Maturawahn bis zu dem

Morgen, an dem es endlich so weit war; dem Morgen, an dem Bibi nervös den Blick aus matten, rot unterlaufenen Augen über ihre nach Alphabet aufgereihten Schützlinge schweifen ließ, bevor sie ihn auf die Uhr senkte, ihre mathematischen Fähigkeiten für die Ermittlung der Prüfungsendzeit nutzte und diese an die Tafel schrieb.

In dieser Sekunde endete der Rausch, und der Entzug begann.

Jede Ziffer war ein Hindernis, das es zu überwinden galt, jede Gleichung eine zu erduldende Qual. Willkürliche Eindrücke aus dem Raum lenkten Tristan ab, als erschiene seinem Gehirn in diesem Moment *alles* wichtig *außer* dem Fragebogen und den karierten Zetteln auf seinem Platz. Tristan hörte hinter sich Filippe mit einer gewissen Regelmäßigkeit aufstöhnen. Martina Jubel vor ihm zappelte ununterbrochen mit dem Bein und ihm war, als würde ihr Unterschenkel Wellen ausschlagen, die sich in seinen Ohren in wirres Rauschen verwandelten. Die Einzige in seiner näheren Umgebung, die ihm völlig geräuschlos vorkam, war Lily schräg vor ihm; ihren ruhigen Atem hätte er gerne gehört. Am meisten irritierte ihn das Schaben und Kratzen von Richies Kugelschreiber direkt neben ihm, das klang, als wollte er sein Papier zerreißen, statt darauf zu schreiben. Tristans Gedanken begannen zu wandern, und plötzlich tauchte aus dem ziellosen Strom eine Erkenntnis an die Oberfläche: Eigentlich sollte nicht Richard Maximilian, sondern Kris Müller neben ihm sitzen. Vielleicht störte ihn der Kugelschreiber deshalb so sehr.

Seine schriftliche Mathematik-Matura gab Tristan mit jener unaffektierten Gefühllosigkeit ab, die er sonst nur von der Erschöpfung nach wilden Partynächten kannte, mit einer Art erfüllenden Leere, abwesender und doch totaler Anwesenheit, und mit einem steifen Nacken. Bei Deutsch am nächsten Tag ging es ihm unvergleichlich besser; zum Thema *Menschenrechte im 21. Jahrhundert und darüber hinaus* fiel ihm erstaunlich viel ein, dafür, dass er überhaupt nicht damit gerechnet hatte. Englisch stellte für Tristan auch keine sonderliche Herausforderung dar, aber Altgriechisch lief nicht besonders: Seine Übersetzung des Textauszugs aus Aristoteles' Nikomachischer Ethik schien nicht den geringsten Sinn zu ergeben. Wie gut Deutsch und Englisch gelaufen waren, war für seinen Emotionshaushalt damit leider schon vergessen, als er die Tür hinter dieser letzten schriftlichen Matura mit pochendem Herzen, einem Gewitter im Kopf und einem noch steiferen Nacken zumachte.

Im Raucherhof, wo er auf Lily, Filippe und Doc warten sollte, entspannte er sich jedoch, und der Fokus seiner Gedanken shiftete: Das war die *letzte schriftliche Matura* gewesen. Die Reifeprüfung war fast vorbei. Mit dem Geschmack des Rauchs intensiv wie schon lange nicht mehr auf der Zunge, erfasste ihn ein Gefühl von Sicherheit, das ihm fast unheimlich, wie eine Vorahnung vorkam: Bestanden würde er schon haben, auch Mathe und sogar Altgriechisch.

Das war es auch, was er am Abend seiner Mutter und seiner Schwester sagte. Nicola Os nahm es mit einem teilnahmslosen Nicken zur Kenntnis, während sie ihren Kaffee schlürfte. Ihr Haar war jetzt so strähnig und fettig, wie das ihrer Tochter jahrelang gewesen war.

Sarah gab ihm ein Daumenhoch. »Bereit dich schon mal seelisch darauf vor, dass die Uni viermal so schwer ist«, sagte sie in ihrem neuerdings üblichen Ton von selbstverständlicher Überlegenheit. So sehr Tristan sich für sie freute, gewöhnt hatte er sich daran noch nicht.

Die beiden Wochen zwischen schriftlicher und mündlicher Matura vergingen in einem trüben Schleier aus abhandenkommender Konzentration und durchgemachten Nächten: Tristan versuchte, sich so vieles wie möglich noch einzuprägen, aber kaum ein neues Wort blieb hängen. Was doch hängen blieb, verdrängte das, was er schon wusste, legte sich wie Öl auf Wasser, schwebte auf der Oberfläche seines Bewusstseins, bis er sich bewegte, etwas anderes tat, sich ablenkte – dann verdampfte sein Grundwissen, und das zuletzt Gelernte klebte in unzusammenhängenden Klumpen in den Windungen seines Gehirns. Und Tristan lenkte sich oft ab: Er und seine Kumpaninnen und Kumpanen waren sich einig darin, dass das Schwierigste vorüber war, und wagten sich wieder an den Spaß heran, der bis vor kurzem ihr ganzer Lebensinhalt gewesen zu sein schien; erst gemächlich, dann, als sie die Ergebnisse der schriftlichen Matura erhalten hatten, mit wilder Inbrunst. Tristan feierte seine Sehr guts und Befriedigends mit den anderen – auch mit Marie, die sich zuversichtlich gab, was ihre bevorstehende Mathe-Kompensationsprüfung anbelangte – in ausgelassenen Trinkgelagen und mit dem Letzten an Gras und härterem Zeug, das sie noch übrig hatten. Kaufen traute sich niemand mehr: Die Polizei war gefühlt überall. Gesichtslose Frauen und Männer in dunklen Uniformen lungerten in der Umgebung der Schule herum, spazierten Tag und Nacht durch die Magisterstraße und jede andere Gasse, die ein beliebtes Lokal beherbergte, patrouillierten um Tristans Haus und machten dabei den Eindruck, als versuchten sie, unauffällig zu wirken, so, als ob sie nur zufällig hier vorbeistolpern würden. Von Schrammer und Fletscher hatte Tristan nichts mehr gehört, und obwohl er hoffte, dass sie der Markt-Mörder-Spur nachgingen, war er froh, dass man ihn damit in Ruhe ließ; über alles zu sprechen würde nur noch mehr Schmerzen bedeuten, als ihm das Nachdenken darüber ohnehin schon bereitete. Und darüber nachdenken, das tat er wieder viel zu oft, jetzt, wo die Schriftliche bestanden war, trotz aller Ablenkung. Wenn Sarah etwas von seinen Schmerzen mitbekam, schlug sie jedes Mal aufs Neue vor, er sollte seine Psychotherapie wieder aufnehmen, aber Tristan ließ das stets unkommentiert. Die Partys mit seinen Freundinnen und Freunden halfen viel mehr als Reden. Und am meisten halfen ihm Lilys Küsse, Lilys Blicke, Lilys Nähe; verkatert auf Filippes Teppich neben Lily aufzuwachen, ihr Lächeln zu erwidern, sie in den Arm zu nehmen und zu schweigen.

So erholsam, so befreiend diese Zwischenzeit auch war, der Tag der mündlichen Matura fühlte sich für Tristan dennoch wie Erlösung an – Erlösung von dem Gefühl, dass es noch nicht vorbei war, von der Anspannung, die er normalerweise nur in den letzten Momenten erlebte, bevor er eine große Leistung zu erbringen hatte, die ihn diesmal aber tagelang in vagem Klammergriff gehalten hatte. Die kalte Hand ballte sich um sein Herz zur Faust, als er am Dienstagmorgen seinen Platz vor der Kommission einnahm. Das erste Fach war Biologie, und die Frage, die ihm gestellt wurde, war nicht schwierig, war eine, mit der er hatte rechnen können, aber während der Vorbereitung erschien es ihm trotzdem beinahe unmöglich, sie ordentlich zu beantworten. Dann las er die Abneigung in Professor Galls Blick – der Biologielehrer hatte ihn nie gemocht – und ein verschmitztes Lächeln brach auf seinem Gesicht aus. *Ich mag dich auch nicht, Herr Professor.*

Er erklärte den Unterschied zwischen der Darwin'schen und der Lamarck'schen Evolutionstheorie, als hätte er beide selbst erfunden, und die stattliche, grauhaarige Kommissionsvorsitzende hatte keine weiteren Fragen. Englisch war ein Kinderspiel, und für seine letzte Prüfung – die Präsentation seiner vorwissenschaftlichen Arbeit – trat er regelrecht beflügelt vor die Kommission. Für seine Auseinandersetzung mit der *Flexibilität des Personenbegriffs* erntete er Applaus – beeindruckten von der Vorsitzenden, widerwilligen von seinem Betreuer Professor Nagel, der ihn genauso wenig mochte wie Gall.

Und plötzlich war er fertig mit der Schule.

9

Frau Doktor Hartplatz machte eine letzte Notiz auf ihrem iPad, dann legte sie es zur Seite und platzierte beide Hände auf dem Tisch.

»Verzeihen Sie, dass ich so lange nicht zu Ihrer Verfügung stand«, sagte sie in derart schroffem Ton, dass Janine jetzt schon der Geduldsfaden zu reißen drohte.

»Kein Problem«, versicherte Gernot munter. »Sie hatten viel zu tun.«

»Diese Matura.« Hartplatz schüttelte den Kopf. »Jedes Jahr mühsam, aber *heuer* – naja. Sie wissen schon. Also. Was kann ich für Sie tun?«

Janine wartete darauf, dass Gernot anfing – das hier war seine Idee gewesen –, aber er blieb stumm. Also zog sie die Mappe aus ihrer Aktentasche und legte sie zwischen Hartplatz' Hände.

Das Gesicht der Direktorin verriet nicht, was sie dachte. Das war schade.

»Ich habe mich schon gefragt, wo das hingekommen ist«, sagte sie nach einer gedehnten Stille.

»Sie erkennen es also?«, fragte Gernot.

»Selbstverständlich. Und ich muss zugeben, ich bin überrascht über Ihr Vorgehen. Ich wusste nicht, dass die Polizei stehlen darf.«

Janine wollte die Direktorin verwarnen, aber Gernot lachte so plötzlich und so laut, dass sie nicht dazu kam.

»Wir haben das natürlich nicht *Ihnen* weggenommen, wie Ihnen sicher klar ist«, sagte er. »Eine Schülerin hat die Mappe von Ihrem Schreibtisch entwendet. Und nach ihrem Tod sind wir daran geraten.«

Frau Doktor Hartplatz seufzte Trübsal. »Ich habe es mir gedacht, auch wenn ich gehofft habe, dass ich mich täusche. Ich habe Veronika nur für einen Moment den Rücken zugekehrt – das mache ich sonst nicht bei Schülerinnen und Schülern, muss ich sagen, aber diese junge Frau habe ich für vertrauenswürdig gehalten. Veronika war eine gute Schülerin und ein gutes Mädchen. Ich hätte gerne mehr von ihrer Sorte an diesem Gymnasium.«

Und weniger von Tristans Sorte, dachte Janine.

»Diese – hm – Sammlung gehört also Ihnen?«, kam Gernot auf das Thema zurück.

»Ja und nein.« Hartplatz zog die Mappe zu sich heran, blätterte den Inhalt durch. »Ich habe das neulich rausgekramt. Die Artikelsammlung und die Notizen stammen von unserem ehemaligen Direktor, Gott hab ihn selig.«

Sie war im Begriff, die Mappe auf einen Stapel zu werfen, aber Gernot machte ein Geräusch irgendwo zwischen Warnung und Bitte. Hartplatz sah ihn fragend an. Er streckte eine flache Hand aus. Nach kurzem Zögern legte die Direktorin die Mappe darauf. Diesmal machte sie keinen Hehl aus ihren Gefühlen: Die dunklen Flecken auf ihren Wangen, ihre zusammengepressten Lippen und die scharfkantige Falte zwischen ihren Augenbrauen ließen keinen Zweifel daran, dass sie die Mappe nicht hergeben wollte. Allerdings glaubte Janine nicht, dass sie sich Sorgen machte, was diese Zeitungsartikel der Polizei verraten könnten; die Direktorin wollte schlichtweg behalten, was sie für ihr Eigentum hielt.

»Herr Berger hat das in seinem Büro liegen lassen?«, fragte Gernot.

Hartplatz zog den Mund zu einem noch dünneren Strich zusammen. »Es ist die übliche Praxis hier, bestimmte Notizen und Hilfsmittel der Nachfolgerin oder dem Nachfolger zu überlassen. Zu vererben, wenn man so will. Wenn man glaubt, ihr oder ihm damit möglicherweise zu helfen.«

»Und Herr Berger hat geglaubt, Sie könnten mit diesen Unterlagen … *was* genau anfangen?«

»Woher soll ich das wissen? Er ist, wie Sie wissen, im Amt verstorben. Ich habe die Mappe schon vor Jahren entdeckt und vor kurzem ist mir wieder eingefallen, dass sie existiert.«

»Und Sie haben uns gegenüber bisher nichts davon erwähnt. Warum?«

»Wieso hätte ich das tun sollen? Die Zeitungsartikel kennen Sie ja wahrscheinlich – das Kommissariat sollte eigentlich über eine sehr ähnliche Sammlung verfügen, oder? Und den Notizen kann nicht einmal *ich* einen Sinn abgewinnen, und ich kannte Herrn Direktor Berger gut und lange.«

Gernot nickte schwungvoll, als könnte er jedes Wort aus dem Mund der Direktorin bestens nachvollziehen. Wahrscheinlich konnte er das sogar: Auch Janine gelang es nicht, in ihrer Darstellung etwas unmittelbar Unlogisches oder Widersprüchliches ausfindig zu machen. Und das lag sicher nicht daran, dass sie sich nicht darum bemühte.

Doch Gernot setzte ein nachdenkliches, verblüfftes Gesicht auf, als wäre ihm gerade etwas Ungewöhnliches aufgefallen. »Und doch«, sagte er, »haben Sie es für angebracht gehalten, den Namen Ihres Schülers Tristan Os vorne draufzuschreiben.«

Hartplatz schluckte hörbar. »Nun … Ja. Aus offensichtlichen Gründen, denke ich.«

»Hm. Vielleicht. Aber wären Sie so gut, mir diese offensichtlichen Gründe noch einmal zu vergegenwärtigen? Nur um sicherzugehen.«

Die Direktorin ächzte angestrengt und ausgiebig, bevor sie antwortete. »Also schön. Herrn Bergers Sammlung ist mir nur deshalb überhaupt eingefallen, weil ich über das Grauen nachgedacht habe, das mein Gymnasium heimsucht. Nach kurzem Überfliegen habe ich erkannt, dass mir die Notizen nicht das Geringste nützen werden – und Ihnen auch nicht. Für zukünftige Referenz habe ich die Mappe aber gleich bei mir behalten und, wie ich es immer mache, so beschriftet, dass ich später auf Anhieb weiß, was es damit auf sich hat. Wie gesagt, ich hatte und habe viel zu tun. Ich habe Os' Namen geschrieben, ohne großartig darüber nachzudenken. Schließlich waren *Sie* diejenigen, die mir eingebläut haben, dass es bei der Sache offenbar um ihn geht, dass ich ihn besonders im Auge behalten soll. Wenn ich Ihnen *das* auch noch einmal vergegenwärtigen darf.«

Gernot ließ den Vortrag erst einmal sitzen. Vielleicht war es aber auch gar keine bewusste Entscheidung seinerseits, zu schweigen. Vielleicht ging es ihm in diesem Moment wie Janine: Sie selbst hätte nichts zu erwidern gewusst. *Sackgasse*. Das war das Einzige, was ihr einfiel.

»Gut«, sagte Gernot endlich. Eine harte, plumpe Silbe. Alle falsche und echte Freundlichkeit war aus seiner Stimme gewichen. Janine hatte ihn schon lange nicht mehr so gehört.

»Lassen Sie mich nur noch eines klarstellen, Frau Doktor Hartplatz«, fuhr er fort, kühl und klanglos; die Direktorin wich vor der Veränderung in seinem Gehabe zurück wie vor einem näherschleichenden Raubtier. »Wenn Sie noch einmal Informationen wie diese vor der Polizei verbergen, wird das Konsequenzen haben. Wenn wir nicht auf Ihre Kooperation bauen können, müssen wir leider aufhören, Sie als hilfsbereite Kollegin im weitesten Sinne zu betrachten und anfangen, Sie wie alle anderen Zeugen und Verdächtigen zu behandeln. Was Sie *annehmen*, tut nichts zur Sache. Ob die Polizei diese Zeitungsartikel auch bei sich lagert oder nicht, geht Sie nichts an. Dass *Sie* die Artikel haben, und die Notizen des Mannes, der sie gesammelt hat, und dass diese Notizen überhaupt existieren, das könnte eine Rolle spielen. Also lernen Sie, Ihre Pflicht zu tun, wie Sie es von Ihren Schülern erwarten. Sie bekunden oft genug den Wunsch, dass die, die ihr Leben noch nicht auf so tragische, überflüssige Weise verloren haben, ihre Ausbildung an Ihrem Gymnasium auch weiterhin überleben. *Darin*, Frau Direktor, sind wir uns einig. Ich kann Ihnen versprechen, dass *wir* alles in unserer Macht Stehende tun, damit kein einziges Ihrer Kinder mehr durch eine Gewalttat stirbt. Und ich bitte Sie nicht, uns dabei zu helfen – ich befehle es Ihnen.

Sorgen wir dafür, dass Veronika Zweitl die letzte Schülerin dieses Maturajahrgangs war, deren Eltern statt eines Zeugnisses eine Todesurkunde in die Hand gedrückt bekommen.«

Irmgard Hartplatz hörte sich das alles mit blanker Miene an. Dann sagte sie, »Raus aus meinem Büro.«

Janine konnte es ihr nicht verübeln. Sobald sie und Gernot in seinem Auto saßen, fragte sie, »Was war das denn?«

»Was war was?«, erwiderte Gernot tonlos.

»Diese Rüge. Als wär's ihre Schuld, dass Kinder von ihrer Schule ermordet werden. Dass der Mörder noch nicht geschnappt ist.«

Gernot schnaufte belustigt. Janine rümpfte die Nase.

»Es war mal Zeit, dass jemand Klartext mit Frau Doktor Hartplatz redet«, sagte Gernot.

»Zeit, dass ein alter Mann einer überarbeiteten Frau erklärt, es sei ihre Schuld, dass er seinen Job nicht schafft?«, sagte Janine.

Gernots Blick blieb auf die Straße gerichtet, aber Janine konnte trotzdem sehen, wie er sich verdunkelte. »Du magst die Frau Direktor doch auch nicht. Hast du nicht g'sagt, sie war dir von Anfang an unsympathisch?«

»Ja«, sagte Janine. »Aber dich mocht' ich da drin am Schluss weniger.«

10

Marie wusste nicht, ob sie aufwachte oder gar nicht geschlafen hatte. Jedenfalls hatte sie eben noch nichts gedacht und dachte jetzt. Dachte an die Matura, dachte an Richie, der endlich, zum ersten Mal nach viel zu langer Zeit, neben ihr lag. Er schnarchte. Das Bett roch übel, aber sie auch.

Sie drehte sich auf die Seite, betrachtete Richies wilde Haarpracht und hob die Hand, um sie zu streicheln. Sie ließ die Hand wieder fallen, als sie erkannte, dass sie gar nicht das Bedürfnis hatte, ihn zu berühren. Sie hatte überhaupt kein Bedürfnis in diesem leisen, dunklen Augenblick in ihrem verdreckten, rauchwolkenverhangenen Versteck. Außer eines vielleicht.

Das Vakuum, das sich in Maries ganzem Körper aufgetan hatte, wurde aufgefüllt von dem schwerwiegenden, blitzdurchzogenen Wunsch, von hier zu verschwinden. Ein wortloser Wunsch. Kein Gedanke; ein Messer, das sie von innen aufschlitzte.

Wie in Trance zog sie sich an. Sie nahm den Stummel aus dem Aschenbecher, zündete ihn noch einmal an, um einen letzten, kaum noch brauchbaren Zug zu nehmen. Dann – der plötzliche Fluchttrieb wieder von einer Leere verdrängt, die noch viel spitzer, noch schärfer war – küsste sie Richie auf den Mund. Er wachte nicht auf, aber seine Gesichtsmuskeln entspannten sich, sodass es aussah, als würde er lächeln.

Marie weinte nicht, als sie ging.

Zwei Stunden später, am Esstisch, weinte sie immer noch nicht. Ihre Mutter huschte zwischen Wohnzimmer und Küche hin und her, stellte da ein zu putzendes Küchengerät ab, faltete dort ein Geschirrtuch zusammen. Zwischen dem Schwingen des Wettex und der Inspektion eines zu lange nicht gewaschenen Vorhangs hatte Mama den einen oder anderen gutmütigen Blick für ihre Tochter übrig. Marie bemühte sich, zurückzulächeln. Sie fühlte sich bei jedem einzelnen der sie streifenden Blicke ertappt, spürte sie wie kleine Piekser auf ihrer Haut. Aber wahrscheinlich meinte ihre Mutter es nur gut. Und im Grunde war es Marie egal, was ihre Mutter meinte.

Nach kurzer Abwesenheit kehrte die eifrige Hausfrau mit einem vollen Korb frischgewaschener Wäsche in das Wohnzimmer zurück, hielt endlich inne, stellte den Korb ab und wandte sich ihrer Tochter zu.

»Hör mal, Schatz. Es macht wirklich nichts. Du hast ja noch zwei Antritte. Das vorgestern, das war – das waren einfach die Nerven. Es macht nichts, dass du durchgefallen bist. Es ist nicht schlimm. Und voll verständlich, Liebling, immerhin – ich mein', das ganze Jahr – deine armen Freundinnen, und dann deine erste Trennung …«

Das Lächeln fror auf Maries Gesicht ein. Sie wollte nichts davon hören. Nicht darüber reden. Sich nicht fragen, warum sie ihrer Mutter erzählt hatte, dass sie und Richie Schluss gemacht hätten, obwohl das eigentlich gar nicht stimmte. Sich nicht daran erinnern, wie sie vor der Kommission gestanden und kein Wort herausbekommen hatte, keine Silbe, kein Geräusch. Verstand ihre Mutter das nicht? War es so ungewöhnlich, schweigend sitzen zu wollen, einfach nur warten zu wollen, bis etwas passierte? Wäre es für ihre Mama so schwierig gewesen, einfach den Fernseher anzumachen? Eine Folge *Columbo* wäre jetzt genau das Richtige gewesen.

»Beim nächsten Mal schaffst du es bestimmt.« Ihre Mutter legte so viel Zuversicht in ihre Stimme, dass es Marie fast noch einmal aufs Neue das Herz brach. Sie lächelte selig, als sie die Wäsche zum Bügeltisch transportierte. »Du bist klug, du warst immer klug. Wenn … Wenn das alles nicht gewesen wäre, wärst du jetzt fertig. Da bin ich mir –«

»Ich geh' baden.«

Sie hatte sich schon erhoben und fast den Raum verlassen, als ihre Mutter ihre Zustimmung zu murmeln schien. Aber Marie hörte nicht genau, was ihre Mutter sagte. Es war sicher nicht viel interessanter als alles andere, was sie bisher gesagt hatte. Marie erklomm die Holzstufen, die wie frischpoliert glänzten. Ihre Mutter hatte letzte Woche das ganze Haus gereinigt, bis es selbst ihren Argusaugen makellos erschienen war. Sie hatte es nicht ausgesprochen, aber Marie wusste, warum sie es getan hatte: Die freudige Aussicht auf eine Maturafeier mit allen Verwandten hatte sie motiviert, noch gründlicher als sonst zu putzen.

Der Wasserhahn strahlte wie echtes Silber, durch den entkalkten Strahlregler schoss eine gerade, feste Fontäne, und der mit literweise Rohrreiniger bearbeitete Abfluss schien genug Wasser für eine ganze Dusche zu verschlucken, bevor Marie den Stöpsel einsetzen konnte.

Sie verließ das Badezimmer nochmal, ging langsam zu ihrer Zimmertür. Als sie hinter sich ein Knacksen hörte, blieb sie stehen. Im Begriff, über ihre Schulter zu schauen, hielt sie inne. *Dann erstich mich halt*, dachte sie. Beinahe entkam ihr ein leises Lachen. Aber sie fand die Sache nicht wirklich lustig.

Marie betrat ihr Zimmer, holte, was zu holen sie gekommen war, und kehrte ins Badezimmer zurück. Sie stellte sich vor den Spiegel und betrachtete sich darin. Aber war das überhaupt sie? *Sieht nicht aus wie ich*, dachte Marie. Unwillkürlich kicherte sie.

Hinter ihr rauschte der Wasserstrahl in die halbvolle Wanne. War das schon immer so laut gewesen? Es war, als stünde sie nicht in ihrem kleinen Badezimmer, sondern wieder am Rande der Niagarafälle, die sie als Kind mit ihren Eltern besucht hatte. Die Niagarafälle sollte man einmal im Leben gesehen haben, hatte ihr Vater ihr erklärt, und ihre Mutter hatte genickt und Marie hatte es ihnen geglaubt, denn sie war sieben Jahre alt gewesen und Eltern hatten sich noch nicht irren können. Seltsam, dass sie sich jetzt daran erinnerte. Wobei sie sich vermutlich gar nicht im eigentlichen Sinn erinnerte: Sicher war der Kopf ihrer Mutter damals nicht zweimal so groß gewesen wie heute, sicher hatte ihr Vater keine Fliege getragen, das hatte er nie. Das Video in ihrem Kopf war keine Erinnerung; es war eine aufgeblähte, gleichzeitig überbunte und farbentleerte Fantasie, die die Lücken füllen sollte. Spielte ihr Gedächtnis verrückt, seit sie mit dem Kiffen angefangen hatte? Oder hatte sie zu kiffen begonnen, weil ihr Gedächtnis verrücktspielte?

Sie war so furchtbar müde. Vor zwei Stunden erst – vor zehn Minuten und vor zehn Jahren – hatte sie den schlafenden Richie zum Abschied geküsst, war aus seinem stinkenden Bett aufgestanden und nach Hause gelaufen. Geschlichen. Gerannt. Gewankt. Sie hatte ausnüchtern wollen auf dem Heimweg. Stattdessen war sie tiefer, und tiefer, und tiefer gesunken.

Marie zog sich aus, ließ ihre Hose und Richies Weste neben der Toilette auf den Boden fallen. Sie trug keine Unterwäsche; die lag wohl noch bei Richie. Es war ihr gar nicht aufgefallen, dass sie sie nicht angezogen hatte.

Das Wasser empfing sie mit einer zu heißen Umarmung, die ihr ein erschrockenes Keuchen entlockte. Für einen Moment kribbelte ihre Haut, als suchten tausend Ameisen sie nach Nahrung ab. Dann wurde ihr Körper außen so taub wie innen – und sie ließ sich endlich in das Versprechen eines vollständigen Nichts sinken, nach dem sie sich lange gesehnt hatte, ohne es benennen zu können. Das Vakuum drückte alles weg, was es bisher noch nicht verdrängt hatte. Sie dachte an Richie und es war ihr egal, sie dachte an die Matura und es war ihr egal, sie dachte an Hannah und Kris und Ingo und Caro und Valerie und Nikki und es war ihr egal, egal, egal.

Sie griff nach der Rasierklinge, die sie aus ihrem Zimmer geholt hatte. Eine leise Stimme in ihrem Hinterkopf fragte, ob es wehtun würde. Die zufriedene Erkenntnis, dass ihr auch das egal war, war ein schönes, letztes Gefühl.

11

Es war Sommer. Spätmaisommer, falscher Sommer, aber Sommer. Wespen summten, Kinder lachten, leichtbekleidete Jugendliche machten die Straßen zu ihrem Königreich und bierbauchige Väter heizten in ihren Gärten die Grills an. Der Geruch von Bratwürstl und Koteletts, von mit Honig bestrichenen Rippchen und scharfen Knoblauchsaucen erfüllte die Luft in den dicht besiedelten Vierteln der Stadt. Die Sonne brannte vom Himmel, heiß, aber noch nicht unerträglich, und die öffentlichen Schwimmbäder öffneten ihre Tore, um sie und ihre Anbeter willkommen zu heißen.

Anton spazierte lächelnd, flott und selbstbewusst durch diese kleinbürgerliche Landschaft. Er dachte an das, was sich hinter den Fassaden des Glücks abspielte. Dachte an die Wespen, die erschlagen wurden, weil die Honigsauce und das saftige Fleisch zu verlockend rochen, um nicht das eigene Insektenleben dafür zu riskieren. An die Kinder, die sich beim Spielen verletzten, vom Baum fielen oder auf Papis Grillrost griffen, oder gar ihren Ball auf die Straße kickten und ihm blind hinterherliefen. Daran, dass die Jugendlichen früher oder später lernen würden, dass ihr Königreich so zerbrechlich war wie jedes andere.

Anton erreichte sein Ziel, schob all diese Gedanken beiseite und konzentrierte sich auf das, was er vorhatte. War es die richtige Entscheidung? Es war die einzige Entscheidung.

Im Empfangsbereich war das Radio an: *Ooh, heaven is a place on earth.* Am Schalter saß ein muskulöser junger Mann mit seriöser Miene und gezupften Augenbrauen, der an diesem schönen Tag sicher lieber anderswo gewesen wäre.

»Guten Tag«, sagte Anton. »Ich suche Herrn Chefinspektor Schrammer.«

»Da Schrammer is' heit in Sankt Pölten.« Die Stimme des jungen Polizisten war unerwartet hoch, was im Zusammenspiel mit seinem Dialekt einen possierlichen Gesamteindruck machte. »Konn i' Earna höf'n vielleicht?«

»Vielleicht. Mein Name ist Anton Baumgartner. Rufen Sie Inspektor Schrammer doch bitte an und teilen Sie ihm mit, dass ich hier bin. Ich bin der Mörder, nach dem Sie suchen, und ich möchte mich stellen.«

Kapitel 11

133

1

Aus unerfindlichen Gründen hatte Tristans Mutter es für wichtig und richtig gehalten, Verwandte von Samuel Os einzuladen. Tristan hatte die Matura überhaupt nicht im Familienkreis feiern wollen, auch nicht mit Verwandten von Nicola; zum einen, weil der Zustand seiner Mutter sich nicht hinreichend gebessert hatte, und zum anderen, weil Tristan nicht einsah, warum er für den Schulabschluss *bestraft* werden sollte. Die einzigen Angehörigen seiner Familie, gegen die er keine Abneigung empfand, waren seine Mutter, seine Schwester und die, die ihm egal waren. Und da die Ausnahme von dieser Regel zu Weihnachten gestorben war – und der Schlimmste von allen bald darauf –, war die Stimmung während des Abendessens in Nicolas liebstem griechischen Restaurant nicht nur bei Tristan im Keller. Tante Marlene stocherte geistlos in einem Lammkotelett herum, während leise Tränen über ihre eingesunkenen Wangen auf ihren Teller kullerten, und verschlang kleine Häppchen ihrer salzigen Trauer mit einem Gesicht, als würde sie sie jeden Moment wieder hochwürgen. Onkel Fred neben ihr führte Glas um Glas um Glas an seine Lippen, ohne darauf zu achten, was sich darin befand, ob sich *überhaupt* etwas darin befand, ob es sich überhaupt um sein Glas handelte; er nickte bei jeder Frage, die ihm gestellt, jeder Information, die ihm mitgeteilt wurde, nickte mit großen Augen und roten Ohren, die offensichtlich nichts hörten. Nicolas Cousine Paula redete am meisten auf Fred ein, erzählte von ihren schriftstellerischen Bestrebungen, erklärte in gönnerhaften, verständnisvollen, wenngleich dezent angewiderten Tönen, dass all ihre Texte nur deshalb abgelehnt wurden, weil Verlage selbstverständlich das verlegen müssten, was sich verkaufen ließe, und ihre Werke eben nicht für die breite Masse geeignet wären. Vielleicht gab sich Paula Freds vorgespieltem Interesse deshalb so enthusiastisch hin, weil sie es mit der familiären Akzeptanz verwechselte, nach der sie sich seit Jahren sehnte: Ihre Partnerin Jolanda saß geduckt und still wie eine Statue neben ihr, in Kleidung, die nicht zu ihr passte und die wahrscheinlich Paula für sie ausgesucht hatte, so verloren dreinblickend, wie Tristan sich fühlte.

Lily wäre selbstverständlich auch eingeladen gewesen, aber Tristan hatte darauf verzichtet, ihr davon zu erzählen. Er wollte ihr das hier ersparen. Wenn alles so lief, wie Tristan es sich vorstellte, würde es nach diesem Tag keinen Anlass wie diesen mehr geben, und damit auch keinen Grund, Lily seinen Verwandten vorzustellen. Dies würde seine letzte Familienfeier sein; bald würden Lily und er dieses Dorf verlassen, und außer seiner Mutter und seiner Schwester würde er von diesen Leuten niemanden jemals wieder zu Gesicht bekommen. Und selbst wenn es anders laufen sollte – es war leicht möglich, dass er trotzdem keinen Abend wie diesen mehr miterleben würde, ob er oder Lily es nun wollte oder nicht. Das wurde Tristan jedes Mal bewusst, wenn er sein zerkratztes Gesicht in einer spiegelnden Oberfläche sah – es ihm dabei so vorkam, als könnte er auch die Totenkopfmaske über seine Schulter spähen sehen – und ihm damit wieder einfiel, wie hypothetisch *jede* vorstellbare Zukunft war.

Don't think that, befahl er sich, wie oft in letzter Zeit. Manchmal funktionierte das sogar. Der Befehl kam auf Englisch, weil er das Gefühl hatte, dass er dann besser gehorchte – das war etwas, das er mit seiner Therapeutin herausgefunden hatte, die er jetzt wieder besuchte –, und auch, weil er sich auf einen seiner bevorzugten Zukunftspläne vorbereiten wollte, jenen, der ihn und Lily in einer Flat an den Outskirts von London postulierte.

Was sicher nicht passieren wird, sagte eine Stimme in seinem Kopf; *seine* Stimme, seine *alte* Stimme, die Stimme eines Tristan, der stolz darauf war, kaltblütiger Realist zu sein. *Deine sogenann-*

ten Pläne sind bloße Träume eines kindischen, ahnungslosen, verliebten Idioten, und keiner davon wird in Erfüllung gehen.

Don't think that!

Nicola tat ihr Bestes, um ihr Gesicht zu wahren: Die Augenringe waren dick überschminkt, das widerspenstig gewordene Haar war von einem Friseur kurzfristig gezähmt worden, so gut es eben ging, und sie redete viel, zu viel, um zu kaschieren, dass sie nichts zu sagen hatte. Tristan, der sich trotz seines Desinteresses an der Gesamtsituation ein wenig darüber ärgerte, dass mit ihm und über ihn kaum gesprochen wurde, kauerte neben seiner Schwester und starrte gelangweilt in sein Fassolakia. Er wusste ja, warum seine Mutter jetzt so tat, als ginge es heute gar nicht um seinen Maturaerfolg: Um den *war* es ihr in Wirklichkeit von Anfang an nicht gegangen. Er hatte ihr als Vorwand gedient, um sich selbst der Familie vorzuführen, um zu zeigen, dass es ihr gut ging, dass sie bei Sinnen war, eine starke Witwe, die ihren verlorenen Mann würdig repräsentieren konnte. Deshalb waren so viele der Geladenen von Samuels Seite – und damit, was Tristan anging, eigentlich überhaupt keine Verwandten, nicht im Blut und auch sonst in keiner Weise. Das waren Menschen, mit denen Tristan kaum zu tun hatte und nicht zu tun haben wollte. Nicolas Aufmerksamkeit war ganz den langhalsigen Damen und Herren Os gewidmet, den unmenschlich anmutenden Figuren mit Augen aus Eis und Kristall, die streng musterten, was sie für relevant erachteten, und vollständig ignorierten, was sie nicht interessierte. Das war ein grusliger Haufen, und Tristan wunderte sich nicht, dass so jemand wie Samuel dabei herausgekommen war. Großmutter Mirabella mit dem Leberfleck im Gesicht und der stets gefestigten, über alles erhabenen Miene, im hohen Alter immer noch respektheischend und schön. Großtante Magdalen – mit der Mirabella hin und wieder knapp bemessene Blicke austauschte –, die mit ihrem kantigen Gesicht und ihrem kurzen Haar ihrem verstorbenen Neffen unheimlich ähnlichsah, sich aber so exquisit kleidete, dass Tristan nicht umhinkam, sie in ihrem gewagten Sommerkleid, ihrer rauchig dunklen Opalkette und ihrem seltsamen und doch perfekt sitzenden Cape regelrecht zu bewundern. Großcousin Darian, der seine Goldbrasse mit einer rituellen Sorgfalt verspeiste, bei jedem Bissen die Augen schloss, als würde er im Stillen einer geheimen griechischen Göttin, die nur er kannte, danken, und der mit seinem ungeheuer ernsten, steinernen Gesichtsausdruck und seinen wie in ewiger Trauer gewölbten Augenbrauen, in seinem aufgestellten Kragen und in seiner Wahl eines besonders schattigen Eckplatzes an einen seit Jahrhunderten durch die Welt streifenden Vampir denken ließ, der alles schon gesehen hatte und im Begriff war, die letzten Rätsel der Welt zu lösen. Wie der Vater, so das Kind: Die schwarzumrandeten Augen von Darians Tochter Berlinde lugten starr, ausdruckslos und doch voll frühreifen Tiefsinns unter ihren kaffeefarbenen Stirnfransen hervor, als würden sie auf dem Tischtuch unsichtbare Zeichen zu entziffern versuchen. Sie war zwölf oder dreizehn, und sah in einem Licht viel jünger, in einem anderen viel älter aus.

Bei Samuels Begräbnis hatten diese Leute nur kurz Tristans Existenz gewürdigt, um ihm ihre Anteilnahme auszusprechen, alle mit den gleichen, bedeutungsarmen Worten: »Mein Beileid.« Heute war es nicht großartig anders gewesen: »Gratulation.« Nur Berlinde hatte nicht einmal solche Floskeln zustande gebracht. Sie schwieg, wie sie immer schwieg. Sie aß auch ihren Kartoffelbrei nicht – sie hatte nichts bestellt, ihr Vater hatte ihr diese kostenlose Vorspeise auf einen Teller gehäuft. Tristan beobachtete sie zwischendurch lange, wissend, dass sie nicht hochblicken würde, und fragte sich, wieso sie ihm ein klein wenig sympathisch war, geradezu vertraut erschien, obwohl sie nichts miteinander zu tun hatten. Es dauerte lang, bis er mit unverhofftem Schrecken begriff, dass sie ihn an sich selbst erinnerte. *War* er so? War er so gewesen, vor Lily? Hatte er es *gut* gefunden, so zu sein?

Egal. Wenn, dann lag das in der Vergangenheit.

Und für eine Sache war dieser Abend jedenfalls gut: Viele dicke Kuverts hatte man ihm zugesteckt. Die Matura hatte also getan, was sie tun sollte: sein Startkapital für das neue Leben erhöht. Er war nicht – nicht mehr – dumm genug, um sich zu grämen oder gar zu schämen, weil die Unterstützung von Menschen kam, die ihm egal waren oder die er nicht mochte. Sollten sie widerwillig tun, was sie für ihre soziale Pflicht hielten; er würde pflichtbewusst tun, was ihm zum Vorteil gereichte.

Die schwüle Luft stand still, trieb Katzen in den schattigen Gastgarten und Schweiß auf die Stirnen von Tristan und seinen sogenannten Verwandten. Worte verdunsteten wie Tropfen auf heißem Stein. Das Essen hätte bei dem Wetter wahrscheinlich auch nicht geschmeckt, wenn es besser zubereitet worden wäre. Sarah war die Einzige, die ihre Mahlzeit ungeniert und ohne Pause in sich hineinschaufelte. Sie tat das völlig konzentriert – wohl in erster Linie, um keinen Blickkontakt zu den Herren und Frauen Os herstellen zu müssen; aber sie schien das Essen auch richtig zu genießen, sich ungewöhnlich wenig an der Anwesenheit der Sippschaft zu stören. Tristan war froh, dass sie zufrieden war. Und doch: wenn sie seinen Blick spürte und ihm verstohlen zulächelte, kostete es ihn Mühe, zurückzulächeln. Langsam begann sie, ihm auf die Nerven zu gehen. Sie hatte eine Wohnung in Wien in Aussicht und nutzte jede Gelegenheit, um Tristan das unter die Nase zu reiben, als handelte es sich dabei noch um eine Neuigkeit. Davon, dass er beim Umzug helfen würde, war sie wie selbstverständlich ausgegangen, und natürlich hatte er dem bereits zugesagt; aber davon, dass er willkommen war, bei ihr zu bleiben, bis er etwas Eigenes gefunden hatte, war bisher noch keine Rede gewesen.

Die Hand seiner Mutter legte sich plötzlich auf seine. Nicola lehnte sich zu ihm, bis sie fast Stirn an Stirn waren.

»Dein Vater wäre stolz auf dich«, flüsterte sie.

Tristan reckte es. *Er war nicht mein Vater*, dachte er – und in diesem Moment, in diesem kurzen, gefährlichen Moment, hasste er seine Mutter genauso sehr, wie er ihn gehasst hatte. Er würgte die Worte und den Brechreiz hinunter, und ließ den Moment an sich vorüberziehen.

2

Die Eiche. Sie musste sein wie die Eiche. Über Jahrzehnte hinweg nicht nur beständig, sondern stark und schön. Sie musste wie die Eiche gelassen den Mauern trotzen, die um sie herum errichtet wurden; musste jedes Gefängnis zu einem Zuhause machen. Und sie musste, während sie oben beschnitten, von fremder Hand bestimmt und gestutzt wurde, tief im Untergrund ihre Wurzeln austreiben, ihr Wesen erweitern, sich überallhin ausbreiten, wo der Widerstand nicht zu groß war; und ihn dort, wo er groß war, zerschlagen, weiterkämpfen und weiterwachsen, bis sie alles umschlungen hatte, was ihr gehören sollte …

»Romantischer Schwachsinn.« Irmgard Hartplatz wandte sich von der Eiche vor ihrem Bürofenster ab, ließ sich in ihren Bürostuhl fallen und stöhnte. Sie legte in dieses eine Geräusch alles Leid, allen Weltschmerz hinein, all das, womit sie täglich neu umzugehen lernen musste. Sie war keine *Eiche*. Sie war auch nicht das Fenster, durch das der Blick auf den stolzen Baum, auf die Hoffnung und die Träume der Zukunft, freigegeben wurde. Sie war allerhöchstens der Bürostuhl, der die Ärsche derer trug, die um die Zukunft rangen. Derer mit Kompetenz genauso wie derer, die nur zu wissen glaubten, was sie taten; derer mit guten Absichten genauso wie derer, die rücksichtslos ihrem eigenen Vorteil hinterherjagten. Das waren die hohen Tiere dieser Welt, die Chefinnen, die Direktorinnen, die Kanzlerinnen: Bürostühle.

Irmgard griff sich an die pochende Stirn. Seit Tagen kämpfte sie wieder mit ihrer Migräne, die ohne erkennbares Muster mal auftauchte, wenn der Stress am größten war, mal genau dann überraschend fernblieb, sich erst in die empfindlichen Stellen zwischen ihren Schläfen drängte, wenn endlich eine der seltenen Gelegenheiten für Entspannung in greifbare Nähe rückte. Entschlossen, sich von ihrer Körperhaftigkeit nicht einschränken zu lassen, nahm Irmgard sofort wieder die Finger von ihrer kribbelnden Haut, ignorierte das Pochen. Sie ließ den Blick über ihren Schreibtisch schweifen, auf der Suche nach irgendetwas, womit sie sich beschäftigen oder zumindest ablenken konnte. Zu tun hatte sie theoretisch genug. In gewissen Hinsichten ging das Schuljahr nach der Matura erst richtig los. Die jüngeren Klassen waren abzuschließen, die Pläne für die Maturafeier waren zu finalisieren, erste Gedanken waren dem nächsten Semester zu widmen. Was sie sich dieses Jahr ersparte, war die Abfertigung jener Schülerinnen und Schüler, die ihre Reifeprüfung nicht bestanden hatten – aber der Grund dafür zerrte mehr an ihren Nerven als alles andere, was sie im Kopf behalten oder noch in diesen aufnehmen musste. Es gab nur eine, die nicht bestanden hatte, und die war leider tot. Marie Kuttner hätte sicher nicht mehr als einen weiteren Versuch gebraucht, um ihre Ausbildung erfolgreich zu beenden. Sie war nicht dumm gewesen – im Gegenteil: Bis diese abscheuliche Mordserie begonnen hatte, war Marie eines der fleißigsten Mädchen des Jahrgangs gewesen, wenn man ihren Lehrerinnen und Lehrern glauben durfte. *Aber auch eines der gutmütigsten*, dachte Irmgard, *und das ist ihr einziger Fehler gewesen.* Marie war nur aufgrund ihres viel zu offenen Herzens als einzige Maturantin … durchgefallen. *Verletzlich.* Irmgard kniff die Augen zusammen. *Selbst schuld.*

Als sie die Augen wieder öffnete, fielen sie sofort auf den Stapel an Akten und Papieren, den es abzuarbeiten galt. Exakt diesem Stapel hatte Veronika Zweitl jene Mappe entnommen, die die Polizei zu Irmgards Verhängnis zu machen versucht hatte. Für ihre Unachtsamkeit hatte sie keine Erklärung, außer Stress vielleicht. Wie hatte sie so leichtsinnig sein können, diese verfängliche Sammlung ihres Vorgängers für alle Welt sichtbar auf ihren Schreibtisch zu legen? Und das, obwohl sie die beste Freundin des Jungen erwartete, dessen Namen sie hastig, unüberlegt, darauf notiert hatte, um auf den ersten Blick zu erkennen, wofür sie die Sammlung hervorgekramt hatte?

Weil du auch *ein offenes, naives Herz hast*, beantwortete sie sich die Frage selbst. *Du bist immer noch die kleine Irmi, die weint, weil ein Marder ihren Hoppel erwischt hat. Du bist immer noch Gard, die behauptet, entjungfert worden zu sein, weil alle anderen Mädchen an der Uni auch schon gevögelt haben. Du bist immer noch die frischabsolvierte Frau Professor Magister Hartplatz, die sich vor jeder Unterrichtsstunde übergeben muss.*

Aber Irmgard Hartplatz war nicht mehr *nur* das. Das war, woran sie sich jetzt festhalten musste.

Sie zog die oberste Schublade ihres Schreibtischs auf, schob das gerahmte Foto von ihrem Bruder und seiner hübschen fröhlichen Familie unzeremoniell beiseite und nahm das andere, das darunter lag, an sich.

»Gib mir Kraft«, bat sie, »Kraft und Rat. Hilf mir, die Frau zu sein, die ich sein muss.«

Ehemaliger Bundespräsident Rudolf Kirchschläger – der einzig *wahre* Präsident – lächelte aufmunternd zu ihr empor.

»Du und ich, wir kennen Menschen, nicht wahr? Wir verstehen unsere Gattung. Wir wissen, was sie wirklich antreibt, was sie wirklich von allen anderen Tieren unterscheidet. Die *Sprache*, sagt man – aber die meisten beherrschen ihre eigene Muttersprache kaum. Das *Bewusstsein*, sagen andere, aber wie viele von ihnen sind sich schon wirklich ihrer selbst bewusst? Ihr *Erkundungsdrang*, ihr *Wissensdrang*, behaupten sie, und bringen Beispiele wie die *Mondlandung* – aber warum hat sich dein Kollege Kennedy denn so dafür ins Zeug gelegt, dass die Technologien für die Reise finanziert werden? Weil die Sowjetunion den ersten Menschen ins Weltall geschickt hat und er nicht zulassen konnte, dass seine Staaten übertrumpft werden. Weil er *mächtiger* sein wollte, allen anderen überlegen. *Das* ist es, was Menschen auszeichnet. Das ist das wahrhaft, ursprünglich Menschliche. Was auch immer das Motiv im Spezifischen ist, dahinter steckt bloß der Wille, *besser* zu sein als alle anderen … und das gilt mit Sicherheit auch für diesen verfluchten Mörder. Also, Rudi – wie leg' ich *diesen* Sumpf trocken? Was muss ich tun?«

Ihr Handy klingelte. Irmgard legte das Foto zurück in die Schublade und hob ab.

»Doktor Irmgard Hartplatz.«

»Guten Tag, Frau Doktor Hartplatz. Inspektor Schrammer hier. Wir haben einen neuen Verdächtigen und ich denke mir, Sie wären sicher gerne im Bilde.«

3

Die spektakuläre Nachricht erreichte Tristan völlig unspektakulär per WhatsApp: *Sie haben ihn! Es ist FLECK!!! Treffen bei mir jetzt!*

Tristan hatte ein Gefühl, als ob er am Fuß einer Treppe eine Stufe übersehen hätte. Er konnte es nicht glauben …

Ich kann's wirklich *nicht glauben*, erkannte er auf seinem Weg zu Filippes Haus.

Filippe riss die Tür auf, bevor Tristan überhaupt geklingelt hatte. Seine Augenringe erzählten die Geschichte der letzten Tage, die er wie die meisten im Jahrgang in beinahe dauerbetrunkenem Zustand verbracht hatte, von Party zu Party hüpfend; keine Ausgangssperre und kein Serienkiller der Welt hätten diese Klassen vom Maturafeiern abhalten können. Filippes Haare waren ihm bis über die Ohren gewachsen, so lange hatten ihn Lernstress und Feierlaune vom Friseurbesuch abgehalten; er sah wieder aus wie mit sechzehn, was ihm gut stand. Tristan wollte gar nicht wissen, wie *er* aussah.

»Wo bleibst du denn so lange?«, fragte Filippe. »Die anderen sind schon da.«

In Filippes schönem, geräumigem Erkerzimmer wartete eine, wie Tristan fand, recht eigenartige Konstellation von Leuten: Lily, Doc, Theresa, Jo – und Luke. Sie alle wirkten niedergeschlagen, nachdenklich, ein bisschen so, als wäre schon wieder jemand gestorben. Über die langersehnte gute Nachricht konnten sie sich offenbar genauso wenig freuen wie Tristan; vielleicht, weil es ihnen genauso schwerfiel wie ihm, der Nachricht zu trauen …

PLOP!

Tristan wirbelte erschrocken herum, und Doc stieß sogar einen schrillen Schrei aus. Filippe indessen ließ den Champagner aus der frischgeköpften Flasche auf seinen Laminatboden sprudeln und schaute erwartungsvoll in die Runde. Sein Enthusiasmus verging bei dem Anblick, der sich ihm bot.

»*Seriously*, Leute? Sind wir nicht froh, dass der Scheiß vorbei ist?«

»Also *glaubst* du, dass Herr Baumgartner es war?«, fragte Theresa.

»Wer?«

»Fleck«, sagte Tristan.

»Du hast nicht wirklich geglaubt, dass Fleck sein *echter* Name ist, oder?«, fragte Doc.

»Ich hab' gar nichts geglaubt«, entgegnete Filippe, »aber ich kann mir gut vorstellen, dass er einen echten *Knall* hat. Wieso sollten sie ihn verhaftet haben, wenn er es nicht war?«

»Erinnerst dich an Ingo?«, sagte Doc.

»Und Michael Mukuza«, fügte Tristan hinzu.

»Ingo ist nie wirklich *verhaftet* worden«, sagte Theresa. »Außerdem haben die Zeitungen damals nicht davon berichtet. Bei Mukuza war zuerst nur davon die Rede, dass ein Drogendealer *im Zusammenhang mit* den Morden vernommen wird, ich hab' nachgeschlagen, aber Herr Baumgartner wird jetzt schon explizit als *Verdächtiger* bezeichnet, und der Name ist sicher auch nicht zufällig durchgesickert. Wenn die Polizei die Information mitsamt Namen des vermeintlichen Täters öffentlich macht, dann müssen sie sich ihrer Sache recht sicher sein.«

»Und trotzdem zweifelst du?«, fragte Tristan.

Theresa sah ihn mit steifer, unerschütterlicher Miene an, sagte aber etwas, das sie alles andere als unerschütterlich klingen ließ: »*Ich* bin mir überhaupt keiner Sache mehr sicher. Nicht seit Marie.«

Im Raum wurde es schlagartig finster. Das Unaussprechliche, ausgesprochen, schwebte in Filippes Schlafzimmer wie schmieriger Nebel.

»Weiß jemand, wie es Richie geht?«, fragte Tristan. Sein Mund war staubtrocken.

»Schlecht«, antwortete Jo, ohne Tristans Blick zu begegnen. »Ich war gestern bei ihm. In einer Minute tut er so, als wär' nichts passiert, in der nächsten starrt er mit offenem Mund an die Wand und reagiert auf nichts. Dann redet er ein bisschen so, als hätten sie nur Schluss gemacht – erklärt, wieso sie langfristig sowieso nichts geworden wär'n. Zwischendurch schnupft er irgendwas, weiß nicht was, und fangt an zu tanzen.«

»Schnupft?« Theresa schaute drein, als hätte sie das Wort zum ersten Mal gehört. »Koks, oder was?«

Jo zuckte mit den Schultern.

»Ohne Richie will ich gar keinen Maturastreich machen«, sagte Filippe traurig. »Lassen wir aus, oder?«

»Den wird's sowieso nicht geben, schätz' ich mal«, sagte Jo. »Das lässt die Hartplatz unter den Umständen sicher nicht zu.«

»Geschweige denn die Polizei«, sagte Theresa empört, als könnte sie es nicht fassen, dass die anderen überhaupt an etwas so Blödes und Banales wie einen Maturastreich dachten. Tristan konnte es ihr nicht einmal verübeln.

Jo schnaubte. »Davon würd' ich nicht ausgeh'n. Hast du denen die letzten Monate mal bei der Arbeit zug'schaut?«

»Sie haben nie gezögert, ihren Willen durchzusetzen«, erwiderte Theresa, wieder sachlich. »Sie haben sich nur schwergetan, Zusammenhänge zu erkennen. Und das ist in gewisser Hinsicht verständlich, bei einer so undurchsichtigen, verworrenen Geschichte.«

»Nicht, wenn sie die Zusammenhänge eigentlich kennen, den Zusammenhang aber leugnen …«, sagte Tristan; auf Filippes fragenden Blick hin erklärte er, »Zu Flecks Schulzeit gab es zwei ganz ähnliche Morde. Damals wurde niemand verhaftet.«

»Du meinst –«, keuchte Doc. »*Er* war's?«

Tristan antwortete nicht. *Meinte* er das?

Filippe pfiff beeindruckt. »Zwei Fliegen mit einer Klappe! Sollen wir das alles Richie erzählen? Vielleicht muntert's ihn auf.«

»Nein, das wird es bestimmt nicht tun«, sagte Theresa.

Jo zog eine Augenbraue hoch. »Woher willst *du* das wissen?«

»Weil es *mich* auch nicht aufmuntert. Nichts kann Richie aufmuntern, weil Marie nicht ermordet wurde, jedenfalls nicht von Herrn Baumgartner und auch von sonst keinem Serienmörder.« Theresas Stimme, anfangs nüchtern und streng wie immer, verwandelte sich mit jedem Wort; wurde lauter und schneller und höher, und Tristan hatte den Eindruck, dass sie aufhören wollte, zu sprechen, es aber nicht schaffte. »Marie hat sich selbst umgebracht, und dafür kann niemand bestraft werden, Richie kann nur sich selbst bestrafen, und das wird er tun, egal, was wir ihm erzählen, und *warum hat sie das getan*?«, verlangte Theresa plötzlich vom Raum im Ganzen, in einem Ton, der überhaupt nicht mehr nach ihr klang. Ihr Gesicht war feuerrot, ihr Blick nass und zornig. »*Warum* hat sie sich umgebracht? Wer bringt sich einfach *um*?«

Niemand antwortete ihr. Tristan konnte plötzlich nicht länger in diesem Zimmer sein, mit all diesen Leuten, mit Theresa und ihren fürchterlichen, unbeantwortbaren Fragen. Er sah Lily an, machte ihr einen stummen Vorschlag. Sie nickte. Er nahm sie bei der Hand und führte sie aus dem Zimmer. »Wohin –?«, rief Filippe ihnen hinterher, aber sie reagierten nicht.

Der Stadtpark schien nur ihnen zu gehören. Die Welt stand still um sie herum. Es ging kein Wind, und nicht einmal die Vögel zwitscherten. Es fühlte sich wie Ende an. Ende um Ende um Ende.

»Du warst sehr still da drin«, sagte Tristan.

Lily zuckte mit den Schultern. »Ich weiß nicht, was ich sagen soll. Ich … Marie. Ich versteh's nicht. Ich fühl' mich genauso wie Theresa. Ich würd' auch gern einfach so heulen können.«

»Du kannst.«

»Nein. Kann ich nicht … Ist es wirklich vorbei?«, fragte Lily plötzlich.

Tristan schüttelte den Kopf; kein Nein, sondern ein Ausdruck seiner totalen Ahnungslosigkeit. Hand in Hand spazierten sie zu dem Pavillon im Zentrum des Parks, neben dem Teich. Auf einer Holzbank, auf der Generationen von Jugendlichen ihre Initialen, frivole Botschaften und vermutlich so manche Körperflüssigkeit hinterlassen hatten, nahmen sie dicht beieinander Platz.

»Er war immer ein bisschen gruselig«, sagte Lily. »Und er *ist* ein Krimineller, das wissen wir ja.«

Tristan nickte vage, ein Nicken wie lauwarmes Wasser. »Ich war ja bei ihm. Dass sein Haus so … *normal* ist, macht ihn noch unheimlicher. Aber eigentlich …«

»Eigentlich was?«, drängte Lily.

»Eigentlich hab' ich ihn immer gemocht. Und ich hatte den Eindruck, er mag mich auch.«

»Hmm … Vielleicht ist das Ganze ja nicht *gegen* dich gerichtet. Vielleicht ist er in dich verliebt und tötet deine Ex-Liebhaberinnen und Ex-Liebhaber, um dich für sich zu haben.«

Tristan wusste nicht, ob sie das ernst meinte oder lustig sein wollte. Beides fand er schwierig.

»Und mir zerfetzt er das Gesicht, damit keiner mehr auf mich steht?«

Lily nahm seine Hand. »Dein Gesicht ist nicht zerfetzt.«

»Ach nein?«

»Nein. Du bist immer noch hübsch. Du bist immer noch du. Du bist …«

Sie ließ von ihm ab, rutschte ein kleines Stück von ihm weg. Tristan blickte ihr mit gerunzelter Stirn hinterher. Ihre Lippen zuckten, als würde sie dahinter Worte hin und her schieben, zurechtlegten, bis sie passten.

Endlich sagte sie, »Ich hab' ein Stipendium bekommen. Ein Aufenthaltsstipendium.«

In Tristan verknotete sich alles. Nicht wegen der Information, die ihn selbstverständlich freute, sondern wegen der Dinge, die unausgesprochen mitschwangen. Der Haken an der Sache kratzte in ihrer Stimme lauter, als die Worte selbst die tolle Neuigkeit kommunizierten.

Tolle Neuigkeit, mahnte Tristan sich nochmal in Gedanken, hielt sich daran fest, ignorierte den Rest – vorerst. »Natürlich hast du das. Bravo.«

Lily schmunzelte dankbar. »August bis Jänner. In Tirol.«

»Tirol.« Tristan wippte den Kopf auf und ab, die Lippen zusammengepresst. »Berge. Trachten. Knödel.«

»Und Geld für aufstrebende Künstlerinnen.« Lily nahm ihr Zigarettenetui aus ihrer Rocktasche, wählte einen Joint und steckte ihn an. Sie inhalierte nachdenklich und bot ihm einen Zug an. Er lehnte ab, nicht weniger nachdenklich. Das Schweigen, das einsetzte, dauerte zu lange.

»Ich freu' mich für dich, Lily«, sagte Tristan, weil ihm nichts Besseres einfiel. »Ich freu' mich enorm. Du hast es verdient.« *Frag mich, ob ich mitkommen möchte.* Was ihn davon abhielt, das auszusprechen – was seine Zunge schmerzhaft auf den Mundboden drückte wie ein klingenbesetzter Briefbeschwerer –, war die Angst – war die *Ahnung* –, dass das Gespräch *darauf* nicht hinauslief.

Lily nickte geistesabwesend. »Ich werd' lang weg sein. Und … ich werd' dort viel zu tun haben. Ich muss ja was abliefern.«

Tristan starrte auf seine Schuhe. Ein komischer Fleck stach ihm ins Auge. Mit einem Anflug dumpfen Entsetzens erkannte er, dass es sich um Blut handeln musste. Die Schuhe hatte er in Neros Wohnung getragen. Er hatte nicht daran gedacht, sie zu reinigen.

Er streckte die Hand nach dem Joint aus. Nach einem tiefen Zug schlug er seine Bedenken in den Wind. »Ich könnte mitkommen. Mir eine Wohnung dort suchen. Dich unterstützen.«

»Ich krieg' ja Geld. Und was willst du dort tun? Skifahren?«

»Tirol hat Hochschulen.«

»Du weißt noch nicht mal, was du studieren willst.«

»Wenn ich wüsste, an welche Uni ich geh', wär' das ein Anfang.«

»Ich will ja nicht sagen, dass du nicht mitkommen kannst …« Lily verstummte. Das, was sie sagen *wollte*, fand offenbar nicht den Weg aus ihrer Kehle.

Tristan wurde schlecht, und nicht nur wegen des Zugs. Er half Lily auf die Sprünge: »Aber du weißt nicht, ob du willst, dass ich mitkomme.«

Obwohl er mit nichts anderem gerechnet hatte, fühlte sich ihr Nicken an wie ein Schlag ins Gesicht. Es war ein knappes Nicken, aber es schien in ihrem Profil nachzuhallen, anzudauern, sich ewig hinzuziehen wie in einem Albtraum.

Sitzen tat plötzlich weh. Er stand auf. Lily kauerte unter ihm wie ein getadeltes Kind. Mit einem Mal schämte sich Tristan, ohne zu wissen, wofür. Beklommen fing er an, den Pavillon zu umkreisen, kam sich nach wenigen Schritten dumm vor. Er verharrte, starrte hinab zum Teich. Ein Erpel bedrängte dort eine Artgenossin. Es sah gewalttätig aus, abscheulich. Eine junge Mutter rollte einen Buggy an den Teich heran, hielt ihren Sohn an der Hand. Der kleine Mann musste sich für jeden Schritt sichtliche Mühe geben. Tristan konnte das nachempfinden.

Sie macht Schluss, sagte eine Stimme in seinem Kopf.

Don't think that.

Die Stimme lachte. *Warum nicht? Sie macht Schluss!*

Tristan kaute auf der Frage herum, bis er den Geschmack nicht mehr ertrug und sie ausspucken musste: »Willst du nicht mit mir zusammen sein?«

Ein verletzter Ausdruck huschte über Lilys Gesicht. Tristan hasste sich dafür, dass er dem Anblick etwas Befriedigendes abgewinnen konnte.

»Tristan, du weißt, dass ich … Ich – ich glaube …«

»Du *glaubst*.«

»Tristan, ich habe *Angst*! Nicht nur vor dem hier, vor – vor uns, sondern … Ich muss mich um mein *Leben* fürchten –«

»Gibst du *mir* die Schuld dafür, dass die Leute gestorben sind?«

Alle Farbe wich aus Lilys Gesicht. »Nein! Nein, das hab' ich gar nicht –«

»Nicht zugeben wollen.«

»Nicht *gemeint.*« Lily sprang von der Bank hoch, verschränkte die Arme und ging ans andere Ende des Pavillons. Das Verlangen, ihr hinterherzugehen, sie zu berühren, sich zu entschuldigen, war so aufdringlich, dass ihm schwindelte, weil er ihm nicht nachgab. *Sie macht Schluss ...*

Aus dem Nichts überkam ihn eine Gewissheit; packte ihn wie ein Fremder, der in sein Schlafzimmer eingebrochen war, um ihn wachzurütteln.

»Wenn du dir so im Unklaren bist«, sagte Tristan, »solltest du das vielleicht mit Jo besprechen.«

Lily wandte sich langsam zu ihm um. »Ist das dein verfickter Ernst?«, fragte sie, beinahe gelangweilt. »Bist du immer noch eifersüchtig?«

»Das hat nichts mit Eifersucht zu tun. Er ist dein bester Freund, oder? Sicher hat er einiges zu dem Thema beizutragen. Sicher *hat* er schon anklingen lassen, wie schwierig Long Distance-Beziehungen sind. Wie jung wir sind, und wie viel wichtiger deine Kunst ist als eine Jugendliebe.«

»Jo hat *nichts* damit zu tun. Wenn du wirklich denkst, dass du nicht der Erste bist, dem ich davon erzähl' –«

»Dann bin ich ein Arschloch?«

»Dann *kennst* du mich nicht.«

Und Tristan – *Don't SAY that!* – sagte: »Vielleicht ist das ja so. Vielleicht mag ich dich deshalb so gern. Vielleicht liebe ich dich, weil ich dich nicht kenne.«

Lily betrachtete ihn wie ... ja: wie eine Fremde einen Fremden.

Und sie sagte, »Wenn du mich so liebst, warum schläfst du dann nicht mit mir?«

Tristan rang nicht einmal um Worte. Er war ein Reh im Scheinwerferlicht, so getrieben wie unfähig, zu fliehen.

»Keine Antwort?«, fragte Lily, trocken und gnadenlos.

Tristan öffnete den Mund, schloss ihn wieder. Öffnete ihn, und ließ herauspurzeln, »Ich hab' dir doch gesagt, dass du was Besonders für mich bist. Dass das hier etwas Besonderes für mich ist.

Und ich will nicht –«

»Ja«, sagte Lily, tatsächlich mit den Augen rollend, »vor bald fünf Monaten hast du das gesagt. Fast ein halbes Jahr ist vergangen, seit du diesen pseudo-romantischen Blödsinn von dir gegeben hast, um mich von was zu überzeugen, das ich sowieso wollte. Und ich soll dir glauben, dass du immer noch nicht mit mir schlafen kannst, ohne das Gefühl zu haben, dass du mich … *degradierst* oder so? Wenn du dir so sicher wärst, dass das, was du für mich empfindest, was Besonderes ist, hättest du nicht solche Skrupel.«

»Ich bin mir sicher«, sagte Tristan, seine Stimme flach und kraftlos. Er war den Tränen nahe, erkannte er mit Schrecken.

»Warum dann kein Sex?«

Lily posaunte die Frage regelrecht in die Welt hinaus. Die junge Mutter am Teich erstarrte. Ihr Sohn zupfte verunsichert am Saum ihres Kleids, bis sie erwachte, ihn hochhob und in den Buggy beförderte. Nach einem angewiderten Blick zum Pavillon zog sie von dannen.

Lily lachte trocken. »Das ist so bescheuert.«

Tristan konnte sie nicht länger anschauen. »Ja, ist es.«

Lily schüttelte den Kopf. »Was machen wir jetzt?«

Tristan warf die Hände schlapp in die Luft. »Gar nichts«, sagte er. »Viel Spaß in Tirol.«

Er ging, bevor Lily ihn aufhalten konnte – oder er herausfinden musste, dass Lily ihn nicht aufhalten wollte …

*

Tage zogen sich wie Kaugummi. Tristan hörte nichts von Lily und meldete sich nicht bei ihr, und alles, was Tristan tat, wurde von dem Gefühl begleitet, dass er etwas Wesentliches vergaß, dass er irgendetwas Entscheidendes grundsätzlich falsch machte. Es war für ihn selbstverständlich geworden, sie immerzu an seiner Seite zu wissen; wenn nicht körperlich, dann zumindest im übertragenen Sinn. Jetzt war er sich nicht sicher, ob er sich danach zurücksehnte oder wünschte, er hätte nie Gelegenheit gehabt, sich daran zu gewöhnen.

»Sie wird sich melden«, versicherte Sarah ihm zum wiederholten Mal.

»Solltest du nicht lernen?«, fragte Tristan, ebenfalls zum wiederholten Mal.

Er hatte seiner Schwester nicht erzählt, was vorgefallen war. Er hatte niemandem davon erzählt. Aber Sarah hatte in der Sekunde, in der sie ihn gesehen hatte, gemerkt, dass etwas nicht stimmte, und geahnt, was los war. Seitdem ließ sie ihn nicht mehr in Ruhe, als ob sie glaubte, ihre dauernde Anwesenheit und ihr guter Zuspruch wären ein hinreichender Ersatz für Lily. Das fand Tristan maßlos lästig, aber auch überhaupt nicht: Er hatte nicht die Kraft, sich zu ärgern. Alle Partylaune, alle Begeisterung über das Ende seiner Schullaufbahn war aus ihm gewichen wie Luft aus einem zerstochenen Reifen. Die Anrufe und Messages seiner Freundinnen und Freunde ignorierte er. Die bevorstehenden Entscheidungen – was studieren, wohin ziehen, wie Geld verdienen – erfüllten ihn nicht mehr mit jener erregenden, befreienden, nahezu mystischen Spannung. Stattdessen fühlte er sich, als hätte er alle Bücher, die er im Studium würde lesen müssen, und all die Rechnungen, die sich bald stapeln würden, jetzt schon um die Schultern gehängt. Zu Boden gedrückt, schleppte er sich durch Tage, in denen er *so* viel zu tun hatte und nichts davon tun konnte.

»Schreib du ihr doch einfach!«, schlug Sarah vor, als hätte er sie um ausführlicheren Rat gebeten.

Er saß in der Küche, aß das Müsli in seiner Schüssel nicht und wartete auf nichts Bestimmtes. Er starrte auf ein Foto auf seinem Handy – aber nicht eines von Lily, sondern von Nikki. Sarah setzte sich neben ihn, sah das Foto und sagte, »Oh.« Und fügte hinzu, als wäre nichts gewesen: »Wenn du Lily schreibst, wird sie sicher antworten.« Sie zog Tristans Schüssel zu sich heran und bediente sich. »Irgendwer muss den ersten Schritt machen.«

»Würdest du bitte damit aufhören?«

»Du hast es doch eh nicht gegessen, ist schon ganz schlabberig.«

»Nein, das – ich meine, mit den Dating-Tipps. Du hast keinen Schimmer, was los ist. *Und* du hast keinen Schimmer von Liebesdingen, oder? Wann hattest du jemals sowas wie eine Beziehung, oder …«

Ihm wurde bewusst, was er da von sich gab. Er kniff die Augen zusammen.

»Scheiße«, sagte er, »sorry. Das war saugemein.«

»Schon in Ordnung«, sagte Sarah, wenig überzeugend.

Hilfreicherweise vibrierte in diesem Moment sein Handy. Er war überrascht (und ein bisschen enttäuscht), als er sah, dass die Nachricht von Richie stammte.

heute um 6 in unserer klasse, be there/square.

»Die Nachricht scheint dich nicht glücklicher zu stimmen«, stellte Sarah fest. Das Müsli war bereits aufgegessen.

»Tut sie aber. Ich hab' Pläne für den Abend.«

»Na endlich. Ich kann dein Gesicht schon nicht mehr sehen. Seit Tagen versuchst du, den alten, asozialen Tristan raushängen zu lassen, aber alles, was dir gelungen ist, ist der *mopey, angsty my-life-is-ruined*-Tristan von letztem Sommer.«

»Sehr einfühlsam«, sagte Tristan. »Zieh halt endlich in deine Wohnung, dann musst du mein Gesicht nicht mehr sehen.«

»Weil du nämlich nicht die ganze Zeit bei mir abhängen wirst, bis du was Eigenes hast«, sagte Sarah, und bereitete sich eine zweite Schüssel zu.

*

Das Tor zum Schulhof stand offen. Tristan wunderte sich darüber, aber sparte sich vorerst jeden Kommentar.

Anders als Sarah. »Da sollte doch fix zu sein, oder?«, sagte sie mit Blick zurück über die Schulter, während sie den Hof überquerten.

Tristan seufzte. »Ich glaub', *that's the point*.«

»Wie hat Richie das gemacht?«

»Woher soll ich das wissen? Du wirst ihn gleich selbst fragen können, nehm' ich an.«

»Brechen wir grad *ein*?«

»Nein, das Tor ist ja offen.«

»Das macht keinen Sinn. Das ist eine schlechte Idee.«

»Das fällt dir jetzt ein? Du weißt schon, dass ich dich nicht gebeten habe, mitzukommen? Du hast hier nichts verloren.«

»Das war auch meine Schule!«

»Ja, bis vor vier Jahren.« Tristan hielt die Tür für Sarah auf. »Siehst du, hier ist auch offen. Kein Einbruch.«

»Fühlt sich trotzdem ungesetzlich an.«

»Ich gehe stark davon aus, dass das, was Richie vorhat, ungesetzlich *ist.*«

»Und warum machen wir dann mit?«, fragte Sarah empört. »Ich hab' geglaubt, ihr trefft euch zum gemeinsamen Trübsalblasen!«

»Geh halt nach Hause!«

»Okay, warum machst *du* mit?«

Tristan zuckte mit den Schultern. »*Life's too short.*«

»Geht's klischeehafter? Ich hab' auch ein Zitat für dich: *The night is dark and full of terrors*. Die Sonne wird bald untergehen, Bruderherz.«

»Und wir sind die *terrors*«, erwiderte Tristan.

Im Klassenzimmer empfing Richie sie mit einem manischen Grinsen. »Wusst' ich's doch, dass auf dich Verlass ist. Sogar in Begleitung einer fremden Schönheit, schau an!«

»Das ist Tristans Schwester, Richie«, sagte Theresa verwirrt. »Du kennst sie.«

»Ich wollt' ihr halt ein Kompliment machen.«

»Indem du so tust, als wüsstest du nicht, wer sie ist?«, fragte Theresa, noch verwirrter.

Außer den beiden hatten sich Filippe, Doc, Luke und Jo im Klassenzimmer eingefunden. Sie saßen auf den Tischen der ersten Reihe, wie an einer Schnur aufgefädelt. Neben Luke sah Doc noch kleiner aus, als er war. Luke winkte Tristan verlegen zu. Tristan ahnte Übles, und Jos hämisches Lächeln schien die Ahnung bestätigen zu wollen.

»Lily ist noch nicht da«, sagte Filippe und klatschte Tristan mitleidig auf den Rücken.

»Lily wird nicht kommen«, sagte Jo. »Sie hat zu tun.«

»Und wo ist der Rest?«, fragte Doc. »Wen hast aller herbestellt, Rich? Den ganzen Jahrgang oder nur unsere Klasse?«

»Niemanden sonst«, sagte Richie. »Wir sind vollzählig.«

Dieser ominösen Verkündung folgte Schweigen. Warum die Worte einen so ominösen Eindruck auf Tristan machten, wusste er nicht genau. Richie hatte sie fröhlich genug ausgesprochen, was an sich seltsam war. Tristan sah ihn zum ersten Mal seit Maries Tod; fast hätte er glauben können, dass Richie noch nichts vom Selbstmord seiner Freundin gehört hatte … Bloß – *etwas* an Richie hatte sich verändert. Seine Kleidung war immer noch zerschlissen, er trug immer noch, selbst jetzt im Frühsommer, die Haube auf dem zerzausten Haar, sein dümmliches Dauergrinsen war dasselbe wie immer. Aber …

Die Augen, erkannte Tristan. Richies Augen schimmerten nicht wie früher. Sie wirkten klarer, fokussierter.

Richie war völlig nüchtern.

»Der Jahrgang im Ganzen ist ein schwacher«, erklärte Richie. »Wir acht machen einen besseren Maturastreich, als wenn die alle da wären und uns den Brei verderben würden.«

»Äh, sieben«, sagte Sarah. »Ich hab' die Schule schon vor Ewigkeiten abgeschlossen und ich mach' sicher nicht bei sowas Bescheuertem wie einem Maturastreich mit.«

»Jaah«, sagte Filippe vorsichtig, »ich weiß auch nicht, Richie. Ist das … klug?«

»Nein!«, bekundete Richie stolz, und gackerte ungeniert.

»Wie hast du überhaupt Tor und Tür aufgekriegt?«, fragte Theresa.

»Naja – gar nicht. Ich hätt' einen Plan g'habt – ich hab' ein Kellerfenster so präpariert, dass es nicht wirklich schließt, man das aber nicht bemerkt. Hab' von meinem Cousin, wie das geht. Ich wollt' dort rein und dann von innen den Notausgang zum Hof aufmachen und für euch eine Leiter zum Tor stellen, aber war alles nicht nötig. Wie ich gekommen bin, stand alles offen.«

»Bist trotzdem durchs Fenster rein?«, fragte Filippe; Richie grinste, und Filippe lachte.

»Moment«, sagte Doc, »wenn das Tor offen war, heißt das doch, dass noch jemand außer uns hier ist, oder?«

Richie zuckte mit den Schultern. »Hab' noch niemanden getroffen.«

»Wird eine Putzfrau sein oder so«, sagte Filippe.

»Eine Geisel, meinst, für wenn man uns Übeltäter entfernen will.« Richie legte die Hände trichterförmig um den Mund und rief einem imaginierten Polizeiaufgebot zu, »*Lasst uns laufen, sonst stecken wir Gülcans Kopf in ihren Wischeimer*!«

»Das ist rassistisch, Arschloch«, sagte Filippe.

»Warum?«, fragte Richie entsetzt. »So heißt eine von denen!«

»Keine unserer Putzfrauen heißt Gülcan«, sagte Theresa. »Meinst du Gizem?«

»Scheißegal, wen er meint«, sagte Doc, »das ist eine saudumme Idee. Nicht, dass ich nicht mitmach'. Aber dumm ist es.«

»Und was sollen wir zu siebt großartig anstellen können?«, fragte Jo.

»Genug«, sagte Richie. Er ging um den Lehrertisch herum und kickte und zerrte drei Kartons hervor; einen voller Alkoholflaschen, einen mit Unmengen an bunten Kreiden, und einen mit Zeug, das Tristan bekannt vorkam: langhalsige Raketen, giftgrüne Piraten, kleine teuflisch rote Bomben.

»Überbleibsel von Silvester«, erklärte Richie zufrieden.

»Die Schule hat dich acht Jahre überlebt«, sagte Filippe, »und *jetzt* willst sie in Brand stecken?«

»Jetzt können's uns ja nicht mehr rausschmeißen«, meinte Richie leichtherzig.

»Wenn wir das Zeug anzünden, droht uns mehr als ein Verweis«, sagte Theresa.

Richie legte feierlich einen Arm um ihre Schulter. »Wenigstens gehen wir alle gemeinsam in den Knast.«

»Du bist ein Trottel, Richie«, sagte Doc; dann wandte er sich an Tristan. »Was meinst du?«

Tristan hatte keine ausgefeilte Meinung zu dem Thema und wollte daher zuerst gar nicht antworten. Dann bemerkte er, dass *alle* ihn ansahen: Filippe erwartungsvoll; Theresa ernst und geschäftsmäßig; Sarah unbetroffen, aber milde belustigt; Jo bemüht gelangweilt, und doch mit einem schadenfrohen Schimmer in den Augen – ob wegen Tristans und Lilys Streit oder wegen der Aussicht auf den Schaden, den sie der Schule zufügen könnten, wusste Tristan nicht; Luke mit flatternden Augen, als könnte er Tristan nicht lange direkt anschauen; und Richie …

Richie grinste immer noch wie ein Vollidiot, Lippen gespreizt und Zähne gefletscht. Aber grinste er wirklich? Oder biss er die Zähne vor Schmerz zusammen?

Tristan setzte sein unnahbarstes Halblächeln auf, trat zum Alkoholkarton, kramte einen Becher und die erstbesten Flaschen raus, und mixte sich auf dem Lehrertisch Wodka mit Apfelsaft. Er prostete den Versammelten zu – Freund oder Feind, Ex-Liebhaber oder lästiger Verehrer, es spielte jetzt alles keine Rolle mehr – und sagte: »Bau'n wir halt nochmal Scheiße zusammen.«

Richie jubelte, Filippe applaudierte, Doc lachte nervös, sogar Jo musste schmunzeln, und nicht einmal Theresa erhob Einspruch.

4

Fwupp.

Irmgard schreckte hoch. Einer ihrer Füße war unter einem Bein ihres Drehstuhls eingehakt, sodass sie beim Versuch, aufzustehen, ungraziös in den rückenschonenden Sitz zurückbefördert wurde. Etwas rutschte von ihrem Schoß, und landete mit einem hellen Klirren auf dem Boden.

»Bequemes Drecksding«, schimpfte sie den teuren Stuhl, »du sollst mich bei der Arbeit stützen, nicht in den Schlaf wiegen«, und suchte dann nach der Quelle des dumpfen Knalls, der sie aus ihrem unfreiwilligen Power Nap geweckt hatte. Auf dem Boden lagen die Aktenordner verstreut, die sie vor wenigen Stunden auf ihrem Schreibtisch übereinandergestapelt hatte. Irmgard seufzte und bückte sich, um sie aufzuheben. Sie hatte geahnt, dass es nur eine Frage der Zeit war, bis ihr schiefer Turm von PISA, Visa und Co den kaum vorhandenen Halt verlieren würde; aber sie hatte nicht damit gerechnet, dann nicht wach zu sein, um den Sturz verhindern zu können.

Sie stellte die Ordner zurück ins Regal – es wurde schon dämmrig draußen, und eine Nachtschicht würde sie sicher nicht schon wieder einlegen –, rieb sich die Müdigkeit aus den Augen und kehrte zu derjenigen Akte zurück, die noch offen auf dem Tisch lag und mit der sie vor dem Einschlafen ihre Zeit verschwendet hatte, statt sich um schulische Angelegenheiten zu kümmern.

»Anton Baumgartner«, flüsterte sie, und blätterte die wenigen Papiere durch. Sein Lebenslauf war kurz und bündig und uninteressant. Sein Lächeln auf dem zwanzig Jahre alten Porträtfoto ließ ihn aussehen, als hätte er gerade etwas Bitteres geschluckt. Stark verändert hatte er sich nicht.

Nie hatte es Ärger mit dem Hauswart gegeben. Heizungen funktionierten und Türen ging auf und zu, und es hatte stets den Anschein gehabt, er würde die Schülerinnen und Schüler genauso meiden wie sie ihn.

»Unheimlich fand ich dich immer«, erzählte sie der Akte. »Unattraktiv, ungustiös und unfreundlich. Aber … ob du fähig bist, zu *morden*?« Sie richtete die Frage direkt an das Lebenslauffoto, als rechnete sie mit einer Antwort. »Wortwörtlich *fähig* dazu … wenn du zehn vor zwölf am Hauptplatz neben mir gestanden bist?«

Kopfschüttelnd schlug sie die Akte zu und verstaute sie ebenfalls im Regal, möglichst unauffällig zwischen die Ordner gesteckt. Von dort aus schien sie Irmgard höhnend anzugrienen, wie Anton selbst sie oft angegrient hatte.

»*Warum* hast du etwas gestanden, das du nicht begangen haben kannst?«

Was interessiert mich das?, fragte sich Irmgard, und damit hatte sie auch wieder recht. Fragte man den Rest der Welt, war der Killer geschnappt. Das Gymnasium sah einer helleren Zukunft entgegen.

Zuletzt hob sie endlich den Gegenstand auf, den sie im Schlaf auf ihrem Schoß gehütet hatte. Der Bilderrahmen war noch ganz, aber das Glas war in Scherben, und ein Splitter hatte das Foto zerkratzt.

»Ach, Rudi«, seufzte sie. Dann zuckte sie mit den Schultern und beförderte das Bild mitsamt Rahmen in den Müll –

Und schreckte sich erneut, als ein weiterer, viel lauterer Knall die Stille des vermeintlich leeren Schulgebäudes durchschnitt.

5

»Hahaha, *nice*!«

Richie schien nicht zu bemerken, dass er der Einzige war, der wirklich Spaß hatte. Oder er war entschlossen, den mangelnden Enthusiasmus der anderen zu ignorieren.

»Das sieht echt nicht ungefährlich aus«, sagte Doc. Er klang verstört.

Tristan sagte nichts, nippte unbeteiligt an seinem Becher und schaute weiter Richie zu. Der stellte gerade den Notenständer wieder auf, fixierte die Notenblattablage in der Waagrechten, platzierte die zweite Rakete sorgfältig darauf, zündete die Lunte an und eilte davon, kichernd wie ein Kind, zurück zu ihnen hinter die gläserne Trennwand. Die Rakete schoss durch den langen Korridor davon. Bevor sie sein Ende erreichte, explodierte sie auf recht unspektakuläre Weise: Ein heftiger *Knall*, und die zerfetzten Plastikteilchen stäubten durch die Luft, bevor sie zu den Überresten der ersten Rakete auf den Boden rieselten.

»Das *kann* nicht ungefährlich sein«, pflichtete Luke Doc bei. Furcht ließ die beiden kränklich aussehen.

»*Relax*«, maulte Richie. »Das sind völlig kraftlose Dinger, seht ihr doch. Platzen nur, sonst nix.«

»Ja, aber genau deshalb sind sie auch nicht gerade lustig«, sagte Theresa, und wieherte und grunzte dann plötzlich, ihren eigenen Worten zum Trotz. Sie hatte sich mitreißen und von Richie einen Mojito mixen lassen, zur Feier des Tages. Ohne Eiswürfel, Minze und Zucker war das Getränk im Grunde ein Rum Soda mit einem Spritzer Limettensaft, aber Theresa kannte den Unterschied nicht, und ihr schien es überraschenderweise zu schmecken.

»Und trotzdem gefährlich«, nuschelte Luke.

»Ist das das Einzige, was ihr den ganzen Abend lang machen wollt?«, fragte Sarah enttäuscht.

»Nein, aber es ist ein guter Anfang«, antwortete Richie, und bereitete die dritte Rakete vor.

»Wolltest du nicht heim?«, fragte Tristan seine Schwester.

»Ich hab' gesagt, ich mach' nicht mit, nicht, ich schau' nicht zu. Aber das ist nicht ganz, was ich mir vorgestellt hab', also ja, ich werd' mich dann wohl verabschieden.« Sarah musterte die anderen, die fasziniert Richies Schabernack beobachteten. »Du bist ja in guten Händen.«

»Meine eigenen sind immer gut genug«, sagte Tristan.

»Du bist grauslich«, sagte Sarah. Sie winkte zum Abschied und marschierte zur Treppe. Tristan fiel auf, dass sie sich beim Gehen gerader hielt als früher, aber da war immer noch ein klobiges Watscheln in ihrem Schritt. *Immerhin ist sie mitgekommen*, dachte er. Es ging seiner Schwester eindeutig besser. Es war alles gut. Es hatte sich gelohnt …

Ka-pow!

Tristan drehte sich rechtzeitig um, um zu sehen, wie der abgetrennte Kopf der Rakete sich am Ende des Gangs in die Tür des Informatiksaals bohrte und steckenblieb.

»*Whoah*-hahahaah!« Richie applaudierte sich selbst. »Okay, *die* war stark. Warum auch immer die so unterschiedlich sind.«

»Weil das alles offensichtlich billiger Scheiß ist«, sagte Filippe, lachte aber selbst.

»Das ist jetzt Sachbeschädigung«, stellte Doc fest, ganz sachlich, als hätte der Schock ihn ernüchtert.

»Das ist Maturastreich«, erwiderte Richie ungerührt. »Hey – was habt ihr vor?«

Filippe und Jo machten sich an dem Karton mit den Kreiden zu schaffen.

»Wir schauen, ob da wirklich nur Kreide drin ist«, sagte Filippe.

»Was sonst?«

»Na zum Beispiel was, das ähnlich aussieht wie zerbröselte weiße Kreide«, sagte Jo.

»Nur Kreide«, versicherte Richie. »Und ich schlage vor, jeder nimmt sich ein paar und verewigt sich an den Wänden, Türen, Fenstern, Böden, Stühlen, Tischen, PCs und Säulen dieser edlen Hallen.«

»Kreide ist abwaschbar, Doofus«, stöhnte Jo.

»Dann verewigen wir uns eben, bis die Putzfrauen da war'n.«

»Das ist zirka das Gegenteil von verewigen.«

»*Oida*, Jo. Verdirb mir nicht den Spaß.«

Jo rollte mit den Augen, fügte sich mit einer wegwerfenden Handbewegung seinem Schicksal und startete den Korridor entlang, auf der Spur der verschossenen Raketen. Mit roter Kreide hinterließ er einen Ariadnefaden an der Wand.

»*That's the spirit*!«, jubelte Richie. Er stopfte seine Westentaschen mit Piraten und Kreide voll und joggte Jo hinterher. Filippe wandte sich fragenden Blickes nach Tristan um; Tristan bedeutete ihm mit einem Kopfwackeln, dass ihm alles recht egal war, woraufhin Filippe fröhlich eine Flasche Wodka aus dem Alkoholkarton stibitzte und den anderen beiden nacheilte. Doc prustete, sagte, »Na gut«, schnappte sich ein Bier und folgte den anderen.

»Was ist mit dir, Tristan?«, fragte Theresa. Dann hickste sie, und linste mit gerunzelter Stirn auf ihren Becher hinab, als würde sie sich fragen, wohin sein Inhalt verschwunden war.

Luke war ebenfalls noch zurückgeblieben. Er begegnete Tristans Blick ausnahmsweise einmal unverwandt, die dunklen Augen weit aufgeschlagen. Vielleicht hoffte er, Tristan würde mit ihm hier verweilen.

Tristan erwiderte ein paar weitere Sekunden lang den Blick seines Bewunderers. Dann setzte er ein kühles Schmunzeln auf, wandte sich ab und ging zur Treppe. Statt Sarah nach unten zu folgen, nahm er die Stufen nach oben.

6

War es so weit? War das ihr großer Moment? War Frau Direktor Doktor Irmgard Hartplatz im Begriff, den Mörder zu schnappen, der die Stadt in Angst und Schrecken versetzte, und damit als die Heldin gefeiert zu werden, die sie immer schon gewesen war?

Bewaffnet mit ihren scharfen Sinnen und dem fast genauso scharfen, überdimensionalen Brieföffner, den der Lehrkörper ihr zu ihrer Ernennung zur Schulleiterin geschenkt hatte, schlich Irmgard leeren Gang um leeren Gang entlang, auf der Suche nach der versiegten Lärmquelle. Ihr war bewusst, dass die Knallgeräusche vielleicht – vielleicht sogar wahrscheinlich – nicht von dem maskierten Monster verursacht worden waren. Wieso sollte der Mörder an einem Freitagabend ins Gymnasium eindringen, wenn nicht damit gerechnet werden konnte, dass dort noch Schülerinnen und Schüler waren? Wieso sollte er sich so laut verhalten, dass alle, die doch noch hier verweilen mochten, von seiner Anwesenheit Wind bekommen würden?

Andererseits – wer *sonst* würde dergleichen an einem Freitagabend unternehmen?

Die Frage beantwortete sich quasi von selbst. Zumindest beschlich Irmgard ein starker Verdacht, als sie im zweiten Stock verschüttete Flüssigkeit am Boden entdeckte; der Geruch war unverkennbar. Wo diese Spur endete, führte sie ein roter Kreidestrich an der Wand tiefer in den Gang. Ihr Verdacht erhärtete sich, als sie etwas aus der Tür zu Informatiksaal 3 ragen sah. Sie zog es heraus. Aus dem entstandenen Loch bröselte roter Lack. Ihre Hand ballte sich um die Projektilspitze zur Faust; ihr Blick folgte der Richtung, aus der die Rakete geflogen gekommen war. Sie prägte sich alles ein – jedes Detail des stumpfen Vandalismus, der hier betrieben worden war: Pulverreste, Plastikfetzen und pickige Flecken am Boden, Rußspuren und Geschmiere an der Wand …

Sessel zu stapeln und damit Gänge zu blockieren, Tische auf den Kopf zu stellen, durchsichtige Fangnetze hinter Türen aufzuspannen – das alles war eine Sache. Eine völlig andere Sache war es, das Schulgebäude fast in die Luft zu jagen und Türen zu beschädigen.

»Ich hätte damit rechnen sollen«, murmelte Irmgard. Ihre Stimme strotzte weniger vor Zorn als vor entschlossener Genugtuung: Diesmal hatten sie es gewaltig übertrieben, und jetzt gab es keine Nachsicht mehr. Dafür gab es zumindest eine Geldstrafe, wenn nicht – Irmgard bemerkte am Rande, dass sie zu lächeln begann – sogar Freiheitsentzug.

Der Wermutstropfen war: Sie *hatte nicht* damit gerechnet. Sie hatte gar nicht daran gedacht. Sie war wohl stillschweigend davon ausgegangen, dass die Überlebenden der Strapazen dieses Schuljahres zu betroffen, zu erschöpft, zu traurig, zu verstört sein mussten, um einen Maturastreich zu spielen; dass sie ein paar Lektionen mitgenommen und gelernt hätten, wie viel wichtiger es war, das eigene Leben sinnvoll zu gestalten und Pläne für die Zukunft zu schmieden, als zerstörerischen Unfug anzurichten.

Aber nein. Der Jahrgang rund um Tristan Os ließ es sich nicht nehmen, ein letztes Mal dem Gymnasium allen Schaden zuzufügen, der in ihrer Macht stand. Ihre Vorgängerinnen und Vorgänger noch zu übertreffen, indem sie regelrechten Terrorismus in ihrer Alma Mater betrieben.

»Die Hochschulreife kann aberkannt werden«, flüsterte Irmgard in die trügerische Stille des Korridors. »Ich frage mich, ob ihr das wisst.«

Sie öffnete die Faust und ließ das Projektil auf den Boden fallen. Immer noch lächelnd folgte sie den Spuren der Verwüstung.

7

Tristan geisterte hoch ins Dachgeschoss. Er war lange nicht mehr hier gewesen, weil er Bildnerische Erziehung abgewählt hatte. Abgesehen von den beiden Zeichensälen – oder Herrn Professor Buntstifts Zeichensaal und *Madam Kiris Atelier*, wie Frau Professor Kirifort ihren genannt haben wollte – gab es hier nicht viel. Die Wände des Gangs waren fast lückenlos mit sorgfältig arrangierten Zeichnungen, Malereien und Fotografien von Schülerinnen und Schülern bedeckt. Die meisten sahen Tristans Meinung nach wertlos aus. Eines stach ihm ins Auge: Wölfe jagten eine Steppe entlang auf ihn zu, drohten, von der Leinwand zu springen und ihn zu zerfleischen, täuschend echt, schön und unheimlich. Tristan ließ den Blick zur Plakette am Rahmen sinken, fast sicher, welchen Namen er lesen würde – aber er wurde enttäuscht. *Rolf Golf, 5C, 2007.*

Tristan gluckste. Er fragte sich, ob Rolf mittlerweile geheiratet und die Chance genutzt hatte, einen anderen Familiennamen anzunehmen, der nicht so scheußlich mit seinem Vornamen harmonierte. Vielleicht hatte er aber auch das Selbstvertrauen, aus dem Verbrechen seiner Eltern das Beste herauszuholen. *Rolf Golf, der Wolfmaler*.

Tristans verhaltenes Lachen verhallte im trostlosen Korridor. Es klang genauso falsch und dümmlich wie der Name dieses armen Jungen. Tristan hatte zwar nicht damit gerechnet, allein mehr Spaß zu haben als mit den anderen, aber die Hoffnung sollte bekanntlich zuletzt sterben, hatte er sich gedacht. Jetzt war die auch noch tot.

Tristan spukte zwischen den Malereien von Sonnenuntergängen über dem Meer, Zeichnungen von übelerregend bunten Blumenbeeten, Kohleskizzen von sportbetreibenden Schemen und Fotografien von verlassenen Straßen, auf der Suche nach irgendetwas, das sein Interesse wecken konnte, auf der Suche nach wahrer Kunst – auf der Suche nach Lily. Aber ihr Name begegnete ihm auf keinem der kleinen Schildchen. Hatte sie Madam Kiri nie ihr Talent bewiesen? Warum hatte sie sich für Musikerziehung entschieden, obwohl sie mit Farbe und Pinsel Dinge zustande brachte, von denen selbst der junge Rolf Golf nur hatte träumen können?

Warum hatte er *ihr* diese Frage nie gestellt?

Sie ist nicht gestorben, mahnte Tristan sich mit strenger innerer Stimme. *Sei kein Idiot. Frag sie beim nächsten Mal, wenn du sie siehst. Und erklär ihr dann auch gleich, dass du ihr nach Tirol folgen wirst, ob sie will oder nicht.*

Bloß … warum sollte er das tun?

Weil du sie liebst.

Aber sie ihn nicht. Würde Lily für ihn empfinden wie er für sie, hätte sie das Aufenthaltsstipendium nicht als Hindernis betrachtet, sondern als Hinweis, als Anhaltspunkt. *Wohin?* – das war eine der Fragen gewesen, die sie sich gemeinsam gestellt hatten. Tirol wäre die Antwort gewesen.

»Wer sich freiwillig von der Gruppe trennt, stirbt üblicherweise zuerst.«

Tristan gelang es gerade so, zu verbergen, wie sehr er erschrak. Theresa war unbemerkt herangeschlichen. Sie hielt ihren leeren Becher fest umklammert, als wartete sie darauf, dass er sich von selbst wieder füllte.

»Wie bitte?«, fragte Tristan.

»In Horrorfilmen mit Serienmördern. Ich hab' Valeries Tipp befolgt und ein paar geschaut, um vorbereitet zu sein, sollte ich dem Mörder begegnen. Die laufen immer nach dem gleichen Schema ab.« Theresa nippte an ihrem Becher, erinnerte sich, dass er leer war, und ließ ihn unbekümmert wieder sinken. »Zügellose junge Menschen ohne Moral und Verantwortungsbewusstsein tun, was sie eben tun, bis ein Gestörter mit einer Maske und einer tödlichen Waffe sie der Reihe nach niedermetzelt. Die meisten sterben, wenn sie allein unterwegs sind.«

Tristan zögerte. »Der Mörder … hat sich doch gestellt, oder?«

»In den Filmen glauben sie auch manchmal, sie hätten den Täter gefangen oder umgebracht. Dann kommt der echte Mörder, oder ein zweiter, oder er ersteht wieder von den Toten auf.« Sie besah sich der Bilder an der Wand. »Nicht sehr begabt gewesen, diese Schülerinnen und Schüler.«

»Und dann?«

»Hm? Ach so. Dann stirbt der Rest. Oder die Fortsetzung kommt in die Kinos.«

Tristan musste lachen. »Dann gibt es ja noch Hoffnung.«

»Freu dich nicht zu früh. Für die Fortsetzung wird manchmal der ganze Cast ausgewechselt.«

»Warum bist du dann nicht bei den anderen geblieben? Hältst du Ausschau nach Skull?«

»Du scherzt«, stellte Theresa fest. »Aber eigentlich sollten wir auf der Hut sein. Das Schuljahr ist für uns vorbei, einige von den Letzten, die noch stehen, sind an einem Ort versammelt, und der Ort ist zentral für die ganze Geschichte. Wenn der Mörder die gleichen Horrorfilme gesehen hat wie ich, weiß er auch, dass das die ideale Szenerie für das große Finale ist.«

Diese unheilvolle Vorstellung traf Tristan härter, als er zugeben wollte. Um Worte verlegen, wusste Tristan nichts Besseres zu tun, als Theresa ihren Becher abzunehmen.

»Komm. Ich mach' dir noch einen.«

»Oh, danke. Das schmeckt *gut*!«, sagte Theresa verblüfft, während sie sich in Bewegung setzten. »Ich hätt' nicht damit gerechnet, dass das so gut schmeckt.«

»Hm«, machte Tristan nur.

8

Im Gebäude war es furchtbar leise; Irmgards Gänsehaut hatte eine Gänsehaut. Alle Infobildschirme waren schwarz. Die Klimaanlagen waren ausgeschaltet; schwere Schwüle trieb Schweiß auf Irmgards Stirn und korrodierende Krämpfe in ihre Bauchhöhle. Das Einzige, das surrte, war die Stille selbst, die sich auf ihre Ohren drückte wie raue Watte. Diese Ohren hatten jahrzehntelange Übung darin, die geringsten akustischen Hinweise auf unartige Schülerinnen und Schüler aufzuschnappen, und doch hörte Irmgard nichts … Also doch keine drei Klassen, die gemeinsam ein letztes Mal die Würde ihrer Schule beschmutzten? Doch ein einzelner Missetäter? Doch – der Mörder?

Irmgard hatte sogar ihre Stöckelschuhe ausgezogen, nur für den Fall, und schlich auf Strumpfsohlen den ersten Stock entlang. Die Vorstellung, wie die Kinder bei dem Anblick reagieren würden, ließ sie es sich anders überlegen. Sie zog die Schuhe wieder an, blieb kurz stehen und regte sich ab. Sicher würde sie jeden Moment auf Richard Maximilian oder Herbert Kaiser treffen, Bierflasche in der einen, Sprengkörper in der anderen Hand. Aus jedem Klo könnten Margarete Sorger und Valerie Flick stolpern, gerade fertiggeworden mit Lippenstiftgrafitti auf den frischgeputzten Spiegeln –

Ach nein, fiel Irmgard ein. *Flick nicht.* Die war ja tot.

»Irmgard Hartplatz«, murrte sie, »die Direktorin, der die halbe Schülerinnenschaft wegstirbt und die den Rest nicht finden kann, wenn er in ihrer Schule herumstromert.« Trotz der Bitterkeit in ihrer Stimme war es beruhigend, zumindest irgendetwas zu hören.

Weniger beruhigend war das Knarzen, das gleich danach hinter der Tür zur 4C hervordrang.

Irmgards Herz klopfte schneller. Warum war diese Klassenzimmertür offen? Baumgartner erfüllte doch sonst immer gewissenhaft die Aufgabe, alle Türen abzuschließen, bevor er –

Oh. Anton hatte man ja als den Mörder verhaftet.

Irmgard steckte ihre Hand in die Innentasche ihres Sakkos und umfasste den Griff des Brieföffners, bevor sie so leise wie möglich (*klack, klack* – hätte sie die Stöckelschuhe doch bloß in den Händen behalten!) zur Tür tapste …

Und dann hörte sie noch etwas: schwere, hastige Schritte und angestrengtes Keuchen –

Doch beides kam von *hinter* ihr.

Irmgard wirbelte herum, zog in der wilden Drehbewegung unabsichtlich den Brieföffner, und ließ ihn beinahe fallen. Die Gestalt, die um die Ecke gestürzt kam, lief blindlings in sie hinein. Aus zwei Kehlen ertönte ein klirrend hohes Kreischen. Irmgard erkannte mit Entsetzen, dass eine der Kehlen ihre eigene war.

Die fremde junge Frau trat zurück, den panischen Blick auf den Brieföffner geheftet.

»Wer sind Sie?«, japste das Mädchen.

Irmgard ließ den Arm mit dem Brieföffner sinken. Empörung vertrieb den Schrecken aus ihren altgewordenen Knochen. »Wer sind *Sie*?«

»Sarah Os, aber das ist nicht wichtig –«

»*Os*?« Irmgard baute sich vor der jungen Frau zu ihrer vollen Größe auf. »Sie sind Tristans Schwester? Sie haben die Schule vor *Jahren* abgeschlossen, was haben Sie hier verloren? Liegt die Ordnungswidrigkeit Ihnen also im Blut –?«

»Sie müssen mir zuhören!«, fiel Tristans Schwester ihr ins Wort; die Respektlosigkeit war wohl genauso Teil der Erbanlage.

»Nein, Fräulein, *Sie* müssen *mir* zuhören! Sie sind nicht befugt, dieses Gebäude zu betreten, schon gar nicht nach Unterrichtsschluss – und was Sie oben angestellt haben, ist sowieso außerhalb jeder –«

Sarah Os packte Irmgard an den Schultern. Irmgard erstarrte, zu perplex für jede angemessenere Reaktion.

»*Der Mörder ist hier*!«, raunte Sarah Os ihr ins Gesicht. »Ich hab' ihn gesehen! Ich wollte gehen, hab' mich verlaufen und bin ihm fast in die Arme gerannt! Ich hab' versucht, Tristan zu erreichen, aber sein Handy ist aus und jetzt muss ich ihn finden –«

»Was *reden* Sie denn da?« Irmgard stieß Sarah Os von sich. »Was soll das heißen, der *Mörder* – der Mörder ist gefasst, Anton Baumgartner –«

»Er *war es nicht*! Oder er ist ausgebrochen, oder er hat einen Komplizen, ich weiß es nicht –«

RUMMS!

Diesem neuerlichen, besonders lauten Knall folgte ausgelassener Jubel. Der Lärm kam von unten.

Irmgard biss die Zähne zusammen und packte Sarah Os am Handgelenk. Erwachsene Frau hin oder her, sie war illegitimerweise in die Schule eingedrungen und sie war offensichtlich Teil dieses Maturastreichs.

»Wir gehen jetzt zu deinen kleinen Freundinnen und Freunden, und dann spazieren wir alle gemeinsam zur Polizei. Dort kannst du dem werten Herrn Chefinspektor Schrammer ja von deinen abenteuerlichen Fantasien berichten, wenn du dann immer noch so mutig bist.«

»Das *ist* keine Fantasie, Sie bescheuerte alte –«

»Sag nichts, was du bereuen wirst. Und jetzt komm.«

Obwohl Tristan Os' Schwester recht viel Fleisch auf den Knochen hatte, hatte Irmgard keine Schwierigkeiten, das widerspenstige Mädchen hinter sich herzuziehen. Zum ersten Mal seit langem fühlte die Direktorin sich wieder gnadenlos kräftig, im vollen Besitz ihrer Macht, die unanfechtbare Herrin der Lage.

Sie fühlte sich wie eine Direktorin.

9

Der Knall war aus weiter Ferne zu ihnen ins Dachgeschoß gedrungen, laut genug, um als würdiger Abschluss dieses Maturastreichs durchzugehen.

»Klingt, als würde die Kreide sie mittlerweile langweilen«, sagte Tristan. »Hat sich auch nur um eine Frage der Zeit gehandelt. Ich frag' sie mal, wo sie sind.«

Er drehte sein Handy auf. Wenn er ehrlich war, hatte er die ganze Zeit auf die erstbeste Ausrede gewartet, das zu tun. Er hatte es abgedreht in der Hoffnung, Lily für eine Weile zu vergessen, aufhören zu können, auf ein Lebenszeichen von ihr zu warten. Ein paar Stunden hatte er immerhin durchgehalten. Nur das mit dem Vergessen hatte gar nicht geklappt.

Vier versäumte Anrufe und eine neue Nachricht. Hatte Lily sich endlich gemeldet? Wenigstens wusste sie jetzt, wie es sich anfühlte, *wirklich* auf Tristans Ablehnung zu stoßen.

Leider musste er enttäuscht feststellen, dass nicht Lily so bemüht gewesen war, ihn zu erreichen. Alle Anrufe und die SMS stammten von seiner Schwester. Sie hatte ihn wohl davon überzeugen wollen, nach Hause zu …

Tristan gefror das Blut in den Adern. »*Shit.*«

»Was ist los?«, fragte Theresa.

Tristan zeigte ihr das SMS: *DER FUCKING MOERDER IS IN DRE SCHULE MACH DIEN SCHEISS HANDY AN!*

»Oje«, sagte Theresa. Dann beugte sie sich unvermittelt zur Seite und kotzte ihren Mojito auf den Fliesenboden.

Mit zitternden Händen rief Tristan Sarah an.

10

»Mein Handy – das muss Tristan sein!« Sarah Os fummelte mit der freien Hand in ihrer Hosentasche herum. »Können Sie – bleiben Sie *bitte – lassen Sie mich los*!«

»Ich lass' Sie gar nichts, junge Dame.« Irmgard schnappte mit einer flinken Bewegung das Mobiltelefon aus Sarah Os' Hand, bevor die es überhaupt ganz aus der Tasche gezogen hatte. Sie drehte das Gerät ab und beschleunigte ihre Schritte, noch befreiter, noch siegessicherer, noch fröhlicher. *Rudi, heute schicken wir eine* Frau *auf den Mond.*

»Er könnte in Gefahr sein!« Sarah Os klang, als wäre sie den Tränen nahe. »Bitte –«

»Oh, er *ist* in Gefahr, das können Sie mir glauben. Er kriegt es jetzt mit Doktor Hartplatz zu tun.«

»Er hat *nichts* gemacht! Richie war das mit den Raketen! Wir sind nicht mal eingebrochen, das Tor war offen – worüber *reden* wir eigentlich?«

Irmgard stolperte über ihre eigenen Beine, als Sarah Os sich mit unerwarteter Kraft losriss und stehenblieb. Instinktiv suchte Irmgards Hand erneut ihren Brieföffner. Sie ließ gerade noch rechtzeitig davon ab. *Ruhig bleiben, Frau Doktor.*

»*Der Mörder ist in der Schule*.« Die stämmige junge Frau verlieh jedem Wort Nachdruck, als müsste sie einem Kleinkind etwas erklären, das es längst begriffen haben sollte. »Wir müssen hier *raus*!«

Irmgard riss der Geduldsfaden. »*Hören Sie endlich auf mit Ihrem Unfug*! Ihr Ablenkungsmanöver ist gescheitert!«

»*Ablenkungsmanöver*? Sie sind *gestört*, wissen Sie das? Ich hab' immer geglaubt, Tristan übertreibt –«

»Jetzt reicht's.« Das Handgelenk wieder im Griff, noch fester diesmal, zog Irmgard ihre Gefangene weiter hinter sich her. Sarah Os wehrte sich nicht mehr.

»Können Sie bitte zumindest Ihren Valyrischen Brieföffner wieder zücken?«, murrte die Frau, die ihrem Bruder so wenig und doch so sehr glich. »Nur für den Fall, dass mein *Unfug* kein *Ablenkungsmanöver* ist?«

»Das Risiko gehe ich nicht ein.« Am Ende des Ganges nur noch die Stiegen zur Linken und sie waren beim Haupteingang – dort musste Irmgard besonders vorsichtig sein, damit Sarah Os sich nicht noch einmal losriss. Wenn sie weglief und sich zuhause in Ruhe eine eigene Geschichte zurechtlegte, stand Wort gegen Wort; sicher würde sie behaupten, sie hätte nur versucht, ihren Bruder von dem Maturastreich abzuhalten. »Wenn ich aus Versehen jemanden verletze –«

Jemand bog in dem Moment in den Gang ein, in dem sie sein Ende erreichten, und mit einem erstickten Aufschrei hatte Irmgard den Brieföffner gezogen, bevor sie darüber nachdenken konnte. Rasenden Herzes, beinahe im Zustechen begriffen, erkannte Irmgard gerade rechtzeitig, wen sie vor sich hatte.

Frau Professor Gerlinde Rotschert war mindestens genauso erschrocken wie sie. Eine Hand aufs Herz gepresst, starrte sie sprachlos auf Irmgards provisorische Waffe.

»Gerlinde –« Irmgard ließ den Brieföffner sinken. Sie kniff die Augen zusammen, stieß Luft in einem gleichsam wütenden wie erleichterten Ächzen aus. »Was tust du denn noch hier?«

»Ich habe meine Violine stehen lassen!«, erwiderte die Musiklehrerin mit vor Empörung bebender Stimme, und hielt ihren Violinenkoffer vor sich wie einen Schild. »Kein Grund, mich umzubringen!«

»Das war ein Irrtum.« Irmgard steckte den Brieföffner weg. »Die junge Dame hier macht mich verrückt mit ihren wüsten Behauptungen, der Mörder befände sich in der Schule.«

Gerlinde bedachte Sarah Os mit einem Lächeln, das wohl beruhigend wirken sollte, aber außer süffisant nicht viel war. »Die Polizei hat den Mörder geschnappt. Du brauchst keine Angst mehr zu haben, meine liebe …«

»Das ist keine Schülerin von dir«, sagte Irmgard. »Diese Frau ist zweiundzwanzig Jahre alt.«

»Oh.« Das Lächeln verschwand mit skurriler Plötzlichkeit von

Gerlindes Lippen. »Wie dem auch sei – ich wollte gerade gehen, aber in der Zwischenzeit hat jemand abgeschlossen.«

»Abgeschlossen?« Irmgard runzelte die Stirn. »Und du warst es nicht?«

»Dann hätte ich wohl einfach wieder aufgesperrt. Ich habe meinen Hauptschlüssel zuhause, ich brauche ihn ja nie.«

Irmgard klatschte ihre Taschen ab. »Meiner ist im Büro … Ich habe ihn in der ganzen Aufregung liegen lassen.« Sie ärgerte sich darüber, das ausgesprochen zu haben: Gerlinde brauchte nicht zu wissen, dass ihre Direktorin nicht immer kühlen Kopf bewahren konnte. Stur, und ein bisschen angewidert, begegnete sie Gerlindes forschendem Blick. »Sind die Putzfrauen da?«

»Am Freitagabend?« Gerlinde grunzte. »Du hast diesen Dienst doch selbst gestrichen.«

»Der Mörder muss den Schlüssel aus Ihrem Büro gestohlen haben, während Sie auf der Suche nach Kindern mit Krachern und Kreide so mutig durch Ihr Gymnasium gestreift sind –«

»Sei still!«, herrschten Irmgard und Gerlinde die Schulfremde gleichzeitig an. Dann überlegte Irmgard kurz, bevor sie zu ihrer Kollegin sagte, »Wenn du schon hier bist, kannst du mir helfen, die restlichen Eindringlinge zusammenzutreiben. Maturastreich«, fügte sie erklärend hinzu.

»Ah.« Gerlinde rollte mit den Augen. »Jedes Jahr der gleiche Mist.«

»Nur dieses Jahr noch stinkender als sonst.«

»Ich würde dir sehr gerne helfen, aber ein aufgewärmter Rostbraten wartet auf mich. Wolfgang hat heute unsere Messer geschliffen. Ich freue mich schon den ganzen Tag darauf – keine Melodie ist so schön wie der Klang eines richtig scharfen Messers, das durch saftiges, fettes Fleisch –«

Der Rest ihres Satzes verlor sich in Geräuschen, dergleichen Irmgard noch nie gehört hatte: tonlos und doch vielschichtig, ein Stöhnen, das ein Schrei war, untermalt von brechreizerregendem Gurgeln. Irmgard starrte in die geweiteten Augen der Lehrerin. Die Lehrerin starrte zurück. Und nach einem weiteren abscheulichen Geräusch – einem fleischigen, feuchten Flutschen, als hätte jemand ein scharfes Messer aus einer saftigen Kuh gezogen –

kippte Gerlinde Rotschert vornüber zu Boden.

Der Schatten hinter ihr blieb stehen. Sein Gesicht hatte er aus den tiefsten Höllenkreisen entwendet.

11

Sarah ging nicht ans Telefon, und mehr noch: beim zweiten Versuch war ihr Handy plötzlich abgedreht. Auch der achte Versuch brachte keine Veränderung; das war wenig überraschend, aber so entsetzlich, dass Tristan kaum noch klar denken konnte.

»Kannst du jetzt bitte jemand anderen probieren?«, drängte Theresa. Sie hastete neben ihm her, ungeschickt torkelnd nicht nur wegen des Alkohols in ihrem Blut, sondern weil sie nicht wissen konnte, wohin Tristan eigentlich ging. Er wusste es ja selbst nicht. Planlos zog er Türen auf, bog um Ecken, startete Stufen hinunter, lief sie wieder hoch, machte kehrt und entschied sich doch für unten. Theresa war ganz außer Atem. Tristan hatte das Gefühl, er hätte mit dem Atmen einfach aufgehört.

»Wieso rufst *du* niemanden an?«, erwiderte Tristan, als er zum wiederholten Mal mit Sarahs Mobilbox konfrontiert wurde.

»Weil ich von keinem außer Sarah die Nummer hab'.«

»Viersechssechssechszweidreisechsacht«, ratterte Tristan runter.

»Was?«

»Filippes Nummer. Vorwahl wie Sarah.«

Sarahs Handy war und blieb aus. Tristan verstand genauso wenig wie Theresa, warum seine Finger immer noch so stupide darauf beharrten, dieselbe Nummer wieder und wieder zu probieren. Aber … *Nicht Sarah. Bitte nicht Sarah. Nicht meine Schwester, sie hat doch gar nichts mit uns zu tun …*

Theresa hatte mehr Erfolg. »Ja, hallo? Filippe? Da ist – was? Oh nein.«

Sie blieb stehen. Tristan tat es ihr gleich. »*Die Person kann Ihren Anruf derzeit nicht entgegennehmen*«, erklärte ihm die Stimme an seinem Ohr, aber lauter als sie war Theresas stummer Schock.

»Was ist?«, hauchte Tristan, aber Theresa ignorierte ihn.

»Bist du schon draußen? Warum – abgeschlossen? Beide –? Dann musst du halt durch ein Fenster – die anderen suchen dich sicher auch nicht –«

Tristans Beine schienen unter ihm wegzuschmelzen. Dem *Tüt* von Sarahs Mobilbox folgte die bedrohlichste Stille, die er je gehört hatte.

»Wir? Im ersten Stock, bei der Aula – ja, beeil dich.« Theresa legte auf und wandte sich an Tristan. »Das war Richie. Er hat Filippes Handy. Filippe hat sich für ein Foto die Hose ausgezogen.«

Es war absurderweise die Zusammenhanglosigkeit dieser Aussage, die Tristans Angst ins Unermessliche steigerte. »Und?«

»Sie haben das Foto noch nicht gemacht –«

»Fuck, *Theresa*!«

»Ach so – der Mörder hat sie angegriffen.«

Tristans Magen protestierte gegen diese Information. Es fühlte sich an, als wäre gleich er an der Reihe damit, sich und Theresa vor die Füße zu kotzen. Das erwartungsvolle Schweigen von Sarahs Mobilbox klang wie ein Vorwurf.

»Auf der Flucht wurden sie getrennt«, gab Theresa schrecklich trocken wieder, was sie erfahren hatte. »Keiner war verletzt, als Richie weggelaufen ist. Aber er weiß jetzt nicht, wo die anderen sind. Filippe jedenfalls trägt keine Hose.«

12

So hatte Irmgard sich das ganz und gar nicht vorgestellt.

Dreh dich um und erstich den Drecksack! Ihr Körper gehorchte nicht. Zwar hielt sie den Brieföffner wieder fest umklammert, aber ihre Hand schien keinerlei Absicht zu hegen, von ihm Gebrauch zu machen. Kaum war Gerlinde gefallen, hatte Irmgard es Sarah Os gleichgetan und vor dem Schatten mit der Höllenfratze die Flucht ergriffen.

»*Call nine-one-one*!«, rief Sarah Os ihr völlig aufgelöst hinterher; das Mädchen war zuerst losgerannt, aber Irmgard hatte es rasch überholt gehabt.

»Das ist Amerika, du dummes Ding!«

»Dann eben –«

»Mein Handy ist im Büro«, gestand Irmgard; unter anderen Umständen wäre ihr vielleicht peinlich gewesen, wie unvorbereitet sie sich auf die Jagd gemacht hatte, aber im Moment hatte sie größere Sorgen.

»Sie haben meines –«

»Das ist mir runtergefallen.« Das wäre ihr wohl noch viel peinlicher gewesen. Ihre Hände hatten in den ersten Moment des Schocks nur den Auftrag ausführen können, sich wieder mit dem Brieföffner auszustatten, und das Handy dabei kurzerhand losgelassen. So viel zum Multitasking. So viel zum Stressbewältigungstraining.

Da flieht die Feministin also vor der Unterdrückung. Irmgard fasste es nicht, zu welchen Gedanken ihr Kopf tänzelte, während sie um ihr Leben rannte, aber sie ließ dem genauso freien Lauf wie ihren Beinen: Jetzt war nicht die Zeit, über ihre Reflektionen zu reflektieren. *Die Verkörperung des Patriarchats, ein weißgesichtiger, phallussymbolschwingender Dämon, will dich zum Schweigen bringen, und du läufst davon, willst dich verstecken und aufs Beste hoffen. Dreh dich um! Kämpfe! Öffne das neueste Werkzeug dieser frauenverachtenden Welt wie einen Umschlag aus dem männerkontrollierten Ministerium und verbrenn den Inhalt wie ein neues Gebot, das dich in Schranken weisen will, die du nicht selbst gewählt hast!*

»*Wohin – laufen – wir?*« Jede gekeuchte Silbe schien Sarah Os Schmerzen zu bereiten, obwohl sie gerade einmal das Ende des Gangs erreichten.

»Weg«, antwortete Irmgard, und warf einen Blick über ihre Schulter, bevor sie um die Ecke bog. Das Ungeheuer kam ihnen hinterher, jedoch ohne große Eile: als hätte es keinerlei Zweifel, dass es sie einholen würde. *Wird es auch, wenn ich keinen Zahn zulege ...* Irmgard schielte nach Sarah Os, die sich mit rotem Gesicht und röchelndem Atem die Seite hielt. Die Schwester des dürren Tristan hatte offenbar alle Muffins und Donuts gegessen, auf die ihr Bruder verzichtet hatte.

Bei der Altbautreppe angelangt, lief Irmgard ohne zu zögern voraus in den ersten Stock.

»*Nicht – hinunter?*«

»Wir brauchen den Schlüssel aus meinem Büro.«

»*Fenster –*«

»Um sieben Uhr – verriegelt eine Spezialvorrichtung die Fenster – automatisch.« Langsam ging Irmgard auch die Puste aus. »Der Chip für die Deaktivierung ist – auch im Büro.« Die Schule hatte nichts für diese Leistung gezahlt. Nach dem Tod von Kristina Müller (zwei ermordete Schülerinnen waren etwas anderes als eine, egal wie oft und gern und laut Irmgard bekundet hatte, die Sache hätte nichts mit dem Gymnasium zu tun) hatte Irmgard jede zusätzliche Sicherheitsmaßnahme für das Gebäude verlangt, die ein Team von Expertinnen und Experten erträumen konnte – und für deren Kosten Sponsoren oder Förderstellen unter den gegebenen Umständen aufzukommen bereit waren. Das hatte sie nun davon.

»*Das ist – bescheuert*«, stieß Sarah Os hervor.

Irmgard, die das jetzt auch wusste, sagte nichts.

13

Als Tristan und Theresa die Treppe ins Erdgeschoß erreichten, rief jemand von unten, »*Hey*!«

Doc hechtete zu ihnen hoch, drei Stufen auf einmal nehmend. Sein T-Shirt war klatschnass, sein Gesicht perlbesetzt, als wäre er gerade einer heißen Dusche entstiegen.

»*Oh Gott*«, würgte Doc hervor, mit einer Hand an Tristans Schulter abgestützt, die andere auf seinen Bauch gepresst. »Oh Gott – oh *Jesus Christ*!«

»Ist deine Familie nicht muslimisch?«, fragte Theresa.

»OH *GOTT*!«, schrie Doc Theresa ins Gesicht, atmete dann so tief ein, dass Tristan beim Zuhören schwindelig wurde, und entließ den Atem in einem panikgebeutelten Ausruf: »*Der Scheißmörder ist in der Scheißschule*!«

»Das haben wir etabliert«, sagte Tristan. Er konnte sich nicht erklären, wie klar und gelassen die Worte seinen Mund verließen; sein Hals fühlte sich an, als hätte sich alles darin zu einer dünnen, heftig vibrierenden Schnur gespannt, die dem Reißen nahe war. »Wir müssen die anderen finden.«

Doc nickte, immer noch keuchend. Sein irrer Blick gewann an Schärfe. »Ja, *right.*«

»Die sind doch hoffentlich schon draußen, oder haben die Polizei gerufen –« Mit geweiteten Augen wandte Theresa sich an Tristan. »Wieso haben *wir* das noch nicht gemacht?«

»Tu, was du nicht lassen kannst.«

Während Theresa die Eins-Drei-Drei anrief, probierte Tristan Filippes Handy nochmal. Richie hob nicht ab.

»Ja, hallo – hier ist Theresa Kowitz.« Theresa sprach in einem ernsten, aber entspannten Ton, als würde sie sich nach dem Verbleib einer Essensbestellung erkundigen. »Wir sind mit dem Mörder im Gymnasium …«

Theresa trat telefonierend weg. Tristan wandte sich an Doc, auch schon wieder mit dem Handy am Ohr. *Heb ab, Richie – Filippe – irgendwer, bitte.* »Wo hast du die anderen verloren?«

»Wir waren bei den Spinden.« Doc wischte sich mit einem Taschentuch den Schweiß von der Stirn. »Skull kam vom Eingang. Wir sind in die andere Richtung davongerannt, aber Filippe ist beim Tunnel zu den Turnsälen abgebogen, und wie ich mich das nächste Mal umgedreht hab', waren Richie und Jo auch weg –«

»Wo war das?« Tristan probierte Jos Nummer.

»Keine Ahnung. Irgendwo im Keller – oder schon im Erdgeschoß, ich weiß nicht, ich hab' wirklich keine Ahnung mehr –«

Docs Stimme überschlug sich. Tristan ließ sein Handy sinken, als Jos Mobilbox ihn begrüßte, und packte Doc an den Schultern. »Ruhig«, sagte er. »Wir müssen ruhig bleiben. Atme.«

Tristan sprach mindestens genauso sehr zu sich selbst wie zu Doc. Aber nur Doc befolgte den Ratschlag. Tristans Nase schien blockiert zu sein, zugestopft und versiegelt.

14

An ihrer Bürotür warf Irmgard einen letzten Blick über ihre Schulter. Der Mörder war nicht mehr zu sehen. Das war gut.

Sarah Os sackte auf einem Stuhl in der Ecke zusammen, während Irmgard die Papiere auf ihrem Schreibtisch durchwühlte. Irgendwo darunter musste ihr Schlüssel sein. Sie warf ihn sonst auch immer einfach auf den Tisch. Locher und Scheren klackten, Zettel raschelten, aber das ersehnte Klimpern erklang nicht.

»Wollen wir uns nicht einschließen?«, fragte Sarah Os, sobald sie genug Luft dafür hatte.

»Wir holen nur mein Handy und die Schlüssel«, entgegnete Irmgard, die Schlüsselschale im Regal durchkramend. Taschentücher, Gummiringe, ein Nagellack, von dem sie vergessen hatte, dass sie ihn besaß. *Wo zur Hölle ist mein Schlüssel?* Das sprach sie wohl besser nicht laut aus, sonst würde Sarah Os noch einen Herzinfarkt erleiden.

Mit einem entnervten Stöhnen ließ sie von dem Sammelsurium ab und beschloss, dass sie den Schlüssel in den nächsten Sekunden durch Zufall oder Geistesblitz entdecken würde. Wenigstens ihr Handy fand sie sofort in ihrer Handtasche. »Wieso ist das Mistding abgedreht?« Ungeduldig wartete sie darauf, den Pin eingeben zu können. Als es endlich so weit war, vertippte sie sich. »*Blöder Dreckscheiß* –«

»Wo ist der Schlüssel?«, drängte Sarah Os. »Oder der Chip für die Fensterverriegelung?«

»Gleich!«, fuhr Irmgard sie an. »Unverschämte Göre, wirklich, genau wie dein Bruder –«

»Ja, ja, Tristan ist der Teufel, hab' schon verstanden. Können wir ihn jetzt bitte finden und dann *raus* hier?«

Irmgard antwortete nicht. Sie hatte endlich den Pin richtig eingegeben. Der Speicher war nicht bereit. Irmgard fluchte leise vor sich hin, bis das Scheißteil funktionierte. Dann rief sie die Polizei.

»Notrufzentrale.«

»Hier spricht Frau Doktor Irmgard Hartplatz«, verkündete sie ins Telefon, den Blick aus dem Fenster gerichtet. *Die Eiche, sei die Eiche.* Der Baum strotzte vor sommerlicher Kraft. Wenn der Mörder ihn zu erstechen versuchen sollte, würde er seine Wurzeln aus dem Boden zerren und seinen Angreifer zerquetschen wie eine Fliege. Irmgard hatte dieses fantastische Bild so deutlich vor Augen, als hätte sie das Ereignis tatsächlich beobachtet. »In meinem Gymnasium –«

»Wir sind schon unterwegs«, unterbrach sie der Polizist. »Eine Theresa Kowitz hat uns bereits alarmiert.«

»Kowitz? *Kowitz* macht beim Maturastreich mit?«

»Maturastreich? Frau Hartplatz – befinden Sie sich an einem sicheren Ort? Wissen Sie, dass eine bewaffnete Person –?«

»*Natürlich weiß ich das*! Glauben Sie etwa, jemand kann sich mit einem Messer in meine Schule schleichen, ohne dass ich es mitbekomme? Und zu Ihrer Information, es ist nicht *eine bewaffnete Person*, sondern der verfluchte Serienmörder, nach dem Sie suchen –«

»Anton Baumgartner –«

»Ist ein freudloser Schwachkopf, der sich nach Aufmerksamkeit sehnt. Der Mörder ist *hier*, und Sie beeilen sich besser –«

»In zwei Minuten –«

»Ich hoffe für Sie, dass ich dem Arschloch in zwei Minuten noch nicht begegnet bin, sonst habe ich Ihren Job auch noch für Sie gemacht und ich habe *verdammt nochmal genug zu tun*!«

Sie legte auf. Mit einem inhaltsleeren Aufschrei drehte sie sich um, ein paar ausgewählte Worte der Entrüstung schon auf der Zunge. Das Erste, was ihr auffiel, war, dass Sarah Os nicht mehr da war, um ihrem Wutausbruch zu lauschen. Dann sah sie, dass stattdessen ihr schwarzummantelter, totenköpfiger Verfolger in der Tür stand.

In dem Fall … war es eben so.

Irmgard stürzte auf den Mörder zu, Brieföffner voraus. Ein Walkürenschrei entkam ihr, während sie mit der Spitze ihrer Waffe auf die Brust des Feindes zuhielt. Sie legte ihr ganzes Gewicht hinter den Stoß mit dem Schwert, zu dem der Brieföffner in ihren Händen mutierte.

Der Totenschädel machte eine flinke Bewegung nach hinten, gerade rechtzeitig, um dem Angriff auszuweichen – Irmgard verlor das Gleichgewicht, als sie in die Leere stach – und noch bevor sie es wiederfinden konnte, stob der Totenschädel plötzlich nach vorne. Aus dem schwarzen Handschuh ragte ein Messer, das ihr Schwert wie eine Stricknadel aussehen ließ.

Irmgard sprang zur Seite, als das Messer auf sie zu sauste. Sie krachte gegen die Wand, verfluchte sich selbst für ihre Ungeschicktheit, und sprang dann erneut davon: Der Totenschädel stach schon wieder zu, ließ ihr keine Sekunde Zeit, die Orientierung wiederzugewinnen. Irmgard hechtete zur Tür – und stolperte über das Bein, das der Totenschädel ausstreckte. Ihr Kopf knallte gegen den Türrahmen. Zahllose winzige Sterne blitzten vor ihren Augen auf. Sie taumelte rückwärts aus dem Büro, den Brieföffner ausgestreckt, blinzelnd in der Hoffnung, dass der schwarze Umriss, der sie verfolgte, gleich wieder schärfere Konturen annehmen würde …

Drauf geschissen!, brüllte die Eiche in ihr, und sie setzte erneut zum Angriff an.

Der schwarze Umriss floss ihr aus dem Weg, und bevor sie abbremsen oder den Brieföffner neu ausrichten konnte, wurde ihr ein so heftiger Stoß verpasst, dass sie einfach umfiel. *Das wäre der Eiche nicht passiert*, dachte sie im Sturz. Die Hände voraus, die rechte um den Griff ihrer Waffe zur Faust geballt, klatschte sie auf den kalten Boden des Gangs vor ihrem Büro. Ein furchtbarer Schmerz erschütterte ihre rechte Schulter – was seltsam war, denn die hatte die Fliesen gar nicht berührt. Sie musste sich den ganzen Arm irgendwie gezerrt haben. Das war jetzt egal …

Dass es *nicht* egal war, merkte sie bei dem Versuch, sich aufzurichten. Der rechte Arm brach unter ihr weg. Die Hand verlor den Brieföffner. Aber er rutschte nicht scheppernd und klirrend aus ihren Fingern – er blieb in ihrer Schulter stecken.

Nicht weinen, mahnte sie sich, als sie sich wimmernd und ächzend mithilfe des anderen Arms auf ihre Beine stemmte. *In Rudolf Kirchschlägers Namen, Irmgard, reiß dich zusammen!*

Sie drehte sich um, noch entschlossener als zuvor, diesen Kampf zu gewinnen – und fand sich Auge in Augenhöhle mit dem Totenschädel.

Bevor sie den Brieföffner aus ihrer Schulter ziehen konnte, tat er das schon für sie – Höllenfeuer füllte die Wunde, und Irmgard schrie vor Schmerz und schlug nach dem Dämon, aber ihr rechter Arm war lahmgelegt und ihre linke Hand richtete nicht viel aus –

Und ein noch viel entsetzlicherer Schmerz – ein unwirklicher, ein so intensiver, dass er gar nicht existieren konnte – entflammte in ihrem Bauch. Der Schrei in ihrer Kehle erstickt, der ganze Rest von ihr betäubt, war sie nur noch ihr Bauch und der Brieföffner, der aus ihm herausragte.

Sie glaubte, den Totenschädel wispern zu hören.
Lasst jede Hoffnung hinter euch, ihr, die ihr eintretet.

15

Bevor Tristan, Doc und Theresa irgendeinen Plan fassen konnten, hallte das aufgebrachte Heulen zahlreicher Sirenen an ihre Ohren. Zum ersten Mal in seinem Leben freute Tristan sich über dieses Geräusch. Er musste sich zusammenreißen, um vor Erleichterung nicht auf den Boden zu sinken, oder zu dem Lärm zu tanzen wie zu dem besten Set, das je gespielt worden war.

Eine Polizistin fand sie. Tristan ließ sich aus dem Gebäude führen, froh, von der Frau festgehalten zu werden, als wäre er der gesuchte Verbrecher – auf seine eigenen Beine war kein Verlass mehr. Er stellte keine Fragen. Er würde früh genug sehen, wer außer ihm es aus der Schule schaffte – wer den Maturastreich überstanden hatte …

Sarah wartete bereits zwischen den Polizeiautos jenseits des Hoftors. Sie warf die Arme um Tristan. Er sog ihren scharfen Schweißgeruch ein wie das wohlriechendste Parfum. Aus nächster Nähe versetzte das Katzengejammer der Sirenen ihn regelrecht in Ekstase. Die Sonne war endlich im Begriff, unterzugehen. Warm war es trotzdem, aber der neuaufgekommene Wind wehte kühlend gegen Tristans Gesicht. Perfektes Ravewetter.

Nach und nach wurden die anderen herausgebracht.

Filippes haarige nackte Beine zitterten wie die Blätter der Eiche im Hof. Jo hingegen wirkte steif wie der Stamm, sein Mund eine klaffende Höhle unüberwindbaren Schocks. Und Luke wäre wohl am liebsten eine Wurzel gewesen: Zusammengestaucht und geduckt, scheinbar um Zentimeter geschrumpft, schlurfte er über den Asphalt, als versuchte er, sich darin zu vergraben. Keiner von ihnen wurde den Rettungswägen übergeben, die inmitten des Hofs ihres Einsatzes harrten.

Ein Körper, zugedeckt bis unters Kinn, wurde auf einer Trage herausgerollt. Tristan drehte sich der Magen um, als er Richies wirren Lockenkopf erkannte. Dass die Haare zu sehen waren, war wohl ein gutes Zeichen – *nur verletzt*, sagte sich Tristan, *nur ver-*

letzt – und ja, Richie bewegte sich sogar, sträubte sich gegen die straffgezogene Decke. Trotzdem raste Tristans Herz, als Richie von den Sanitätern verladen wurde.

Die Sirene des Rettungswagens fügte ihren Gesang zum Blaulichtchor hinzu, und brach dann zu ihrer Solokarriere in den Straßen auf. Aus dem Rave wurde ein Albtraum. Tristan legte die Hände flach auf die Ohren.

»Können Sie das nicht langsam mal ausmachen?«, fragte Sarah einen Polizisten mit lauter, gebieterischer Stimme.

»Der Kerl soll wissen, dass er nicht entkommen kann«, antwortete der Polizist.

Das Einzige, was er jetzt weiß, dachte Tristan, *ist, in welche Richtungen er nicht flüchten soll.*

»Wir sind doch schon alle«, rief Filippe über den Lärm hinweg. »Können wir bitte zu Richie fahren?«

»Eure Direktorin ist noch drinnen«, sagte Sarah. »Ich hab' sie in ihrem Büro gelassen, weil sie nicht mit mir nach euch suchen wollte. Und eine Lehrerin, eine Gerlinde – aber die …«

Sie brauchte den Satz nicht zu beenden. *Jetzt musst du wenigstens nie wieder Gören wie uns unterrichten, Rotschert*, dachte Tristan.

Unverständliches Gemurmel knackste aus dem Funkgerät des Polizisten. Er führte mit gesenkter Stimme ein knappes Gespräch. Dann gab er den umstehenden Kolleginnen und Kollegen ein Zeichen, das Tristan auch verstand: ein schwermütiges Kopfschütteln. Alle ließen ihre Waffen sinken. Die Sirenen verstummten.

*

Der Sonnenaufgang tauchte das gesamte Viertel in warmes Licht. Die Straßen glitzerten, reingewaschen vom windgepeitschten Regen, der die ganze Nacht über gefallen war. Die Vögel in den Bäumen riefen ihre Artgenossinnen zum Beischlaf auf. Wie viele Menschen hier hinter ihren herabgelassenen Jalousien gerade Sex hatten, wollte Tristan gar nicht wissen. Er war ja sogar auf die Vögel ein wenig eifersüchtig.

Er war sich nicht sicher, was er erwartet hatte, als er um sechs Uhr morgens, nach schlaflosen Stunden in der angsteinflößenden Dunkelheit seines Zimmers, den Spaziergang hierher angetreten hatte. Der Anblick, der sich ihm bot, als er in Lilys Straße einbog, war jedenfalls schlimmer als jede denkbare Erwartung. Herr Fenrir sah und ignorierte ihn, während er drei große Koffer in seinem Jeep verstaute. Frau Fenrir winkte ihm von ihrem Vorgarten zu, ein höfliches Lächeln aufgesetzt, das ihre Augen nicht erreichte. Ihr Rhododendron hatte dem Sturm in eitler Perfektion widerstanden und büßte dafür, indem ihm seine schönsten Zweige abgezwickt wurden.

Tristan wartete auf der anderen Straßenseite. Er empfand nicht das geringste Bedürfnis, ein erzwungenes Gespräch zu führen, auf das die anderen Teilnehmenden genauso wenig Lust hatten. Lily selbst tauchte erst nach ein paar Minuten in der Tür auf. Ihr grauer Poncho hing an einer Seite bis zu ihren Knien, steckte auf der anderen in ihrem Gürtel. Sie sah aus, als hätte sie sich die erstbesten Kleidungsstücke übergeworfen. Und sie sah aus, als hätte sie damit den Sommertrend schlechthin gesetzt.

Lily verharrte für einen Moment in der Tür, bevor sie sich auf ihn zubewegte. Sie würdigte ihre Eltern keines Blickes, reagierte nicht, als ihr Vater ihr etwas hinterherrief. Sie schlenderte über die Straße, zu Tristan, und Seite an Seite entfernten sie sich aus dem Visier der wachsamen Eltern.

Sie spazierten schweigend an Zäunen, Vorgärten und Häuserfronten vorbei. Tristan versuchte, das zu genießen. Stattdessen fühlte sich der Gehsteig wie heiße Kohle an. Die saubere Vorstadtluft drohte ihn zu ersticken. Das wilde Vogelgezwitscher verwandelte sich in seinen Ohren in das Gekreische der Polizeisirenen.

»Wie geht es Richie?«, fragte Lily.

»Er lebt.« Tristan wusste noch mehr: Richie war glimpflich davongekommen, und seine Wunden, auch die recht arge an seiner Schulter, würden bald gut verheilt sein; Skull war wohl in zu großer Eile gewesen, die anderen zu finden, um sich des Zustands seines Opfers zu vergewissern. Aber Tristan war nicht hier, um über Richie zu reden.

»Ihr fahrt weg?«

Lily nickte. »Wir schauen uns die Stadt an, in der ich das nächste halbe Jahr verbringen werde.«

Tristan unterdrückte ein Schaudern. »Aber … ihr kommt wieder.«

»Natürlich. Das Maturazeugnis wird uns erst überreicht. Von wem auch immer.«

Diese Ehre wäre einer widerwilligen Frau Doktor Hartplatz zuteilgeworden. Tristan schüttelte den Kopf. Der Tod der Direktorin erschien ihm noch surrealer, unglaubwürdiger, als all die anderen Morde.

»Ich hab' meine Meinung nicht geändert«, sagte Lily.

Tristan schluckte. »Damit hab' ich auch nicht gerechnet.«

»Warum bist du dann hergekommen?«

»Ich wollte dich sehen. Mich entschuldigen. Und verabschieden.«

Sie antwortete nicht. Langsam, zögerlich, spazierten sie weiter. Seine Hand streifte ihre. Sie nutzte die Gelegenheit, um ihre Finger in seine zu legen. Sie ließen einander nicht los, bis sie die Runde um den Block vollendet und Lilys Straße wieder erreicht hatten. Tristan wusste nicht, ob er sich einen Kuss wünschte oder nicht. Er bekam keinen.

Vom Straßenrand sah er zu, wie Lily in das Auto ihrer Eltern stieg. Sie schaute nicht aus dem Fenster, als sie an ihm vorbeifuhr.

*

»Verstehen Sie das ruhig als Privileg, Herr Os. Aber nicht nur als das.«

Inspektor Schrammers Hand ruhte auf der Türklinke. Er lächelte freundlich auf Tristan hinab. Tristan sagte nichts, wartete mit verschränkten Armen.

»Wir sind gleich nebenan, hinter dem Einwegspiegel. Und wir hoffen, dass es Ihnen gelingt, aus ihm das eine oder andere Detail herauszukitzeln, das er uns noch nicht verraten hat.«

Und wieso sollte er mir *irgendwas verraten?*, fragte sich Tristan.

Schrammer schien seine Gedanken gelesen zu haben. »Er ist nicht dumm. Er weiß natürlich, dass der Spiegel kein Spiegel ist, dass wir zuhören. Aber unter Umständen lockert es seine Zunge ein bisschen, wenn er mit seinem … Zielobjekt allein in einem Raum sitzt. Führen Sie einfach ein Gespräch mit ihm. Und keine

Angst, er kann Ihnen nichts tun. Handschellen, Fußschellen, das volle Programm. Bereit?«

Schrammer öffnete die Tür.

Der Raum roch nach Desinfektionsspray. Fleck saß gefesselt hinter einem breiten Tisch. Sein Grinsen gravierte tausend kleine Falten in sein hageres, unrasiertes Gesicht.

»Tristan«, sagte Fleck. »Was treibt dich her?«

Tristan hatte keine Antwort parat, die ihn selbst zufriedenstellen würde. War es Neugier, die ihn dazu verleitet hatte, der als Einladung getarnten Aufforderung Schrammers Folge zu leisten? Rachegelüste? Wollte er Klarheit schaffen? Statt zu antworten, setzte er sich einfach Fleck gegenüber hin.

»Ich habe gehört, du bist wieder einmal nur knapp mit dem Leben davongekommen«, sagte Fleck.

»Und das«, erwiderte Tristan, »obwohl du hinter Gittern sitzt.«

Fleck zuckte mit den Schultern. »Ein Nachahmer. Die Polizei zieht sogar in Erwägung, dass es Teil eures Maturastreichs gewesen und aus dem Ruder gelaufen ist.«

»Sowas verrät dir die Polizei?«

»Muss sie nicht. Ich habe einen *messer*scharfen Verstand.«

Tristan starrte in die fahlen Augen des Schulwarts, auf der Suche nach irgendeinem Hinweis darauf, was in seinem Kopf vorging. Er fand nichts außer ekelhaften Humor. Ungeduld packte Tristan, pochende, wutdurchtränkte Ungeduld.

»Wieso?«, fragte er.

»Wieso was?«

»Wieso behauptest du, dass du der Mörder bist?«

Fleck blinzelte; schüttelte den Kopf, als wäre er verwirrt und ein wenig enttäuscht. Tristan konnte nicht sagen, ob das bloß vorgespielt war.

»Die einfachste denkbare Erklärung *ist* meist die Erklärung, junger Freund.«

»Dann war das gestern dein Komplize?«

Fleck schmunzelte. »Ich arbeite immer allein. Mit Menschen kann ich nicht gut.«

Tristan drehte den Kopf zur Seite. Er betrachtete sich in dem Spiegel, hinter dem Schrammer und Fletscher standen und ihn dabei beobachteten, wie er versuchte, ihre Arbeit für sie zu machen.

»Gut«, sagte Tristan, obwohl nichts gut war. »Dann eben – wieso wolltest du mich töten?«

»*Mich*. Ich, ich, ich.« Fleck lachte mit geschlossenem Mund; es klang wie gescheiterter Gesang, und verlieh Tristan eine Gänsehaut. »Statt zu fragen, warum ich deine Freundinnen und Freunde umgebracht *habe*, fragst du, warum ich dich umbringen *wollte*. Ich hab' mit nichts anderem gerechnet.«

»Ist das er Grund? Weil ich ein Egoist bin?«

Fleck schwieg eine Weile. Dann lehnte er sich so weit über den Tisch, wie seine Fesseln es ihm erlaubten. »Weißt du, Tristan … Psychopathen brauchen selten einen Grund.«

Tristan zwang sich, Flecks irrem Blick standzuhalten. Er merkte rasch, dass es ihm nicht lange gelingen würde. Und er erkannte, dass das Gespräch keinen Sinn hatte.

Vielleicht redete er sich das aber auch nur ein, weil er wegwollte – ganz schnell, ganz weit weg.

Er versuchte, sich nichts anmerken zu lassen, als er langsam aufstand und den Raum verließ. Sein Herz galoppierte, sein Körper bebte, seine Nase rang um Luft und seine Augen tränten, als er die Tür hinter sich schloss. Er verstand nicht, warum – aber so sehr wie gerade eben hatte er sich bei keiner einzigen Begegnung mit dem maskierten Mörder gefürchtet.

Kapitel 12

Maturafeier

1

Henio Jakubi war ein stattlicher Mann, schick gekleidet, die Haare streng gescheitelt. Sein Alter war schwer einzuschätzen, genauso wie seine Absichten. Tristan versuchte gar nicht, hinter die Oberflächlichkeiten des Geschäftsmannes zu blicken, die Trivialitäten zu durchschauen, die er vor sich hertrug wie einen Schild. Schweigend ließ er den kuriosen Anstandslunch mit dem neuen Chef der Firma seines Stiefvaters an sich vorüberziehen, hoffend, dass es bei einer beruflichen Nachfolge bleiben würde; peinlicherweise, *erschütternder*weise, machte Nicola Os dem Fremden mindestens genauso schöne Augen wie er ihr, und Komplimente wurden ausgetauscht wie Keime bei einem feuchten Händedruck. Aber sollte seine Mutter doch tun, was sie wollte. Lange war Tristan ohnehin nicht mehr hier.

Tristan merkte allerdings auch, dass an dem unterwürfigen, schmeichelhaften, koketten Benehmen seiner Mutter etwas nicht stimmte. Wer sie gut kannte, konnte die leise Note trockener Bitterkeit in ihrer Stimme nicht überhören. Ihren Teller hatte sie bis an den Tischrand herangezogen, als wollte sie so viel räumliche Distanz wie möglich zwischen sich und ihr über Zahlen und Pläne faselndes Gegenüber bringen. Nicola *versuchte*, sich einzuschleimen und gutzustellen, aber ihr Herz war nicht bei der Sache. Tristan glaubte, den Grund dafür zu kennen: Sie war eifersüchtig. Sie hatte sich vorgestellt, die Firma selbst zu übernehmen. Zumindest bis Tristan seine Ausbildung abgeschlossen hatte und das Erbe seines Stiefvaters antreten konnte. Als ob Tristan das jemals wollen würde. Wenn es nach ihm ging, wäre mit Samuel Os auch jede bloße Erinnerung an ihn gestorben.

Er wusste, dass seine Schwester genauso dachte. Dass Sarah niemals die Firma übernehmen würde, hatte ihre Mutter auch schon längst akzeptiert. Warum sie ihr älteres Kind damit in Ruhe ließ, ihren Zweitgeborenen aber seit jeher mit größtmöglicher Subtilität – also mit himmelschreiender Offensichtlichkeit – in eine von ihm abgelehnte Richtung zu drängen bemüht war, war Tristan unklar. Vielleicht gab es in Nicola die unterdrückte, aber mit tiefgrabenden Wurzeln verankerte Überzeugung, dass Frauen gar nicht für die Geschäftsleitung geeignet waren. Leider würde das sogar zu ihr passen. Das würde auch erklären, wieso sie in ihrem Brief an den Beirat nur ihre *vorübergehende Anstellung* vorgeschlagen und nur *bis zur endgültigen Klärung aller nach und durch Samuels Ableben ungeklärt gebliebenen Punkte* die volle Verwaltungsmacht für sich beansprucht hatte.

Tristan sah Sarah dabei zu, wie sie mehr oder weniger heimlich in dem Buch las, das sie unter dem Tisch aufgeschlagen hatte, sich mit Ketchup bekleckerte und die fettbeschmierten, salzigen Finger abschleckte, bevor sie sich die nächsten drei Fritten auf einmal in den Mund schob, und überdachte sein Urteil. Vermutlich hatte Nicola im Allgemeinen nichts gegen Frauen in Führungspositionen, sondern war nur scharfsinnig genug, zu erkennen, dass ihre Tochter für eine solche nicht infrage kam. Und vielleicht war sie außerdem – Monate nach dem Tod ihres Mannes – auch endlich wieder reflektiert und selbstkritisch genug, um ihre eigene Tauglichkeit zumindest anzuzweifeln.

»Ich werde Ihre Hilfe sicher noch oft erbitten müssen in nächster Zeit«, verabschiedete Henio Jakubi sich am Parkplatz des Restaurants. Er hatte sie extra zum Auto begleitet. Sein Mercedes parkte in einem abgetrennten Bereich. »Frau Nidhi, von der Buchhaltung – aber das wissen Sie ja –, hat mir versichert, dass neben Samuel selbst niemand die Geschäfte so gut kennt wie seine liebe Frau. Teilen Sie mir einfach mit, wenn ich Sie zu sehr beanspruche.«

Nicola nickte, schlug wortlos die Autotür zu und fuhr los, bevor der neue Chef seine Hoffnung auf ein baldiges Wiedersehen zum Ausdruck bringen konnte.

»Tristan«, sagte sie bei der ersten roten Ampel, »du solltest dir überlegen, ob ein Studium wirklich notwendig ist. Hast du dich schon nach Jobs umgeschaut?«

Tristan antwortete nicht.

*

Mit angehaltenem Atem klickte Tristan sich durch die Links, die seine Mutter ihm geschickt hatte. Von Kellner bis Rezeptionist war alles vertreten, was Tristans Talenten vage entsprach, nicht entsprach oder sie in den Boden stampfen würde, um sie in der Erde verrotten zu lassen wie die Leichen seiner verstorbenen Freundinnen und Freunde. Er entließ die Luft aus seiner Lunge, schloss die Augen, rieb sich den Nacken und versuchte, die Anspannung, die sich in seiner Brust angestaut hatte, kraft seiner Gedanken zu lösen. Stattdessen nahm sie zu, als würde sich ein Netz enger und immer enger um seine Rippen ziehen.

Diese spezifische Anspannung verschwand von selbst, als es an der Tür läutete; aber nur, um durch ein unerklärliches Gefühl banger Vorahnung ersetzt zu werden – ein Netz verdrängt von einem anderen. Er erwartete niemanden, Nicola war unterwegs, und Sarah war nach Wien zurückgefahren, um sich mit einer Lerngruppe zu treffen. Hatte eine von ihnen vergessen, ihm zu sagen, dass ein Paket für sie eintreffen würde? War Henio Jakubi zurückgekehrt, um sich der Witwe seines Vorgängers noch ungenierter aufzudrängen? Oder läutete Skull, nachdem er schon am helllichten Tag in die Schule eingedrungen war, mittlerweile bei der Tür an?

Während Tristan zögerlich die Treppe hinabstieg, läutete es zwei weitere Male. Die Ahnung, dass er es bereuen würde, den ungebetenen Besuch zu empfangen, verfinsterte sich mit jedem Schritt; als er aus dem Fenster schaute und die Gestalt am Tor erkannte, erhärtete sie sich zur Gewissheit. Trotzdem betätigte er den Torbuzzer, öffnete die Tür und wartete im Winkel daneben, mit verschränkten Armen an die Wand gelehnt.

Professor Rudolf Killa schloss die Tür, ohne Tristan zu bemerken.

»Was zur Hölle tust du hier?«

Rudi wirbelte herum. Der Schreck machte sein Gesicht bubenhaft, aber das war nicht alles: Mit seinen frischrasierten Wangen und seinem schuluniformartigen grauen Pullunder sah er locker fünf Jahre jünger aus als im Unterricht. Er roch nach Pinienholz. Tristan – der Lily mehr vermisste, als ihm lieb war – spürte für einen Moment die alte, halbgare Anziehung zu dem Lehrer wieder auflodern. Er hätte ihn nicht reinlassen sollen.

»Tristan«, hauchte Rudi erleichtert, als hätte er mit jemand anderem gerechnet. »Schön, dich zu sehen. Wie geht es dir?«

Tristan betrachtete Rudi schweigend, bemüht gelangweilt. Eigentlich war er alles andere als gelangweilt. Sein Herz pumpte wie im Überlebenskampf. Nicht weil Rudi ihm heute gefiel, sondern wegen der Dinge, die er – die *Nikki* – über ihn herausgefunden hatte.

Statt zu antworten, löste Tristan sich von der Wand und ging in die Küche. Er beschäftigte sich mit der Kaffeemaschine, wählte einen Verlängerten und wartete, überlegte. Als er sich mit seiner Tasse umdrehte, stand Rudi auf der anderen Seite der Kücheninsel; Tristan hatte ihn nicht kommen hören. Er bot Rudi keinen Kaffee an. Er setzte sich auf einen Barhocker, immer noch schweigend, immer noch wartend.

»Du hast ein schönes Haus«, sagte Rudi.

Das lockerte endlich Tristans Zunge. »Es ist nicht meines«, sagte er – und fragte sich, ob Rudi *gewusst* hatte, dass er das nicht unkommentiert lassen würde.

Rudi lächelte, als wäre genau das der Fall – lächelte anders als sonst: düsterer, selbstgefälliger. »Dann wohnst du eben in einem schönen Haus.«

Tristan trank seinen Kaffee. Rudi seufzte, senkte den Blick und steckte die Hände in die Jeanstaschen.

»Im Grunde wollte ich nur nach dir sehen. Sichergehen, dass alles passt.«

»Dann bist du ja fertig. Auf Wiedersehen.«

»Warum hasst du mich, Tristan?«

Die Tasse stoppte auf halbem Weg zu Tristans Mund. Rudi musterte ihn forschend und … verletzt? Tristans Schweigen war diesmal kein kalkuliertes; es hatte ihm die Sprache verschlagen.

Er riss sich zusammen, nahm einen Schluck, um Zeit zu schinden, und antwortete dann, »Wie kommst du auf die Idee?«

»Du gibst dir ziemliche Mühe, mir zu verstehen zu geben, dass du mich verabscheust.«

»Ach? Wie das? Indem ich nicht sofort auf die Knie sinke und deinen Schwanz lutsche, sobald du vor mir stehst?«

»Ich habe dir schon einmal gesagt, dass ich dir nur ein Freund sein will –«

»Du hast auch zugegeben, dass du das nur willst, damit ich der Polizei dein dreckiges kleines Geheimnis nicht verrate.«

»Das ist unfair«, sagte Rudi wehleidig, und büßte damit jede Attraktivität ein. »Wenn du das wirklich so wahrnimmst, täuschst du dich.«

»Also willst du mit mir befreundet sein, weil ich ein so netter Kerl bin?«

»Ich will mit dir befreundet sein, weil ich dich mag. Du liegst mir am Herzen.«

»Ich bin auch schon auf ganz anderen Teilen von dir gelegen. Worum geht's hier? Willst du mich in deinem Leben behalten, solang ich noch *jung* bin?«

Diesmal war es Rudi, der nicht sofort antwortete. Tristan nahm das gelassen hin – bis ihm auffiel, was sich in Rudis Gesicht abspielte. Alle Farbe wich daraus, langsam, einen ungesunden grauen Teint zurücklassend, als wäre Rudi im Begriff, zu ersticken. Eine kleine Falte flatterte über seiner Nase, entstand und verschwand wieder, entstand und verschwand … Er focht einen Krieg mit sich selbst, und es sah aus, als würde er verlieren.

Und Tristan dachte: *Schrei mich an!* Ein wenig fürchtete er sich vor dieser inneren Stimme, aber es war eindeutig seine. *Schrei mich an,* droh *mir! Beweis mir, dass Nikki recht hatte! Schrei, greif mich an, gib mir einen Grund, die Polizei zu rufen …*

Tristan fragte sich, ob er Rudi tatsächlich hasste und es bisher nur nicht gewusst hatte.

Statt zu schreien, zu drohen, zu attackieren, nahm Rudi einen tiefen Atemzug. Die Farbe kehrte in sein Gesicht zurück, die Stelle über seiner Nase glättete sich endgültig, und er sagte, »Ich bin nicht pädophil.«

Schallendes Gelächter brach aus Tristan hervor; ehrliches, auch für ihn unerwartetes Gelächter. Rudi ignorierte es.

»Du warst kein Kind, als wir miteinander geschlafen haben –«

»Ich war dein Schüler.«

»Nicht in den Bars.« Rudi schüttelte den Kopf. »Nicht, wenn wir einander abends begegnet sind. Wenn du mit mir gesprochen hast, als wäre ich ein entfernter Bekannter, den du gerne näher kennenlernen würdest. Mich angesehen hast, als hätte ich etwas Sehenswertes an mir. Mir wieder, und wieder, und *wieder* ein Lächeln geschenkt hast, das eindeutig nur eines hieß.«

Tristans Gedächtnis verfügte über keine derart konkreten Anhaltspunkte – er hatte damals noch sehr viel mehr getrunken als jetzt. Aber … es klang nach ihm. Es klang nach dem alten Tristan, der herausfinden wollte, wie weit er gehen konnte, was er alles haben konnte, ob er es nun wirklich haben wollte oder nicht.

Tristan räusperte sich und sagte, kühler und trockener, als er sich in dem Moment zugetraut hätte, »Ich wollte mit dir vögeln. Wenn du den Eindruck hattest, dass ich mit dir ins Kino gehen oder bei einem Bier über die Zukunft der Gentechnik philosophieren möchte, tut es mir leid.« Einem hässlichen Impuls gehorchend, fügte er hinzu, »Mir war nicht bewusst, dass du so einsam bist.«

Rudi schien die Spitze mit aufrichtigem Mitgefühl zu verwechseln. »Man muss nicht einsam sein, um sich nach der Freundschaft einer bestimmten Person zu sehnen.«

Tristan schnaubte. »Du unterrichtest Chemie, nicht PuP. Spar dir deine Westentaschenpsychologie.« Er zog den Aschenbecher und die Zigaretten seiner Mutter zu sich heran, fischte eines der extralangen, extradürren Stäbchen aus der Packung und tastete seine Hosentaschen nach einem Feuerzeug ab. Als Rudi seine eigenen Taschen abzuklopfen begann, griff Tristan stattdessen auch noch nach den Streichhölzern seiner Mutter. Er blies Rauch zur Decke, runzelte die Stirn und fragte, »Was hättest du eigentlich gemacht, wenn meine Familie hier gewesen wäre?«

Rudi machte auf verwirrt. »Was hätte ich dann machen sollen? Ich komm' dich ja nur besuchen.«

»Ein Lehrer, der seinen Nichtmehrschüler einfach besuchen

kommt – erscheint dir das normal?«

»Noch bin ich dein Lehrer, strenggenommen. Noch hast du dein Zeugnis nicht. Ich sehe nicht, was an meinem Besuch nicht normal sein sollte. Als dein Lehrer gehört es auch zu meinen Pflichten, auf deine Gesundheit und dein Wohlbefinden zu achten. Du wärst wieder einmal fast gestorben und verlässt seitdem dein Haus kaum noch.«

»Nicht mein Haus«, betonte Tristan noch einmal. »Bis zur Maturafeier hab' ich nun mal nichts mehr in der Schule verloren.«

»Und dieser letzte Zwischenfall hat dich derart abgeschreckt, dass du deine neugefundene Freiheit nicht mit deinen Freundinnen und Freunden feiern möchtest?«

Geht er aus und sucht nach mir? Tristan konnte sich das nur allzu gut vorstellen. Es gab ihm ein mulmiges Gefühl. Er überlegte, ob er die Frage aussprechen sollte – und geriet ins Stocken, als ihm etwas an Rudis Wortwahl auffiel.

»Neugefundene Freiheit?«, wiederholte er.

Rudi lächelte. Es war wieder nicht sein übliches, charmantes Lehrerlächeln; es besaß eine unterschwellige, unangenehme Qualität, die Tristan gar nicht gefiel. Eine Qualität, die ihn an Flecks Grinsen erinnerte.

»Du hast die Matura bestanden. Die Schule abgeschlossen. Würdest du das nicht als eine Form von Freiheit bezeichnen?«

Doch, würde er; aber er hatte den Eindruck gehabt, dass Rudi in Wirklichkeit etwas anderes meinte. Bloß – woher sollte Rudi wissen, dass Lily und er sich voneinander getrennt hatten?

»Du solltest jetzt gehen«, sagte Tristan. Er versuchte, so zu klingen, als wäre es ihm eigentlich egal, ob Rudi blieb oder nicht. Tatsächlich war es ihm alles andere als egal. Er dämpfte seine Zigarette aus, machte auf dem Weg zum Vorzimmer einen weiten Bogen um Rudi und hielt die Eingangstür schon offen, bevor Rudi sich überhaupt in Bewegung gesetzt hatte. Als er endlich hinterherkam, tat er das mit offen zur Schau getragenem Widerwillen.

In der Tür wandte er sich nochmal nach Tristan um; kam ihm so nah wie möglich, ohne ihn zu berühren.

»Ruf an, wenn du reden möchtest«, sagte Professor Rudolf Killa zum Abschied.

Der Geruch nach Pinienholz verweilte. Das Gefühl banger Vorahnung auch.

2

»Den Grund in Neudörfl, das Klavier, die Küchenmaschine, die Weinsammlung, die Karl May-Erstausgaben, den Flatscreen-Fernseher, den Internetvertrag – das alles überlassen Sie Herrn Blocksberg?«

Barbara zögerte nur für den Bruchteil einer Sekunde. Das Nicken musste mehr wie ein nervöses Zucken aussehen; es fühlte sich an, wie sie sich den Beginn eines epileptischen Anfalls vorstellte. Aber für Frau Severin schien es zu reichen. Und für Ben allemal.

»*Endlich.*« Wie er das Wort hauchte, ließ es geradezu so klingen, als wäre sie für ihn nichts weiter als ein auslaugender Klotz am Bein, den er nach langem verzweifeltem Zappeln abgeschüttelt hatte. Fast wünschte sich Barbara, sie hätte nicht zugestimmt. Konnte er immer noch keine Gelegenheit auslassen, sie zu verletzen?

So viel Mut, wie es sie gekostet hatte, den Scheidungsprozess zu einem Ende zu führen, hatte sie noch nie zuvor für irgendetwas aufwenden müssen. Der Tod von Irmgard Hartplatz hatte wohl den Rest dazu beigetragen, ihr die Kraft zu schenken, um die sie seit über einem Jahr rang. Irmgard hatte auch gekämpft; bis zuletzt, laut der Schilderung der Polizei. Barbara war nicht bewusst gewesen, welches Vorbild sie in der Direktorin hatte. Wie so vieles anderes, erkannte sie das jetzt zu spät.

»Ich muss sagen, Barbara …« Frau Severin klappte den Umschlag des Scheidungsvertrags mit einem enttäuschten Seufzen zu. »Ich bin überrascht. Beim letzten Termin haben Sie noch darauf bestanden, dass Ihnen mehr zusteht.«

Barbara sagte nichts; sie traute sich nicht. Sie ließ nur beschämt den Blick sinken. Es stimmte: Beim letzten Termin hatte sie noch ganz andere Bedingungen gestellt – aber da hatte sie auch noch gehofft, dass Ben und sie sich irgendwann wieder versöhnen würden. Auch das war ihr endlich klar geworden. Bisher hatte sie heimlich und verzweifelt an der Fantasie festgehalten, Liebe überwände alle Hindernisse und die Welt verstünde einfach nicht, was Ben und sie hatten, was sie verband und auf ewig verbinden musste; Ben hätte das auch vergessen, aber wenn sie die Scheidung nur lange genug hinauszögerte, sich eifrig genug wehrte, dann würde er sich mit der Zeit wieder erinnern, die Trennung abblasen und sie wieder lieben, und alles wäre wie vorher …

Aber Irmgard hatte recht gehabt. Einmal nur hatte Barbara mit der Direktorin über ihre persönlichen Probleme gesprochen, und Irmgard hatte nur eines zu sagen gehabt – etwas, das Barbara wie ein Blitzschlag getroffen hatte: »Barbara, es ist klar, dass du noch blind in ihn verliebt bist und dass er deine Gefühle weder erwidert noch verdient. Also reiß dich zusammen, gib ihm den ganzen Mist, den er will, und bring den Unsinn endlich hinter dich, denn du bist jung genug, um von vorne zu beginnen, wenn du dich endlich befreit hast.«

Frau Doktor Irmgard Hartplatz hatte nicht hinzugefügt, dass sie selbst vielleicht nicht mehr jung genug dafür gewesen wäre, aber die Implikation – der *Vorwurf* – hatte im Raum geschwebt, als Worte hinter den Wörtern. Bloß hatte Barbara damals nicht verstanden, was es war, das die Luft verdichtet und Irmgards Miene verdunkelt hatte. Noch etwas also, das Barbara erst jetzt, im viel zu späten Nachhinein, begriff.

Schon allein, um ihre verstorbene Chefin zu ehren, musste sie die Scheidung endlich durchziehen. Was wollte sie mit dem Grund in Neudörfl? Der war für ihre und Bens Familie gedacht gewesen, für sie, ihre zwei Kinder und ihren Schäferhund. Klavier spielte sie nicht. Die Küchenmaschine hatte sie nie benutzt. Bei Weinen, teuer oder Tetra Pak, konnte sie zwischen den Marken keinen Unterschied herausschmecken. Sie wusste nicht einmal, was Karl May außer *Winnetou* geschrieben hatte, Flatscreens mochte sie nicht, und hatte sie sich *wirklich* um einen Internetvertrag gestritten? Es erschien ihr plötzlich alles so lächerlich.

»Unglaublich.« Ben verschränkte die Arme und grinste verwegen, rücksichtslos, grinste wie ein Schuljunge. Sogar jetzt war er immer noch der attraktivste Mann, den sie je gesehen hatte; sogar jetzt noch wollte sie ihm am liebsten in die Arme fallen, in die

Augen starren, mit ihm am Strand liegen, seine brutal schmalen Lippen küssen … »Ich muss ehrlich sagen, ich hab' nicht mehr damit gerechnet. Ich war selbst kurz davor, auf meinen rechtmäßigen Besitz zu verzichten –«

»Vorsicht, Benedikt.« Frau Severin sprach ganz anders mit ihm als mit Barbara; kühler, herrischer und doch auch zurückhaltender, als hätte sie gerne mehr Macht über ihn, als ihr faktisch zur Verfügung stand. »Noch ist nichts unterzeichnet.«

»Dann wollen wir das doch gleich einmal ändern.« Ben lehnte sich über den Tisch und rieb die Hände aneinander, wie angesichts eines besonders wohlduftenden Mahls. Der Anblick war ein Schlaghammer für Barbaras wackelige Contenance, und sofort drückten sich Tränen in ihre Augen. Er konnte nicht damit aufhören – alles, was er tat, kränkte sie. Und er wusste es.

Ihre Tränen ignorierte er, was wohl besser war. Er riss das unheilige Dokument an sich, blätterte zur letzten Seite und setzte seine Signatur mit unverhohlenem Genuss auf die dafür vorgesehene Linie. Dann schob er das Dokument der Frau hin, die nicht mehr seine Frau war.

Aber das bin ich schon lange nicht mehr. Mit diesem Satz im Kopf gelang es ihr, ebenfalls zu unterschreiben.

Und auf einmal war es getan.

Sie schüttelte Frau Severins Hand. Sie schüttelte Bens Hand. *Das ist pervers. Das ist seltsam und pervers.* Noch während sie das dachte, ertappte sie sich dabei, wie sie Ben zu sich ziehen, ihn küssen, seine starken Arme streicheln, mit den Fingern durch sein Haar fahren wollte, sein Haar, das immer perfekt gestylt war, immer wie frischgeschnitten aussah. Sie widersagte der Versuchung, und ließ seine Hand los.

Sie verließen gemeinsam das Bezirksgericht. Das erschien Barbara noch perverser, noch abwegiger, noch erschütternder als der Händedruck. Ben schüttelte schnaufend den Kopf, ein Ausdruck herzzerreißender Heiterkeit auf seinem Gesicht.

»Es ist verrückt«, sagte er.

Barbara erstarrte. Er begegnete ihrem Blick nicht. Auch das war gut so. Diesmal hätte sie vermutlich nicht stark bleiben können. Hoffnung keimte in ihr auf, verräterische, dornenbestückte

Hoffnung, die ihre neuentdeckte vernünftige Seite – klein, leise und kraftlos, wie sie noch war – am liebsten mitsamt Wurzeln ausgerissen und verbrannt hätte. Der größere, lautere Rest von ihr dachte: *Denkt er wie ich?* Ihre Lippen zitterten. *Spielt er nur den großen Macker, wie er es früher bei seinen Freunden immer getan hat? Findet er das hier auch idiotisch und krank?*

»Total verrückt …« Ben schaute ihr doch noch in die Augen; was sie in seinen sah, raubte ihr den Atem. »Mussten also wirklich erst ein paar Kinder sterben, die dir am Herzen liegen, damit du aufwachst und erkennst, was das Beste für dich und mich ist.«

Er ließ sie dort stehen. Ihre Tränen, die jetzt Schlieren in ihre Wangen brannten, ignorierte er weiterhin mit solcher Leichtigkeit, dass ihr das Blut gefror.

*

Vor zwei Stunden hatte Barbara Blocksberg ihr Haus verlassen. Nun fiel die Tür hinter Barbara Felix ins Schloss, einer Frau, die sich selbst nicht kannte.

Eigentlich hatte sich nichts Grundlegendes geändert. Seit vielen Monaten schon kehrte Barbara allein nach Hause zurück. In ihr hübsches kleines Haus, das sie auch ohne Ben bezogen hätte, und in dem sie auch während der Ehe schon so viele Abende und Nächte allein verbracht hatte. Barbara war immer gerne früh schlafen gegangen; Ben war von sozialem Ereignis zu sozialem Ereignis geflogen, hatte es sich leisten können, spät und verkatert zur Arbeit aufzutauchen: Sein Chef und Vater war immer noch zu stolz auf seinen Einserschüler und Teamkapitän, um ihn wie jeden anderen Angestellten zu behandeln.

Ihr Ehemann Ben war selten zuhause gewesen. Der sich scheidende Ben war nur noch in das Häuschen zurückgekehrt, wenn er Barbara Druck machen wollte. Das Vorzimmer war das gleiche geblieben: Bens Schuhe und Jacken hatten sich schon vor dem letzten Sommer verabschiedet, und die Eingangstür in ihrem Rücken fühlte sich an wie immer.

Also warum schien es ihr, als würde sie in einem völlig fremden Raum gegen eine völlig andere Tür gelehnt um Atem und Verstand ringen?

Sie hatte an sich natürlich guten Grund, sich vor dem Alleinsein zu fürchten, und dieser gute Grund hatte nichts mit Ben und der Scheidung zu tun. Zwei ihrer Kolleginnen waren ermordet worden, Gott hab sie selig. Angeblich hatte das zwar nichts weiter zu bedeuten für Barbara und den Rest des Lehrkörpers – »Frau Professor Rotschert und Frau Doktor Hartplatz waren zur falschen Zeit am falschen Ort«, hatte Inspektor Schrammer dem beklommen lauschenden Konferenzzimmer versichert; Ulli Schiller und Reinhard Himberi hatten einander ungläubige Blicke zugeworfen, aber Barbara hatte sich an den Worten festzuhalten versucht wie an einer Rettungsleine. »Der Eindringling war offensichtlich hinter Sarah Os, ihrem Bruder und seinen Kameraden her. Die Frau Professor und die Frau Doktor waren nicht das Ziel.« Woher er diese Gewissheit nahm, hatte er nicht offenbart; und wie vehement er darauf gepocht hatte, dass die Lehrerinnen und Lehrer sich keine Sorgen machen mussten, war mangels überzeugender Argumente eigentlich nur selbst beunruhigend gewesen. Und dennoch: Sie glaubte nicht, dass ihr wegen des *Mörders* jetzt bang ums Herz war; dass sie seinetwegen im Vorzimmer verharrte und gegen eine Panik ankämpfte, die sich tödlich anfühlte –

Ein *DING-DONG!* zerriss die Luft, und Barbara stob entsetzt von der Tür weg. Der völlig nebensächliche Umstand, dass sie der läutenden Türglocke noch nie so nah gewesen war, wurde ihr bewusst wie eine weltbewegende Erkenntnis. *Es gibt doch noch erste Male*, dachte sie; und: *Alles verändert sich.* Sie kam sich dabei dumm und ein wenig frivol vor und hatte beinahe den Eindruck, diese Gedanken würden sie aufmuntern; vor allem aber brachten sie ihre Knie zum Schlottern, drückten sie ihr Herz zu einem harten Klumpen zusammen, der gegen einen noch härteren Käfig pumpte.

Es läutete nochmal, und sie zuckte und jaulte leise. Sie öffnete die Tür, bevor ein drittes Läuten sie zu Tode erschrecken konnte. Die scheußliche Hoffnung, dass es Ben war, unterdrückte sie.

Rudi trug einen grauen Pullunder, ein weißes Hemd und ein mildes Lächeln. Er stand auf der Schwelle und präsentierte einen Strauß gelber Lilien wie ein Junge in einem amerikanischen Film, gekommen, um sein Date zum Schulabschlussball abzuholen. Nur die Flasche Weißwein in seiner anderen Hand trübte den Eindruck. Sie war aber, worüber Barbara sich am meisten freute.

»Ist es geschafft?«, fragte er.

Sie nickte und trat zur Seite, um ihn einzulassen. *Man verweigert keine Gäste*, hatten ihre Eltern ihr eingebläut, in denselben frühen Jahren, in denen sie ihr auch beigebracht hatten, Fremden nicht die Tür zu öffnen. Aber Rudi war kein Fremder. Er fand den Weg ins Wohnzimmer selbst und legte die Blumen am Couchtisch ab.

»Ich weiß, dass du traurig bist«, sagte er und klang, als wäre er mindestens genauso traurig. Barbara kannte keinen anderen Menschen, der so empathisch war.

»Es geht«, log sie – aber war es eine Lüge? Sie war vieles – verwirrt, verängstigt, aufgeregt … aber traurig?

»Es wird besser«, versicherte Rudi. »Mit guten Freunden und gutem Wein wird alles besser. Gläser?«

Er folgte ihr in die Küche, aber Barbara schaffte es ganz ohne seine Hilfe, zwei Gläser aus der Vitrine zu nehmen. *Will ich überhaupt was trinken?*, fragte sie sich. *Will ich jemanden da haben? Will ich nicht allein sein?*

»Danke«, sagte sie, als er eingeschenkt hatte.

»Ich weiß, es ist noch ein bisschen früh«, sagte er; Barbara wusste nicht, ob er die Uhrzeit meinte oder den Zeitabstand, den er ihr zwischen der Scheidung und dem unangekündigten Besuch gegönnt hatte. »Aber ich glaube, du hast mir die genaue Uhrzeit und geplante Dauer des Termins genannt, weil du danach nicht allein sein wolltest.«

Ich habe dir die genaue Uhrzeit genannt, weil du nicht aufgehört hast, zu fragen, dachte sie, und nickte und lächelte.

»Und ich glaube, du hast heute etwas Wichtiges und Gutes getan. Und damit du das auch einsiehst, sollten wir das so schnell wie möglich feiern.«

Ein undefinierbares Geräusch, das vielleicht Zustimmung bedeutete, entwuchs ihrer Kehle. Sie stießen an – *klirr!* – und Barbara kippte den Wein ihren Rachen hinunter. Rudi nippte bloß an seinem, schenkte ihr aber trotzdem nach, bevor er sie zurück zum Sofa geleitete. Er zeigte auf die Blumen. »Vase?«

Es standen zahlreiche Vasen leer und sinnlos am Boden herum.

Barbara umrundete einige davon, um zu dem Schrank im Gang zu gelangen, in dem sie noch mehr Vasen aufbewahrte.

»Was ist nicht in Ordnung mit denen hier?«, rief Rudi ihr hinterher.

»Ich – hab' eine gelbe, die zu den Blumen passt«, sagte sie, und das stimmte sogar, aber ihr Motiv war ein anderes. Alles veränderte sich, alles; auch die Vasen mussten ausgetauscht werden.

Während sie an den Schrank herantrat, fühlte sie eine seltsame, unverhoffte Zuversicht in sich anschwellen, wie ein Luftballon, der sich langsam, aber stetig mit frischer Luft füllte und eine abgestandene, staubige Leere verdrängte.

Der Luftballon platzte, als ein Scharren wie von Kleidung an ihr Ohr drang, und ein Schritt, und das Knarren von Holz – aus der falschen Richtung. Vom Vorzimmer statt vom Wohnzimmer.

»Rudi, warst du das?«, fragte sie trotzdem, die Hände an den Schrankgriffen festgewachsen.

»War was ich?«

Barbara schluckte. *Gerlinde und Irmgard waren nur zur falschen Zeit am falschen Ort*, rief Barbara sich in Erinnerung, betete es in Gedanken herunter wie eine Schutzformel. Und doch traute sie sich nicht, sich nach dem Vorzimmer umzudrehen. Konnte nicht jede Zeit, jeder Ort falsch sein, solange der Mörder auf freiem Fuß war?

Sei mutig, Barbara. Sei mutig wie Irmgard.

Mit kribbelndem Nacken warf Barbara zuerst einen Blick ins Wohnzimmer, nur um sicherzugehen – als hoffte sie, Rudi hätte sie belogen. Er saß auf dem Sofa.

Dann gab es ja nur noch eines zu tun. Mit angehaltenem Atem wandte sie sich dem Vorzimmer zu.

Die Eingangstür stand offen. Obwohl sie sie geschlossen hatte, ganz bestimmt. Geschlossen – aber nicht zugesperrt.

Ihre Beine trugen sie von selbst ins Vorzimmer, als wäre die Tür ein schwarzes Loch, das sie gnadenlos zu sich zerrte. Sie hatte nur einen Gedanken: die Tür schließen, die Gefahr bannen ... Fast war das befreiend, denn für diesen Moment zumindest verschwendete sie keinen einzigen Gedanken an etwas anderes. Nicht an Irmgard und Gerlinde, nicht an die Kinder, nicht an die

Scheidung – nicht an den Mann, der ihr alles bedeutet hatte und jetzt nichts bedeuten musste, an die Liebe ihres Lebens, an –

»So schnell hast du einen neuen Mann im Haus?«

Sie schoss von der sanften, säuselnden Stimme weg, als hätte sie ihr ins Ohr gebrüllt. Alle Nervosität, alle Angst und Anspannung, alles, was sich in ihr aufgestaut und nach Erlösung gesehnt hatte, entlud sich in einem überspitzten, schrillen Schrei. Sie stolperte rückwärts, knallte gegen das Tischchen, auf dem ihre Schlüsselschale lag; es kippte um, die Schale zerschellte, und die Schlüssel klimperten über den Boden.

Ben indessen lachte. Völlig hemmungslos, aber im Grunde auch völlig humorlos. In der gleichen herablassenden Weise, in der er früher weniger hübschen, weniger sportlichen Schulkollegen ins Gesicht gelacht hatte. Barbara erinnerte sich mit plötzlicher, unnachgiebiger Klarheit, dass sie immer geglaubt hatte, er hätte das Recht dazu. Die Erinnerung war wie eine Ohrfeige, brutal und stechend heiß – aber sie ernüchterte Barbara auch. Beruhigte ihr Herz, erstickte ihren Schrei.

Ben stand im Vorzimmer im Eck, als hätte er sich dort versteckt. »Ganz ruhig«, sagte er. »Ich will nur mein Nackenkissen holen. Das dürfte bisher hier liegengeblieben sein, und morgen brauch' ich's, ich flieg' nach Teneriffa.«

Er marschierte ins Wohnzimmer, ganz selbstverständlich, als wäre das immer noch sein Haus. Barbara folgte ihm.

»Hallo«, sagte Ben zu Rudi, flach und interesselos, ohne ihn überhaupt richtig anzusehen, und verschwand dann die Treppe hoch.

»Soll ich –«, begann Rudi, aber Barbara schüttelte den Kopf.

Ben kehrte mit dem Nackenkissen zurück. Er wedelte damit herum, als wollte er sich Luft zufächeln.

»Es lag immer noch, wo ich's gelassen hab'. Gut so. Ich hab' ehrlich befürchtet, du hättest damit vielleicht gekuschelt oder sowas.«

Hab' ich auch, dachte Barbara, und stellte überrascht fest, dass es ihr nicht peinlich war. Er brauchte es trotzdem nicht zu wissen.

»Ben«, sagte sie; zauderte; gab sich einen Ruck, und sprach den Rest aus: »Du wohnst hier nicht mehr. Du kannst hier nicht mehr einfach ein und aus gehen, wie es dir gefällt.«

Ben sah sie erstaunt an. Das Kissen wippte nicht mehr auf und ab, hing nur noch schlaff in seiner Hand.

Im nächsten Moment lachte er wieder, laut und überheblich und ekelhaft.

»Recht hast. Ich bitte um Verzeihung. Aber zu meiner Verteidigung – vielleicht solltest du die Tür nicht sperrangelweit offen stehen lassen, wenn du keinen unerwarteten Besuch willst. Den Schlüssel hab' ich nicht mal bei mir. Danke für die Erinnerung, ich schick' ihn dir demnächst mit der Post.«

Barbara geriet ins Stocken. Ben zurechtzuweisen hatte sie so viel Kraft gekostet, dass seine Erwiderung sie überforderte.

»I-ich …« Sie fühlte tief in sich hinein, versuchte, den neugefundenen Mut wiederzuerwecken, stählte ihre Stimme und sagte, »Ich hab' die Tür zugemacht.«

Ehe Ben sie eines Besseren belehren konnte, ließ ein lautes Geräusch sie beide herumfahren.

Die Türen des Schranks im Gang waren aufgeflogen – von innen aufgestoßen. Eine schwarze Gestalt schoss aus dem Inneren hervor und auf Barbara zu. Sie hielt Barbaras schwere, gelbe Vase über den Kopf gehoben und war schon im Wohnzimmer, bevor Barbara auch nur in Erwägung ziehen konnte, zu reagieren. Die Arme der Gestalt schwangen herab, und Barbara wusste, worin das enden musste, aber es ging zu schnell, kam trotz aller Befürchtungen zu unerwartet, war *zu viel*, um es zu glauben, um es zu verhindern, um auszuweichen, und als es dann geschah, konnte sie nicht unterscheiden, wo das Geräusch der berstenden Vase endete und der Schmerz in ihrem Kopf begann. Im nächsten Moment konnte sie gar nichts mehr unterscheiden.

3

Was auch immer Tristan so oft zu dem Pavillon im Park zurückzog, er fand es dort nicht. In die Bänke waren keine neuen, geheimen Botschaften für ihn geritzt; das Geschnatter der Enten im Teich war bedeutungslos wie eh und je; die junge Mutter, die Lily und er so empört hatten, kehrte genauso wenig zurück wie Lily selbst. Manchmal kamen Jugendliche, von denen ihm manche drohende, andere beunruhigte Blicke zuwarfen. Wenn sich welche zu Tristan gesellten, schienen sie es nie lang mit ihm im Pavillon auszuhalten. Sie wechselten meist einige aufsässige oder anrüchige Worte in lauten Stimmen und lugten erpicht in Tristans Richtung, wohl in eifriger Erwartung irgendeiner Reaktion – und verloren das Interesse, wenn er ihre Anwesenheit beständig und unverhohlen ignorierte. Früher oder später verließ jede Gruppe, die sich an ihn heranwagte, den Pavillon wieder.

Und Tristan war allein.

Der Tod von Frau Doktor Irmgard Hartplatz hatte die Maturafeier um eine Woche nach hinten verschoben. Das bedeutete auch, dass Lily viel mehr Zeit gehabt hatte, sich in ihrer baldigen Kurzzeitheimat umzusehen. Sie hatte sich währenddessen kein einziges Mal bei ihm gemeldet. Nicht, dass er damit gerechnet hätte. Er hatte ihr auch nicht geschrieben, sie nicht angerufen, hatte all die Fragen, die er stellen wollte, für sich behalten. *Wir sind nicht mehr zusammen*, sagte er sich wieder und wieder. Und kaufte es sich selbst nicht ab.

Vorgestern war sie aus Tirol zurückgekehrt. Aber nicht einmal das hatte sie ihm selbst gesagt. Filippe hatte es ihm verraten, und ihm seine Mutter. Frau Rashid hatte sich während Frau Fenrirs Abwesenheit um deren Pflanzen gekümmert. Tristan hatte nicht einmal gewusst, dass die beiden befreundet waren.

Am Rande bemerkte Tristan, dass wieder jemand den Pavillon betrat. Er blickte nicht auf, während der Neuankömmling langsam die Stufen erklomm und sich auf die Bank gegenüber seiner setzte. Er verschwendete nicht einmal einen Gedanken daran, sich zu wünschen, die Person würde wieder verschwinden. Es war ihm wirklich schlicht und ergreifend egal.

»Wo man dir überall begegnet.«

Tristan versuchte, sich seine Überraschung nicht anmerken zu lassen. Beachtung schenkte er seiner Gesellschaft nun aber doch noch.

»Kann ich was für dich tun?«, fragte er.

Jo schnaufte. Er sah feierlich-schick aus in schwarzem Hemd und gebügelter Jeanshose, aber er hatte die Hände in den Taschen vergraben und saß über sich selbst gebückt wie ein deprimierter Teenager. *Was er auch ist*, erinnerte sich Tristan. *Genau wie du.*

»Nicht wirklich«, antwortete Jo. »Ich war nur spazieren und hab' dich hier einsam sitzen seh'n.«

»Und beschlossen, dich dazu zu setzen, weil man einen guten Freund nicht allein lässt.«

Jos Miene verfinsterte sich. »Fick dich, Tristan.«

Tristan stutzte. Jos obszöne Aufforderung klang nicht wie – nun, wie eine obszöne Aufforderung. Er wirkte nicht wütend oder streitlustig, nur … bedrückt.

»Ist alles in Ordnung?«, fragte Tristan.

»Du weißt, dass nichts in Ordnung ist.«

Dem hatte Tristan nichts entgegenzusetzen oder hinzuzufügen. Trotzdem fühlte er sich genötigt, etwas zu sagen. »Richie ist wieder verheilt …«

Die Worte klangen fahl und sinnlos. Jo schien auch so zu empfinden; er schnaufte wieder und sagte, »Ja, Richie lebt noch, *which is great*. Trotzdem haut Lily ab.«

»*Abhauen* ist ein starkes Wort«, sagte Tristan.

»Sie geht für ein halbes Jahr weg, um reich und berühmt zu werden. Und sie ist gut. Sie *wird* reich und berühmt werden und sicher nicht in diese Kleinstadthölle hier zurückkehren.«

»Wir müssen ja auch nicht hierbleiben«, sagte Tristan. »Wir können … auch weg.« *Ihr folgen*, sagte er nicht, aber Jo schien es herauszuhören.

»Hat sie *dir* angeboten, sie zu begleiten?«, fragte er. Als Tristan nicht antwortete, nickte er und fuhr fort, »Weißt du, wann sie mir erzählt hat, dass sie wegfährt? Gestern. Sie ist aus ihrem *Urlaub*, wie sie's mir verkauft hat, heimgekommen, ist mit mir was trinken gegangen und hat mir gesagt, dass sie bald weg ist. Sie hat behauptet, sie hat bis jetzt gewartet, weil ihr der Abschied bei mir besonders schwerfällt. Blödsinn. Lily räumt immer zuerst das aus dem Weg, was ihr am schwersten fällt. Sie hat mir so lange nichts gesagt, weil ich ihr nicht mehr wichtig bin, seit sie dich hat.«

»*Das* ist Blödsinn«, sagte Tristan. Innerlich wand er sich vor insgeheimer, grimmiger Freude, aber dieser Freude fehlte das gewisse Etwas; er konnte nicht anders, als mit Jo mitzufühlen – sich *wie er* zu fühlen. Von Lily abgeschrieben und ausrangiert.

»Ach ja?«, sagte Jo. »Wann hat sie *dir* von dem Stipendium erzählt? Auch erst gestern?«

Tristan sagte nichts.

»Hab' ich mir gedacht«, murrte Jo. »Aber passt schon. Ich komm' damit zurecht. Ich will nicht den Beleidigten spielen.«

»Dafür machst du's aber ganz schön überzeugend.«

Jo lachte. Tristan schmunzelte selbst, mehr erstaunt als erheitert. Sein Kommentar war ihm so rausgerutscht, und spätestens jetzt hätte er mit Jos ganzem Zorn gerechnet, mit einer Zuspitzung des Gesprächs zur Konfrontation. Doch es schien, als hätte Jo das Kriegsbeil begraben. Es war Lily, mit der Jo jetzt im Streit lag, nicht mehr er.

»Warum bist du eigentlich so herausgeputzt?«, fragte Tristan.

Jo deutete in die Richtung, aus der er wohl gekommen war. »Ich war am Friedhof. Ich geh' danach gern herum.«

»Ah …«, sagte Tristan. Und dann, »Tut mir leid, dass deine Großmutter gestorben ist.«

Jo zuckte mit den Schultern. »Sie war krank.«

Tristan schluckte. »Du … Du bist richtig religiös, oder?«

Jo lachte heiser. »Was ist *richtig religiös*?«

Aber Tristan wollte nicht über Begriffe diskutieren. »Glaubst du … dass deine Großmutter jetzt im Himmel ist?«

Jo verengte die Augen. »Verarschst du mich?«

»Nein. Ich frag' nur.«

»Ich will nicht über meine Oma reden.«

»Okay. Sorry.« Tristan atmete tief durch, überwand sich, und sagte, »Lily hat sich wahrscheinlich nicht früher von dir verabschiedet, weil sie sich von dir gar nicht zu verabschieden braucht. Eine Freundschaft hält leichter über weite Distanzen und lange Pausen.«

»Freundschaft.« Jo sprach das Wort aus, als würde es ihm nicht schmecken.

»Jap. Freundschaft. Nichts weniger habt ihr.« Nach einer Pause fügte Tristan hinzu, »Und auch nicht mehr.«

Jo zog die Augenbrauen hoch. »Denkst, das weiß ich nicht?«

»Ich denk', das *willst* du nicht.« Tristan nahm den Flachmann aus seinem Jutebeutel, nippte Wodka daraus und reichte ihn an Jo weiter, der das Angebot zögerlich akzeptierte; Tristan zögerte genauso, bevor er weitersprach: »Hat Lily dir nur von ihrem Stipendium erzählt? Oder hat sie dir auch verraten, dass sie mit mir Schluss gemacht hat?«

Die Hand mit dem Flachmann hielt vor Jos Mund inne. Bevor er antwortete, setzte er doch noch an. Er verzog das Gesicht, würgte den Schluck hinunter und sagte, »Sie hat sowas in der Art schon vor zwei Wochen angedeutet.«

Tristan zuckte mit den Schultern. *Worauf wartest du?*, fragte die Geste. Jo verstand, und schüttelte den Kopf.

»Sie wollte vor dir nichts von mir und sie will ganz sicher jetzt auch nichts von mir. Und – ich eigentlich auch nicht von ihr. Ehrlich«, bekräftigte Jo auf Tristans ungläubigen Blick hin, »du liegst da falsch. Sie ist meine beste Freundin. Meine *einzige* richtige Freundin, seit Hannah, Kris und Ingo tot sind.«

Tristan wandte den Blick ab und rümpfte die Nase. Er würde das nicht mit Jo teilen – konnte es mit *niemandem* teilen, weil er sich schäbig vorkam –, aber er hatte die Schnauze voll davon, andauernd von den Ermordeten zu hören, an sie zu denken, von ihnen zu sprechen. Skull war immer noch auf freiem Fuß, suchte immer noch nach neuen Opfern, und doch schien es meistens nur um die bisherigen zu gehen. Seit Lily und er sich voneinander getrennt hatten, kotzte es ihn jedes Mal an, wenn einer der Namen erwähnt wurde. Nicht zuletzt deshalb verbrachte er kaum Zeit mit anderen, sprach mit kaum jemandem über irgendwas oder irgendwen, tot oder lebendig. Er ahnte – fürchtete zumindest –, dass das der alte Tristan war, der sich jetzt, wo er wieder allein war, in ihm regte. Lily hatte ihn zu dem gemacht, der er die letzten Monate gewesen war – der er jetzt sein *wollte*; wenn er Lily nicht hatte, brauchte er alle anderen Menschen auch nicht.

»Hannah, Kris und Ingo …« Jo zog noch einmal am Flachmann. »Das waren unsere Leute. Meine, Lilys. Und Richies, vielleicht. Weißt du, am Anfang hab' ich geglaubt, der Killer hat was gegen *uns*, ganz spezifisch. Ich hab' … manchmal, anfangs … hab' ich sogar irgendwie geglaubt …«

»Dass ich Skull bin?« Tristan schmatzte gelangweilt. »Du

kannst dem Club beitreten. Die Polizei und Lily streiten sich um den Vorstand.«

Jo runzelte nicht nur die Stirn, sondern sein ganzes Gesicht. »Lily verdächtigt dich doch nicht.«

»Ist lange her.« Tristan schniefte auf; eine neue Verkühlung war im Anmarsch. Er kleidete sich zu leicht, inspiriert von den vereinzelten heißen Tagen, die jetzt im Juni schon den Hochsommer vorausnahmen. Aber an diesem Abend fegte ein kontinuierlicher Wind durch die Straßen der Stadt, eine pollenverseuchte Brise, die seinen Körper gnadenlos zermarterte.

»Sie hätte mir das doch sicher erzählt«, sagte Jo.

»So wie sie dir vom Stipendium erzählt hat?« Er sagte das, ohne groß nachzudenken; der Ausdruck auf Jos Gesicht brachte den alten Tristan zum Schweigen. »Sorry – ich wollte nicht –«

»Sei nicht so wütend auf Lily«, fiel Jo ihm ins Wort. »Sie hat eine Entscheidung getroffen und das solltest du respektieren. Vor allem, wenn du sie wirklich liebst.«

Tristan grinste. »Da redet genau der Richtige. Hör halt selbst auf deinen eigenen Rat.«

»Ich bin nicht *wütend* auf sie.«

»Du bist nur beleidigt.« Tristan nickte. »Dann verstehst du mich ja.«

Darauf wusste Jo nichts zu erwidern. Er nahm noch einen Schluck und gab den Flachmann zurück. Tristan trank, kniff die Augen gegen das Brennen zusammen und fingerte an dem Schraubverschluss herum, bis er sich traute, Jo noch eine Frage zu stellen: »Glaubst du, dass *sie* im Himmel sind? Hannah, und Kris, und … und Marie, und alle?«

Jo antwortete nicht. Tristan hob den Blick vom Flachmann. Jos Miene war bitter und schwer, und wohl Antwort genug.

Sie saßen noch eine Weile da, in beleidigter, verständnisvoller Stille.

4

Barbara fröstelte. Das war eigenartig, im Juni. Die kalte Luft, die über ihre Haut strich, fühlte sich unwirklich an, genauso wie die harte Fläche, auf der sie lag. Ihr Bett war viel kuscheliger; sie hatten damals extraweiche Matratzen gekauft, weil Ben auf harten nicht schlafen konnte. War sie auf dem Sofa eingenickt? Hatte die Scheidung ihr so viel Energie geraubt? Aber Rudi hatte sie doch besucht, gleich nachdem sie heimgekommen war …

Sie blinzelte die Augen auf. Es war schon fast dunkel. Was sie sah, war kein Sofapolster, sondern ein Sofabein. Sie drehte sich auf den Rücken und rollte den Kopf – »*Au*!« – auf die andere Seite. Sie lag auf ihrem Laminatboden, neben einem gelben Scherbenmeer.

Der Schrei in ihrem Hals löste sich und entwich als ratterndes Winseln. Sie schnellte hoch – und bereute es sofort: Schwindelerregender Kopfschmerz raubte ihr die Sicht und den Atem. Sobald sie beides wiederhatte, rappelte sie sich vom Boden hoch.

Rudi war nicht da. Ben war nicht da.

Und schwarze Gestalt mit Totenschädelmaske war auch keine mehr da.

Ein Zittern entstand in ihren Finger- und Zehenspitzen; es schlängelte sich ihre Arme und Beine entlang und erfasste rasch den ganzen Rest von ihr. Sie begann zu weinen, als sie ins Vorzimmer schlurfte, so schnell sie eben konnte. Die Tür stand immer noch offen; von dort wehte der kalte Wind durchs Haus. Barbara warf die Tür zu und zog ihre Weste enger um sich. Sie stolperte über das Tischchen, das sie wegen Ben vor Schreck umgestoßen hatte; fragte sich, wie lange das schon her war. Sie eilte zu dem Schrank, aus dem der Mörder gesprungen war; auch seine Türen hingen noch sperrangelweit in den Gang. Sie erinnerte sich, dass sie sie selbst hatte öffnen wollen, bevor sie abgelenkt worden war. Ein grauenvoll eisiger Schauder jagte ihren Rücken hinunter; im Vergleich dazu war das abgekühlte Haus eine Sauna. Sie bewegte sich langsam zurück ins Wohnzimmer, steif und träge wie in einem Albtraum, gedankenlos vor Angst. Sie bestaunte die kleine Blutlache, die dort, wo sie aufgewacht war, am Boden klebte – *ihr* Blut. Sie griff sich an den Kopf, zuckte vor Schmerz, als sie die Platzwunde ertastete. Sie starrte eine Weile lang auf die Stelle, wo Ben gestanden hatte. Als sie wieder zu sich kam, zückte sie ihr Handy.

Ein Polizist hob ab und fragte, was ihr Notfall war, aber Barbara konnte nicht sofort antworten. Sie hatte gerade verblüfft festgestellt, dass ihr Blut das einzige im Raum war.

5

Er ist es.

Janine versuchte, sich auf die Worte der aufgelösten Lehrerin zu konzentrieren, aber dieser eine Satz war lauter, spulte sich wieder und wieder in ihrem Kopf ab, verhinderte, dass sie alle Details, die aus Barbara Blocksbergs – nein: Barbara Felix' Mund strömten, in vollem Umfang erfassen konnte.

»Und d-dann … hab' ich euch a-angerufen.« Barbara Felix kauerte schlapp auf dem Krankenhausbett und weinte während ihrer gesamten Erzählung; nicht, dass Janine ihr das verübelte. Ihre Tränen machten den Eindruck, als hätten sie lange darauf gewartet, zu fallen (dabei hatte die arme Frau immer schon so verheult ausgesehen). Die Geschichte war jetzt anscheinend zu Ende, aber Janine zwang sich, sitzen zu bleiben; zumindest eine Frage musste sie endgültig klären, bevor sie sich mit ihrer neuen Überzeugung an Gernot heranwagte.

»Sie können sich nicht erinnern«, fragte Janine vorsichtig, »was Herr Killa gemacht hat, als der Angriff passiert ist?«

Barbara Felix schniefte, runzelte die Stirn, wischte sich über den Mund. »N-nein … Also, doch. Er muss immer noch auf dem Sofa gesessen sein. Vermute ich.«

»Vermuten Sie.«

»Ja.« Ein letztes Mal schniefte sie auf, dann trocknete sie endlich ihre Augen mit ihren Westenärmeln, die sie bis über die Finger gezogen hatte. »Wo soll er sonst gewesen sein?«

Genau das wollte Janine herausfinden. »Danke, Frau Felix.« Ihr Blick blieb am Verband um den Kopf der armen Frau hängen. »Geht es Ihnen halbwegs gut?«

Barbara Felix ließ die Hände auf ihren Bauch fallen und nickte steif. »Geht schon. Die Ärztin hat gemeint, ich war wohl gar nicht wirklich bewusstlos. Ich bin anscheinend nach dem Schock vor Erschöpfung einfach eingeschlafen.« Sie lachte, und sogar das klang wie bitterliches Weinen, wie ein Hilfeschrei. »Haben Sie sowas schon mal gehört? Kann auch nur mir passieren.«

Janine, die schon vieles gehört und gesehen hatte, legte behutsam eine Hand auf Barbara Felix' Hände. »Wichtig ist nur, dass Ihnen nichts Schlimmeres passiert ist.«

Die Lehrerin lächelte dankbar. Fast im selben Moment kehrte das Entsetzen in ihr Gesicht zurück. »Sie werden ihn – Sie werden die beiden doch finden, oder?«, fragte sie mit erstickter Stimme.

»Wir werden unser Bestes tun«, versprach Janine.

Auf dem Weg zur Station rief sie Gernot an, erreichte ihn aber nicht. Als sie das Büro betrat, saß er an seinem Schreibtisch. Er hielt sich ein gewaltiges Kebap ins Gesicht und sah sehr glücklich damit aus.

»Du bist noch *da*?«, sagte Janine. »Es ist fast zwölf.«

»Dir auch einen wunderschönen Abend«, sagte Gernot fröhlich, und nahm einen Bissen.

»Killa ist doch unser Mann«, sagte Janine.

Gernot schluckte. »Darf ich vorher fertig essen?«

»Wie kannst du jetzt ans Essen denken?«

»Ich denk' nicht dran, ich tu's einfach. Aber ich seh' schon, du hast einen Stress. Statt mich so böse anzustarren, erklär mir doch bitte, wie du zu dieser neuen Erkenntnis kommst.«

Janine gab Barbara Felix' Bericht in so vielen Einzelheiten wie möglich wieder. Gernot durfte nicht merken, dass sie stellenweise kaum zugehört hatte, sonst würde er ihre Theorie nicht einmal teilen, wenn sie ihm schlüssig erschien.

»Hm«, machte Gernot. »Und wo in dieser hübschen Erzählung macht sich Killa die Hände schmutzig? Der Mörder sprang doch maskiert aus dem Schrank.«

»Und hat eigenhändig zwei Männer überwältigt, ohne deren Blut zu vergießen?«, entgegnete Janine.

»Okay, guter Punkt. Es scheint also zumindest möglich, wenn nicht sogar naheliegend, dass zwei Täter in Felix' Haus am Werk waren – was bedeuten würde, dass Baumgartner zwei Komplizen hat, oder zwei Nachahmer. Oder dass er tatsächlich ein verlogener Masochist ist, der für die Taten anderer büßen will. Aber – inwiefern impliziert das Killa?«

Janine unterdrückte ein Stöhnen. »Naja – entweder haben sich zwei oder mehr Maskierte unbemerkt in das Haus geschlichen, ohne dass Felix *und* Killa es mitgekriegt haben, und haben *zwei* Männer irgendwie entführt, statt sie umzubringen – *oder* einer war bereits drin, mit der Erlaubnis von Frau Felix, und hat sie abgelenkt, damit sein Partner unbemerkt eindringen kann. Felix hat mir bestätigt, dass sie sich nicht erinnern kann, was Killa gemacht hat, als sie niedergeschlagen wurde.«

Gernot legte sein Kebap zur Seite und klopfte die Hände aneinander ab. »Deiner Nacherzählung zufolge«, sagte er, »hat Felix auch nicht gesehen, was mit ihrem Ex-Mann passiert ist.«

»Du hast Blocksberg selbst ausgeschlossen.«

»Nicht kategorisch. Nicht so, dass ich neuer Evidenz nicht erlauben würde, mich eines Besseren zu belehren.«

»Also willst jetzt behaupten, dass es doch Blocksberg ist.«

»Nein. Ich will überhaupt nichts behaupten. Ich will offen bleiben für alle Möglichkeiten.« Als wäre damit alles gesagt, klaubte Gernot sein Kebap wieder auf und aß weiter.

»Also gibst du zu, dass ich recht haben *könnte*?«, fragte Janine.

»Iff dönkö – Tsch'ldig'ng –« Er schluckte. »Ich denke, dass du dich mindestens genauso leicht täuschen könntest.«

»Aber meine Interpretation ist nicht *unplausibel*?«, hakte Janine nach, um Geduld ringend.

Gernot ließ den Blick aus dem Fenster gleiten. Zumindest schien er ihr den Gefallen zu tun, ernsthaft über ihre Sicht der Dinge nachzudenken. Seine Augenbrauen trafen einander tief unten auf seiner breiten Stirn, sein Mund war nach vorne geschoben und drückte seinen Schnauzer gegen seine knollige Nase. Er nahm noch einen Bissen, kaute langsam.

»Du gehst davon aus«, begann er endlich, »dass es unwahrscheinlich ist, dass sich mehr als eine Person ins Haus geschlichen hat, ja? Das ist schon mal merkwürdig.«

»Das mein' ich ja –«

»Nein, nein. Merkwürdig ist nicht, dass sich vielleicht zwei oder gar noch mehr reingeschlichen haben. Merkwürdig ist deine Einschätzung der Situation. Warum ist *ein* maskierter Eindringling plausibel, aber zwei sind auszuschließen?«

»Wenn Killa sie abgelenkt hat –«

»Ob er sie absichtlich abgelenkt hat oder nicht, jemand hat die Eingangstür geöffnet, ist zum Schrank spaziert und hat sich da drin versteckt, ohne dass es Felix aufgefallen ist. Dann kann es auch sein, dass es Killa auch nicht aufgefallen ist. Und dann kann es außerdem sein, dass *zwei* Eindringlinge ihnen nicht aufgefallen sind.«

»Aber es ist doch viel wahrscheinlicher, dass –«

»Dass was? Dass Killa eine umständliche Charade aufgeführt hat, mit dem Ziel, Blocksberg zu entführen, obwohl er gar nicht wissen konnte, dass der auftauchen würde?«

Das verschlug Janine die Sprache.

Gernot nickte, und brummte nachdenklich. »Das führt uns zum nächsten Problem. Nämlich dem, dass Blocksberg in deinem Szenario verdächtiger ist als Killa, weil er später kam – also eventuell schon wusste, dass Killa im Haus ist – und sogar ein Motiv haben könnte. Felix ist seine Ex-Frau, aber eine Trennung hat Männer noch nie davon abgehalten, eifersüchtig zu sein – im Gegenteil. Vielleicht gefiel es ihm nicht, so früh schon einen neuen Mann im Haus seiner Ex zu sehen. Vielleicht hat das Ganze gar nichts mit unseren Morden zu tun.«

»Gernot, sie hat Skull *gesehen.*«

»Oder sich eingebildet. Oder im Nachhinein dazugedichtet. Die Frau war aufgewühlt und erschrocken und wurde ausgeknockt, bevor sie viel mitbekommen konnte. Außerdem – soweit wir wissen, sitzt Skull in einer Zelle der hiesigen Justizanstalt.«

Janine schnaubte. »Soweit wir *wissen*, hat Skull vor eineinhalb Wochen in der Schule Hartplatz und Rotschert ermordet und einen Schüler verletzt. Baumgartner ist nicht der Mörder, Gernot, zumindest nicht der einzige, das weißt du genauso gut wie ich. Und nach den jüngsten Ereignissen haben wir vielleicht endlich eine Erklärung dafür, wieso er gestanden hat.«

»Oh?«, sagte Gernot überrascht. »Und zwar?«

»Er könnte irgendein Abkommen mit Killa haben. Vielleicht sind sie ein Paar, und Baumgartner deckt ihn. Wieso nicht?«, verlangte sie, auf Gernots verdatterten Blick hin. »Manche Lehrerinnen und Lehrer halten Killa für schwul. Über Baumgartners Liebesleben wissen wir gar nichts, außer dass er laut eigener Aussage keine Freundin hat und auch nie eine hatte. Er ist ein Mann über vierzig, der allein wohnt und in nichts, was er sagt oder tut, den Anschein erweckt, als hätte er Interesse, das zu ändern. Das ist kein untypisches Verhalten für einen heimlichen Homosexuellen. Nimm dazu, dass seine einzigen sozialen Begegnungen in der Schule stattzufinden scheinen, dass Killa der einzige Lehrer war, der gefragt hat, ob es möglich ist, Baumgartner zu besuchen – füg das mit dem Angriff auf Felix und Blocksberg zusammen –«

»Und du erhältst *nichts*. Janine – das sind alles Spekulationen und Mutmaßungen. Tatsache ist, zwei Männer werden vermisst.«

»Und gesucht«, sagte Janine, sehr viel kaltblütiger, als sie sich fühlte. »Unsere Aufgabe ist es jetzt –«

»Deine Theorie durchzuarbeiten«, unterbrach sie Gernot. »Zwei Einwände hab' ich nämlich noch. Erstens – deine Annahme, dass ein Täter allein nicht fähig wäre, beide Männer zu überwältigen, hat kein Fundament. Mir fallen alle möglichen Szenarien ein – Taser, Knüppel, Drohung mit einer Schusswaffe – oder noch mehr Vasen«, fügte er hinzu, mit einem vergnügten Schmunzeln, das Janine beinahe in den Wahnsinn trieb. »Vasen, mit denen er nicht ganz so doll zugeschlagen hat und deren Scherben der Täter weggeräumt hat, um uns zu verwirren, was ihm ja gelungen wäre. Oder vielleicht hat er gedroht, Felix zu töten, wenn sie nicht kooperieren und mit ihm kommen. *Oder* – jetzt halt dich fest – einer der Männer, oder sogar *beide* Männer sind vor Schreck weggelaufen, verstecken sich jetzt wo und wissen gar nicht, dass sie als vermisst gelten. Trauen sich jetzt nicht, die Polizei zu rufen, weil ihnen das peinlich ist.«

»Gernot, das ist Unsinn.«

»Ach, *das* ist Unsinn? Aber Killa ist Baumgartners Liebhaber und hat einen komplizierten Plan in die Wege geleitet, um den Ex-Mann einer Kollegin, von dem er gar nicht wusste, dass er ihm begegnen würde, zu entführen?«

Janine schwieg, bis sie Gernots Blick nicht mehr ertragen konnte. »Was ist der zweite Einwand?«, fragte sie.

»Der *zweite* ist …« Gernot schob sich den Rest des Kebaps in den Mund, stand auf, putzte sein Hemd mit den Händen ab und seine Hände an seiner Hose. »… dass deine gesamte Theorie sich auf die Annahme stützt, dass Barbara Felix die Wahrheit sagt. Wir haben nur Anlass, Blocksberg und Killa zu verdächtigen, weil sie uns diese eigenartige Geschichte erzählt hat. Wir wissen aber *nicht*, warum Skull sie hätt' leben lassen sollen. Und daher, Janine, sage ich, dass, wenn wir Blocksberg und Killa aufgrund dieser seltsamen Begebenheiten verdächtigen, Barbara Felix mindestens genauso verdächtig ist. Und jetzt müssen wir los.«

Janine fand Gernots Ausführungen so einleuchtend wie verdrießlich, war beschäftigt damit, Lücken zu finden, und registrierte daher verspätet, was ihr Kollege zuletzt verkündet hatte.

»Los?«, fragte sie verdutzt. »Wohin? Willst du mit Felix sprechen?«

»Nein. Ich will mit unserem *richtigen* Hauptverdächtigen sprechen. Unserem richtigen, falschen Hauptverdächtigen.«

*

Anton Baumgartner war bereits in den Besuchsraum gebracht worden. Er saß dort seelenruhig an einem Tisch, als befände er sich zuhause mit Kaffee und Kuchen vor dem Fernseher. Ein gedankenloses Lächeln umspielte seine dürren Lippen. Sein einst glattrasiertes Gesicht zierte ein Schatten feiner Barthaare; Janine konnte sich nicht entscheiden, ob er damit ein bisschen sympathischer oder gar noch unheimlicher aussah.

»Herr Baumgartner«, sagte Gernot, der sogar hier noch die Muße besaß, einen höflichen Ton anzuschlagen. »Verzeihen Sie bitte die nächtliche Störung.«

Der Gefangene hob den Blick und machte eine mäßig überraschte, neugierige Miene, als hätte er gerade erst bemerkt, dass er Besuch hatte. Sein Lächeln wurde breiter.

»Der Herr und das Fräulein Inspektor. Was kann ich für Sie tun?«

Gernot setzte sich. Janine blieb stehen.

»Sie könnten uns freundlicherweise etwas erklären«, sagte Gernot. »Es gab wieder einen Angriff, ausgeübt von – nun, von Ihnen, wenn wir Ihnen glauben sollen, was sie behaupten. Sie können sich vorstellen, warum uns da etwas faul erscheint.«

»Ein Nachahmer«, sagte Baumgartner gelangweilt.

»Kein Komplize?«

»Ich habe keinen Komplizen.«

»Und zu Silvester waren Sie gleichzeitig mit Doktor Hartplatz am Hauptplatz und im weit entfernten Zweitwohnsitz der Familie Maximilian?«

Baumgartner zuckte mit den Schultern. »Sie erinnert sich falsch.«

»Sie ist nicht die einzige Zeugin, die Sie dort gesehen hat.«

»Dann finden Sie halt endlich selbst heraus, wie ich das angestellt habe.«

»Zuletzt meinten Sie, das wäre die erste Tat vom Nachahmer gewesen.«

»Ich meinte, dass das doch immerhin möglich sei.«

»Er war also gleichzeitig mit Ihnen tätig?«, fragte Gernot, interessiert wie ein gelehrsamer Schüler. »Und Sie wussten das, hatten und haben aber keine Ahnung, wer sich hinter der anderen Maske verbirgt?«

»Herr Chefinspektor, ich bin verwirrt«, sagte Baumgartner. »Wir haben all das schon besprochen. Mehrmals.«

»Ich kann nicht behaupten, dass ich mit Ihren Antworten bisher sehr zufrieden bin. Aber Sie haben recht, wir haben das alles schon durchgespielt. Und ich habe Sie auch mehrmals darauf hingewiesen, dass Sie, sollten Sie lügen, sich der Strafvereitelung schuldig machen, und damit der Begünstigung. Jahre im Gefängnis, nur um jemanden beschützt zu haben, der kleine Kinder ermordet …« Ein theatralisches Schaudern brachte Gernots Wangen zum Beben. »Ein furchtbarer Gedanke, finde ich.«

Anton Baumgartner schien der Gedanke kein bisschen zu beunruhigen – zumindest war das Janines erster Eindruck: Er hielt Gernots Blick stand, lächelte sein spitzes Lächeln …

Aber es wackelte. Seine Lippen zuckten, und das Lächeln drohte, sich in das aufzulösen, was es eigentlich schon war: nichts.

Einer Eingebung folgend, lehnte Janine sich über den Stuhl, den sie verweigert hatte, und schlug mit einer Hand auf den Tisch. Baumgartner schien das nicht zu erschrecken, aber er wandte sich ihr zu, seine Augenbrauen Giebeldächer hoch oben auf seiner

Stirn; als Janine die Schweißperlen unter seinem schütteren Haaransatz sah, wusste sie, dass Gernot zu ihm durchgedrungen war.

»Baumgartner, hören Sie mal«, sagte sie. »Sie haben noch nicht unwiederbringlich viel falsch gemacht. Sie haben bisher auf einen Anwalt verzichtet. Sie haben ein umfassendes Geständnis abgelegt, aber das war eindeutig konstruiert, frei erfunden – und Sie mussten *wissen*, dass wir die Lücken und Lügen erkennen würden. Irgendeine Absicht haben Sie. Und wenn es sich dabei nicht um die Absicht handelt, die wahren Tatbestände zu verschleiern, sind es vermutlich irgendwelche Motive, die Sie für nobel oder vorteilhaft für Sie halten. Was auch immer das für Motive sein mögen, vergessen Sie sie. Sie schützen niemanden außer einen Kindermörder, und Sie helfen am allerwenigsten sich selbst.«

Baumgartner unterbrach sie nicht, starrte sie nur an. Sie wertete das vorsichtig als gutes Zeichen. Das Warten auf eine Antwort dauerte allerdings länger, als ihr lieb war – und seinem Starren standzuhalten war schwieriger, als sie zugeben wollte.

»Ich glaube«, sagte Gernot mit einem tiefen Seufzen, »wir sind hier vorerst fertig. Denken Sie über das nach, was meine Kollegin gesagt hat, Herr Baumgartner. Je früher Sie Ihren Tenor ändern, desto milder wird der Richter mit Ihnen verfahren, wenn die Zeit gekommen ist, Sie für Ihre tatsächlichen Verbrechen zur Rechenschaft zu ziehen.«

Gernot stand auf und entfernte sich. Als Janine ihm nicht folgte, blieb er stehen und sagte, »Frau Inspektor? Würden Sie mich bitte begleiten?«

Widerwillig (und doch auch dankbar – der Blick dieses Mannes war abscheulich) wandte Janine sich ab und ging mit Gernot. Er hatte ja recht – es hatte keinen Sinn, hier zu verweilen. Es gab jetzt Wichtigeres.

Ob nun Täter oder Tote, Rudolf Killa und Benedikt Blocksberg mussten gefunden werden.

6

Der Tag der Maturafeier brach früh, strahlend und heiter an; der kalte Wind hatte sich ausgeblasen, und Tristans Verkühlung schien mit ihm verzogen zu sein. Tristan hatte sich vor dem Zubettgehen selbst mit der Entscheidung überrascht, die Jalousien hochzuziehen und die Fenster zu öffnen. (Ersteres tat er normalerweise nicht, weil er sich in Dunkelheit zurzeit – wie früher – wohler fühlte; Zweiteres aus einem vernünftigeren Grund, den wohl jeder hätte nachvollziehen können: Ein Mörder trieb schließlich sein Unwesen und schien es spezifisch auf ihn abgesehen zu haben.) Sonnenlicht kitzelte ihn wach und Vögel fiepten übertrieben harmonische Gesänge, als wäre das ein Film, der dem Publikum verdeutlichen wollte, wie schön und gesegnet und freudvoll dieser neue Morgen war. Gerne hätte sich Tristan dieser Illusion hingegeben. Nur war er leider kein Zuschauer.

Er brauchte jetzt erst mal eine Zigarette. Er zerrte seine Hose zu sich, aber das Päckchen in der Tasche war leer. Er stöhnte und kroch ins nächste Eck, um in seinem Berg ungewaschener Wäsche zu stöbern. Auch nichts. Er öffnete seinen Schrank, hoffend, dass beim Übersiedeln von dem ganzen Scheiß aus seinem Schulspind auch eine Packung Tschick mittransportiert worden war, oder dass er einen vergessenen Vorrat aus früheren Tagen finden würde. Er kramte Hemden und Taschen und Bücher hervor, Schulunterlagen und Mützen – und aus einer der Mützen kullerte ein Plastiksäckchen heraus. Tristan betrachtete die trockenen Büschlein darin, tastete sie ab, sinnierte, haderte mit sich.

Aber warum nicht? Heute war ein besonderer Tag, und der gehörte ordentlich gewürdigt.

Er hatte lange nichts gedreht, aber seine Finger erinnerten sich sofort an den Vorgang. Er wusste nicht, wie alt das Gras war, und er wusste auch nicht, ob es mit dem Alter potenter oder schlechter oder weder noch geworden wäre, aber er war bereit, sich auf jedes Risiko einzulassen. Der erste Zug war wie ein Schlag auf den Kopf, schmeckte wie der Tod und schien seine Lungen völlig auszutrocknen, aber nachdem er fertiggehustet hatte, blieb wohlige Wärme und eine angenehme Rauchigkeit zurück. Er legte sich wieder hin und rauchte genüsslich, jeden Zug auskostend, sich Zeit lassend. Er dachte an sehr vieles, konnte sich aber in jedem neuen Moment kaum erinnern, womit er sich im vorherigen befasst hatte. Bald hatte er den Eindruck, dass er gar nichts dachte.

Das fand er beunruhigend, aber auch lustig. So ging das eine halbe Stunde, eine Dreiviertelstunde, eine Stunde … bis er plötzlich erschrocken von seiner Matratze hochfuhr. War er spät dran? Ein Blick auf seine Handyuhr verriet ihm: nein, ganz und gar nicht. Es war überhaupt keine Stunde vergangen, auch nicht eine halbe, sondern gerade einmal fünfzehn Minuten.

Er lachte und beschloss, sich seinen neuen Anzug anzuziehen. Er brauchte eine Weile dafür. Er sah das Ding heute zum ersten Mal: Seine Mutter hatte es ausgesucht, und er hatte sie gelassen. Er hatte ihr damit eine Freude gemacht – und, wie er jetzt feststellte, sich selbst auch: Der Stoff war weicher als sein Bettzeug, der Schnitt war optimal – Sakko und Hose saßen wie angegossen. Er betrachtete sich im Spiegel und verlor sich ein wenig darin; er vermied es, sein Gesicht anzusehen, und erinnerte sich zum ersten Mal seit langem daran, dass er schön war.

Als er im Spiegel die Tür aufgehen und Lily eintreten sah, glaubte er, dass er noch schlafen und träumen musste, dass deswegen der Tag so herrlich, der Anzug so perfekt war.

»Bist du stoned?«, fragte Lily.

Tristan wirbelte herum. Ihm war, als würde ein Staubsauger blitzschnell und laut den Dunst von seinem Hirn abziehen.

»Ich … bin ein gottverdammter Gargoyle«, antwortete er, nicht sicher, wo er den Satz schon mal gehört hatte.

Lily starrte ihn von der Tür aus an, als fragte sie sich, ob er verrückt geworden war. Tristan konnte es ihr nicht übelnehmen – er stellte sich dieselbe Frage. Sie sah fantastisch aus in ihrem simplen, nachtblauen Kleid; kein Stuck, kein Kitsch, keine Accessoires. Er wollte ihr das Kleid vom Leib reißen. Für einen Moment glaubte er, einen ähnlichen Gedanken in ihrem Gesicht lesen zu können.

Dann fingen sie beinahe gleichzeitig zu lachen an. Lilys Gesicht wurde puterrot, und das machte die Sache noch lustiger. So unbeherrscht, so ausgelassen lachten sie, Lily in der Tür und Tristan am Spiegel, dass Tristan für einen Augenblick vergaß, wer er war, wer sie war, wer sie gemeinsam gewesen waren. Er glaubte, nie zuvor mit irgendjemandem so gelacht, irgendetwas so lustig gefunden zu haben. Nicht, dass er hätte sagen können, was so lustig war. Hätte er es gewusst, hätte er es wahrscheinlich nicht mehr so lustig gefunden.

Lily bekam sich zuerst wieder in den Griff. Immer noch rot im Gesicht, aber nur noch dezent schmunzelnd, schloss sie die Tür und trat näher an ihn heran. Er hielt ihr den Ofen hin. Ihre Augen ließen nicht voneinander ab, während sie einen tiefen Zug nahm.

»Ein gottverdammter Gargoyle, hm?«, sagte Lily, und neigte den Kopf zur Seite, sodass ihr Haar baumelte. (Wie sehr er das vermisst hatte …). »Seit wann sprichst *du* denn von Gott?«

Tristan grinste. »Der Gargoyle stört dich nicht?«

»Bei deiner heidnischen Gesinnung, Mister Hallowe'en?« Sie reichte ihm den Ofen zurück. »Ich hab' eigentlich damit gerechnet, dass dein Zimmer mit Athamen und Kerzen und so Shit vollgestopft ist. Ich war ein bisschen enttäuscht, als du's mir das erste Mal gezeigt hast.«

»Du hast über mein Zimmer nachgedacht, bevor du zum ersten Mal da warst?«

Lily schnaufte spöttisch. »Die ganze Klasse hat jahrelang über dich nachgedacht. Darüber, wie du wohl bist, wenn dich niemand beobachtet.«

»Ach ja?«

Lily blies Rauch durch ein kugelrundes, zuckersüßes O. Ihr Lippenstift war kaum als solcher zu erkennen. Vielleicht war es nur Lipgloss. Hatte er nicht gerade noch den Ofen in der Hand gehabt? War er *so* bekifft?

»Tristan Os.« Silbe für Silbe folgte der Name dem wohlriechenden Qualm aus ihrem Mund; ein Prickeln wanderte über Tristans Haut, seinen ganzen Körper rauf und runter. So hatte Lily seinen Namen noch nie ausgesprochen; langgezogen und vokalbetont, raunend, als wäre er ein Geist, den sie heraufzubeschwören versuchte. »Der Junge, den alle kennen und den niemand kennt. Von dem du nicht weißt, ob er dich faszinierend oder verachtenswert findet, wenn er dich ansieht. Der dich ohnehin nie ansieht – und wenn doch, dann ist es dir ein Rätsel, ob er mit dir schlafen oder dich umbringen will.«

Darauf wusste Tristan nichts zu erwidern. Er wusste nicht mal, was er damit anfangen sollte: Wollte sie sich über ihn lustig machen? Oder ihm schmeicheln? *Fühlte* er sich geschmeichelt? War das, was sie beschrieb, nicht genau das, was er einst hatte erreichen wollen?

Hatte er *das* erreichen wollen?

Lily gluckste, ließ den Blick sinken. Sie war wieder errötet, aber anders diesmal. War sie nervös?

»Ich …«, begann Tristan; aber er hatte immer noch keinen Plan, was er sagen wollte, und kam nicht dazu, es herauszufinden.

»Lassen wir das«, sagte Lily, und überreichte ihm den Ofen für den letzten Zug. »Wir sollten gehen. Die anderen warten unten.«

»Die anderen?«, fragte Tristan verwirrt.

»Wir sind gemeinsam gekommen, um dich abzuholen. Filippe. Doc …« Nach einer kurzen Pause: »Jo. Wir wollen noch ein letztes Mal alle zusammen ins Gymnasium gehen.«

»Haben wir das jemals gemacht?«

Lily beäugte ihn ungeduldig. »Dann wollen wir das eben ein einziges Mal gemacht haben, bevor es zu spät ist. Kommst du?«

Tristan kam, und gerne. Er überlegte, ob er Lilys Hand ergreifen sollte; ob das zu weit gehen würde. An der Haustür hätte er es beinahe einfach getan – wenn auch nur, um sie für einen Moment aufzuhalten, bevor sie zu den anderen stießen; um sie umzudrehen, zu sich zu ziehen, um sie noch einmal, ein letztes Mal, zu küssen –

»Tristan, komm nochmal kurz. Bitte.«

In smaragdgrüne Seide gehüllt, ihr Haar zu einem wuchtigen Knoten hochgesteckt, das Gesicht makellos geschminkt und doch völlig ausdruckslos, war Nicola Os im Gang erschienen wie der prunkvolle Geist einer tragischen Königin. Tristan – zerfressen von stumpfem Bedauern – deutete Lily, sie solle vorausgehen, und tat seiner Mutter den Gefallen.

Sie versuchte sich an einem Lächeln. »Ich hätte vorhin nach dir geschaut, aber dann ist deine hübsche Freundin aufgetaucht.«

»Sie ist nicht mehr meine Freundin.«

»Hmm?«

»Nichts. Sie und ein paar andere holen mich ab. Ich geh' mit ihnen zur Feier.«

»Das ist gut, ich muss nämlich vorher nochmal in unsere

Firma.« (*Unsere Firma*, sagte sie immer noch; Tristan war gespannt, wie lange es dauern würde, bis sie endlich begriff, was Sache war.) »Sarah schläft noch, glaube ich – kannst du sie bitte schnell aufwecken, bevor du gehst? Sie will deine Feier sicher auch nicht verpassen.«

»Sicher, Mutter.«

Nicola Os nickte; sie schien nicht zu wissen, was sie jetzt tun sollte, warum sie ihren Sohn überhaupt zu sich gebeten hatte.

Dann trat eine Klarheit in ihre Augen, die Tristan dort schon lange nicht mehr gesehen hatte – und sie umarmte ihn, küsste ihn auf die Wange, und sagte, »Ich bin wirklich, *wirklich* stolz auf dich, Tristan. Und – ich hab' dir das schon gesagt, aber – dein Vater … dein *Stief*vater … wäre das auch. Ich weiß, ihr habt euch nicht gut miteinander vertragen, aber – aber er wäre stolz auf dich.«

Sie drückte ihn von sich weg und betrachtete ihn mit großen, feuchten, liebenden Augen. Dann ging sie.

Tristan blieb noch eine Weile stehen. Dann erinnerte er sich, dass auf ihn gewartet wurde. Er ließ seine Schwester schlafen und verließ das Haus.

*

Eine schwarze Fahne wehte vor dem Schultor. Tristan fragte sich, ob sie nur der Hartplatz und der Rotschert zu Ehren gehisst war. Schließlich hing sie heute zum ersten Mal, obwohl die Schule das ganze Jahr über genügend Tote zu betrauern gehabt hätte. Fünf Schülerinnen und einen Schüler hatte der Dämon aus *Dantes Inferno* sich geholt.

Nein – sechs *Schülerinnen*, dachte Tristan, als er Richie erblickte, der im Raucherhof auf sie wartete. Marie ging auch auf das Konto des Mörders.

»Bereit für das Ende?«, empfing Richie sie, Daumen und Zeigefinger um seine Zigarette zum Kreis geformt und die restlichen Finger gespreizt.

»In Spanien heißt das Zeichen *Arschloch*«, sagte Jo.

»Sorry«, sagte Richie, »ich hab' vergessen, dass wir nicht in Spanien sind, Arschloch.«

Filippe gähnte. »Wieso muss der Spaß eigentlich fast genauso früh anfangen wie die Schule? Sollten wir nicht langsam anfangen dürfen, uns wie Studenten zu verhalten?«

»Als Student wirst du auch Vorlesungen haben, die um acht Uhr beginnen«, sagte Doc.

»Ja, aber die kann ich schwänzen, ohne Probleme dafür zu kriegen.«

»Sind die anderen noch nicht da?«, fragte Lily. »Luke und Theresa …«

Neugierig warf Tristan einen Seitenblick auf sie, weil sie so klang, als wollte sie weitersprechen. Plante sie, sich heute von allen zu verabschieden, ihre Reise vor versammelter Gruppe groß anzukündigen? Das klang nicht nach etwas, das Lily für notwendig halten würde …

Nein – er begriff plötzlich, warum ihr Satz wirklich hörbar unvollendet in der Schwebe hing. Sie, genauso wie er eben, hatte für einen Moment nicht bedacht, dass es keine weiteren Namen aufzulisten gab. Aus ihrem Kreis hatten es nicht mehr als die hier Versammelten und die beiden Genannten bis zur Maturafeier geschafft. Wenn man den Begriff *Kreis* verwenden wollte für das seltsame Konglomerat, das die Ereignisse des vergangenen Jahres zusammengewürfelt hatten ... dieselben Ereignisse, die es in seiner Entstehung auch gleich wieder Stück für Stück auseinandergerissen hatten.

»Ich steh' seit zwei Minuten an dieser Stelle und krebse mich ein«, antwortete Richie auf Lilys Frage. »Ich hab' also nicht die geringste Ahnung.«

»Manches ändert sich nie.« Jo dämpfte seine halbgerauchte Zigarette im Aschenbecher aus.

»Schmeckt's heute nicht?«, fragte Richie.

»Ich hab' nur was zwischen den Zähnen haben woll'n, weil die beiden da so verdammt nach Gras riechen«, sagte Jo, grimmig nach Tristan und Lily schielend. »Aber genau der Duft verdirbt mir die Lust auf die Tschick jetzt auch wieder.«

Richie schloss die Augen, neigte sich nach vorne und schnupperte an Tristan. »*Getting lit* vor der Zeugnisüberreichung.« Er entließ Luft in einem sehnsuchtsvollen Seufzen. »*Oh, the memories*!«

»Sei halt ein bisschen creepy, weil genau das brauchen wir jetzt«, schimpfte Doc. »Habt ihr nicht die Polizisten am Eingang gesehen? Ihr wisst schon, dass drin noch tausend sein werden?«

Tristan zuckte mit den Schultern. »Ich glaub' kaum, dass die uns heute wegen Drogenkonsum festnehmen, solang sie den Gestörten suchen, der uns umbringen will.«

»Mit dieser Annahme beweist du nur, dass du weit weniger schlau bist, als du glaubst«, sagte jemand hinter Tristan.

Theresa kam die letzten Meter in einem Tempo herangeschritten, das ihr bauschiges Kleid in Rage versetzte, sodass sie aussah wie ein aufgeplustertes, olivgrünes Huhn. Tristan wusste nicht, was er amüsanter fand: Das blamable Erscheinungsbild, das es aber erstaunlicherweise einfach nicht schaffte, Theresa zu blamieren; den interesselosen, sachlichen Ton, in dem sie ihn beleidigt hatte; oder das betretene Schweigen, das ihr Auftauchen verursachte.

»Ahm …«, eröffnete Richie das Gespräch wieder.

»Bestes Outfit«, sagte Filippe.

»Findest du?«, fragte sie, und klang ehrlich erstaunt. Sie schaute an sich hinunter. »Mir erscheint es recht lächerlich. Meine Mutter hat mich so hergerichtet. Gehen wir rein?«

Die anderen murmelten ihre Zustimmung und trudelten durch den Seiteneingang. Tristan warf noch einen Blick über die Schulter und stellte fest, dass Luke immer noch stand, wo er ihn während Theresas Anwalzen hatte stehen sehen. Unschlüssig und verdrossen beobachtete er aus sicherer Entfernung, wie seine Kameradinnen und Kameraden ins Gebäude verschwanden.

Tristan verdrängte das eigenartige Bedürfnis, ihm zuzuwinken und auf ihn zu warten.

7

Der Festsaal des Gymnasiums war voller Großeltern, deren Gesichter in dem Glanz frischgebackenen Erfolgs stolz erstrahlten, Eltern, in deren Augen freudige Erwartung und die eine oder andere Träne funkelte, und jüngeren Geschwistern, die je nach Alter verdattert und beeindruckt in jede Richtung gleichzeitig spähten oder bloß trotzig auf ihre Füße starrten.

Inspektorin Janine Fletscher gab sich Mühe, jedes Gesicht zu registrieren, jede Regung zu bemerken, jeden Gedanken zu erraten. Einer ihrer Füße wippte auf dem Ballen vor und zurück; der andere hielt sich bereit, loszulaufen, sollte sich ein Grund dafür ergeben. Eine Hand schwebte reglos neben ihrer Hüfte, kommunizierte heimlich mit der Pistole, die dort verborgen war. Nur für den Fall.

Weder Blocksberg noch Killa war aufgetaucht. Janine hegte die leise, naive Hoffnung, dass zumindest der Professor jeden Moment einfach durch die Glastür in den Festsaal spazieren würde, trotz aller Umstände erpicht, die Feierlichkeiten, zu denen er schließlich auch seinen Beitrag geleistet hatte, nicht zu verpassen. Rastlos suchte Janine die Menge ab, studierte jeden Neuankömmling, verharrte bei jeder Person von besonderem Interesse – Lehrerinnen und Lehrer der verstorbenen Kinder, Mitglieder der Familien Os, Maximilian, Fenrir, Demirkan, Rashid, Kowitz, Din, Ceus – Verwandte derer also, die an der Silvesterfeier im Berghaus oder am Maturastreich beteiligt gewesen waren, oder an beidem. Von jenen Beteiligten selbst fehlte noch jede Spur; bis auf einige übereifrige Absolventinnen und Absolventen waren die vordersten Sitzreihen noch leer.

Fünf Minuten, dachte Janine. *Ich warte noch fünf Minuten, dann lasse ich sie suchen.* Oder sie würde sich zumindest bei den Kollegen und Kolleginnen, die das Schulgebäude durchstreiften, erkundigen, ob sie die Kinder irgendwo sehen konnten. Und in gewisser Hinsicht war das auch gerechtfertigt. Tristan Os und so weiter mussten spätestens jetzt von der Welt als Erwachsene anerkannt werden, aber Janines Meinung nach hatten sie absolut kein Recht, nicht dort zu sein, wo sie erwartet wurden, solange Skull auf freiem Fuß war.

Janine musste keine fünf Minuten warten. Als hätten sie gespürt, dass eine Polizistin die Geduld mit ihnen verlor, tauchte der Großteil der mehr oder weniger Verdächtigen, Zeuginnen und Zeugen und potenziell Gefährdeten als große, lachende Gruppe auf, eine unübersichtliche Traube aus pubertären Hormonresten, Eitelkeit und leichtfertigem Lebensmut. Obwohl Janines Augen endlich ihre nervenaufreibende Suche beenden konnten, juckten sie unbefriedigt. Sie beobachtete, wie die Kinder zu ihren Plätzen strömten; die Aufregung entstellte ihre Gesichter, und wenn Janine sie nicht hören könnte, wäre sie sich nicht sicher, ob sie wirklich lachten und nicht vielmehr schrien. Os tat beides nicht, stellte sie fest; auf seinem vernarbten Gesicht spukte der entkräftete Geist des arroganten Lächelns, das sich einst kaum von dort hatte wegwischen lassen – aber mehr als sonst was sah er aus, als wäre er müde und den Tränen nahe.

Oben auf der Bühne befand sich Reinhard Himberi – in der Not vom Stellvertreter zum Direktor befördert – in angeregt getuscheltem Austausch mit dem Bürgermeister. Dahinter, untergegangen inmitten des Rests des Lehrkörpers, stand Barbara Felix. Sie hatte darauf bestanden, der Maturafeier beizuwohnen; sie müsse unbedingt dabei sein, wenn ihre Kinder das Abschlusszeugnis überreicht bekamen, hatte sie erklärt. Janine wusste nicht, ob sie das rührend und bewundernswert oder unvorstellbar dumm fand. Beides, am ehesten. Jetzt kauerte Barbara Felix dort oben, kauerte und zitterte, als hätte sie es sich anders überlegt. Ihre Augen huschten hin und her wie auf der fieberhaften Suche nach einem Ausweg, einer Möglichkeit, sich schnell und unauffällig ins nächstbeste Loch zu verkriechen. Janine hätte ihr gerne dabei geholfen. Sie hätte am liebsten alle Anwesenden in irgendein Loch gebracht, einen Deckel draufgetan und den erst wieder abgenommen, wenn der Mörder zur Strecke gebracht war.

Janine wandte den Blick dorthin, wo Nicola und Sarah Os saßen. Die Mutter hatte heute große, wenngleich subtile Ähnlichkeit mit ihrem Sohn: Ihre Miene, die wohl Ernsthaftigkeit, Noblesse und Feierlichkeit ausstrahlen sollte, wirkte eher und vor allem hochnäsig; sie saß starr da und sah nichts und niemanden direkt an, als wäre nichts und niemand ihres Blickes würdig. Die Ähnlichkeit zu ihrer Tochter war oberflächlicher und weniger wesentlich, und hätte Janine die beiden nicht kennengelernt, hätte sie Tristan und Sarah nie derselben Familie zugeordnet. Die junge Frau schaute gelangweilt, sogar ein wenig frustriert durch die Gegend, als ginge ihr alles auf die Nerven. Janine fragte sich, ob den beiden Frauen bewusst war, wie viel Glück sie hatten, noch am

Leben zu sein – fast genauso viel Glück wie Tristan selbst. Wären sie nicht zufällig alle drei aus gewesen an dem Abend, an dem Skull Tristans Stiefvater getötet hatte, wäre vielleicht die ganze Familie gestorben.

Aber … wäre sie das? Hätte Skull vier Menschen auf einmal erledigen können? War es wirklich Zufall, dass Samuel Os allein zuhause gewesen war? Oder hatte Skull ihn, und nur ihn, an jenem Abend gezielt angegriffen, um Tristan zu schaden?

Tristan. Tristan Os. Um ihn ging es hier, daran bestand kaum Zweifel. Gernot und sie sprachen selten darüber, aber aus den Augen hatte Janine diesen Eindruck nie verloren. Das erste Opfer war *ihm* vor die Füße geworfen worden, das zweite auf *seiner* Party ermordet, und als Nächstes hatte Skull *ihn* und seine Freundin angegriffen; *seine* Cousine war das einzige gleichaltrige Opfer aus einer anderen Klasse, und *seinen* Stiefvater und *seinen* Freund aus Wien hatte Skull getötet; Skull hatte zu Silvester mit *ihm* gerungen, und *ihm* war er nach Wien gefolgt, *ihm* hatte er das hübsche Gesicht entstellt …

Und plötzlich konnte Janine nicht mehr warten. Zur Hölle mit der Maturafeier. Sie hatte einen Plan, und der gehörte umgesetzt; sie hatte ihn nicht mit Gernot abgesprochen, aber was ging das Gernot an? Das, was sie vorhatte, war eine Sache zwischen ihr und Tristan Os – sofern der gewillt war, sich von ihr helfen zu lassen.

Sie ging zu den vordersten Reihen, bemüht, nicht zu gehetzt zu wirken – sie wollte kein falsches Bild vermitteln, keine Panik erzeugen.

»Herr Os.«

Der Junge drehte sich nach ihr um. All die anderen Kinder um ihn herum taten das auch.

»Kommen Sie kurz mit mir mit«, bat Janine.

Tristans Gesicht versteinerte.

»Ich habe nur etwas mit Ihnen zu besprechen«, fügte Janine hastig hinzu. »Es ist nichts passiert.«

Tristan erhob sich schwerfällig und folgte ihr aus dem Saal. Sie führte ihn zum Stiegenhaus und deutete dem Polizisten dort, dass sie mit Tristan allein sein wollte. Er zog gehorsam ab.

»Hier«, sagte sie, und überreichte Tristan, was sie für ihn mitgebracht hatte: ein Handy.

Tristan nahm es entgegen. »Was ist das?«, fragte er.

»Das ist ein Handy.«

»Ach.«

»Es ist für dich.«

»Ach?«

»Es ist genau eine Nummer eingespeichert. Meine.«

Tristan sah sie an, als hätte sie eine fremde Sprache gesprochen.

Janine schluckte. Sie wusste selbst nicht, wie sie es am besten erklären sollte. Also versuchte sie es einfach.

»Ich möchte, dass du dieses Handy immer bei dir hast und niemandem davon erzählst –«

»Sind wir jetzt wieder per Du?«

»Ja, Tristan, das sind wir«, schnauzte Janine ungeduldig. »Hast du ein Problem damit?«

Er ließ das unkommentiert.

»Ich weiß nicht, was als Nächstes geschehen wird«, fuhr sie fort, »aber ich weiß zwei Dinge: dass der Mörder noch nicht fertig ist – und dass er es auf dich abgesehen hat.« Sie studierte die Narben in seinem Gesicht, hoffte, dass er das nicht mitbekam. »Dieser Mörder ist wagemutig, aber auch geschickt. Er ist wahrscheinlich jemand aus deinem Umfeld. Vielleicht wird er einen Weg finden, dir dein Handy abzunehmen, ohne dass du es verdächtig findest, um zu verhindern, dass du die Polizei rufen kannst, wenn er dich das nächste Mal angreift. Wenn du aber dieses zweite Handy hast, und niemand *weiß*, dass du es hast, und du nur die Kurzwahltaste drücken musst, um mich zu erreichen – zu jeder Uhrzeit, an jedem Tag, an jedem Ort –, dann können wir hoffentlich das Schlimmste verhindern. Es wäre mir immer noch lieber, du würdest Polizeischutz in Kauf nehmen, aber selbstverständlich akzeptieren wir deine Entscheidung. Ich werde dieses Handy auch nicht GPS-tracken – es sei denn, du willst es. Ich will nur, dass du eine garantierte Möglichkeit hast, mich zu erreichen, von der nur du und ich wissen. Ist das in Ordnung für dich?«

Es schien, als hätte Tristan Schwierigkeiten, ihr zu folgen. Sie hoffte, dass sie sich das nur einbildete. Er roch seltsam, nach etwas Unverkennbarem und Unerlaubtem. Das bildete sie sich hoffentlich auch nur ein.

Plötzlich nickte Tristan. »In Ordnung. Danke.« Er drehte das Handy in seinen Händen hin und her. »Altes, hässliches Teil.«

Janines Nasenlöcher blähten sich. »Tut mir leid, dass es nicht das neueste iPhone ist.«

»Nein, passt schon. Ist nicht älter und hässlicher als meins. Ich mach' mir nichts aus Handys. Ich … Danke, Frau Inspektor.«

»Gern. Steck es jetzt weg und lass es weggesteckt, bis du es brauchst. Wenn dich jemand fragt, was ich wollte, sag, ich hätte dich nochmal zu Personenschutz gedrängt. Und – Tristan …«

Janine war sich nicht sicher, ob sie aussprechen sollte, was sie aussprechen wollte. Gernot würde ihr die Hölle heißmachen.

Aber Gernot war nicht da, und viel heißer konnte diese Hölle nicht werden.

»Falls du deinem Professor Rudolf Killa begegnest«, sagte sie, »sei vorsichtig. Trau ihm nicht. Okay?«

Tristans Augen flogen weit auf. »Okay«, hauchte er kraftlos.

»Gut. Dann geh deine Matura feiern. Das hast du dir verdient.«

Sie ließ ihn vorangehen, erlaubte ihm, Distanz zu ihr zu gewinnen. Sie wusste nicht, was der Junge von ihr hielt – sicher nicht besonders viel –, aber sie hoffte, dass er verstanden hatte, dass sie sich aufrichtig um sein Wohlergehen sorgte. Aus beruflichen Gründen, aber deshalb um nichts weniger aufrichtig.

Als sie den Festsaal wieder betreten wollte, läutete ihr Handy.

»Was gibt's?«

»Rechnest du damit, dass unser Mörder sich heute in der Schule blicken lassen wird?«, fragte Gernot grußlos.

Die Frage kam so unverhofft, dass ihr die Antwort reflexartig rausrutschte: »Nein. Wieso?«

»Weil ich glaube, dass zwölf Polizisten reichen, um einen Mörder, der wahrscheinlich eh nicht auftaucht, von einer Maturafeier fernzuhalten, und dass du daher von dort abziehen kannst. Ich hab' hier was Interessanteres für dich.«

»Und zwar?«

»Blocksbergs Auto. In der Zierau.«

8

Barbara sah die Inspektorin Fletscher mit dem Handy am Ohr davoneilen und wusste, dass etwas passiert war. Das bisschen Vorfreude, an dem sie sich festgehakt und zur Feier gezerrt hatte, strudelte aus ihrem Herzen wie Wasser durch den Abfluss.

Aber Barbara hielt sich wacker auf den Beinen, denn Pfarrer Gutleb trat in dem Moment ans Mikrofon. Der Religionslehrer war – der schrecklich unchristlichen Umstände wegen – eingeladen worden, die Eröffnungsrede zu halten. Beten durfte er nicht, und Barbara war froh darüber: Irmgard Hartplatz hätte es gehasst, hätte man für sie die Hände gefaltet, den Kopf geneigt und den Vater im Himmel ersucht, sie in sein Reich aufzunehmen. Wenn die Direktorin in ihrem Leben eines nicht gebraucht hatte, dann war es die Aufnahme in das Reich irgendeines Vaters, und nach dem Tod brauchte sie das genauso wenig.

Die paar Absolventinnen und Absolventen, die die Ereignisse auf der Bühne genug interessierten, um überhaupt mitzubekommen, dass es losging, hatten trotzdem nicht genug Interesse, um deshalb mit ihrem Getratsche und Geschnatter aufzuhören. Stille stellte sich erst ein, nachdem Himberi »*RUHE*!« brüllte, als glaubte er, immer noch im Klassenzimmer zu stehen statt vor Erwachsenen, die es nur mehr zu verabschieden galt.

»Die Matura«, begann Pfarrer Gutleb endlich, in seinen üblichen klingenden, tiefen Singsangtönen, so passend für einen Mann seines Geschäfts, »ist ein Anlass zur Freude. Sie bedeutet, dass junge Menschen eine Leistung vollbracht haben, die viele nicht erbringen können – sei es, weil sie aufgrund ihrer seelischen Voraussetzungen für andere Dinge bestimmt sind, oder weil die Umstände ihres Lebens es ihnen nicht erlauben. Aber die jungen Menschen, denen wir heute gratulieren dürfen, haben die Schule sogar unter Umständen abgeschlossen, die viele in die Flucht geschlagen hätten. Es macht das die heutige Maturafeier noch gewichtiger, noch gewaltiger als jede, die diese Schule je zuvor erlebt hat.«

Er macht aus dem Tod der vielen Kinder eine Leistung derer, die noch leben, dachte Barbara. Der Gedanke schien so abwegig, dass er sie mehr betäubte als erschreckte.

»Viele unschuldige Menschen, die es genauso verdient hätten, heute beglückwünscht zu werden, sind in den letzten Monaten von uns gegangen – aber noch mehr haben überlebt.«

Barbara löste sich aus der Reihe der Lehrerinnen und Lehrer, inmitten derer sie sich so klein fühlte, trat so langsam und vorsichtig wie möglich ein paar Schritte zurück bis zu den Stühlen an der Wand, ließ sich auf einen sinken, kniff die Augen zusammen und versuchte, Herrn Gutleb einfach nicht mehr zuzuhören. Dass von allen Männern, die sie bisher kennengelernt hatte, ausgerechnet ein Pfarrer derjenige war, vor dem sie sich am meisten ekeln musste, war zu viel für sie.

9

Im Festsaal des Gymnasiums roch es nach Textilreiniger und Parfum, aber selbst durch diese Wolke der Sauberkeit und Sanität drang die scharfe, unverwechselbare Note menschlichen Schweißes. Alle Fenster hatte man aufgerissen, aber das Einzige, das dadurch erreicht wurde, war das Vermengen der geruchsintensiven Luft im Saal mit der Hitze draußen, die nach den gestrigen Winden heute umso kräftiger und ein für alle Mal den Sommer ankündigte. Ausgerechnet jetzt tat sich nicht viel auf der Straße. Gegenüber dem langatmigen Gedudel des Pfaffen hätte Tristan allen Verkehrslärm jederzeit bevorzugt. Als endlich die Schweigeminute für die Verstorbenen begann, hätte Tristan vor Erleichterung am liebsten *Gottseidank* gerufen. Seufzend ließ er den Blick durch den Festsaal schweifen. Alle hatten sie den Kopf zu Boden gerichtet – alle Erwachsenen, sollte das heißen. All die, die von der Sache eigentlich am wenigsten betroffen waren. Lilys Mutter lächelte selig ihren Knien entgegen. Wie Tristan sie kannte (nicht gut, aber doch), führte sie im Geiste wohl ihr ganz eigenes stilles Gespräch mit Irmgard Hartplatz' unsterblicher Seele. Nicht weit von ihr entfernt saß seine eigene Mutter, so regungslos, als wäre sie eingeschlafen. Vielleicht war sie das auch. Sarah neben ihr begegnete seinem Blick, zwinkerte und streckte die Zunge raus. Tristan grinste zurück.

Und dann trat der Gutleb endlich ab, zurück in die aufgefädelte Reihe der Professorinnen und Professoren, die den achten Jahrgang heuer unterrichtet hatten. Die Rotschert fehlte selbstverständlich, und Bibi hatte sich hingesetzt … und Rudi war auch nicht da.

Sein Fehlen war Tristan gleich beim Betreten des Festsaals aufgefallen. Rudolf Killa hatte beschlossen, der Maturafeier fernzubleiben … Oder war es für ihn beschlossen worden? Hatte ihn etwas dazu gezwungen? *Trau ihm nicht*, hatte die Inspektorin gesagt. Tristan schauderte.

Er blickte zu den Ausgängen, an denen zwei Polizisten Wache hielten. Andere hatte er auf dem Weg zum Festsaal durchs Gebäude streifen sehen. Waren es so viele, weil etwas vorgefallen war?

Fletscher schien nicht mehr da zu sein. Hatte ihr plötzliches Verschwinden etwas mit Rudis Abwesenheit zu tun? *Trau ihm nicht* … Seine Hand tastete von selbst nach Fletschers Geschenk in seiner Hosentasche. Sein heimliches Handy. Ein absurder, chancenloser Plan, seiner Meinung nach. Aber vielleicht besser als gar keiner.

Der Himberi trat ans Rednerpult. »Der auch noch«, raunte Lily neben Tristan. Er wollte lachen, aber es blieb ihm im Hals stecken. Es war ihm eh lieber, nicht mit Lily zu lachen. Zu zutraulich, zu freundschaftlich, zu eng mit ihr wollte er sich nicht geben. Es war schlimm genug, dass Lily und er die Sitzordnung missachtet und sich nebeneinandergesetzt hatten, statt sich dem Alphabet nach einzuordnen.

»Der Pfarrer hat, glaub' ich, alles Wichtige gesagt«, sagte der Himberi, und Lily seufzte erleichtert. (Diesmal musste Tristan leise lachen, ob er wollte oder nicht.) »Also dann … Die A-Klasse. Baltasar, Dorothea.«

10

»Blut«, sagte Gernot überflüssigerweise. »Da haben wir es ja endlich.«

Janine war in die Knie gegangen, um den Kofferraum aus

nächster Nähe zu inspizieren. Mehr als Flecken getrockneten Bluts fand sie auf den ersten Blick trotzdem auch nicht. Es roch komisch, ein bisschen, als wäre der dazugehörige Körper auch immer noch da. Hier im Wald war es friedlich, von diesem protzigen Auto mit dem blutbespickten Kofferraum abgesehen; friedlich und angenehm kühl unter dem Laubdach. In einiger Entfernung warteten Kollegen darauf, das Beweisstück – oder den Tatort – abschleppen lassen zu können. Gernot hatte darauf bestanden, dass Janine vorher einen Blick drauf werfen durfte, und sie war gleichsam gerührt und verwirrt von dieser Geste.

»Gar nicht mal wenig Blut sogar«, fügte Gernot hinzu, noch überflüssigererweise.

»Das sehe ich«, sagte Janine. »Aber wessen? Blocksberg oder Killa?«

»Dein Tipp ist einstweilen so gut wie meiner«, sagte Gernot.

Janine richtete sich auf. »Warum wolltest du, dass ich das sehe?«

»Hättest du's nicht sehen wollen?«

»Doch. Aber warum wolltest *du's*?«

Gernot schürzte die Lippen. »Für den Fall, dass sich herausstellt, dass das Rudi Killas Blut ist. Ich wollte, dass du in dem Fall gesehen hast, was mit deinem Hauptverdächtigen passiert ist.«

Janine versteinerte. Ein kalter, hässlicher Zorn, ein ganz ruhiger, klarer, stieg in ihr auf. »Und wenn es das Blut von Blocksberg ist?«

Gernot atmete tief durch. Und nickte.

11

Das Klassenfoto der 8B wurde geschossen, und die Klasse stob auseinander, nur um sich in kleinen Grüppchen neu zu arrangieren. Freundinnen umarmten einander, Freunde performten einstudierte Handshakes. Alice und Bernhard, frisch getrennt, vermieden es tunlichst, einander anzusehen. Junge Liebe war schon etwas Eigenartiges, dachte Tristan – und fand den Gedanken an sich noch eigenartiger. Würden Lily und er einander auch betont aus dem Weg gehen, sobald die Show vorbei war?

Die 8B flatterte von der Bühne. Der Himberi trat wieder ans Pult. »Die C-Klasse.« Bildete Tristan es sich ein, oder schwang in seiner Stimme unverhohlene Abneigung mit?

»Auer, Gustav.«

Tristan atmete tief durch. Bald war es vorbei.

Er rückte brav nach, wie es ihnen geheißen war, als Gustav am Ende der Reihe aufstand und die Bühne erklomm. Gustav schüttelte dem Himberi die Hand, nahm sein Zeugnis entgegen und platzierte sich für das anschließende Klassenfoto. »Bensouda, Aminata« war als Nächste dran, gefolgt von »Brecht, Angelika«, und dann »Ceus, Lukas«. Tristan folgte Luke mit dem Blick – und stellte plötzlich fest, dass es spezifisch die geschmeidigen Rundungen seines Anzugshosenbodens waren, die er nicht aus den Augen verlor. Ertappt, verwirrt, heftete er den Blick stattdessen aufs Rednerpult.

Als Luke die Hand nach seinem Zeugnis ausstreckte, läutete ein Telefon.

Genervtes Raunen von Erwachsenen, die für diese Feier ihren Vormittag opferten, nervöses Kichern kleiner Kinder, die wussten, dass es *verboten* war, das Handy während einer Veranstaltung aufgedreht zu haben, und indigniertes Gemurmel regelkonformer Greisinnen und Greise schaukelten sich gegenseitig zu einer Geräuschkulisse auf, die bei weitem lauter und bei weitem störender war als die harmlose Melodie des einen Mobiltelefons. Es war sogar klassische Musik oder sowas, glaubte Tristan zumindest; er war nicht gerade bewandert auf dem Gebiet.

Aber … das Stück kam ihm bekannt vor. Sehr bekannt.

Und niemand drehte es ab.

»Hat jemand zwei Jahre lang den CD-Player von damals hinten stehen lassen und die CD nie gewechselt?«, fragte Theresa.

Da begriff Tristan, woher er das Lied kannte – und fühlte sich, als hätte jemand eiskaltes Wasser über ihn ausgeschüttet.

»Wovon zur Hölle redest du?«, fragte Richie.

»Das ist aus *Dantes Inferno*«, erwiderte Theresa. »Unserem Stück von damals? Dem, in dem so viele von uns das Kostüm anhatten, das der Mörder jetzt trägt? Und es klingt, als käme es aus dem Backstage-Bereich.«

Oben auf der Bühne ging Bibi – ausgerechnet Bibi – langsam, wie im Traum, auf die Tür zur Backstage zu. *Tu es nicht*, dachte Tristan. *Nicht ...*

12

Nicht, dachte Barbara, *tu es nicht, öffne die Tür nicht, lass es jemand anderen tun, geh einfach, geh und komm nie wieder.*

Aber selbstverständlich öffnete sie die Tür. Selbstverständlich steckte sie den Kopf in den beengten Raum dahinter. Ein entsetzlicher Geruch stach ihr in die Nase, faule Eier in einer öffentlichen Toilette. Sie wollte nicht sehen, was einen solchen Geruch verursachte. Trotzdem drehte sie das Licht auf. Die Musik, scheußlich vertraut, wehte ihr um die Ohren wie ein Schrei, der ihren eigenen vorwegnahm.

Denn selbstverständlich schrie sie. Schrie wortlos und wie von Sinnen, erzeugte die lautesten Laute, die ihr je über die Lippen gekommen waren, als sie fand, womit sie irgendwie, tief drin, schon gerechnet hatte.

Am Fuße eines Reservesesselstapels, zwischen verstauten Kulissen und verstaubten Requisiten, lag Rudi krumm am Boden wie eine vergessene Marionette. Blut färbte sein weißes Hemd braun und seinen grauen Pullunder schwarz. Sein starrer, nichtssehender Blick bohrte sich in Barbaras Kopf, und sie wusste in diesem Moment, dass er dort für immer bleiben würde.

Kapitel 13

Krank

1

Regnerische Septembertage wie dieser gehörten zu Lilys Lieblingsdingen. Sie gehörten auch zu den Motiven, denen gerecht zu werden ihr nie gelang, egal mit welchen Pinseln, welchen Farben sie es versuchte. Sie fragte sich, ob sie jene Dinge besonders schön fand, die zu malen ihr schwerfiel, oder ob sie umgekehrt das nicht nachzustellen vermochte, was sie für besonders schön hielt.

Gegen das Geländer gelehnt, richtete Lily ihren Blick abwechselnd auf das Dachfenster über ihr und auf das Getümmel unter ihr, im Erdgeschoß des Einkaufszentrums. Nach oben schaute sie lieber. Das Fleckchen Himmel, das sie sehen konnte, war grau und düster; aber was noch auf das Glas klopfte, war leider nicht mehr als ein Nachsatz, kaum lauter als Spinnenbeine. Der Schauer ließ schon nach.

Unten schubsten die Leiber einander aus dem Weg; wo das nicht ging, schoben sie sich einfach übereinander. Mal schien es ihr, dass sie wie Insekten krabbelten, mal, dass sie wie aufgescheuchte Vögel in einem heillosen Durcheinander durch die Gegend flatterten. Sie konnte sich nicht entscheiden, welche Metapher besser passte. Gut, dass sie Malerin war und nicht Schriftstellerin. Sie war ins Einkaufszentrum gekommen, um *Stadtluft* zu betrachten und Eindrücke zu sammeln, Menschen zu beobachten; aber jetzt wünschte sie sich, sie wäre daheim geblieben. Hätte den Regen von ihrem Zimmer aus genossen, und in Ruhe nachgedacht.

»Hast du Zeit?«, fragte eine wackelige Stimme.

Lily fuhr vor Schreck zusammen, als hätte ihr jemand *Hände hoch!* ins Ohr gebrüllt. Aber neben ihr stand kein Fremder mit Waffe im Anschlag; neben ihr stand nur Luke. Er türmte über ihr, aber sein Gesichtsausdruck war der eines kleinen Kindes, das es große Überwindung gekostet hatte, überhaupt den Mund zu öffnen. Die Hände in den Hosentaschen, den langen Rücken fast zum Katzenbuckel gekrümmt, schaffte er es kaum, Lily anzusehen.

Lily spürte ihre eigene Anspannung anschwellen, schluckte sie hinunter und sagte, »Sicher.«

Luke zog den Hals noch tiefer ein und die Schultern hoch, als wollte er den Kopf zwischen ihnen vergraben. Er lehnte sich neben ihr ans Geländer, warf selbst einen Blick an den Rolltreppen vorbei hinab ins Erdgeschoß. Er schien nicht zu wissen, was er mit ihrer Zeit anstellen sollte, jetzt, wo sie sie ihm zur Verfügung gestellt hatte.

»Was … hast du dir da unten angeguckt?«, fragte er.

»Menschen«, sagte sie.

»Hm«, machte er; dann riss er sich sichtlich am Riemen, und sagte, »Bist du gesund?«

»Was?«

»Ob du wieder gesund bist. Du hast die ganze Woche gefehlt, oder?«

»Ach so – ja. Ja, es geht mir wieder besser.«

Luke nickte, und es hätte für Lily nicht eindeutiger sein können, dass ihr Gesundheitszustand ihm völlig am Arsch vorbeiging. Er atmete tief durch. Lily wartete gespannt.

»Ich wollte dich was fragen«, sagte Luke, statt mit der Sprache rauszurücken; der Mutigste war er nie gewesen.

»*Shoot*.«

Luke kaute auf seiner Unterlippe herum, immer noch über das Geländer gebeugt.

»Vorsicht«, sagte Lily. »Du bist der langer-Oberkörper-Typ von großem Mann. Wenn du dich zu weit nach vorne lehnst, kippst du noch und fällst.«

Luke nickte geistesabwesend. Lily glaubte nicht, dass er ihr überhaupt zugehört hatte. Neugierig betrachtete sie ihn. So wenig sie auch mit Luke zu tun hatte, sie wusste zumindest, dass er zwar ein Idiot, aber ein netter, stiller, umgänglicher Idiot war. Ein bisschen merkwürdig vielleicht, aber *so* merkwürdig hatte er sich noch nie verhalten.

Doch, hat er, erinnerte sie sich plötzlich, als ihr die Schrammen in seinem Gesicht auffielen. Sie war nicht dabei gewesen, aber sie hatte gehört, dass er sich letzte Nacht *sehr* merkwürdig verhalten hatte.

»Geht es um gestern?«, fragte sie. »Die Schlägerei? Jo hat mir davon erzählt. Es tut ihm leid, hat er mir selbst gesagt.«

»Was?« Luke runzelte die Stirn. »Oh – nein. Darum geht's nicht. Also, nicht wirklich. Indirekt, wahrscheinlich.«

»Indirekt«, wiederholte Lily.

»Jaah … Mehr oder weniger.«

»Und … worum geht's direkt und eher mehr als weniger?«

»Um …« Luke sah sich um, wie um sicherzugehen, dass niemand sie belauschte. Ein Mann in Jogginghose und Halbglatze lieferte sich ein Shouting Match mit seinem heulenden Sohn; eine Frau, die so alt war, dass ihre Ohren wahrscheinlich nicht einmal etwas von jener exemplarischen Szene eines Familienlebens mitbekamen, schlich an ihnen vorbei, tief über ihren Rollator gebeugt. Ansonsten war niemand in der Nähe, zumindest nicht länger, als es brauchte, um von einem Geschäft ins nächste zu huschen.

»Um?«, drängte Lily.

Ein schweres Seufzen; ein letzter schweifender Blick überallhin außer in Lilys Gesicht. »Um Tristan.« Lukes Adamsapfel wippte auf und ab, bevor er Lily endlich in die Augen sah. »Ich will wissen, was ihm so an dir gefällt.«

Lily blinzelte Luke entgegen. Ihr Kopf bestand darauf, dass das, was durch ihre Ohren gedrungen war, nicht das sein konnte, was Lukes Mund verlassen hatte. Sinn ergab der Satz nämlich überhaupt keinen.

Ein gackerndes Lachen entkam ihr, mehr verwirrt als erheitert. Es klang nicht nach ihr. Sie unterbrach es schnell, als sie einen Schatten über Lukes Gesicht ziehen sah. Er meinte es ernst.

»Was?«, fragte sie, in einem Ton irgendwo zwischen sich immer noch aufdrängendem Lachen und dumpfer, befremdlicher Panik.

Mit genervter Miene – als glaubte er, Lily würde sich dumm stellen – sah Luke erneut um sich, bevor er einen Schritt nähertrat. Ein tiefer Atemzug blähte seine Nasenflügel, bevor er sagte, »Komm schon. Bitte. Ich will das nicht wiederholen, einmal ist peinlich genug.«

»Luke.« Lily sprach seinen Namen aus, als müsste sie einen Verrückten beruhigen, der seinen Wahnvorstellungen zu erliegen drohte. »Ich habe wirklich *keine* Ahnung, wovon du redest.«

»Ja, *right.*« Luke verschränkte die Arme. »Wenn du mir nicht helfen willst, dann eben nicht.«

»Helfen wobei?« Lily schnaufte; traurig wie ein getadeltes Hündchen schielte Luke in ihre Richtung. »Ich weiß wirklich nicht, was du meinst. Tristan – Tristan *Os*?«

»Soll ich dir ernsthaft glauben, dass du das nicht mitbekommst?«

Ungeduldig starrte er sie an. Verdattert starrte sie zurück.

Endlich stürzte seine vorwurfsvolle Miene in sich zusammen. »Oh – du weißt es wirklich nicht.«

»Was genau weiß ich nicht?«, fragte Lily.

»Er liebt dich.« Lukes Schultern sanken, und seine Arme baumelten wie etwas Totes. »Oder – oder er mag dich sehr gern. So gern, dass er mit niemandem mehr was hat. Ich mein' – mit mir hat er vorher auch schon nichts gehabt, aber …«

Lily fiel es immer noch schwer, nachzuvollziehen, was Luke von sich gab. *Er täuscht sich*, war alles, was ihr dazu einfiel. Aber das reichte nicht einmal ansatzweise an das heran, was sie eigentlich fühlte.

»Luke, das ist Blödsinn. Ich weiß nicht, wie du auf die Idee kommst, aber –«

»Er sieht dich *immer* an. Beim Fortgehen sucht er nach dir. Während du letzte Woche gefehlt hast, hat er ständig verträumt auf deinen Platz gestarrt. Immer schaut er in deine Richtung oder versucht, dir nahe zu kommen – immer, wenn er glaubt, dass es niemandem auffallt. Aber …«

Lily verstand, was Luke nicht aussprechen konnte. »Aber dir fällt immer auf, was Tristan tut.«

Er nickte. Seine Wangen färbten sich rot, so dunkel, dass es fast violett war.

»Ich glaub' trotzdem, dass du dich irrst«, sagte Lily; Lukes Behauptung war absurd, bodenlos. »Das Einzige, was Tristan an mir gefallen könnte, ist, dass er mich noch nicht hatte. Der fickt doch jeden.« Sie sah Luke zucken, seinen Blick sich verdunkeln, und fügte hinzu, »Sorry.«

»Schon okay.« Luke vergrub die Hände wieder in den Hosentaschen. »Ich muss wohl damit klarkommen, dass er jeden außer *mich* fickt.«

»Sei froh darüber. Wahrscheinlich –«

»*Yo*!«

Zum zweiten Mal fuhr ein unverhältnismäßiger Schreck durch Lily, aber diesmal war sie damit wenigstens nicht allein: Luke wirbelte genauso ertappt herum.

Kris Müller war aufgetaucht. Mit ihrem breiten, zahnreichen Lächeln sah sie wie ein kleines Mädchen aus. Der kitschige, funkelnde Hexenhut auf ihrem Kopf trug sicher auch seinen Teil dazu bei.

»Guckts, ich bin eine Hexe«, sagte sie überflüssigerweise, und zog an der Krempe ihres Huts. »Halloween kann kommen!«

»Das ist erst in eineinhalb Monaten«, sagte Luke.

»Man kann sich ein Kostüm ned zu früh aussuch'n.«

»Ist Hexe nicht mehr Hannahs Ding?«, fragte Lily.

»Die will ich morg'n eh besuch'n, da kömma das besprech'n. Bist du wieder g'sund, Lily? *Nice*! Heut sind *alle* in der Mall, anscheinend! Schauts, wen ich noch 'troff'n hab' –« Sie drehte sich um und rief, »Wo *bleibts* ihr denn?«

Aus dem Libro kamen Theresa Kowitz und Marie Kuttner, die beide so aussahen, als wüssten sie nicht so recht, wie sie hierher geraten waren. Marie lächelte Lily halbherzig zu.

»Theresa hat sich einen lustig'n Stift 'kauft, schauts«, sagte Kris, und zerrte an Theresas Ärmel, bis die den lustigen Stift präsentierte: einen rosa Kuli mit flauschigem Puschel hinten dran.

»Wow«, sagte Lily, sich das Lachen verkneifend.

»Ich wollte nur eine neue Füllfeder haben«, sagte Theresa.

»Das is' viel schöner!«, sagte Kris. »Gell, Marie?«

»Ich find', es sieht behämmert aus«, meinte Marie.

»He! Dich hat keiner gefragt.«

»Doch, du«, lachte Marie, »grad eben.«

»Ach was. Das liebe *Mariechen* hier, *by the way*«, wandte Kris sich wieder an Lily und Luke, und schmiegte sich dabei an Marie, »hat mir grad vercheckt, dass sie ein Auge auf'n Richie g'worf'n hat!«

»Oida, Kris, hör auf!« Marie schüttelte Kris ab (aber ihr Lächeln war nicht mehr ganz so müde wie vorher). »Das ist Blödsinn, hörts ihr nicht zu. Sie hat gekifft.«

»*Das* hab' ich allerdings! Und wennst bei Richie land'n willst, wirst auch damit anfangen müss'n, das kann ich dir gleich sag'n.«

»Darf ich eigentlich endlich gehen?«, fragte Theresa.

»Nix da, du bleibst da«, sagte Kris. »Wir ham ein Klassentreffen, merkst es nicht?«

»Ich glaube eher, dass wir ein privates Gespräch unterbrochen haben«, sagte Theresa.

»Ach, papperlafuck«, schimpfte Kris. »*Nix* is' privat unter Besties. Woll'ma was trink'n geh'n?«

»Nein«, sagte Theresa. »Ich gehe jetzt heim.«

»Ich komm' mit!«, sagte Kris.

»Was? Nein, das –«

»Tschüss, ihr zwei!« Kris umarmte Lily fest und drückte Luke einen Schmatzer auf die Wange. Dann hakte sie sich mit einem Arm bei Theresa, mit dem anderen bei Marie unter, und huschte mit ihnen davon. Der Hut auf ihrem Kopf hüpfte auf und ab und drohte bei jedem Schritt runterzufallen.

Marie drehte sich nochmal nach Lily und Luke um und winkte ihnen lachend zum Abschied. Luke winkte zurück.

»Na passt«, sagte Lily. Mit einem steifen Lächeln wandte sie sich an Luke zurück. »Also …«

»Vergiss, was ich gesagt hab'.« Lukes Kopf zuckte; er wollte ihn wohl schütteln, aber es sah mehr wie irgendeine Art Anfall aus. »Das war dumm. So High School.«

Lily kaute nachdenklich auf ihrer Unterlippe. »Wir sind in der

High School«, sagte sie.

Luke lächelte; vielleicht dankbar, vielleicht nur traurig. Dann ließ er sie allein.

2

Luke verschwand durch die Tür ins Vernehmungszimmer. Tristan wusste, dass es nicht mehr lange dauern würde, bis er an der Reihe war. Er war erstaunt, nicht als Erster aufgerufen worden zu sein. Aber gut war es: Er hätte bisher keinen Ton rausgebracht.

Lily saß neben ihm. In ihrem Maturafeierkleid wirkte sie völlig fehl am Platz. Tristan hatte auch noch keine Gelegenheit gehabt, sich umzuziehen. So lange, wie das alles schon dauerte, hätte man sie in der Zwischenzeit ruhig heimschicken können, fand er. Wenigstens war sein Anzug schwarz. Alle hätten gleich schwarz anziehen sollen; hätten sie sich ja denken können, dass die Maturafeier als Trauerfeier enden würde.

Tristans Gedanken überschlugen sich seit Bibis Schrei, und gleichzeitig schien er nichts zu denken – nichts Wichtiges, nichts Kohärentes. Was ihm durch den Kopf schoss, verknüpfte sich nicht miteinander; bildete Schnüre, die gerade nicht lang genug waren, um einander zu erreichen, egal, wie straff sie sich streckten. Es passte nichts zusammen. Falls er Herrn Professor Killa begegnete, sollte er sich in Acht nehmen, ihm nicht trauen … aber Herr Professor Killa war tot. Die Polizei hatte sich schon wieder getäuscht, und der Killa war ermordet worden. *Rudi* war tot …

Etwas berührte Tristans Faust auf seinem Knie: Lilys Hand. Er öffnete die Faust, gewährte ihren Fingern Einlass. Aneinandergepresst, eingeengt von Jo auf Lilys, der Wand auf Tristans anderer Seite, hielten sie einander fest.

»Ich glaub', ich will dich zurück«, flüsterte sie, so leise, dass sogar er es kaum hören konnte.

3

Janine hatte den gerichtsmedizinischen Befund schnell durchgelesen. Gernot brauchte etwas länger. Sie schloss die Augen, legte

Daumen und Zeigefinger an die Nasenwurzel und versuchte, ihre Kopfschmerzen wegzureiben. Sie wartete nicht nur darauf, dass Gernot fertiggelesen hatte, sondern auch darauf, dass er es aussprach. *Ich hab's dir gesagt* – der Satz musste ihm ein Loch durch die Zunge brennen.

»Willst du noch zu den Einvernahmen dazustoßen?«, fragte sie ihn, als sie des Wartens müde wurde.

»Hmm? Nein.« Gernot blätterte eine Seite zurück, völlig absorbiert in den Befund.

Janine war überrascht. »Nein? Glaubst du, die machen das ohne uns ordentlich? Du traust ja sonst nicht mal mir zu, allein mit Verdächtigen zu sprechen.«

»Das ist nicht wahr«, sagte Gernot. Er legte den Befund beiseite. »Willst *du* hin? Geh ruhig.«

»Ich frag' mich nur, ob wir nicht dabei sein *sollten*.«

»Das sind reine Routinebefragungen«, sagte Gernot, »und relativ überflüssige. Wenn irgendeines von den Kindern etwas weiß, wird es weiterhin nichts verraten.«

»Aber sich vielleicht endlich versprechen.«

Gernot schmunzelte humorlos. »Wie lang warten wir auf das schon? Nein, wir brauchen uns nicht die Halbwahrheiten der Kinder anzuhören. Wir haben hier was Interessanteres.«

»Ach ja? Im Obduktionsbericht?«

»Mhm. Todesursache.«

Janine schlug nach. »Herzinfarkt.«

»Jap. Er hat zwar Stich- und Schnittwunden, aber keine davon war tödlich. Stattdessen hat's ihm vor Angst das Herz zerrissen.«

»Und?«, sagte Janine unbeeindruckt. »Anders als die anderen, ich weiß, und tragisch, aber jetzt nicht so ungewöhnlich. Hat er Killa eben erst foltern wollen, bevor er ihm den Gnadenstoß verpasst, und das ist schiefgegangen. Gut für Killa eigentlich, irgendwie, auf eine traurige Art und Weise.«

»Gefoltert … Ja, das ist natürlich möglich …«

»Welche Optionen fallen dir leicht noch ein?«, fragte Janine.

»Eh nur eine.« Gernot strich sich über den Schnauzer. »Herr Killa hätte eigentlich gar nicht sterben sollen. Nicht so bald, zumindest. Aber was sagt uns das?«

Janine wartete ab, dass Gernot den Gedanken zu Ende führte. Wieder dauerte ihr das Warten zu lange. »Ja? Was sagt es uns denn?«

Gernot schaute sie verdutzt an. »Weiß ich nicht. Das war eine Frage an dich.«

»Ach so.« Janine überlegte. »Wenn du recht hast, sagt uns das zumindest mal, dass die Chance besteht, dass Blocksberg auch noch lebt – wenn er denn nicht der Täter ist.«

»Glaubst du, dass es Blocksberg ist?«, fragte Gernot.

Janine musste den Blick abwenden. »Ich weiß es nicht. Es tut aber auch nichts zur Sache. Wir müssen ihn sowieso finden.«

»Das ist allerdings wahr«, sagte Gernot, und verstummte.

Und Janine hatte das Warten endgültig satt. »Gernot, sag's ruhig.«

»Was sagen?«

»Dass du's mir gesagt hast.«

»Was hab' ich gesagt?«

»Dass Killa nicht der Mörder ist.«

Gernot machte große Augen. »Hab' ich das gesagt?«

»Komm, Gernot.«

»Na, nichts *komm-Gernot*. Ich hab' den Professor genauso verdächtigt. Du warst dir nur zu sicher, das wollte ich dir austreiben. Wenn ich ehrlich bin, hab' ich auch damit gerechnet, dass das Blut im Auto dem Blocksberg seins ist. Wenn ich wirklich, richtig ehrlich bin, dacht' ich am Schluss auch, dass Killa doch unser Mann ist.«

Janine war sich nicht sicher, ob sie ihm das glauben konnte, aber sie nahm es dankbar hin. »Er *wirkte* sehr verdächtig. Oder? Es hätte alles gepasst.«

»Ja …«, sagte Gernot, und nahm noch einmal den Befund zur Hand. »Es hätte gut gepasst. Wenn er nicht zu Tode gefoltert worden wäre …«

Gernots Handy läutete. Das Telefonat dauerte nur wenige Sekunden. Er legte auf, seufzte, und sprang dann sofort vom Sessel hoch, einsatzbereit.

»Der Maturajahrgang«, sagte er zu Janine, »hat soeben beschlossen, sich heute Abend beim aufgelassenen Eislaufplatz zu treffen, um den Schulabschluss zu feiern.«

»Woher wissen wir das?«

»Ich habe einen Spitzel in der A-Klasse. Ehemaligen A-Klasse, muss man jetzt wohl sagen.«

Janine wollte fragen, wieso sie von diesem Spitzel bisher nichts gewusst hatte – aber dann dachte sie an ihre eigene geheime Abmachung mit Tristan Os, und wechselte Kurs: »Was machen wir? Die Party unterbinden?«

»Nein. So viele Männer wie möglich hinschicken. Beobachten, aber im Hintergrund bleiben.«

»Verstecken und erst eingreifen, wenn der Mörder auftaucht?«

»Und ihn auf frischer Tat ertappen.« Gernot klang traurig. »So ungefähr, ja.«

»Ein riskanter Plan«, meinte Janine.

»Ein verachtenswerter Plan«, entgegnete Gernot. »Und ein absurd simpler. Zu simpel, um Erfolg zu versprechen. Aber …«

»Aber ein Plan«, schloss Janine, und nickte. »Gehen wir.«

4

Nicola stürmte auf ihren Sohn zu und riss ihn an sich, kaum dass er das Haus betreten hatte. Sie bebte am ganzen Körper.

»Wann hört das endlich auf?«, hauchte sie.

Wenn ich tot bin, dachte Tristan. Er schob sie von sich, aber sobald er sich die Schuhe ausgezogen hatte, packte sie ihn an den Schultern und steuerte ihn ins Wohnzimmer. Sarah saß dort und verspeiste ein Stück Schokotorte. Nicola drückte Tristan neben Sarah auf die Couch.

»Die Torte hab' ich zur Feier des Tages gekauft«, sagte Nicola verdrossen. »Soll ich dir auch ein Stück holen?«

»Die ist gut«, sagte Sarah.

Tristan versuchte, keine Miene zu verziehen, als seine Schwester einen gewaltigen Happen in ihren Mund beförderte.

Nicola ließ endlich von Tristan ab, flatterte zum Couchsessel und ging dort nieder wie ein abstürzender Vogel. »Was hat die Polizei gesagt? Wie ist das passiert?«

Tristan schnaubte. »Die Polizei *sagt* mir nichts.«

»Das kann so doch nicht weitergehen!« Nicola lachte schrill, ein Geräusch, als würde sie ersticken. »Dieser Mörder hat viermal versucht, dich umzubringen! Fünfmal sogar! Er ist hier eingebrochen, weil er *dich* gesucht hat! Die Polizei hat dich gefälligst zu beschützen! Die müssen aufhören, dich wie einen Verdächtigen zu behandeln!«

Tristan schwieg. Sarah legte ihre Gabel weg und räusperte sich. »Wenigstens killt Skull jetzt nur noch irgendwelche Erwachsenen«, sagte sie.

»*Sarah*!«, rief Nicola empört aus.

»Ist doch so«, meinte Sarah mit einem Schulterzucken. »Ist doch gut für Tristan, wenn der Mörder keine Jugendlichen mehr tötet. Vielleicht ist er fertig mit denen, hat alle Teenager gekillt, die er killen wollte.«

»*Samuel* war einer von diesen *irgendwelchen Erwachsenen* –«

»Ich sag' ja nicht, dass es okay ist, dass Skull Erwachsene tötet, ich sag' nur –«

»Hört auf«, sagte Tristan; er wollte es schreien, eigentlich, aber heraus kam nur ein kraftloses Raunen. »Hört auf.«

Sarah und Nicola verstummten. Tristan legte sich die Hand auf die Stirn, schirmte seine Augen ab. Vom Anblick der Schokotortenruine auf Sarahs Teller war ihm schlecht geworden.

Nach einer Weile fragte seine Mutter mit veränderter, vorsichtiger Stimme, »Mochtest du diesen Lehrer?«

Tristan stieß einen Lacher aus, der fast genauso klang wie der von Nicola vorhin; er quoll aus seinem Mund, zerplatzte in seinen Ohren, zerschmetterte eine dünne Wand in seinem Kopf, und ehe er sich versah, hatte er die zweite Hand auch auf sein Gesicht gepresst und schluchzte wie ein kleines Kind.

»Oh, Schatz –« Seine Mutter hechtete an seine Seite und legte den Arm um seine Schultern. Sie saß jetzt genau an der Stelle, an der ihr Mann gesessen hatte, als Tristan –

Tristan fuhr von der Couch hoch. »Tut mir leid«, sagte er; er wischte sich übers Gesicht, schniefte, biss die Zähne zusammen. »Es – tut mir leid. Es geht schon.« Er setzte sich auf den Couchsessel. »Es geht schon. Rudi – Professor Killa – wir alle mochten ihn.«

»In den Nachrichten haben sie gesagt, dass er zeitgleich mit einem anderen Mann verschwunden ist«, sagte Sarah. »Einem Benedikt Blocksberg. Weißt du, wer das ist?«

Tristan nickte, dankbar für den Themenwechsel. »Der Ex von einer anderen Lehrerin.«

»Dann sollte man diese Lehrerin verhaften!«, wetterte Nicola.

»Mama«, brummte Tristan vorwurfsvoll.

»Was denn? Dieser Blocksberg ist mit dem Professor verschwunden, der Professor ist tot wieder aufgetaucht, das sagt ja wohl alles! Entweder er ist der Mörder – dann steckt die Lehrerin sicher mit ihm unter einer Decke, weil was hat *er* sonst mit all den Opfern zu tun? Oder *sie* ist es allein, und hat sowohl ihren Kollegen als auch ihren Ex umgebracht!«

»Bibi ist *nicht* die Mörderin, Mama«, sagte Tristan müde.

Bloß … woher nahm er die Gewissheit?

»Irgendwen *muss* man irgendwann verhaften!«

»Aber man *hat* schon wen verhaftet, Mama«, sagte Sarah. »Den Schulwart.«

»Und er sitzt seit Wochen im Gefängnis, und die Morde gehen weiter!«

»Und deswegen sollen sie jetzt auch noch die Lehrerin einfach verhaften, obwohl sie's vielleicht gar nicht ist?«

»Es ist mir *egal*, wie viele Leute sie verhaften! Sie sollen machen, dass das aufhört! Sie sollen Samuels Mörder fangen und bestrafen und dafür sorgen, dass ihr nicht mehr in Gefahr seid!«

Nicola rutschte von der Couch und ging vor Tristan in die Knie. Sie packte seine Hände, umschloss sie fest mit ihren.

»Versprich mir, dass du auf dich aufpasst, Tristan«, raunte sie. »*Versprich* es mir.«

Tristan schluckte. Und nickte.

»Wir bleiben heute zuhause«, sagte Nicola. »Alle zusammen. Und du gehst nicht mehr aus, bis der Mörder geschnappt ist. Versprich mir das auch.«

Wir hätten auch einfach schon längst verschwinden können, dachte Tristan. Ganz weit weg von hier hätten sie ziehen können; das Haus von Samuel Os aufgeben und irgendwo – in einem fernen Bundesland oder einem ganz anderen Land – eine kleine

Wohnung mieten. Nicht, dass er das gewollt hätte, mit seiner Mutter umziehen – selbstverständlich nicht. Aber dass sie das nicht einmal vorschlug, dass sie gar nicht auf die Idee kam oder sie zumindest nicht äußerte … das bohrte Löcher in Tristan; das ließ ihn ihre feuchten Augen mehr infrage stellen als die Maske, die sie auf den Rest ihres Gesichts aufgetragen hatte, eine dicke Maske aus Make-up, durch die wenig Emotion durchschimmerte. Dass dieses Haus, dieses Luxusleben hier, ihr mehr bedeutete als das bloße Überleben ihres Sohnes …

Nun – leider überraschte ihn das nicht.

»Ich versprech's.«

*

Ich glaub', ich will dich zurück.

Die Worte spukten in seiner wirren Gedankenwelt herum, mal laut, mal leise. *Ich glaub'* … Er hatte nicht damit gerechnet; hatte er darauf gehofft? … *ich will dich zurück …*

Er lag auf seiner Matratze, versuchte, sich zu sammeln, zu entscheiden, was als Nächstes geschehen sollte, was er tun, wie er reagieren sollte. In der Matura-WhatsApp-Gruppe wurde der Plan für den Abend diskutiert: Treffen um neun beim alten Eislaufplatz. Ein Dutzend, zwanzig, dreißig Leute schrieben Dinge wie *YEAH!*, *Bis später freu mich*, *Coolio* und so weiter. Zwei, drei Stimmen erhoben sich mit der Frage, ob das wirklich angebracht, wirklich notwendig, wirklich klug wäre – *Wie viele müssen noch sterben, bevor ihr versteht, dass wir in Gefahr schweben?* Die Antworten, die diese mutigen Querdenkerinnen und Querdenker erhielten: *BYOB oder organisiert wer was?*; *Soll ich laptop mitnehmen und auflegen?*; *JUHUJUHUJUHU.*

Tristan legte das Handy weg. Ein paar Minuten später vibrierte es erneut.

20:00 bei Luke, Maturafeier extended. Er traut sich nicht, dich einzuladen. X Lily

Tristan starrte auf die Nachricht. *X …*

Du gehst nicht mehr aus, bis der Mörder geschnappt ist. Versprich mir das.

Tristan stand auf, um endlich, Stunden zu spät, den Anzug auszuziehen. Bei *dieser* Maturafeier würde er mehr Bewegungsspielraum brauchen. Um zu tanzen.

Und um wegzulaufen.

Und um zu kämpfen, falls es dazu kommen sollte.

Tristan fragte sich, ob es überhaupt möglich sein würde, sein Haus zu verlassen und zu Lukes zu gelangen. Nicht wegen seiner Mutter; die hatte eine halbe Stunde nach dem Vorbereiten von Brettspielen und Snacks für den gemeinsamen Familienabend ihre Beruhigungstabletten eingeworfen und zwei Gläser Cognac getrunken, und lag jetzt schnarchend auf der Couch im Wohnzimmer. Sarah hielt ihn auch nicht auf: Sie saß auf ihrem Bett und las ein Buch, blickte nur kurz auf, als Tristan an ihrer Tür vorbeispazierte, und winkte zum Abschied.

Nein, das Problem war die Polizei, die die Stadt wahrscheinlich die ganze Nacht lang durchstreifen würde. Er rechnete sogar damit, dass ein Einsatzwagen in der Nähe parkte, nur darauf wartete, dass er sich zeigte. Aber dieses erste Hindernis wusste er zu umgehen: Er nahm die Hintertür, kletterte über den Zaun zum Nachbarn, duckte sich durch dessen Hohen Rittersporn und hinter seinen Thujen bis zu seinem Gartentor. Er trat auf die Straße parallel zu seiner, sah sich kurz um, entdeckte niemanden, und ging los. Zu Fuß würde er mehr als eine Stunde brauchen, aber das machte nichts, denn es war noch nicht einmal sieben Uhr; helllichter Tag, und offenbar sogar zu früh für Polizeipatrouillen, denn er sah keine einzige. Vor Sonnenuntergang rechnete wohl niemand damit, dem Mörder auf der Straße begegnen zu können.

Tristan glaubte, dass man Skull auch heute *Nacht* nicht auf den Straßen antreffen würde; er hatte anderswo zu sein. Er war jetzt, oder bald, unterwegs zu einer Party. Ob es nun Bibis Ex-Mann war oder nicht, Tristans Maturaparty würde sich der Mörder nicht entgehen lassen.

Vielleicht stand er ja sogar auf der Gästeliste.

5

Es war irgendeine Uhrzeit, an irgendeinem soundsovielten September. Kris sollte wissen, der wievielte, weil die Schule letzte Woche wieder begonnen hatte und sie wieder täglich das Datum in ihre Hefte kritzeln musste; aber jetzt war Freitagabend, und jeder Überblick, den sie seit dem Ende der Ferien gewonnen haben mochte, war im Rausch verstrudelt. Sie war grad zu faul, um ihr Handy aus der Handtasche zu kramen; außerdem hatte sie das, glaubte sie, vor fünf Minuten erst getan, bloß hatte sie schon wieder vergessen, wie spät es da gewesen war. Die fünf Minuten könnten aber genauso gut fünfzig gewesen sein. Sie hatte nur schnell mit Richie was rauchen gehen wollen, aber als sie, Kris' Gefühl nach, ein paar Sekunden später ins Jacky's zurückgekehrt waren, hatten sie erkannt, dass niemand mehr dort war. Jetzt suchten sie die anderen.

»Wo ist eigentlich Hannah?«, fragte Richie.

»Schon heim«, sagte Kris.

»Wieso?«

»Weiß ich nicht mehr,« Das stimmte, und der Grund war ihr auch relativ egal. Nicht, weil sie Hannah nicht lieb hatte – sie hatte Hannah *sehr* lieb! Kris war einfach in einem Zustand, in dem ihr das meiste relativ egal war.

Sie fanden die anderen schnell wieder, im Home nämlich, natürlich. Wenigstens was die Lokalauswahl anging, war die Gang verlässlich. Die Musik, die es grad spielte, war poppige Radiomusik, blöd, aber tanzbar, und Kris wackelte ein bisschen hin und her, weil ihr nichts Besseres zu tun einfiel. Richie wagte sich an zwei junge Damen an der Bar heran. Sie lachten ausgiebig über alles, was er ihnen erzählte. Gut für ihn. Kris selbst stand direkt hinter Richie, verstand aber kein Wort, weil die Musik zu laut und sie zu dicht war. Doc und Nikki waren auch an der Bar. Doc lachte mit Richie und seinen Mädchen mit, Nikki gähnte. Kris gesellte sich zu ihr.

»Wo is' der Tristan?«, fragte sie; sie schrie, damit Nikki sie über Selena Gomez hinweg verstehen konnte.

»Keine Ahnung«, antwortete Nikki.

Kris nahm das hin, wandte sich an Lorelei, die soeben angelaufen gekommen war, und bestellte einen weißen Spritzer. Als sie ihn bekam, verschüttete sie die Hälfte über Nikki; sie kreischte ein lachendes, aber ernstgemeintes »Tschuldigung!« und stob davon, um sich mit der Sauerei und Nikkis Zorn nicht befassen zu müssen.

Jo, Ingo, Luke und Marie saßen an einem, Valerie Flick und ihre merkwürdigen Bonzenfreunde an einem anderen Tisch. Beides sah sehr viel lustiger aus als Balztanz-Richie und Fadheit-Nikki, also flatterte sie hinüber. Bevor sie die kleine Tanzfläche vollständig überquert hatte, geschah etwas sehr Merkwürdiges, das Kris zwischen einem knutschenden Couple Sechzehnjähriger und einer schwankenden sichtlich-jünger-als-Sechzehnjährigen erstarren ließ.

Marie quiekte erschrocken und wich mitsamt Stuhl zurück; ein Cocktailglas fiel auf den Boden und zerbarst in hundert Scherben; der Tisch, auf dem das Glas gestanden hatte, wackelte bedrohlich.

Luke war auf den Beinen; Kris stellte wieder einmal mit Erstaunen fest, wie groß er war. Er starrte mit wutverzerrtem Gesicht auf Jo hinab, schwer atmend, die Hände zu Fäusten geballt. Jo blieb sitzen und grinste schief, unbeeindruckt.

Alle im Lokal hatten sich der Szene zugewandt – aber die Szene ging nicht weiter. Luke und Jo schienen im Moment eingefroren zu sein.

Kris schüttelte ihren eigenen Stupor von sich und drehte sich hilfesuchend um. Der Türsteher war bereits im Anmarsch, aber Lorelei stellte sich ihm in den Weg und legte ihm eine Hand auf die Brust. »Ich kenn' die, passt scho'«, hörte Kris die Kellnerin sagen.

Der Türsteher wird sie trotzdem raushau'n, dachte Kris, und die Erkenntnis machte sie traurig. Es war noch nicht so spät, die Nacht könnte noch lang und lustig werden. Und auch wenn sie mit Luke nicht viel zu tun hatte, sie mochte ihn. Was Jo anging – die lustigsten Abende waren die, die mit ihm, Lily und Hannah begannen und endeten. Hannah war nicht mehr da, von Lily fehlte jede Spur, also konnte Jo nicht auch noch verloren gehen.

Entschlossen, wie sie es nur sein konnte, wenn sie nicht nüchtern war, eilte Kris zu Jo hinüber.

»Hey, Jo –«, begann sie, aber Jo schlug ihre Hand weg. Er hatte nur Augen für Luke.

»Er ist das beschissenste Arschloch aller Zeiten, Lucky Luke«, sagte er. »Irgendwann wirst du das einseh'n. Dann ist es aber wahrscheinlich schon zu spät.«

»Du *kennst* ihn nicht mal!« Luke spuckte die Worte in Jos Gesicht, lallend vom Alkohol, atemlos vor Zorn. *Luke* sprach so. Der liebe, süße, schwule, große-aber-kleine Luke.

»Ich kenn' ihn besser als du«, erwiderte Jo. »Im Gegensatz zu dir *hab'* ich ihn gefickt –«

Marie sprang mit einem zweiten, noch lauteren Quieken auf ihre Beine, Ingo jaulte und drückte sich mit dem Rücken gegen die Wand – und Lukes Faust fand Jos Gesicht mit unverhoffter Treffsicherheit. Luke wurde von der Wucht seines eigenen Schlags mitgerissen, über den Tisch, der nun dem Glas hinterherkippte, und Jo schoss hoch und fing Luke auf, und Kris stolperte rückwärts davon, als die beiden begannen, aufeinander einzuhauen. Eng umschlungen, als würden sie rummachen, bewegten Jo und Luke sich Richtung Nachbartische, und krachten prompt in den von Valerie hinein. Valerie kreischte schrill, und keifte, »*Ich hab' mich verfickt nochmal wegen euch Hurenkindern angeschüttet, das beschissene Scheißkleid hat – WAAH*!«, fügte sie hinzu, als ihr Freund Maxi sie gerade noch rechtzeitig aus dem Weg zerrte, bevor Luke und Jo auf sie drauffallen konnten.

Der Türsteher drängte sich an Kris vorbei. Kris suchte das Weite, kehrte an Richies Seite zurück. Richie lachte sich die Kehle wund, als Jo und Luke vom Türsteher gepackt, verschleppt und bei der Tür hinausbefördert wurden. Kris wusste zwar nicht, was lustig sein sollte an dem Ganzen … aber Richies Gelächter war ansteckend. Sie kicherte verhalten, dann lauter, dann unbändiger als Richie selbst. Vielleicht war es ja doch lustig.

6

Luke stand mitten im Raum, kratzte sich am Kopf und vermied es, irgendwem in die Augen zu sehen. Jo saß im Stressless-Sessel, wirkte tatsächlich reichlich ungestresst, und fixierte den Gastgeber mit einem ausdruckslosen Blick. Leise, sanfte Musik schallte aus den Boxen auf dem Couchtisch, Elektropop, der wie computergeneriertes Gedudel klang.

Tristan wandte den Blick aus dem Fenster. Er wusste schon,

warum er normalerweise bei jeder Party frühestens zwei Stunden nach Beginn auftauchte. Noch dazu war dieses spezielle Dreiergespann alles andere als eine gemütliche, vertraute Runde, in der man bei ersten Getränken und ausgelassenem Geplauder den Auftakt eines Abends gut überbrücken konnte. Lily war nur kurz auf der Toilette, aber ihre Rückkehr in das gigantische Wohnzimmer von Lukes Eltern würde auch nicht viel nützen. Lukes irrationale Zuneigung zu Tristan und Jos ganz und gar nicht stresslose Einstellung zu Lilys Liebesleben machten Lily zum i-Tüpfelchen und t-Querbalken dieser angespannten Atmosphäre.

Durchs Fenster konnte Tristan den Pool sehen. Er gab sich Mühe, nie direkt ins Wasser zu schauen, aber das war fast noch schlimmer: Aus den Augenwinkeln sah er Hannahs toten Körper erst recht an der Oberfläche treiben.

Es läutete an der Tür. Luke machte den Mund auf, sagte aber nichts, und ging öffnen.

Tristan wusste, dass Jo ihn anstarrte. Als er sich nach ihm umdrehte, hing Jo aber nach wie vor entspannt im Sessel und schien schwer beschäftigt damit zu sein, in seinen Fingernägeln zu kletzeln.

Lily kehrte von der Toilette zurück. »Lukes Haus ist ein Schloss«, sagte sie. »Vom Wohnzimmer zum Klo braucht man hier fast so lang wie von den Spinden zum Turnsaal.«

Sie setzte sich neben Tristan auf die Couch, lächelte ihm zu. *Ich glaub', ich will dich zurück.*

Richies Lachen eilte ihm voraus. Kaum hatte er das Zimmer betreten, begann er taktlos zur Musik zu shaken. Luke kam verhalten hinterhergewatschelt und brachte Filippe, Doc und Theresa mit.

»Na, hier geht's ja ab«, sagte Filippe, und streckte Jo die Hand hin.

Jo schlug ein. »Wir haben halt auf euch gewartet.«

»Das Warten hat ein Ende!«, verkündete Richie.

»Wie geht's deiner Schulter?«, fragte Lily.

Zur Antwort schwang Richie seinen Arm im Kreis wie einen Propeller, und traf Doc dabei fast ins Gesicht. »Hoppla! Sorry, kleiner Mann!«

Doc schien weder von Richies Arm noch von seiner Entschuldigung etwas mitbekommen zu haben. Mit düsterem Gesicht sackte er neben Tristan auf der Couch zusammen.

»Alles okay?«, fragte Tristan ihn.

»Ist das dein Ernst?«, erwiderte Doc. »Gar nichts ist okay. Ich check' nicht ganz, was wir hier tun.«

»Na, feiern!«, antwortete Richie.

»Feiern«, sagte Doc. »Ja …«

Theresa ging im Raum herum und schaute sich die teure Einrichtung und den vielen Schnickschnack von Lukes Eltern an. »Ihr habt ein schönes Haus«, sagte sie.

»Dank–«, begann Luke, aber Theresa war noch nicht fertig.

»Sind deine Eltern wirklich damit einverstanden, dass du eine Party schmeißt? Nach dem, was heute passiert ist? Und vor allem nach dem, was bei der *letzten* Party hier passiert ist?«

Luke errötete. »Sie wissen nichts davon. Sind auf Urlaub. Wär' meine Belohnung für die Matura gewesen, aber ich hab' gesagt, ich will doch nicht mit. Sollte stattdessen zu meiner Tante fahren. Bin offiziell auf dem Weg dorthin.«

»Lucky Luke, der Rebell«, sagte Jo.

Der Kommentar fiel in den Raum wie ein Felsbrocken. Luke starrte mit geblähten Nasenflügeln auf seine Schuhe; seine Hände arbeiteten, kneteten. Tristan sah erstaunt zu. Er wusste nicht, was Jos Worte in Luke getriggert hatten, aber er erinnerte sich an die Geschichte von der Schlägerei der beiden im Home. Die Stimmung im Wohnzimmer legte nahe, dass es gleich zu einem Wiederholungskampf kommen könnte.

Es war Richie, der die richtigen Worte fand, um die Situation zu entschärfen.

»*Whatever*, ihr Fickschädeln – jetzt nehm'ma was und dann feier'ma gefälligst unsere beschissene Matura.«

7

Bens Handy war aus. Natürlich war es das. Wozu brauchte er sein Handy? Er war entweder auf der Flucht oder tot. Was sollte er sonst sein?

Lebendig, und unschuldig, und in Not, dachte Barbara, und rief nochmal an.

»Hebabhebabhebab«, murmelte sie vor sich hin. Wieder und wieder wählte sie Bens Nummer, wieder und wieder kam sie sofort in die Mobilbox, und wieder und wieder fragte sie sich, ob sie immer noch nicht verstanden hatte, dass Ben sie nicht liebte und jetzt nicht einmal mehr ihr Ehemann war. *Bis dass der Tod uns scheidet …* Dass sie zum Zeitpunkt der Scheidung vielleicht nur wenige Stunden davon entfernt gewesen waren, dieses Versprechen wahrzumachen, setzte Barbara fast genauso zu wie ihre Entdeckung im Festsaal.

Rudis leerer, starrer, *toter* Blick verfolgte sie, eine stumme Anklage. *Dein Mann hat mir das angetan*, schien der Blick zu sagen. *Ex-Mann*, hielt sie dem in Gedanken entgegen, und: *Hat er nicht, hat er nicht, ich GLAUBE DAS NICHT!* Dass der Anblick von Rudis Leiche, die bloße Erinnerung daran, sie nicht schon in den endgültigen Nervenzusammenbruch getrieben hatte, konnte sie sich kaum erklären. Vielleicht war es so aus dem gleichen Grund, aus dem ihre Schülerinnen und Schüler es das ganze Jahr über geschafft hatten, weiterhin für die Matura zu lernen, auszugehen, Partys zu feiern, sich zu betrinken und durch die Nacht zu stolpern, obwohl jemand ihre Freundinnen und Freunde der Reihe nach abstach. Das war ihr genauso unerklärlich erschienen; nun begann sie zu ahnen, was hinter dieser unmenschlich anmutenden Naivität steckte: reiner Selbstschutz. Denn wenn sie *nicht* weiterhin versuchen würde, Ben zu erreichen – wenn sie ihr Handy weglegen und es wagen würde, sich ihrer eigenen Realität zu stellen – wenn sie mit Claudia oder sonst wem über das sprechen würde, was ihr widerfahren war, was ihr immer noch widerfuhr …

»Ben, wo bist du …?«

»Ach, hör doch endlich auf!«

Barbara ließ vor Schreck das Handy fallen. Sie hatte nicht bemerkt, dass Claudia aus der Küche zurückgekehrt war. Claudia hielt ihr eine ihrer eigenen Tassen hin. Eine Unzahl grauenvoll fröhlicher Comic-Katzen räkelte sich darauf. Barbara nahm die Tasse entgegen und rümpfte die Nase, als ihr der Dampf entgegenschlug: Der Tee roch ungenießbar, faulig – ein bisschen wie der Raum hinter der Bühne des Festsaals. Barbara wurde schlecht, und Tränen schossen in ihre Augen.

Claudia sank mit einem Seufzer der Entspannung aufs Sofa. »Er hat sich von dir scheiden lassen, Babsi«, sagte sie weise, »und er hat – naja ... du weißt schon. Vielleicht zumindest. Aber selbst wenn sich herausstellen sollte, dass er mit Rudis Tod nichts zu tun hat – es wird höchste Zeit, dass du ihn vergisst.«

Barbara starrte ihre Kollegin fassungslos an. Wie konnte sie so kaltherzig sein? So unbekümmert? Sie machte den Mund auf, um Claudia zu konfrontieren, um sich zu rechtfertigen, um ...

Aber was hätte das alles für einen Sinn gehabt?

»Ja«, sagte Barbara. »Danke, Claudia. Du kannst jetzt nach Hause gehen, wenn du –«

»Unsinn, ich bleib' heut hier. Pass auf, dass du nichts Dummes tust. Ben suchen gehen, zum Beispiel. Oder ihn noch tausendmal anrufen. Du kannst ihm nicht helfen, Barbara.«

Das weckte nun doch noch einen Funken Widerstand in ihr. »Wer soll es sonst tun? Die Polizei will ihn sicher verhaften.«

»Dann hat er's wahrscheinlich verdient.«

»So wie Ingo?«, fragte Barbara. »Anton?«

»Anton hat gestanden –«

»Und dann sind noch drei Morde passiert. Was, wenn sie Anton in das Geständnis *gedrängt* haben? Wir kennen ihn doch schon so lange – er ist ein ganz Lieber, immer gewesen.«

»Er ist gruselig.«

»Aber er hat immer seine Arbeit gemacht, und sich nie über irgendwas beschwert. Klingt das nach einem *Mörder* für dich?«

»Alle Mörder und Entführer und Kinderschänder machen brav ihre Arbeit und grüßen die Dame an der Billa-Kassa lieb.«

»Ich – ja, vielleicht ...«, sagte Barbara – schon wieder ja, *immer* ja, obwohl sie überhaupt nicht zustimmen wollte ... »Nein. Er – er ist kein Mörder. Ich glaub' es nicht.«

Claudia schlürfte ihren Tee mit hochgezogenen Augenbrauen. »Anton oder Ben?«

Barbara rieb sich die Stirn. »Ich ... Beide. Ich weiß es nicht. Claudia – Rudi ist tot. Jemand hat Rudi umgebracht.«

»Mhm«, machte Claudia, und klang beinahe traurig. »Er war

halt zu freundlich mit den Schülern. Viel zu freundlich, wenn die Gerüchte stimmen. Kein Wunder, dass sich das letztlich gerächt hat. Ach, schau nicht so«, fügte sie hinzu, als sie Barbaras versteinerten Gesichtsausdruck bemerkte. »Wussten doch alle, was Rudi für einer war.«

»Ich … Ich hab' keine Ahnung, wovon du redest.«

Claudia betrachtete sie nachdenklich über ihre Tasse hinweg. »Weißt du was?«, sagte sie dann. »Das glaub' ich dir sogar.«

8

Richie hatte Lukes Bubblegum-Elektro-Gedudel durch etwas Wilderes ersetzt, die Boxen an einen strategischen Platz im Gang verlagert und so laut aufgedreht, dass man es wahrscheinlich bis in jeden letzten Winkel des Hauses hören konnte. Tristan streifte durch das Anwesen, sah sich um, ergab sich seinem Rausch und Richies Rave. Richie selbst huschte irgendwann an ihm vorbei, Theresa hinterherjagend, die angeheitert wirkte und nervös lachte, während sie vor Richie davonlief. Doc schien auch doch noch in Feierlaune geraten zu sein; er, Filippe und Luke tranken Bier am Fuß der Treppe in den ersten Stock. Wohin Lily und Jo sich verdrückt hatten, wusste Tristan nicht, aber irgendwie schaffte er es nicht, sich Sorgen zu machen. Acht Leute machten die Hausparty zwar zu einer reichlich unterbuchten Veranstaltung, und die Tatsache, dass sie alle wahrscheinlich in Lebensgefahr schwebten – sich der Gefahr bewusst *aussetzten* –, sollte die Stimmung ordentlich trüben, hätte wohl sogar verhindern sollen, dass so etwas wie Partystimmung überhaupt aufkam … Aber während Tristan gemächlich von Raum zu Raum tänzelte und die Wirkung der halben Pille, die Richie ihm zugesteckt hatte, prächtiger und immer prächtiger blühte, erkannte er – oder *entschied* er vielleicht –, dass das die schönste Party war, auf der er je gewesen war; dass er mit niemandem außer diesen sieben Leuten seine Matura, oder sonst was, hätte feiern wollen. Sogar Luke hätte er nicht hergegeben, gegen nichts und niemanden eingetauscht. Und Lily wollte ihn zurück, glaubte sie.

Tristan beschloss, die Küche zu suchen und sich ein Getränk zu mixen. Als er die Küche fand, fand er dort auch Lily und Jo. Sie standen am Waschbecken, in enger Umarmung. Erst sah es für Tristan so aus, als würden sie sich verabschieden; ein inniger, intimer Abschied, weil sie nach Tirol ging. Erst als Tristan länger zugeschaut hatte, wurde ihm klar, dass die beiden einander küssten. Er konnte das Schmatzen ihrer Münder hören; sogar über die Musik hinweg hörte er es, das Reiben ihrer Lippen, das Schnalzen ihrer Zungen. Was er sah, war echt. Das geschah wirklich.

Bevor Tristan darüber nachdenken konnte, was er jetzt tun sollte, ließen die beiden voneinander ab. Jo entdeckte Tristan zuerst. Er grinste geziert, spöttisch. Lily drehte sich um, und ein Entsetzen ergriff Besitz von ihrem hübschen Gesicht, das Tristan dort noch nie gesehen hatte, nicht einmal damals am Hügel, als Skull sie beide attackiert hatte.

Sie stieß Jo mit übertriebener Gewalt von sich und lief durch die Küche auf Tristan zu. Die Küche in Lukes Haus war genauso absurd groß wie alles andere, also brauchte Tristan sich nicht einmal besonders zu beeilen, um davonzukommen, bevor Lily ihn erreichen konnte. Er trat zurück auf den Gang, durch die nächstbeste Tür und in einen umnachteten Wintergarten, in dem er zwischen Topfbäumen und Blumenstöcken abtauchte, dankbar für die Dunkelheit. Lily schien ihm aber ohnehin nicht zu folgen. Ob er dafür auch dankbar war, wusste er nicht mit Sicherheit. Er merkte, dass sich – ganz von selbst – sein altes, bedeutungsloses Halblächeln auf seine Lippen stahl, und hieß es willkommen. Er schlenderte durch den Wintergartendschungel, bis er durch eine gläserne Tür ins Freie gelangte. Er befand sich an der Vorderseite des Hauses, zwischen Haupteingang und Garage; von der Party bekam man hier wenig mit, die Musik klang wie aus weiter Ferne. Er zündete sich den Ofen an, den er mitgebracht hatte. Seine Hand zitterte und seine Zähne klapperten, aber das konnte genauso gut an der halben Pille liegen, auch wenn jeder Funke ihrer wünschenswerteren Wirkungen verglüht war. Wenn er weinen wollte, merkte er nichts davon. Wenn sich so ein gebrochenes Herz anfühlte, war es nichts Neues für ihn.

»Haben wir nicht erst vor knapp zwei Wochen darüber gesprochen, dass allein herumzulaufen wahrscheinlich nicht sehr schlau ist?«

Theresa trat mit verschränkten Armen aus den Schatten heraus.

Tristan machte ein ausdrucksloses Gesicht. »Du bist doch auch allein.«

»Erst seit kurzem. Ich hab' den Anschluss verloren.«

»Vor fünf Minuten hat's ausgesehen, als hättest du reichlich Spaß mit Richie.«

»Es war auch spaßig – reichlich spaßig, wie du sagst. Es hat gereicht. Ich bin beduselt und müde. Aber das ist okay. Ich werde gleich abgeholt.«

»Abgeholt?« Er schaute auf seine Handyuhr. »Es ist noch nicht mal elf.«

»Besser früh als nie. Es ist nicht schlau, allein durch diese Villa zu geistern, aber es ist, wenn wir ehrlich sind, *auch* nicht schlau, überhaupt hergekommen zu sein. Der Mörder – die Mörderin, die Mörderinnen, wie auch immer … Skull wird sich das hier sicher nicht entgehen lassen.«

»Und doch bist du gekommen«, sagte Tristan.

Theresa zuckte mit den Schultern. »Ich wollte heute nicht den ganzen Abend zuhause sitzen. Ich wollte nicht *allein sein*. Und eigentlich dachte ich, heute bleiben alle nüchtern und beraten sich gemeinsam, wie wir Skull das Handwerk legen können.« Sie warf einen Blick auf seinen Ofen. »Da habe ich mich wohl getäuscht.«

»Das hast du wohl.« Tristan hielt ihr den Ofen unter die Nase. »Ein Zug, bevor du gehst?«

»Ich rauche nicht.«

Grelles Licht tauchte zwischen den Bäumen jenseits des schmiedeeisernen Zauns auf. Bald war Motorenbrummen zu hören, und kurz darauf rollte das Auto vor das Eingangstor.

»Also gut«, sagte Theresa. »Sollen wir dich mitnehmen? Heimbringen?«

Der Vorschlag überrumpelte Tristan. Sollten sie das? Warum eigentlich nicht?

»Nein«, sagte Tristan. »Danke.«

»Wie du willst. Pass auf dich auf, Tristan, ja?«

Theresa ging zielstrebig, aber ohne Eile zum Auto und stieg ein. Tristan rauchte, bis die Scheinwerferlichter wieder vom Wald verschluckt wurden, und kehrte dann ins Haus zurück.

9

»*Ha*!«, rief Richie triumphierend. »*I knew it.*«

Er schüttelte den Plastikbeutel vor Docs Gesicht. Doc rümpfte die Nase und schlug Richies Hand weg.

»Wieso genau versteckst du was in Lukes Gartenhütte?«, fragte Doc. »Und wieso bist du blöd genug, zu vergessen, *wo* du's versteckt hast?«

Richie begutachtete all die Schubladen, die er hatte öffnen müssen, um seinen Stash zu finden. Die Inhalte glänzten wie magische Märchenschätze im bunten Schein der LED-Lichterkette, die die Decke einrahmte; alle Farben des Regenbogens jagten einander durch die kleinen Glühbirnen wie ein Lauffeuer, wechselten einander ab, gleichzeitig grell und dumpf.

»Kannst dich nicht mehr an das spektakuläre Ende der letzten Party hier erinnern?«, erwiderte Richie. »Bis heute wusst' ich nicht mal mehr, *dass* ich hier was versteckt hab'.«

Doc sah mit einem Mal wieder so niedergeschlagen aus, wie er für Richie früher ständig ausgesehen hatte. »An das werd' ich mich für immer erinnern.«

»Eben«, sagte Richie; er öffnete den Beutel, leerte den Inhalt auf der Werkbank aus und begann, ihn zu sortieren (Docs gequälte Miene brauchte er gerade nicht). »Dann checkst auch, wieso mir ein paar *andere* Details des Abends entfallen sind. Also stell dich nicht an wie ein kleines Arschloch und sei einfach dankbar, dass Richie der Magichie Drogen aus dem Nichts hervorzaubern kann.«

»Vielleicht sollten wir aber lieber keine Drogen nehmen«, sagte Doc. »Nicht feiern. Nicht heute, nicht hier. Der Mörder wird früher oder später auftauchen, glaubst nicht?«

Richie hielt für einen Moment inne; dann fuhr er damit fort, Säckchen und Tabletten und Grasbüschel über die Werkbank zu schieben. »Da kommst jetzt drauf?«, fragte er.

Erst schien es, als würde Doc nicht antworten. »Nein«, gab er dann zu. »Nein, ich – ich rechne schon die ganze Zeit damit, irgendwie. Ich glaub', ich bin hergekommen, weil ich … weil ich nicht mehr will. Keine Angst mehr, keine Ungewissheit. Ich will wissen, wer Nikki umgebracht hat, und ich will, dass er büßt.«

»Du und alle anderen, Doc«, sagte Richie.

»*Alle* anderen? Glaubst du wirklich? Und du auch, ja? Bist du auch hier, um den Mörder zu schnappen? Und dann fällt dir nichts Besseres ein, als in der Gartenhütte nach Drogen zu kramen?«

Der kleine Doc war im Begriff, sich in Rage zu reden. Richie bemühte sich um Verständnis. Der Knoten in seinem Hals fühlte sich zwar so an, als würde er sich nur lösen, wenn er Doc anbrüllte, und seine bebenden Hände so, als würden sie erst stillhalten, wenn er sie zu Fäusten ballte und in Docs Gesicht vergrub – aber er bemühte sich. »Was schlägst du vor? Sollen wir herumlaufen und rufen, *Juhu, Herr Mörder, komm bitte raus, wir sind jetzt bereit für dich*?«

»Nein, aber nach Drogen schnüffeln, die du vor Monaten verloren hast, ist auch nicht –«

»WAS IST ES NICHT, HA?«

Richie war herumgewirbelt, und türmte über dem kleinen Doc wie ein T-Rex über schreckerstarrter Beute. Er hatte das nicht vorgehabt – im Gegenteil, hatte er nicht gerade noch versucht, genau das zu verhindern? –, aber etwas in seinem Kopf war durchgebrannt, und jetzt stierte er auf Doc hinab, greller Blick noch greller wegen der bunten Lichter, und Doc kauerte verstört und schaute ihn an, als glaubte er, der Mörder stünde bereits vor ihm.

»SOLLEN WIR *NICHT* FEIERN, FINDEST DU? WILLST DICH STATTDESSEN STUNDENLANG DRÜBER BESCHWEREN, DASS ICH GERN DROGEN NEHM'? DASS ICH OFT SACHEN VERLIER'?«

»R-Richie –«

»WILLST MIR SAGEN, DASS ICH EIN BLÖDER, VERKIFFTER IDIOT BIN? *WOW*, DANKE FÜR DEN NEWSFLASH! ENDLICH KLÄRT MICH WER AUF! LASS UNS HALT NICHT SPASS HABEN, WÄHREND WIR AUF DEN KILLER WARTEN, SONDERN UNS IRGENDWO ZUSAMMENSETZEN UND ALLE DRÜBER REDEN, WAS FÜR EIN

TROTTEL ICH BIN, WAS FÜR EIN ... was für ein ...« Richie schluckte. »Was für ein blöder Chaot.«

Die Luft war draußen. Mehr als das: Seine Beine kippten unter ihm weg. Er sank, und er war sich nicht sicher, ob er geplant hatte, auf dem Stuhl zu landen, oder ob er einfach nur Glück hatte, dass der hinter ihm stand.

»Richie ...«

Richie schüttelte den Kopf. »Ein blöder, superlieber Chaot«, murmelte er.

»Was?«

»So hat Marie mich genannt. Blöder, lieber Chaot.«

Stille herrschte in der Gartenhütte. Die Musik vom Haus schallte herüber wie Lärm von einer Baustelle ein paar Straßen weiter.

Doc fing sich zuerst wieder. »Es tut mir so leid, Richie«, sagte er. »Um Marie. Es tut mir echt so leid.«

Richie nickte. »Mir tut's auch leid. Um Marie. Um Nikki. Um *alle*.«

»Ja«, sagte Doc. »Mir auch.«

Richie starrte stur auf seine Schuhe, gab sich noch eine Sekunde – eine zweite, eine dritte ... vielleicht noch mehr – so viel Zeit er eben brauchte, um ordentlich runterzukommen.

Dann hob er den Kopf und grinste Doc an. »Aber wir müssen vorwärtsschauen. Zu dem Moment nämlich, wenn wir dem Schädel den Schädel einschlagen. Und darauf ...« Er stand auf, ging zu einer der offenen Schubladen und hob ein paar ausgewählte Märchenschätze heraus. »... sind wir ja ausgezeichnet vorbereitet.«

Mit einer Hand hielt er den fetten Hammer hoch, den er für sich ausgesucht hatte; mit der anderen bot er Doc eine monströse Heckenschere an.

Doc nahm sie in beide Hände – sie war *wirklich* ein Monster, und der kleine Doc nun mal ein kleiner Doc. Sein Gesichtsausdruck verriet, dass er lieber unbewaffnet zuhause in seinem Bett liegen würde – aber er nickte recht entschlossen.

10

Filippe kam Tristan an der Treppe entgegen. Tristan beachtete ihn kaum, ging einfach weiter, die Stufen hoch.

»Was ist?«, fragte Filippe. »Wo sind alle hin?«

»Theresa ist heimgefahren«, sagte Tristan, ohne anzuhalten. *Er* wollte jetzt allein sein, ganz egal, ob das schlau war oder nicht.

»Äh, aha. Und der Rest? Hey – *hey*!« Filippes Hand schoss zwischen den Pfosten des Treppengeländers hindurch und umschloss Tristans Unterarm. »Red mit mir! Wohin gehst du? Was ist los?«

Tristan sah auf Filippe hinab, in sein genervtes, aufrichtiges, hübsches Gesicht.

Drei Minuten später saßen sie nebeneinander auf der Veranda, überblickten den großen Garten – den Pool, der still dalag wie ein dunkler Spiegel – und rauchten Tristans Ofen weiter. Nicht nur aus dem Haus hinter ihnen, sondern auch aus der Gartenhütte schallte Musik, und bunte Lichter flackerten in ihren offenen Fenstern.

»Geküsst, ha?«, sagte Filippe.

»Geküsst«, sagte Tristan. »Ja.«

»Das muss nichts heißen.«

Tristan bedachte ihn mit einem ungläubigen Blick. »Ach?«

»Lily geht weg, für lange Zeit, vielleicht für immer – wahrscheinlich sogar, denk' ich. Ich kenn' Lily nicht besonders gut, aber wer würd' schon hierher zurückkommen? Jo ist schon ewig in Lily verknallt. Sie haben sich einfach verabschiedet, und dann ist das … ein wenig emotionaler geworden als geplant. Kannst du's ihnen verübeln?«

»Nein«, antwortete Tristan. »Es ist mir völlig egal. Wir sind nicht mehr zusammen. Sie kann küssen, wen sie will.« *Ich glaub', ich will dich zurück …*

»Darum geht's nicht«, sagte Filippe. »Was heißt schon so ein bisschen Küssen? Gar nichts. Wir sind jung, wir haben uns alle lieb. Wir sind mit der Schule fertig, gehen getrennte Wege ins Ungewisse. Wir schweben in *Lebensgefahr*. Da wird schon mal ein bisschen geschmust.«

Tristan schnaufte leise, belustigt wider Willen. »Wenn das eine Anmache sein soll …«

»*In your dreams*, Homo«, sagte Filippe grinsend, und reichte den Ofen weiter.

Tristan lachte, nahm den Ofen an und starrte nachdenklich darauf.

Filippe rieb sich genauso nachdenklich die Hände. »Du … Du hast nie … Ich mein', während du und Lily … Du hast nie mit wem anderen was g'habt?«

Das trieb Tristans Laune wieder in den Keller. »Nein.«

»Wow.«

»*Wow*?«

»Naja – ja. Wow. Echt jetzt, du warst nie der Typ für treue Monogamie und wahre Liebe, das weißt du selbst. Kaum hattest du Haare auf den Eiern, hast du durch die Gegend gevögelt, als hinge dein Leben davon ab.«

»Ich war nicht *so* –«

»Doch, Tristan. Du warst *so*. Alle wollten dich – warum auch immer, du bist der unangenehmste Zeitgenosse, den ich je ertragen musste –«

»Ach was, du liebst mich.«

»Sehr sogar, was auch immer das über mich aussagt. Aber, alle wollten dich, und du hast auch immer wen gefunden, den *du* wolltest. Dass das dann mit Lily ganz plötzlich einfach vorbei war, flasht mich halt.«

Tristan setzte zu einem Zug an; nahm keinen, ließ die Hand wieder sinken. Drehte, was vom Ofen übrig war, zwischen seinen Fingern.

»Es war nicht wegen Lily plötzlich vorbei«, sagte er leise.

»Hmm?«

»Es war nicht … nicht erst mit Lily …«

»*YO, ASSHOLES*! WOLLT IHR EUCH DA DRÜBEN NOCH GEGENSEITIG EINEN RUNTERHOLEN ODER KOMMT IHR DANN MAL FEIERN?«

Richie hatte den Kopf aus der Gartenhütte gestreckt. Seine Silhouette hing in dem Fenster wie ein lebendig gewordener Schatten vor den flackernden LED-Lichtern.

»Keine Sorge«, rief Filippe zurück, »du darfst mir eh gleich auch noch einen runterholen!«

»NA, DA BIN ICH ABER BERUHIGT! *ZU DEN GESCHOSSEN, GENOSSEN*!«, brüllte Richie, und tauchte wieder in die Hütte ab.

Filippe schwang sich lachend auf seine Beine und hüpfte die Stufen in den Garten hinunter. Er hielt inne, als er bemerkte, dass Tristan ihm nicht folgte. »Kommst du?«

»Ich komm' gleich nach«, sagte Tristan. »*Versprochen*«, fügte er hinzu, auf Filippes skeptische Miene hin.

»Na gut. Aber wirklich gleich, ja?«

Filippe flog zur Hütte. Tristan betrachtete seinen Ofen noch ein bisschen, dann steckte er ihn ein und ging zurück ins Haus. Diesmal begegnete er niemandem, schaffte es die Treppe hoch. Er wusste nicht genau, wonach er suchte, nur, dass er Ruhe wollte. Stattdessen fand er eine angelehnte Tür, hinter der sanftes blaues Licht hervordrang und andere Musik in den Gang trillerte wie Vogelgesang. Tristan stieß die Tür vorsichtig weiter auf.

Luke hatte offenbar auch allein sein wollen. Er saß mit ausgestreckten Beinen auf einem großen Bett und starrte grüblerisch ins Nichts. Das blaue Licht stammte von kleinen Bluetooth-Boxen am Nachtkästchen. Die Musik klang gemütlich, ähnlich wie die, mit der Luke die Party eröffnet hatte, nur zarter, schöner.

Tristan trat ein und schloss die Tür.

Luke erschrak. Seine Augen weiteten sich, als er erkannte, wer bei ihm war. Er klopfte mit seinen langen Fingern das Bett ab, bis er seinen iPod gefunden hatte, und drehte die Musik leiser.

»Hallo«, sagte Tristan.

Luke schaute drein, als hätte Tristan ihm eine rätselhafte Frage gestellt. »Hallo.«

Das Zimmer war groß, leer, schwarz und weiß. Ein bisschen wie das von Tristan. Damit hätte er nicht gerechnet. Er musste daran denken, dass ihm auch in Lilys Zimmer Ähnlichkeiten zu seinem aufgefallen waren, und dass ihn das gefreut hatte …

Tristan versuchte, Lily aus seinen Gedanken zu verbannen. Er scheiterte. Er schritt mit gesenktem Blick zu Lukes Schreibtisch und setzte sich auf einen merkwürdigen Sessel ohne Rückenlehne, der nicht aussah wie ein Sessel.

»Mit den Unterschenkeln auf die Beinstützen«, sagte Luke, ein wenig atemlos.

Tristan zog die Augenbrauen hoch.

»Das ist ein Gesundheitssessel. Tut dem Rücken gut.«

Tristan lächelte vage, folgte der Anleitung aber. Mit den Beinen auf den für sie vorgesehenen Stützen ergab die Konstruktion spürbaren Sinn. Gesund mochte das sein, aber bequem war es nicht. Tristan saß ein paar schweigsame Sekunden lang mit sehr geradem Rücken da, dann kauerte er wieder auf dem Ding wie auf jedem anderen Stuhl.

»Gefällt dir die Party nicht?«, fragte Luke.

»Du bist der Gastgeber«, sagte Tristan, »und hast dich trotzdem verkrochen.«

Luke setzte zu einer Antwort an, aber die blieb ihm im Hals stecken. Heraus kam nur eine Art besiegtes Stöhnen. Tristan konnte das nachvollziehen, und gluckste.

Dann kehrte das Bild von dem Kuss in der Küche vor sein inneres Auge zurück, und plötzlich blieb ihm die Luft weg. Er war high, merkte er, sehr high. Und extrem low.

»Ist alles okay?«, hörte er Luke fragen, noch aufgeregter als bisher, aber anders aufgeregt: Seine Stimme flatterte – ein Keim echter Panik steckte darin.

Tristan schüttelte unwillkürlich den Kopf. »Sicher«, sagte er aber. Er schniefte, merkte, dass er kurz davor war, *richtig* zu heulen. Aber statt in Tränen auszubrechen, stellte er Luke eine Frage.

»Du liebst mich, oder? Du liebst mich wirklich.«

Er sah zu dem hochgewachsenen Jungen, der bis an die Bettkante vorgerückt war, bereit, Tristan aufzufangen, sollte er vom Gesundheitssessel fallen. Luke starrte ihn fassungslos an. Dann blinzelte er – presste die Lippen zusammen – und nickte.

Tristan nickte auch. Er wischte sich die Tränen aus den Augen, und stellte noch eine Frage.

»Hast du ein Kondom?«

Luke war totenstarr. Er nickte wieder, knapp, eifrig.

Tristan schluckte. »Okay. Ich muss dir nur vorher was sagen.«

11

Irgendwann, kurz vor elf, schlief Claudia einfach ein, lag sie plötzlich übers ganze Sofa ausgestreckt da und schnarchte wie ein Sägewerk. Barbara fühlte sich Stunden, vielleicht Tage davon entfernt, zu schlafen. Sie saß mit ihrer vollen Tasse Tee, einer Packung Taschentücher und ihrem Handy im Sofasessel und dachte nach.

Dann traf sie eine Entscheidung. Statt Ben nochmal anzurufen, verfasste sie eine Nachricht an ihn – verfasste sie schnell, mit fliegenden Fingern, bevor sie es sich anders überlegen konnte.

Wenn du der Mörder bist und noch irgendwas von dem Mann in dir ist den ich geliebt habe, stell dich. Aber ich glaub nicht, dass du der Mörder bist. Egal wo du bist ich hoff es geht dir gut, ich hoff man findet dich und du bist wohlauf und kannst dein Leben weiterleben. Aber ich will dich nie mehr wiedersehen.

Ohne das SMS noch einmal durchzulesen, schickte sie es ab.

Danach ging sie ins Schlafzimmer, in der fixen Erwartung, dass sie wachliegen und weinen, weinen und wachliegen würde. Ein paar Tränen flossen wirklich noch. Aber die vertrockneten schnell, während Barbara erst in einen rauen, wachtraumartigen Schlummer glitt – und dann überrascht feststellte, dass sie jeden Moment richtig schlafen würde, tief und fest. Auch die Überraschung war nicht groß genug, um sie vom Schlafen abzuhalten.

12

Unmittelbar danach ging es Tristan ein bisschen besser. Nach dem Danach, als Luke neben ihm weggedöst war, wurde ihm speiübel. Er fand ein Badezimmer und übergab sich ins Waschbecken. Er fühlte sich, als hätte man ihn zu Brei geschlagen. Er schleppte sich zurück in Lukes Zimmer, betrachtete den schlafenden Jungen eine traurige Weile lang, zog sich an und ging. Aber wohin? Was nun?

Filippe stand am Fuß der Treppe, als hätte er dort die ganze Zeit auf Tristan gewartet.

»Du siehst furchtbar aus«, sagte er.

»Danke«, sagte Tristan. Die Stimme zu heben, um über die Musik hinweg gehört zu werden, tat ihm im Hals weh. »Wollen wir nicht irgendwann mal leiser drehen?«

»Das ist alles, was dir einfällt? Wo *warst* du? Du hast gesagt, du kommst gleich nach! Was ist passiert? Wo ist Lily?«

Tristan schüttelte nur den Kopf.

Filippe kaute auf seinen Lippen herum; dann nickte er, als wäre er zu einem Entschluss gekommen. »Okay. Wir sollten hier weg. Party war eine bescheuerte Idee. Wir –«

»Hast du Jo gesehen?«, fragte Tristan.

»Schon länger nicht mehr, ich war draußen in der Gartenhütte mit Richie und Doc. Wo warst *du*, Tristan? Ich – *wohin gehst du jetzt schon wieder*?«

»Ich komm nachher zu euch raus«, versprach Tristan zum Abschied. »Ich muss nur vorher was klären.«

13

Richie versuchte, den Hammer zu wirbeln wie einen Drumstick, aber dafür war das Teil zu groß und seine Hand zu ungeschickt. Er rutschte ihm mehrmals aus den Fingern, ohne dass das seinen Enthusiasmus minderte – im Gegenteil, jedes Versagen spornte ihn mehr an. Als der Hammer aber auf seinem Fuß landete, beschloss er, aufzugeben.

»Pass doch auf«, schimpfte Doc. »Wenn du dir die Zehen brichst, kannst du nicht mehr weglaufen.«

»Ein Indianer kennt keinen Schmerz«, sagte Richie durch zusammengebissene Zähne; ein bisschen fühlte sich sein Fuß so an, als *wäre* er gebrochen. »Und weglaufen tut er auch nicht.«

»Du bist aber kein Indianer. Und sowas sagt man nicht mehr, das ist auch eine Form von Rassismus.«

»*Du* bist eine Form von Rassismus.« Richie trommelte mit dem Hammer jetzt stattdessen auf seinen Knien herum, erkannte, dass auch das leicht schiefgehen könnte, und legte ihn vorläufig mal beiseite. »Liedwunsch?«

»Was machen wir hier eigentlich?«, fragte Doc.

»Von wem ist das, Die Ärzte? Wir sind Helden?«

Doc schmatzte verächtlich. »Ernsthaft, Richie. Was tun wir hier?«

Richie grinste stur. »Auf den Killer warten.«

»Jaah … Richie?«

»Was?«

»Du hast schon mal gegen ihn gekämpft.«

»Jap.«

»Wie war das? War … War er sehr stark? War es gruslig?«

Richie spürte, wie das Grinsen von seinem Gesicht schmolz. Er zuckte mit den Schultern; setzte zur Antwort an, fand die Worte aber nicht.

»So schlimm?«, drängte Doc.

»*Schlimm.*« Richie lachte; über wen oder was, wusste er nicht. »Was heißt *schlimm*. Klar war's gruslig. Wie stark er wirklich ist, weiß ich nicht – er war bewaffnet, ich nicht – er hat mich quasi gejagt, ich wusste nicht, ob und wo und wann ich ihm begegne. Dann war's ein kurzer Kampf, im Endeffekt, und … Ja, es war scheiße gruselig. Aber …«

»Aber?«

»Aber …« Richie überlegte lange. »… nicht unbedingt aus den Gründen, die du vielleicht glaubst. Nicht aus den offensichtlichen Gründen. Skull … Du denkst doch auch, dass das jemand ist, den wir kennen, oder? So oarg das ist … Es *muss* fast wer sein, den wir kennen, und nicht nur wegen dem Kostüm. Das ist was Persönliches. *Right*?«

Doc nickte mit ehrfürchtiger Miene.

»Und wie er dann vor mir stand, dieser maskierte Kerl … Weißt, was ich gedacht hab'? Eben, dass das wer ist, den ich kenn' – aber in Wirklichkeit kenn' ihn *überhaupt* nicht. Ich kenn' ihn, er kennt mich – gut genug, dass er mich *killen* will –, aber in Wirklichkeit … Ich hab' in dem Moment erkannt, dass ich in Wirklichkeit absolut keine Ahnung hab', wer die Leute *sind*, die ich angeblich kenn'. Sind alles Fremde. Der hat da vor mir gestanden, ein Bekannter, ein *Freund* vielleicht, jemand, den ich gern hab' – und ein Wildfremder. Das war so schräg, dass … Ich wusst' nicht, was ich tun soll. Ich konnt' mich fast nicht bewegen. Dann ging's schon los – und bevor ich mich richtig drauf einlassen konnte … war’s auch schon wieder vorbei.«

Richie starrte vor sich hin. Er fühlte sich plötzlich wahnsinnig erschöpft. Seine eigenen Worte hallten in seinen Ohren nach. Er hatte das alles noch kein einziges Mal ausgesprochen, nicht so. Er wusste auch nicht sicher, ob er zum Ausdruck gebracht hatte, was er dachte. Mit Marie hätte er darüber sprechen können, viel besser, viel ausführlicher. Gleichzeitig hätte er ihr gar nicht mehr sagen müssen. Sie hätte ihn verstanden.

»Puh«, machte Doc. »Und … jetzt willst du dem Kerl *nochmal* begegnen, damit er dir in die andere Schulter auch ein Messer stecken kann?«

Richie riss sich zusammen, zauberte das Grinsen zurück auf sein Gesicht, und sagte, »Hauptsache, er kommt nah genug, dass *ich ihm* das hier in seinen Knochenkopf rammen kann.« Er hob die Hand – erinnerte sich, dass er den Hammer weggelegt hatte, nahm ihn schnell wieder an sich und hielt ihn hoch.

Doc schaute ihn ein bisschen mitleidig an. »Du hast grad vergessen, dass du die Waffe nicht mehr hältst. Glaubst du wirklich, dass du gegen einen brutalen Mörder kämpfen kannst?«

»Geht jetzt das wieder los? Reden wir wieder drüber, wie dumm und waach ich bin?«

»Nein, Richie, ich –«

»Glaubst du wirklich, dass ich blöd genug bin, nicht an den Hammer zu denken, bevor ich mich auf den Killer stürze«, sagte Richie, und streckte den Arm aus, um mit dem Hammer auf die Tür der Gartenhütte zu zeigen, »wenn er da reinspaziert und –«

In dem Moment flog die Tür auf, und jemand kam in die Hütte geweht. Doc schrie – Richie erschrak davor noch mehr als vor der Tür, schrie selbst auf, und ließ den Hammer fallen. Wenigstens landete er nicht nochmal auf seinem Fuß, sondern mit einem wuchtigen Knall auf dem Boden.

»Leute, mein Akku ist leer«, verkündete Filippe aus der Tür.

»Deshalb verpasst du uns einen Herzinfarkt?«, keuchte Richie. »Stürz gefälligst nicht so rein, wenn du nicht der Mörder bist! Kündig dich vorher an!«

»Wie denn? Soll ich anrufen? *Mein Akku ist leer.*«

»Luke hat fix ein Ladekabel«, sagte Doc.

»Ich will nicht mein Handy aufladen, ich will hier weg. Ruft ein Taxi, ich geh' die anderen einsammeln.«

»*Unsinn*«, dröhnte Richie, »bleib einfach da diesmal, dann macht dir die Party gleich wieder Spaß! Selbst schuld, wenn du hin und her rennst und dir die Liebesdramen auf der Main Stage gibst, statt dasst dich herpflanzt und mit uns *gute* Musik hörst und *gute* Drogen nimmst.«

»Die Musik und die Drogen im Haus sind auch von dir«, sagte Filippe.

»Hier ist's trotzdem lustiger. Schnapp dir eine Säge oder einen Rechen und bezieh Stellung.«

»Nix da. Wir hauen ab. Jetzt. Bevor was passiert.«

»Ich glaub', er hat recht«, sagte Doc. »Das kann nur schlecht enden. Sind die anderen überhaupt noch da? Geht's ihnen gut?«

»Tristan ist Jo suchen gegangen«, sagte Filippe. »Luke und Lily weiß ich nicht. Wir sind jedenfalls zu verstreut, und zu weit weg vom Rest der Welt.«

»Okay.« Doc legte die Heckenschere weg und zückte sein Handy. »Es stimmt, wir sollten fahren. Ich ruf' ein Taxi.«

»Na, oida«, war alles, was Richie dazu einfiel.

»Ich hol' Tristan und Jo«, sagte Filippe. »Ruft ihr vielleicht Lily und Luke an. Sagt ihnen, dass wir keine Lust haben, zu krepieren.«

Filippe wollte sich zum Gehen umwenden, Richie wollte Einspruch erheben, aber beides geschah nicht. Stattdessen stieß Filippe einen Laut aus, der Richie das Blut in den Adern gefrieren ließ, und stolperte vorwärts in die Hütte. Filippes Blut war nicht gefroren, im Gegenteil: Es quoll aus seinem Rücken, besprenkelte den Boden und zog eine Spur hinter ihm her, einen nassen Fleckerlteppich, der im LED-Licht fröhlich glänzte. Das Licht wechselte durch alle Farben des Regenbogens, aber die Blutspritzer sahen immer schwarz aus, wie mysteriöse Löcher im Holz.

Filippe und seinem Blut hinterher kam Skull in die Gartenhütte.

Und Richie … Richie war wie gelähmt. Schon wieder. Obwohl er mit dem Mörder gerechnet hatte; obwohl er auf eine Chance, sich zu rächen – für seine Schulter, für Marie, für alle anderen –, gehofft hatte; obwohl er die ganze Zeit nur darauf gewartet hatte, dass der Mörder endlich auftauchte, war ihm jetzt, als würde er bloß träumen, als wäre er direkt in einen Albtraum eingetaucht, ohne vorher einzuschlafen. Filippe kauerte neben ihm am Boden, an die Wand gepresst, wimmernd und fluchend; er griff mit einer Hand nach dem Loch in seinem Rücken, zischte und jaulte, zog die blutverschmierten Finger wieder weg wie von einer heißen Herdplatte. Filippe war verletzt, vielleicht schwer verletzt, und das überforderte Richie fast am meisten. Es ging um Leben und Tod – aber es *konnte nicht sein*, dass es um Leben und Tod ging. Sie hatten doch gerade erst maturiert!

Marie hat nicht maturiert, schoss es Richie durch den Kopf, und seine Starre löste sich.

Diesmal vergaß Richie seine Waffe nicht. Er sprang auf seine Beine, stürzte, einen Kriegsschrei ausstoßend, auf Skull zu, holte mit dem Hammer aus, um ihn mit all seiner Kraft in die hässliche weiße Fratze zu schwingen –

Skull trat vorwärts, auf Richie zu, so schnell, so ungestüm, so furchtlos, dass Richie vor Staunen zögerte. Skull hingegen zögerte keine Sekunde: Seine Hand fuhr nach oben wie eine Schlange, und in Richies hochgehobenem Arm, nicht weit von seiner bisher unverletzten Schulter entfernt, entstand ein beißender Schmerz. Richie knurrte, brüllte – und ließ den Hammer sinken, weil er den verstümmelten Arm instinktiv zu sich heranzog, mit der freien Hand die neue Wunde bedeckte. *Sein* Blut war auch nicht wirklich gefroren, entdeckte er jetzt.

Richie wich zurück. Skull drehte sich nach Doc um. Docs Augen wurden groß wie Hühnereier. Skull bewegte sich auf ihn zu, und Doc wehrte sich mit dem Erstbesten, was er zur Hand hatte: Er schleuderte sein Handy nach Skull. Es klatschte leise gegen Skulls Brust und landete mit einem erbärmlichen Scheppern auf dem Boden. Skull trat achtlos darüber hinweg, näher an Doc heran, der wie versteinert dastand, sein Gesicht noch kindlicher als sonst vor Entsetzen – blankem, surrealem Comic Book-Entsetzen.

Richie wechselte den Hammer zur anderen Hand; er ignorierte den Schmerz seiner frischen Wunde, er ignorierte den alten Schmerz in seiner Schulter, der sich wieder meldete, als er den

Hammer über seinen Kopf hob. Er schoss erneut auf Skull zu, diesmal ohne theatralisches Kriegsgeheul, dafür mit Tränen in den Augen – und mit Maries Gesicht im Kopf, Maries lachendem, traurigem Gesicht über Docs verschreckte Miene gelagert –

Skull bemerkte ihn, wirbelte herum, wich dem Hammer aus und schwang gleichzeitig das Messer. Richie sprang nach hinten weg. Skull kam hinterher, *stach* – und Richie zog den Bauch ein, um der Klinge zu entkommen. Richie wollte erneut mit dem Hammer ausholen, aber Skull war schneller, und Richie grölte, als die Klinge sein inneres Handgelenk anritzte; der höllische, gläsern feine Schmerz – wie ein Papierschnitt, nur tausendmal schlimmer – zwang seine Finger auseinander, und der Hammer schlug wieder nutzlos auf dem Boden auf.

»DIE SCHERE, DOC!«, brüllte Richie. Ob er zu Doc durchdrang, konnte er nicht überprüfen – er war zu beschäftigt damit, dem Messer auszuweichen. Skull war unerbittlich: Für jeden Schritt, den Richie zurückwich, machte Skull zwei auf ihn zu, ließ das Messer wieder und wieder nach vorne stoßen, auf ihn herabsausen, die Luft Millimeter vor Richies Nase zerschneiden –

DUNK!

Hinter Skulls hässlicher Totenschädelfratze drang ein schmerzerfülltes Raunen hervor, und er griff sich an den Hinterkopf. Er wandte sich von Richie ab und Doc zu, dessen Gesicht immer noch von jenem bizarren Bilderbuchschrecken entstellt war, dessen Hände aber die Heckenschere, mit der er Skull eins übergebraten hatte, fest umklammert hielten.

Skull holte mit dem Messer aus –

Richie warf sich nach vorne und schlang die schmerzenden Arme um Skull. Skull zappelte, versuchte, sich zu befreien. Das Messer zuckte vor Richies Auge auf und ab.

»JETZT, DOC, *JETZT*!«

Aber bevor Doc zustechen oder auch nur noch einmal zuschlagen konnte, drückte Skull sich gegen Richie, hob ein Bein und stieß seinen Fuß in Docs Bauch. Die Wucht des Tritts beförderte Doc auf seinen Po, und brachte Richie und Skull genauso um ihr prekäres, umkämpftes Gleichgewicht. Sie fielen rückwärts um – Skull landete auf Richie, presste die Luft aus ihm, wand sich aus seinen Armen frei und vergrub dabei einen Ellenbogen in seinem Gesicht; Richies Nase knackte grauenvoll, und scheußlich warmes Blut strömte zu seinen Lippen. Und ehe er sich aufrappeln oder wehren konnte, hatte Skull sich umgedreht, saß breitbeinig auf ihm, Messer beidhändig emporgehoben –

Andere Hände packten die von Skull an den Gelenken – Filippe kniete hinter Richies Kopf. Skull versuchte, sich loszureißen, aber Filippe, erbittert stöhnend, ließ nicht locker. »TU WAS, RICHIE!«, rief er, und Richie ließ sich das nicht zweimal sagen: Er boxte Skull in den Bauch, so fest er konnte. Durch die Maske drang ein Grunzen, Filippes Hände ließen los, und Skull sackte seitwärts von Richie –

Und Filippes Hände waren plötzlich wieder da, diesmal, um Richie an den Schultern zu packen und hochzustemmen. Richie sah wenig – sein Blut war ihm auch in die Augen geraten –, aber er verstand, was geschah, und er wehrte sich nicht, als Filippe ihn Richtung Ausgang zerrte. Bevor sie die Tür erreichten, knickte Filippe zähneknirschend ein, und Richie erwiderte den Gefallen und stützte Filippe den Rest des Weges. Doc tauchte an Filippes anderer Seite auf, schlang Filippes anderen Arm um seine Schultern und seinen eigenen Arm um Filippes Rücken; er drückte mit der Hand Richie vorwärts, und so trugen sie sich gegenseitig aus der Hütte. »Wald«, schnaufte Doc, »in den Wald, *schnell*«, und Richie war zu gedankenlos, um die Aufforderung zu hinterfragen. Er steuerte auf den Wald zu, tauchte zwischen den Bäumen ab, humpelte und hinkte (wann er sich das Bein verletzt hatte, wusste er nicht) durchs Unterholz und schleppte Filippe wie einen Mehlsack, bis Filippe irgendwoher die Kraft nahm, selbst zu laufen. Er ließ trotzdem nie von Filippe ab, und Filippe und Doc nie von ihm, und Richie war froh darüber. Er wusste nicht, ob er so stur weitergerannt wäre, wenn die Verknotung mit den anderen beiden ihm nicht jede andere Option genommen hätte.

Es war Doc, der irgendwann keuchte, »Okay, stopp – Pause.«

Sie kletterten über einen gefallenen Baumstamm, in eine kleine, von Büschen umgebene Grube im Waldboden. Sie setzten sich auf die Erde, legten ihre Köpfe auf Moosbüschel, pusteten und prusteten, bis sie ihren Atem zurückgewonnen hatten. Es war entsetzlich dunkel; Richie erkannte im fahlen Mondlicht, das durch die Baumkronen fiel, gerade so die Gesichter der anderen beiden. Richie verstand nicht, wie sie es bis hierhergeschafft hatten.

»Polizei«, sagte Filippe.

»Und Rettung«, sagte Doc. »Aber in der Zwischenzeit –«

Doc zog sich das Shirt aus, zerrte mit beiden Händen daran, bis es *RATSCH* machte, und wiederholte das Ganze, sodass er am Ende zwei lange Stoffstreifen vorzuweisen hatte. Richie war zu erledigt, um das in angebrachtem Ausmaß zu würdigen.

»Die Wunde an deiner Hand ist egal, glaub' ich«, sagte er zu Richie, während er einen der Streifen um seinen Oberarm band und fest zuschnürte, »und der Stich da ist auch nicht tief, der Verband sollte für zwanzig Minuten reichen – aber du«, wandte er sich an Filippe, »machst mir Sorgen, wer weiß, was das Messer in deinem Rücken erwischt hat. Ich verbind's einfach auch mal, keine Ahnung, ob das was bringt, aber besser als nichts ... Dein Akku ist leer, hast du gesagt?«

»Ja«, sagte Filippe, der Docs notdürftige Behandlung ansonsten wortlos über sich ergehen ließ.

»Richie, kannst du –«

»Mein Handy ist in der Hütte«, sagte Richie. »War an die Boxen angesteckt.«

»Und ich Trottel hab' meins nach Skull geworfen«, sagte Doc ungeniert. »Tolle Helden sind wir. Geht's euch halbwegs? Könnt ihr weiter?«

»Wir müssen zurück!«, sagte Filippe, der plötzlich wieder vor Leben zu strotzen schien, als hätte Doc ihm nicht nur ein zerrissenes T-Shirt umgebunden, sondern das Loch im Rücken zugenäht und Aufputschmittel verabreicht. »Wir müssen wieder hin und –«

»*Nein*!«, schnitt Doc ihm das Wort ab. »Nichts da!«

»Wir sind zu dritt –«

»Wir waren gerade eben auch zu dritt! Es hat uns nichts genützt und es *wird* uns nichts nützen. Wir sind zu dritt, ja, aber, Filippe – keiner von uns ist ein *Killer*. *Skull* ist ein Killer. Richie konnte ihm nicht den Schädel einschlagen, ich hab' mich nicht mal getraut, die Heckenschere *aufzuspreizen*, hab's grad mal über mich gebracht, ihn damit zu hauen. Wir zögern, und fürchten uns, und *wollen* eigentlich gar nicht. Skull zögert nie, und bringt uns zum Fürchten, und will nichts sehnlicher, als uns bluten zu sehen, warum auch immer. Und außerdem, eure Wunden sind vielleicht nicht lebensgefährlich, aber kämpfen solltet ihr mit denen fix nicht.«

»Und was ist mit *Tristan*?«, fuhr Filippe Doc an. »Jo, Lily, Luke, wir können sie nicht einfach –«

»Wir können ihnen am besten helfen«, sagte Doc, ganz ruhig im Vergleich zu Filippe, »wenn wir den Pfad aus'm Wald raus finden, zum nächstbesten Haus gehen, die Rettung für euch rufen und die Polizei zu Lukes Haus bestellen. Die nächste Nachbarschaft kommt gleich nach dem Feldweg, das sind zehn, vielleicht zwanzig Minuten, das kriegen wir hin, und das bedeutet vergleichsweise schnelle Hilfe für uns alle. Wenn wir zurück zur Gartenhütte gehen, wer *weiß*, was dann passiert. Vielleicht hat Skull mein Handy eingesteckt, und Richies, und wir müssten ins Haus schleichen, um ein Telefon zu finden. Vielleicht lauert Skull noch bei der Hütte, greift uns an, sobald wir auftauchen. Vielleicht hat er die anderen längst erwischt! Wir wissen es nicht. Es ist viel sicherer, besser, schlauer, Hilfe zu holen. Für euch *und* für sie –«

»Wenn er die anderen schon erwischt hat, verfolgt er uns wahrscheinlich!«

»Umso wichtiger, dass wir machen, dass wir weiterkommen! Schnell, bevor ihr doch noch so viel Blut verliert, dass ihr nicht mehr könnt.«

Filippe setzte erneut zur Widerrede an, aber entweder fiel ihm nichts mehr ein oder ihm fehlte die Kraft, um länger zu streiten. Schwer atmend kaute er auf seinen Worten herum; dann schloss er die Augen und seufzte resigniert. »Du – du weißt sicher, dass unsere Wunden nicht lebensgefährlich sind?«, fragte er. »Dass wir zwanzig Minuten durch den Wald spazieren können, ohne in Ohnmacht zu fallen?«

Richie lachte. Die anderen beiden drehten ruckartig die Köpfe nach ihm um.

»Klar weiß er das«, antwortete Richie an Docs Stelle, immer noch lachend. »Er ist ja der Doc. Er ist Doktor Tommy, und wir sollten wohl lieber tun, was er sagt.«

14

Die Couch in Hannahs Wohnzimmer war nicht die bequemste, auf der Tristan je gelegen hatte, aber sie war bequem genug, und sehr geräumig. Tristan und Jo – die letzten Überlebenden einer ergiebigen, lustigen Samstagnacht – lehnten ausgestreckt da, mit reichlich Abstand zueinander, und schwiegen. Der Fernseher lief, aber ohne Ton. Tristan starrte auf den Bildschirm, sah aber nicht viel mehr, als er hörte. Er hatte anderes im Kopf.

»Du siehst ganz schön fit aus«, sagte Jo plötzlich.

Tristan musste schmunzeln; war das sein Stichwort? »Danke. Du siehst auch gut aus.«

Jo schmatzte ungeduldig. »Sei still, so hab' ich das nicht gemeint.« Er hob die Hand mit der Fernbedienung, schaltete den Kanal um, schaute eine Weile und runzelte dann die Stirn. »Ist der Ton kaputt? Oder haben wir den absichtlich ausgemacht?«

»Er war aus, als wir eingeschaltet haben«, sagte Tristan, mit einem Lachen wie Seide.

»So ein Scheiß«, sagte Jo, und drehte den Fernseher kurzerhand ab. »Jedenfalls, du siehst fit aus dafür, dass du so viel konsumiert hast, ist, was ich sagen wollt'.«

»Wie kommst du drauf, dass ich was anderes gemeint hab'?«

Jo griff sich an den Kopf. »Stell keine so blöden Fragen jetzt, ich steh' bissl neben mir. Alle anderen schlafen schon, oder was?«

»Wenn du mit *allen anderen* Hannah und Kris meinst, dann ja, die schlafen oben.«

»Ingo? Filippe?«

»Sind heim. Der Rest auch.«

»Na oida, jetzt schon? Luschen.«

»Es ist fünf Uhr in der Früh.«

»*Fünf*?«

»Fünf.«

»Wann is'n das passiert …« Jo schüttelte den Kopf. »Und was

machst du noch hier mit mir?«

»Was meinst?«

»Na, wieso bist du nicht irgendwo irgendwen schnackseln?«

Wieder schmunzelte Tristan. »Hm. Wieso bloß?«

Jo schoss ihm seitlich einen Blick zu, von dem Tristan nicht mit Sicherheit wusste, wie er ihn auffassen sollte. Bevor er sich Mühe geben konnte, ihn zu deuten, war Jos Blick wieder nach vorne gerichtet, starr auf den Fernseher, ganz so, als liefe der noch.

»Du …«, begann Jo, und brach gleich wieder ab.

»Ich was?«, stichelte Tristan.

»Du vögelst mit ganz schön vielen Leuten, was?«

Tristan kaute eine Weile auf seiner Antwort, bevor er sie aussprach. »Tu' ich das?«

»Tu nicht so blöd«, sagte Jo und lachte, und Tristan verstand, dass es kein Vorwurf sein sollte, kein Angriff; dass Jo sich einfach nicht besser auszudrücken wusste, dass er ernsthaft drüber reden wollte – und vielleicht sogar mehr als reden. Dass Tristan eine Chance hatte, wenn er sie denn nutzen wollte.

Er lächelte. »Ja, okay. Ja, ich hab' viel Sex, mit vielen Leuten. Ich mag Sex.«

Jo hüstelte, vielleicht gekünstelt, vielleicht nicht. »Mhm. Weißt du … Weißt du, was ich glaub'?«

Tristan verengte die Augen. »Nein.«

»Ich glaub' …« Jo atmete tief durch. »Ich glaub', dass du wahnsinnig unsicher bist. Dass du mit so vielen Leuten schläfst, weil du dir beweisen musst, dass Leute mit dir schlafen *wollen*, damit du zufrieden mit dir selbst sein kannst. Aber du *bist* nie zufrieden. Deshalb vögelst du immer weiter, mit immer neuen Leuten, bis du ihnen – bis du *dir* irgendwann glauben kannst, dass du irgendwer bist. Um dich halbwegs gut mit dir selbst zu fühlen, musst du jeden kriegen, den du willst, um jeden Preis, alles andere ist scheißegal … Tja. Weißt, du kannst eh alle haben, die du haben willst, Tristan. Aber es wird nie reichen. Mach dich drauf gefasst.«

Tristan lauschte, gebannt gegen seinen Willen, und wusste nicht so recht, was er sagen sollte. Er war nicht beleidigt, nicht wirklich; am ehesten war er überrascht, dass Jo überhaupt so viel über ihn und sein Sexleben zu sagen hatte. Was da aus Jo gesprochen hatte, war sicher auch der Alkohol, das Gras, der Speck und was auch immer er sonst noch im Lauf der langen Nacht zu sich genommen hatte – aber diese Gedanken waren nicht erst heute entstanden, das hörte man.

Am Ende fand Tristan ganz leicht eine Antwort, und eine muntere, launige noch dazu: »Ich kann alle haben, die ich haben will, ja?«

»Ich glaub', das hat sich als Faktum *established.*«

»Auch dich?«

Jo grunzte. »Fick dich, Tristan.«

»Ich mein's ernst.«

»Waaas«, hauchte Jo mit heller, kichernder Stimme; ein wenig verunsichert, ein wenig … etwas anderes. »Geh, schleich dich.«

»Glaubst du, du gefällst mir nicht?«

»Ich glaub', dir gefällst nur du selbst wirklich.«

»Hast du nicht grad vorhin psychoanalytisch herausgearbeitet, dass ich mir selbst überhaupt nicht gefalle?«

»Du tust halt beides, Narzissten können sowas.«

Tristan lachte leise. Dann rückte er näher an Jo heran. Jo rückte nicht weg.

»Ich will dich, Jo«, flüsterte Tristan. »Du interessierst mich. Ich hab' noch nie mit wem wie dir geschlafen.«

»Du meinst, mit einem Schwarzen? Das ist rassistisch.«

»Ich mein', mit wem, der immer sagt, was er denkt. Der niemandem gefallen will. Der weiß, wer er ist.«

»Mit dem Gegenteil von dir also.«

»Vielleicht.«

Jo zögerte – aber Tristan sah bereits, wohin er tendierte; sah bereits, dass die Sache in seinem Sinn ausgehen würde.

»Ich glaub' immer noch«, sagte Jo, »dass du mich willst, weil du ein kleiner Scheißrassist bist und glaubst, dass alle Schwarzen einen Riesenschwanz haben.«

Tristan lachte. »Ich hab' deinen Schwanz schon oft gesehen, so groß ist er nicht.«

»Größer als deiner.«

»Das ist er wohl.« Und wo sie schon beim Thema waren, legte Tristan gleich seine Hand auf Jos Schritt.

Jo zuckte ein wenig, erstarrte – und entspannte sich gleich wieder. Er schluckte; sah Tristan in die Augen, wieder weg; wieder hin. »Versprich mir nur was«, sagte er.

»Hmm?«, machte Tristan – fast ein Stöhnen; er war schon ganz bei der Sache.

»Sag's keinem. Okay?«

Das verdarb Tristan gleich wieder die Laune. Seine Hand auf Jo war mit einem Mal keine wohlplatzierte Aufforderung zum Spielen mehr, sondern nur noch eine beliebige Hand auf einer beliebigen Oberfläche, wie zufällig abgelegt. Seine Lippen pressten sich fest aufeinander. Was glaubte man von ihm? Was glaubte *Jo* von ihm? *Er*, Tristan, erzählte niemandem von irgendjemandem. Wieso sollte er das tun? Die *anderen* erzählten es *einander*, stolz auf ihren Aufriss, oder ihren Wagemut, ihre Experimentierfreudigkeit.

»Ich mein' – ich weiß, dass du nicht herumrennen und es durch die Gegend schreien würdest«, sagte Jo hastig, als hätte er etwas von Tristans Gedanken in seinen Augen gelesen. »Dass Ingo mit dir gevögelt hat, weiß ich auch nur, weil's Ingo mir erzählt hat – ja, voll, hat er«, fügte Jo hinzu, als Tristan die Augenbrauen hochzog.

»Hat's ihm gefallen?«, fragte Tristan, ohne die Frage ernst zu meinen.

»Glaubst, dass ich deine Hand sonst so lang da lassen würd'?«, antwortete Jo, hechelnd – es sollte wohl ein Lachen sein, aber es hatte sich schon in etwas anderes verwandelt: Jo war auch schon in Stimmung. Wie um das zu beweisen, begann es sich unter Tristans Hand zu regen. »A-aber …«, fuhr Jo dennoch fort. »Das Ding ist … gerade weil ich weiß, dass du mit Ingo auch … und – und mit anderen aus der Schule … Ich mag einfach die Vorstellung nicht, dass du nächste Woche mit irgendwem anderen im Bett liegst und über mich redest, wie wir grad über Ingo geredet haben. Das ist vielleicht irgendwie unfair ihm gegenüber, aber es ist halt so. Ich will nicht, dass irgendwelche Gerüchte entstehen … dass ich schwul bin oder so. Nicht, dass das schlimm wär' – also, dass das schlimm ist, auf Männer zu stehen. Aber …«

Tristan seufzte. »Jo. Ich versprech' dir, dass es von mir niemand erfährt. Außerdem … Ingo ist schon wieder, was, zwei Monate her? Und seitdem hab' ich's mit niemandem aus der Schule mehr getrieben. Ehrlich!«, fügte Tristan hinzu, auf Jos ungläubigen Blick hin.

Tatsächlich hatte Jo recht damit, ihm nicht zu glauben. So vehement, leichtfertig und freundschaftlich warm Tristan sie ausgesprochen hatte, so unverschämt und kalt waren seine Worte gelogen: Tristan hatte neulich erst wieder mal mit Hannah geschlafen. Allerdings hatte die kurz davor (ebenfalls wieder mal) irgendwen kennengelernt, mit dem sie sich an was Ernstem versuchen wollte, und hatte Tristan daher – ähnlich wie Jo eben – aufgefordert, niemandem zu erzählen, dass sie Sex gehabt hatten. Und selbst wenn sie das nicht getan hätte – gerade nach Jos beleidigender Bitte würde Tristan den Teufel tun und Jo auch nur einen einzigen weiteren Namen verraten.

»Willst du mir erzählen, dass du seit zwei Monaten keinen Sex gehabt hast?«, fragte Jo. »*Du*?«

»Das hab' ich nicht gesagt. Ich hab' gesagt, dass ich's seit Ingo mit niemandem aus der *Schule* getan hab'. Niemandem, der weiß, wer du bist und den interessieren würde, was du und ich miteinander tun. Und ich hab' auch nicht vor, so bald wieder wen aus der Schule zu nehmen.«

Ein Gesicht tauchte vor seinem inneren Auge auf, und der dazugehörige Name schoss ihm durch den Kopf – *Lily* –, und das geschah nicht zum ersten Mal; aber Tristan nahm es nicht ernst, so wie immer. Mit Lily hatte er so gut wie nichts zu tun, und sie hatte nie Interesse an ihm gezeigt. Ja, sie war sehr hübsch, und irgendwie war gerade das, dass sie sich nicht das Geringste aus ihm zu machen schien, spannend, aber …

Aber er lag hier mit Lilys bestem Freund, und sollte jetzt wohl nicht an sie denken.

»Weil du die alle schon hattest?«, fragte Jo.

Er klang nicht begeistert. Tristan spürte, wie desaströs die Stimmung sich abgebaut hatte; ahnte, dass Jo im Begriff sein könnte, abzuspringen, wenn er sich jetzt nicht zu konzentrieren begann.

Also konzentrierte er sich, lächelte, und sagte, »Weil ich mit denen nichts gemeinsam habe. Und weil ich nur noch bestimmte Menschen will. Nur noch besondere. Wie dich.«

Jo rümpfte die Nase, grinste aber. »*Ew. Too much*, Tristan. Dir ist schon klar, dass ich dich nur gach pudern will?«

Tristan grinste zurück. »Du kannst aufhören mit dem Süßholzraspeln, du hast mich längst rumgekriegt.«

Tristan küsste Jo auf den Mund. Jos Lippen zuckten – versteiften sich – erschlafften wieder, und machten mit. Tristan zog den Kopf ein wenig zurück, betrachtete Jo aus nächster Nähe. Jo studierte sein Gesicht.

Jo sagte, »Ich muss in zwei Stunden in der Kirche sein.«

Tristan lachte. »Das kriegen wir hin.«

Als es richtig losging, musste Tristan darüber nachdenken, dass Jo tatsächlich von dieser Nacht und von Hannahs Couch in dem Glauben wegspazieren würde, dass er, Jo, ihn, Tristan, rumgekriegt hätte, statt umgekehrt. Das war in Ordnung. Tristan wusste nicht, wie viel von Jos wenig schmeichelhafter Einschätzung seiner Person zutraf, aber eines stimmte auf jeden Fall: Um sich gut zu fühlen, musste Tristan bekommen, wen auch immer er wollte; sonst brauchte er nicht viel.

Und Tristan hatte wieder einmal bekommen, wen er wollte. Das war alles, was zählte.

*

Es war ein Klischee, aber mehr als ein Jahr später erinnerte sich Tristan noch an jene Nacht, als wäre sie gestern gewesen; erinnerte sich an sie, als wäre sie sein romantisches erstes Mal mit der Liebe seines Lebens gewesen. Dabei war sie in mancherlei Hinsicht fast sowas wie das Gegenteil. Kein süßer Traum; ein Albtraum, der sich erst nach dem Aufwachen als solcher zu erkennen gegeben hatte.

Tristan fand Jo schließlich im Wohnzimmer wieder; Lukes Wohnzimmer, nicht Hannahs. Er saß im Stressless-Sessel, als wäre er nie daraus aufgestanden. Er zeigte keine Reaktion auf Tristans Ankunft, weder Erstaunen noch Triumph, kein Schuldbewusstsein. Keine Angst. Aber er brauchte auch keine Angst zu haben; Tristan war nicht hier, um sich zu rächen.

»Ich hab' dich gesucht«, sagte Tristan. »Dachte schon, du bist heim.«

»Ich sitz' seit einer halben Stunde hier«, sagte Jo gelangweilt.

»Nein«, sagte Tristan. »Vor fünf Minuten warst du nicht da.«

»Vor fünf Minuten war ich am Klo. Willst Details wissen?«

Tristan setzte sich auf die Couch. Ihm taten die Beine weh. Ein bisschen wünschte er sich, er hätte Lukes Bett nicht verlassen.

»Ich vermute mal, du hasst mich jetzt?«, fragte Jo; neugierig, als würde er sich über jede Antwort freuen.

»Nein. Ich bemitleide dich.«

Jo grunzte. »Mitleid. Passt zu dir. Eine arrogantere Empfindung gibt's kaum. Impliziert, dass du besser dran bist als ich.«

»Ich will nicht streiten, Jo. Ich will dir nichts vorwerfen.«

»Was willst du denn? Maoam?«

»Ich will …« Tristans Hände zitterten wieder; er verkeilte sie ineinander. »… mich entschuldigen.«

»Das hast du oft genug getan.«

»Dann will ich eben, dass du die Entschuldigung endlich annimmst. Aufhörst, *mich* zu hassen.«

Tristan zwang sich, Jo direkt ins Gesicht zu sehen. Jos Miene war starr wie eine Maske. Von ihm würde nichts kommen, erkannte Tristan. Er würde selbst weitermachen müssen, wenn er dieses Gespräch endlich bis zu seinem Ende führen wollte.

Er gab sich einen Ruck, und fragte, »Du … gehst regelmäßig zum Arzt?« Das war ein so guter Anfang wie jeder andere, fand er, und weniger konfliktgeladen als die meisten, die ihm sonst eingefallen wären. Außer mit *seinem* Arzt hatte Tristan über das Thema mit kaum jemandem jemals geredet. Nur mit Jo, und das nur dreimal – ein kurzes Wortgefecht wenige Stunden, nachdem Tristan es erfahren hatte, dann ein noch kürzeres Gespräch, in dem Jo Tristans schlimmste Befürchtung bestätigt hatte, und zuletzt etwas ausführlicher beim *MaturantInnenessen*. Das war unfair von ihm gewesen. Jo hätte es verdient, dass Tristan öfter mit ihm darüber redete. Hannah hätte es auch verdient gehabt.

Jo hatte aber anscheinend keine Lust, darüber zu reden. Leidenschaftslos begegnete er Tristans Blick, kalt, abwartend, als würde er darauf lauern, dass Tristan fortfuhr. Tristan stand kurz davor, ihm diesen Wunsch zu erfüllen, als Jo doch noch den Mund aufmachte.

»Na sicher. Ich bin ja nicht bescheuert.«

Tristan nickte. »Und …«

»Und?«

»Und … wie sieht's aus?«

Jo lachte eisig, höhnisch – ein schillerndes, aber böses Geräusch. »Wie's *aussieht*? Was denkst du denn, wie es *aussieht*? Mehr fällt dir nicht ein? Was willst du wissen, Tristan?«

»Wie es dir geht –«

»Scheiße.«

»– wie du zurechtkommst damit –«

»Kaum. Du?«

»Gar nicht, glaub' ich«, sagte Tristan, ohne nachzudenken, und erschrak. Glaubte er das wirklich?

Jo wirkte auch überrascht, und gar nicht mehr gefühllos: Er wand sich in dem Sessel, verschränkte die Arme, räusperte sich; das Gespräch schien ihm mit einem Mal genauso unangenehm zu sein wie Tristan.

»Naja …«, sagte Jo. »Wenigstens warst du vernünftig genug, keinen Sex mehr zu haben.«

Diesmal lachte Tristan; ihm war noch nie weniger danach zumute gewesen, und doch lachte er. »Ja. Bis heute.«

Jo schwieg. Sein Blick bohrte sich in Tristan. Tristan begriff verspätetet, warum.

»Nicht mit Lily«, fügte er hastig hinzu. Sein Blick verschwamm; er ließ den Kopf sinken. Er wollte nicht, dass Jo ihn weinen sah. »Das hätt' ich ihr nicht … Das hätt' ich nicht riskieren können. *Hab'* ich nicht riskieren können. Ich liebe sie.«

Jo sagte immer noch nichts. Tristan hörte den Vorwurf trotzdem, laut und deutlich. Hitze stieg in sein Gesicht.

»Ich nehm' meine Medikamente, okay?«, schnappte er, und schämte sich noch mehr; er hatte kein Recht, ungehalten zu werden. »Und ich hab's ihm gesagt, und er wollte trotzdem –«

»*Luke*«, sagte Jo begreifend, verächtlich. »Idiot.«

Tristan seufzte müde. »Jo, ich … Ich hab' ja auch gedacht wie du. Hatte Angst, dass ich nochmal wen anstecke, wie dich. Dass ich den Fehler wiederhole, und wiederhole, und wiederhole. Und hab' geglaubt, die einzige Lösung ist, keinen Sex mehr zu haben. Aber – das ist falsch, Jo. Luke und ich haben ein Kondom benutzt, selbstverständlich haben wir das –«

»*Selbstverständlich*?«, sagte Jo. »Jetzt auf einmal?«

»Jo, ich –«

»Schon gut! Schon gut.« Jo kämpfte sichtlich mit sich. »Ich … Ich mach' dir keine Vorwürfe. Also – schon. Aber … nicht wirklich. Nicht, wenn ich … rational drüber nachdenk'. Du wusstest es damals nicht.«

»Ich hätte es wissen sollen.« Tristans Stimme brach; etwas in ihm löste sich – *er* löste sich auf – und die Tränen flossen nun ungebremst, unaufhaltsam. »Ich war so ein Trottel.«

»Ja, warst du. *Bist* du.«

Tristan warf die Hände in die Luft – aufgebend, hilflos, ahnungslos – und sagte, »H, I, *fucking* V.« Das Krächzen, das ihm diesmal statt eines Lachens entkam, klang exakt so, wie er sich fühlte. »Bei aller Bildung, aller Aufklärung, hab' ich's trotzdem geschafft …«

»Bildung und Aufklärung sind ein Dreck«, sagte Jo, »im Vergleich zu deiner Triebsucht. Deinem blinden, idiotischen, naiven Wahn, dass du jung und unsterblich bist. Dass du machen kannst, was du willst.«

»Es tut mir so leid, Jo.« Das brachte es auf den Punkt. Trotzdem war der Satz leer, völlig nutzlos.

Jo schluckte. »Zu diesem Problem gehören immer zwei dazu. Mindestens.«

Tristan wischte sich Tränen und Rotz aus dem Gesicht, ganz systematisch, wie Make-up. Ein wenig von der Nässe schien einfach zu verdampfen: Seine Wangen glühten. Er fühlte sich fiebrig, und dreckig, und absolut nicht in Stimmung, weiterzufeiern. Er dachte an Theresa, und an Filippe. *Wir sollten hier weg …*

»Wo ist Lily eigentlich?«, fragte er. »Filippe, Richie und Doc sollten in der Gartenhütte sein, und Luke –« Aber darüber wollte er jetzt noch weniger sprechen als über seine und Jos Infektion.

»Lily sucht dich, soweit ich weiß«, sagte Jo. »Vielleicht hat sie mittlerweile aufgegeben und ist heimgegangen.«

»Klingt nicht nach ihr.«

»Das ist wahr. Gehen wir mal zu Filippe, oder? Schreiben Lily, sie soll rauskommen.«

»Okay.« Tristan stand auf. »Übrigens – das mit Lily und dir … Ich wünsch' euch viel Glück.«

Jo lächelte kühl. »Wir bleiben im gleichen Boot, mein Freund. Sie haut immer noch mit ihrem Aufenthaltsstipendium ab – und wir schlafen immer noch beide nicht mit ihr. *Weil* wir sie lieben.«

15

»Da stimmt was nicht«, sagte Janine.

Sie saß auf dem Beifahrersitz von Gernots in die Jahre gekommenem Dienstwagen, neben dem in die Jahre gekommenen Gernot, und stierte angestrengt durch die Windschutzscheibe. Sie verspürte großes Verlangen nach einer Zigarette. Damit stimmte auch was nicht; sie hatte nie geraucht, nie das Bedürfnis gehabt. Aber heute, jetzt, in dieser schwülen Nacht auf der Straße neben dem aufgelassenen Eislaufplatz, von dem Gelächter und abstoßende Geräusche, die wohl Musik sein sollten, schallten, hätte sie gerne eine geraucht. Vielleicht wegen der Jugendlichen, die sie zu beobachten versuchte, in der Dunkelheit aber nur an den roten Punkten ihrer glühenden Zigarettenspitzen ausmachen konnte; jedes dritte Kind ein schwarzer Umriss mit einem feurigen Auge, die anderen nur vage Schatten.

»Das kannst du laut sagen«, pflichtete Gernot bei. »Ein Serienmörder hat es auf diese jungen Menschen abgesehen und sie haben nichts Besseres zu tun, als sich auf einer verlassenen Baustelle zu treffen und sich volllaufen zu lassen.«

»Hättest du als Jugendlicher was anderes gemacht?«, fragte Janine.

Gernot wandte sich ihr zu, runzelte die Stirn, und sagte, »Guter Punkt. Aber was stört dich dann?«

»Dass diejenigen jungen Menschen, von denen wir am ehesten damit gerechnet hätten, dass sie herkommen und sich volllaufen lassen, anscheinend nicht gekommen sind. Wir beobachten alle

Zugänge?«

»Sowieso.«

»Und niemand hat Maximilian gesehen? Din, Rashid – Os? Wo sind die?«

»Tristan Os kommt zu jeder Party zu spät«, sagte Gernot gelassen, »das hat Simon mir gesagt, unser Spitzel.«

»Aber Os *und* Fenrir sind noch nicht da, oder? Und Maximilian, Din, Rashid, und Demirkan und Kowitz. Und Ceus.«

»Ceus ist bei seiner Tante«, sagte Gernot, »haben seine Eltern uns doch gesagt.«

»Sie haben uns gemeldet, dass sie ihn zu seiner Tante *schicken*«, korrigierte Janine.

Gernot schaute sie ein paar Sekunden lang an. Dann brummte er, müde und unglücklich. »Oh weh. Eine zweite Party.«

»Eine zweite Party«, stimmte Janine zu, »exklusiv für unsere Personen von besonderem Interesse.«

Gernot hatte schon das Handy am Ohr. »Peter – hallo – find raus, ob Luke Ceus heute jemals bei seiner Tante eingetroffen ist. Danke.« Als Nächstes griff er nach dem Funkgerät. »Wagen sechs, hat Os das Haus verlassen?«

»Hier Wagen sechs, negativ. Alles ruhig. In seinem Zimmer brennt Licht.«

Gernot und Janine wechselten einen Blick. »Rausgeschlichen«, flüsterte Janine.

Gernot zögerte; dann funkte er, »Wagen sechs, klopft an und überprüft, ob Tristan Os zuhause ist. Die anderen Einheiten –« Er nahm den Finger von der Sprechtaste, sah Janine forschend an; forschend, und vielleicht ein wenig verzweifelt. »Wir können nicht *alle* von hier abziehen. Der Täter kann sich genauso gut doch für diese Party entscheiden, früher oder später.«

Janine überlegte. Das Funkgerät knackte. »Hier Wagen sechs, Os ist nicht zuhause, seine Mutter hat nachgesehen. Sie macht einen Riesenaufstand, will ihn suchen gehen.«

»Sagt ihr, wir sind grad dabei, ihn zu finden, sie soll sich keine Sorgen machen«, sagte Gernot; und zu Janine: »Also? Wohin würdest du Leute entsenden?«

»Auf jeden Fall einen Wagen zu Fenrir«, sagte Janine. »Wenn

es doch keine zweite Party gibt, ist Os am ehesten dort.«

»Seh' ich genauso«, sagte Gernot, und bestellte per Funk Wagen fünf zum Haus der Fenrirs; Wagen vier bat er, beim Eislaufplatz zu bleiben, ihn aber von nun an zu umkreisen, und Wagen drei schickte er zu den restlichen Einheiten auf Streife quer durch die Stadt.

»Aber, Gernot«, sagte Janine, »das Haus von Ceus ist am größten und am abgelegensten, und er hat sturmfrei.«

»Ganz recht«, sagte Gernot, und startete den Motor. »Genau deshalb fahren wir zwei dorthin selber.«

16

Die Gartenhütte war finster und still. Tristan stieß die Tür ein Stück weiter auf.

»Filippe?«

Er erhielt keine Antwort.

»Sind die schon weg, glaubst?«, fragte Jo.

Tristan trat von der Tür weg. »Das … kann ich mir nicht vorstellen. Vielleicht sind sie ins Haus …«

Andere Alternativen konnte er sich *noch* weniger vorstellen. Bloß, das stimmte nicht. Sie sich vorzustellen, fiel allzu leicht. Er wollte nur nicht.

Jo war mit seinem Handy beschäftigt. »Wem schreibst du?«, fragte Tristan.

»Lily. Aber sie schreibt nicht zurück.«

Tristans Herz flatterte ihm im Hals. »Ruf sie an. Ich probier' die anderen. Und gehen wir wieder rein. Holen Luke.«

Sie marschierten am Pool entlang zurück zum Haus. Tristan hielt stur den Blick vom Wasser abgewandt.

Räudiger Bass schüttelte das Haus wie ein leichtes Erdbeben. Trotzdem klang es drinnen für Tristan genauso verlassen wie in der Gartenhütte.

»Machen wir mal diesen Krach aus?«, schlug Jo vor.

»Mach das«, sagte Tristan, »ich geh' Luke holen. Und ruf Lily an, ja?«

Sie tauschten einen kurzen, besorgten Blick aus. Jo ging ins

Wohnzimmer, Tristan hoch in den ersten Stock.

»Luke, du musst …«

Aber Luke war nicht in seinem Zimmer. Die kleinen Bluetooth-Boxen waren stumm. Das Durcheinander auf dem Bett erzählte unmissverständlich von dem, was sich dort vor kurzem zugetragen hatte. Tristan fand den Anblick fast genauso unerträglich wie die Tatsache, dass alle verschwunden zu sein schienen.

Die Musik stoppte abrupt, mitten in einer mitreißenden Hook. Tristans Nackenhaare stellten sich auf. Die plötzliche Stille war noch schlimmer als der Lärm.

Tristan lief hinunter. »Hast du Lily erreicht?«, fragte er beim Betreten des Wohnzimmers.

Aber Jo war nirgends zu sehen.

»Jo? *Jo*? *Jo*!«

Die Stille drückte sich auf Tristans Ohren. Dunkle Ahnung versteifte sich zu dunklerer Gewissheit. Tristan tastete seine Hose nach seinem Handy ab – um *wen* anzurufen? Lily? Jo? Filippe? Polizei? – und hielt unentschlossen inne, Hände an den Taschen.

17

Gernot hielt wieder einmal an einer roten Ampel. Janine unterdrückte ein Stöhnen.

»Meinst du nicht«, fragte sie durch zusammengebissene Zähne, »dass wir berechtigt wären, mit Blaulicht zu fahren?«

»Wurde dir ein Notfall gemeldet, von dem ich nichts weiß?«, erwiderte Gernot.

»Tristan Os ist aus seinem Zimmer verschwunden.«

»Ein Achtzehnjähriger ist am Tag seines feierlichen Schulabschlusses nicht zuhause geblieben. Warte, ich verständige die Medien und den Innenminister.« Sein Handy läutete. »Hallo? Mhm. Na gut. Probier's weiter.« Er legte auf. »Peter erreicht Ceus' Tante nicht.«

»Na toll«, sagte Janine, und ging genervt an ihr eigenes Handy, als dieses auch noch zu bimmeln begann. »Fletscher, hallo? Hallo? Was?«

Nachdem sie ein paar Sekunden lang konzentriert gelauscht

hatte, schaute sie kurz aufs Display. Sie presste das Handy wieder ans Ohr, griff mit der freien Hand nach Gernots Arm und sagte leise zu ihm, »Halt kurz an.«

18

Tristan hatte seine Entscheidung getroffen. Er zog sein Handy raus, verließ das Wohnzimmer, rief Lily an und schritt im Gang auf und ab.

»Tristan –«

Lilys Stimme – wie ein Rettungsring, wie ein Versprechen, dass doch noch alles gut werden konnte. Tristan zerfloss vor Erleichterung, musste sich zusammenreißen, um ihr zuzuhören, zu antworten.

»– bitte – es tut mir so leid –«

»Ist okay. Wo bist du?«

»Ich geh' grad wieder runter.«

Tristan eilte zur Treppe. Lily kam die Stufen herab – zerzaust und unglücklich, aber unverletzt. Sie legte auf, steckte ihr Handy mitsamt ihrer Hand ein und blieb vor ihm stehen, Kopf eingezogen, Hände in den Hosentaschen, seinen Blick meidend.

»Ich hab' dich nicht gefunden«, sagte sie, »und dann hab' ich mich einfach oben wo hingesetzt und … nachgedacht. Tristan –«

»Es ist egal jetzt, okay?« Tristan sah sich um, lauschte; nichts, niemand. Er wandte sich wieder an Lily. »Es ist egal, wirklich.«

Lily nickte; sie wirkte dankbar, aber nicht überzeugt. Sie runzelte die Stirn und fragte, »Wieso ist die Musik aus? Ist die Party vorbei?«

Tristan spähte nochmal um sich, in Ecken, durch offen stehende Türen, die Treppe hoch. »Ich glaub' –«

Es verschlug ihm die Sprache; brennend vor Scham schaute er zu, wie Luke die Stufen runterkam. Lukes Haare klebten an seiner Stirn, an seinen Ohren, klatschnass, und er trug frische Kleidung. Mit einem wabernden Lächeln, das ihn aussehen ließ, als wäre ihm ein bisschen übel, stellte er sich neben Lily und rieb sich die frischgewaschenen Haare mit dem Handtuch, das um seine Schultern hing. Er lief rot an, sagte kein Wort. Tristan war auch immer noch stumm.

Lily schaute vom einen zum anderen, erst erwartungsvoll und verwirrt; dann – Tristan sah es, sah den Groschen fallen – huschte ein Schatten über ihr Gesicht. Hatte er geglaubt, dass der Anblick von Lily und Jo sein Herz gebrochen hatte? Jetzt wusste er, dass er sich getäuscht hatte.

»Deshalb ist es *egal jetzt*«, sagte Lily. Sie präsentierte Tristan eine fürchterliche Miene: bar jeder Emotion, wie ihr Tonfall. Schlimmer als jeder Zorn war diese Leere, die Totenstille ihrer Züge. Die Scherben von Tristans Herz zerbröselten zu Pulver.

»Nein – Lily – bitte, hör mir zu«, flehte Tristan. »Es ist egal, weil der Mörder wahrscheinlich da ist.«

»*Was*?«, sagte Luke.

Aber Lily schnaubte nur. »Ja, klar. Sehr praktisch.«

»Ich mein's ernst.«

Lily schüttelte den Kopf, machte, »*Tsk*«, schleuderte ihm endlich doch noch den giftigen Blick entgegen, den er verdiente – aber als sie seinen Gesichtsausdruck sah, weichte ihr eigener auf. »Bist du sicher?«

»Ziemlich.«

»Hast du die Polizei gerufen?«, fragte Lily.

»Noch nicht.«

Lily streckte die Hand nach seiner aus. »Gib her.«

Tristan legte sein Handy in die dargebotene Hand, ohne nachzudenken. Noch fast in derselben Sekunde klingelte etwas in seinem Kopf – ein tief vergrabener Alarm, eine Warnung, eine Frage, die er hätte stellen können: *warum?* Aber da war es schon zu spät.

»Danke«, sagte Lily – und zog ihre andere, behandschuhte Hand aus der Hosentasche, zückte das Messer, das unter ihrem Shirt verborgen in ihrem Gürtel steckte, und vergrub es in Lukes Bauch.

Tristan sah, und sah nicht; verstand, und verstand gar nichts mehr; er war nicht mehr da, nicht mehr in sich, und konnte nichts tun, als Lily das Messer in Lukes Bauch drehte, rauszog und in seine Brust rammte, bevor Luke, rot spuckend, in die Knie ging. Er sah, sah nicht, Lukes verwirrten, flehenden Blick; hörte, hörte nicht, das gequälte Geräusch, das zusammen mit dem Blut aus seinem Mund quoll.

Lily trat hinter Luke, setzte das Messer an Lukes Hals an und schlitzte ihm die Kehle auf. Er fiel vornüber auf den Boden, zappelte krampfhaft, schaffte es kaum, nach seinem Hals zu greifen.

»Hm«, sagte Lily. »Ist er beim Sex auch so leise wie beim Sterben?«

Tristan bekam keine Luft. Die Welt kam ihm fürchterlich grell vor, unecht, und er selbst schien losgelöst von allem, haltlos, ein zitternder Geist, den Blitze ungelenkten Stroms auf den Beinen hielten – er war sich fast sicher, dass das, was er erlebte, Sterben war; dass nicht Luke, sondern er da am Boden verblutete.

Lily neigte fragend den Kopf zur Seite. Wie oft er sie diese Bewegung hatte machen sehen; wie gut es ihm gefallen hatte, wenn ihr Haar baumelte; wie er ihren durchdringenden, undeutbaren Blick bewundert hatte.

»Na?«, hauchte sie. »Starr vor Liebe?«

»Nein«, hörte Tristan sich ausstoßen; nicht zur Antwort, sondern aus Prinzip, als Ablehnung von allem, totale Verweigerung. *Neinneinneinneinnein …*

»Das Wort magst du besonders gern, was?«

»Lily …« Tristan wollte weglaufen; er wollte sterben; er wollte fort von hier, aber er konnte sich nicht bewegen. Luke hatte eben ein letztes Mal gezuckt – jetzt lag er ganz still. »Lily … wie kannst …«

»Wie kann ich was? Töten, oder was? Das erste Mal hat's Überwindung gebraucht, ich geb's zu – wie mit Sex, oder? Wobei, da hattest du wahrscheinlich von Anfang an keine Hemmungen … Jedenfalls, *nach* dem ersten Mal – danach wird's immer leichter. Freudvoll sogar, wenn man den Hang erst mal heraußen hat … Auch wie beim Sex, jetzt, wo ich drüber nachdenk'! Aber wem sag' ich das. Keiner versteht den Zusammenhang zwischen Ficken und Morden so gut wie du. Du hast Sex ja sogar zu deiner Mordwaffe *gemacht*. Penis statt Messer.« Sie wackelte mit ihrem. »Wie originell.«

Tristan hörte Lily mit lähmender Faszination zu. Die ungezwungene Art, wie sie neben Lukes Leiche stand und mit Tristan redete – *plauderte* –, und der Unsinn, den sie von sich gab, zogen ihn in den Bann; trieben ihn in den Wahnsinn.

»Ich hab' überhaupt niemanden ermordet«, hörte er sich antworten.

»Außer deinen Vater, meinst du wohl«, sagte Lily, und Tristan fuhr zusammen, als hätte sie ihn geohrfeigt, »aber davon red' ich gar nicht. Nein, ich mein' Leute wie unseren lieben Lucky Luke hier. Aber stimmt schon, in dem Fall nennt man das wohl nicht Mord, sondern – fahrlässige Körperverletzung mit tödlichen Folgen? Ist das der richtige Ausdruck? Klingt unnötig wortgewaltig für sowas Simples und Niederträchtiges.«

»Lily … bitte … wovon –« Da begriff Tristan. »*Jo*? Weil ich ihn angesteckt hab'? Deshalb der ganze –? Deshalb *tötest* du –? Aus Rache für deinen besten Freund? Bist du *gestört*?«

Lily zog eine scheußlich heitere Grimasse, als würde sie Gelächter unterdrücken; sie prustete leise, schüttelte sanft den Kopf, und sagte, »*Rache für meinen besten Freund.* Ja, klar. Bist du wirklich so dumm, wie du schön bist? Du – hey, wohin des Wegs?«

Tristan hatte genug gehört, genug gesehen – genug für ein Leben, genug für den Tod. Er hatte sich abgewandt und schleppte sich weg, torkelte und wankte wie ein Betrunkener. Zum Laufen war sein Verstand zu zerrüttet, waren seine Beine zu schwer – wie in der schlimmsten Art von Albtraum: Er konnte sich kaum bewegen, und das Unheil hinter ihm nahte langsam, unausweichlich, heran …

Tristan schaffte es fast bis zur Tür nach draußen, aber ehe er sie erreichte, tauchte Jo vor ihm auf.

»Jo –«, keuchte Tristan. »Lily …« Er konnte es nicht aussprechen. »Lily – sie hat Luke …«

»Getötet?«, sagte Jo. »Du aber auch, Tristan. Lass sie nicht alle Lorbeeren einheimsen, hm?«

Jo hob seine eigene behandschuhte Hand auf Augenhöhe, wackelte mit seinem eigenen Messer, und bedachte Tristan mit seinem eigenen, verschlagenen Grinsen.

Tristan wich zurück, langsam, schlurfend, immer noch wie besoffen. Er war vom Kopf bis zu den Zehen von kaltem Schweiß überzogen. Auch seine Augen waren nass, aber er behielt die Tränen dort; das Letzte, was er jetzt tun wollte, war, schon wieder zu weinen.

Als er nach wenigen Schritten rückwärts gegen Lily taumelte, war er nicht überrascht – er war jenseits aller Überraschung – und nicht einmal wirklich ängstlich. Er drehte sich um und legte seine Hände auf ihre Schultern.

»Lily – bitte – das ist Irrsinn. Das ist ein Scheiß, siehst du das nicht? Ein *Scheiß*.«

Lily schmunzelte. »Überleg dir lieber was Besseres. Die nächsten Worte könnten deine letzten –«

Tristan stieß sie von sich und stürzte davon, kurbelte wild mit den Beinen und hoffte, dass sie ihn fort – irgendwohin – tragen würden. Woher er plötzlich die Kraft nahm, wusste er nicht, aber er war froh, dass sie gekommen war. Er würde nicht sterben, nicht heute, nicht durch die Hand von diesen beiden – nicht durch die Hand von Lily, seiner Lily, und sicher nicht durch die von Jo –

Blind rasend, stolperte Tristan im Wohnzimmer über etwas, und es schleuderte ihn vorwärts. Sein Kopf kollidierte mit dem Rücken der Couch, bevor der Rest von ihm auf dem Boden aufprallte. Alle Luft fuhr ihm aus den Lungen.

Ehe er sich aufrichten konnte, wurde sein Kopf an den Haaren gepackt und mit einem gewaltigen Ruck hochgezogen. Er kniff die Augen zusammen und schrie vor Schmerz, aber der Schrei blieb ihm im Hals stecken, als den etwas Kaltes, Scharfes berührte. Lily hockte vor ihm, immer noch schmunzelnd. Sie presste ihr Messer gegen die Haut unter seinem Adamsapfel, gerade nicht fest genug, um sie zu durchdringen.

Jo schlang von hinten beide Arme um ihn. Er drückte zu, bis Tristan der Atem wegblieb.

»Na, hoppla«, sagte Lily, »über wen bist du denn da gestolpert? Wenn das mal nicht der gefürchtete Skull ist.«

Tatsächlich: Skull lag auf dem Wohnzimmerboden, in voller Montur – und mit ein paar Extras: Lederriemen banden ihm Hände und Füße hinter seinem Rücken zusammen, sodass er sich kaum rühren konnte. Er versuchte es trotzdem, zappelte wie ein Fisch an Land. Die Maske stand vom Gesicht darunter weg, als würde etwas von innen dagegen drücken.

»Die Polizei wird sich freuen, wenn wir ihnen den Mörder aushändigen, meinst du nicht? Magst sehen, wer sich hinter der Maske verbirgt?«

Das Messer löste sich von Tristans Hals – er seufzte still, trotz allem erleichtert – und Lily schritt hinüber zu ihrem anderen Gefangenen. Sie bückte sich und nahm ihm die Maske ab.

Dem Mann stand das Entsetzen ins Gesicht geschrieben, aber sein Gejaule war nur als gedämpftes, abgewürgtes Stöhnen zu hören – sein Kiefer war weit aufgesperrt, aber geknebelt von einer Vorrichtung, die es schaffte, die Situation noch bizarrer zu machen: Was die Maske vom Kopf des Manns weggedrückt hatte, war ein roter Silikonpenis; eine Hälfte eines dicken Doppeldildos, dessen andere Hälfte dem Mann bis in den Rachen ragen musste.

»*Tada*«, sagte Lily. »Aber – kennst du den Herrn überhaupt? Das ist Benedikt Blocksberg, der Ex von unserer lieben Bibi. Er wird so freundlich sein und die Schuld auf sich nehmen.«

»Sollten wir hier nicht schnell machen?«, fragte Jo; Tristan spürte seinen warmen Atem im Nacken. »Oder hast du alle anderen erwischt?«

»Drei sind mir ausgeflogen«, antwortete Lily gleichmütig.

»Dann müssen wir uns beeilen!« Jo rappelte sich mitsamt Tristan vom Boden hoch; Tristan stand auf zittrigen Beinen, aber Jo hielt ihn so fest umklammert, dass er die eigentlich gar nicht brauchte.

»Ach was. Das hier dauert nur noch ein paar Minuten, und die kommen so schnell nicht so weit. Nicht im Dunklen, nicht mit den Verletzungen, und ihre Handys hab' ich. Also – hat *er*.« Sie zog Tristans Handy raus, stopfte es Blocksberg in eine Hosentasche, und klopfte zufrieden auf seine Hüfte. »Verstehst du, Tristan? Wir werden davonkommen. Ich will, dass du das verstehst. Jo und ich, *wir* werden überleben.«

»Seine Fingerabdrücke«, raunte Jo in Tristans Ohr, »sind auch auf Herrn Professor Kinderfickers Handy. Dem Handy, dessen Wecker im Festsaal den Auszug aus *Dantes Inferno* zum Besten gegeben hat. So war das alles zwar nicht geplant, aber Not macht erfinderisch, was?«

»Wir sind nichts, wenn nicht erfinderisch«, sagte Lily; sie strich mit dem Messer durch Blocksbergs Haar. »Hier sollte eigentlich Herr Professor Killa liegen, wie du dir sicher denken kannst.« Lily erhob sich, seufzte, und trat gegen Blocksbergs Rücken; der Mann krümmte sich und beendete seine aussichtslosen Versuche, sich zu befreien, fortzubewegen oder zu verständigen. »Der hätte besser in die Geschichte gepasst. Aber der Kinderverzahrer ist ja leider verendet, kaum dass wir ihn ein bisschen angeritzt haben. Jetzt muss eben Herr Blocksberg uns seinen Dienst erweisen. Oh, hey –« Sie bückte sich nochmal zu Blocksberg hinunter, grinste zu Tristan hoch und legte die Messerspitze auf den sichtbaren Schaft des Doppeldildos. »Weißt du, wo wir den ganzen SM-Scheiß gefunden haben? In seinem eigenen Auto! Ist das nicht *saulustig*? – *Aus jetzt*!«, bellte Lily plötzlich; Blocksberg hatte erneut begonnen, sich wie ein Wurm zu winden. Sie richtete sich wieder auf und trat ein zweites Mal zu, fester diesmal, in den Po. »Du bist eh gleich dran, keine Sorge.«

Sie kehrte gemächlich zu Tristan und Jo zurück, sah Tristan unverwandt in die Augen und sagte, »Er darf nur nicht sterben, bevor er dich umgebracht hat.«

»Lily –«, plumpste von Tristans Lippen.

»*Du* hältst die Schnauze!«, zischte Jo. Er schob seinen rechten Arm Tristans Körper empor und drückte sein Messer gegen Tristans Kehle.

»Nein, schon gut«, sagte Lily, »lass ihn reden. Ich bin neugierig, was er zu sagen hat.«

Tristan konnte keinen klaren Gedanken fassen. Sein zitternder Mund fragte, »Wieso?«

Lily kam ganz nah an ihn heran; wie sie so oft so nah herangekommen war, um ihn zu küssen. Aber statt ihre Lippen auf seine zu legen, hauchte sie, »Weil du einfach so, ohne mit der Wimper zu zucken, fast unser Leben ruiniert hast. Weil *ihr* unser Leben ruinieren wolltet, mit eurer Arroganz, eurer Gedankenlosigkeit, eurer Rücksichtslosigkeit, eurer *Herumhurerei*. Wenn es nach dir gegangen wär', hätt' ich mich für den Rest meines Lebens mit Medikamenten vollpumpen müssen, wär' mit ein bisschen Pech trotzdem mit dreißig oder vierzig krepiert – und das alles, weil du und deinesgleichen euch nicht unter Kontrolle habt? Weil ihr euch einbildet, ihr müsst alles ficken, was sich nicht wehrt? Ist das fair, Tristan?«

Tristan schüttelte den Kopf. »Ich habe nicht mit dir geschlafen!«

»Weil du zu *feig* warst, mir die Wahrheit zu sagen. Nur deshalb. Aber mit Hannah hast du geschlafen, nicht wahr? Hannah hat in Wien herumgehurt, sich den Tod geholt, und dich damit infiziert. Und du hattest nichts Besseres zu tun, als dich umzudrehen und dich Jo anzubieten wie die billigste Dorfnutte vom Dienst. Ist das *kein* Mord? Hast du sein Leben *nicht* aufs Spiel gesetzt? Seins … und damit meins?«

Ein Grinsen wie der Schatten von etwas Totem verdunkelte Lilys Gesicht. Tristan versteinerte in Jos Klammergriff.

»*Aw*«, machte Jo, und kicherte. »*Heulst* du jetzt wieder? Tut's deinem kleinen Hurenherz weh, dass ich mit Lily schon so lange tu', was du nie mit ihr getan hast?«

Aber Tristan war überhaupt nicht nach Heulen zumute. Durch zusammengebissene Zähne knurrte er, »Ich *wusste* damals nicht, dass ich –«

»DU HÄTTEST ES WISSEN SOLLEN!«, schrie Lily ihm ins Gesicht. »Es war dein verfickter Job, dich zu *schützen*, du dummes, egoistisches *Arschloch*! Dich regelmäßig zu *testen*, wenn du unbedingt die Matratze für die ganze Stadt sein willst –«

»Und *deswegen* tötet ihr eure Freunde? Weil ich unwissentlich einen Fehler gemacht hab'? Weil *wir*«, spie Tristan über seine Schulter, »unwissentlich einen Fehler gemacht haben. Aber *ich* bin ein egoistisches Arschloch? *Ihr* –«

Jo würgte ihm mit dem Messer das Wort ab: Die Klinge nagte an seiner Haut, leckte Blut.

»Einen *Fehler*?«, raunte Jo. »Kein Kondom überzuziehen, weil man grad keines zur Hand hat, und trotzdem zu vögeln, ist nicht einfach ein unwissentlicher *Fehler*.«

Die Klinge ließ locker; Tristan zog rasselnd Luft ein, schluckte, und sagte, »Und *du* bist dafür nicht mitverantwortlich?«

»Ich hab' mich drauf verlassen, dass du sauber bist, wenn du bereit bist, ohne Kondom zu ficken –«

Und Tristan verlor die Kontrolle. »DU *WEISST*, DASS ICH DAMALS NOCH NICHT WUSSTE –«

Ein plötzlicher, elendiger Schmerz ließ Tristan in Jos Armen zusammensacken: Sein Schritt ging in Flammen auf, und eine brennende Bleikugel bahnte sich ihren Weg hoch in seinen Bauch.

Lily lehnte sich wieder dicht an ihn heran. »Das nächste Mal ist's nicht mein Knie, sondern das Messer.«

Jo rüttelte ihn, bis er wieder aufrecht stand. Tristan stöhnte erschöpft, schüttelte den Kopf, und wimmerte, »Es – es tut mir leid, dass ich dich angesteckt hab', Jo, wirklich … Aber das rechtfertigt doch nicht –«

»Du hast mich nicht angesteckt«, sagte Jo.

Für einen Moment herrschte Stille, von Tristans schwerem Atem abgesehen.

»Was?«, sagte Tristan dann.

»Wenn du uns wirklich krankgemacht hättest, hätt' ich dich wahrscheinlich gleich und sofort erschlagen. Nein, nein. Lily und ich sind sauber, Gottseidank. Wir sind nicht wie *du*. Aber ich hab' damals gesehen, wie *fertig* dich die Vorstellung macht, wen angesteckt zu haben. Also hab' ich gelogen. Damit du nicht nur möglichst lang, sondern möglichst qualvoll leidest, bevor wir dich töten.« Er führte seinen Mund ganz nah an Tristans Ohr, und fügte hinzu, »Und dabei hätte alles ganz anders kommen können, wenn du mich nicht belogen hättest.«

Tristans Herz hämmerte seinen Brustkorb wund. Zorn schwoll wieder in ihm an, verdrängte den Schmerz, verdrängte die Hoffnungslosigkeit; Tristan ließ ihn wachsen, klammerte sich an ihn, und knurrte, »Ich hab' dich nicht belogen. Ich hab' es nicht gewusst.«

»Du hast nicht gewusst, dass du's hast. Von mir aus. Aber ich nehm' an, du *hast* gewusst, dass du's kurz davor mit Hannah getrieben hast. Und weißt du noch, was du in der Nacht behauptet hast? Als ich gezögert hab', weil ich den Gedanken eklig fand, mit jemandem zu vögeln, der's gleichzeitig mit allen anderen Menschen treibt, die ich kenn'? Den Gedanken, dass du in der nächsten Nacht mit dem Nächsten aus der Klasse im Bett liegst und ihm stolz erzählst, dass du mich auch dazu gebracht hast, dich zu ficken? Du hast gesagt, dass du schon lange keinen Sex mehr mit Leuten aus unserm Freundeskreis hattest. Weißt du das noch? Warum hast du das gesagt, Tristan? Wolltest du *cool* sein? Dachtest du, das *beeindruckt* mich, dass du unseren kleinen Kleinstadtzirkel mental *und* körperlich schon hinter dir gelassen hast? Dachtest du –«

Tristan hatte begriffen. »Du wusstest da schon«, fiel er Jo ins Wort, »dass Hannah HIV hat.«

Jos Atem grollte in Tristans Ohr. »Ich wusste es schon. Hannah hat lang gebraucht, peinlich lang, *verbrecherisch* lang, bis sie's ihren Opfern erzählt hat – aber ihrem besten Freund hat sie's früher anvertraut. Und wenn du mir nicht verheimlicht hättest, dass du's mit ihr getrieben hast ... Das alles hätte nicht passieren müssen, Tristan.«

»Das ... Das alles hätte nicht passieren müssen, wenn ich dich nicht gefickt hätte?« Tristans Stimme wurde mit jedem Wort lauter. »Ist das euer *verfickter* Ernst? *Ihr* habt alle umgebracht! Nicht nur Hannah, nicht nur mich!«

Lily zuckte mit den Schultern. »Jo ging's ursprünglich nur um dich und Hannah, aber ich hatte eine bessere Idee. Eine Idee für ein großes, unvergessliches Kunstwerk. Alle sollten sterben – all die widerlichen, würdelosen Idioten, die nichts Besseres mit ihrer Zeit anzufangen wissen, als es wie die Scheißkarnickel zu treiben, mit dir, mit Hannah, miteinander –«

»Deshalb haben sie's verdient, dass ihr sie *umbringt*?«

»Ihr wart doch alle längst im Begriff, euch gegenseitig umzubringen. Wir beschleunigen den Prozess nur. Tun euch an, was ihr *uns* antun wolltet –«

»Ich seh's als eine Art Zivildienst«, feixte Jo. »Wir haben ein bisschen saubergemacht in unserer Stadt.«

»Und nur wir bleiben übrig«, sagte Lily, »Jo und ich, und wir hauen von hier ab, gefeierte Überlebende, und ich die Künstlerin, die Skull besiegt hat.«

»Deshalb musste *Nikki* sterben? Und Kris? Und – meine *Cousine*! Was hat die mit dem ganzen Scheiß zu tun?«

»Deine Cousine war zur falschen Zeit am falschen Ort, das geb' ich zu«, sagte Lily, scheußlich gelassen. »Ich war wegen Valerie dort. Aber dann kam Caro dahergeradelt, und mein Plan hat sich ein bisschen geändert. Ich wollte *dir* wehtun statt Valerie. Zu dem Zeitpunkt hab' ich dich mehr gehasst als je zuvor … Du hättest das Bild nicht kaufen sollen, Tristan. Ich mochte es, zu ihm hingehen zu müssen. Weg von zuhause, weg von meinen beschissenen Eltern. Rauszugehen und mich in der *Stadtluft* zu verlieren.«

Tristan wurde schwindelig. »Dann … dann hättest du eben *mich* umgebracht. Mich, nicht meine Cousine, nicht die anderen. Ihr hättet mich gleich umbringen sollen –«

»Das Schlimmste zum Schluss«, gackerte Jo, aber Tristan ignorierte ihn.

»– auf dem Hügel.« Er sah Lily in die Augen; und sah er dort ein Zögern? Ein Geheimnis? Ein Gespenst? »Bei unserem ersten Date.«

»Bild dir da nichts ein«, murrte Jo. »Ich war da bei ihr – wir sind grad aus dem Bett aufgestanden, wenn du's genau wissen willst. Bei unserm Pillow Talk ging's genau darum – ob wir die Gelegenheit nutzen wollen. Wir haben beschlossen, wenn es sich ergibt, ergibt es sich – und beim Rausschleichen hab' ich bemerkt, dass du dein Auto nicht zugesperrt hast –«

»Ich wusste nicht, dass Jo im Kofferraum ist«, riss Lily das Wort an sich. »Ich war nicht drauf vorbereitet. Und – es *sollte* nicht so schnell für dich gehen.« Ihre Stimme gewann an Kraft. »Du solltest lange leiden. Wie wir wegen dir lang hätten leiden müssen, wenn Jo nicht Glück gehabt hätte.«

Tristan konnte nicht mehr; konnte sich das nicht mehr anhören, wollte Lily nicht mehr ins Gesicht sehen müssen. Mit müder Stimme sagte er, »Ihr seid *krank*.«

»Sagt die AIDSHURE!« Speichel flog aus Lilys Mund, benetzte Tristans Gesicht. »Ich bin vielleicht krank, aber du … du bist eine *Krankheit*.«

Tristan schüttelte den Kopf. Dann sagte er, laut und deutlich, »Wir sind im Haus von Luke Ceus.«

»Ja«, raunte Jo, »und hier wirst du sterben.«

Aber Lily hatte die Augen verengt. »Warum –?«, sagte sie – und verstummte.

Geräusche drangen von irgendwoher. Geräusche wie von einem Fernseher im Nebenzimmer, wie Rufe aus weiter Ferne.

Tristan wurde leichter ums Herz – wortwörtlich: Jos Klammergriff löste sich ein wenig. »Was war das?«, fragte Jo erschrocken.

Lily starrte Tristan an, und stellte eine andere Frage: »Was ist so lustig?«

Tristan grunzte und kicherte; es war kein vollwertiges Gelächter – dazu war er nicht, würde er vielleicht nie wieder, imstande sein –, aber es war auch nicht gespielt. »Du …«, presste er gackernd hervor, »Du hast es selbst gesagt, Jo. Not macht erfinderisch.«

Wieder war die Stimme aus dem Off zu hören – und diesmal schien Lily zu erkennen, woher sie kam. Leichenblass langte sie nach Tristans Hosentasche – und fischte das Handy heraus, das die ganze Zeit darin gesteckt hatte.

»Aber ich hab' dein Handy doch –«, begann sie, aber ihr wurde das Wort abgeschnitten.

»*Ich wiederhole*«, rief Frau Inspektor Janine Fletscher vom anderen Ende der Leitung, jetzt, aus der Hose befreit, gut hörbar in der Grabesstille des Wohnzimmers, »*hier spricht die Polizei*! *Wir haben euer Geständnis gehört und aufgezeichnet*!«

»Scheiße«, sagte Jo, und seine Arme ließen ganz von Tristan ab, wie im verzweifelten Versuch, dem Handy vorzutäuschen, er hätte gar nichts Böses gemacht.

»*Es ist AUS*! *Legt die Waffen nieder und ergebt euch*!«

Zorn entstellte Lilys Gesicht, verwandelte es in eine Fratze, die schlimmer war als die Totenschädelmaske. Tristan begriff, dass die Gnadenfrist vorbei war: Lily würde es jetzt beenden. Sie holte mit dem Messer aus –

– Tristan hechtete zur Seite –

– und Lily keuchte entsetzt. Sie ließ das Handy fallen (»… *vorbei*! *Legt die Waffen weg*! *Wir sind auf dem* …«) und legte sich die freigewordene Hand auf den Mund. Das Messer zitterte in der Luft neben dem, was es angerichtet hatte.

Jos Mund war weit aufgerissen, aber kein Ton kam hervor. Seine Augen waren angsterfüllt auf Lily gerichtet. Er hielt sich den Hals fest umklammert, aber es nützte nichts: Unmengen an

Blut sprudelten zwischen seinen Fingern hindurch, seine Arme hinab, tropften auf den Boden. Eine Pfütze bildete sich zu seinen Füßen. Er fiel auf die Knie; dann kippte er vornüber, auf das Handy, und zitterte im Sterben, während die Blutpfütze unaufhörlich größer wurde.

Lily richtete ihren Blick auf Tristan. Ihr Schrecken wich; ihr Zorn kehrte zurück.

Tristan stob davon – Lily trat ihm in den Weg, mit einem Schrei, der nicht menschlich klang, und stach zu. Tristan wich japsend zurück, rutschte in Jos Blut aus, fiel auf Jos Körper. Lily *sprang* auf ihn, ließ den Arm mit dem Messer herabsausen, aber Tristan rollte rechtzeitig zur Seite, und die Klinge bohrte sich in Jos Rücken. Tristan raufte sich auf seine Beine und lief, so schnell er konnte – sprang über Benedikt Blocksberg, stürmte aus dem Wohnzimmer, zur Tür nach draußen. Als er in den Garten gelangte, in die laue Nacht, machte sein Herz einen Salto in seiner Brust – er konnte es schaffen; vielleicht würde er es wirklich schaffen …

Sein Sprint flaute zu einem flotten Trab ab; zu einem gemächlichen Jog; noch ein Schritt, noch einer; dann kam er neben dem Pool zum Stehen.

Wollte er es schaffen? So? Wollte er, dass es so endete?

Er dachte an ihr erstes Date. An das, was er vorhin in ihren Augen gesehen hatte …

Er drehte sich um.

Lily kam aus dem Haus gerannt. Sie erblickte ihn, hielt inne, wohl überrascht, dass er einfach nur dastand …

Dann kam sie zu ihm. Langsam, Schritt für Schritt. Als wären sie hier verabredet gewesen; als hätte er in Lukes Garten darauf gewartet, bis ihr die Lust aufs Feiern verging, und als würde sie gleich seine Hand nehmen und gemeinsam mit ihm von hier fort spazieren.

Sie blieb vor ihm stehen. Ihr Gesicht war unlesbar. Natürlich war es das. Lilys wahres Gesicht war für ihn immer unlesbar gewesen.

»Lily«, sagte Tristan – als könnte er, wenn er ihren Namen nur oft genug sagte, alles ungeschehen machen. »Bitte … gib auf. Die

Polizei weiß es. Wird gleich da sein. Es ist vorbei.«

Lily sagte nichts.

»Ich versteh', dass du mich hasst«, fuhr er fort. »Ich *war* ein dummes, egoistisches Arschloch. Aber … ich *bin* das nicht mehr. Du musst mich nicht mehr hassen. *Du* hast mich verändert, Lily. Ich hab' *nicht* mit dir geschlafen, *weil* ich mich verändert hab'. Weil ich nicht mehr der Tristan bin, den du so hasst. Der alte Tristan ist tot. Du hast ihn längst umgebracht.«

Er verfiel in Schweigen, wartete auf ihre Reaktion. Er war nicht wirklich gespannt, was Lily jetzt sagen würde. Es war ihm egal, eigentlich: Mit nichts, das sie jetzt noch sagen oder tun konnte, könnte sie ihn mehr verletzen, als sie es an diesem Abend ohnehin schon getan hatte.

Lily neigte den Kopf von einer Seite zur anderen. Kräuselte die Lippen, als würde sie sich ihre Worte zurechtlegen.

Und stieß ihm, statt die Worte auszusprechen, das Messer in den Bauch.

Der Schmerz war vollständig, vereinnahmend – Tristan war nichts außer dieser Schmerz. Er warf eine Hand aus, fand Lilys Körper, hielt sich daran fest; keine Absicht steckte dahinter, keine verzweifelte Suche nach Gnade oder gar Schutz, keine letzte, trotzige Liebeserklärung. Er hielt sich einfach fest.

Lily zog das Messer aus ihm raus, legte ihren Mund an sein Ohr, und sagte, »Und jetzt, wie versprochen, zu deinen Eiern –« Er spürte, wie die Klinge seinen Bauch hinabwanderte. »– dem Ursprung von dieser ganzen beschissenen –«

Weiter kam sie nicht: Tristan packte sie mit seiner zweiten Hand, drückte sie an sich und ließ sich mit ihr in den Pool fallen.

Das Wasser war kalt. Es betäubte Tristans Schmerz, betäubte Tristans Gedanken, drückte sich auf seine Ohren, sodass er nichts hörte außer das Rauschen seines eigenen Bluts. Alles, was er spürte, war Lily, die sich wild in seinen Armen wand. Sie sanken gemeinsam auf den Boden, stießen sich beide ab, tauchten gemeinsam wieder auf – aber noch während Lily nach Luft schnappte, legte Tristan eine Hand auf ihren Kopf und tauchte sie wieder unter. Sie zappelte, schlug mit den Armen aus, trat mit den Beinen – zweimal entkam sie Tristan fast, beide Male presste

Tristan sie mit einem Arm fester an sich, während der andere ihren Kopf unter Wasser hielt. Er hatte keinen Boden unter den Füßen, schaffte es kaum, die Oberhand zu behalten, und sie sträubte sich so vehement, dass sie ihn fast überrumpelte und unter sich zog – aber bevor sie das schaffen konnte, holte er tief Luft und tauchte selbst noch einmal unter, umschloss sie mit seinem Körper, drückte sich von oben auf sie, atmete aus und ließ sich sinken. Sie bog und krümmte sich unter ihm.

Bis sie sich nicht mehr bog und krümmte; nicht mehr wand und räkelte. Bis sie ruhig wurde, ganz ruhig.

Er ließ sie los. Sie sank träge tiefer hinab. Er wandte sich ab und tauchte durch sein Blut an die Oberfläche. Der Nachthimmel funkelte, lächerlich schön. Tristan schnappte nach Luft, bis sein Atem sich beruhigte. Dann ließ er sich auf dem Rücken treiben. Er fror, aber das war nicht unangenehm. Als die Inspektorin Fletscher plötzlich am Poolrand auftauchte, hätte er ihr am liebsten gesagt, dass er noch ein bisschen schwimmen wollte.

*

Nicola und Sarah besuchten ihn noch in derselben Nacht im Krankenhaus. Er verstand nichts von dem, was sie sagten – er wollte nicht mehr zuhören, niemandem. Seine Mutter schien ihn umarmen zu wollen, aber Sarah hielt sie glücklicherweise davon ab. Ihm tat alles weh. Sein Bauch nicht einmal am meisten.

Erst als er es beim Abschied doch noch zuließ, dass zumindest Sarah ihn kurz drückte, nahm er die ersten Worte auf. »Sie weiß es noch nicht«, flüsterte sie ihm ins Ohr. »Der Inspektor wollte uns die Aufnahme vorspielen, aber Mama ist rausgestürmt, konnt' sich's nicht anhören. Ich hab's gehört, und ich hab' ihn gebeten, es Mama noch nicht zu sagen. Ich sag's ihr erst, wenn's nicht mehr anders geht, nicht früher.«

Tristan hatte keine Ahnung, wovon sie sprach. Es interessierte ihn zu wenig, um nachzufragen.

Doc, Richie und Theresa tauchten am nächsten Tag auf, alle drei, sogar Theresa, mit betroffenen, trostlosen Mienen. Viel kriegte Tristan nicht mit: Er war völlig durch den Wind von irgendwelchen Medikamenten, von denen er nicht wusste, ob sie seiner Wundheilung oder seiner Psyche dienen oder ihn einfach nur betäuben, den Schmerz lindern sollten, und driftete bald in einen chaotischen Schlaf ab. Als er aufwachte, erschöpfter als vorher, waren die drei weg.

Filippe kam später, als Tristan sich schon ein bisschen wie er selbst fühlte, und war damit der erste Besucher, mit dem er ein Gespräch hätte zustande bringen können. Aber weil es Filippe war, weil Filippe verstand, schwiegen sie nur gemeinsam.

Nach einer weiteren Nacht traten Schrammer, Fletscher und zwei Polizisten in sein Krankenhauszimmer. Sie schauten alle sehr ernst drein. Schrammer machte den Eindruck, als fühlte er sich unwohl, als wäre er lieber anderswo.

»Wie geht es Ihnen?«, fragte er.

»Gut«, log Tristan. Er sah Fletscher an. Die Inspektorin erwiderte seinen Blick starr und emotionslos.

»Die Ärzte sagen auch, dass Sie so gut wie gesund sind«, sagte Schrammer; er versuchte, glücklich darüber zu klingen, schaffte es aber nicht ganz. »So gesund Sie eben sein können. Das ist gut, Tristan. Sie sind auf einem guten Weg.«

»Aha.«

Fletscher ergriff das Wort: »Es tut mir leid, dass wir erst so spät aufgetaucht sind. Wir waren unterwegs zu dem Haus, ohne zu wissen, dass ihr dort seid. Aber als mich dein Anruf erreicht hat, wollte ich erst sichergehen, abwarten, ob ich irgendwas hören kann, das deinen Aufenthaltsort preisgibt –«

»Das ist okay«, sagte Tristan. »Gut so, sogar. Ich wollte das so. Ich wollte – Skull – ins Gespräch verwickeln, und ich wollte, dass ihr alles hört. Ich wollte, dass das auf jeden Fall die letzte Nacht war, in der er tötet … Das war sie ja jetzt wohl auch.«

»Ja«, sagte Frau Inspektor Fletscher. »Das war sie wohl.«

Tristan schluckte. Er spürte, dass da noch etwas folgen musste. Dass Fletscher und Schrammer nicht mit Verstärkung angerückt waren, um sich nach seinem Befinden zu erkundigen.

»Herr Blocksberg«, sagte Schrammer, »ist übrigens weitgehend unverletzt.«

»Gut.«

»Und Herrn Baumgartner entlassen wir. Bis auf weiteres. Er hat ein Verbrechen begangen, gewiss, aber bis ein entsprechendes

Verfahren gegen ihn eingeleitet wird, wird's noch eine Weile dauern. Wird mehr auf ein psychologisches Gutachten hinauslaufen als auf eine Verurteilung, nehm' ich an. Wir haben Dringenderes zu tun. Und wir wissen ja, dass er, was die Morde angeht, unschuldig ist. Dank des genialen Tricks von Ihnen und Frau Inspektor Fletscher.«

Tristan nickte.

»Ein *wirklich* schlauer Trick. So simpel.«

»Ich bin nichts, wenn nicht simpel.«

»Oh, Sie sind mehr als das.«

Tristan blickte zu Schrammer auf. Er hatte die Hände hinter dem Rücken verschränkt, betrachtete Tristan mit distanzierter Miene.

»Leider, leider, sind Sie sehr viel mehr. Das, was wir mitangehört haben, beweist das in mehreren Hinsichten.«

Er legte eine Pause ein, um tief zu seufzen.

Und Tristan begriff endlich.

»Tristan Os«, sagte Schrammer, »wir nehmen Sie fest wegen des Mordes an Samuel Os.«

19

Du musst mir eines versprechen, Anton. Er ist begabt – aber er ist stürmisch, leidenschaftlich, ein sehr jugendlicher *Jugendlicher. Er wird Fehler machen. Also versprich mir: Wenn es so aussieht, als könnten sie ihm auf die Schliche kommen – stell dich. Halt den Kopf hin für ihn. Tu es für mich.*

Das hatte Anton seiner großen Liebe gerne versprochen. Wieso auch nicht? Früher oder später würde man ihn sowieso wegen seiner Drogengeschäfte erwischen. Gefängnis für viele Jahre, Gefängnis bis ans Ende seines Lebens – was war der große Unterschied?

Dafür, dass Johann zu dumm gewesen war, um nach seiner Verhaftung mit den Morden aufzuhören, konnte er ja nichts. Johann hätte seine Chance erkennen sollen, hätte verstehen sollen, dass Anton auf seiner Seite war. Schließlich war es ja sogar Anton gewesen, der ihm den Anstoß gegeben hatte.

»Du hasst diesen Os, oder?«, hatte er Johann gefragt.

»Und wie«, hatte Johann geantwortet.

Und Anton hatte erkannt, dass Martha Din recht hatte, was ihren Enkelsohn betraf.

Er hat Potential. Er ist nicht wie seine Mutter, und schon gar nicht ist er wie dieser rückgratlose, papistische Zuwanderer, den sie geheiratet hat. Er ist wie ich. Wie du und ich, Anton. Er ist stark und mutig und impulsiv. Und er weiß, er erkennt, wie schwach andere Menschen sind, wie schwach sie sich werden lassen ... *Der Junge, der ihn missbraucht und beinahe mit dieser furchtbaren Krankheit infiziert hätte ... Mein Johann muss sich dafür revanchieren. Lenk ihn dorthin. Du hast Zugang zu ihm, er mag dich. Zeig ihm den Weg. Ich bin überzeugt davon, dass es dir nicht schwerfallen wird.*

»Wie sehr hasst du ihn genau?«, hatte Anton nachgebohrt. »Du und Lily, was wärt ihr bereit, zu tun, um ihm zu geben, was er verdient?«

Johann Din hatte aufgehorcht – neugierig, fasziniert … fast, als hätte er bereits gewusst, worauf das Gespräch hinauslaufen würde.

Sei aber nicht zu direkt, hatte Martha Din – die Frau, die Anton einst die Welt gezeigt hatte – gewarnt. *Verrat ihm nicht, dass du schon einmal getan hast, was er jetzt tun wird. Erzähl ihm unter keinen Umständen von damals. Von mir. Von uns.*

Das hätte Anton aber ohnehin nie getan. Ihre Affäre war ihr Geheimnis – und ihre Morde ein fast noch erotischeres.

Johann war genauso leicht zu überzeugen gewesen, wie Anton sich damals von dessen Großmutter, von seiner Lehrerin, von der Liebe seines Lebens hatte überzeugen lassen. Er war nicht so wortgewandt wie Martha, aber sie hatte ihm genug beigebracht. Mehr als genug. Er hätte alles für sie getan – *hatte* alles für sie getan, jetzt genauso wie vor vierundzwanzig Jahren, als ihre Freiheit auf dem Spiel gestanden und sie *ihn* zu ihrem Retter auserkoren hatte: *Du weißt, dass du nicht mein einziger Liebhaber bist. Du verstehst das. Verstehst Liebe. Verstehst Sex. Du bist reif, ein junger Erwachsener. Leider kann man das von einem Jungen, mit dem ich mich manchmal vergnüge, nicht behaupten. Er ist eifer-*

süchtig. Er hat gedroht, allen von ihm und mir zu erzählen, wenn ich meine anderen Spielgefährten nicht aufgebe. Wenn ich dich, *meinen* wahren *Gefährten, nicht aufgebe.*

»Ihr solltest Tristan Os zurückzahlen, was er euch einbrocken wollte«, hatte Anton zu dem Enkelkind seiner Mentorin, seiner Gefährtin, seiner Komplizin gesagt. »Ihm und der restlichen Bagage. Die sind nicht wie du. Du bist ein junger Erwachsener, Johann. Und wegen dem, was Tristan getan hat, wärst du fast vielleicht kein alter Erwachsener geworden. Er hätte dich beinahe todkrank gemacht, und du hättest dann vielleicht deine Geliebte todkrank gemacht, und das alles nur, weil dieser Trottel sich nicht unter Kontrolle hat. Ist das fair? Ihr drei hättet beinahe alle auf dieselbe Weise sterben müssen … Ist es fair, dass er nicht noch *mehr* leidet, *anders* leidet, für das, was er euch antun wollte? Hat er nicht … noch Schlimmeres verdient?«

Wir müssen ihn beseitigen. Er ist ein Problem für uns. Er ist noch jünger als du. Und er glaubt, dass seine Freundin Verdacht geschöpft hat ... Wenn er mich verrät, komme ich ins Gefängnis, Anton. Ich will dich nicht verlieren. Du willst mich doch auch nicht verlieren? Ich weiß, dass du das Richtige tun wirst. Du bist etwas Besonderes.

»Du bist was Besonderes, Johann. Mach was draus. Und hier, deine zwanzig Gramm.«

Die Gegenwart holte Anton Baumgartner ein, als die Tür zu seiner Zelle geöffnet wurde.

»Herr Baumgartner, Sie können gehen«, sagte Chefinspektor Schrammer. »Ich geleite Sie nach draußen.«

Es ergab sich – die Welt ein Dorf, die Zeit eine Trickserin, das Leben eine Liebhaberin der Muster –, dass man den jungen Tristan Os zu seiner Zelle brachte, als Anton von seiner weggeführt wurde. Anton nickte dem Burschen, einem seiner besten Kunden, im Vorbeigehen zum Gruß und zum Abschied. Tristan Os schien ihn kaum zu bemerken. Sein Mund stand einen winzigen Spaltbreit offen, zwischen Wangenknochen, die sich noch deutlicher abzeichneten als je zuvor; sein bleiches Gesicht war eine Maske des Elends, und dürr wie ein Totenschädel.

20

Die Tür wurde zugeworfen, der Schlüssel drehte sich im Schloss. Tristan sagte kein Wort. Er starrte durch die Gitterstäbe, sah nur die Stäbe selbst, dazwischen nichts, als wäre die Welt jenseits seiner Zelle verschwunden. Er sagte nichts, sah nichts, und dachte auch nicht wirklich etwas – er wusste, dass er fürs Nachdenken noch genügend Zeit haben würde.

Und doch kam plötzlich, vielleicht aus dem Nichts jenseits der Gitterstäbe, ein unverhoffter Gedanke auf einem Anflug milden Bedauerns dahergesegelt: Jetzt, im Nachhinein, wünschte er fast, er hätte mit Lily geschlafen.

SKULL

Danksagung

Kein Buch entsteht ohne Unterstützung; auch keines, das im Self-Publishing erscheint. Ich möchte mich bei allen bedanken, die direkt oder indirekt dazu beigetragen haben, dass diese Geschichte an die Öffentlichkeit gelangt ist. Dazu gehören:

Die allerersten Leser*innen; darunter Boffle Annika Cremer, Lukas Konlechner, Patricia, Anja, und selbstverständlich mein größter Fan: meine Großmutter Ilse. Es sind Jahre vergangen, seit ich ihnen das Manuskript in einer rohen Form gezeigt habe. Ihr Feedback hat inhaltlich und stilistisch zu meinem Schaffen und der finalen Gestalt des Texts beigetragen; ihr früher Zuspruch ist ein wesentlicher Grund, warum ich standhaft an das Werk geglaubt und hartnäckig weitergearbeitet habe, bis es jetzt endlich im Handel erschienen ist. Ein spezieller Dank in diesem Zusammenhang geht an Julian, der einen anderen, nochmal *Jahre* früher verfassten kleinen Krimi von mir nicht nur gelesen, sondern seine Entstehung überhaupt erst angestoßen hat – ein wichtiger Zwischenschritt auf dem Weg zu diesem Buch!

Mama und Papa. Meinen Eltern Monika und Klaus danke ich für ihre Unterstützung jeglicher Art; dafür, dass sie mir Lesen vorgelebt haben; dafür, dass sie meine Absicht, Philosophie (und *nur* Philosophie) zu studieren, nicht bloß akzeptiert, sondern befürwortet haben; dafür, dass sie es mir ermöglicht haben, meinen eigenen Weg zu suchen. Die Suche macht großen Spaß, und es gab schon viele schöne größere und kleinere Meilensteine; ich freue mich immer wieder, jeden davon mit ihnen zu teilen.

Alex und Astrid. Meinem großen Bruder danke ich für jedes Gespräch, jeden Rat, jeden Sinn und Unsinn, jedes gemeinsame Lachen. Meiner Schwägerin danke ich, dass sie mir eine große Schwester geworden ist: genauso für mich da ist, genauso an mich glaubt. Ich danke beiden, dass sie auf meiner Seite stehen.

Christian Hofer-Novinić: a friend in deed, indeed. Ihm danke ich, dass er mir genauso vertraut wie ich ihm, und für die wichtigen Partys, und for covering my back and picking up my slack.

Bettina Kotlan-Konlechner, Erstleserin dieses Buchs und anderer Texte, danke ich für die vielen hilfreichen Kommentare und vergnüglichen Diskussionen, und für die bildschönen Artworks.

Julia Schwarzer: Erstleserin und inspirierende Kollegin. Ihr danke ich, dass sie mir so oft geholfen hat, mich besser kennenzulernen; für die kunstvolle Stimmung, in die ich in ihrer Gesellschaft gerate; und für die genialen Autorenfotos.

Evelyn Loschy. Ihr danke ich von ganzem Herzen, weil sie mir das Gefühl gibt, dass ich meine Ziele erreichen kann und dass ich es verdiene, sie zu erreichen. Und ich danke ihr für unsere so heiteren wie rührenden Besprechungen, die zu den bedeutungsvollsten Momenten meiner Quarter Life-Entfaltung gehören.

Wolfgang Steiger. Ihm danke ich für die absolut freudvollen, absolut ernsten Gespräche über Filme, Serien, Bücher … Wie er Geschichten erfasst und rezipiert, hat mein eigenes Verständnis von Geschichten maßgeblich erweitert und geprägt.

Julia und Marlena: wie ein roter Faden durch mein Leben, so sind sie immer da, und immer die richtige Richtung. Ihnen danke ich, weil es mich ohne sie nicht gibt.

Markus Huber: der beste Grund, aufzustehen, und der beste Grund, mich hinzulegen. Ihm danke ich für alles, ausnahmslos.

Waltraud Braunstorfer und Gabriela Sturm-Petritsch danke ich dafür, dass sie mir nicht nur Deutsch und Englisch, sondern Vertrauen in meine Fähigkeiten beigebracht haben.

Mona Singer danke ich für jede der vielen wertvollen Stunden gemeinsamer Arbeit. Ihre Ansichten und ihre Literaturempfehlungen haben mein Weltbild enorm bereichert und inspirieren mein künstlerisches Schaffen – und mein Handeln – bis heute.

Dem Club Poesie danke ich für jede gemeinsame Lesung und dafür, dass ich mich in seinem Kreis von Anfang an als Schriftsteller ernst genommen gefühlt habe. Vielen Dank: Horst Hahn, Max Huber, Roland Köhler, Horst Freitag, Günter Schmidhofer, Paul Eisenkirchner, Peter Mömken, Susanna Binder, Florian Juterschnig – und, unvergesslich: Danke, Hubert Hutfless.

Dr. Nikolaus Klupp, dem Leiter des Zentrums für Gerichtsmedizin an der MedUni Wien, danke ich, dass er meine Fragen zum wahrscheinlichen und unwahrscheinlichen Verhalten eines Körpers unter ganz bestimmten Umständen so elegant beantwortet hat, dass sogar ich es verstanden habe. Mit diesem Hintergrund konnte ich guten Gewissens entscheiden, was am Ende des ersten Kapitels passieren soll. Wenn die gewählte Darstellung trotzdem unrealistisch ist, ist das ausschließlich meinem persönlichen Wissensmangel und meiner schriftstellerischen Willkür geschuldet.

Michaela Scherzer danke ich, dass sie mir bei der Vorbereitung der Veröffentlichung mit Rat und Tat zur Seite gestanden hat, unermüdlich hilfreich vom ersten Gespräch bis zum letzten E-Mail.

Tamara Lindner von der Buchschmiede danke ich für die Beratung und die Unterstützung, und dafür, dass sie jede meiner vielen Fragen geduldig und kompetent beantwortet hat.

Christian Guttmann danke ich für die supergeschmeidige Zusammenarbeit und den traumhaft tollen Trailer zum Buch.

Dominik Perchtold danke ich für die großartigen Promo- und Behind the Scenes-Fotos vom Drehtag.

Für die Mitwirkung am Trailer mein herzlichster Dank an: Denise, mit der ich zahllose lustige Jugendstunden in den Cafés und Straßen der Stadt verbracht habe, Stunden, die sicher ihre Spuren durch die fröhlicheren Momente dieses Buchs ziehen; Bettina Schwarz, mit der jede Zusammenarbeit und jede Mahlzeit ein geschmackvoller Hochgenuss ist; Katharina Hirsch, meine Kapitänin beim Erfinden von Getränken und Singen von Lieblingsliedern; sowie erneut an Marlena, Lukas, Julia, Julian, Klaus, Monika, und an Ilse für den köstlichen Karottenkuchen.

Ein besonderer Dank geht an meine Großmutter Hermine.

Sophie Tautorus danke ich für die fantastische Schädelmaske.

Paul Troppmair danke ich für die grandiosen Grafiken, die mein Manuskript zu dem Buch machen, von dem ich so lange geträumt habe.

Elena Schwarz und Clara Scheicher danke ich, dass ich mit ihnen Sehenswertes säen und ernten darf; für das Vertrauen, den Support, die so euphorische wie ertragreiche kollektive Arbeit; für ihre Freundschaft und für alles, was wir gemeinsam erreichen.

Über den Autor

Thomas Kodnar, geboren 1992 in Wiener Neustadt, Österreich, schreibt. Hat an der Universität Wien Philosophie studiert und mit dem Titel Master of Arts abgeschlossen. Veröffentlicht seit 2015 deutsch- und englischsprachige Kurzgeschichten in diversen Anthologien und Magazinen. Verfasst Theaterstücke und anderes mit dem glashaus Kollektiv. Wohnt in Wien, ernährt sich vegan und mag Kaffee und Kuchen.

www.thomaskodnar.at
Instagram: @maskiertemoerder_innen | @thomaskodnar
Facebook: @MaskierteMoerderInnen
Youtube: @MaskierteMoerder_innen

In Kooperation mit glashaus (Auswahl):

FAUST. Teufel komm raus
Ein tragikomisches Sommertheater-Spektakel frei nach Goethe
Uraufführung: FH City Campus, Wiener Neustadt, 2024

TÄTER UNKNOWN: Der getötete Autor
Eine szenische Krimilesung mit Bibliotheksrundgang & Publikumsvoting
Uraufführung: Bibliothek im Zentrum, Wiener Neustadt, 2023

Ghost Walk 2 – Edition Noir
Fortsetzung zu *Ghost Walk. Ein Stadtrundgang der besonderen Art*
Uraufführung: Wiener Neustadt, 2022

Über den Coverdesigner & Illustrator

Paul Troppmair ist ein österreichischer Schriftgestalter und Typograf, der sich auf maßgeschneiderte Schriften und typografische Beratung spezialisiert hat. Er absolvierte das von Typografie-Pionier Erik van Blokland geleitete Master-Programm an der Königlichen Akademie der Künste in Den Haag (NL), verfeinerte sein Handwerk in London bei Dalton Maag Ltd., einer der weltweit größten Font Foundrys, und gründete 2022 sein eigenes Studio in Wien. Er entwarf und entwickelte Schriften für die DPDHL Group, Netflix, Stadt Wien, BBC, ORF und viele weitere. Heute kollaboriert er mit internationalen Agenturen und Brands mit dem Ziel, die visuelle Landschaft mit seiner Expertise zu bereichern.

paultroppmair.com
Instagram: @tropshadow

Über glashaus

Das glashaus Kollektiv wurde 2015 gegründet und fungiert unter der künstlerischen Leitung von Schauspielerin und Regisseurin Elena Schwarz und der kaufmännischen Leitung von Kulturmanagerin Clara Scheicher als Brutstätte für poppige, spartenübergreifende Bühnenproduktionen.